山东省2012年度社会科学规划课题
“多维视野中的莫言创作研究”结题成果

多维视野中的莫言创作研究

王恒升 ◎ 著

人民出版社

责任编辑:李　惠
装帧设计:雅思雅特

图书在版编目(CIP)数据

多维视野中的莫言创作研究/王恒升 著. —北京:人民出版社,2016.6
ISBN 978-7-01-015869-3

Ⅰ.①多…　Ⅱ.①王…　Ⅲ.①莫言-文学研究　Ⅳ.①I206.7

中国版本图书馆 CIP 数据核字(2016)第 034770 号

多维视野中的莫言创作研究

DUOWEI SHIYE ZHONG DE MOYAN CHUANGZUO YANJIU

王恒升　著

人民出版社 出版发行
(100706　北京市东城区隆福寺街 99 号)

北京毅峰迅捷印刷有限公司印刷　新华书店经销

2016 年 6 月第 1 版　2016 年 6 月北京第 1 次印刷
开本:710 毫米×1000 毫米 1/16　印张:23.25
字数:345 千字　印数:0,001-2,000 册

ISBN 978-7-01-015869-3　定价:55.00 元

邮购地址 100706　北京市东城区隆福寺街 99 号
人民东方图书销售中心　电话 (010)65250042　65289539

目 录

引 言

莫言获得2012年“诺贝尔文学奖”，无疑是当年度最令中国人瞩目的文化或文学事件之一，也是中国新文学自“五四”文学革命以来蓬勃发展的标志性成就之一。虽然鲁迅、林语堂、沈从文、老舍、巴金等文学前辈，曾经无限接近过诺贝尔文学奖，但终因种种缘由，与之失之交臂，失去中国作家与诺贝尔文学奖最早拥抱的荣耀。莫言是一个幸运儿，他成为百年以来第一个亲吻诺贝尔金质奖章的中国籍作家。

遥想莫言童年，当他饱受饥饿与孤独的时候，他断然没有想到饥饿与孤独是他后来文学创作的宝贵财富。那时的饥饿与孤独，不过是每一个农村孩子都必须经历的人生过程。后来，当他因家庭成分问题失学，百无聊赖地躺在故乡山花烂漫的原野上，任牛羊四散啃噬、自己思绪飘忽不定的时候，他也肯定没有想到那段饱受屈辱而又自由自在的生活，是他以后成就文学伟业想象力的出发点。那时的神游，不过是打发无聊时光的无奈之举。再后来，当他通过走“后门”，进了县棉花加工厂，起早贪黑地为厂里写材料、出壁报的时候，他也不会想到自己以后会成为新时期文坛上的一个人物。那时的勤奋，不过是想多赚些褒誉，以便长期留在厂里，不再当候鸟式的季节工。1976年，当他身穿戎装，成为解放军战士，聪明才智得到尽情的发挥，感觉如鱼得水的时候，估计他更没想到几十年后会获得诺贝尔文学奖。那时的他，最大的希冀不过是提干，永远逃离灰色记忆中的贫穷落后的农村。但是，当他在20世纪80年代初，开始发表文学作品，走上文学道路，他的心中也许就有了一个朦朦胧胧的“诺贝尔文学奖”情结。因为那时，新时期文学如同被强力压缩着的弹簧突然放开，正在以非常规的方式如火如荼地发展，各种文学思潮和现象层出不穷，各领风骚数几年的作家蜂拥迭现，诺贝尔文学奖正式进入了中国作家的视野，并且无形中成了人们思想意识深处的一道衡量文学水准和成就的最高标杆。

从 1981 年正式发表第一篇小说，到 2012 年获得诺贝尔文学奖，莫言经历了 31 年的艰苦磨砺。这 31 年，是莫言人生中的最好时光。当一个人把自己的最好时光毫无保留地托付给自己钟爱的事业，与它朝夕相处，耳鬓厮磨，为它痛苦、为它欢乐、为它忧愁、为它欣喜的时候，那这个人离实现自己的宏伟目标就不远了。莫言用自己的文学行动，证明了这一人生经验。继 2011 年获得中国文学最高奖"茅盾文学奖"之后，2012 年又获得了诺贝尔文学奖。固然，获奖不是作家的终极目标，莫言也从来没有把获奖作为自己的写作目的，但获奖终归是一件让人高兴的事情，说明作家的创作得到了社会的认同。如果换一个角度，单从创作数量来考量，人们也不得不钦佩莫言的辛勤劳动。在三十多年的创作生涯中，他共创作了八十多部短篇小说、三十多部中篇小说、11 部长篇小说、2 部正式上演的话剧和数量颇丰的散文，不仅量多质优，而且体式丰富，在新时期文学的发展历程中，是一个不折不扣的佼佼者、领航者。因此，莫言获得诺贝尔文学奖，可谓实至名归。然而，再辉煌的征程，也有起点，再夺目的光彩，也有阴影。莫言有过低谷，也饱受过诟病，但难能可贵的是，他总能从绝境中寻找到突破的路径，化蛹为蝶，蜕变出一个"新我"来。站在时代的节点上，反观莫言的创作，不难发现，他的起点并不高，也不轻松。他是站在"文革"文学的废墟上，背负着传统文学观的沉疴旧疾，步履蹒跚地迈入文学的大门的。

莫言的创作发生显著变化，是在 1984 年。这一年 9 月，他进入解放军艺术学院文学系学习，成为该系首届创作班的学员之一。这是他人生中的一件大事，也是中国新时期文学的一大幸事。或许可以这样说，没有两年军艺的学习，也许就没有后来的莫言。在军艺，莫言接受了当时中国最好的、最先锋的文学教育，尤其是西方现代派文学教育，这对于他改换脑筋，突破传统文学观念，起到了决定性的作用。新时期以降，对于西方现代派文学的学习，可谓盛况空前。但是由于莫言久居穷山僻壤，不知现代派文学为何物，所以只能按照旧的路子创作。现在，他进入了军艺，进入了现代派文学最被关注的北京，自然便有了学习的条件。北京是中国的政治、经济、文化中心，几乎聚集了全国最优秀的文学艺术工作者，是首屈一指的文学艺术策源地。另外，北京还是全国的教育重镇，坐落着众多高等院校，网罗着许多知名的专家、教授，拥有丰富的教育资源。虽然当时军艺文学系刚刚开办创作班，条件比较简陋，师资比较单薄，但由于占尽天时地利人和，办起学来还是有模有样的，甚至在很多方面，比一般的高等院校还要灵活、高效。莫言后来回忆说："我们系是干部专修班，没有几个老师，大部分的课要外请老师来讲。北大的老师、社科院的老师，凡是跟文学沾边的，几乎被我们请了一个遍，还请来了许多社会名流。这样的方式，虽然不系统，但信息量很大，狂轰乱炸、八面来风，对迅速地改变我们头脑里固有的文学观念发挥了很好的作用。"[①] 在军艺，莫言接触到了大量此前根本无法接触到的优秀的中外文艺作品，这对于他开阔艺术视野，重打锣鼓另起灶，起到了重要的作用。这期间，他读了马尔克斯、福克纳、卡夫卡、川端康成等大家的作品，读了数量颇多的西方作家的作品，聆听了弗洛伊德的精神分析学说和萨特的存在主义等经典理论，甚至还利用图书馆丰富的收藏，仔细研读了梵高、高更、毕加索等人的西方印象派画作，得到了强烈的艺术启示。他读马尔克斯的《百年孤独》，大概只读了十几页，就产生了强烈的反应，"第一反应就是小说原来可以这样写"，"第二个反应是我为什么没有想到小说可以这样写，如果早知道小说可以这样写，没准儿我就成了中国的'爆炸'文学的发起人了"。[②] 他读福克纳的《喧哗与骚动》，如梦初醒，从此懂得了小说可以虚构的道理。他说："读了福克纳之后，我感到如梦初醒，原来小说可以这样地胡说八道，原来农村里发生的那些鸡毛蒜皮的小事也可以堂而皇之地写进小说。他的约克纳帕塔法县尤其让我明白了，一个作家，不但可以虚构人物，虚构故事，而

① 莫言：《我的大学》，《莫言文集・小说的气味》，当代世界出版社 2004 年版，第 35 页。

② 莫言、杨庆祥：《先锋・民间・底层》，《南方文坛》2007 年第 2 期。

且可以虚构地理。”[①] 通过阅读西方文艺作品，莫言学到了西方现代派文学在题材选择、主题表达、语言风格、表现方法以及叙事手段等方面的技巧。军艺还为莫言提供了一个相互砥砺、学习的重要平台，这对于他从别人的眼睛里看自己，取长补短，不断地校正写作方向，也有着不可小觑的作用。当时，文学系差不多集中了所有全军风头正健的小说家，如李存葆、宋学武、钱刚等，他们都获得过国家级文学大奖或者有全国性影响的作品。莫言置身其中，既备感不足，又深受鼓舞。他唯有不断地充实自己，才能迎头赶上。所以那两年莫言拼得很苦，经常是冷热不知、彻夜不眠。总之，两年的军艺生活，使他获益匪浅，既系统地接受了西方现代派文学的洗礼，又逐渐地找到了自我，形成了独特的文学风格。为此，他不无感慨地说:“我反复说过，与其说在军艺这两年是学习，不如说是在寻找自我。找到了自我就是一种成功，找不到自我就做不出太大的成绩。那么为什么我们能发现自我、找到自我，这也借助于外来的力量，一方面我们阅读了许多的西方作家的作品，这些外部来的成功的作品产生了一种摧枯拉朽的作用。另一种也来自于很多大学的老师们对我们的教育，因为他们带来了大量的信息。这些外来的力量，最后导致了我们内心的巨变。”“我到解放军艺术学院文学系上学时这种追求个人风格的自觉才逐渐明确起来。”“现在回头检讨起来，这一时期的作品还是无意识地受到了西方文学的影响。”[②] 当莫言真正地感受到西方现代派文学的魅力，并把它的一些技巧运用到自己的创作中去的时候，他的文风开始发生变化，创作也开始受到文坛关注。

应该说，莫言的创作是从模仿开始的，经过了一个不断升华的过程。先是模仿具体的艺术表现方法和写作技巧，后又模仿某一个作家的艺术风格，直至学习、模仿西方现代派文学，他才由感性的机械仿作升华到理性的综合创新。因为在不断模仿的过程中，他也在深入地思索，究竟如何做才能找到自我？或者说，如何做才能确立属于自己的艺术品

---

① 莫言:《福克纳大叔，你好吗——在加州大学伯克莱校区的演讲》,《莫言文集 · 小说的气味》，当代世界出版社 2004 年版，第 176 页。

② 莫言、杨庆祥:《先锋 · 民间 · 底层》,《南方文坛》2007 年第 2 期。

格？对此，他的认识越来越清晰、成熟。他说，西方“伟大作品给予我们的真正的财富，我认为不是坐着床单升天之类诡奇的细节，也不是长达一千字的句子，这些好像都是雕虫小技。伟大作品毫无疑问是伟大灵魂的独特的陌生的运动轨迹的记录，由于轨迹的奇异，作家灵魂的烛光就照亮了没被别的烛光照亮过的黑暗”。[①]“我认为我的作品中对外国文学的借鉴，既有比较高级的化境，又有属于外部摹写的不化境。”“我如果继续迷恋长翅膀老头、坐床单升天之类诡奇细节，我就死了。”[②]由此，形成了自己对作家、文学、风格的独特认识：“我想一个作家的成熟，应该是指一个作家形成了自己的风格，而所谓风格，应该是一个作家具有了自己的独特的、不混淆于他人的叙述腔调。这个独特的腔调，并不仅仅指语言，而是指他习惯选择的故事类型、他处理这个故事的方式、他叙述这个故事时运用的形式等全部因素所营造出的那样一种独特的氛围。”[③]由于莫言对文学有着越来越清醒、越来越深入的认识，所以他很快告别了幼稚的学步阶段，走向标新立异的创新，完成了艺术嬗变。一些刻有莫言烙印的文学术语或风格、特点，诸如童年视角、高密东北乡、魔幻现实主义、生命意识、种的退化、感觉主义等，开始陆续出现在他的作品中。它们的到来，无疑增强了莫言小说的思想厚度和艺术力度，突出了莫言小说与众不同的风格特征。等到《透明的红萝卜》《红高粱》《金发婴儿》《球状闪电》《爆炸》《红高粱家族》等作品接连出现，不断掀起轰动效应，莫言终于作为一个文学的宠儿，标杆式地立在了新时期的文坛上。

然而，将莫言的成长之路和新时期文学的发展之路作对比考察，不难发现，莫言早期的创作是游离于新时期文学的主流形态之外的。无论文坛上掀起怎样热烈的“伤痕”风、“反思”风、“改革”风，他似乎都无动于衷，只是按照自己的意愿，按部就班地创作。可是，当历史行进

---

① 莫言：《旧“创作谈”批判》，《莫言文集·小说的气味》，当代世界出版社 2004 年版，第 288 页。

② 莫言：《两座灼热的高炉》，《世界文学》1986 年第 3 期。

③ 莫言：《独特的声音》，《莫言文集·小说的气味》，当代世界出版社 2004 年版，第 294 页。

到20世纪80年代中期，他却和新时期文学来了一个猝不及防的热烈拥抱。他与新潮小说狭路相逢，无意中成了这个创作潮流的代表人物。新潮小说较之于传统小说，艺术抉择大相径庭。传统小说注重“写什么”，新潮小说注重“怎么写”;传统小说注重“文以载道”,总想作道德的评判，新潮小说注重艺术本身，把想象和虚构看作是小说的本质；传统小说注重描写，对社会现实作客观再现，新潮小说注重表现，对社会现实在人的头脑中的投影和心灵上的折射作主观反映；传统小说注重揭示历史的本质，总想无限度地接近历史的本真，再现历史的原貌，新潮小说注重依据历史的轮廓，走进历史内核，展示作家自己的历史观，求神似而不求形似；传统小说注重塑造艺术典型，把典型看作是反映社会本质特征和发展趋势的根本元素，新潮小说注重对个体生命的艺术表现，把每一个活生生的人都看作是不可多得的艺术典型。总之，新潮小说颠覆了传统小说的文学观、史学观、艺术观，表现出了前所未有的叛逆性。在新时期文学史上，新潮小说包括文化寻根小说、中国式的现代派小说和先锋小说。莫言本人及其小说经常被人拿来评头论足，当作某种征象剖析，基本对应的就是这三个小说现象。当然，除了莫言，马原、残雪、余华、苏童、扎西达娃、徐星、刘索拉等，也是新潮小说的重要作家。他们的创作，共同构成了新潮小说别样的风景，引领了新时期文学求新求变的大潮。

先锋小说是新潮小说的最后阶段，各种探索登峰造极，尤其是“怎么看不懂就怎么写”的极端追求，简直到了无以言说的地步，最终给文学带来了致命的隐患和严重的后遗症。文学变成了“圈子文学”，大众远离了文学；文坛成了作家个人表演的舞台，读者成了文学的严重不适应症者；文学和社会现实渐行渐远，似乎成了两股道上跑的车。文学究竟何去何从？原本不成为问题的问题却在20世纪80年代后期成了文学面临的严峻的问题。莫言作为先锋艺术的探索者和代表者，其创作也受到了普遍的质疑。为此，他十分苦恼，创作也进入了沉寂期。当然，消沉的不止莫言一个人。新时期文学在经历了后期先锋小说近乎疯狂的表演之后，整体变得沉寂起来。究其原因，有两个因素值得关注。一是如上所述，文学自身出现了问题，二是文学赖以存在的大环境发生了变化。环境变化又表现在两个方面，一是1989年春夏之交发生的政治动乱，波及之广、影响之大，远远地超出了人们的想象和承受能力，使得中国社会出现了一个徘徊观望期。二是改革开放步入深水区，市场经济取代计划经济成为社会主流经济形态，经商、赚钱由过去的不可能逐渐变为常态。巨大的社会变化，带来的自然是人生观、世界观、价值观乃至审美观、文学观的变化。因此，在这一历史转型时期，文学也面临着一个被重新打量、审视、再造的历史机遇。有关这段历史，莫言回忆说："从整个的文学界来看，1989年是一个坎。1989年以后别说是作家的心态，老百姓的心态也发生了一个根本性的扭转。老百姓的政治意识一下子淡化了很多，作家纷纷下海经商。谈起文学，一时之间仿佛是一种耻辱的事情。很多作家也用这样的方法来安慰自己：'写什么呀，干点别的吧！'我的一个同学的墙上就贴着'莫谈文学'的帖子……"[①] 还说："1989—1993年这一段是非常消沉的，这一时期我虽然一直在坚持写，但心态也受到了影响，写了很多游戏的文字，但一直坚定不移地知道自己还是要靠文学吃饭，不可能干别的。"[②] 好在莫言没有干点别的，好在莫言一直坚持在写，才使他顺利地度过了沉寂期，迎来了又一个创作高峰。否则，新时期文学的天空上，必定会缺少一颗耀眼的星辰。

20世纪90年代前期，新时期文学在探索、调整，莫言也在探索、调整。莫言的做法是另寻他路，突破自我，在遍布意志消沉和利益陷阱的文学大环境中，实现自我救赎。或直面复杂的人性，或展示神秘的原欲，或走向写实，或反思先锋，或趋向志人志怪，总之，他使出浑身解数，四面出击，作多向度的探索。因此，这个时期莫言的创作，题材繁富，形式多样，颇有点为所欲为的感觉。经过几年的不懈探索，终于在90年代中后期，找到了两个写作焦点，即新历史小说和寓言化写作。尤其是

---

① 莫言：《在文学种种现象的背后——2002年12月与王尧长谈》，《莫言对话新录》，文化艺术出版社2010年版，第83页。

② 莫言：《在文学种种现象的背后——2002年12月与王尧长谈》，《莫言对话新录》，文化艺术出版社2010年版，第83页。

以《丰乳肥臀》为代表的新历史小说，不仅将他从盲目乱撞的状态中解放出来，而且使他一跃成为新历史主义文学思潮的扛鼎作家。

新历史小说，顾名思义是相对于旧的传统的历史小说而言的，它们之间的根本区别在于迥然不同的史学观。传统史学观认为，历史是一种客观存在，历史学家所做的一切考察、研究、梳理、辨析、书写等工作，目的只有一个，都是为了完成对历史真相的真实还原。由此，小说家们描写历史、揭示历史，也是为了还原历史的真相。"真实性"是这种史学观唯一需要坚守的原则，而文学创作则是对这种真实而又具体的历史的一种艺术反映。新历史主义史学观则认为，历史虽然是一种客观存在，但所有的历史书写都不可能真正地实现还原历史本相的目的。因为所有的历史，在本质上都是一种话语，和文学一样，都具有鲜明的意识形态性和叙事性。正如新历史主义理论家海登·怀特所说："历史，无论是描写一个环境，分析一个历史进程，还是讲一个故事，它都是一种话语形式，都具有叙事性。作为叙事，历史与文学和神话一样都具有'虚构性'。"[①] 既然历史具有意识形态性、叙事性和虚构性，那么它的生产过程就必然受到环境和话语规律的支配，最终形成的是一种带有强烈的主观色彩的"历史的文本"或"文本的历史"。又如后现代主义哲学家福柯所言："历史的叙述，重要的不是话语讲述的年代，而是讲述话语的年代。"[②] 新历史主义史学观颠覆了传统史学观所谓的"真实性"原则，认为历史并没有一个真实可靠的本相，所有的历史，都是叙述主体在一定的知识场域中选择、构造、再塑的结果。也就是说，曾经发生过的真实的历史事件是永远也无法还原、再现的，真实的历史在话语传播或生成文本的过程中，因为无法超越意识形态的制约，早已形成了一种有意味的话语所讲述的文本的历史。所以，究其实质，历史话语或文本从来都不是在客观记录和谈论一个历史事件，而是在有意构建一个历史故事。当历史事件以故事文本的形式存在的时候，就具有了与文学文本

① [美]海登·怀特:《后现代历史叙事学》，陈永国、张万娟译，中国社会科学出版社 2003 年版，第 10 页。

② [法]福柯:《知识考古学》，谢强、马月译，三联书店出版社 1998 年版，第 58 页。

同样的特质，即“诗性”特质，其中充满了想象与虚构。显然，充满了想象与虚构的历史，与传统史学观追求的真实的历史相距甚远。这种新的史学观，不仅启发了人们对于传统的历史观的重新审视与反思，而且赋予了人们理解历史，对待文学，把握和处理历史与文学、历史与文化之间的复杂关系的新方法、新策略。在这种新的史学观的影响下，新历史小说应运而生。

如果说，先锋小说刻意经营“怎么写”，新写实小说偏重“写什么”，那么，新历史小说就是将二者无缝对接起来，用“怎么写”来达到“写什么”的目的。在新历史小说家看来，历史不是恒定不变的客观存在，而是非理性的、虚无的、破碎的，似乎被一种神秘力量所主宰。历史的形成过程是千变万化的，有时一个偶然的因素会改变历史的进程。文本中的历史真实其实并不真实，历史真实只存在于人们的心灵与过去的不断沟通中。揭示历史真相无关紧要，重要的是在追寻历史真相的过程中，传达出一种个人的历史认识、历史情绪和历史感慨。基于这样的共识，新历史小说普遍呈现出了叙事立场的民间化、历史视角的个人化、历史进程的偶然化、还原历史的欲望化、主题表达的隐喻化、人物塑造的人性化等特征。而这些特征，无一不存在于莫言的新历史小说中。这时期，除了《丰乳肥臀》等新历史小说，莫言还创作了大量风格独特的寓言化小说，如《长安大道上的骑驴美人》《白杨林里的战斗》等，这些隐喻性极强的寓言化小说和此前写作的形形色色的志人志怪小说，形成了莫言在人们心目中的“鬼才”“怪才”形象。

进入新世纪后，莫言的创作又出现了较大的转折，他将重心转移到了长篇小说创作上。从 2001 年出版《檀香刑》，到 2009 年出版《蛙》，每隔几年，他就推出一部长篇小说，彰显了自己在长篇小说领域的勤奋与才华。相比起中短篇小说，“长篇小说是一种极具‘难度’的文体，是对作家才华、能力、经验、思想、精神、技术、身体、耐力等的综合考验”。[①] 正因为如此，曹雪芹写《红楼梦》，历经“批阅十载，增删五

① 吴义勤:《难度·长度·速度·限度——关于长篇小说文体问题的思考》,《当代作家评论》2002 年第 4 期。

次”，才终告完成。莫言的第一部长篇小说当然不是《檀香刑》，在这之前，他已经出版过7部长篇小说。但遗憾的是，那7部长篇小说除却《丰乳肥臀》曾留下光辉的印记，其他几部几乎都被同时期出现的中短篇小说散发的光芒无情地遮蔽了。也许有人会提及《红高粱家族》，但严格地说，《红高粱家族》不算一部完整意义上的长篇小说。因为真正的长篇小说，除了篇幅要有一定的规模外，从艺术构思到艺术结构都应该浑然一体。而《红高粱家族》是由5部中篇拼接而成的，虽然人物、故事、背景、情节、主题一脉相承，有明显的连续性，但它确实是在各自独立完成后又连缀成篇的，缺少内在肌理的一致性。这种组合式长篇，不仅读者不满意，“假如《红高粱家族》不是由五个中篇组合而成，莫言一开始就把它当成长篇来写，或许会产生石破天惊的效果，但是用五个中篇的方式发表，就使读者感到重复，前后的叙事风格、语言风格没有变化。但如果作为长篇一次推出，就不存在风格重复的问题”。[①] 莫言本人也觉得不伦不类，“本来也没想过写长篇啊，写个中篇就拉倒了。紧接着有约稿的，继续往下写嘛，《高粱酒》《高粱殡》《狗道》《奇死》，连续写了四篇。那时记忆力比较好，能够记住那些细节，就那么个故事，反复地讲，同时把一些零零碎碎的东西弄进去。所以《红高粱家族》是没有结构的结构，本来是一个系列中篇，人物是一贯的，故事是有关联的，所以就变成系列中篇组合成的长篇。”[②] 莫言真正意义上的第一部长篇小说是《天堂蒜薹之歌》，它从多个角度讲述了一个严峻的现实故事，表现出了凌厉的现实主义精神。后来的《十三步》《酒国》《食草家族》《红树林》，影响都不大。直到《檀香刑》等作品问世，他才又在长篇小说领域占有了一席之地，巩固了自己“小说多面手”的称号。

莫言获得诺贝尔文学奖，主要是因为小说，但他实实在在又是一个散文作家、戏剧作家和打油诗作者。在他三十多年的创作历程中，一

① 莫言：《在文学种种现象的背后——2002年12月与王尧长谈》，《莫言对话新录》，文化艺术出版社2010年版，第88页。

② 莫言：《在文学种种现象的背后——2002年12月与王尧长谈》，《莫言对话新录》，文化艺术出版社2010年版，第71页。

直没有放下散文写作，偶尔兴趣来了还会写上几首打油诗，晚近又迷上了戏剧，写了几部或搬上舞台或压在箱底的话剧作品。因此，把莫言说成是四栖作家并不过分。现代文学史上，多栖作家很多，鲁迅、茅盾、郭沫若、郁达夫、沈从文、巴金、老舍、张爱玲、钱钟书，都曾在多个文学领域内获得过成功，他们任何一种文学形式的创作，都令同领域的人不能小觑。但可惜的是，后来随着人们对文学形式的划分愈来愈细，特征界定愈益显著，多栖作家的现象越来越少。似乎小说、诗歌、散文、戏剧四种文体之间，有着不可逾越的鸿沟。直到新时期，这种形势才有所好转，重新出现了跨文体、跨领域写作。然而，并不是每个作家都能够熟练地驾驭各种文体，除却有大才，还要有勇敢的创新精神，莫言恰恰是这样的人。其实，无论何种文体的写作，文学精神是相通的，无非是作家的态度要真诚，所写的内容要符合基本的人性，艺术上要敢于标新立异。以此来衡量莫言的散文、戏剧和打油诗创作，可以说它们与其小说有异曲同工之妙。莫言众多的散文、戏剧和打油诗作品，不仅是他文学世界的重要组成部分，也是解读他的心灵世界和小说艺术的重要通道。

总之，莫言不是一个循规蹈矩的人，他的骨子里始终涌动着一股不服输、不怕输的精神，所以他的创作总是充满变数，洋溢着强烈的变革求新欲望。莫言又是一个极具个性意识的人，始终对主流文学形态保持着高度的警惕，即便在某个阶段和时代文学主潮发生不经意的碰撞、融合，也会敏感地觉察出来，迅速地逃离被同化的境地，保证创作的独立性。他和新时期文学若即若离，从不以被文学史家或批评家冠以某个文学现象的代表人物沾沾自喜，而是忧虑重重，唯恐被标签化而导致不思进取，故步自封。他对西方现代派文学和后现代派文学的借鉴、学习，虽然说不是浅尝辄止，但也没有盲目到像有些作家把它们奉为圭臬的地步。他是取其神而抛其形，以我为主，进行再造。他对中国文学的继承，也是立足于自身成长、沐浴的文化环境，采取扬弃的态度，有选择地继承、创新。他就像一个运转不规则的永动机，在不知疲倦地进行创作的同时，时不时地游离出自己创作的主轨道，跳出人们的期待视野或判断预期，冷不丁地推出一些让人意想不到的作品。甚至可以这样说，在他的创作中，齐文化的广收博采、融会贯通、自由奔放、积极进取的精神特征，得到了最鲜明、最集中、最深刻的当代体现。

第一章 转型时期的文学与莫言早期的创作

第一节 传统文学观影响下的艰难起步

莫言早期的创作，大致可以划定在1981年秋天至1984年秋天。虽然在这之前，莫言已经开始了文学创作，“1978年，在枯燥的军营生活中，我拿起了创作的笔”，① 甚至在没有当兵之前，就曾经在故乡疏通胶莱河的工地上，起早贪黑地写过一部未完成的长篇小说《胶莱河畔》，但由于那些作品，要么散佚了，要么没有得到缪斯女神的垂青，所以严格说来不算。只有到了1981年秋天，莫言在河北保定文联主办的文学刊物《莲池》第5期上发表短篇小说《春夜雨霏霏》，才算是正式踏上了文学之路。因此，《春夜雨霏霏》也就成了莫言名副其实的处女作。1984年秋天，因为创作成就突出，且文化课考试较为出色，莫言被解放军艺术学院文学系录取，成为该系创作班招收的第一批学员。从此，莫言把过去的青葱岁月扔在了身后，一头扎进解放军艺术学院这座圣殿里，不知疲倦地汲取各种文学艺术的琼浆玉液，废寝忘食地堆砌心目中的文学高地。不长时间里，陆续推出了《白狗秋千架》《枯河》《透明的红萝卜》《红高粱》等一批与先前的创作明显不一样的作品，赢得了文坛的推重。它们的问世，标志着莫言的创作开始化蛹为蝶，走向成熟。因此，1984年秋天，是莫言创作的分水岭。在这之前，他发表的《春夜雨霏霏》《丑兵》《为了孩子》《售棉大路》《民间音乐》《金翅鲤鱼》《放鸭》《白鸥前导在春船》《岛上的风》《黑沙滩》以及《大风》《石磨》《五个饽饽》等十多部短篇

① 莫言：《超越故乡》，《莫言文集·小说的气味》，当代世界出版社2004年版，第364页。

小说，是他早期的作品。

莫言写作上述小说的时候，当代文学正从“左”倾文艺思想制造的狭窄、逼仄的通道里蛛网般挣脱，新时期文学高擎思想解放、文学解放的旗帜，试图重新链接上古今中外的一切文学传统，一个新的文学启蒙和变革时代正在轰隆隆地降临。按理说，在那样一个文学挟裹政治、长期占据社会中心地位、产生巨大轰动效应的年代，莫言的创作应该与新时期的文学大潮一起律动，但实际上，却几乎看不到这种现象。莫言早期的作品，既没有“伤痕文学”的创痛和悲悯，也没有“反思文学”的追悔与总结，即便是痛定思痛后的改革，也难以在他的作品中看到。所看到的，不过是一个初出茅庐的作家正在循规蹈矩地按照自己对文学的认识，闷着头在那儿辛勤地写作。也许有人会说，这正是莫言的可贵之处。不跟风，不逐潮，表现出了一个作家应该有的特立独行的写作姿态，他后来能成大器，就与这种姿态有关。这话说得有一定的道理。但如果放在 1984 年以后，也许更有道理。但是放在这儿，就有点不切实际了。莫言当初之所以只顾埋头写作，不顾抬头看路，与他尚不开阔的生活视野、尚不丰富的社会经验、尚未广泛深入地接触中外文学遗产的馈赠和开启艺术想象有关，更与他尚未摆脱长期以来潜移默化地接受传统文学观的影响有关。换句话说，对文学的肤浅认识和狭隘理解，是他写下早期那些虽然虔诚但也不乏幼稚、天真甚至虚假成分的小说作品的真正原因。面对莫言早期的作品，我们不能把一个刚上道的莫言和一个成熟的莫言相提并论，也不能把一个对文学有着懵懂认识的莫言等同于后来对文学有着独到见解的莫言。如果这样，就会无视莫言的成长规律，把莫言推上去一个看似美丽异常但却是缥缈虚幻的空中楼阁，犯形而上的简单类比与判断的错误。

传统文学观，指的是突出文学的意识形态性、强调文学的认识与教育功能、淡化文学的艺术性和独立性，把文学当作是认识和改造社会的工具的文学观。这种文学观由来已久。在古代，表述为“文以载道”。在现代，因为时代需要，又发展为“文艺从属于政治”“文艺为政治服务”，甚至是极端的“文艺是阶级斗争的工具”。虽然这种文学观在“文革”结束后遭到了人们的普遍质疑、反思和批判，但它留下的影响却是深远的，根深蒂固的。很多时候，它会以另外一种面目存在。譬如，把文学看作是惩恶扬善的工具，把作家看作是“人类灵魂的工程师”“人民的代言人”或“时代良心”，把创作看作是“铁肩担道义，妙手著文章”，把作家和读者的关系看作是启蒙和被启蒙、教育和被教育的关系。作家在进行创作时，必须肩负匡扶正义、祛除邪恶的重任，歌颂真、善、美，鞭挞假、恶、丑。如此等等，一切类似的提法，都是这种文学观的变异。莫言开始接受文学熏陶是在“文革”期间，当时这种文学观正大行其道，而莫言开始文学创作时，它的弊端还远没有被认识清楚，所以莫言受到它的影响自然是无须辩白的事情。这一点，莫言在一篇文章里提到过。1986年，他在《我的墓》一文中，总结早期的创作时，曾说：“写这两篇小说时，我还是一个年轻的战士，那时还认为‘善’能改造人类，‘善’是‘美’的灵魂，所以就拼命地制造‘美’的火花，想用它照耀我的小说中人物圣婴般纯洁的脸庞。”[①]尽管在该文中，莫言用较大的篇幅讽刺了这种观念的肤浅和虚伪，承认在它的指导下写出的作品，“感情是虚假的，算不上艺术”，小说样式是“80年代初期的流行样式”，“故事无论编得多么圆满，语言拾掇得无论怎样花里胡哨，手法无论玩弄得怎样扑朔迷离，归总都是不中用的、缺少灵魂的、没有生命力的纸花纸草”。[②]而且模仿鲁迅笔法，将过去的作品以“墓”的形式予以埋葬，表现出了与它告别的决绝的态度，但那毕竟是在时过境迁，他发表了《透明的红萝卜》《红高粱》等作品，艺术视野得以开阔，艺术观念得以嬗变之后，说出后来这些话的。想当初，莫言无论如何也没有如此超前和清醒的认识。早期的莫言，只是忠实地遵循着传统文学观的教导，亦步亦趋地制造“美”的火花，锻造“善”的工具，扮演人类灵魂的雕塑师的角色，表现出了与传统文学观基本一致的创作理念。

处女作《春夜雨霏霏》，即是一篇围绕着美做文章，突出文学的认识和教育功能的作品。小说中无论是丈夫还是妻子，不掺杂任何个人私

① 莫言：《我的墓》，小说集《爆炸》自序，解放军文艺出版社1988年版，第4页。

② 莫言：《我的墓》，小说集《爆炸》自序，解放军文艺出版社1988年版，第4页。

心杂念的高尚品格和美的灵魂，莫不是对世俗人生的道德说教，有着和传统文学一样“高、大、上”的主题。小说借助一个农村军嫂对远在海防前哨为祖国的和平安宁站岗放哨的丈夫无限思念的故事，完成了这一主题表达，在歌咏当代军人无私奉献的同时，对中国军队赖以保持强大力量的重要因素之一，军嫂的默默付出，也尽情地讴歌了一番。这是一对相爱 7 年多的夫妻，但他们在一起的时间却只有短短的 20 天。丈夫参军时，说好 3 年就能回来，却没承想妻子一直等到 5 年半后才回来。部队批准的婚假原本是 30 天，但丈夫只在家待了 20 天，便返回了军营。而这一去，又是两年整。两年来，妻子与书信为伴，无时无刻不在挂念丈夫。就在结婚纪念日两周年的这天晚上，在一个春雨贵如油的飘拂之夜，妻子终于忍耐不住，向远在天边的丈夫打开了心扉，倾诉自己无尽的思念。在妻子满含哀怨而又充满自豪的言语中，一个平凡而又伟大的当代军人形象矗立了起来。在妻子眼中，丈夫虽然不够体贴、温存，但绝对是一个值得依靠的忠诚的军人。他爱海岛胜过爱自己的家，爱战士胜过爱自己的亲人，把戍守海防看作是自己最崇高的事业。为了海岛，他可以一拖再拖自己的婚期，直到成为大龄军人；为了战士，他可以提前结束盼望已久的婚假，毅然返回贫瘠的荒岛；为了部队建设，他可以不顾旅途遥远劳累，亲自包上两大包黄土带回荒岛，为缺土缺绿的荒岛贡献一份力量；为了祖国的安宁和领土完整，他甚至可以在妻子开玩笑说如果小岛和爱人都面临丢失危险，你将如何选择的两难中，宁愿选择先抢救小岛而舍弃爱人。因为他知道，没有强大的祖国哪有幸福的家。不爱祖国的人，又怎么会爱自己的亲人！所以他对妻子说：

> 傻姑娘！小岛是祖国的领土，爱小岛就是爱祖国；不爱祖国的人，值得你爱吗？①

与无私奉献的丈夫相比，满怀幽怨的妻子也许显得有点小气，但这种小气也仅仅是局限在丈夫对自己的时间投入上，一旦将视野放在国家、部

① 莫言：《春夜雨霏霏》，《莫言作品系列 · 白狗秋千架》，上海文艺出版社 2005 年版，第 3 页。

队、海防、战士这样的层面上，妻子的思想境界也同样令人感佩。她深知丈夫肩上责任的重大，她明白唯有国家平安才有小家幸福的道理，她懂得丈夫所作的一切都是军人责无旁贷的职责所在。所以，当她有了这样高度的认识之后，才有了包容丈夫一切的宽广胸怀，有了独立生活下去的决心，有了长期独守空房的勇气，有了照顾家庭、侍奉老人的动力。当代中国军人为什么坚强，当代中国军队为什么战无不胜，因为他们并不是一个人在战斗。他们的背后，始终站着他们的亲人、家庭，站着与他们同呼吸、共命运的民族和国家。我想，读了这篇小说的人一定会从中悟出这样的道理。应该说，这是一篇凝聚着莫言厚重的个人生命体验的小说。因为莫言在写这篇小说时，已经有 5 年的从军历史，而且正在经历着与妻子两地分居的痛苦。无论是对于军人本人的生命历程，还是对于军人妻子的生存现状，莫言无不有刻骨铭心的体会。所以，这篇小说尽管语言方面存在明显的“直、白、露”的毛病，主题上有“高、大、上”的旧病，但因其糅合了莫言本人的生活、思想和感情积累，所以读起来并不让人觉得生硬、突兀，相反，倒有一种细腻、温婉的美感。

如果说《春夜雨霏霏》是对美的直接歌咏，那么《丑兵》就是对美的婉转表达。这篇小说通过对“丑兵”王三社外表的丑与内心的美的鲜明而强烈的反差性描写，在挖掘、歌颂什么是真正的美的同时，对虚假的美、真正的丑进行了揭露和批判。王三社是一位来自农村的士兵，相貌丑陋，自从进入军营的那一天起，就没人瞧得上他。“我”当了 8 年兵，从来没有遇到过这样丑的战士，所以当听说他分到“我”的排里后，不惜冒着被连长臭骂一顿的代价，让连里把他调走。其他战士也不愿与他为伍，给他起了一个外号叫卡西莫多，意指与《巴黎圣母院》中的敲钟人一样丑陋。由于长得丑，连里派出公差，从来没有他的份。参加文娱晚会，也只有当小丑，遭大伙戏弄。即使是追求美，像其他战友那样在军服的脖领上钉上脖圈，也被认为是猪鼻子插大葱，被当众要求撕下来。总之因为丑，王三社的自尊心受到了严重的伤害。后来，他主动要求到生产组喂猪，独居一处，就是为了躲避战友们的奚落、嘲笑和歧视。由于远离战友，整天与猪打交道，王三社变得邋遢起来，性格也越来越孤僻。其实，王三社是一个很活跃、很热心、很有责任心的战士。刚进部队时，他对一切都非常关心，一有空闲，就去炊事班帮厨。承担喂猪任务后，也是尽心尽责，3 年多几乎没有上过一次街，把全部的精力都放在了如何养好猪上。就在人们对他的印象越来越模糊，几乎要将他淡忘的时候，一个重大事件让他重新出现在了众人面前，这就是部队要抽调一批老战士上前线。一天晚上，连队领导正在讨论人员名单，王三社闯了进来，劈头就问："请问各位连首长，这次是选演员还是挑女婿？"面对王三社的诘问，大家面面相觑，不知他的葫芦里卖的什么药。这时，他又说："像我这样的丑八怪放出的枪弹能不能打死敌人，扔出的手榴弹会不会爆炸？"大家终于明白了他的意思。指导员笑着问他："王三社同志，你是想上前线哪？"王三社瞪着潮乎乎的眼睛，说："怎么不想？我虽然长得不好看，但是，我也是个人，中国青年，中国人民解放军战士！"[①] 王三社的要求得到了批准。临走前，他对已是副连长的"我"说了一番推心置腹的话，让"我"的仿佛已经麻木的心灵，受到了深深的触动。他说：

> 副连长，难道我不愿意长得像电影演员一样漂亮吗？但是，人不是泥塑家手里的泥，想捏个什么样子就能捏出个什么样子。世界上万物各不相同，千人千模样，丑的、美的、不美不丑的，都是社会的一分子……
>
> 我不敢指望人们喜欢我，也不敢指望人们不讨厌我。爱美之心，人皆有之；厌丑之心，人亦皆有之。谁也不能扭转这个规律，就像我的丑也不能改变一样。但是，美，仅仅是指一张好看的面孔吗？……我宁愿永远做一个丑陋不堪的敲钟人，也不去做一分钟仪表堂堂的宫廷队长……
>
> 我应该坚定地走自己的路。许许多多至今还被人们牢记着的人，他们能够千古留名，绝大多数不是因为他们貌美，是他们的业

① 莫言：《丑兵》，《莫言作品系列·白狗秋千架》，上海文艺出版社 2005 年版，第 18 页。

绩，是他们的品德才使他们的名字永放光辉……[①]

而且，在欢送战友们上前线的晚会上，他第一次大大方方地走到了台前，为战友们唱了一首《丑娃》歌。听到他的歌声，“我”不禁感叹起来：

> 心灵的美好是怎样弥补了形体的瑕疵，英勇的壮举，急人之难，与人为善，谦虚诚实的品格是怎样千古如斯地激励着，感化着一代又一代的人。[②]

曾经戏弄过王三社的小豆子也被感动了，他扑上前去，紧紧地将王三社搂抱了起来。最后，王三社光荣地倒在了南疆的土地上，而且是为了抢救小豆子牺牲的。读完小豆子的来信，“我”的心再一次受到了强烈的震动。什么是美？什么是丑？也许不同的人心里有不同的答案。《丑兵》通过对王三社的刻画以及“我”和小豆子等人对美的认识的前后不一样的颠覆性描写，超越了世俗意义上的美丑认知，让人们认识到了什么是真正的美，什么又是真正的丑。王三社的美，美在灵魂，这是“丑兵”留给人们的最鲜明的印象。小说的主题诉求同样是美好的，但近于赤裸裸的表白语言同样显现出了传统文学的深刻影响。

莫言曾经说，善是美的灵魂，善能改造人类，所以他那时就拼命地制造“美”的火花，锻造改造人类的“善”的工具。如果说，《春夜雨霏霏》《丑兵》是莫言有意高扬的“美”的火花，那么，《因为孩子》《售棉大路》《黑沙滩》《民间音乐》等作品，就是他刻意打造的“善”的工具。在这些作品里，莫言忠实地把文学当作了劝人向善的工具，向读者讲述了一个又一个关于善、关于爱的故事。《因为孩子》讲述了一个发生在邻居间的故事。通过两个家庭因为孩子打架引发的大人之间的战争，和一家大人勇敢地跳入冰河，救出另一家不慎掉入冰窟窿的孩子，以不

① 莫言：《丑兵》，《莫言作品系列·白狗秋千架》，上海文艺出版社 2005 年版，第 21 页。

② 莫言：《丑兵》，《莫言作品系列·白狗秋千架》，上海文艺出版社 2005 年版，第 20 页。

计前嫌的善行，化解两家之间的矛盾的行为，宣扬了远亲不如近邻、近邻不如对门、你敬我一尺、我敬你一丈、低头不见抬头见的社会和谐观，对千百年来维系人类生存发展的朴素而又真挚的人际关系，进行了热烈的歌颂。与《因为孩子》相比，《售棉大路》更是一篇善与爱的赞歌，在一条充满艰辛的售棉大路上，因为善与爱的存在，使得人心发生了巨变，竞争化作了合作，对立变成了友谊。原本一天一夜的艰苦历程，也变成了一个让人倍感温馨的道德修炼场。这一切，都发生在杜秋妹、腊梅嫂、车把式和拖拉机手四人之间。杜秋妹是一个泼辣的农村姑娘，第一次去卖棉，不明就里，所以有点莽里莽撞。腊梅嫂是一个军嫂，丈夫在外当兵，她一个人支撑着家庭，既要伺候公婆，还要抚养尚在襁褓中的婴儿，出来卖棉，实在是没有办法。车把式是一个走南闯北、疾恶如仇的汉子，他的存在，犹如一根定海神针，维系着嘈杂的卖棉世界的秩序。拖拉机手是一个愣头小伙子，一心只想着自己。他们并不相识，但在人群拥挤的售棉大路上，他们无意中排在了一起，从而也就有了交往的机会。由于种种原因，他们在售棉大路上等了一天一夜，经历了饥渴、暴晒、寒冷和雷阵雨的袭击，直到第二天中午，才将棉花售出。这期间，为了应对各种困难，他们团结合作，以诚相待，表现出了最大的善心和爱心。尤其是杜秋妹和车把式的无私无畏行为，不仅温暖了软弱的腊梅嫂的心，还感化了自私的拖拉机手，让他发生了巨变。四个人行之于善，收获于爱，同甘共苦，一起渡过了难关。这篇小说，似乎有“五四”时期冰心、王统照小说的神韵，闪耀着善与美、爱与美的人性光辉。

《黑沙滩》可谓与《丑兵》有异曲同工之妙，都是描写当代军人丑陋的外貌下掩藏着的高尚的心灵，只不过《丑兵》揭示的是王三社的心灵的美，而《黑沙滩》则更注重刻画左来福发自内心的善良品质。左来福是一个军人农场的场长，相貌丑陋，且不讲究军容军纪，不仅老战士瞧不起他，连刚入伍的新兵也觉得他不伦不类。他在“我”的眼里是这样一幅尊容：

那个在黑沙滩滚了十几年的场长，就坐在驾驶楼里。他那又

> 黑又瘦的脸，秃得发亮的脑门，被烟草熏得焦黄的牙齿，刺人的小眼睛，都使我们这些新兵瞧不起他。还有他的那半截因年代久远变得又黑又亮的牛皮腰带，总是吊儿郎当地垂在两腿之间。我的场长，难道你就不能把那半截腰带塞进裤鼻子里去吗？①

左来福的工作方法和工作作风也非常简单、粗暴，动不动就骂娘。他还是一个敢于顶撞上级的人。所以这影响到了他的升迁，十几年来一直是场长。然而，就是这样一个看上去窝窝囊囊、邋里邋遢、不修边幅甚至有点破罐子破摔的军人，却有一颗仁慈、大爱之心。他在战士们都嫌弃"疯子"母女俩肮脏时，却让她们坐上了汽车驾驶楼，拉了她们一程，自己爬上车厢，不惜与战士们一起喝风吃土；在"五一"节聚餐时，他冒着被指导员批评站不稳阶级立场、要犯原则性错误的危险，硬是将饥饿的小女孩请进了食堂，让她大吃一顿，临了还将自己刚发的工资悄悄地塞进了小女孩的口袋；在受到小人莫须有的诬陷、打击，被发配与战士们一起没日没夜地浇地时，他仍然不改初衷，始终保持质朴、坚韧、正直、坦荡的军人本色；尤其是在三百多亩丰收在望的小麦，即将受到冰雹的袭击，而指导员仍然在等待上级领导来开现场会时，他从保护劳动果实和人民群众的利益出发，以场长的名义命令战士们让老百姓赶快来抢收麦子，从而制造了轰动一时的"黑沙滩哄抢事件"。麦子被老百姓收走了，他却受到了严肃的处理。他在被上级组织带走调查时，场地附近的老百姓都自发地来送他，那种依依惜别的深情，本身就说明了什么是真正的人心向背、忠奸之分。左来福之所以不与时代为伍，成为一个整天高喊革命口号的时髦军人，是因为他从参加革命的那一天起，就认定了共产党闹革命是为老百姓谋幸福的，而不是祸害老百姓的，就像他对"我"和刘甲台所说：

> ……难道共产党革命就是为了把老百姓革得忍饥挨饿吗？为

① 莫言：《黑沙滩》，《莫言作品系列·白狗秋千架》，上海文艺出版社2005年版，第51—52页。

什么就不能家家有头黄牛有匹马，有辆大轱辘车呢？为什么就不能让女人坐在车辕杆上唱唱《大轱辘车》呢？……[①]

由于他对老百姓有着一种发自内心的爱，所以他的一切工作的出发点都是维护人民群众的根本利益。凡是与人民群众利益息息相关的，他都倍加爱护、珍惜，相反的都格外讨厌、排斥。他非常厌恶空话、套话、大话，所以当他听到郝青林回答他的入党动机，纯粹是一些不着边际的冠冕堂皇的话语时，气得把郝青林的申请书摔到了桌子上，决绝地说：

够了！只要我还当着这黑沙滩的土皇帝，只要你还用这套空话来吓唬我，我永远不接受你的申请书！[②]

总之，虽然左来福表面上大大咧咧、稀里糊涂，但内心却像明镜似的，对一切有着强烈的是非感、道德感。而这种是非感、道德感，就源自他内心的善恶分明的本质。虽然说美善相连，善是美的本质，美是善的体现，但美与善还是有区别的。美是一种自然流露，呈非功利性状态，人人喜欢。善是一种伦理追求，是人类意志活动的对象，有时候不一定善有善报。尤其是在善恶不分、忠奸不辨、是非颠倒、美丑混淆的年代，善总会受到恶的无情打击。左来福的结局，就证明了这一点。然而，自古以来，善有善报、恶有恶报，这一简单的因果报应，已经作为一种集体无意识，深深地进入了中国人的精神世界，构成了中国社会的基本伦理规范和行为准则，左右了人们的世俗生活，成为了人们为人处世的道德坐标。古代许多文学作品，反映的都是这类主题。虽然在《黑沙滩》中，莫言讲述了一个好人不得好报的故事，但那毕竟发生在非常时代。正常社会中，善有善报、恶有恶报，仍然是维系社会发展、判断人性善恶的基本价值尺度。《民间音乐》中，莫言用一个浅显的故事，再一次诠释了这个道理。小说写的是一个叫马桑镇的地方，生存着四个买卖人，他

① 莫言：《黑沙滩》，《莫言作品系列·白狗秋千架》，上海文艺出版社2005年版，第64页。

② 莫言：《黑沙滩》，《莫言作品系列·白狗秋千架》，上海文艺出版社2005年版，第61页。

们是茉莉花酒店的老板兼厨师兼招待花茉莉、开茶馆兼卖酒菜的方六、饭铺掌柜黄眼和小卖部经理杜双。他们四个人凭着各自的一技之长或一得之便，在马桑镇办起了商业或饮食服务业。由于基本上是各干一行，互不干扰，所以他们四个人之间一直都心平气和，并无恶意竞争，关系也其乐融融。各走各的路，各发各的财。一天晚上，他们照例在晚饭后到河堤上闲聊、散心。这时，从远处走来了一个瞎子。瞎子对他们说：

> 我是瞎子。面前的大叔、大哥、大婶子、大嫂子们，可否行个方便，找间空屋留我住一宿？[①]

面对瞎子的请求，其他三人都支支吾吾，纷纷找理由推托，唯有花茉莉不嫌弃，将瞎子领走了。花茉莉不仅留他住宿，还招待他好饭好酒，为他洗了衣裳。花茉莉做这一切，完全是出于善心，并无他求。但没想到，她的好心得到了丰厚的回报。瞎子是一个民间艺人，不仅会吹撩人心魄的洞箫，还会拉如泣如诉的二胡。每当他演奏乐器时，整个马桑镇都沉浸在美妙的音乐声中。人们为了听他演奏，不惜舍近求远，都拥挤到花茉莉的酒店里来。一时间，茉莉花酒店顾客盈门，让花茉莉赚了个盆满钵满。面对茉莉花酒店的红火，其他三位买卖人不愿意了。他们找到花茉莉，想让瞎子轮流坐庄，但花茉莉断然拒绝了他们的要求。于是，他们便开始说起一些不好听的话来。面对流言蜚语，也是出于一段时间以来与瞎子朝夕相处萌发的真挚的感情，花茉莉决定与瞎子结婚。但是，瞎子以自己与她不般配为理由，拒绝了她，执拗地连夜离开了茉莉花酒店。瞎子出走后，花茉莉也从马桑镇消失了。据说，她去追赶瞎子了。这篇小说尽管以凄美的爱情故事结尾，但字里行间无不透露出善恶有报的传统观念。

现实生活中，真、善、美是一个统一的整体。真是善与美的存在基础，善与美是真的发展方向。莫言在早期创作中，讴歌了美，发掘了善，当

---

① 莫言：《民间音乐》，《莫言作品系列·白狗秋千架》，上海文艺出版社 2005 年版，第 115 页。

然也不会忘记追求真。《放鸭》《白鸥前导在春船》《岛上的风》就是三篇重在描写真的小说。《放鸭》的篇幅很短,简笔画似的,仅用三幅画面,就将放鸭姑娘和放鸭老汉的真实形象塑造了出来。放鸭老汉和放鸭姑娘的父亲很熟，经常一起在青草湖放鸭。父亲老了，姑娘便顶替他出来放鸭。姑娘和老汉的儿子正处在恋爱阶段，但她并不知道老汉是谁，于是初次相见，便问了老汉一个令他十分尴尬的问题。原来，老汉在刮共产风的那几年，自己养的十几只鸭子被“共了产”。他看到鸭子被造反派的头头们当夜宵吃得没剩下几只了，于是气愤不过，趁夜色偷了两只鸭子，不巧被当场抓住，当作小偷，在八个村里游街批斗。从此，这成了老汉的一块心病。现在姑娘提及这件事，不由得让老汉窝火。看来，老汉偷鸭子的事情，给姑娘留下了不好的印象。而老汉对不明事情原委的姑娘，也起了反感。春去夏来，姑娘又和老汉在青草湖相遇了。昨天的一阵暴风雨，让姑娘丢失了十几只良种肥鸭，而这些鸭子正好跑进了老汉的鸭群。第二天，就在姑娘焦急不堪地寻找鸭子时，老汉主动地把十几只鸭子送还了姑娘，这引起了姑娘的好感。她打听老汉的名字，没想到正是自己恋人的父亲。想到此前自己的鲁莽问话,姑娘羞愧地逃走了，而老汉也如梦初醒，原来，姑娘正是自己儿子的恋人，难怪她打听陈年往事呢！当老汉意识到这些，面对姑娘远去的背影，不由得自言自语地说:“这姑娘，真好相貌，人品也好，怪不得人说青草湖边出美人呢！”①《白鸥前导在春船》的篇幅较长，但内涵并不丰富。它讲的是一个农村对门的两户人家，一家有独生女儿，一家有独生儿子，农村生产大呼隆时代分不出彼此，但在包产到户以后，有独生儿子的家庭开始瞧不起有独生女儿的家庭,但最终架不住两家儿女在生产劳动中产生的真挚感情,最后和好如初，反映了人间真情可以弥补一切社会矛盾的主题。这篇小说在艺术构思和创作技法上，有明显地模仿康濯的《我的两家房东》和王汶石的《新结识的伙伴》的痕迹。

对真的热烈追求，最典型、最突出的莫过于《岛上的风》，这是一

① 莫言:《放鸭》,《莫言作品系列·白狗秋千架》，上海文艺出版社 2005 年版，第 27 页。

篇探求人生真谛的小说。它通过一个 20 世纪 80 年代的女大学生冯琦琦在一座海岛上的不凡经历，揭示了什么才是真正的人生，什么又是人类社会真正的生存之道。冯琦琦是 W 城大学生物系的高材生，某海岛要塞区冯司令的女儿。由于所学专业是生物学，所以狂热地崇拜达尔文的“物竞天择，适者生存”的进化论思想，认为社会如同自然界，同样是强者的天下，存在着一套弱肉强食的“丛林法则”，由信服大自然的进化论思想变成了一个“社会达尔文主义”的服膺者。这年夏天，为了验证达尔文的进化论思想，她主动要求父亲为她开“后门”，到一座荒岛上进行实地考察。没想到，荒岛上的这段经历，让她彻底抛弃了社会达尔文主义思想，变成了一个懂得团结、合作、牺牲、奉献的伟大意义和“我为人人、人人为我”的精神的信仰者，一个向组织递交了入党申请书、具有博大的人道主义情怀的时代新人。冯琦琦去的这座荒岛是一座距离大陆最远、最荒凉、最原始、最野蛮甚至连个正式的名字都没有的小岛，在要塞区的守备档案上，编号 008。由于地处海防前哨，所以小岛尽管荒凉、偏僻，仍有四个战士守卫。他们是副班长李丹，老兵刘全宝、苏扣扣和新战士向天。四人性格各异，但有共同的一点，都是乐天派。他们面对艰苦的环境，团结一心，自得其乐，不仅让初来乍到的冯琦琦顿时感到了温暖，也让她对自己信奉的“最适者生存”的信条产生了怀疑。冯琦琦来到小岛的第五天，一场罕见的台风袭击了小岛。在这场台风中，李丹为了救苏扣扣，被生生地压在了坍塌的营房里，壮烈牺牲。苏扣扣为了从风雨飘摇的营房里抢救出武器，身负重伤。刘全宝为了把大家带到安全地带，三番五次地冲进狂风暴雨，先是把吓得不知所措的冯琦琦救了出来，后又把苏扣扣和向天拉向小岛的制高点。在这个过程中，他的双膝磕碰出了血印，十指磨得血肉模糊。原本胆小的向天，也被战友们无私无畏的精神彻底感动了。为了及时地把受了重伤的苏扣扣送出海岛，他在原先准备的联络方式都被台风摧毁无法启用的情况下，硬是拼着性命游了 30 海里，调来了机帆船，挽救了苏扣扣的生命。这一切，都给冯琦琦留下了终生难忘的印象，让她的思想发生了根本的转变。从此，她深刻地认识到，进化论思想也许在自然界中有其存在的理由，但在人类社会中，达尔文主义不一定行得通。因为人类社会毕竟不是纯然的自然界，人也不是纯粹的动物。人类在与各种事物的伟大斗争中，需要合作、奉献乃至牺牲。冯琦琦在这场狂风暴雨中，灵魂得到了彻底的荡涤，她也找到了正确的人生方向。所以，当小说最后刘全宝为了化解大家的紧张情绪，让她再讲讲“生存竞争”时，她不无羞愧地说：

> 我没有资格，我没有资格……是你们的行动……副班长粉碎了我的“最适者生存”，他说“人是动物，但动物不是人”……[①]

传统文学观的缺陷是过于强调文学的认识和教育作用，忽视文学的美感作用，这就使得作家们在创作时，为了突出文学的认识、教育功能，不惜不顾文学应该依靠审美和潜移默化的艺术熏陶来达到影响人、教育人的科学的创作规律，赤裸裸地公开说教，把文学当成是惩恶扬善的工具。莫言早期的创作，无疑受到了它的影响，表现出了这种倾向。当然，程度不一。有的严重、突出一些，有的巧妙、隐蔽一些。但无论如何，在 20 世纪 80 年代初期，正当新时期文学从思想到内容、风格到手法都在发生“核”聚变的时候，莫言仍然按照传统文学观的教诲，把文学继续当作改造人的思想世界的工具，宣扬文学的劝喻功能，显然落伍了整个时代。这说明，莫言文学创作的起点并不高，也不轻松。这是不容置疑的事实。

第二节　在不变中求变化

莫言早期的创作，并非新意全无。毕竟他开始文学创作的时候，文学的大环境和文学自身正在发生翻天覆地的变化，各种新思想、新思潮、新方法、新技巧令人眼花缭乱，新作家、新作品、新现象层出不穷，这一切都不能不对他产生深刻的影响。而一个把文学视作生命的人，也绝

① 莫言：《岛上的风》，《莫言作品系列·白狗秋千架》，上海文艺出版社2005年版，第94页。

非愿意一直沉浸在过去文学的阴影里故步自封。所以,莫言早期的创作,尽管观念较为僵化,主题比较陈旧,艺术创新乏善可陈,但由于新时期文学的影响和自身不懈的努力,一些新的文学因素仍然时不时地出现在他的作品中,不断地给人以惊喜。尤其是在艺术表现方面,他采取了"拿来主义"的态度,尽可能地把一些当时被大家认可的而又是时髦的创作方法和艺术表现技巧、手段,运用到自己的创作中,不断地制造出花样,将小说的表达方式和艺术样式弄得摇曳多姿,以此来提高作品的艺术品位。这些新方法、新技巧的运用,让莫言早期的创作于不变中显现出某些变化来。

传统小说中,常见的是第三人称和第一人称叙述故事,第二人称比较少见。而在《春夜雨霏霏》中,莫言就采用了第二人称"你"的叙述方式,将一个传统的小说主题写出了新意。高行健在《现代小说技巧初探》中说:"第二人称是一种非常强烈的表现手段,""比第一、第三人称'我'和'他'更能把读者带进小说描写的环境中去","因为作者在叙述时一旦用上了第二人称,便立刻可以同读者直接进行感情上的交流,较之用第三人称一个劲地叙述更容易打动读者,比用第一人称自说自话也来得更有效力"。[①] 并且进一步分析说:"作者在用第二人称的时候,事先又要特别考虑到是否对小说中的人物的情感作了真实而充分的描绘。作者如果没有把握能引起读者的共鸣,最好不要用第二人称。"[②] 显然,莫言在《春夜雨霏霏》中使用第二人称叙述,事先对小说中的人物的情感作了真实而充分的了解,从而收到了较好的艺术效果。在妻子娓娓道来的叙述中,"你"也就是军人丈夫的形象逐渐地出现在了读者面前,而且越来越高大、越来越丰满、越来越真实,容不得人产生半点怀疑。因为就丈夫而言,没有比自己的妻子更了解的人了。而妻子的性格,也就在与丈夫的对比中鲜明地映衬了出来。加之字里行间凝聚着莫言个人的生命体验,所以其艺术成就要比他本人同时期许多用第三人称和第一人称写的小说高出不少。高行健出版《现代小说技巧初探》的时

---

① 高行健:《现代小说技巧初探》,花城出版社 1981 年版,第 13—14 页。

② 高行健:《现代小说技巧初探》,花城出版社 1981 年版,第 13—14 页。

间是1981年9月，莫言发表《春夜雨霏霏》的时间几乎与之相同。但是，写作时间要早一些。1981年10月7日，莫言在写给大哥的信中说："暑假里，我写了一篇小说，已在保定《莲池》上发了首篇，这是瞎猫碰了死耗子。这篇东西费力最少，一上午写成，竟成功了，有好多'呕心沥血'之作竟篇篇流产，不知是何道理。"[①]这就是说，莫言写作《春夜雨霏霏》时，很可能还没有看到后来被冯骥才誉为是"现代小说这块园地"里的"一只漂漂亮亮的风筝"[②]、在新时期文学中产生过巨大能量的《现代小说技巧初探》。但这并不能说明莫言没有读过类似的小说或文章，从中悟到或学到第二人称叙述这样鲜见的艺术表现技巧。总之，莫言能够在他发表的第一篇小说中用第二人称写作，不可不谓是大胆、独特而且是比较成功的尝试。当然，这也得益于此前他写的那些流产的"呕心沥血之作"，它们的"尸体"，做了《春夜雨霏霏》成功的垫脚石。

新时期文学伊始，万象更新。针对被"文革"极"左"文艺路线破坏得千疮百孔的文学，人们努力从方方面面去匡扶它、矫正它，力图使它早日回归到正常的轨道上。譬如，针对"三突出"原则以及衍生出来的正面人物要高大、帅气，反面人物要萎缩、丑陋，正面人物要绝对的好，反面人物要绝对的坏，人物好坏要和相貌画等号等"样板化"形象塑造模式，神化、净化、丑化、矮化艺术形象的不良倾向，人们从生活的真实性和多样化出发，描写生活的丰富性和人性的复杂性，对文学进行拨乱反正。其中，塑造有缺点的英雄形象，是作家普遍采用的手段之一，而且实践证明，是一种行之有效的手段。它迅速改变了长期以来当代文学在人们心目中形成的人物形象塑造过于单一化、扁平化的印象，让人物形象顿时变得充实、立体起来。在这方面，徐怀中发表在《人民文学》1980年第1期上的短篇小说《西线轶事》，可以说是最早、最突出、最典型、最有影响的一篇。它以1979年爆发的对越自卫反击战为背景，写了一个男兵和六个女兵战前、战中、战后的生活。在歌颂他们勇于为祖国牺牲的伟大情怀的同时，真实地写出了他们的局限、弱点乃至缺点，

① 管莫贤：《大哥说莫言》，山东人民出版社2013年版，第102页。

② 冯骥才、李陀、刘心武：《关于"现代派"的通信》，《上海文学》1982年第8期。

一改人们对英雄的传统认识。初上战场的六个女兵，无法克服自身的特点，怕蚂蝗，怕死人，怕站岗，怕单独执行任务，甚至在周围全是男兵的情况下，怕解手。男兵刘毛妹，对社会抱有严重的偏见，消极、冷漠，玩世不恭，甚至上了战场了，还一副痞子相。但是，就是这样一群年轻的战士，在祖国需要他们的时候，义无反顾，抛弃了胆怯，战胜了弱点，成为了顶天立地的响当当的军人。六个女兵击退了敌人的偷袭，完成了通信、联络任务。刘毛妹身负重伤，仍然坚持替代牺牲的排长指挥战斗，用报话机向指挥所报告连队的方位，最后壮烈牺牲。牺牲后，人们在他的遗体上发现了 44 处创伤，而这个数字正好是他年龄的两倍。按照生活的本来面貌和人物性格的发展逻辑塑造人物形象，是《西线轶事》留给人们的深刻印象。从此，它作为军事题材小说取得的突破性成就和划时代意义的作品，永远地留在了新时期文坛上。对于这样一部有着强烈的示范性价值的作品，人们自然不会无动于衷，所以学习它、借鉴它、模仿它，便成为了急于改变文学现状的人们疗治文学创伤、开拓文学新局面的一剂良方。在它的影响和带动下，20 世纪 80 年代初，新时期文学出现了一个塑造有缺点、缺陷的人物形象的热潮。冯骥才的《高女人和他的矮丈夫》，路遥的《人生》，蒋子龙的《赤橙黄绿青蓝紫》，包括莫言的《丑兵》《黑沙滩》，都是这样的作品。《丑兵》中的王三社和《黑沙滩》中的左来福，其相貌都丑陋不堪，而其内心又都无比美好，皮相和精神形成了鲜明的反差。其实，无论是塑造有缺点的英雄形象，还是塑造有缺陷的平民形象，从长远来看，都是权宜之计。因为在这个看似合理的艺术设计中，仍然暗含着简单的二元对立模式，只不过采取了变通的手段，将二者混作一处，好中有坏、坏中有好而已。大千世界，芸芸众生，无奇不有，无事不有，无人不有。真正的人生状态是神秘的、吊诡的、变化莫测的，也许一点微不足道的心灵悸动就会引起一场轩然大波，一次偶然的邂逅就会改变一个人的命运。所以，要想写出真实的人生、人性，并不是一件容易的事情。或许莫言后来说的一段话，是解开这个艺术难题的一把钥匙。他说："我的小说跟中国过去的文学作品不一样，是在于我把好人当坏人来写，坏人当好人写。中国的文学在很长一段时间内把好人写得跟神仙一样完美无缺，没有任何缺点；坏人写成一点好处都没有。但是我想大家都是人，于是我试着站在超越阶级利益的高度上，把所有人都当人来写。”[①]“把所有人都当人来写”，是莫言经过多年探索之后总结出的经验。但在当时，他也只能机械地描写有缺点、缺陷的人物，连他自己说的“把好人当坏人来写，坏人当好人写”都没有做到。也许是心有灵犀，也许是命中注定，莫言早期学习和借鉴徐怀中，没想到几年之后，他竟真的成了徐怀中的学生，实在是缘分不浅。

莫言不仅是学习、借鉴优秀的艺术表现技巧的急先锋，还是学习、模仿他人艺术风格的能手。在《售棉大路》和《民间音乐》中，就闪烁着孙犁小说的风格特色。孙犁是中国现当代文学史上一位风格独特的作家。虽然他的小说也诞生在传统文学观统治一切的年代，但由于他善于采取避实就虚、避重就轻的写作策略，把背景当中心写，把小事当大事写，强化环境氛围，淡化矛盾冲突，聚焦人物心灵，突出行为细节，追求语言的优美流畅，从而制造了浓郁的诗意美的特征。例如《荷花淀》这部小说，孙犁无意描写紧张激烈的战斗，而是紧紧围绕发生在水生嫂身上的一系列有趣的故事，将一个战争年代单纯而又可爱的女人形象刻画了出来，在渲染生活充满了诗情画意的同时，把战争的非人道本质婉转、深刻地揭示了出来。《售棉大路》和《民间音乐》虽然远远不及《荷花淀》轻柔优美，但也可以明显地看出莫言在这方面所作的努力。《售棉大路》没有过于强调售棉难的原因，没有故意制造买方和卖方之间的激烈的外在冲突，而是重点叙述漫长而艰巨的售棉过程中几位棉农的心灵冲突以及由此引发的人性变化，将一个原本充满了火药味的社会性事件，变成了一个温馨的道德感化场，让人倍感温暖。围绕售棉难而描写的自然环境，无论是寒冷彻骨的清晨，还是烈日暴晒的中午，抑或是乌云密布、暴风雨即将来临的夜晚，都带有《荷花淀》的烙印，给塑造典型环境中的典型形象提供了适宜的氛围。《民间音乐》中，莫言也没有突出几个买卖人之间的外在矛盾冲突，而是将一切矛盾都集中在他们的

---

① 莫言：《作家应该爱他小说里的人物——与马丁·瓦尔泽对话》，《莫言对话新录》，文化艺术出版社 2010 年版，第 379 页。

闲言碎语和无端猜测上，在一种简约化、诗意化、意象化的描绘中，突出了瞎子丰富的心灵世界和女老板花茉莉的灵魂嬗变。瞎子从哪里来，又到哪里去？花茉莉是否追上了瞎子，结局如何？人们无从得知，只知道瞎子和花茉莉的不期而遇以及他们在马桑镇掀起的商业革命，给马桑镇人的价值观、利益观、是非观，带来了强烈的震撼和影响。小说的结构轻巧别致，语言空灵迷蒙，颇有孙犁小说的艺术风范。所以，孙犁读后，评价甚高："小说的写法，有些欧化，基本上还是现实主义的。主题有些艺术至上的味道，小说的气氛，还是不同一般的，小瞎子的形象，有些飘飘欲仙的空灵之感。"① 对于自己的模仿，莫言并不讳言，他说："依样画葫芦的模仿，起码有两部作品是这样的，《售棉大路》《民间音乐》，有很明显的模仿的痕迹。"② 并且，他根据自己多年的创作经验和观察到的现象，公开断言："几乎没有人是一下子就会写出很成熟的作品，大多数作家刚开始时都是模仿，包括我们伟大的鲁迅，他的好几部作品都可以找到模仿的原本。"③ 的确，模仿也是进步的一种方式，尤其是在创作的初级阶段，模仿会促使人更快地积累经验，培育热爱的激情，寻找到创新的落脚点。或者说，模仿就像一个人走路，没有小时候的蹒跚学步，哪来长大后的健步如飞？考察一下莫言同时期的其他文学新人，又有哪一个不是从模仿起步的？所以，模仿对于一个初登文坛的人来说，并不是一件丢人的事情。相反，成功的模仿会使人更快地跨过模仿这个阶段，进入一个自由自在的新天地。后来的事实证明，莫言很快地跨过了这道门槛，进入了一个自由创造的艺术的王国。

当然，既然是模仿，自然是模仿得越多越好。模仿得越多，说明他眼界越开阔，底蕴堆积得越深厚，以后创新的能量越充足。所以，莫言当初并不仅仅是模仿徐怀中、孙犁，他还模仿其他作家，包括外国的作家。比如《售棉大路》，他就亲承模仿过阿根廷作家胡里奥·科塔萨尔

① 莫言：《从〈莲池〉到〈湖海〉》，《莫言散文》，浙江文艺出版社 2000 年版，第 167 页。

② 莫言：《在文学种种现象的背后——2002 年 12 月与王尧长谈》，见《莫言对话新录》，文化艺术出版社 2010 年版，第 65 页。

③ 莫言、杨庆祥：《先锋·民间·底层》，《南方文坛》2007 年第 2 期。

的《南方高速公路》，而且还从模仿中发现了一个对他来说极富启示意义的写作秘密，“胡里奥·科塔萨尔的《南方高速公路》与我的早期小说《售棉大路》有着亲密的血缘关系……这个拉美大陆颇有代表性的作家的充溢着现代精神的力作，使我受到了巨大的冲击。阅读它时，我的心情激动不已，第一次感觉到叙述的激情和语言的惯性，接下来我就模仿着它的腔调写了《售棉大路》。这次模仿，在我的创作道路上意义重大，它使我明白了，找到叙述的腔调，就像乐师演奏前的定弦一样重要，腔调找到之后，小说就是流出来的，找不到腔调，小说只能是挤出来的”。[①]莫言不仅模仿风格、腔调，还模仿语言。他说自己的几篇描写军人的小说，就是模仿人家的语言写出来的篇什。“显克微支的《灯塔看守人》是我在某训练大队担任政治教员时读到的，当时我已经开始学习写小说，已经不满足于读一个故事，而是要学习人家的‘语言’。本篇中关于大海的描写我熟读到能够背诵的程度，而且在我的早期的几篇‘军旅小说’中大段地摹写过。”[②]莫言在模仿的时候，还善于将不同作家的作品的艺术风格，融会到自己的一部作品中来，表现出了海纳百川的气度。例如《民间音乐》，既吸收了孙犁的艺术特长，又接受了美国南方派女作家麦卡勒斯的《伤心咖啡馆之歌》的深刻影响，成了兼取中外文学作品艺术之长的小说。

莫言之所以能够纵横捭阖，广采博取，是因为他遇上了一个好的时代。在文学发生剧烈变化的转型时期，不仅我国文学的优秀传统得以发扬光大，世界文学的优秀传统也被学习、借鉴、继承了过来。如果说，对古今中外个别作家的借鉴只是让莫言小试牛刀，那么对西方现代派文学的全面系统地学习，则是让莫言小说创作发生裂变、转型的重要的催化剂。西方现代派文学是西方工业化社会的产物，虽然以非理性主义哲学思想作基础，作品中普遍弥漫着浓重的绝望感、颓废感、孤独感、荒诞感等世纪末情绪，但不可否认的是，它深刻揭示了西方社会的精神危机，对人与自然、人与社会、人与人、人与自身之间产生的不可调和的

① 莫言：《独特的声音》，《莫言文集·小说的气味》，当代世界出版社2004年版，第296页。

② 莫言：《独特的声音》，《莫言文集·小说的气味》，当代世界出版社2004年版，第295页。

矛盾，作了精准的刻画和反映。特别是经过一百多年的发展，它在艺术方面积累了丰富的经验，探索出了许多行之有效的艺术表现技巧、手段和方法，为文学的进步和发展做出了巨大的贡献。直到今天，它仍然是西方文学中的一个重要流派，在全世界范围内产生着广泛的影响。受它影响，20 世纪 20—40 年代，我国曾经出现过多个现代派文学创作现象，如李金发的象征主义诗歌，刘呐鸥、穆时英、施蛰存的“新感觉派小说”，戴望舒的现代派诗歌，以穆旦为代表的“九叶诗人”，路翎的小说等。但新中国成立后，由于意识形态方面的原因，它遭到了长期封杀。直到新时期，伴随着改革开放，它才又重新出现在了中国文坛上。饶有趣味的是，在西方现代派文学出现近百年之后才出现的后现代派文学，也几乎同时出现在了人们的视野中，它们共同成为中国作家学习、模仿的对象。中国文学用不到 1 0 年的时间，差不多走完了西方文学一百多年走过的路程。面对域外文学艺术的强烈诱惑，莫言当然不会轻易放过。

莫言对西方现代派文学的学习，是从军艺开始的。在军艺，他犹如铆足了劲儿的发条，不知疲倦地汲取来自四面八方的知识，并且在此基础上，开始思考和探索文学的一些本体问题，文学观、创作观发生巨变。譬如，他读了福克纳的小说后，便对小说产生了这样的认识，一些原以为不可能进入小说的生活照样可以堂而皇之地进入小说，小说不仅可以虚构人物，虚构故事，还可以虚构地理。他说：“我清楚地记得那是 1984 年的 12 月里一个大雪纷飞的下午，我从同学那里借到了一本福克纳的《喧哗与骚动》……我一边读一边欢喜，对这个美国老头许多不合时宜的行为感到十分理解，并且感到很亲切……他从来不以作家自居，而是以农民自居，尤其是他创造得那个‘约克纳帕塔法县’更让我心驰神往……接下来我就开始读他的书，许多人都认为他的书晦涩难懂，但我却读得十分轻松……在此之前，我一直还在按照我们的小说教程上的方法来写小说，这样的写作是真正的苦行。我感到自己找不到要写的东西，而按照我们教材上讲得，如果感到没有东西可写时，就应该下去深入生活。读了福克纳之后，我感到如梦初醒，原来小说可以这样地胡说八道，原来农村里发生的那些鸡毛蒜皮的小事也可以堂而皇之地写成小说。他的约克纳帕塔法县尤其让我明白了，一个作家，不但可以虚构人物，虚构故事，而且可以虚构地理。”① “刚开始创作的时候，也没有意识到这些东西可以变成小说。当时认为‘文革’期间看的那些东西才是小说，想不到我身边的这些普通的事情也能变成小说。我当时的想法，小说应该像《林海雪原》那样的，《红岩》那样的，《野火春风斗古城》那样的。身边这些鸡毛蒜皮的，鸡鸭鹅狗，爷爷、叔叔、兄弟姐妹，这些零零碎碎的东西怎么和文学有关系呢？这个过程是非常漫长的，一直到 1984 年考上军艺，我想是 1984 年的冬天，我才觉悟到，如果我想搞文学，这些东西对我来说是最重要的。”② 受福克纳的启示，莫言长达 20 年的农村生活记忆全部被激活了，他不无感慨地说：“我也下决心要写我的故乡——那块像邮票那样大的地方。这简直就像打开了一道记忆的闸门，童年的生活全被激活了。我想起了当年我躺在草地上对着牛、对着云、对着树、对着鸟儿说过的话，然后我就把它们原封不动地写到我的小说里。从此后我再也不必为找不到要写的东西而发愁，而是要为写不过来而发愁了。”③ 以前，莫言并不是没有生活，而是拘囿于传统的文学观，裹足不前，现在他终于突破了这个掣肘，发现了一个广阔的小说世界。读马尔克斯，莫言寻找到了一种艺术地再造世界的方法，这就是神奇的魔幻现实主义。魔幻现实主义创作方法的主要特征是“变现实为幻想而又不失其真”，④ 在反映客观世界时，可以将它以变形、夸张、荒诞等主观感受的形式表现出来，但又不失其精神的穿透力，产生同现实主义一样甚至是更为强烈的艺术感染力。正因如此，马尔克斯的《百年孤独》获得了 1982 年“诺贝尔文学奖”。莫言记得初读《百年孤独》时

---

① 莫言：《福克纳大叔，你好吗——在加州大学伯克莱校区的演讲》，《莫言文集 · 小说的气味》，当代世界出版社 2004 年版，第 175—176 页。

② 莫言：《在文学种种现象的背后——2002 年 12 月与王尧长谈》，《莫言对话新录》，文化艺术出版社 2010 年版，第 65 页。

③ 莫言：《福克纳大叔，你好吗——在加州大学伯克莱校区的演讲》，《莫言文集 · 小说的气味》，当代世界出版社 2004 年版，第 176 页。

④ 朱栋霖、丁帆、朱晓进：《中国现代文学史》（下册），高等教育出版社 1999 年版，第 132 页。

的心情，“这本书简直就是新时期文学的经典。我读了一页便激动地站起来像只野兽一样在房子里转来转去，心里满是遗憾，恨不得早生二十年”，[①] 感叹“小说原来可以这样写”。[②] 自从魔幻现实主义创作方法征服了莫言，他便把传统的现实主义创作方法彻底地抛弃了，全身心地投入到模仿魔幻现实主义的创作中去了。进入 20 世纪 90 年代，他又将魔幻现实主义创作方法和中国传统的志人志怪小说、灵异小说的表现手法熔于一炉，淬炼出了独特的“神幻现实主义”，将魔幻现实主义这一外来艺术中国化了。很多年后，莫言对《百年孤独》给他带来的强烈的艺术冲击，仍然念念不忘：“马尔克斯实际上是唤醒了、激活了我许多的生活经验、心理体验，我们经验里面类似的荒诞故事、我们生活中类似的荒诞现象比比皆是，过去我们认为这些东西是不登大雅之堂的，这样的东西怎么可能写成小说呢？这样一种小说怎么能传达真善美去教育我们的人民呢？既然马尔克斯的作品是世界名著，已经得到了世界承认了，我们看后就恍然大悟，甚至来不及把他的小说读完，就马上拿起笔来写自己的作品，在这样一种状态下，马尔克斯就像一列火车一样，用巨大的惯性带你往前横冲直撞……”[③] 除此之外，对西方现代派作家、作品、理论的学习，还让莫言打开了想象的翅膀，开启了想象能力，为他后来脱胎换骨，走向腾飞，打下了坚实的基础。1984 年秋天，他在一篇题目叫《天马行空》的文章中，高度评价“想象”在文学创作中的作用，不啻为向“社会生活是文学创作的唯一源泉”的传统文学观告别的宣言书。他说：“作家在进入创作过程之前和创作过程中，最艰苦也最幸福、最简单也最复杂的劳动就是想象。没有想象就没有文学。”“一个文学家的天才和灵气，集中地表现在他的想象力上。浮想联翩，类似精神错乱，把风马牛不相及的若干事物联系在一起，熔为一炉，烩成一锅，糅成一团，剪不断，撕不乱，扯着尾巴头动弹，这就是想象的简单公式和一般

---

① 莫言：《我与译文》，《会唱歌的墙》，作家出版社 2005 年版，第 281 页。

② 莫言：《翻译家功德无量——在北京大学世界文学研究所成立大会上的发言》，《小说的气味》，当代世界出版社 2004 年版，第 7 页。

③ 莫言、杨庆祥：《先锋 · 民间 · 底层》，《南方文坛》2007 年第 2 期。

目的。”“一篇真正意义上的作品应该是一种灵气的凝结。在创作的过程中，可以借鉴，可以摹仿，但支撑作品脊梁的，必须是也不会不是作家那点灵气。只有有想象力的人才能写作，只有想象力丰富的人才可能成为优秀作家。”“创作者要有天马行空的狂气和雄风。无论在创作思想上，还是在艺术风格上，都应该有点邪劲儿。”①

观念上的变化，带来的必然是创作上的变化。虽然标志莫言创作发生质变的作品出现在 1985 年及其以后，但 1984 年 9 月写的三个短篇小说已将这种变化初露端倪。这三篇小说就是莫言在一个晚上写出的《大风》《石磨》和《五个饽饽》。“那天晚上写了三个短篇，一个《大风》，一个《石磨》，还有一个是《五个饽饽》。”② 这三篇小说固然短，但莫言后来创造的丰富博大的文学世界中的几个关键词都出现了，如“故乡”“家族”“民间”“我爷爷”“母亲”以及“童年视角”的叙述方式等。只是当时，人们尚不知它们对于莫言的重要意义。

《大风》是莫言进军艺读书后写的第一篇小说，也是第一篇题材、主题、表现形式都与这之前的小说不一样的小说。之前的小说题材庄重、主题高大、表现形式正统，而这篇小说与这些都风马牛不相及。他写的是“我”与“爷爷”的一次奇特的割草经历，字里行间无不洋溢着单纯、质朴的农村生活气息。爷爷去世后，“我”回家奔丧。听母亲絮叨爷爷去世的过程，“我”不禁想起了童年的一件往事。那时“我”还小，刚过 7 岁，跟着爷爷一早去割草。爷爷是村子里有名的农活高手，什么都难不住他。对于割草，更是得心应手。他一边哼着民间乡野小调，一边割草。“我”在草甸子上撒欢。刚过中午，爷爷就割了满满一大车草。然而，就在“我”们要收工的时候，突然刮起了大风。一车草被刮了个一干二净。“我”被惊呆了。唯有爷爷青铜雕塑般在大风中一直保持着用力推车的姿势。大风过后，“我”沮丧地说：“爷爷，就剩下一棵草了。”

① 莫言：《旧“创作谈”批判》，《莫言文集·小说的气味》，当代世界出版社 2004 年版，第 285—286 页。

② 莫言：《在文学种种现象的背后——2002 年 12 月与王尧长谈》，《莫言对话新录》，文化艺术出版社 2010 年版，第 66 页。

爷爷说:"天黑了,走吧。"[①]至此,小说结束。小说歌颂什么,批判什么,一点也看不到,看到的只是发生在乡村田野间的琐碎农事、孩童趣事。这篇小说得益于福克纳的熏陶,写农村里那些鸡毛蒜皮的事情,用传统眼光来看,没有多少价值。然而,就是这篇看似没有价值的作品,在莫言的创作中却绝对不会只有鸡毛蒜皮的重量。它开启了莫言描写故乡生活的先河,有几个"第一次"必须值得重视。第一次描写故乡生活,第一次聚焦家族生活,第一次运用童年视角,第一次出现"我爷爷""我母亲"的形象,第一次描写了民间,第一次游离宏大主题。而这些,无一不是莫言后来创作的焦点。第一次描写故乡生活,尽管没有出现"高密东北乡"的字眼,但故乡的烙印已然潜伏在了他的脑海里。第一次聚焦家族生活,尽管很简单,但也许从此找到了进入历史的突破口。第一次运用童年视角,尽管不成熟,但或许感受到了童年视角不同于成人视角的神奇、美妙。第一次塑造"我爷爷""我母亲"的形象,尽管流于简单的介绍,但也发现了一条走近血肉丰满的人物形象的捷径。第一次描写民间,尽管远远没有揭示出民间的丰富、博大以及强悍的生命力,但有可能意识到了民间的伟力对于强化环境氛围、塑造人物形象发挥的重要作用。第一次游离宏大主题,尽管琐碎、细小,却也让莫言发现了一个更大、更广阔、更具有永恒的文学意义、更值得探索的艺术世界。总之,这几个"第一次",让莫言捕捉到了文学的真谛,嗅到了来自广袤的大地的气息,听到了发自悠远的历史深处的真诚呼唤。小说写完后,由于与传统小说不一样,与自己从前的小说也不一样,莫言心中没底,不知道能不能发表,放了一段时间后,才投寄出去。没想到,不仅很快得以发表,而且旋即被《小说选刊》转载了,这增强了他继续写作这类小说的信心。

《石磨》《五个饽饽》与《大风》,有着同样的艺术气质与风格。《石磨》通过童年视角,透视民间的几种传统习俗,满足于把它们挖掘出来,而不予以褒贬臧否。小说似乎成了民间习俗的展览馆。这几种民间习俗,

---

① 莫言:《大风》,《莫言作品系列·白狗秋千架》,上海文艺出版社 2005 年版,第 156 页。

一是农村广泛存在的父母包办婚姻，二是由于包办婚姻引发的夫妻之外的男女关系。包办婚姻自不必说，自古皆然，即便是20世纪70年代，在农村中也非常流行。倒是夫妻之外的男女关系，虽然从伦理道德上讲不通，但能够得到周围人的默认，似乎有某种合理性。故事以一个不谙世事的儿童“我”的口吻讲出，更突出了习俗的客观性、真实性。“我”的父亲和邻居四大娘青年时代相爱，但爷爷、奶奶却给父亲包办了一门婚事，这就是比父亲大6岁的“我”的母亲。四大娘后来也结婚了，男人是个不务正业的二流子。他们生了个女儿叫珠子。珠子童年时，父亲去世了。从此，四大娘一个人带着珠子生活。也许是旧情萌发，也许是可怜珠子母女无依无靠，父亲很快就和四大娘好上了。对此，母亲心知肚明，也很痛苦，但无可奈何，只能默默地承受。因为在我们那个地方，自古皆然。所以，当“我”长大后反抗父母包办婚姻时，母亲这样劝慰：“孩子，听你爹的话吧。祖祖辈辈就是这么过来的……”[①]“祖祖辈辈就是这么过来的”，说明这种习俗在民间有着多么强大的生命力！在它的制约下，一辈辈的人只能重复着生活赠予的痛苦。《五个饽饽》写了除夕晚上发生在“我”家的一件奇事，看似是对人性的考察，实际上是通过“我”的童年视角来向人们讲述一种古老的民间习俗。很久以来，“我”的家乡流传一种习俗，在除夕夜降临的时候，会有人扮成“财神”，到各家各户的门口唱喜歌。唱得越动听，得到的赏赐也就越多。在生活困难的日子里，家家都不富裕，“财神”唱一晚上也得不到几个水饺，但这种风俗依然盛行。张大田是“我”们村子的“财神”。一年除夕夜，他来“我”家门口唱喜歌。在“我”家的院子里，事先摆好了五个呈宝塔状的饽饽，用来祭祀鬼神。张大田唱得很卖力，但由于实在窘迫，“我”娘只给了他六个饺子。他唱着喜歌走了。然而，就在我们家吃完饺子，要收回那五个饽饽时，却发现全不见了。谁拿走了那五个用最后一点白面蒸的、寄托了一家人来年全部希望的饽饽？奶奶和母亲相互埋怨，爷爷疑忌是张大田。但当“我”和母亲找到他时，他却说没拿。“我”气急败坏地

① 莫言：《石磨》，《莫言作品系列·白狗秋千架》，上海文艺出版社2005年版，第164页。

搜遍了他的全身,也没有找到。母亲让“我”对张大田的粗鲁表示道歉,“我”赌气跑了。天亮的时候,“我”做了一个梦,梦见那五个饽饽依然呈宝塔状端放在原来的地方。赶紧出去一看,果不其然。是谁放回了那五个饽饽?没有答案,也无须答案。让人们记住在“我”的故乡至今仍然流传着这样一个古老的习俗,就足够了。所以这篇小说的主角依然是习俗。

当莫言把笔触转向故乡、民间、家族,以童年视角观察社会变迁、人生百相、历史更迭的时候,他发现了一座文学的富矿。从此,他在这座富矿上不断地向地心钻研,获得了巨大的成功。1986 年春天,他在写出《透明的红萝卜》《红高粱》等作品后,不无自觉地说的一番话,证明他对文学确实有了独到而深刻的认识。他说:“我想:一、树立一个属于自己的对人生的看法;二、开辟一个属于自己领域的阵地;三、建立一个属于自己的人物体系;四、形成一套属于自己的叙述风格。这些是我不死的保障。”[①] 这一切,后来他都做到了。

① 莫言:《两座灼热的高炉》,《世界文学》1986 年第 3 期。

第二章　童年视角·高密东北乡·魔幻现实主义与莫言的第一次创作高潮

第一节　童年视角与黑孩眼中的“透明的红萝卜”

童年视角无疑是莫言找到的艺术地表现世界的第一把“钥匙”。尽管在这之前，莫言已经在文学创作的道路上跋涉了许多年。但那几年，与其说是在创作，不如说是在寻找“钥匙”。《大风》《石磨》《五个饽饽》，让莫言找到了这把“钥匙”，但显而易见，那时的他还运用得并不熟练。及至写作《透明的红萝卜》《红高粱》等作品，他才将这把“钥匙”挥舞得虎虎生威、游刃有余，不仅打开了一个神秘、奥妙、广阔的艺术天地，而且使自己从新时期文学的边缘地带闯入了核心区域。

莫言使用童年视角，与他阅读福克纳有关，更与他系统接受西方现代派文学及弗洛伊德的精神分析学说密不可分。弗洛伊德的精神分析学说是西方现代派文学创作的理论支柱之一，在它的影响下，曾经诞生了无数优秀的作品。弗洛伊德认为，创作是作家的“白日梦”，文学作品是作家的“自我披露”。当一个人的愿望不能满足时，他就会通过“白日梦”的形式表现出来，而当用文字记录下这个“白日梦”时，它就变成了文学作品。“白日梦”无处不在、无时不在，是人的潜意识的自然流露。所以，作家的作品是他秘密成长的心灵的一种外在呈现。弗洛伊德还认为，一个人的童年时代是他梦想或幻想最为强烈、旺盛的时期。在这个时期，孩子们往往会自造一个属于自己的世界，通过一些自娱自乐的游戏来满足内心萌发的欲望。当这个人长大后，虽然表面上停止了儿时的游戏，但这种游戏带给他的快乐却并没有随着时间的流逝而变得模糊不清，反而会以一种更加明晰的童年记忆，不时地从心底深处翻涌上来，让他不断地回到儿时的欢乐中去。作家们的创作，就像游戏中的孩子一样，非常认真地在创造一个幻想的世界，从中得到某种快乐或寄托某种感情。幻想的世界无奇不有，幻想的世界缤纷多彩，这也就是为什么作家们总有写不完的丰富多彩的素材，有这样或那样的激动人心的情感迸发。“经常出现这样的状况，当我在写一篇小说的时候，许多新的构想，就像狗一样在我身后大声喊叫。”[①] 莫言的童年生活、童年记忆，被弗洛伊德的精神分析学说和福克纳的作品全部激活了！从此，莫言儿时遭受的苦难，经历的饥饿与孤独，躺在故乡的草地上对着牛、对着云、对着树、对着鸟儿说过的那些痴话、疯话，乃至他的家庭、家族、亲人、族人，身边的人和事，都被他统统地写到了小说里去，成了他宝贵的写作资源。当然这一切，都在他的小说中作了合理化的艺术处理。

莫言是在饥饿与孤独中度过自己的童年时代的，虽然痛苦，但那又的确是一段神奇、丰富、独特的经历。生他养他的高密东北乡自不必说，神灵遍野，充满传奇。单就他的家庭、身世、童年经历以及从小耳濡目染的文化氛围而言，也相当奇谲、诡异，包藏着丰富的社会历史内容。莫言的祖上并不生活在高密东北乡，而是居住在县城一带。曾祖父与邻居打官司输了，赌气搬到了高密东北乡。曾祖父有三个儿子。大儿子也就是莫言的大爷爷，终生行医，口碑很好，但是因为有个儿子新中国成立前跑去了台湾，致使划分家庭成分时被划成了地主，在乡里一辈子抬不起头来。好在他有个小女儿，长期在乡村医院工作，救死扶伤，精益求精，为他们一家赚回了不少好名声。小儿子即莫言的三爷爷，自幼争强好胜，从不服输，但终究也就坏在争强好胜上。战争年代，他和人打赌，赌小巧、精致如女人玩意儿的勃朗宁手枪能不能把人打死，结果把自己给打死了。也有一说是被手枪走火打死的。但不管如何，身上总归凝聚着一股匪气。莫言的爷爷排行老二，一生务农，是庄稼地里的行家里手。他会很多手艺，还会讲民间故事。莫言小时候少有的乐趣，大多数来自

① 莫言：《福克纳大叔，你好吗——在加州大学伯克莱校区的演讲》，《莫言文集·小说的气味》，当代世界出版社 2004 年版，176 页。

爷爷。童年时代的莫言，生活在一个大家庭里。爷爷、奶奶、父母、叔婶、哥哥、姐姐、堂妹、堂弟十几口人，聚居在一个屋檐下，日子难熬，经常为一些吃、住、穿等鸡毛蒜皮的小事争执。处在辈分最底层的莫言，面对纷争，时常感到憋屈、压抑，有说不尽的烦恼。况且，绝大多数的纷争，又是由他引起的，因此他难免经常受到大人们的数落、打骂，这更增加了他的孤独、痛苦。他在一篇文章中曾经说，一次吃饭时，他感到堂妹手里的地瓜干比他的大，便一把夺了过来，把自己的扔给了堂妹，但等到拿到那块地瓜干时，他又觉得还是原来的那块大，便又强行地换了回去。这一夺一换，不仅引起了堂妹的强烈不满和号啕大哭，也引发了母亲和婶婶妯娌间的龃龉，招致自己挨了母亲好一顿抱怨。为了填饱肚子，他什么都吃过，甚至吃过煤块，那种甜丝丝的滋味，让莫言记忆了一辈子。莫言家的家庭成分是上中农，在当时来说属于半个剥削阶级，所以父亲一辈子谨小慎微，唯恐做错什么事情，给家庭招来灾祸。莫言小时候挨了父亲无数次的打骂，多半是因为他在外面闯了祸。其中有一次，他看了电影《农奴》以后，在学校里学着电影中的人的口吻说:“学校是监狱，老师是个奴隶主，班干部是老师的狗腿子，我们都是奴隶”，[①]受到了学校的警告处分。为此，挨了父亲一顿打骂。母亲是一个苦命的小脚女子，一共生育了八个子女，但只存活了四个，莫言是她最小的孩子。因为小，莫言才获得了比哥哥、姐姐更多的母爱，这是莫言终生难忘的事情。家庭出身不好，又有多嘴多舌的毛病，再加上长得丑，小时候的莫言很不受人待见，总会受到莫名其妙的冤枉。小学只上到 5 年级，就被迫辍学，也是这方面的原因。莫言接受的正规教育虽然不多，但他接受的民间文化滋养却很丰富。高密是一个民间文化大县，戏曲、绘画、剪纸、泥塑都底蕴深厚，流传在民间的各种神话、传说、故事俯拾即是，这都给莫言留下了深刻的印象。更难能可贵的是，小时候的莫言还是一个求知欲望非常强烈的人，他尽其所能搜罗书籍，来满足自己的阅读欲望。他读了很多书，小说、药方、说明书、科普文章，哪怕是随便一张

① 莫言:《在文学种种现象的背后——2002 年 12 月与王尧长谈》,《莫言对话新录》，文化艺术出版社 2010 年版，第 33 页。

纸片上有几个字，他也拿起来读一读。大哥的高中语文课本、大学中文系教材，拿到手更是如获至宝，不读得烂熟于胸不罢休。为了读书，他能替别人推一下午石磨，换回一本书；为了读书，他还能躲在草垛里一下午不出来，任凭蚊虫叮咬。莫言读书时，总是带着感情去读，所以他对于读过的书，记忆格外深刻。他说，9岁那年，曾为《三家巷》中区桃的遭遇，伤心落泪，郁郁寡欢好几天。读《钢铁是怎样炼成的》，还为冬妮娅和保尔的爱情，担惊受怕，劳心伤神。总之，莫言小时候的经历，遭受的饥饿与孤独的双重磨难，对一般人来说，也许仅仅是那个时代给予的一段绕不过去的人生经历，但是，对于莫言而言，却成了取之不尽、用之不竭的创作源泉。正如他所说："我近几年的创作，不管作品的艺术水准如何，我个人认为，统领这些作品的思想核心是我对童年生活的记忆，是一曲本质忧郁、埋葬童年的挽歌。"[①] 记忆的大门一旦打开，一个神秘的、丰富的、广阔的艺术世界，便呈现在了人们的面前。莫言的创作顿时灵动、丰满、充实了起来。

《枯河》是莫言1985年3月写的一篇小说，由于使用了童年视角，细致描画了一个少年遭到磨难时的切肤感受，从而将"文革"时代的荒谬、残忍本质，农民丧失人格的对权力的盲目崇拜，真实地反映了出来。小说写了一个叫"小虎"的男孩因为爬树压断了树枝，从树上摔下来，砸伤了村支部书记的女儿，闯了大祸，招来全家人的一顿暴打，不堪忍受，最后跳进冰河自杀的故事。通过这个悲剧，将小虎承受的所有的苦难都指向了畸形时代的畸形人生。"文革"时期的农村，权力至高无上，不仅掌握着丰厚的人生资源，还操纵着别人的命运。拥有权力的支部书记，宛如一个土皇帝，说一不二，别人只有对他臣服的份，而不能有半点怨言。这种印象，已经深深地烙印在了农村人的骨子里。就像小虎一家人对待书记一家人，无论怎样，人家都是对的，甚至是来自对方的侮辱，小虎一家也把它看作是难得的荣耀。小说中有这样一段描写，甚是经典：

① 莫言：《10年一觉高粱梦》，《中短篇小说选刊》1988年第3期。

这个人曾经拧着他的耳朵，当着许多人的面问："小虎，一条狗几条腿？"他把嘴巴使劲朝一边咧着，说："三条！"众人便哈哈大笑。他记得当时父亲和哥哥也都在人群里，哥哥脸憋得通红，父亲尴尬地陪着众人笑。哥哥为此揍他，父亲拉住哥哥，说："书记愿意逗他，说明跟咱能合得来，说明眼里有咱。"①

这个场景，小虎记忆犹新，每每忆起，都会不寒而栗。所以从那以后，只要看见书记，他吓得连气儿都不敢喘。试想一下，一个把书记的权威看得如此重要的家庭，面对对书记女儿的伤害，又会有怎样的表现呢？小虎惊恐的眼睛里，记录下了这一切：

他今天才知道父亲的模样。父亲有两只肿眼睛，眼珠子像浸泡在盐水里的地梨。父亲跪在地上也很高。……父亲跪着哀求："书记，您大人不见小人的怪，这个狗崽子，我一定狠揍。他十条狗命也不值小珍子一条命，只要小珍子平安无事，要我身上的肉我也割……"书记对着父亲笑。书记嘴里喷着一圈圈蓝烟。

……

哥哥把他扔在院子里，对准他的屁股用力踢了一脚，喊道："起来！你专门给家里闯祸！"他躺在地上不肯动，哥哥很有力地连续踢着他的屁股，说："滚起来！你作了孽还有了功了是不？"

……

哥哥愤怒地对母亲说："砸死他算了，留着也是个祸害。本来我今年还有希望去当个兵，这下子全完了。"

他悲哀地看着母亲，母亲从来没有打过他。母亲流着泪走过来，他委屈地叫了一声娘，眼泪鼻涕一齐流了出来。

母亲却凶狠地骂："鳖蛋！你还哭？还挺冤？打死你也不解恨！"

---

① 莫言：《枯河》，《莫言作品系列·白狗秋千架》，上海文艺出版社 2005 年版，第 177 页。

母亲带着铜顶针的手狠狠地抽到他的耳门子上。他干嚎了一声……①

父亲的暴打，更是让他灵魂出窍，似乎预感到了死神在向他招手：

……他发着抖倚在自家的土墙上，看着父亲一步步走上来。夕阳照着父亲高大的身躯，照着父亲愁苦的面孔。他看到父亲一脚赤裸，一脚穿鞋，一脚高一脚低地走过来。父亲左手提着一只鞋子，右手拎着他的脖子，轻轻提起来，用力一摔。他第三次感到自己在空中飞行。他晕头转向地爬起来，发现父亲身体更加高大，长长的影子铺满了整个院子。父亲和哥哥像用纸壳剪成的纸人，在血红的夕阳中抖动着。母亲那只厚底老鞋第一下打在他的脑袋上，把他的脖子几乎打进腔子里去。那只老鞋更多的是落在他的背上，急一阵，慢一阵，鞋底越来越薄，一片片泥土飞散着。

"打死你也不解恨！杂种。真是无怨无仇不结父子。"父亲悲哀地说着。说话时手也不停，打薄了的鞋底子与他的黏糊糊的脊背接触着，发出越来越响亮的声音……②

……他怕极了，一种隐隐约约的预感出现了。那是一个眉毛细长的媳妇，她躺在一张苇席上，脸如紫色花瓣。旁边有几个人像唱歌一样哭着。这个小媳妇真好看，活着像花，死去更像花……支部书记站在小媳妇尸身前，眼泪盈眶，小媳妇脸上突然绽开了明媚的微笑。眉毛如同燕尾一样剪动着。支部书记一下子化在地上，浑身上下都流出了透明的液体……他当时就觉得死是件很诱人的事情……③

---

① 莫言：《枯河》，《莫言作品系列·白狗秋千架》，上海文艺出版社 2005 年版，第 181 页。

② 莫言：《枯河》，《莫言作品系列·白狗秋千架》，上海文艺出版社 2005 年版，第 183 页。

③ 莫言：《枯河》，《莫言作品系列·白狗秋千架》，上海文艺出版社 2005 年版，第 182 页。

平时的屈辱，亲人的暴打，让小虎失去了活的信心，竟然产生了幻觉，觉得死也是件很诱人的事情。于是，夜深人静时，他走出了一点儿也不值得留恋的家门，跳入了冰河。

小说中，还有一个情节，非常耐人寻味，这就是小虎是如何爬上树去的。从起因看，他是赌气爬上去的。因为小珍硬说他爬不上去，而他天生就有爬树的本领，不可能爬不上去。为了证实自己的本领，他很快地爬了上去，而且越攀越高，直至树梢承担不了他的体重摔下来。但从另外一个角度看，也就是他的心理动因来看，或许有讨好小珍的嫌疑。因为讨好小珍，就是讨好书记，而讨好书记，也许就能改变家庭频遭歧视的命运。况且，小说中真有小珍让他上树折根树枝削一管枪的要求。如果这个理由成立，那就更可怕了。是什么在一个孩子原本纯洁的心灵中，过早地埋下了权力的阴影，让一个孩子承担起了本不该他承担的责任？又是什么让权力过度膨胀，压缩了人的生存空间，造成了这样多的人间悲剧？谁能说清楚？小说的题目叫《枯河》，也实在是好！自然的河没有干枯，否则它焉能淹死小虎？干枯的是亲情的河。亲情也是一条河，它能滋润人的心灵。但当亲情这条河干枯时，它带来的必然是生命的枯萎、凋零。然而，亲情这条河又是怎样干枯的呢？个中原因自然引人沉思。

由于小说是从童年视角来反映这一悲剧的，所以小说中有许多不同于成人世界的稀奇古怪的感受。譬如，小虎挨父亲打时，他对父亲和哥哥“像用纸壳剪成的纸人”的感受。被打得神情恍惚时，他对于死亡小媳妇“脸上突然绽开了明媚的微笑”的感受。他跳入冰河，半凝固的冰水把他固定住，死神马上降临，一切痛苦终于要解脱时，他对于周围世界的感受，都是异常奇特的，充满了通感、象征、隐喻、变形等魔幻色彩。其中，死神降临时，莫言这样描写他的感受：

鲜红太阳即将升起那一刹那，他被一阵沉重野蛮的歌声吵醒了。这歌声如太古森林中呼啸的狂风，挟带着枯枝败叶污泥浊水从干涸的河道中滚滚而过。狂风过后，是一阵古怪的、紧张的沉默。

在这沉默中，太阳冉冉出山，砉然奏起温暖的音乐，音乐抚摸着他伤痕斑斑的屁股，引燃他脑袋里的火苗，黄黄的，红红的，终于变绿变小，明明暗暗跳动几下，熄灭。①

生的欲望混合着死的欲望，火热的情感夹杂着冰冷的情感，这样奇特的感受，揭示了一个少年儿童在面临苦难和死亡时复杂的心理波动。

童年视角，增强了小说主题的穿透力。魔幻手法，又加强了小说表达的艺术性。《枯河》在二者的共同作用下，出现了艺术腾飞的迹象。

任何一部小说，都是作家的“孩子”。而每一个“孩子”的诞生，都会在作家心灵上留下不可磨灭的印记。但是，如果真要确定一部作品作为莫言的成名作的话，那还非《透明的红萝卜》莫属。《透明的红萝卜》发表于《中国作家》杂志 1985 年第 2 期，是莫言第一部产生重大轰动效应的小说。如果说，这之前莫言还是一个默默无闻的作家，那么这之后，他一跃成为了新时期引人注目的作家。据莫言自述，这篇小说源自他的一个梦。“一天早晨，天刚亮的时候，我迷迷糊糊做了一个梦，眼前出现了一片很广阔的红萝卜地，北方的大红萝卜，很鲜艳的。太阳初升，一轮红日，很大的一轮红日从地平线上冉冉上升，萝卜地中央有一个草棚子，草棚子里出来一个红衣少女，很丰满穿红衣的姑娘，手里拿了柄鱼叉，叉起一个萝卜，举着，朝太阳走过去。这时起床号响了，我醒了。起床后，对同学说，我刚才做了个梦，能不能写小说啊？我同学说，好啊，写啊。然后我就写，就把我少年时代在水利工地上当小工，帮人家打铁的一段事情写进去了，故事自然放到了‘文革’背景中。”②小说写成后，莫言拿给徐怀中老师征求意见，徐老师拍案叫绝，并且帮着他把小说的题目由《金色的红萝卜》改成了《透明的红萝卜》。这一改，由实到虚，改出了一个全新的境界。因此，莫言后来说，《透明的红萝卜》的成功，离不开徐怀中老师的殷切关怀。小说发表后，立刻在新时期文

① 莫言：《枯河》，《莫言作品系列·白狗秋千架》，上海文艺出版社 2005 年版，第 185 页。

② 莫言：《在文学种种现象的背后——2002 年 12 月与王尧长谈》，《莫言对话新录》，文化艺术出版社 2010 年版，第 68 页。

坛引起了强烈的反响。它散发出的灼目光芒，顿时遮蔽了莫言此前所有的创作。莫言也好似横空出世，一下子成为了人们津津乐道的对象。直到今天，仍然有许多人认为《透明的红萝卜》是他最优秀的作品。

《透明的红萝卜》的成功，依然在于通过童年视角，讲述了一个“文革”时期农村孩子的苦难生活，不过它所建构的艺术世界，要比《枯河》庞大得多，深奥得多，奇幻得多。如果说，《枯河》通过小虎的视角，反映了外部世界的荒谬，权力在农村的异化，那么，《透明的红萝卜》则通过黑孩的遭遇，重点揭示了生活的荒谬、人性的迷失，给人的心灵尤其是少年一代的心灵造成的严重的内伤。它讲述了这样一个故事：黑孩自幼丧母，跟着后娘长大。因为长期遭受后娘虐待，他长成了一个近乎哑巴的沉默男孩。畸形的家庭，偏执的性格，又使他经常受到村人歧视。尤其是来自掌握着权力意志的生产队队长和公社刘副主任的奚落，更使他沉默寡言。因此，在人们的印象中，他简直就是一个无人疼爱、自生自灭的弃儿。在逼仄、困窘的生活环境里，他唯一能做的，就是时常用不为人理解的怪异举动，抗争命运的不公。为了挣工分，养活自己，他跟着大人们来到了水利工地兴修水利。因为小，先是与一群妇女砸石子，后因不小心砸破了手，被生产队长开恩，发配到了修理器械的铁匠铺，帮着拉风箱。在铁匠铺，他经历了人生最大的风波，也第一次体会到了人间冷暖。铁匠铺里有一个小铁匠，是个诡计多端、心狠手毒的青年，他因为师傅不把关键技术传授给他，让他早日单干而产生的不满，统统地发泄到了黑孩身上，让黑孩承受了许多莫名的痛苦。后来，小铁匠偷艺成功，硬生生地逼走了师傅，从此黑孩成了他的奴隶。他指使黑孩干这干那，稍有不从，非打即骂，尽情享受着奴役别人的快乐。工地上还有一个小石匠，是个极富正义感的青年，也很关心黑孩，他爱上了一个叫菊子的姑娘。菊子姑娘也是一个纯朴的、极富同情心的人。她看到黑孩孤苦伶仃，便想方设法照顾他、关怀他，让黑孩感受到了人生从未有过的温暖。菊子姑娘对黑孩的关爱，让黑孩默默地喜欢上了她。小铁匠也爱上了菊子姑娘，但是，当他看到菊子姑娘真心喜欢的是小石匠时，他就把小石匠当成了自己的敌人，故意刁难小石匠。要么不给他及时地修复劳动工具，让他窝工，要么在修复工具时偷工减料，让修复好的工具用不了多长时间准坏。对于小铁匠的刁难，小石匠非常生气。而对于小石匠的爱情，小铁匠又异常嫉妒。后来，俩人发展到以武力解决问题的地步。他们扭打在了一起。一开始小石匠哪是小铁匠的对手，一个回合下来，就明显处于下风。但小石匠有他的办法，他抓起一把沙土，对准小铁匠的脸打过去，迷住了他的独眼，并趁机把他按倒，拳打脚踢。就在小石匠又处于上风的时候，黑孩鬼使神差地帮了小铁匠一把，把小石匠掀翻在地。重新坐起来的小铁匠，报复性地向四处乱扔石子。不料，一块石片插入了菊子姑娘的眼睛。面对这种结果，黑孩惊呆了，他松开了抓着小石匠的手。第二天，工地上不见了菊子姑娘和小石匠。小铁匠发疯了一般在工地上撒泼。黑孩为了给所谓的师傅小铁匠弄萝卜，他跑进了黄麻地，偷拔萝卜，不幸被看萝卜人逮住，剥光了衣裤。这时，他才感到了人生从未有过的畅快。

这是一个悲剧故事，而且是一个四败俱伤的故事。四个人不仅是贫穷、落后、愚昧的现实生活的受害者，更是感情上的受害者。在追求幸福的感情生活的道路上，他们彼此都被对方伤害得遍体鳞伤，心中滴血。莫言从感情角度进入少年的内心，凸显了他的创造性劳动价值。当然，最重要的是揭示出了处在这一旋涡中的黑孩的隐秘的心理世界。在他不被人理解的怪异举动中，暗藏着强烈的本能冲动。小说中，“透明的红萝卜”是一个十分耐人寻味的意象，它蕴含着无比丰富的象征性隐喻，也隐藏着黑孩的本能欲望。“毫无疑问，这红萝卜是黑孩的幻觉，是他无意识中一个‘小阳物’的隐喻。”[①] 确切地说，这个“小阳物”就是黑孩被激发起的朦胧的性意识的象征。弗洛伊德在解释人的性本能、性意识、性爱时，曾说：“婴儿从3岁起，即显然无疑地有了性生活。那时生殖器已开始有兴奋的表现。”[②] 并且进一步解释说，婴儿性兴奋的具体表现是用手抚摸生殖器，或用力扭曲双腿摩擦生殖器，以获得快慰感。

① 张清华：《介入、见证、一路同行——莫言与中国当代小说的变革》，《中国作家》2009年第5期。

② [奥]西格蒙德·弗洛伊德：《精神分析引论》，高觉敷译，商务印书馆1986年版，第258页。

待稍长后，当他们有了男女意识，父母便成了他们暗恋的对象，这时的儿童往往有强烈的“恋父”“恋母”情结。再稍长，当他们长大成人，具有了伦理道德意识，懂得了羞耻，他们便把这种先前针对自己或父母的情感转向了家庭之外的异性，于是便产生了爱情。这是人类情感发生、发展的自然规律。黑孩作为一个生理健全的人，心底里自然也潜藏着对性的渴望，有着对爱的向往。但是，由于他家庭独特，社会地位卑劣，导致他从来不敢把本能欲望像其他人那样正常地释放出来。所以他只能把它们深深地埋藏在心底，以一种倒错或变态的方式表现出来。本能欲望不能释放，其他一切美好的愿望也得不到实现，久而久之，黑孩养成了一种多疑、敏感、古怪的性格。这种性格，支撑着他应对外部世界的一切。别人骂他，他以沉默应对。骂急了，也只是倔强地歪着头死命地看着对方，让对方心底发毛。再受到更剧烈的打骂时，他会以自残的方式来舒解心中的怨恨。比如小铁匠让他把烧坏了的铁钻子捡回来，他二话没说，握起钻子就走，任凭手里冒烟，皮肉被烫得“滋滋啦啦”地响。残忍的程度连故意折磨他的小铁匠都看不下去了，他却像没事人似的，表现得异常镇静。越是沉默的人，对周围的世界越敏感，越是缺少爱的人，对爱也越迫切。因此，当菊子姑娘出于人道主义的同情和女性天生的母爱怜悯之心去关爱他时，他心底深处那根最柔软最敏感的神经被触动了，同时也激活了他的本能意识，让他从心底里面萌发了对菊子姑娘强烈的爱。这种爱，包括两个方面的含义。一方面，是一种类似儿子对母亲的爱，从小缺少母爱的黑孩在菊子姑娘这里得到了补偿；另一个方面，是男女情爱，更确切地说是性的本能冲动。当黑孩心中有了这种说不清道不明的爱的意识之后，世界在他的眼中开始变得温柔、可爱起来。小说中，莫言描画了一个经典细节，将黑孩对于外界的这种感觉变化，形象地描绘了出来。在那个老铁匠唱情歌的晚上，也是小石匠和菊子姑娘温情脉脉地互表爱意的晚上，黑孩坐在炉火旁烤萝卜，原本单调乏味的重复性劳动，在他眼中，变成了一幅美轮美奂的充满了诗情画意的美妙画面：

他看到了一幅奇特美丽的图画：光滑的铁砧子上，泛着青幽幽蓝幽幽的光。泛着青蓝幽幽光的铁砧子上，有一个金色的红萝卜。红萝卜的形状和大小都像一个大个阳梨，还拖着一条长尾巴，尾巴上的根根须须像金色的羊毛。红萝卜晶莹透明，玲珑剔透。透明的、金色的外壳里苞孕着活泼的银色液体。红萝卜的线条流畅优美，从美丽的弧线上泛出一圈金色的光芒。光芒有长有短，长的如麦芒，短的如睫毛，全是金色……[①]

显然，这是一个幻觉，但是这个幻觉无疑具有鲜明的象征性隐喻，意味着黑孩此前被压抑的性意识，在菊子姑娘充满爱意的氛围里，在周围环境的催情下，渐渐地苏醒了。然而可惜的是，他的这个幻觉并没有保持多久，就被小铁匠无情地粉碎了。小铁匠把“透明的红萝卜”扔进了河里，从而也把他刚刚苏醒的性意识扼杀在了萌芽之中。因此，当他意识到这一点，再去寻找“透明的红萝卜”时，他怎么也找不到了，拔了一半萝卜地，也没有找到。“透明的红萝卜”的失去，意味着黑孩在外力的打击下，又重新陷入到了孤独、封闭的境地里去了。在这儿，我们也可以把“透明的红萝卜”，理解成是黑孩对于饥饿感的满足。因为生长在困难时期，家境又不好，黑孩经常处在饥饿之中。他对一切能果腹的东西都感到无比的亲切。因此，能在铁匠铺里靠着温暖的炉火烤萝卜吃，自然让他感到无比幸福，眼前出现美妙的幻觉，当然也在情理之中了。总之，无论是性意识的苏醒，还是饥饿感的满足，都是黑孩本能欲望的满足。

弗洛伊德说，本能欲望是人的一切行为的潜在动机。理解了这一点，也就理解了黑孩为什么会在小石匠和小铁匠决斗到不可开交时，竟然鬼使神差地去帮助曾经伤害过他的小铁匠，而不去帮助曾给予他关怀的小石匠了。因为爱是自私的，爱都具有排他性。本能欲望的驱使，使黑孩丧失了分辨好坏的能力。尽管小铁匠不把他当人看，给了他无尽的痛苦，但那些痛苦都是施加在他的肉体上的，时间一长，再大的痛苦也会平复。

① 莫言：《透明的红萝卜》，《莫言文集·卷3·再爆炸》，作家出版社1995年版，第348页。

而小石匠虽然关怀他，但是，他却把黑孩心目中最宝贵的东西夺去了，在他心灵上留下了难以抹平的深深的伤痕。这种宝贵的东西，就是来自菊子姑娘的爱。对于黑孩来说，没有谁比菊子姑娘对他更重要的了。在他眼中，菊子姑娘既是母亲，又是情人，既给过他从未有过的安全感，又给过他从未体验过的幸福感。因此，当小石匠和菊子姑娘好上，菊子姑娘再也没有更多的时间去关心他，他从心底里面产生了一种强烈的失落感，这种失落感让他痛恨起小石匠来。但是，他又不能像小铁匠那样明里暗里刁难小石匠，更没有勇气像小铁匠那样去和他决斗，所以只能趁火打劫，在他们二人决斗到关键时刻，帮助小铁匠掀翻小石匠，让小铁匠反败为胜。但是他无论如何没有想到，在这场恶斗中，受伤害最大的竟然是菊子姑娘，这让他无所适从。因此，当第二天小石匠和菊子姑娘不知去向，小铁匠发疯，黑孩被剥去衣裤，赤条条一个人游荡在黄麻地里时，他才意识到原来的那一切，都不过像他苦苦寻找的“透明的红萝卜”，是虚幻的，不切实际的。他原本赤条条地来，也只能赤条条地去。他只有卸下了所有的欲望包袱，才能活得像一条鱼游进大海，自由自在，无拘无束。小说从黑孩的心理深处，合情合理地挖掘出了他的行为动机，的确产生了不同凡响的艺术震撼力。

小说中，为了突出黑孩不能自制的迷狂与幻觉，莫言还赋予了黑孩神奇的感觉官能，让人依稀看到了感觉主义艺术在中国文学中的复苏迹象。感觉主义也是西方现代派文学中的一种重要表现形式，它重直觉，轻理性，重感受，轻观察，重内部心理揭示，轻外部客观摹写，善于通过夸张、变形、通感、隐喻、象征等手法，把情绪意象化，表现人物的意识流动或潜意识。这种艺术表现形式对于挖掘、展现人物的瞬间心理活动，突出人性的复杂性等方面，能够起到很好的作用。感觉主义曾经在中国文学中制造过辉煌。20 世纪 20 年代郁达夫的小说，30 年代的“新感觉派”小说，都曾让人见识过它的巨大魅力。但在后来追求客观、理性地反映现实生活的年代，几乎绝迹。现在莫言把它重新翻腾出来，显示出了不凡的魄力和高超的艺术鉴别能力。上述黑孩关于“透明的红萝卜”的感觉，就是极其突出的例子。小说中，这样的描写还有很多。譬如，黑孩第一次受命去萝卜地里偷萝卜，遇上了看萝卜的老头。为了不让老头发现，他在黄麻地里爬行。但当他透过麻秆望着那些萝卜时，感觉萝卜似乎也在望着他，奇特的感觉写出了他进退两难的心理。小说这样写：

> 黑孩又膝行着退了几米远，趴在地上，双手支起下巴，透过麻秆的间隙，望着那些萝卜。萝卜田里有无数的红眼睛望着他，那些萝卜缨子也在一瞬间变成了乌黑的头发，像飞鸟的尾羽一样耸动不止……①

黑孩的感觉系统异常敏锐、发达。凭感觉，他能发现常人不能发现的秘密，他能知晓别人不能理解的事物。在整个水利工地，是他第一个发现了小石匠和菊子姑娘的好事，而小铁匠要晚好几天才明白黄麻地里百灵鸟的叫声意味着什么。在他的感觉世界里，大自然的一切都是那样的神奇、美妙，不仅颜色有声音，声音有颜色，而且皮肉被烫得火烧火燎的灼痛感，也是听出来和嗅出来的：

> ……他看到了河上有发亮的气体起伏上升，声音就藏在气体里，只要他看着那神奇的气体，美妙的声音就逃跑不了。②

> 听到黄麻地里响着鸟叫般的音乐和音乐般的秋虫鸣唱。逃逸的雾气碰撞着黄麻叶子和深红或是淡绿的茎秆，发出震耳欲聋的声响。蚂蚱剪动翅羽的声音像火车过铁桥。③

> 河上传来的水声越加明亮起来，似乎它既有形状又有颜色，不但可闻，而且可见。河滩上影影绰绰，如有小兽在追逐，尖细的趾爪踩在细沙上，声音细微如同毳毛纤毫毕现，有一根根又细又长

① 莫言：《透明的红萝卜》，《莫言文集·卷3·再爆炸》，作家出版社1995年版，第353页。
② 莫言：《透明的红萝卜》，《莫言文集·卷3·再爆炸》，作家出版社1995年版，第323页。
③ 莫言：《透明的红萝卜》，《莫言文集·卷3·再爆炸》，作家出版社1995年版，第319页。

的银丝儿，刺透河的明亮音乐穿过来。①

……伸手把钻子抓起来。他听到手里“滋滋啦啦”地响，像握着一只知了。鼻子里也嗅到炒猪肉的味道。②

别人用眼睛观察世界，黑孩用心灵感受世界。黑孩的感觉系统之所以超乎寻常，与他长期遭受的孤独、压抑有关。独特的生存环境造就了他特别敏锐的心灵，而敏锐的心灵又造就了他不同一般的感觉世界。莫言从黑孩的独特感受出发，写出了一个苦难、荒谬而又多彩的世界，塑造了一个与众不同的艺术典型。他笔下的黑孩，已经超越了肉体凡胎的实际意义，幻化成了一个大自然的精灵。

实际上，莫言绝不是中国新文学中第一个使用童年视角写作的人。新文学之初，鲁迅就用童年视角写出了《故乡》《社戏》等小说，刻画出了一个愚昧、麻木的乡村世界。20 世纪 40 年代，萧红又在《呼兰河传》中，用童年视角描画了如死水一般沉寂的东北农村生活，展现了中国现实苦难的一角。只不过后来在表现宏大主题的要求下，人们普遍采用全知全能视角写作，将童年视角忘在了身后。现在，受西方现代派文学作品和理论影响，莫言把它重新捡拾了起来，并赋予了象征、隐喻、通感等新的文学功能，既接续上了传统，又创造出了新意。在新时期文学苦苦追寻“写什么”和“怎么写”之间，架起了一座沟通的桥梁。《透明的红萝卜》在这方面显示出的积极意义，让它成了新时期引领文学艺术变革的符号性文本。

第二节 “高密东北乡”野生的“红高粱”

如同童年视角虽然在《透明的红萝卜》中大放异彩，但它不是首先在这部文学作品中使用一样，“高密东北乡”这一著名的文学地理概

① 莫言：《透明的红萝卜》，《莫言文集·卷 3·再爆炸》，作家出版社 1995 年版，第 345 页。

② 莫言：《透明的红萝卜》，《莫言文集·卷 3·再爆炸》，作家出版社 1995 年版，第 336 页。

念，虽然通过《红高粱》彰显出了它的丰富博大的文学意义，但它也不是最早在《红高粱》中出现。在这之前，莫言已经有两部小说写到了“高密东北乡”，它们是《白狗秋千架》和《秋水》。这两部作品发表的时间差不多，都是1985年秋天，但从创作时间看，《白狗秋千架》应该早于《秋水》。2002年12月，莫言在与王尧进行的长谈中，曾肯定地说：“小说的第一句就是‘高密东北乡原产白色温驯的大狗，流传数代之后，再也难见一匹纯种’。这是我的小说中第一次出现‘高密东北乡’。”[①]2003年11月，他在山东大学演讲时，再一次谈到《白狗秋千架》，又说：“那么我为什么对这部小说如此看重呢？就是因为在这篇小说里第一次出现了‘高密东北乡’这一文学地理概念。另外，在其中也提到了‘纯种’这么一个概念。这个高密东北乡的文学概念，在《白狗秋千架》之后，很多小说里面都变成了舞台。就是说从这以后，我的小说就有了这么一个固定的场所，我的故事中所有的人物、所有的场景，都是在高密东北乡这个文学舞台上展开的。”[②]然而，《白狗秋千架》虽然写到了“高密东北乡”，提到了“纯种”的概念，并且第一次写到了高粱地，但是，这部小说中写到的“高密东北乡”，提到的“纯种”概念，写到的高粱地，却不能和后来的它们相提并论。在莫言以后的创作中，“高密东北乡”是一块承载着厚重的社会历史内容和独特的民间风俗习惯的神奇的土地，在这块土地上经常上演着惊天地、泣鬼神的人生大戏。“纯种”不仅仅意味着不是杂种，它还带有原始的生命气息，具有旺盛的活力。高粱地也具有顽强的生命力的象征，是压抑不住的野性、血性的一个隐喻。而《白狗秋千架》中的“高密东北乡”，不过是莫言从福克纳的“约克纳帕塔法县”那儿仿制过来的一个文学地理名词，至于如何将这个名词充实起来，那个简单时候的莫言还确实没有想好。这完全可以从《白狗秋千架》讲的故事中看得出来。至于“纯种”和高粱地，意义更是单薄。“纯种”仅仅是指一条有灵性的狗，看不出有其他方面的含义。而高粱

① 莫言：《在文学种种现象的背后——2002年12月与王尧长谈》，《莫言对话新录》，文化艺术出版社2010年版，第116页。

② 莫言：在山东大学的演讲《论当代文学》，山东大学网站，2003年11月14日。

地，也仅仅是故事发生的一个场所，看不出有什么象征或隐喻。如果说有的话，它指的也仅是生长在田野里的红高粱，而不是富有力与美、生与死的野红高粱。唯有主人公暖的最后行为和说的话，有《红高粱》中“我奶奶”的气度。《白狗秋千架》讲了这样一个故事。“我”和暖相差两岁，从小要好。年轻时，暖多才多艺，活泼可爱，对未来充满了向往。一次解放军野外拉练，住在“我”们村子里，村民与他们搞联欢，暖的才华让解放军的领导都对她产生了兴趣。但没有想到的是天妒英才，就在暖满怀希望地等待解放军把她带走的日子里，“我”和暖去村外打秋千，暖从秋千上摔了下来，一根树枝戳瞎了她的一只眼睛，从此命运急转直下。后来，“我”考上了大学，毕业后留在了母校当老师。暖嫁给了邻村的一个哑巴。可怜的是，她一胎又生了三个小哑巴。１０年后，“我”荣归故里，在家乡的小石桥上与她不期而遇。开始“我”没有认出她，但她从一开始就认出了“我”。暖的变化实在是太大了，与“我”印象中的她简直判若两人。暖邀请“我”去她家做客，“我”答应了。第二天，“我”去了暖的家，发现暖的生活的确不如人意。暖的丈夫是一个凶相毕露的男人，对人很不友好，她的三个哑巴儿子也一个比一个难缠。看到这种情景，“我”理解了为什么昨天刚遇到她时，她会说那些难听的牢骚话了。“我”说家乡山清水秀，很想家，她说：“有什么好想的，这破地方。想这破桥？高粱地里像他妈 × 的蒸笼一样，快把人蒸熟了。”[①]吃完中午饭后，暖谎称要到镇上给孩子扯衣服，提前出了家门。“我”陪着四个哑巴坐了一会儿，感到无聊，也告辞了。然而，就在“我”回家路过的高粱地里，暖从深处闪了出来。她向“我”诉说了这１０年的痛苦，提出了一个匪夷所思的要求，让“我”给她留下一个会说话的孩子。面对暖的要求，“我”无所适从，而暖却很坚决。她痴情地说：

> 好你……你也该明白……怕你厌恶，我装上了假眼。我正在期上……我要个会说话的孩子……你答应了就是救了我，你不答应

① 莫言：《白狗秋千架》，《莫言作品系列 · 白狗秋千架》，上海文艺出版社 2005 年版，第 205 页。

就是害死了我了。有一千条理由，有一万个借口，你都不要对我说。[①]

就这样，小说通过一个归乡游子的视角，将今天与过去联系起来，历史与当下联系起来，表达了人生无常、人性无奈的感慨。从一个侧面，揭示了苦难中的农村妇女荒谬的然而又是惊世骇俗的心理欲求。这应该是小说重点表达的主题。然而，这个主题和莫言后来写作的有关“高密东北乡”小说的主题显然不大一样。不过，这已经相当不错了，“高密东北乡”“纯种”和高粱地的出现，意味着莫言毕竟从此找到了小说故事的策源地，发现了升华小说主题的艺术通道。

相比《白狗秋千架》，稍晚写作的《秋水》似乎更贴近“高密东北乡”的原始意义。它写了一个关于“高密东北乡”是如何创世纪的故事，其中充满了泥土的芳香与瑰丽的色彩。小说一开始，就介绍了“高密东北乡”的来历：

据说，爷爷年轻时，杀死三个人，放起一把火，拐着一个姑娘，从河北保定府逃到这里，成了高密东北乡最早的开拓者。那时候，高密东北乡还是蛮荒之地，方圆数十里，一片大涝洼，荒草没膝，水汪子相连，棕兔子、红狐狸，斑鸭子、白鹭鸶，还有诸多不识名的动物弃斥洼地，寻常难有人来。我爷爷带着那姑娘来了。

那个姑娘很自然地就成了我的奶奶……[②]

“我爷爷”和“我奶奶”来到这片洼地后，就开始了他们的原始的农耕生活。他们在这块土地上，辛勤劳作，收获着庄稼，也收获着人口。这年秋天，就在“我父亲”在“我奶奶”的肚腹里即将孕育成熟的时候，发了一场大水，不仅庄稼颗粒无收，“我奶奶”还出现了难产的

① 莫言：《白狗秋千架》，《莫言作品系列·白狗秋千架》，上海文艺出版社2005年版，第216页。

② 莫言：《秋水》，《莫言作品系列·白狗秋千架》，上海文艺出版社2005年版，第186页。

迹象。一天晚上，“我爷爷”从洪水里救起了一个饿得奄奄一息的女人。这个女人吃饱饭，非但不报恩，反而用手枪逼着“我奶奶”不断弯腰捡柴草。“我爷爷”和“我奶奶”百思不得其解，但女人却说，她是医生，她要给“我奶奶”接生。“我奶奶”顺利地生下了父亲。当天晚上，“我爷爷”出去捕鱼，看到一个漂浮物正向高地飘来。原来，又来了一男一女两个人。男人一身黑衣，也有枪，枪法极好。女人一袭白衣，是个盲女。虽然早来的女人不认识这一男一女，但总让人感觉他们之间有着不同寻常的关系。后来，早来的女人突然开枪打死了男人。男人临死前，说出的一番话，似乎掩藏着一个天大的秘密。小说这样描写男人临死前的情景：

> 他一头栽倒，慢慢地翻过身，露出一个愉快的笑脸：“……侄女……好样的……你跟你娘像一个模子脱的……”紫衣女人哭叫着：“你为什么要害死我爹？”黑衣人用力抬起一个手指，指着白衣盲女，喉咙里响了一声，便垂首仆地，脑袋侧在地上。①

这段描写，无疑蕴含着丰富的内容，但到底是什么，作者没有解释，谁也不知道。只是从那时起，“高密东北乡”就流传开了一首环环相报、弱肉强食的儿歌：

> ……绿蚂蚱吃绿草梗。红蜻蜓吃红虫虫。紫蟋蟀吃紫荞麦。白老鸹吃紫蟋蟀。蓝燕子吃绿蚂蚱。黄鹡鸰吃红蜻蜓。绿蚂蚱吃白老鸹。紫蟋蟀吃蓝燕子。红蜻蜓吃黄鹡鸰。来了一只大公鸡，伸着脖子叫“哽哽哽——噢——”②

小说从“我爷爷”“我奶奶”写起，到女人打死男人结束，似乎故事之间缺少必然的联系，但正是这些零零碎碎的故事，才是“高密东北

① 莫言：《秋水》，《莫言作品系列・白狗秋千架》，上海文艺出版社 2005 年版，第 198 页。

② 莫言：《秋水》，《莫言作品系列・白狗秋千架》，上海文艺出版社 2005 年版，第 198 页。

乡"这块神奇的土地上无时无刻不在上演的人生大戏。这样的人生状态，才是"高密东北乡"最正常不过的人生状态。其中的原始、苍凉、神秘的氛围，才是"高密东北乡"应有的氛围。更重要的是最后的儿歌，传达出了一种浓重的弱肉强食的匪气。所以，有人认为这篇小说谈到的"高密东北乡"，其意义在《白狗秋千架》之上，它才是莫言创造的"高密东北乡文学王国"的真正的开始。"在 1985 年 4 月写成的短篇小说《秋水》里，莫言最早谈到过高密东北乡的史前历史，这是他为自己的'高密东北乡文学王国'捏造的创世纪。""其中包含乡土的秘密，更在《白狗秋千架》之上。"①

莫言曾经说，现实生活中的高密东北乡在三县交界之处，自古以来，就是三不管的地方，土匪特别多，匪气也特别重。普通民众多是从外地迁徙过来的，宗族观念不是很强，久而久之，也沾染了满身的匪气。他们天不怕，地不怕，不惧武，不惜命，不讲道德礼仪，任凭自己的好恶来行事。《秋水》中，多多少少传达出了这方面的信息。但是，就人物形象塑造而言，不是很聚焦。无论是"我爷爷""我奶奶"，还是后来的一男二女，其性格都不怎么鲜明、突出。好像他们是为环境而存在的，而不是环境为他们而存在。也就是说，小说重点渲染的是"高密东北乡"的神秘氛围，而不是这个氛围中那些性格、行为古怪的人物形象。"高密东北乡"是小说的主角，人物形象仅是配角。如此一来，匪气就不是很重。也许为了弥补这方面的不足，莫言紧接着写了《老枪》。《老枪》是一篇重在突出人物性格的小说。它通过一家三代人的命运，展现了"高密东北乡"人身上固有的匪气。民国年间，大锁的奶奶很有能耐，凭着自己的精明强干，不到 3 年，就置了几十亩地，买了两匹大马。为了看家护院，她买了一杆土枪。大锁的爷爷是个赌钱鬼，上了赌桌不要命。一次，奶奶生了一场大病，几十天不能下地。爷爷趁此机会，狂嫖滥赌，不仅输光了地，输光了牲口，还输了奶奶。当债主来家要人要地要牲口的时候，奶奶才知道。奶奶对爷爷造的孽很认理，她笑着让人家

① 叶开：《野性的红高粱——莫言传》，二十一世纪出版社 2013 年版，第 220—222 页。

牵走了牲口，拿走了土地，却用土枪要了爷爷的命。从此后，土枪就成了一家人的忌讳，没有得到允许，任何人都不能动土枪。大锁的父亲成人后，一次与公家的柳公安员发生了争执。本来理在他，但柳公安员仗着自己有枪，不讲道理。两人越闹越僵，柳公安员打了他。他气愤不过，将柳公安员的枪夺过来扔进了水沟，还把他踢到了河沟里。大锁的父亲回家后自知罪过难逃，不顾妻子的阻拦，拿出土枪，把自己打死在梨园里。现在，大锁长大了，难耐的饥饿让他想起了土枪。他想用土枪打几只野鸭子，填饱自己和娘的肚子。但娘坚决不允许。后来，他偷偷地拿出了土枪，跑到了高粱地里。由于枪久不使用，已不灵敏。他装上药后，勾了几次扳机，都没有打响。就在他想看一看怎么回事时，枪突然响了，把自己打倒了。小说中，无论是奶奶，还是父亲、大锁，身上都流淌着一股野性的血脉。即便是不成器的爷爷，他放浪形骸的生活，也散发着浓郁的匪气。《老枪》的写作,让生活在“高密东北乡”高粱地里的人们，开始有了匪气，有了人气。小说的三要素——故事情节、典型环境、人物形象，开始在莫言的小说中趋向完美的统一。

然而，如果莫言仅仅是聚焦于原始环境中的原始气息和原始人物，满足于渲染神秘气氛，塑造古怪性格，讲述没头没尾的故事，充其量也不过是一个神秘主义作者，绝对不会升华到主流文学上去。他之所以很快超越了这个层次，得到大众和文学界的普遍认可，是因为他迅速地将“高密东北乡”、匪气、“纯种”“我爷爷”“我奶奶”等已经出现的文学名词或概念，赋予了它们新的时代内容和时代精神，写出了彪炳史册的《红高粱》。从此以后，“高密东北乡”才成了与鲁迅的鲁镇、沈从文的湘西、萧红的呼兰河一样响亮的文学世界。在《红高粱》中，莫言通过故事的叙述者“我”对这块土地的复杂感受，写出了“高密东北乡”的精神实质。

我曾经对高密东北乡极端热爱，曾经对高密东北乡极端仇恨，长大后努力学习马克思主义，我终于悟道：高密东北乡无疑是地球上最美丽最丑陋、最超脱最世俗、最圣洁最龌龊、最英雄好汉

> 最王八蛋、最能喝酒最能爱的地方。生存在这块土地上的我的父老乡亲们，喜食高粱，每年都大量种植。八月深秋，无边无际的高粱红成洸洋的血海。高粱高密辉煌，高粱凄婉可人，高粱爱情激荡。秋风苍凉，阳光很旺，瓦蓝的天上游荡着一朵朵丰满的白云，高粱上滑动着一朵朵丰满的白云的紫红色影子。一对对暗红色的人在高粱棵子里穿梭拉网，几十如一日。他们杀人越货，精忠报国，他们演出过一幕幕英勇悲壮的舞剧，使我们这些活着的不肖子孙相形见绌，在进步的同时，我真切感到种的退化。①

这是一种多么奇特的感受，又是一种多么真实的感受！在这种感受里，爱恨交加，五味杂陈，深刻地蕴藏着这样几种意思：第一，这是一块神奇的土地，这块土地美丑相间、善恶相交，自古以来生长、养育着“我”的父老乡亲；第二，这块土地种植红高粱，它们是父老乡亲赖以生存的食物，是他们演绎人生的大舞台；第三，父老乡亲既干“杀人越货”的丑事、恶事，也干“精忠报国”的好事、善事，他们是一群活生生的人；第四，父老乡亲们有着旺盛的生命力，而“我”等子孙，却正在经历着“种的退化”的悲哀；第五，“我”对故乡有着复杂的感情，而这种感情就来自“我”对这块充满悖论的土地有了清醒的认识。而第五点，是“高密东北乡”意义升华的关键所在。从此，莫言笔下的“高密东北乡”，莫不具有这样丰满、充实、矛盾、复杂的象征、隐喻意义。

莫言之所以能在 20 世纪 80 年代中期写出《红高粱》，使之成为自己的代表作，同时也是新时期文学的重要收获，除了因为本人对文学的不懈追求外，应该还得益于蓬勃发展的新时期文学。个人努力和环境影响相互作用，促生了《红高粱》。当然，在这个先决条件中，个人努力是主因。个人努力自不待言，在这儿有必要介绍一下新时期文学。

新时期文学发展到 20 世纪 80 年代中期，经过了“伤痕”“反思”和“改革”诸潮头，开始向文化寻根文学异动。文化寻根小说一向被看

① 莫言：《红高粱》，《莫言文集·卷 1·红高粱》，作家出版社 1995 年版，第 2 页。

作是新潮小说的第一个浪头。如果追根溯源，发生在思想领域的“文化热”，文学领域的“《百年孤独》热”以及整个社会持续不断的“反思”热，则是三个重要原因。十一届三中全会打开了国门，一些国家的经济建设经验引起了国人的高度关注。“亚洲四小龙”能在短短的几年内发生翻天覆地的变化，主要原因是它们把源自中国的一些传统文化，如儒家文化、道家文化、兵家文化的智慧与经验，运用到了经济建设中去。这些传统文化原本出自中国，是中国的“特产”，没想到在异国他乡开花、结果，这一奇特的现象深刻地启发了正在拼命追赶世界的中国人。于是，中国的思想界开始重新思考、研究、定位中国传统文化，首先在思想领域引发了一场关于中国传统文化的“回流热”和“发掘热”。另外，南美作家马尔克斯的《百年孤独》，在获得 1982 年的“诺贝尔文学奖”之后，被求知若渴的中国人迅速地译介到了国内，在新时期文坛掀起了一股“《百年孤独》热”。《百年孤独》不仅让中国作家领略到了魔幻现实主义创作方法的神奇魅力，而且还让他们领悟到了唯有扎根本土文化才能创作出伟大作品的深刻道理，启发了他们向民族传统文化看齐的想法。《百年孤独》为中国作家如何思考本民族整体的文化性格和历史命运，并进一步探讨整个人类的基本精神，提供了学习、借鉴的范本。还有就是随着改革开放的不断深入、发展，人们发现，现有的思维方式、观念信仰和价值取向，已经越来越不适应现代化事业的需要，它们已经成为一种僵化的保守的思想观念，正在制约和阻碍着改革。那么，这种保守的观念是怎么来的，有何种表现？如何更新观念，才能与人们迫切追求的经济建设相匹配？对这一系列问题，人们进行了深入的思考，从而使得原来只局限在政治层面、历史层面的反思，走向了文化反思。这种持续不断的“反思”热，让人们深刻认识到，中国传统文化有积极的一面，也有消极的一面。中国传统文化中的非人道、非科学、非民主、非法治的一切因素，是造成思想观念僵化、保守的根源。而如何在中国传统文化、西方外来文化和现有的文化秩序的碰撞融合中，建构起一种符合改革、发展需要，面向经济建设，面向未来的新文化，在当时显得尤为重要。于是，人们开始就一些大家关注的文化反思问题、文化建设问题，纷纷文化岩层》[①]，李杭育的《理一理我们的"根"》[②]《"文化"的尴尬》[③]等文章，都从不同方面传达出了文化寻根的强烈意识。尽管上述观点不统一，尽管有人对将文学创作建筑在传统文化根基上的追求不以为然，如刘心武、李泽厚、汪晖、徐星等的言论，但对传统文化的重视，无疑增加了小说作品的历史感和思想厚度。季红真曾这样评价文化寻根热潮和文化寻根小说，她说："作为文艺思潮的'文化寻根'，是这个民族近代以来，在东西方文化大冲撞大交汇的时代背景中所孕生的历史母题，在这个时代的延续。她以文学的形式，参与了东西方文化价值的抉取，这正是这个时代民族文化重建与更新的重要途径。同时，它又是这个充满矛盾与痛苦的时代，这个民族在这个时代精神状况的记录，反映了这个民族在现代化的艰苦跋涉中，痛苦的心理历程。"[④]而文化寻根小说"是新时期文学基本上完成了艺术的嬗变"的一种小说。"这既反映在一批具有新的精神品格的作家与作品问世，也反映在许多人熟悉的作家创作风格的发展。这一艺术的嬗变极大地改变了新时期文学的原有秩序……成为新时期文学的一个里程碑和转折点。"[⑤]现在，我们回过头来反观当时出现的文化寻根热潮和在这一潮流中诞生的小说，可以清晰地看到，文化寻根无疑增强了整个民族的文化自信，为改革开放找到了再出发的立足点，而寻根小说也为正处在转型瓶颈期的新时期文学找到了新的突破口。

热热闹闹的文化寻根热潮在莫言的心中留下了不可磨灭的印记，对民族传统文化的重视又使他明白了这样一个道理，写小说一味学习西方是不行的，归根结底还要有民族的自己的东西。后来，他在回顾这段历程时，曾说："到了 1985 年，韩少功写了《文学的'根'》，阿城写了《文化的制约》，实际上就是一种反思和觉醒。他们的文章的深层意蕴我

① 郑万隆：《不断开掘自己脚下的文化岩层》，《小说潮》1985 年第 7 期。

② 李杭育：《理一理我们的"根"》，《作家》1985 年第 9 期。

③ 李杭育：《"文化"的尴尬》，《文学评论》1986 年第 2 期。

④ 季红真：《历史的命题与时代抉择中的艺术嬗变——论"寻根文学"的发生与意义（续）》，《当代作家评论》1989 年第 2 期。

⑤ 季红真：《历史的命题与时代抉择中的艺术嬗变——论"寻根文学"的发生与意义（续）》，《当代作家评论》1989 年第 2 期。

不可能理解，但根据我的粗浅理解，那时候我也意识到一味地学习西方是不行的，一个作家要想成功，还是要从民间、从民族文化里吸取营养，创作出有中国气派的作品。”① 当莫言有了这样的认识之后，《红高粱》也就水到渠成了。别人在热火朝天地进行理论探讨，莫言在脚踏实地地埋头苦干，因此，从某种程度上说，《红高粱》就是莫言以文学实践，积极地参与到当时的东西方文化大碰撞中，记录民族在一个时代的痛苦的心路历程和矛盾的精神状况，力图重建包括健康人格在内的民族文化系统，创作具有中国气派的文学作品的一次具体行动。它的出现，不仅意味着作家的创作风格又发生了重大变化，而且标志着新时期文学的原有秩序和精神品格，也发生了重大变化。毫不怀疑，《红高粱》是新时期文学的一个里程碑和转折点，是文化寻根小说的代表作。恰如人们的评价："在那些包括杨争光和阎连科在内的'后寻根主义'作家中，莫言无疑是一个声名卓著的中坚。他的《红高粱》系列推动了 20 世纪 80 年代文学的寻根潮流。"②

《红高粱》最引人注目之处，是对生命意识的高扬和对原始生命强力的礼赞，或曰对敢想、敢说、敢做、敢为的人类原始精神的赞美。其实，这篇小说本身就是这种精神的产物。谈到小说的写作契机，莫言曾经说："……《红高粱》完成于 1984 年的冬天，当时我还在解放军艺术学院文学系学习。最初的灵感的产生带有一些偶然性。那是在一次文学创作讨论会上，其间，一些老作家提出了这样一个问题，即中国共产党自成立之日起，有 28 年都是在战争中度过的。老一辈作家亲身经历过战争，拥有很多的素材，但他们已经没有精力创作了，因为他们最好的青春年华耽搁在'文革'当中；而年轻一代有精力却没有亲身体验，那么他们该怎样通过文学来更好地反映战争、反映历史呢？当时我就站起来发言，是这样说的：'我们可以通过别的方式来弥补这个缺陷。没有听过放枪放炮但我听过放鞭炮；没有见过杀人但我见过杀猪甚至亲手杀

① 莫言：《在文学种种现象的背后——2002 年 12 月与王尧长谈》，《莫言对话新录》，文化艺术出版社 2010 年版，第 73 页。

② 朱大可：《流氓的盛宴》，新星出版社 2006 年版，第 253 页。

过鸡；没有亲手跟鬼子拼过刺刀但我在电影上见过。因为小说的创作不是要复制历史，那是历史学家的任务。小说家写战争——人类历史进程中这一愚昧现象，他所要表现的是战争对人的灵魂扭曲或者人性在战争中的变异。从这个意义上讲，即便没有经历过战争的人，也可以写战争。'我发言以后，当场就有人对此嗤之以鼻。事后更有人说我狂妄无知，说我是'小和尚打伞无法（发）无天'，说我是'碟子里扎猛子不知道深浅'。……为了证明自己观点的正确，我必须马上动笔，写一部战争小说。"[①] 莫言的无畏与坦诚，把自己逼上了梁山，从而才有了《红高粱》。当然，在具体的构思、写作过程中，事情并不像莫言说得这般轻松、简单，他还是动了很多心思，在很多方面表现出了非同一般的创造性劳动。

人类之初，光着身子从原始蛮荒中走来，毫无顾忌，无所畏惧。他们在与凶险的大自然的搏斗中，有着无穷的、鲜活的、强大的生命力。这种无拘无束的生命力，洋溢着原始的自由自在的酒神精神。然而，随着历史进程不断演进，随着理性的、道德的、文化的因素或曰文明不断制约人类，人的原始的生命强力开始退化，酒神精神开始散失。这种现象，在寻根小说作家看来，是导致现代文化贫血、羸弱的主要根源。莫言把它归结为是一种"种的退化"。而要恢复人类原始强大的生命力，达到重铸民族精神的目的，就必须遏制住"种的退化"，找回自由自在的酒神精神。那么，酒神精神在人类精神普遍萎靡的今天，最大可能存在于哪里呢？莫言认为在民间！在民间的羊肠小道上，在民间的犄角旮旯里，在一堆堆破砖烂瓦里，在一件件烂衣碎絮里，在一张张古老而苍白的脸上，在一片片或茂盛或稀疏的高粱地里。因此，当莫言意识到这点后，就决定把"高粱地作为舞台，把抗日的故事和爱情的故事放在这里上演"，[②]"导演"出了一场生命大戏，而且是一场与众不同、别开生面的生命大戏。

---

① 莫言：《我为什么要写〈红高粱家族〉——在〈检察日报〉通讯员学习班上的讲话》，杨扬编：《莫言研究资料》，天津人民出版社 2005 年版，第 43—44 页。

② 莫言：《我为什么要写〈红高粱家族〉——在〈检察日报〉通讯员学习班上的讲话》，杨扬编：《莫言研究资料》，天津人民出版社 2005 年版，第 45 页。

说《红高粱》与众不同，是因为它在一个传统的题材领域开辟出了全新的境界，让抗战题材的小说创作从此进入了一个新的时代。小说写了一个土匪抗日的故事，无论是写战争本身，还是写战争中的人，都成功地实现了莫言“没有经历过战争的人,也可以写战争”的铮铮诺言。尤其是对于土匪出身的抗日英雄余占鳌以及“我奶奶”戴凤莲的形象塑造,在突出他们的民族气节、侠义精神的基础上,更突出了他们敢想敢做、为所欲为的生命强力。在艰苦卓绝的抗战年代，并不是没有土匪加入到抗日战争的洪流中去，而是受传统文学观、史学观的制约，他们的故事没有得到艺术的反映。传统文学观认为，文学艺术要反映社会的本质属性，本质属性存在于艺术典型中，艺术典型就是典型环境中的典型人物。而传统史学观又认为，抗战时期，能够代表社会本质属性的是中国共产党及其领导的人民军队，他们才是抗战这一典型环境中的典型人物，至于其他阶级或人物，由于体现不了社会的本质属性，代表不了社会发展的大趋势，完全可以忽略或遮蔽。所以，受其影响，在很长的一段时期内，抗战文学都在不遗余力地描写共产党和人民军队，讲述他们的故事，塑造他们的光辉形象。实际上，这样做的结果，不仅掩盖了生活的丰富性，还造成了抗战文学题材的单一性、片面性。莫言经过对家乡抗战历史的挖掘，发现了许多土匪抗战的真实故事，认识到了它们蕴藏的巨大的文学价值，于是，在文化寻根热潮的启示下，勇敢地突破了不能写土匪抗战的偏见，揭开了历史的厚重的帷幕，走向了历史的纵深。莫言曾说：“写土匪抗战，事实上也是有一点历史根据的。在抗日战争初期，我们的胶东地区冒出了几十支游击队，一帮土匪摇身一变，树立一个旗号，我不是土匪了，我是抗日游击队，实际上还是按照过去的生活方式在生存。”[①] 而且说：“土匪是超阶级超社会超制度的一个产物。”“本来也没有这么高的觉悟，在没有外敌入侵的情况下，他们也是破坏社会安定的力量。”“只有到了要么是饿死要么是被敌人杀死的时候，才会奋起

① 莫言:《在文学种种现象的背后——2002 年 12 月与王尧长谈》,《莫言对话新录》，文化艺术出版社 2010 年版，第 75 页。

反抗。”[①]《红高粱》在题材方面的开拓，丰富了抗日文学的英雄人物谱系，打破了读者原有的阅读期待心理，让传统的审美习惯发生了天翻地覆的变化。

如果说《红高粱》是一部复调小说，一个主题是描写抗战，那么另一个主题就是讴歌生命。相比描写抗战，讴歌生命、张扬生命强力，是一个更加光彩夺目的主题。因为这个主题的存在，才使它从一部本来以题材赚人眼球的小说，上升到了以思想取胜的小说。《红高粱》从多个方面对生命和生命强力进行了深刻地挖掘和表现。

第一，从民间的角度，挖掘了“高密东北乡”的神奇伟力。莫言在小说中说：

> 高密东北乡无疑是地球上最美丽最丑陋、最超脱最世俗、最圣洁最龌龊、最英雄好汉最王八蛋、最能喝酒最能爱的地方。[②]

在这儿，莫言用几个反转性、悖论性极大的“最”字，写出了“高密东北乡”的奇特。在这样一个奇特的环境里，一切都是古老的、神秘的、苦难的，但又是充满了生命活力的。小说中，莫言把他所理解的“高密东北乡”，还原为吃、喝、性爱、生育、暴力、死亡等最基本的生活层面，进行浓墨重彩地描绘，渲染出了“高密东北乡”的神奇伟力。吃，是吃又粗又硬的抟饼，吃了抟饼，既能当土匪又能打鬼子；喝，是喝红高粱酿就的高粱酒，喝了高粱酒，不仅能强壮身体，滋养一种天不怕地不怕的本事，还能增强人的血性，使他们言行果敢、个性鲜明、敢爱敢恨；性爱，是人的本能欲望，又是人的欢乐源泉，为了性爱，可以杀人越货，为所欲为。就像余占鳌，为了得到戴凤莲，可以杀死单扁郎父子。就像余大牙，为了曹玲子，可以丢掉宝贵的性命；生育，是爱情的结晶，又是生命的延续，一代代人在高粱地里孕育、出生、成长，是生命力源

① 莫言：《在文学种种现象的背后——2002年12月与王尧长谈》，《莫言对话新录》，文化艺术出版社2010年版，第74—75页。

② 莫言：《红高粱》，《莫言文集·卷1·红高粱》，作家出版社1995年版，第2页。

源不断的象征；暴力，本身就充满了生命力，无论是体现在非人道的残杀、仇杀上，还是体现在人道的正义战争上，它总能呈现出力的美；死亡,本是生命力的终结,但由于与大自然混为一体,有着丰富的象征含义，所以死亡又是生命的开始。就像刘罗汉大爷，他的肉体虽然死了，但他的精神却永远地充满活力，以至于死了的耳朵，也能在洁白的瓷盘里活泼地跳动，打击得瓷盘叮咚作响。即便是无边无际、野生野长的红高粱，也长得那样繁茂旺盛，洋溢着压抑不住的生命活力：

> 八月深秋，无边无际的高粱红成洸洋的血海。高粱高密辉煌，高粱凄婉可人，高粱爱情激荡。[①]

> 长七十里宽六十里的低洼平原上，除了点缀着几十个村庄，纵横着两条河流，曲折着几十条乡间土路外，绿浪般招展着的全是高粱。[②]

总之，民间的一切是那样的丰富而复杂，充满了鲜活的生命力。如果让我们用一个词来概括“高密东北乡”的神奇伟力，那么“匪性”一词，应该是最恰当不过的了。匪性即匪气，体现在性格上，是匪性，体现在气质上，是匪气。匪性或匪气表现在心理上，就是野性十足，尚未摆脱本能和利益的驱动；表现在行动上，就是敢于挣脱各种理性束缚，挑战传统道德底线，反抗强权政治压迫，追求生命中最本能的快乐和满足，活泼地生活在这个世界上。这种“匪性”，就是鲁迅笔下的“兽性”。鲁迅当年站在反对人被各种封建的清规戒律驯化的立场上，曾说：“人不过是人，不再夹杂着别的东西，当然再好没有了。倘不得已，我认为还不如带些兽性。”[③]

---

① 莫言：《红高粱》，《莫言文集·卷1·红高粱》，作家出版社 1995 年版，第 2 页。

② 莫言：《红高粱》，《莫言文集·卷1·红高粱》，作家出版社 1995 年版，第 12 页。

③ 鲁迅：《而已集·略论中国人的脸》，《鲁迅全集》第 3 卷，人民文学出版社 2005 年版，第 433 页。

第二，从自然人性的角度，塑造了一群敢爱敢恨的自由生命。这是《红高粱》的生命意识表现得最显著、最突出的地方。莫言在论及民间的口述历史和传说时，曾不无感叹地说："在民间口述的历史中，没有阶级观念，也没有阶级斗争，但充满了英雄崇拜和命定感，只有那些非凡意志和非凡体力的人才能进入民间口述历史并不断被传诵。而且在流传的过程中被不断加工提高，在人们的历史传奇故事里，甚至没有明确的是非观念。一个人，哪怕是技艺高超的盗贼，胆大包天的土匪，容貌绝伦的娼妓，都可以进入他们的故事，而讲述者在讲述这些坏人的故事时，总是使用着赞赏者的语气。脸上总是洋溢着心驰神往的表情。"① 可以说，在《红高粱》中，莫言就使用一种膜拜者、赞赏者的语气，讲述了一群具有"非凡意志和非凡体力的人"的传奇故事。其中，最有代表性的是"我爷爷"和"我奶奶"。"我爷爷""我奶奶"血性十足，在他们身上，生命的强盛就是一切。他们是真正的自然之子，带有人类童年时代的深刻烙印。小说中，莫言用"我"父亲的童年视角，来观察爷爷奶奶辈的天真行为，暗示出了这种童真心态。"我爷爷"可以说是"高密东北乡""纯种"野高粱的化身。他顽强、倔强、固执，自生自灭，野性蓬勃。他可以为心爱的女人杀人越货，也可以为侵占家乡的日寇揭竿而起。他率性十足的行为，没有伦理道德的约束，也没有忠君爱国的思想支撑。他大口吃肉，大碗喝酒，活得潇洒，爱得壮烈，不懂得勾心斗角，全凭本能行事。他是未经雕琢和修饰的自然人性的最形象、最生动的写照。如果说，"我爷爷"是生命强力的象征，那么，"我奶奶"就是自由生命的化身。在她身上，体现了一种自由自在的生命状态。自由本是生命的天然状态。卢梭曾经说，人生而是自由的，因而是美丽的。但是由于后天道德伦理的羁绊，人失去了自由，也就失去了应有的光彩。"我奶奶"从小养在闺中，虽然生活艰苦，但也养成了一种无拘无束的天然性格。虽然不知道外面的天地到底有多大，但她总想冲破藩篱追求自由。《红高粱》的续篇《高粱酒》中写她剪纸时将所剪的蝈蝈跳出牢笼，

① 莫言：《用耳朵阅读》，《小说的气味》，春风文艺出版社 2003 年版，第 106 页。

站在笼盖上振翅高歌，将梅花开在小鹿头上，让小鹿顶着灿然的梅花昂首阔步，无疑是这种追求的象征。因此，当她知道贪财的父亲要将她嫁给麻风病人时，她的心底早已泛起强烈的反抗意识。她在娶亲的路上怀揣一把剪刀，就是明证。她时刻盼望着能有一个机会，让她逃脱包办婚姻的牢笼。所以，当"我爷爷"生了怜悯之心，指挥轿夫们不再颠轿，把"我奶奶"无意中伸到外面的一只小脚送回轿内时，"我奶奶"的心被搅动了,她萌生了看一看这个"轿夫是个什么样的人"的念头;当"我爷爷"带头打死了劫路人，他们一伙人绝处逢生时，"我奶奶"悲喜交集，"对着余占鳌顿睐一瞥"，然后露出了"粲然的、黄金一般高贵辉煌的笑容";[1] 尤其是当"我爷爷"把"我奶奶"劫持到高粱地里强行野合时，"我奶奶"并没有像传统的妇道人家那样拼命挣扎，而是"抬起一只胳膊,揽住了那人的脖子,以便他抱得更轻松一些"[2]。对"我爷爷"的非礼，做了积极的迎合。这一切，都是"我奶奶"对自由自在的生命追求的高度概括与礼赞。最后，"我奶奶"在给抗日的男人们送饭时，不幸被子弹打中，弥留之际，她的内心依然荡漾着对于自由的生命的强烈渴望：

> 天，什么叫贞节？什么叫正道？什么是善良？什么是邪恶？你一直没有告诉我，我只有按着我自己的想法去办，我爱幸福，我爱力量，我爱美，我的身体是我的，我为自己做主，我不怕罪，不怕罚，我不怕进你的十八层地狱。我该做的都做了，该干的都干了，我什么都不怕。但我不想死，我要活，我要多看几眼这个世界，我的天哪！[3]

"我奶奶"的内心祈祷，喊出了"人"的基本权利的最强音。除了"我爷爷"和"我奶奶"，《红高粱》中那帮参与勇敢战斗的由土匪、轿夫、流浪汉、残疾人拼凑起来的乌合之众，也有着强大的生命力。他们

---

① 莫言:《红高粱》,《莫言文集·卷1·红高粱》，作家出版社1995年版，第43—47页。

② 莫言:《红高粱》,《莫言文集·卷1·红高粱》，作家出版社1995年版，第68页。

③ 莫言:《红高粱》,《莫言文集·卷1·红高粱》，作家出版社1995年版，第70页。

是一群未被文明驯化的野蛮人，而正因为野蛮、粗鲁、愚昧，所以才像满山遍野的红高粱一样，有着野火烧不尽、春风吹又生的生命韧性。这些芸芸众生虽然成不了历史的主角，但是谁又能说他们不是历史的创造者，没有推动历史前进呢？

第三，从“种的退化”的角度，反思了生命意识的现代处境。在莫言看来，现代的物质生活虽然远远地超过了过去，精神生活也更加丰富多彩，但是，承载这一切的人本身，却出现了严重问题。这个问题就是“种的退化”，即生命意识的衰退。祖辈们活得轰轰烈烈、英勇悲壮，后代们活得窝窝囊囊、萎靡不振。既不知道为什么活着，更不知道如何活着。在人本身的问题上，表现出了一种与物质社会相反的反进化论的颓废现象。《红高粱》触及了这一问题，故事情节和人物性格中明显地存在着一条“种的退化”的生命链条:“我爷爷”余占鳌,天不怕地不怕，匪气十足，生命力强盛;“我”父亲豆官，虽然在一定程度上仰承了“我爷爷”的余威,小小年纪就上战场,但生命力已显著衰退。又一续篇《狗道》写他在与一群赖皮狗的大战中，竟然被狗咬去一只卵蛋，就有退化的象征意味;到了“我”，一个现代文明社会中的知识分子，现代的“子辈”，更是被所谓的文明彻底地“阉割”了。不仅身上“带着机智的上流社会传染给我的虚情假意，带着被肮脏的都市生活臭水浸泡得每个毛孔都散发着扑鼻恶臭的肉体”，习惯沿着“逻辑思维的强大惯性”看待问题，眼睛里“有聪明伶俐的家兔气”，嘴巴里“在发出不是属于我的声音”，而且“身上盖遍了名人的印章”，最终退化成了一个“可怜的、孱弱的、猜忌的、偏执的、被毒酒迷幻了灵魂的”，像是“秸矮、茎粗、叶子密集、通体沾满白色粉霜、穗子像狗尾巴一样长的”“好像永远都不会成熟”的“杂种高粱”，[①]一个永远也找不到回家的路的孩子。那么，怎样才能寻找回丢失的生命强力呢？唯有回到纯种的“红高粱”中间，也就是民间。在浩浩荡荡的纯种“红高粱”中，到处洋溢着蓬勃旺盛的酒神精神。唯有沐浴在酒神精神的氛围里，才能荡涤污浊，神清气爽，重新焕发出

---

① 莫言:《狗皮》(后纳入《红高粱家族》长篇小说，改名《奇死》),《莫言文集·卷1·红高粱》，作家出版社1995年版，第378—381页。

无穷的活力。

《红高粱》小说的成功，还得益于莫言独到的艺术表现。魔幻现实主义手法的成熟运用在此不表，单说小说叙述视角，或者说讲故事的方式就带有很突出的创新性。这一点，莫言有着强烈的自信。“我一向认为，好的作家必须具有独创性，当然好的小说也要有独创性。《红高粱》这部作品之所以引起轰动，其原因就在于它有那么一点独创性。将近二十年过去后，我对《红高粱》仍然比较满意的地方是小说的叙述视角，过去的小说里有第一人称、第二人称、第三人称，而《红高粱》一开头就‘我奶奶’‘我爷爷’，既是第一人称视角又是全知的视角。写到了‘我’的时候是第一人称，一写到‘我奶奶’，就站在了‘我奶奶’的角度，她的所有的内心世界都可以很直接地表达出来，叙述起来非常方便。这就比简单的第一人称视角要丰富得多、开阔得多，这在当时也许是一个创新。”[①] 在这里，莫言谈了他将第一人称视角和全知全能视角相互转换的秘诀，认为这为他在叙事上的大幅度的时空自由穿梭提供了方便。其实，莫言概括得还不全面，他漏掉了“我父亲”的童年视角。“我父亲”豆官，在小说中的地位相当重要。从生命意识的主题看，他是“种的退化”的生命链条上不可或缺的一员。从叙事艺术上看，他是展现“我爷爷”“我奶奶”从行为到心理最有力的观察者。“我爷爷”“我奶奶”的许多故事，包括打日寇、奶奶的死、爷爷的悲壮，都是通过他的视角反映出来的，平添了许多亲历感和真实感。因此，《红高粱》叙述视角的独特性应该是表现在第一人称视角、全知全能视角和童年视角的综合运用上。第一人称视角“我”，重点讲述历史上“我爷爷”“我奶奶”的故事，保证故事的完整性；全知全能视角“我爷爷”“我奶奶”，重点讲述他们的所作所为和当时的心理流程，保证故事的流畅性；而童年视角“我父亲”，则以旁观者的身份，冷静地观察他所看到的一切，填补叙事上的某些时空空白。这样，三种视角合而为一，就形成了一个立体的、饱满的、神奇的艺术世界。在三位一体的关系上，时间被空间化了，置身于不同历史和时间中的人，犹如站在墨水河两岸的对话者，不断地进行自

① 莫言：《我为什么要写〈红高粱家族〉——在〈检察日报〉通讯员学习班上的讲话》，杨扬编：《莫言研究资料》，天津人民出版社 2005 年版，第 45 页。

由的交谈、理解和互证，补充着历史的缺陷、遗忘和断片，从而启示人们，历史从来不像教科书那样叙述得泾渭分明，而是有着诸多的可能性。这种多角度的叙事技巧，不仅丰富了当代小说的叙事艺术，而且揭示了历史的多样性、复杂性。总之，《红高粱》之所以令人回味无穷，与这方面的原因也有莫大的关系。

《红高粱》之后，莫言沿着它的创作思路，又陆续写出了《高粱酒》《狗道》《高粱殡》《狗皮》四部中篇小说，将“我爷爷”“我奶奶”的故事进行了扩展。往前描写了“我爷爷”狂放不羁的土匪生活，和“我奶奶”无知无畏的孟浪性格。如“我爷爷”是怎么成为土匪的，“我奶奶”是如何抱县长曹梦九的大腿巧妙地处理单家后事的。往后描写了“我爷爷”是怎样继续过着放浪形骸的生活，“我父亲”是如何跟着爷爷闯世界的。如“我爷爷”和二奶奶恋儿的情事，“我父亲”的打狗生涯和“我母亲”的爱情。但无论如何，它们突出的仍然是“高密东北乡”的匪气，歌颂的仍然是蓬勃顽强的生命力。即便是描写晚辈生命力的退化，也是为了怀念曾经有过的高亢的生命力。因此，这五部小说在主题上，有一脉相承之感。由于这个原因，莫言后来把它们集结在一起，拼接成了一部长篇小说，名曰《红高粱家族》。拼接成长篇小说时，《狗皮》改名为《奇死》。《红高粱家族》成了莫言的第一部长篇小说。但是，我总觉得，作为长篇小说，《红高粱家族》有一种天然的缺陷。拼接式的结构，破坏了它的艺术整体感，而扩展的故事情节，又对人物性格的饱满性、鲜明性，构成了不小的威胁。

第三节　魔幻现实主义带来的荣耀与弊端

这个时期，莫言的创作之所以受到高度关注，还与他广泛地借鉴、使用魔幻现实主义创作方法有关。对莫言来说，魔幻现实主义是他找到的第三把艺术地表现世界的“钥匙”。而对新时期文学来说，莫言小说中出现大量的魔幻故事情节和魔幻文笔，也是新时期文学的一次空前的大“爆炸”。

2012年10月11日，瑞典文学院把当年的“诺贝尔文学奖”授予莫言，颁奖词中的一句话曾被广泛传播，“他将魔幻现实主义与民间故事、历史与当代融合在一起”。[①] 后来有人质疑“魔幻现实主义”一词翻译有误，原文中的“hallucinatory realism”，应该翻译成“幻觉现实主义”，而非“魔幻现实主义”，因为“魔幻现实主义”的原文是“magic realism”，其指出：“魔幻现实主义侧重于神奇现实的客观化、同一化；幻觉现实主义则指向主观状态下觉察到的幻感，自由自主。在莫言的创作轨迹中，我们可以清晰地看到这类艺术风格的运用和变化。”并且，由对莫言颁奖辞的评价延伸到对以莫言为代表的整个文化寻根小说的评价，认为“寻根文学”“作品中的家乡是籍由作家自身的世界观、历史观基础上创造出来的，是由不同感官体验、不同主观态度建立起来的乡土特征，它们没有什么魔幻或神奇可言，但它们被赋予了七情六欲，被赋予了言说自我特征、自我心理的可能，更进一步说，每一个家乡场景，每一次角色出场，都是在建立多元个性的观念世界，它指向了作家自身独特的一种解释，对群像的，对多线历史的以及谵妄的历史与谵妄的现实之间的微妙关系。而连接期间的幻觉，也许是最本土化的一种叙事风格，一路可从唐传奇到《聊斋志异》循迹”。[②] 应该说，论者站在民族文化认同的立场上，指出莫言创作表现出来的整体风格是一种本土化的叙事风格，它和魔幻现实主义不是一回事儿，是难能可贵的。但是，我们不得不说，这样的观点明显地存在着只看结果不看过程、只看现象不看本源的偏颇嫌疑。的确，20世纪90年代中后期以后，随着莫言文学视野的不断拓展，艺术境界的不断升华，他发现中国文学传统中的诸如《聊斋志异》似的“灵异”创作，有着和魔幻现实主义基本相通的艺术经验，因此，他采取了“大踏步后退”[③] 的创作策略，从中国的文学传统中积极地汲取养料，开始了新的创作，写出了一大批具有中国风格的短、中、长篇小说。但即

---

① 《文学报》2012年10月18日1版。

② 郑周明：《是“幻觉”还是“魔幻”——对莫言诺奖授奖词翻译的辨析》，《文学报》2012年11月15日19版。

③ 莫言：《檀香刑·后记》，作家出版社2001年版。

使是这样，莫言也没有固守在中国小说的传统技法上，而是将中国的文学经验和西方的文学经验糅合在了一起，创造出了一种中西合璧的独特的文学创作方法。譬如，他在《生死疲劳》和《蛙》中的艺术表现。当然，现在是否可以将这种创作方法概括为“幻觉现实主义”，还另当别论。回到当初，莫言的艺术嬗变的确是从模仿、借鉴、学习魔幻现实主义创作方法开始的。马尔克斯的《百年孤独》留给他的印象太深刻了。他读了《百年孤独》没几页，就感慨说：“第一反应就是小说原来可以这样写”，“第二个反应是我为什么没有想到小说可以这样写，如果早知道小说可以这样写，没准儿我就成了中国的‘爆炸’文学的发起人了。”[①]

如果说，《透明的红萝卜》把“童年视角”运用到了极致，《红高粱》把“高密东北乡”渲染到了极致，那么，《球状闪电》和《爆炸》就将魔幻现实主义创作方法发挥到了极致。魔幻现实主义创作方法的主要特征是，通过想象、夸张、变形、象征、隐喻、通感等手法，把神奇、怪诞的人物、情节以及各种超自然的现象，插入到反映现实的叙事和描写中，造成一种既有离奇幻想的意境，又有现实主义的情节和场面，人鬼难分，神秘莫测，幻觉和现实有机地混搭在一起的艺术世界。从这个角度来考察《透明的红萝卜》和《红高粱》，它们也有浓重的魔幻成分。《透明的红萝卜》中，黑孩神奇的感觉世界和他面对红萝卜时产生的奇妙幻象，就非常突出。《红高粱》中，“我奶奶”弥留之际眼前出现的亦实亦虚亦幻的感觉，也相当引人注目：

> 奶奶听到了宇宙的声音，那声音来自一株株红高粱。奶奶注视着红高粱，在她朦胧的眼睛里，高粱们奇谲瑰丽，奇形怪状，它们呻吟着，扭曲着，呼号着，缠绕着，时而像魔鬼，时而像亲人，它们在奶奶眼里盘结成蛇样的一团，又忽喇喇地伸展开来，奶奶无法说出它们的光彩了。它们红红绿绿，白白黑黑，蓝蓝绿绿，它们哈哈大笑，它们号啕大哭，哭出的眼泪像雨点一样打在奶奶心中

① 莫言、杨庆祥：《先锋·民间·底层》，《南方文坛》2007 年第 2 期。

那一片苍凉的沙滩上……天上的白云擦着高粱滑动，也擦着奶奶的脸。白云坚硬的边角擦得奶奶的脸綷縩作响……一群雪白的野鸽子，从高空中扑下来，落在了高粱梢头……奶奶真诚地对着鸽子微笑，鸽子用宽大的笑容回报着奶奶弥留之际对生命的留恋和热爱。奶奶高喊：我的亲人，我舍不得离开你们！鸽子们啄下一串串的高粱米粒，回答着奶奶无声的呼唤……

奶奶的眼睛又朦胧起来，鸽子们扑棱棱一起飞起，合着一首相当熟悉的歌曲的节拍，在海一样的蓝天里翱翔，鸽翅与空气相接，发出飕飕的风响。奶奶飘然而起，跟着鸽子，滑动着新生的羽翼，轻盈地旋转。黑土在身下，高粱在身下。奶奶眷恋地看着破破烂烂的村庄，弯弯曲曲的河流，交叉纵横的道路；看着被灼热的枪弹划破的混沌的空间和在死与生的十字路口犹豫不决的芸芸众生。奶奶最后一次嗅着高粱酒的味道，嗅着腥甜的热血味道，奶奶的脑海里忽然闪过了一个从未见过的场面：在几万发子弹的钻击下，几百个衣衫褴褛的乡亲，手舞足蹈躺在高粱地里……

奶奶完成了自己的解放，她跟着鸽子飞着，她的缩得只如一只拳头那么大的思维空间里，盛着满意的快乐、宁静、温暖、舒适、和谐。奶奶心满意足，她虔诚地说："天哪，我的天……"①

在这几段描写里，莫言打通了生死界限、人鬼界限、人和动物的界限、人与自然的界限、过去与未来的界限，将一个濒死的人的复杂而又神奇的想象世界，惟妙惟肖地描画了出来，令人叹为观止。再如《红高粱》中孙五剥皮的情节，也写得相当夸张，其中也隐喻着丰富的象征含义：

孙五把罗汉大爷那只肥硕敦厚的耳朵放在瓷盘里。孙五又割掉罗汉大爷另一只耳朵放进瓷盘。父亲看到那两只耳朵在瓷盘里活

① 莫言:《红高粱》,《莫言文集·卷1·红高粱》, 作家出版社 1995 年版，第 70—72 页。

泼地跳动，打击得瓷盘叮咚叮咚响。日本兵托着瓷盘，从民佚面前，从男女老幼们面前慢慢走过。父亲看到大爷的耳朵苍白美丽，瓷盘的响声更加强烈。①

大爷被剥成一个肉核后，肚子里的肠子蠢蠢欲动，一群群葱绿的苍蝇漫天飞舞。②

在这里，幻觉中的耳朵打击得瓷盘叮咚作响，完全可以解读为中国人宁死不屈的热血精神，而且这种精神已经传播到了下一代。

然而，尽管《透明的红萝卜》和《红高粱》中有着相当精彩的魔幻描写，但是由于《透明的红萝卜》更突出的是黑孩的“童年视角”里看到的荒谬世界,《红高粱》更突出苍凉、野蛮的“高密东北乡”里上演的人生大戏和演出那些大戏的男女主角身上洋溢着的蓬勃旺盛的生命意识，所以，它们的魔幻写作风采在一定程度上被遮蔽、被忽视、被冷落了。只有到了《球状闪电》和《爆炸》，莫言对魔幻现实主义创作方法的运用，才被凸显出来，成为人们谈论它的主要参考和依据。

《球状闪电》写的是“高密东北乡”的一个高考落榜生蝈蝈在中学同学毛艳的帮助下转变观念自主创业的故事。故事本身并不奇特，但莫言的写作方式，却超乎了一般人的想象，写得生龙活虎，神乎其神，留下了许多让人啧啧称道的魔幻细节。蝈蝈是一个农村家庭的独生子。苍老的爹、娘把全部的希望都寄托在他能够考上大学上，因此，对他娇生惯养、百依百顺。但是，蝈蝈很不争气。平时学习很好，一到高考就掉链子。连考 3 年，都名落孙山。蝈蝈只好回家务农。在农村，天大的事情就是传宗接代，所以蝈蝈很快就和茧儿姑娘结了婚，并生了女儿蛐蛐。如果说，毛艳不来找蝈蝈的话，蝈蝈也许就像父母那样波澜不惊地度过一生，然而问题是毛艳来找蝈蝈了。毛艳是蝈蝈的中学同学，是蝈蝈就读的中学校长的女儿。在他们参加高考的第一年,她就考上了省农学院。

① 莫言:《红高粱》,《莫言文集·卷 1·红高粱》，作家出版社 1995 年版，第 34 页。

② 莫言:《红高粱》,《莫言文集·卷 1·红高粱》，作家出版社 1995 年版，第 35 页。

但上到大三的时候，毛艳厌倦了学习，退了学，来到“高密东北乡”和蝈蝈一起养奶牛。她觉得学到的知识用来养牛足够了。蝈蝈和毛艳在中学时代非常要好，蝈蝈还是毛艳学习上的偶像。此时毛艳突然出现，让蝈蝈很吃惊，也很高兴。从此，他们又可以整天泡在一起了。毛艳的许多想法和行为，让蝈蝈对人生有了新的认识和追求。对于毛艳，蝈蝈一家人的感情却百味杂陈。父母又喜又悲，喜的是儿子从此有了笑脸，悲的是平静的生活被打乱了；茧儿对毛艳充满了仇恨，因为毛艳吸引了丈夫的全部注意力，为此甚至一度想自杀；蛐蛐对毛艳煞是喜欢，因为毛艳知识丰富，想法奇特，给蛐蛐带来了许多欢乐。从此，毛艳就和这一家人别别扭扭地生活在了一起，直到球状闪电出现。最后，小说没有交代他们的生活到底会有什么新的变化，只是简单地以一个忧郁的青年作家看到蛐蛐学会了飞，仓促了事。飞，超越故乡，逃离故乡的束缚，飞到一个崭新的无拘无束的世界，不仅是蝈蝈、蛐蛐的追求，也是莫言的追求。也许，这是这篇小说最终想要表达的主题。但是，由于莫言在其中使用的魔幻手法太多、太泛，夸张、变形得过于奇特，视角、想象转移得过于迅速，所以导致它明显地存在着形式大于内容的缺陷。当初人们觉得它新鲜、奇特，是因为刚刚接触到魔幻现实主义，沉浸在从未有过的惊喜中不能自拔。而现在再读它，则显然已经失去了初读的震惊与激动。剥去了魔幻的外衣后，也许剩下的只有一个并不充实的花架子。

《球状闪电》中的魔幻写作，比比皆是。譬如，对鸟人的描写。对鸟人的刻画，也许寄托着人们挣脱各种束缚自由飞翔的欲望，对鸟人吃蜗牛的描写，也许寄寓着人们对于慢节奏的强烈不满，但是由于莫言故意将细节描写得扑朔迷离，指向性不明，所以这个形象留给人们的印象并不美好，相反有一种窝囊、肮脏的感觉：

> 在牛群中，一个似鸟非鸟似人非人的怪物在行走。他的双腿裸露，细干瘦长，皲裂着一瓦瓦黑色间白纹的鳞片，脚脖子拖着一条粗麻绳，麻绳头拖散了，染着绿色草汁，沾着一疙瘩黄泥。他的步伐类似蹒跚，更像蹦跳，好像脚下安装着两根柔软的弹簧。他的

头细长，带着一些不规则的棱角，头上一根毛也没有，两只耳朵像两只晒干了的木耳，阴鸷的目光像爬行动物。他的双肩与胳膊上，对称地生着白色的与灰色的扁羽毛。前胸上的毛蓬松杂乱，肮脏不堪；有的毛根儿朝外，有的毛根儿朝里，背上的毛很少，露着人的深深的脊沟，一群群的寄生虫在脊沟里像黑蚂蚁一样蠕动着……

遍身羽毛的老头阴毒地看着我，忽然震动双翅，发出猫头鹰一样的叫声。他端着翅膀，沿着院墙走动。土墙上伏着一片肥胖的蜗牛，他一把把地抓起蜗牛塞进嘴里，香甜地咀嚼着，绿色的汁液从他的嘴里流出来，沿着下巴，滴落到胸前的羽毛上……

随着他翅膀的抖动，一股更加浓烈的腥臭气扑过来，这已经不是屠戮鸡鸭的味道或臭鱼烂虾的味道，简直是腐尸的味道啦。①

小说中还有多个地方写到鸟人，但无一不是突如其来，怪而又怪。又如：

……老东西走到白杨树下，索索抖着，仰起脸来往树冠上望，看样子似乎要爬树，双腿之间，却哗哗地喷出尿来。②

小说中对老刺猬的描写，也带有强烈的魔幻色彩。老刺猬是小说的一个叙述视角，其他的叙述视角还有“我”即蝈蝈的视角、茧儿的视角、蛐蛐的视角和全知全能视角，几乎每一节都有视角转换。这种叙述视角的频繁转换，本身也极具魔幻色彩。老刺猬用一种拟人的独特视角，观察出了大自然和人类世界的奇形怪状，表现出了异样的魅力：

老刺猬刺球被一个连一个的球状闪电吓得身体缩成一团，瑟缩在窝里……雨水已经在沟地下积蓄起来，明晃晃像一条烂银……下吧，你娘的！它恨恨地骂着，顶多淹了我的窝，淹了我的窝我就

① 莫言：《球状闪电》，《莫言文集·卷3·再爆炸》，作家出版社1995年版，第412—413页。

② 莫言：《球状闪电》，《莫言文集·卷3·再爆炸》，作家出版社1995年版，第366页。

到蝈蝈家的牛饲料储藏室里住几天。那里有喷香的麸皮和散发着酒香的糖化饲料。去年我在那儿住了七个多月，后来蝈蝈在里边安装了电子捕鼠器，我才搬出来。

白杨树上的球状闪电滚到牛棚前廊里了，刺球好奇地看到那个杏黄色的怪物在绿色的廊檐下捉摸不定地跳跃着，它还听到蝈蝈的高叫声和女孩的欢呼声。白杨树上的喜鹊缩着脖子痛苦地呻吟着：羽毛烧焦了、窝烧毁了、孩子在泥水里濒死挣扎。刺球目不转睛地盯着火球，心里充满了对大自然的无比虔诚和恐惧。它看到女孩像个小精灵一样在廊下追赶火球，火球和女孩开着玩笑。后来，奶牛棚里猝然蹿起一道金色亮光，紧跟着一声爆响，银色的细雨间隙里，游丝般穿动着一缕缕青蓝色烟雾。蝈蝈和女孩都像风筝般飘起来，又像羽毛一样落在草地上。它浑身打战，针毛支支直立起，身子下边的枯枝败叶索索作响。蝈蝈，虽然你摔过我，但我还是希望你平安无事，在咱们这块小天地里，你是个了不起的人物。刺球想钻出洞去看看蝈蝈是不是还活着。但一片雨云停滞在上空，洒下无数箭一般的雨丝，沟里的水冒起一层层气泡。它鼻子酸酸的，用力打出了一个回忆往事的喷嚏。①

接下来，通过刺猬的角度，写了蝈蝈和茧儿的爱情。动物的视角比人的视角观察事物更细致、更深刻，这是莫言的发现，也是魔幻现实主义的启示。

《球状闪电》中，最具魔幻色彩的当属蝈蝈看到蛐蛐踢火球的描写。莫言把一个现实生活中根本不可能发生的事情写得惟妙惟肖，如临其境，反映了人们在思想得到新中国成立之后焕发出的无穷伟力。5岁的小女孩蛐蛐，天不怕、地不怕，以不可想象的胆量，向大自然宣战，道出了蛐蛐心中潜藏的勇气。

这时，又一团火光把黑色的白杨树照亮，油亮的白杨树叶像

① 莫言：《球状闪电》，《莫言文集·卷3·再爆炸》，作家出版社1995年版，第380—381页。

枫叶一样鲜红，火光陡然拉成一条垂直的金线，从树梢贴着树干一直到地，五个乒乓球大小的黄色火球沿着金线上下飞动，犹如五个互相追逐着的小动物。几秒钟后，小火球猛然聚合在一起，变成了一个黄中透着绿的大火球，从树上滚下来。火球约有儿童足球那么大，非常轻巧灵活，像实心的又像空心的，一边滚动，一边还发出噼噼啪啪的爆裂声。他听到身后牛棚里的奶牛沉闷地叫了一声，蓦然一惊，脱口而出：球状闪电！他的双手下意识地松开了，女孩一个滚到地上，爬起来去追赶那个在走廊前滚来滚去的火球。火球做着复杂的运动，逗得女孩也做出各种复杂的动作。他双眼直直地看着火球和女儿，像看着两个小精灵在跳舞。就这样持续了大约二十秒钟，火球稳稳地落在地上。女孩跑上去，飞踢一脚。射门！她喊。火球应声而起，擦着他的耳边飞过去，穿过墙壁进入牛棚……①

魔幻现实主义笔法确实出神入化，令人叫绝。然而，如果太注重魔幻写作本身，将过多的语言、智慧用在制造魔幻意境上，而不去考虑如何将魔幻手法与内容、主题和谐地统一在一起，必将会影响对人物形象的刻画和对小说主题的表现，让人感到得不偿失。

《爆炸》中的魔幻现实主义写作就有这种现象，存在着一些与主题、内容贴合得并不紧密的地方。譬如小说中对一群人追逐红狐的描写。一群人追逐红狐的情节，在小说中出现过好多次，而且每次篇幅都很长，可最终却没有任何结果。莫言写得酣畅淋漓，神秘莫测，但读者却实在看不出与妻子做流产手术有什么必然的联系。难道仅仅是为了渲染神秘、紧张的氛围？如果是这样，显然会产生喧宾夺主、本末倒置的反作用。它的反复出现，在相当程度上削弱了作品揭示计划生育政策的残酷性。莫言的大哥管谟贤先生，曾在一篇文章里这样解读这个情节："值得注意的是莫言在这篇小说中巧妙地插入了一个人们追捕狐狸的情节。这只

① 莫言：《球状闪电》，《莫言文集·卷3·再爆炸》，作家出版社1995年版，第369页。

狐狸是红色的，跑起来像一团贴地滚动的火球，它巧妙地躲过了人们的围追堵截。这只狐狸寄托着莫言对自由生命的礼赞，对自由人性的某种美化和欣赏，而狐狸的处境和遭遇则暗示着人类无法挣脱的命运。对环境的无法摆脱与‘我’的处境相似。”[①] 如果作这样的阐释，也许还有一定的道理。但这个情节，实在与小说主要的故事情节存在较大的距离，让人很难一下子将二者联系起来。应该说，任何描写都是为主题服务的，尤其是优秀的写作技巧，应当与主题水乳交融，浑然一体。当一种描写需要靠解读，才能完成阐释主题的任务的时候，那这种描写是否成功，还真得另当别论。还有，小说中对拉练飞机的描写。小说开始就写飞机进行飞行训练，拉出一条条洁白的线，并伴有一声爆响，引得“我”不由自主地观看。小说最后，写飞机发生事故，一头扎在医院前的草地上，翅膀流着血一样的光。这些描写，也实在看不出对于突出主题会起到什么作用。难道仅仅是用飞机爆炸的声音，来象征妻子流产在“我”的心中留下的巨大的难以消除的阴影？如果是这样，也有牵强附会之感。总之，小说的内容、主题与这些所谓的魔幻描写，存在严重的脱节现象。

应该说，《爆炸》的主题是很严肃的，在当时也是比较前卫的。小说写的是作为公职人员的“我”，为了前途不得不逼着妻子流产的故事，涉及了关乎国计民生的计划生育政策。围绕着流与不流，“我”与保守的父母、一直想要个儿子的妻子以及传统的思想观念进行了不懈的斗争，最后“我”取得了胜利，妻子顺利地上了手术台。就在我等待妻子下手术台的过程中，飞机失事了。这里面，有父母的不解、妻子的反对和“我”对计划生育政策的困惑以及不得不执行的悲哀。就主题而言，是一篇极具冲击力的作品。但是由于莫言过于要弄魔幻现实主义的创作方法，用了大量篇幅渲染外在的感官世界，没有或很少进入到人物的内心世界，写各色人等面对计划生育政策时的精神阵痛，所以没有产生震撼人心的艺术效果，浪费了一次宝贵的写作资源。后来，莫言写出了《蛙》，算是对这次浪费的反思与弥补。

---

① 管谟贤：《一本自我忏悔与自我救赎的书》，《大哥说莫言》，山东人民出版社 2013 年版，第 79 页。

当然，《爆炸》中也有一些令人称道的魔幻写作。比如小说一开始，写“我”父亲打“我”的那一耳光以及“我”的反应，不仅带有鲜明的魔幻色彩，而且与现实情景、人物的思想性格，都相当吻合，起到了渲染紧张气氛的作用。

> 父亲的手缓慢地举起来，在肩膀上方停留了三秒钟，然后用力一挥，响亮地打在我的左腮上。父亲的手满是棱角，沾满着成熟小麦的焦香和麦秸的苦涩。60年劳动赋予父亲的手以沉重的力量和崇高的尊严，它落在我脸上，发出重浊的声音，犹如气球爆炸……我感到一股促发的狂欢般的痛苦感情在胸中郁积，好像是我用力叫了一声。①

这一耳光，打出了父亲听到“我”说让妻子流产时的悲哀与痛恨，也打出了“我”不敢说又不能不说而终于将想说的都说出来了的痛快。人物的复杂感情全部聚合在这一耳光上，令人回味无穷。

在西方现代派文学影响下，莫言的小说创作在20世纪80年代中期迎来了第一次高潮。不仅创作观念发生了巨变，而且艺术品质实现了飞跃。既诞生了《透明的红萝卜》《红高粱》等思想内容和艺术表现俱佳、为莫言赢得巨大名声的作品，也出现了《球状闪电》《爆炸》等广泛使用魔幻现实主义创作方法、让人耳目一新的作品。它们的创作过程和存在影响启示人们，将思想内容和艺术技巧天衣无缝地结合起来，将外来文化与本土文化有机地融合在一起，就会创作出优秀的作品。否则，过于炫技，忘记了文学创作的根本是给人以思想的启迪和精神的愉悦，那么，无论作品怎样轰动，也终将是昙花一现，不会有长久的艺术生命力。

① 莫言：《爆炸》，《莫言文集·卷3·再爆炸》，作家出版社1995年版，第441页。

第三章 “往‘上帝’的金杯里撒尿”与莫言20世纪80年代后期的创作

第一节 极端口号的提出与《欢乐》的遭遇

新潮小说发展到20世纪80年代后期，进入了先锋小说阶段。先锋小说家和理论家们最突出的表现，是对传统文学观进行了彻底的颠覆。譬如，对“文以载道”的颠覆，对“文学是人学”的颠覆，对文学是现实生活在人们头脑中的反映的颠覆，对“真实观”的颠覆，对内容决定形式的颠覆，等等。虽然说这些颠覆不无道理，对于新时期文学打破旧有窠臼，建立新的秩序，起到了重要的推动作用，先锋小说家们也由此写出了众多风姿绰约的文学作品，但在今天看来，难免有走向极端的不良倾向。新时期文学在20世纪八九十年代之交，陷入了一个“怎么看不懂就怎么写”的畸形追求怪圈，它难辞其咎。此时，莫言也提出了一些惊世骇俗的写作口号，并以它们为坐标，写了大量具有探索实验性质的小说，在进一步将自己的创作推向思想深度、人性深度、历史深度和艺术高度的同时，也为自己制造了一个百口莫辩、众口铄金的喧哗时代。

莫言提出的第一个惊世骇俗的口号，“往‘上帝’的金杯里撒尿吧——这就是文学！”[①]出现在他1987年写的一篇批判旧“创作谈”的文章中。当时，先锋文学正处在繁荣、鼎盛时期。虽然后来莫言在文章里进一步解释说：“重读前年对‘旧创作谈的批评’，似乎又有了一些新的感触；在北京随地解溲是要被罚款的，但人真要坏就应该坏透了气才

① 莫言：《旧“创作谈”批判》，《莫言文集·小说的气味》，当代世界出版社2004年版，第291页。

妙。在墙角撒尿是野狗的行为，当往上帝的金杯里撒尿却变成了英雄的壮举。上帝也怕野种和无赖，譬如孙悟空，无赖泼皮极端，在天宫里胡作非为，上帝也只好招安他。小说家的上帝，大概是一些‘小说创作法则’之类的东西，撒一些尿在上边，可能有利于放下包袱，开动机器呢。”① 他把流行的“小说创作法则”当作“上帝”，号召人们抛弃那些僵化的、死板的法则，回到自由创造的状态，就像孙悟空大闹天宫，无所畏惧是他的本钱。但这个口号的提出，俨然一副向尊严、秩序挑战的姿态。

莫言表达的第二个惊世骇俗的口号，是“我痛恨所有的神灵”，出现在 1990 年他为张志忠撰著的《莫言论》写的“跋”中。并且，他还在文章中借用马克思的话来证明观点的真理性，指出人的自我意识才是最高的神性，而不是那些所谓的“神灵”。在当今这个时代，自我意识的高扬就意味着对神的亵渎，而对神的亵渎也就是自我意识的高扬。它们相辅相成，会共同促成民主政治的出现。由马克思的话，莫言上升到对文学的认识，认为当代文学应该是个双黄蛋，一个黄子是渎神的精神，一个黄子是自我意识，唯有在渎神的同时，张扬人的自我意识，文学才能担当起惊醒人性、打破神性的重任。原话他是这样说的：“马克思在他的博士论文里曾经改造地引用过埃斯库勒斯的巨作《普罗米修斯》的话（原话是：“说句真话，我痛恨所有有了我的恩惠、恩将仇报、迫害我的神”）‘说句真话，我痛恨所有的神灵’，马克思接着说，‘这是他的自白，他自己的格言，借以表示他反对一切天上的和地上的神灵，因为这些神灵不承认人的自我意识具有最高的神性。不应该有任何的神灵同人的自我意识并列’。虽然现在与马克思的时代和埃斯库勒斯的时代相去甚远，但他们的话依然唤起了我强烈的共鸣（我绝没有狂妄到把自己的卑微感情去和普罗米修斯的高尚感情认同的程度）。由此推出别人的文学观点改造一下让它变成我的文学观点：当代文学是一个双黄的鸭蛋，一个黄子是渎神的精神，一个黄子是自我意识。渎神精神和自我意识好像互不相干，实际上紧密相连，他们共存在当代文学这个鸭蛋里。现在，

① 莫言：《旧“创作谈”批判》，《莫言文集·小说的气味》，当代世界出版社 2004 年版，第 291 页。

对神的批判实际上就是对官僚的批判，对官僚的批判实际上就是对政治的批判，而对政治的批判实际上就成了唤起自我意识的响亮号角，于是，对神的批判也就成了民主政治的催化剂。如果连渎神的勇气都没有，哪来批判神的勇气？多少年来，人类造了形形色色的神压在自己头上，自我意识的觉醒——人性的觉醒敲响了诸神的丧钟，但灭神的斗争远远没有结束，我们刚刚开始渎神呢……压在我们头上的神太多了，有天上的神，有人间的神，但无一例外不是我们自造的。打破神像，张扬人性，一个古老又崭新的口号。总有一天，神圣的祭坛被推翻，解放了的儿孙们,必将干出胜过前辈的业绩。"① 这个口号提出的时间要比"往'上帝'的金杯里撒尿吧"晚一些，但它们骨子里是一致的，都表现出了对尊严、神圣、偶像以及往日传统观念和习惯做法的强烈不屑。用当时人们形容他的话说，就是蔑视神圣、亵渎神灵、佛头着粪、溢丑恶美。这两个口号单从文字表述看，显然都表现出了强烈的颠覆和反叛精神。

那么，莫言为什么能在此时喊出如此振聋发聩而又不符合传统习惯的口号呢？与多方面的原因有关。第一，是他多年坚持不懈的艺术追求的结果。莫言在他三十多年的创作历程中，一直永不满足、永不停步。这一点，完全可以从他不断更新、变化的创作观念上看得出来。早期，他认为文学是美的、善的化身，拼命地制造"美的火花"。后来，接触了西方现代派文学，打开了他的艺术视野，开启了他的艺术想象力，他认为文学是想象的产物，没有想象就没有文学，一个优秀的作家必须具有强大的想象能力。再后来，当他认识到作家最宝贵的写作资源是童年生活和童年记忆，他写出了众多童年视角的作品。现在，在对传统文学观念和传统文学群起而声讨的新的文学大环境里，他喊出了这两个极具叛逆色彩的口号。此后,他又提出了"作为老百姓写作"② 和"大踏步撤退"③ 的创作理念。即便是获得了"诺贝尔文学奖",他也认为一切都是

① 莫言:《我痛恨所有的神灵》,《莫言文集·小说的气味》，当代世界出版社 2004 年版，第 121 页。

② 莫言:《作为老百姓写作——在苏州大学演讲（2001 年 10 月 24 日下午）》,《莫言文集·小说的气味》，当代世界出版社 2004 年版，第 122 页。

③ 莫言:《檀香刑·后记》，作家出版社 2001 年版。

过眼烟云，自己最重要的事情是写出更好更新的小说，争取突破获奖之后再也写不出有价值作品的“诺奖现象”。由此看来，不断超越自己，超越时代，是他一贯的追求。第二，新时期掀起的“文学是人学”的思潮启迪了他。“文学是人学”是一条亘古不变的真理，但是很长一个时期以来，受“左”倾文艺思想影响，它成了歪门邪理，不许提及。从此，人性、人的感情成了文学创作不可触碰的“禁区”。新时期到来之后，“左”倾文艺思想被清除出了历史舞台，“文学是人学”的观点重新受到重视，而且，成了最被文学关注的焦点问题之一。美籍华人学者唐德刚说：“不管小说（文学）有多少种，它的基本原则只有一个——它讲的是‘人性’——不管这人性是恶还是善。”[①] 然而，随着人性的全面复苏与觉醒，人们却尴尬地发现，在他们头上，原来早已有诸多自造的各种各样的“神”在统治着他们的思想，影响着他们的思维，左右着他们的行动。这是人不能得以彻底解放的根本原因。而人要想真正地实现自由，就必须彻底地解放思想，挣脱枷锁，推翻一切神灵。新时期以降掀起的轰轰烈烈的思想解放运动，就是一场关于人的解放运动。这场运动从对人性、人道主义的呼唤，到对偶像、神灵的质疑、批判，一路走来，到了先锋文学时代。先锋文学虽然剑走偏锋，为了突出艺术技巧在小说创作中的重要性，显示它的强势存在，从否定传统的典型化原则出发，对“文学是人学”说三道四，但还真的没能撼动“文学是人学”在人们心目中的崇高地位。莫言喊出这两个口号，也是为了向“人学”致敬，向“神学”告别。第三，当然更与先锋小说的盛行有关。20世纪80年代后期，先锋小说大行其道。先锋小说就其存在的意义来说，本身就是一场对于传统小说的反叛行动。无论是创作观念还是艺术实践，它都表现得与传统小说大相径庭。在那个众生喧哗、万众狂欢的年代，谁能喊出最与众不同的声音，谁就有可能脱颖而出，成为万众瞩目的对象。莫言受其感染，喊出了自己的声音。只是没有想到，他喊出的声音，竟然受到了那么强烈的关注。关注他的人也没有想到，他竟然喊出了那么超凡脱俗、胆大妄为的口号！

---

① ［美］唐德刚：《史学与文学》，华东师范大学出版社1999年版，第20页。

然而，更让人没有想到的是，莫言的创作实践比他的口号更先锋，更具探索性质。如果说，口号只是喊一喊，表明自己的想法也就罢了，那么创作就是实打实的了，来不得半点虚假。在20世纪80年代后期，莫言把自己的口号化为了实践,从而将小说艺术实验和探索推向了极端。其实，从他的一些代表作品和两个口号面世的时间来看，是先有的作品而后才有的口号，充其量是二者同步，这好像不符合先有口号再有作品的常规。但是，谁又能说得清莫言不是先有了认识而后有了创作实践，在有了创作实践做支撑后，才郑重地喊出了自己的口号呢？或许只有这样做，他的心才踏实一些。否则，做空口演说家，是莫言所不齿的。当然，也完全可以认为，他提出的口号，是对那一个阶段创作实践在理论上的高度概括。较早体现莫言这两个口号精神实质的小说作品是《欢乐》和《红蝗》，都出现在1986年之后。

1986年，莫言踌躇满志。一方面，《红高粱》为他赢得了巨大声誉。另一方面，这一年的夏天，他从解放军艺术学院毕业，顺利地调入总参文化部搞专业创作，成为中国作家协会的正式会员。从此，不仅进入了中国政治文化中心北京，而且理直气壮地拥有了一张让他终于挺直了腰杆的大学文凭。还有更重要的一方面，就是他这一年才31岁，体力、精力、创造力最为充沛、旺盛，浑身洋溢着一股天不怕、地不怕的精神。所以，当先锋小说訇然而起，他不自觉地投身其中，成为艺术变革先锋，同时也成为饱受争议的对象。莫言由备受称赞到饱受争议，迷茫、苦恼了很长一段时间。后来，他在谈到当时的写作状态时，曾用“野蛮”一词来形容。他说，《红高粱》成功后，“确实感觉到浪得虚名，心里越来越没底，这时候创作上就越来越野蛮了，我只能用野蛮这个词来形容当时这种创作状态。我当时在写《欢乐》，然后就是《红蝗》”。①

没有节制的“野蛮”写作，让《欢乐》成了莫言第一部饱受争议的小说。尽管他自己感觉尚好，“我认为《欢乐》是我写作状态非常好的一个中篇，九天写了将近七万字，而且是实打实的，没有分行的。感

① 莫言:《在文学种种现象的背后——2002年12月与王尧长谈》,《莫言对话新录》，文化艺术出版社2010年版，第76页。

觉分不了段，更别说分行了，一连贯下来，一气呵成。写到兴奋状态了，觉得笔根本赶不上思维，一大堆好句子滚滚而来，自己控制不住。我弟弟说，在窗外能听到我腿哆嗦的声音和喘粗气的声音，我自己意识不到”[①]。但发表后却引起了一片喧哗。“当时骂声很多，几家报纸整版地批判《欢乐》，对我进行了很多人身攻击，说这是一个戴着作家桂冠的坏人啊，说小说在亵渎母亲啊。”[②]《欢乐》写了一个并不欢乐的故事，不仅不欢乐，相反是一个巨大的悲剧。《欢乐》写的是一个农村青年齐文栋，在经过5次高考、5次失败的经历后，终于承受不住内外交困的心灵折磨和精神打击，最后以一瓶剧毒农药结束自己性命的故事，以此来揭示教育的弊端、观念的陈腐、农民的贫穷和农村的落后，个人的悲剧中蕴含着巨大的普遍性社会意义。应该说，这样的题材和主题，至今都具有强烈的现实意义。首先，齐文栋的悲剧反映了当代教育的某些弊端，值得人们反思。自从1977年我国恢复高考制度以来，培养了大量人才，为中华民族的伟大复兴做出了不可磨灭的贡献。但是，这种一考定终身的制度，也确实为不少莘莘学子带来了致命的遗憾。尤其是对于农村孩子来说，情形更加残酷。考上，就可以像鲤鱼跃龙门，从此一帆风顺，但如果考不上，也许就意味着从此面朝黄土背朝天，窝窝囊囊地在农村生活一辈子。所以，农村孩子要想改变命运，只有拼命地学习，不断地高考，同时寄希望于老天开眼，终有眷顾。这种万众同挤独木桥的现象，在20世纪80年代格外突出。然而，齐文栋先后考了5年，从一个青葱中学生考成一个老气横秋的大龄青年，也没有考上。最后，只好带着对未来生活的恐惧，对家人的歉疚，对自己的不满，对社会的幽怨，离开了这个让他尴尬、心痛的世界。齐文栋的遭遇不是个别人的遭遇，齐文栋的悲剧也不是他个人的悲剧，齐文栋的命运有很强的社会普遍性。类似的悲剧，在现实生活中屡见不鲜，不就很有说服力吗？现在，

① 莫言：《在文学种种现象的背后——2002年12月与王尧长谈》，《莫言对话新录》，文化艺术出版社2010年版，第77页。

② 莫言：《在文学种种现象的背后——2002年12月与王尧长谈》，《莫言对话新录》，文化艺术出版社2010年版，第77—78页。

高考制度有了很大的改革，农村青年有了很多条向上的人生通道，这或许是齐文栋似的悲剧不断引起人们思考,促发一系列改革而出现的结果。其次，齐文栋的悲剧可归咎为陈腐的思想观念作祟的结果，是观念陈旧而导致的人性扭曲。自古以来，中国社会中就流传着“万般皆下品，唯有读书高”的封建士大夫思想。宋真宗赵恒在《劝学篇》中所说的“书中自有千钟粟”“书中自有黄金屋”“书中自有颜如玉”的人生感悟，也早已化作一种传统文化浸入到中国人的骨髓里面。所以，中国人自古就把读书、考取功名，看作是人生最大的成功。按说，认真学习、博取知识没有错，相反是应该值得倡导的，但是，当把读书当作人生唯一的前途，表现出强烈的功利性目的的时候，那就偏离了人生的正常的航道，变成了毒害人的腐朽思想。尤其是当这种陈腐思想和教育制度本身存在的弊端合谋同流的时候，它所体现出来的破坏性就更显著了。显然，齐文栋受到了这种腐朽思想的毒害，让他原本健康、自然的人性产生了扭曲、变形。小说中，嫂子对他的揶揄，形象地道出了这一点：

> 要是能考上大学，即使关着门，媳妇从墙头上也就爬来家了，要是考不上大学，只怕连瘸腿瞎眼也找不到。①

人生的道路有千万条，并不是唯有读书一条道。今天，随着改革开放的不断深入，随着社会的不断进步，尤其是随着人们思想观念的不断更新、变化，读书带给人们的负面影响越来越少了，读书的正能量正在发挥着越来越大的作用。最后，齐文栋的悲剧，还与农民的贫穷、农村的落后有直接的关系。20 世纪 80 年代的农村，正处在历史的转折期，新的社会形态还远没有形成，但旧的格局已经打破。最突出的表现是农村虽然还非常贫穷、落后、原始，但农民已经有了强烈的走出去的愿望。走出黄土地！这在闭关自守的计划经济时期，几乎是不可想象的事情，而在改革开放以后的农村，似乎有了一线希望。齐文栋的母亲之所以含

① 莫言：《欢乐》,《莫言文集·卷 4·鲜女人》，作家出版社 1995 年版，第 439 页。

辛茹苦地一年年地供养他去复读，甚至不惜丢下脸面去乞讨，就是看到了这线希望；哥哥嫂嫂之所以一再同意娘的请求，让齐文栋连续复读5年，也是看到了这线希望；当然，最后终于高考成功的鲁连山的三儿子及其全家，更是看到了这线希望。所以，他们不愿意放弃这线希望。然而，千军万马过独木桥，总有成功者，有失败者，齐文栋不幸成了失败者。按说，失败者理所应当回到农村，但残酷的现实情况是，几年的失败经历不仅从心理上彻底摧毁了齐文栋的承受底线，而且多年的读书生活又从身体上、技能上剥夺了他的生活能力，使他变成了一个不折不扣的农村“多余人”。面对贫穷、凋敝、落后的农村，他实在没有生活下去的能力，更没有改变它的勇气，所以只好走向自我灭亡，用一瓶廉价的农药终结了自己窝囊的人生。这样的题材和主题，无论从哪方面说，都是成功的。因此，莫言自我评价说：“我觉得这个小说有很强烈的社会性，反映高考对农村青年的压力，反映农村这种麻木不仁的生活，有很多华彩乐章在里面……”①

《欢乐》的艺术表现也是独一无二的。整部小说的故事情节由齐文栋的意识流构成，再有机结合第二人称、第一人称的交叉叙述，从而使小说的叙述语言和结构形式表现出了绮丽妩媚的艺术特征。意识流是一种重主观心理流动、轻客观情节描述的写作方法与技巧，也是一种小说创作潮流，属于西方现代派文学中的一种。福克纳的《喧哗与骚动》就是意识流小说的代表作。中国新时期文学对于意识流小说的借鉴与模仿是从王蒙开始的。在1979年至1981年短短的两3年的时间里，王蒙一口气写了《春之声》《蝴蝶》等六篇意识流小说，不仅炸开了僵化的文坛，而且将这种艺术表现方法正式地引介到了新时期文学创作中。莫言受福克纳的影响，在《欢乐》中尝试了这种写法。《欢乐》的物理时空是极其短暂和逼仄的，但心理时空是极其漫长和广阔的，在一个相当漫长和广阔的心理时空背景上，全面展现了齐文栋的苦难升学路。它的物理时空是齐文栋怀揣装有剧毒农药的瓶子离开家，到同样是喝农药致死的小

① 莫言：《在文学种种现象的背后——2002年12月与王尧长谈》，《莫言对话新录》，文化艺术出版社2010年版，第77页。

翠的坟头喝下农药这一段短暂的时间和狭小的空间，时间不过几十分钟，空间也不过几百米路程，但心理时空却远远地超出了这些。齐文栋的心理时间是父亲去世以后的十多年，尤其是连续5年的高考生涯，心理空间是从家里到村里、从村里到学校、从农村到县城。其中，所有的苦难、悲哀，都是通过齐文栋的意识流动表现出来的。如果说，这还不算奇特，因为意识流小说都这样写，那么，莫言将以第二人称为主、第一人称为辅的叙述视角巧妙地融合在一起，在运用旁观者的第二人称“你”讲述齐文栋的故事，运用故事讲述主体“我”讲述齐文栋眼中看到的故事，“你”“我”两种人称交叉讲述，无疑进一步丰富了小说的叙述层次和心理时空内涵。另外，既然是意识流小说，那么就必然要有意识流小说的语言特征。意识流小说的语言，多内心独白，少客观描述，富于想象和联想，跳跃性强，呈现出狂欢化、迷乱化的倾向。《欢乐》的语言就是如此。小说的绝大部分篇幅，是第二人称“你”讲述齐文栋的故事，而“你”所讲述的一切，实际上就是齐文栋的内心独白。例如：

> 你，穿过了浮土噗噗的大街，贴着几家红色瓦房的墙根，晃过十几个散发着霉味的隔年柴草垛，爬上绿水大湾子凸凸凹凹的地崖，往南往前走了二百米，就进入了蓊蓊郁郁的秋天的原野。密集成群的庄稼陡然唤起了你心里失群孤雁般的凄凉。你的心在有气无力的飞行中发出绝望的嘹唳。你知道一切都完了、晚了。[①]

> 你不知道是什么原因造就了家乡这么多性格乖戾、相貌丑得登峰造极、看一眼一辈子也难忘的女人，所以你厌恶这块土地。你异想天开地要对故乡的人种进行改良，杂交，一照镜子，你马上发现自己也在改良之列。[②]

这里的“你”，其实就是“我”，是齐文栋的所思、所想、所感，只不过

① 莫言：《欢乐》，《莫言文集·卷4·鲜女人》，作家出版社1995年版，第369页。

② 莫言：《欢乐》，《莫言文集·卷4·鲜女人》，作家出版社1995年版，第400页。

借用了第二人称的方式讲述了出来。小说中，富于想象和联想、跳跃性强、呈狂欢化特色的语言，也比比皆是。例如：

老态龙钟的支部书记从办公室里跑出来，六神无主地站在院子里，丈二和尚摸不着头脑，盲人摸象般走到教室门口，声色俱厉色厉内荏外强中干嘴尖皮厚腹中空地吼叫一声：不许高声喧哗！然后头重脚轻根底浅地走着，急急如丧家之犬，忙忙如漏网之鱼。①

生死搏斗！考中了成人上人，出有车，食有鱼，食不厌精，脍不厌细，书中自有颜如玉，学而优则仕！考不中进“人间地狱”，面朝黄土背朝天，找一个凸牙齿女人也如蜀道难，难于上青天。②

请同学们合上书本，他说，两个平面相交有什么性质？谁来回答？教室里安静极了，你看到八十多个红白相间的脑子在抽搐蠕动着，无数的平面像窗玻璃一样在虚空里碰撞着、交叉着，生出了无数的直线、角、定理和定律、革命的和反革命的、道德的和非道德的、留兰香型的和水果香型的、牙膏、肥皂、洗衣粉、泡沫聚乙烯塑料……③

这种典型的意识流语言，把一个被高考折磨得神魂颠倒、无所适从的农村青年的痴魔状态，淋漓尽致地勾勒了出来。小说的题目也非常有艺术性，明明写的是令人痛心疾首的悲剧，却偏偏叫《欢乐》。何来“欢乐”？原因有两点，一是齐文栋终于解脱了，不再承受内心折磨了，不再遭受哥嫂白眼了，不再饱受良心谴责了，不再经受风言风语了，一死百了，何不是人生最大的快乐？这是深层次的含义。二是小说语言的狂欢化，

① 莫言：《欢乐》，《莫言文集·卷4·鲜女人》，作家出版社1995年版，第374—375页。

② 莫言：《欢乐》，《莫言文集·卷4·鲜女人》，作家出版社1995年版，第401页。

③ 莫言：《欢乐》，《莫言文集·卷4·鲜女人》，作家出版社1995年版，第426页。

7 万字的小说，几乎没有分段，一气呵成，的确具有不可阻挡的欢快气势。这是浅层次的含义。但无论深或浅，都具有强烈的反讽色彩和隐喻意义。

应该说，《欢乐》有不够节制的瑕疵，但不失为一部有意义的小说。然而，这样一部小说，为什么会饱受诟病呢？根本原因在于其中有大量对母亲形象的不雅描写和对土地的强烈控诉。《欢乐》中，齐文栋的母亲是一个像普天下所有的母亲一样的母亲，疼爱孩子，一切为孩子着想。为了孩子，可以吃任何的苦，可以忍受任何的屈辱。然而，就是这样一位含辛茹苦的母亲，因为莫言借用齐文栋的日记，写出了一段被人认为是严重亵渎了母亲的文字，从此让他有了百口莫辩的难言苦衷。

> 一个老鼠从母亲肚腹上爬过去，母亲浑然不觉，老鼠无动于衷。我恍然觉得母亲变成了一具木乃伊，没有生命，没有感觉，没有一点点水分。……老鼠有一瞬间是僵持在母亲的肚腹上不动的，它轻松地抽动着尾巴梢子，把一串串的跳蚤抛出去，……跳蚤在母亲的紫色的肚皮上爬，爬！在母亲挤满污垢的肚脐眼里爬，爬！在母亲的瘦脖子上爬，爬！在母亲的尖下巴上、破烂不堪的嘴上爬，爬！……跳蚤在母亲的金红色的阴毛中爬，爬！不是我亵渎母亲的神圣，是你们这些跳蚤要爬，爬！跳蚤不但在母亲的阴毛中爬，跳蚤还在母亲的生殖器官上爬，我毫不怀疑有几只跳蚤钻进了母亲的阴道，母亲的阴道是我用头颅走过的最早的、最坦荡最曲折、最痛苦也最欢乐的漫长又短暂的道路。不是我亵渎母亲！不是我亵渎母亲！！不是我亵渎母亲！！！是你们，你们这些跳蚤亵渎了母亲也侮辱了我！我痛恨人类般跳蚤！①

这就是那段文字！从字面来看，确实相当丑陋、恶心。在这之前，还没有哪一个作家敢如此描写母亲！但是，当我们仔细阅读并分析这段文字，不难发现，丑化母亲绝对不是莫言的初衷，莫言是想通过这样惊

---

① 莫言:《欢乐》,《莫言文集·卷 4·鲜女人》，作家出版社 1995 年版，第 385—386 页。

世骇俗的描写，来达到诅咒社会的某些丑恶现象和丑陋人性的目的。比如说，让齐文栋痛苦不堪的高考，周围人的冷漠，和哥嫂的白眼。如果说，前面的几段描写只是白描，反映的是一种客观存在，或是想象中的场景，那么最后一段文字，才是莫言真正想要表达的深刻含义：

> 不是我亵渎母亲！不是我亵渎母亲！！不是我亵渎母亲！！！是你们，你们这些跳蚤亵渎了母亲也侮辱了我！我痛恨人类般跳蚤！①

在这儿，“人类般跳蚤”就是“跳蚤般的人类”！正是因为齐文栋周遭有数不清的“跳蚤般的人类”,所以才使他感到无比的痛苦和痛恨！然而，遗憾的是，面对莫言如此直白的宣泄，人们并没有理解它的深刻含义，只是把眼光盯在了纯客观的文字上，用一种道德审判的态度来对待这段文字。如此一来，莫言就不容置疑地被放到了道德的祭台上，接受道德层面的严厉审判。从此，亵渎母亲成了《欢乐》乃至莫言的一顶再也摘不掉的“大帽子”。对于这段文字以及由此引发的对莫言的声讨，同是小说家的余华看得比较明白、透彻。他认为莫言之所以犯了众怒，是因为众人在阅读小说时，把小说中的母亲等价换算成了自己的母亲。在普天下所有子女们的眼中，母亲总是伟大的，母爱总是神圣的，容不得半点玷污，而莫言却用肮脏的语言侮辱了这个形象。他说：“……因此问题不再是母亲的形象是不是可以亵渎，而是莫言是不是亵渎了母亲这个形象，莫言触犯众怒的实质是什么？一目了然的是他在《欢乐》里创造了一个母亲，不管这个母亲是莫言为自己的内心创造的，还是为别人的阅读创造的，批评者们都将齐文栋的母亲视为了自己的母亲。问题就在这里，这是强迫的阅读，阅读者带着来自母亲乳头的甜蜜回忆和后来的养育之恩，在阅读《欢乐》之前已经设计完成了母亲的形象，温暖的、慈祥的、得体的、干净的、伟大的……所以，当莫言让一只跳蚤爬进了

① 莫言:《欢乐》,《莫言文集·卷4·鲜女人》，作家出版社1995年版，第386页。

齐文栋母亲的阴道时，莫言不知道自己已经伤天害理了，他让一只跳蚤爬进了他们的母亲，即属于一个集体的母亲的阴道，而不是齐文栋一个人的母亲的阴道。……所以当他们拒绝《欢乐》时，很大程度上是因为《欢乐》中母亲的形象过于真实，真实到了和他们生活中的母亲越来越近，而与他们虚构中的母亲越来越远。他们在生活中可以接受母亲的丑陋，然而虚构中的母亲是一定要值得他们骄傲的。因为他们想得到的不是事实，而是愿望。他们希望看到一个不是自己的母亲，而是一个属于集体的母亲。这个母亲可以这样，也可以那样，但必须是美好的。"[①]余华一语中的，道出了问题的症结所在。

与母亲形象有同等遭遇的是土地。在一般人的心目中，土地是博大的、无私的、美丽的、丰饶的、富有生命力的。而对于农民来说，土地更是无与伦比的宝贵财富。谁拥有了土地，谁就会是财富的主人。所以，自古以来，围绕着土地，农民演绎出了多少可歌可泣的伟大故事。在中外古今文学史上，又诞生了多少把土地视为命根子的可爱、可亲、可叹、可悲的农民形象。然而，在《欢乐》中，莫言却借齐文栋的感受，强烈地控诉了土地对他的压榨和欺骗，连同土地上的一切附着物，如庄稼植被、花草树木、河流湖泊、白云蓝天，都遭到了他深恶痛绝的谴责：

> 我不赞美土地，谁赞美土地谁就是我不共戴天的仇敌；我厌恶绿色，谁歌颂绿色谁就是杀人不流血痕的屠棍……现在原野上是繁茂的、不同层次的绿，像不同层次的感情和不同层次的感情需要，像一个伪君子的十几副面孔……你感到被人赞美的绿色非常肮脏，绿色是溷浊的藏污纳垢的大本营，是县种猪站的精液储藏桶。[②]

在这里，土地如同母亲形象一样，遭到了肆无忌惮的蹂躏。这是谁的感受？这是齐文栋的感受，同样也是莫言的感受，是一切想逃离土地的人

① 余华：《谁是我们共同的母亲》，《天涯》1996 年第 4 期。

② 莫言：《欢乐》，《莫言文集·卷 4·鲜女人》，作家出版社 1995 年版，第 370 页。

们的共同感受！土地是美好的，但又是残酷的，它不仅意味着终年劳作，而且还意味着贫病交加、地位低下。齐文栋之所以厌恶土地，就在于在他看来，土地是一个吃人不吐骨头的“恶魔”，终生生活在这块土地上的农民，其生命的价值远不如一垄豆子。例如，曾经给齐文栋留下过美好的女性胴体形象的鱼翠翠死后，家人用一副断裂了的棺材把她草率地收殓了，很不负责任地扔进了一潭烂泥水里。当送葬的人们抬着她的棺材，经过她家的豆子地时，两个哥哥看到被人们踩得东倒西歪的豆子，心如刀绞，不断地哀求：

兄弟爷们，小心着点豆子。[①]

在生命的骤然灭亡面前，哥哥对妹妹的感情竟然不敌几棵豆子，委实是天大的讽刺！但现实就是如此残酷！最后，齐文栋走上绝路，也与这方面的原因有关。莫言生在农村，长在农村，对土地的感情，虽然不像齐文栋那般决绝，但也是五味杂陈。就像“高密东北乡”，固然是他小说创作的“母地”“血地”，但绝对不是他希望生命永久驻扎的土地。他从青年时代就盼望着能早日逃离这块土地，所以当他穿上军装，终于离开这块土地时，他的心情像鸟儿出笼一样欢快！他曾经在一篇文章中这样描述那时的心情：“18年前，当我作为一个地地道道的农民在高密东北乡贫瘠的土地上辛勤劳作时，我对那块土地充满了刻骨的仇恨。它耗干了祖先们的血汗，也正在消耗着我的生命。我们面朝黄土背朝天，比牛马付出的还要多，得到的却是衣不蔽体、食不果腹的凄凉生活。……当时我曾幻想，假如有一天，我能幸运地逃离这块土地，我绝不会再回来。所以，当我爬上1976年2月16日装运新兵的卡车时，当那些与我同车的小伙子流着眼泪与送行者告别时，我连头也没回。我感到我如一只飞出了牢笼的鸟。我觉得那儿已经没有任何值得我留恋的东西了。我希望汽车开得越快、开得越远越好，最好能开到海角天涯。”[②]可以说，在《欢

① 莫言：《欢乐》，《莫言文集·卷4·鲜女人》，作家出版社1995年版，第392页。

② 莫言：《超越故乡》，《莫言文集·小说的气味》，当代世界出版社2004年版，第363页。

乐》中，莫言把自己曾经有过的对于土地的复杂感情，通过齐文栋讲述了出来，一定程度上颠覆了人们对于土地的感恩戴德式的传统认知。但是，莫言毕竟不是齐文栋。齐文栋怀着对土地的仇恨，最终走向了毁灭，而莫言在经历了炼狱般的磨砺之后，对土地、对故乡却有了新的认识："对于生你养你、埋葬着你祖先灵骨的那块土地，你可以爱它，也可以恨它，但你无法摆脱它。"① 正是因为莫言无法摆脱故乡的缠绕，而故乡又是美丑杂陈、善恶交叉的，所以在他的笔下，才出现了一个"无疑是地球上最美丽最丑陋、最超脱最世俗、最圣洁最龌龊、最英雄好汉最王八蛋、最能喝酒最能爱"② 的"高密东北乡"。

时间是最好的检验剂。今天，当我们再读这部小说时，除了感叹莫言当年在艺术探索上所达到的极致外，谁还能从中读出亵渎的意味呢？

第二节 《红蝗》《天堂蒜薹之歌》《十三步》的成与败

尽管莫言在《欢乐》中的探索，已经超出了一般人的阅读与心理承受能力，但是，他的探索还远远没有穷尽。《欢乐》之后，他又连续发表、出版了《红蝗》《天堂蒜薹之歌》《十三步》等中长篇小说，陆续完成了以《红蝗》为主体的长篇小说《食草家族》，先后发表了《草鞋窨子》《断手》《苍蝇·门牙》《凌乱战争印象》《罪过》《弃婴》《猫事荟萃》《养猫专业户》《革命浪漫主义》《遥远的亲人》等众多短篇小说，将实验与探索推向了一个更加广阔、更加深入的层次和领域。这是莫言多产而又多被人诟病的一个时期，可谓实验中潜伏着隐忧，探索中孕育着希望。

《红蝗》一发表，就饱受谴责。如果说，《欢乐》得到的恶评是亵渎神圣、丑化母亲，那么，《红蝗》受到的谴责就是佛头着粪、溢丑恶美。文学批评家贺绍俊、潘凯雄说："读莫言的《红蝗》，是一件十分难受的事情。这么说，也许莫言本人会窃窃高兴，因为他曾经说过，他无意去

---

① 莫言：《超越故乡》，《莫言文集·小说的气味》，当代世界出版社 2004 年版，第 364 页。

② 莫言：《红高粱》，《莫言文集·卷 1·红高粱》，作家出版社 1995 年版，第 2 页。

表现美的东西。从《红高粱》那里，人们就开始感觉到他那表现丑恶的强烈欲望。而到了《欢乐》以至《红蝗》,这种欲望更得到了尽情的发泄。可是，文学绝不仅仅是发泄，这也许便是莫言的失策。”[①] 莫言的军艺同学朱向前说：“过于自信乃至自我膨胀，面对各编辑部索稿大军的催逼和‘围剿’，开始逞才使气，‘天马行空’，大量超高速写作，搞无米之炊或少米之炊，既是应酬别人，也是表演自己。比如将一桶‘红高粱’兑出五升酒，其味是越喝越寡淡；又比如由《文汇报》一条不足三百字的简讯《高密东北乡发生五十年来罕见的蝗灾》引发出一部十万字的《红蝗》；……虽然表面上看莫言以如此的快速高产维持了他对文坛的‘地毯式轰炸’，并展演了自己的巨大才力，但在实际上这种远非慎重至少是不够深思熟虑的创作方式与后果……无疑是对作家艺术声誉的一种自我损毁和创作才华的无谓浪费。”[②] 莫言自己也说：“《红蝗》使得一些以前吹捧我的人也发出了怀疑的声音，这个作家在挥霍自己的才华，浪费，感觉泛滥，挥霍才华，表示担忧。”[③]

那么，《红蝗》究竟是一部怎样的小说呢？我认为，它是一篇延续了《红高粱》风格的家族小说。虽然最终也和《红高粱》一样，陆续补充，形成了一部拼接式的长篇小说《食草家族》，有狗尾续貂之感，但单就《红蝗》而言，除了有一些过分的溢丑恶美的审丑描写之外，它在多个方面表现出了不俗的艺术探索。《红蝗》写的是发生在“高密东北乡”前后相距50年的两次蝗灾以及人们灭蝗的经历，不仅现实中渗透着历史，历史中映照着现实，制造了一种亦真、亦虚、亦幻的魔幻色彩，而且在生命的变化莫测中，又透视了人性的复杂、历史的玄机和现实的荒谬，存在着一种显著的荒诞风格。总之，它融多种思想内涵和艺术手法于一体，表现出了多向度的探索。

---

① 贺绍俊、潘凯雄：《毫无节制的〈红蝗〉》，《文学自由谈》1988年第1期。

② 朱向前：《新军旅作家“三剑客”——莫言、周涛、朱苏进平行比较论》，《解放军文艺》1993年第3期。

③ 莫言：《在文学种种现象的背后——2002年12月与王尧长谈》，《莫言对话新录》，文化艺术出版社2010年版，第79页。

第一，对人性的探索。人性是复杂的，也是难以说清楚的。在人的自然属性和社会属性的交叉地带或各自内部，的确存在着诸多难以言表的矛盾现象。它就像一个矛盾的复合体，美、丑、善、恶等因素纠葛在一起，难以厘清。在以儒家学说为正统的传统文学和有“左”倾倾向的“十七年”文学中，对于人性的艺术处理，通常的做法是弃恶扬善，贬丑褒美。即便是以批判、揭露丑陋的人性为主的小说，一般也设计一个光明的尾巴，从而达到歌颂真、善、美的目的。但是，自从西方现代派文学再次滥觞于中国文坛，尤其是“人”的文学思潮的陡然崛起，使得人们开始对人自身的复杂性有了深刻的认识。从此，半是魔鬼半是天使的人物形象，大量地出现在文学作品中。莫言《红高粱》中的“我爷爷”“我奶奶”，就是魔鬼与天使参半的人物形象。当莫言在《红高粱》中做出“最美丽最丑陋、最超脱最世俗、最圣洁最龌龊、最英雄好汉最王八蛋、最能喝酒最能爱”的人性判断时，说明他对复杂的人性已有了清醒的认识。《红蝗》中，莫言对四老爷、九老爷、四老妈等人的刻画，再一次使他对人性的挖掘达到了相当的深度。四老爷为偷情之便，借行医之名，毒死了红衣媳妇的公公，继而设计抓奸，刺瞎了锔锅匠的一只眼睛，休了让他讨厌的四老妈；九老爷羡涎红衣媳妇，背地里和她乱搞，造成兄弟阋墙；四老妈不甘寂寞，被四老爷嫌弃后，又偷偷地和锔锅匠相好，谁料遭到更惨的下场。总之，在莫言的眼中，人性的沉沦招致了世风日下，而世风日下又加剧了人性的沉沦。所以，他在小说中不得不感叹：

> 家族的历史有时几乎就是王朝历史的缩影，一个王朝或一个家族临近衰落时，都是淫风炽烈，扒灰盗嫂，父子聚麀，兄弟阋墙、妇姑勃溪——表面上却是仁义道德、亲爱友善、严明方正、无欲无念。[①]

第二，对神性的探索。经过“文革”的时代性大欺骗和新时期的

---

① 莫言：《红蝗》，《莫言文集·卷4·鲜女人》，作家出版社1995年版，第76页。

思想解放运动，莫言对人有了深刻的认识，同时也对神有了清醒的认识。否则，他不会喊出“我痛恨所有的神灵”这样的宣言。在某种程度上，《红蝗》是莫言对“我痛恨所有的神灵”的宣言的形象注释。如果说，《红蝗》中对四老爷等人的刻画，主要展现了人性的复杂，那么，前后相隔50年的两次灭蝗行动，则展示了神性的荒谬和对神性的彻底颠覆。第一次灭蝗，无论是四老爷建蝗神庙，还是九老爷建刘将军庙，都无济于事，讽刺了人们对神性的崇拜。第二次灭蝗，依靠飞机播散农药，终使蝗灾被消灭在萌芽之中，既歌颂了科学的胜利，同时也宣告了神性在人性面前的彻底败退。然而，科学也不是万能的。莫言在表达了对科学的赞美时，也看到了科学的副作用，对用剧毒农药消灭蝗虫的行为，表示了深沉的担忧。也就是说，任何事物都有正反两个方面，但如何保住正确的一面而消除错误的一面，才是最重要的。小说中，他借用灭蝗女专家的口说：

可怜大地鱼虾尽，惟有孤独刘将军！①

我清楚地预感到：食草家族的恶时辰终于到来了！②

第三，对生命强力的探索。莫言对生命强力的探索，起源于《红高粱》。种的退化、酒神精神、敢恨敢爱的自由生命，是他在《红高粱》中探索生命强力的三大途径。《红蝗》中，莫言继续追寻生命强力，主要是通过对种的退化的描写和对自然伟力的崇拜，来实现重塑生命强力的愿望。种的退化在小说中的表现，主要是食草家族的后代们，脚上普遍长蹼，出现了逆生长的返祖现象。对自然伟力的崇拜，主要表现在食草家族的前辈们，由于经常食草，接触大地，所以永远保持着旺盛的生命力。四老爷、九老爷年轻时生命力旺盛，偷情乱伦，八九十岁了依然精神矍铄，无不与食草有关。《食草家族》中的其他篇什也都表现了这

① 莫言：《红蝗》，《莫言文集·卷4·鲜女人》，作家出版社1995年版，第122页。

② 莫言：《红蝗》，《莫言文集·卷4·鲜女人》，作家出版社1995年版，第123页。

个主题。但是，由于莫言在《红高粱》中对这个主题的探索，实在是太出色了，所以到了《红蝗》及《食草家族》，不免有强弩之末之感。

第四，对以丑为美的探索。以丑为美，是西方现代派文学最主要的审美观。在现代派作家看来，人类社会是荒谬的，人类存在是荒诞的，现实生活中恶多于善，丑多于美，到处充满了尔虞我诈，欺世盗名，所以他们的作品中充满了丑恶的事物。现代派文学的老祖宗波德莱尔专门描写丑，从而建立了以丑为美的美学观。再说，审视丑，也是为了认识丑，更好地享受美。因此，现代派文学中的审丑，实际上是审美意义上的审丑，有着巨大的不可替代的审美价值。莫言经过对现代派的学习，深刻地认识到了这一点，并进行了一系列的探索。莫言对丑陋事物的描绘，也是从《红高粱》开始的。小说中，他对孙五活剥罗汉大爷的人皮，进行了纤细俱现的描绘，其景其状，无不给人一种丑陋之极的感官印象。但是，由于罗汉大爷是砍日本鬼子的马腿才遭此厄运的，他的壮烈行为和不屈精神激发起了强烈的民族义愤，所以场面尽管很丑陋、很恐怖，但仍然收到了特殊的审美效果。然而，到了《红蝗》中，尽管莫言仍然审丑，而且丑到了极致，但是，由于他没有确定好审丑的立足点，缺少以审美为目的的理性节制，任凭感觉泛滥，致使审丑变成了纯粹、怪诞的感官刺激，没有达到《红高粱》般的以丑为美的审美效果。也就是说，《红蝗》中，莫言对以丑为美的探索，超过了人们心理所能承受的极限，遭到了人们的极度厌恶和普遍抵制。这是《红蝗》饱受诟病的主要原因。譬如，对大便的描写。鲁迅先生早就说过，鼻涕和大便是进入不了文学艺术的，但莫言却在小说中浓墨重彩地描绘了大便。在此，我们并不是说大师的话就是圣经，不能违背，而是说鲁迅先生说的确实有道理。肮脏的东西有的是替代物、象征物，为什么非要去描写大便呢？但莫言就是描写了大便，这不能不让人感到遗憾。他这样描写大便：

> 三月七号是我的生日，这是一个伟大的日子。这个日子之所以伟大当然不是因为我的出生，我他妈的算什么，我清楚地知道我不过是一根在社会的直肠里蠕动的大便……[1]

---

① 莫言：《红蝗》，《莫言文集·卷4·鲜女人》，作家出版社1995年版，第2页。

四老爷蹲在春天的麦田里拉屎仅仅好像是拉屎，其实并不光是拉屎的，他拉出的是一些高尚的思想。[①]

我有充分的必要说明、也有充分的理由证明，高密东北乡人食物粗糙，大便量多纤维丰富，味道与干燥的青草相仿佛，因此高密东北乡人大便时一般能体会到磨砺粘膜的幸福感——这也是我久久难以忘却这块地方的一个重要原因。高密东北乡人大便过后脸上都带着轻松疲惫的幸福表情。当年，我们大便后都感到生活美好，宛若鲜花盛开。[②]

五十年前，高密东北乡人的食物比较现在更加粗糙，大便成形，网络丰富，恰如成熟丝瓜的肉瓤。那毕竟是一个令人向往和留恋的时代，麦垄间随时可见的大便如同一串串贴着商标的香蕉。[③]

……我们的大便像贴着商标的香蕉一样美丽为什么不能歌颂，我们大便时往往联想到爱情的最高形式，甚至升华成一种宗教仪式为什么不能歌颂？[④]

荒草地曾是我当年放牧牛羊的地方，曾是我排泄过美丽大便的地方，今日野草枯萎，远处的排水渠道里发散着刺鼻的臭气，近处一堆人粪也散发恶臭，我很失望。当我看到这堆人粪时，突然，在我的脑中，出乎意料地、未经思考地飞掠过一个漫长的句子：红色的淤泥里埋葬着高密东北乡庞大凌乱、大便无臭美丽家族的过去、现在和未来，它是一种独特文化的积淀，是红色蝗虫、网络大便、动物尸体和人类性分泌液的混合物。[⑤]

---

① 莫言：《红蝗》，《莫言文集·卷4·鲜女人》，作家出版社1995年版，第23页。

② 莫言：《红蝗》，《莫言文集·卷4·鲜女人》，作家出版社1995年版，第25页。

③ 莫言：《红蝗》，《莫言文集·卷4·鲜女人》，作家出版社1995年版，第26页。

④ 莫言：《红蝗》，《莫言文集·卷4·鲜女人》，作家出版社1995年版，第29页。

⑤ 莫言：《红蝗》，《莫言文集·卷4·鲜女人》，作家出版社1995年版，第29页。

试想，当人们连篇累牍地读到这样的文字时，会产生一种什么样的感觉？难怪朱向前说："我必须直率地说出我对近几年莫言创作的批评意见：'成也萧何，败也萧何。'——成在以极端化的风格独标叛帜，败在极端化的道路上过犹不及；因此，他在创作巅峰的极地上和艺术风格的极限上颠覆了自己，也迷失了自己，至今陷入一种失落了美学目标的躁动与徘徊之中……他早先创作中暴露的那些缺陷，如感觉的炫耀、泛滥乃至重复，语言的毫无节制，狭隘激愤情绪的喷吐，为审丑而审丑的癖好，等等，都加倍触目惊心起来，几乎成了此一阶段最鲜明醒目的莫言烙印，使作品变得空前的迷狂、偏执、紊乱和晦涩。人们惊愕之余，忍受不了这种阅读折磨，渐渐失望地远离莫言而去。"① 可谓一语中的。的确，丑是一种客观存在，它可以在艺术中得到表现，审丑属于审美范畴。但是，审丑必须坚持一个前提，即审丑主体必须要用理性的态度、以审美的眼光来对待丑陋的事物，将审丑控制在人类社会于漫长的历史文化积淀中形成的社会道德系统、人伦关系准则和社会主流审美文化取向的维度上，不能毫无节制，我行我素，天马行空，让审丑畸变成低级趣味的感官刺激。毋庸讳言，在以丑为美的艺术道路上，莫言的探索的确走得远了些、偏了些。

第五，对叙述艺术的探索。《红蝗》的叙述艺术与《红高粱》一脉相承，用一个穿越时空的叙述主人公"我"将高密东北乡 50 年的历史连接了起来，让"我"穿梭于这条时空隧道中，一会儿叙述四老爷、九老爷年轻时候的风流韵事，一会儿叙述"我"正在亲历的各种荒诞事情，使人们看到，虽然 50 年过去了，但"高密东北乡"的社会风气依然如故，甚至今不如昔。当年，四老爷、九老爷满嘴仁义道德，实际上一肚子男盗女娼。现今，教授白天在课堂上大讲特讲"一夫一妻制"的优越性，晚上却与年轻姑娘偷欢。他们的虚伪脾性是何等的相似！前后 50 年两个时代中的两组人物，四老爷、九老爷、四老妈、锔锅匠和遛鸟老人、教授、姑娘、蝗虫考察队女专家等的故事，虽然各自独立，彼此间没有

① 朱向前：《新军旅作家"三剑客"——莫言、周涛、朱苏进平行比较论》，《解放军文艺》1993 年第 3 期。

任何交接、纠葛，但由于“我”的无所不在，使它们形成了一个有机整体，从而将历史的玄妙反映了出来。这种打破时空界限、俯视历史、交叉渗透的叙述方式，既有全知全能视角的功能，又有意识流的成分，还有魔幻色彩，呈现出了融多种艺术表现手法于一体的鲜明特征。

《红蝗》的语言也是一种《红高粱》式的语言，只不过莫言更高地举起了反叛传统的旗帜，表现得更大胆、更彻底、更醒目，从而也更招人非议。例如，他如此描写人与动物的区别：

> 被欲望尤其是被性欲毁掉的男女有千千万万，什么样的道德劝诫，什么样的酷刑峻法，都无法遏止人类跳进欲望的红色沼泽被红色淤泥灌死，犹如飞蛾扑火。这是人类本身的缺陷。人，不要妄自尊大，以万物的灵长自居，人跟狗跟猫跟粪缸里的蛆虫跟墙缝里的臭虫并没有本质的区别，人类区别于动物界的最根本的标志就是：人类虚伪！①

再如小说最后，他借女戏剧家之口，说出的那一番充满了揶揄与调侃味道的话语，同样是《红高粱》中的“最英雄好汉最王八蛋”之类的矛盾二重组合句式，充分表达了他构思、写作《红蝗》的初衷，颇引人思考。

> 在奔跑过程中，我突然想起了一位头发乌黑的女戏剧家的庄严誓词：总有一天，我要编导一部真正的戏剧，在这部剧里，梦幻与现实、科学与童话、上帝与魔鬼、爱情与卖淫、高贵与卑贱、美女与大便、过去与现在、金奖牌与避孕套……互相掺和、紧密团结、环环相连，构成一个完整的世界。②

总之，《红蝗》是一部以探索人性为主的小说，只不过突出表现的

① 莫言：《红蝗》，《莫言文集·卷4·鲜女人》，作家出版社1995年版，第92—93页。

② 莫言：《红蝗》，《莫言文集·卷4·鲜女人》，作家出版社1995年版，第123页。

是人的自然属性中的兽性和丑陋性，与《红高粱》相比，缺少对健康、美好、自然的人性的挖掘，在人们的阅读印象中，造成了一个自由落体式的心理落差。实际上，《红蝗》的人性探索是非常有意义的，除却那些不雅的描写，谁能说不是对生活、历史、人性的真实而深刻的反映呢？当然，就艺术水平而言，它没有《红高粱》出色。

《天堂蒜薹之歌》是莫言完整构思的第一部长篇小说，出版于1988年。虽然在这之前，《红高粱家族》已经出版，但它是由五部中篇小说连缀而成的，缺乏一气呵成的贯通。莫言写作《天堂蒜薹之歌》的时间极短，前后不到40天。之所以写得快，与两件事对他的强烈刺激有关。一件事是1987年夏天发生的震惊全国的“苍山蒜薹事件”。当时，由于当地干部不作为，又加上地方利益保护主义思想作祟，致使农民丰收的蒜薹卖不出去，大面积烂在地里。农民一气之下，将蒜薹弄到了县政府，堵了政府大门。农民想见县长，希望政府拿出切实可行的办法，解决农民负担。但政府官员避而不见，导致农民采取了更激烈的行动。农民冲进了县政府，砸毁了县长办公室，烧毁了政府办公大楼。后来，事件虽然得到妥善处理，领头闹事的农民受到法办，政府干部要么被撤职，要么被调走或降职，但这件事情对莫言的冲击很大。说到底，莫言骨子里是一个农民，他对一切漠视农民利益的行为都深恶痛绝。在他看来，这个事件的根源就在于政府和官员对农民利益不重视，或者说不作为。所以，当他看到这个新闻报道后，马上就有了强烈的创作冲动。他说：“我看了这个报道以后，内心马上就很冲动，当时感觉到是想替农民说话，实际上我是替自己说话。直到现在我一直认为自己和农民有千丝万缕的关系，在1987年我更感觉我就是一个农民，家里都是农民，农村的任何一个事情都会影响到我的生活。我写《天堂蒜薹事件》，实际上是把我积压多年的、一个农民的愤怒和痛苦发泄出来。”[①] 另一件事发生在1984年10月，莫言的四叔被乡镇书记的汽车撞死。当年，莫言的四叔和亲家一起往县城送甜菜，回来的路上，被给书记拉盖房材料的汽车

① 莫言：《在文学种种现象的背后——2002年12月与王尧长谈》，《莫言对话新录》，文化艺术出版社2010年版，第79页。

撞死，连同已经怀孕的拉车的母牛也一并撞死。虽然那个书记和莫言一家还沾亲带故，但最后处理事故的方式和态度却让莫言很不满意。3500元钱就将一个活生生的人和两头牛打发了，而且扬言，即使是打官司让交通队处理，交通队也向着他们。莫言听说这事后，气愤不过，想把事情闹大，希望死者和死者的家属得到起码的尊重。但由于死者的孩子们不争气，根本不看重这件事，看重的是到手的钱财，再加上父母等人的反复劝阻，莫言最后才放弃了抗争。然而，尽管不再争执，但农民生命贱如草芥这件事，仍然像一块沉重的石头一样压在莫言心头，让他久久不能释怀。这次，“苍山蒜薹事件”再次勾起了莫言对往事的记忆，使他再也按捺不住了，于是便想用笔来表达对农民的怜悯和同情。因此，在极短的时间之内，他就将这件事情写了出来。在小说中，他将以上两件事情巧妙地融合在一起，既反映了农民的生活现状，揭示了农民悲哀、愚昧、让人可怜的思想状况，又揭露了领导干部的不作为行为，抨击了愈演愈烈的官僚腐败作风，表现出了强烈的干预现实的创作态度。

应该说，《天堂蒜薹之歌》是莫言创作生涯中非常重要的一部长篇小说，但遗憾的是，至今没有得到很好的认同。首先，它是一部面向现实的小说，有着鲁迅所说的“敢于直面惨淡的人生，敢于正视淋漓的鲜血”的勇气。小说是什么？可以有多种解释，但有一点非常重要，那就是反映现实人生。莫言从历史的深处折回身来，写出这样一部充满苦难人生的小说，不能不说表现出了巨大的勇气。其次，小说深刻地揭示了“三农”问题，抨击了官僚腐败习气，让人们清醒地认识到了中国农村社会中存在的各种严峻问题。那时，虽然“三农”一词还没有出现，但“三农”问题并不等于不存在。在改革开放的初期阶段，“三农”问题实际上已经非常严重了，直到现在，仍然是我国面临的最为严峻的问题之一。还有腐败和官僚作风现象，已呈愈演愈烈之势，如果再不从根本上予以解决，恐怕真的就有亡党亡国的危险了。在这些问题还没有引起党和国家高度重视的时候，莫言就用自己的笔将其反映了出来，可谓有先见之明。最后，小说的艺术也很高明，值得探讨。现在一般认为，《天堂蒜薹之歌》是一部具有写实风格的小说，与莫言的其他小说艺术上大相径庭，实在是一种误解。其实，《天堂蒜薹之歌》虽然写了现实人生，但艺术方面并没有像传统的现实主义小说那样循规蹈矩，而是仍然表现出了顽强的探索精神，在叙述方式、艺术结构、语言各个方面，莫言动用多年的艺术积累，力所能及地进行了各种探索，留下了宝贵的艺术经验。先说叙述方式。小说的叙述方式就是作家讲故事的方式。在这部小说中，莫言采取了双线齐头并进、相互照应、补充的方式，将一群农民因为蒜薹滞销而引发的故事讲了出来。一条线索是高马、高羊、四叔等农民因为蒜薹卖不出去而导致的家庭悲欢离合的故事，基本上据实写来，较为清楚；另一条线索是每章开始时民间艺人瞎子张扣的说书，通过民间艺术说书的形式，将蒜薹事件的来龙去脉和民心所向作了大致的讲述，既起到了提纲挈领的作用，又突出了小说的民间色彩。两条线索相辅相成，共同演绎了蒜薹事件。两条线索的存在，使得小说具有了复调功能，让读者站在不同的视角，反复审视同一个事件和处在事件中心的同一群人物，丰富了小说的思想内涵，拓展了读者的思维空间，起到了单向讲述不能起到的作用。次说艺术结构。全书共二十章，基本上一章一个中心故事，相对完整。但是，这二十章并不是严格按照纯粹的物理时空来结构的，而是按照作者和人物的心理流程来结构的。就作者来说，他的确制造了时空跳越，而就每个具体的人物来说，所有的故事情节又是符合他们各自的心理流程的，所以这样一来就造成了一种奇特的艺术效果：整体时空统一而局部时空错乱，于严谨中透露出了些许活泼。如此进行艺术结构，显然和传统的现实主义小说有了本质的区别。再说语言。语言是小说存在的最基本内涵，也是决定小说风格的重要因素。《天堂蒜薹之歌》的语言特色，在于写实中夹杂着大量的感性语言，使小说表现出了浓郁的主观色彩。例如，写高马和金菊私奔的一章，其中就有很多充满了感性色彩的语言：

> 爹和哥的叫声她的耳朵没有听到，她是用脊背感受到的。那喊叫声宛若挂着金钩的丝线，在她身后飞舞着，飞过河来，纠缠在了密密匝匝的黄麻的梢头上……

> 黄麻动荡不安，像水一样分开又像水一样合拢。她有时恍若坐在一叶小船上——从来就没坐过小船——她试图睁开眼，眼前五彩缤纷，亮得她眼痛。……一望无际的黄麻被清凉的黄昏风吹拂着，轻轻摇摆，缓慢起伏，好像一片暗红色的大海。她觉得自己和他变成了两条游不动的鱼。
>
> 黄麻，黄麻，黄麻们，你们阻拦他，你们阻拦我。你们抿着青绿的嘴，眯缝着漆黑的、狡黠的小眼睛。你们嘻嘻地怪笑着，你们伸出腿，你们脸上挂笑脚下使绊子……
>
> 无穷无尽的黄麻，像汹涌的浪潮一样涌上来，覆盖了他们。她不敢睁眼，她只想昏睡。她沉浸在梦幻般的意境里，所有的物体都把发出的声音推出去很远很远，只有温存的黄麻，只有清凉的温暖，盛满了她的感觉器官……[①]

这样的语言，似乎使我们看到了熟悉的莫言，也分明辨别出了不同于传统的现实主义小说的语言特色。

《天堂蒜薹之歌》的艺术成就没有得到充分肯定，与两方面的原因有关。一是生不逢时，二是因为小说的内容太过于暴力，与主流意识形态的宣传需要相左。1988年，正是先锋小说最为活跃的时期，实验、探索、能指、所指、虚构、叙述圈套等名词层出不穷，让人眼花缭乱。在这样一个求新求异的时代，人们已经习惯了关注时髦的文学现象和花样百出的文学实验，对传统的现实主义小说创作视而不见。《天堂蒜薹之歌》虽然有创新之处，但整体上仍然给人一种写实的感觉，所以自然就进入不了人们的法眼，受到冷落便是自然的事情了。另外，小说写的是农民因为卖不出蒜薹而砸毁县政府的故事，里面虽然写出了事情的前因后果，在抨击县政府官员不作为的同时，也对农民的不理智行为进行了深刻的剖析，挖掘和展示了农民的愚昧与偏见，但留给人们印象的仍是官逼民反，这与主流意识形态的宣传需要明显相左。这样的内容，自然也不会

① 莫言：《天堂蒜薹之歌》，《莫言文集·卷3·再爆炸》，作家出版社1995年版，第81—82页。

受到社会的待见。据说,小说发表后,莫言受到了来自事件发生地的威胁,“因为写了这本书,某县的一些人托人带话给我说,我只要敢踏上他们的地盘,他们就要……我听了很不以为然。这本书里有我的良知,即便我为此付出点什么,也是值得的”。[①] 又据说,原本有人想借莫言的名气把小说拍成电视剧,搭莫言的顺风车,因为当年张艺谋根据《红高粱》改编的同名电影,获得了西柏林国际电影节金熊奖,但一看内容,不好处理,只得作罢。“出版以后,无声无息的,一篇评论文章也没有,当时还有人要搞电视剧,后来一看,这个怎么拍呢,这是农民暴动啊,怎么能拍呢?而且还是用的比较传统的手法来写的,与原来的风格不一样,有区别的。”[②] 当前,农村侵害农民利益的问题较蒜薹事件时期,有过之而无不及,艺术探索也进入到了一个较为理性的时代,反观《天堂蒜薹之歌》的遭遇,总感觉对它的评价和认识还没有到位。所以我相信,随着时代的发展,《天堂蒜薹之歌》的思想艺术成就,一定会得到客观的评价。

紧接着《天堂蒜薹之歌》,莫言又写了长篇小说《十三步》,这是莫言于20世纪80年代后期在小说艺术上做的最大可能的探索。然而从效果看,他失败了,而且失败得无可争辩。《十三步》写的是教育问题,触及了社会现实,有一定的社会意义,但由于在艺术探索的道路上过于求新求奇,迷失了方向,终于走进了一条死胡同。先锋小说之所以在20世纪90年代风光不再,便与这种没有界限的无边的探索有关。须知,任何探索或改革都是有底线的,触及了底线,势必要受到改革本身的惩罚。社会改革是这样,艺术变革也是这样。当时,先锋小说家们奉行“怎么看不懂就怎么写”的信念,把艺术探索看成了纯粹的不需要读者的个人表演,不再去追求文学的实际意义,只看重不同凡响的另类价值,从而使得先锋小说最终演变成了一种只属于极少数人自我欣赏、自我陶醉的“圈子艺术”,在失去了广大读者的同时,也失去了存在的必要。莫

① 莫言:《如是说》,《莫言文集·卷3·再爆炸》,作家出版社1995年版,扉页。

② 莫言:《在文学种种现象的背后——2002年12月与王尧长谈》,《莫言对话新录》,文化艺术出版社2010年版,第81页。

言写作《十三步》，就犯了此类毛病。

教育问题，是社会的大问题；教师问题，是教育的根本问题。莫言在《十三步》中瞄准这一问题，应该说捕捉到了一个很好的写作题材。20世纪80年代初期，谌容的《人到中年》引起巨大社会反响，就是因为她写了教育问题，反映了中年知识分子艰窘的生存现状，引起了全社会的广泛共鸣。到莫言写作《十三步》，时间虽然又过去了几年，中国的教育现状也有了很大的改观，但教育和教师问题，依然是中国社会的敏感问题、重大问题，有着许多亟待破解的坚冰和难题。然而，莫言却白白地浪费了这一题材，把精力放到了所谓的艺术探索上，最终搞成了一个不伦不类的小说文本。且不说小说的题目赖以产生的那个古老的寓言传说是否真的存在，单说它的内涵与小说的内容有多大的关联度就值得怀疑。看到麻雀单步行走，就会有好运气降临这一寓言，无论如何也让人难以联想到它与教育、教师问题存在着某种必然的联系。这个寓言传说在小说中的存在，除了让人感到故弄玄虚、莫名其妙，还能让人感到什么？小说中，无论是活活累死在讲台上的方富贵，还是为了摆脱贫穷让殡仪馆整容师改头换脸、一门心思挣大钱的张赤球，都难以起到陆文婷当年所起到的唤醒社会的作用。人们面对小说中频繁转换的各式人称，读到小说中那些难以卒读的故事情节，除了感叹莫言在极尽艺术技巧之能事外，还能从中得到什么？估计写到最后连莫言自己也不知道要表达什么了！丢失了明确的写作目标，只把文本当作艺术实验的靶子，那就只能走向极端了。

现在看来，莫言在《十三步》中最大的失误，在于多个人称的叙述实验。“你”“我”“他”“她”、方富贵、张赤球、李玉蝉、“蜡美人”等多个叙述主体不停的变换，而且是毫无道理的变换，不仅没有叙述明白任何问题，甚至连最基本的故事情节都没有交代清楚。把自己没有讲清楚的故事推给读者，希望读者在阅读过程中通过二度创作把它弥补起来，就这部小说而言，无异于痴人说梦。读者的二度创作是建立在作者一度创作的基础上的，而且是建立在一度创作开启了读者的思维空间，让读者拥有了更多、更深入的思考平台之上的，而不是建立在一个虚无缥缈的思想空壳里，更不是建立在一个毫无意义的语言迷宫里。在这样的迷宫里，读者只能感到茫然无序、索然无味、找不着北。所以，连莫言自己后来也感叹："《十三步》这部小说我想真正看懂的人并不太多，确实写得太前卫了，把汉语里面所有的人称都实验了一遍。"[①] 一部让人看不懂的小说究竟有多大的文学价值呢？莫言的探索值得反思。当然，世界文学史上，的确有一些作品在问世之初并不被看好，而过去一段时日后，成为经典名著的例子，但《十三步》显然并不在此列。《十三步》存在先天不足。另外，《十三步》的语言，也脱离了莫言小说语言的正常的轨道，既不写实，也不抒情，更非《红高粱》式的大刀阔斧，而是一种别别扭扭的词语堆砌和毫无缘由的联想与想象，让人产生一种怪异的厌烦的感觉。随便从小说中找出一段，都是如此。例如，写方富贵的死后影响，这样写：

> 方富贵以他辉煌的死——累死在讲台上——为第八中学、也为全市的人民教师，争得了同情和光荣。市日报以显著的位置和空前的版面向全市人民报告着他的死讯。广大的呼声从千家万户发出，汇成一个运动。呼声：关心教师生活，提高中年教师的工资！运动：向赚钱的企业和富裕的个人募捐，建立"中年教师保健基金"。呼声日益高涨，运动方兴未艾，红领巾走上街头。方富贵的死比方富贵的活更有价值——他不知疲倦地梗直脖子发议论……[②]

再如，写李玉蝉给王副市长整容，又这样写：

> 特级整容师用两根指头捏着一柄浅蓝色的手术刀，站在被剥得一丝不挂的王副市长面前。他说：我们可以看到那柄手术刀静静地躺在搪瓷盘里，活像一只恬静的乌鸦翎毛。你动刀前默立了三分

① 莫言：《在文学种种现象的背后——2002 年 12 月与王尧长谈》，《莫言对话新录》，文化艺术出版社 2010 年版，第 81 页。

② 莫言：《十三步》，《莫言文集 · 十三步》，作家出版社 2012 年版，第 64 页。

钟，低着头，旁观者会认为你在向死者行默哀礼——这不是你的习惯也不是殡仪馆的规矩。你一向是匆匆忙忙地脱光衣服，披上白大褂，一秒钟也不耽搁，就把刀子劈到死人的脸上，像一个技术娴熟的皮鞋匠清理着皮鞋上的破皮子。①

……

当我们读到小说满篇如此无厘头的语言，谁又能产生阅读的快乐和美感呢？

因此，毫不客气地说，《十三步》是莫言在艺术探索的道路上走得最远的一部小说，也是最不成功的一部小说。它的尴尬存在表明，莫言的实验、探索，已经走火入魔，如不悬崖勒马，就会出现如同其他先锋小说家那样无以为继的局面。

好在莫言没有一条道走到黑，好在莫言在进行先锋艺术探索的同时，还在进行其他艺术探索，所以莫言才有了起死回生的余地。在20世纪80年代后期，莫言还写了众多短篇小说，使自己探索出了赖以在写作的道路上继续走下去的多条艺术路径。一条路径是民间。尽管在这个时期，莫言耿耿于怀的是先锋艺术，但民间仍然是他创作中难以割舍的一个情结。在《草鞋窨子》《猫事荟萃》《养猫专业户》等小说中，他继续挖掘民间的逸闻趣事，荟萃成篇，让人耳目一新。尽管这些小说没法和他20世纪90年代前期创作的同类小说相媲美，但那时的创作毕竟是在这个时期已经搭就的创作链条上继续滚动，为后来发扬光大民间写作打下了坚实的基础。一条路径是新历史主义。所谓新历史主义，首先是一种不同于传统的历史主义的历史观。它认为历史有着诸多的偶然性，是不可复制的，也是不可复原的，谁掌握了话语权，谁就掌控了历史。那种一味追求历史的本真状态的传统的历史观是迂腐的，所讲的历史是不真实的，起码是片面的真实。所以，它主张历史是多元的，有多种讲述的可能性，比如说偶然性、边缘性、主观性、民间性等。从《红高粱》

① 莫言：《十三步》，《莫言文集·十三步》，作家出版社2012年版，第89页。

开始，莫言实际上就表现出了这种新历史观的写作意识，但由于那时新历史主义一词还没有出现，所以还没有人从这个角度去阐释它。而现在，新历史主义小说作为新写实主义小说的一个分支正搞得风起云涌，莫言自然不会放过。《凌乱战争印象》《革命浪漫主义》《遥远的亲人》，就具有新历史主义的小说特征，它们不仅继承了《红高粱》讲述历史的民间性特色，而且又融入了偶然性、主观性的特色，为后来写作皇皇巨著《丰乳肥臀》探索了道路。还有一条路径是人性。莫言对人性的思考开始于学习、借鉴西方现代派文学时期，在很多作品中都有所涉猎。《金发婴儿》是他20世纪80年代前期的代表作。此时，他又写了《断手》《苍蝇·门牙》《罪过》《弃婴》等小说，从不同的方面，对人性问题进行了更加深入的思考。总之，由于莫言的艺术探索是多方面的，所以他才拥有了比其他先锋作家更强大、更持久的艺术生命力。在其他先锋作家要么停笔、要么被迫转向新写实创作的时候，莫言依然能够按照自己的意愿进行写作，不能不说是他多种艺术探索的结果。在此，我们仅将上述作品简单一提，然后在下面的相关章节中展开论述。

从某种意义上说，任何文学现象都是一定时代的产物。回顾莫言20世纪80年代后期的创作，不难发现，此时的莫言在先锋文学潮流的挟裹下，喊了一些极端口号，做了一些极限探索，取得了一些突破，也留下了一些遗憾，可谓有得有失。但不管怎么说，莫言没有虚度光阴，他以自己的勤奋和执著，走出了一条经验和教训并存的文学道路。在这条道路上，莫言走得磕磕绊绊，固然与他个人的气质、秉性和人生成长背景有关，但也不可否认，当时弥漫于整个文坛的喧嚣与浮躁，也给了他不小的影响。这条坎坷之路，对于莫言本人，意义非凡，对于其他人，也一定是裨益多多。

第四章　人性·原欲·人生需要层次理论与莫言1990年前后的创作

第一节　对人性问题的思考与艺术展示

1990年前后，由于政治的、经济的、文学的各个方面的原因，新时期文学进入了一个发展的瓶颈期，受到影响，加上自身在先锋文学探索中出现的问题，莫言也进入了一个创作的困厄期。那么，怎样才能突破壁障，迎来转机？无论是新时期文学还是莫言，都做了多方面的努力。其中，莫言秉承此前已经开掘的一个主题，继续向深处掘进，打开了一个广阔的文学领域。这个主题就是人性。人性，即人的基本属性，由自然属性和社会属性构成。自然属性与生俱来，社会属性后天赋予，它们相辅相成，决定着人的基本行为方式和存在形态。新时期之前的很长一段时间里，由于社会政治形势逼迫和习惯性思维，人的自然属性被严重忽视了，谈到人性，基本上指的是人的社会属性。更有甚者，到了极“左”文艺路线泛滥的“文革”时代，社会属性也被挤扁成了更为纯粹的阶级属性。如此一来，阶级性在某种程度上就成了人性的代名词。所以，在“文革”文艺作品中，人们再也看不到丰富多彩的人性表现，看到的尽是紧绷阶级斗争之弦的神经兮兮的人们在大搞特搞阶级斗争。新时期伊始，人们开始对这一极端现象进行深刻反思，掀起了一场声势浩大的人性与人道主义文学思潮，不仅从理论上对极端观点进行反拨，提出并建构了一些富有启示意义的理论框架，如人本论、异化论、二重性格组合论、圆形人物论、性格系统论等，在文艺实践中，也创作出了一些极具个性风采的小说作品，如塑造有缺点的英雄形象的《西线轶事》，描绘夫妻形象极不和谐却恩爱一生的《高女人和她的矮丈夫》，刻画天使、魔鬼性格参半的《人生》，直接探讨复杂人性的《人啊，人》等。新时期文学对人性的思考，一开始带有鲜明的个人体验色彩，后来便逐步走向深入和理性。对人性的探讨，让新时期文学发生了质的飞跃。人物形象再也不是扁平化人物形象，而是圆形、立体化的人物形象。莫言在其创作中比较早地关注到了人性问题，写过一些很有人性深度、思想深度的作品，但由于它们几乎与《透明的红萝卜》《红高粱》等作品诞生在同一个时期，致使光彩被遮蔽，没有引起多大反响。譬如，《金发婴儿》《断手》《苍蝇·门牙》《罪过》《弃婴》等。单看这些作品，它们在人性方面的探索还是值得关注的。也许，正是因为莫言对人、对人的心理、对人性的复杂有了高度认识，才使他写出了《红高粱》《红蝗》等要么闪耀着人性光辉、要么充斥着人性丑恶的小说作品。莫言对人性问题的思考与艺术展示，从 20 世纪 80 年代中期一直持续到 90 年代前期，在前后近 10 年的时间里，利用学习、掌握的人性知识、理论，对人性问题作了比较全面的透视和艺术再现，塑造了一些别具一格的人物形象，显示了自己在这方面的艺术功力。

《金发婴儿》是莫言比较早的一篇关注人性、描写人性的作品，发表于 1985 年初，比他的成名作《透明的红萝卜》还早一点。但遗憾的是，至今没有得到应有的重视。这是一篇在人性方面挖掘得相当细致、深刻的小说，虽然也有魔幻现实主义的变形、夸张等艺术表现形式，但总体上是现实主义的，有着丰富、深厚的生活基础。它写的是一个当代军人在原始本能欲望的驱使下，灵魂发生的畸变，以至于最后以残忍的方式，杀死了令他讨厌的“金发婴儿”，走向了自我灭亡的故事。反映了当代军人徘徊在社会的人和自然的人的夹缝中，不能平稳地实现身份转换，准确地找到自己在社会和家庭中的地位，无法主宰自己思想和行为而产生的巨大的人生悲剧。这个当代军人，就是一个连队的指导员孙天球。先不说孙天球是部队的一名政治工作者，专门做人的思想政治工作，理应有崇高的思想、高尚的情操、坦荡的胸怀和光明磊落的行为，即便是一名普通的战士，在人们的心目中，或者在以前的小说里，也应该是一种正能量的代表。但是，在这部作品里，孙天球的所思所想、所作所为，却与人们的想象大相径庭。他不像人们想象得那样高大、神圣、完美，相反，从思想到行为都有着许多见不得人的肮脏与龌龊。小说中，莫言用了很多精彩的描写，惟妙惟肖地塑造了这个口是心非、外表与内心严重错位的当代军人形象。譬如，他以精神污染为由，不让战士们观赏营房门口的裸女雕像，如果有哪位战士偷看一眼，被他发现，他就会苦口婆心、上纲上线地批评这位战士，在战士们面前表现得相当正派。连长批评他的工作方法太死板，没有与时俱进，他不以为然，反而认为连长太放纵战士，不把政治工作当回事。然而，当自己独处一室的时候，他却迫不及待地反复观赏裸女雕像，甚至不惜动用军用望远镜，仔细地欣赏雕像上的每一个部位、每一个细节。欣赏的同时，脑海中还不时闪现出许多不可告人的狎淫画面：

那个念头又在他心头一动，像有一条鞭子猛抽了脊背一下，他神经一阵紧张，咬着嘴唇，想：不，我决不能这样干！……那个念头像烙铁一样烫着他。他坐立不安，窗外盛开的丁香花飞散出紫色的花粉，像毒药一样熏着他。他恍恍惚惚，用力拉上窗帘。他仰起脸看着天花板，天花板是雪白的，但从雪白中渐渐透出斑驳陆离的污渍来，有的如青蛙蹲在荷叶上，有的如云团在膨胀、蜻蜓站在云团上。他感到了从来没有过的惆怅与孤独，魂儿像出了窍。朦朦胧胧中他又把望远镜取下来，关起门，插上销，然后推开窗户，胳膊肘支在窗台上，望远镜扣到了眼上。一片蓝幽幽的水在他眼前晃动，一个巨大的白影子在他眼前晃动，这白影子烫着他的瞳孔，烫着他的心，一种火一样的焦渴折磨着他。终于，他把望远镜定住了。洁白丰满的渔女或是村姑，一丝不挂的渔女或是村姑，走到了他的面前。他的心怦怦猛跳两下，便再也不跳了。他听到血液在体内发疯般的循环着，遍体肌肤像被无数根通电的银针刺激着。渔女或是村姑侧面对着他，他看到了她的结实的小腿和粗壮的大腿，线条优美的臀部，优雅的弯曲着的腰，耸立的乳房，举起的手臂，手中托着的什么东西。一切都是这样近，他听到了她的呼吸，嗅到了她的青春气息，看到了血液在她洁白如雪的肌肤内流动着，看到了热情和欲念在她年轻的躯体内骚动着……[①]

在这段描写中，我们依稀看到了孙天球奔突不安的内心是如何在与理智作坚决的斗争，而理智又是如何在本能欲望的驱使下瞬间土崩瓦解的心灵畸变过程，相当程度上揭示出了人性的复杂与奥妙。如果说，在军营里，孙天球只是一个思想僵化、表里不一、心中有着不可告人秘密的当代军人，那么，在社会上，孙天球就是一个彻头彻尾的自私自利者和严重的人格分裂者。离开了军营，没有了部队纪律条例的明令禁止，孙天球人性中的恶性、丑性，来了一个大展览、大爆发。老实说，他对紫荆没有感情，更谈不上爱情，但是为了使生活在农村的瞎眼老娘有个照料，减轻自己的负担，他却以速战速决的方式娶了紫荆。然而，他娶了紫荆却又不爱紫荆，只把紫荆当作侍奉母亲的工具，一连好多年不回家探亲，这就使得他们的爱情与家庭有了天然的缝隙。紫荆是一个朴实善良的农村姑娘，不仅长相好，是一溜十八村的“茶壶盖子”，而且性格开朗，温柔孝顺，放在农村，那真是人见人爱的好儿媳妇。但问题是她和孙天球根本不在同一个人生平台上。她爱孙天球，是因为孙天球是一个方圆几十里闻名遐迩的解放军军官，嫁给他有一种荣誉感。她一心一意、无怨无悔地照顾瞎眼婆婆，也是为了表达对孙天球的感情。但是，她的爱心却没有得到应有的回报。当她洞悉了孙天球的隐秘心理，看出孙天球娶她完全是把她当作照顾老娘的工具时，她开始了愤怒和抗争，而抗争的主要方式就是接受黄毛的爱情。然而，即便感情上出了轨，紫荆也没有嫌弃婆婆，而是仍然精心地照顾婆婆，表现出了少见的厚道与大度。黄毛一开始纠缠紫荆，明显是出于乘虚而入的不良意识。但是，当他真正了解到了紫荆的难言苦衷时，便发自内心地爱上了她。紫荆疼

① 莫言：《金发婴儿》，《莫言文集·卷3·再爆炸》，作家出版社1995年版，第502—503页。

爱婆婆，黄毛也关爱瞎娘，他们把孙天球的母亲当成了自己至亲至爱的人，不仅经常给她买好吃好喝的，而且还想方设法给她找偏方、治眼病。其实，凭着自己敏锐的神经，孙天球的母亲早就意识到儿媳妇和黄毛之间存在不正常的关系，但是她无法说出什么，也无法做出什么。因为儿媳妇和黄毛对她太好了，在她心里，儿媳妇的位置早就取代了儿子的位置，成为她生命中最重要的人。小说中，有一段儿子和母亲之间的对话，很能说明问题：

> 老太太叹了一口气，忽然问：你媳妇待你好吗？儿子说：什么好不好的，就是那么回事。老太婆说：她待我可是一百成哩。你常年不在家，她可是不容易，侍候着我，还要下坡种地。儿子说：要不是为了侍候你，我娶她干什么？老太婆说：这么说是我累赘你了。儿子说：娘，别说这些啦，别说啦，生米做成熟饭啦，别说啦。儿子的话像铅块一样沉重地打在老太婆的心上，她心里突然涌起对儿子的陌生感，她感到一阵阵冷气逼人，她不相信这个散发着浓烈烟味，用冰冷的语言打人的男人就是那个忠厚老实、聪明俊秀的憨厚小伙子。①

在这儿，我们不能谴责孙天球的母亲没有是非感，也不能抱怨她只看重眼前利益，只能说孙天球的冷漠彻底伤透了她的心，才让她默认了儿媳妇和黄毛之间的婚外感情。面对孙天球母亲的无奈与尴尬，莫言没有站在道德评判的角度，像传统小说那样去非议、批评紫荆和黄毛之间的感情，而是从人的生存需要出发，写出了人的真实情感，反映了莫言站在人性的角度去看待人间百象的创作态度。孙天球的母亲可以对紫荆和黄毛的事情装糊涂，但孙天球却绝对容不下这种现象。因此，当他意识到这一点，而紫荆的冷言冷语和离婚要求又进一步刺激了他时，他才彻底地醒悟了。原来，紫荆并不像他想象的那样好糊弄，那样忠诚、

① 莫言：《金发婴儿》，《莫言文集·卷3·再爆炸》，作家出版社1995年版，第490页。

老实，紫荆也有七情六欲，当自己不能满足她时，她也会去找一个感情的替代品，来替自己行使男人的义务。这个感情的替代品，就是让他厌恶的黄毛。然而，孙天球醒悟得太晚了，在他追悔莫及、乞求紫荆原谅、想与她重归于好的时候，紫荆早已对他失去了信心，而且已经和黄毛有了爱情的结晶。面对根本不想回头的紫荆，看到那个满头金发的婴儿，孙天球怎么也控制不住自己，最后竟用双手生生地扼死了他，从而犯下了不可饶恕的罪行，制造了一个永远也无法挽回的天大的悲剧。

那么，造成这一悲剧的根源是什么？从表面看，是孙天球和紫荆不般配的婚姻，是紫荆感情上的出轨，但实际上，是人性在作祟。就人性而言，每个人都有追求幸福的权利，但是，当把这种幸福建筑在别人的痛苦之上时，灾难也就随之降临。孙天球让紫荆充当照顾母亲的工具，自己乐得逍遥自在，但没想到紫荆给他戴了一顶“绿帽子”。紫荆从黄毛那儿得到了从未得到过的爱情抚慰，却从此失去了家庭和亲生儿子。总之，如果从人性的角度来考察这一悲剧，一切问题都能得到合情合理的解释。

孙天球道貌岸然，性格阴暗，完全没有当代文学作品中常见的那种阳刚、正直、伟岸、坦荡的军人气魄，超出了读者惯常的审美接受能力。其所思所想、一行一动，无不为丑陋的人性所笼罩，颠覆并消解了人们传统印象中的当代军人形象，是当代文学史上不可多见的“异类”军人形象。就人物塑造而言，是相当成功的。这是莫言对于新时期文学人物画廊的重大贡献。有人曾经对小说的结尾感到遗憾，说：“如果小说结局换一种方式，诸如离婚而不杀死婴儿，那么中国当代军人的品格顿时就会升华到无以言说的崇高境界。”① 但实际上，如果真的这样结尾，不仅与莫言的创作初衷相违背，也反映了他创作观念的落伍。莫言写这部作品，塑造孙天球这个与众不同的军人形象，就是想通过他，揭露军人美丽的光环下掩藏着的丑陋的人性，显示自己观察生活和反映生活的非同一般。如果孙天球不杀死婴儿，采取一种妥协的方式来解决他和紫荆

① 王金城：《莫言军事小说的文化解码》，《福州师专学报》（哲学社会科学版）2000年第5期。

之间的矛盾，岂不是消解了作品的思想震撼力和艺术冲击力？因此，无论从莫言的秉性来说，还是从他的艺术追求来说，他都不会去做这样的无用功。何况，20世纪80年代中期，正是莫言“渎神”的时候，军人是人不是神，军人也有苦恼，有崇高、卑劣之分，这一点，作为军人的莫言肯定比别人看得更清楚，有更深刻的感受。或许在他看来，他刻画孙天球，挖掘孙天球的人性恶，就是希望借此将军人的形象，从高高在上的神圣的祭台上拉回到平凡的人间，让军人回归到人本体。应该说，莫言做到了。至此，我们可以清晰地画出一条当代军人形象在新时期文学中由神到人的回归路线图，先是徐怀中在《西线轶事》中塑造有缺点的英雄形象，后是李存葆在《高山下的花环》、朱苏进在《射天狼》中刻画背负着沉重负担、艰难行进的平凡军人形象，再是莫言在《金发婴儿》中揭示人性恶的另类军人形象。经过这样一个艺术运作过程，军人终于由神还原到了活生生的有血有肉的人。当然，在此我们不得不强调一个问题，那就是孙天球式的军人，在当代军人中只是极其少见的个案，在现实生活中并没有代表性。但是，从文学的角度说，孙天球绝对是一个有着强烈、鲜明的认识价值和审美价值的艺术典型。

《金发婴儿》之后，莫言又写了《断手》《苍蝇·门牙》《罪过》《弃婴》等几部短篇小说，继续对人性问题进行深入的探讨。其中《断手》《苍蝇·门牙》是从军人角度探讨的，《弃婴》是从计划生育入手的，而《罪过》是从童年视角透视和反思的。《断手》写的是一个人性复归的故事。复员军人苏社由于在战场上失去了一只手，自恃有功，所以退伍回村后骗吃骗喝，招致了乡亲们的普遍反感。农村姑娘小媞原本对他颇有好感，但因为他一副兵痞相，好吃懒做，父母极力反对，所以导致刚刚起航的爱情之船也就此搁浅。面对多舛人生，苏社失去了活下去的勇气。后来，在残疾单身母亲留嫚的关心、影响下，他慢慢地找回了自己，并且找到了生活的知音。小说的故事很简单，但却揭示了人性在不同的环境中有不同的表现的道理。也就是说，人性是可以变化的，在善良、美好的人性的熏陶、鼓舞下，丑恶的人性也会变好。《苍蝇·门牙》写的是“文革”时期发生在基层部队的几个荒诞故事，通过对当时军营中的种种荒谬现象的描绘，一方面揭示了“文革”的荒诞，一方面揭示了人性的荒诞。无论是部队食堂里成堆的苍蝇，还是投弹演习中不慎炸掉的两颗门牙，都反映了当代军人尴尬、无奈的生存处境。这一切，都昭示出这样一个道理，军人也是人，军人的人性并不总是那样美好。当理想的花朵落到地面上时，有时也许会化作一抔牛粪。《弃婴》是一部从计划生育角度来思考人性的小说，将人性问题与计划生育问题结合起来描写，反映了莫言的敏锐与大胆。计划生育问题是莫言小说创作中的一个重要题材，在很多作品中都有所涉猎，《弃婴》是第一部。小说讲述的是一个回家探亲的军人“我”，在路过的一片葵花地里捡到一个女婴的故事。围绕着女婴的到来和该不该留的问题，引发了一场巨大的家庭矛盾，同时引起了“我”对计划生育和人性问题的深刻思考。然而，虽然计划生育曾经在莫言的心灵上留下过刻骨铭心的伤痛，使他以后不得不一说再说，及至长篇小说《蛙》来了一次总爆发，并且痛快淋漓地表达了自己的鲜明态度，但是在《弃婴》中，由于受到自己当时身份的制约和社会总的发展趋势的影响，莫言还不能够做到想说什么就说什么，所以他只能借助计划生育问题来思考人性问题，将小说的艺术焦点放到探索人性上，走了一条曲线表达的路子。小说中，他多次委婉地表达过对这个问题的认识：

> 几天之后，我更加尖刻地意识到，被抛弃在美丽葵花地里的女婴，竟是一个集中着诸多矛盾的扔了不对，不扔也不对的怪物。人类进化至如今，离开兽的世界只有一张白纸那么薄；人性，其实也像一张白纸那样单薄脆弱，稍稍一捅就破了。①

> 人类在宇宙上的位置，比蚂蚁能优越多少呢？到处都是恐怖，到处都是陷阱，到处都是欺骗、谎言、尔虞我诈，连葵花地里都藏匿着红色的婴孩。②

---

① 莫言：《弃婴》，《莫言作品系列 · 白狗秋千架》，上海文艺出版社 2005 年版，第 304 页。

② 莫言：《弃婴》，《莫言作品系列 · 白狗秋千架》，上海文艺出版社 2005 年版，第 305 页。

从表面看，是计划生育政策把一些父母逼成了野兽，但深入考察，我明白，重男轻女的传统观念，是杀害这些婴儿的罪魁祸首。[①]

我更加明白了，人性脆弱得连薄纸都不如。……一个大蚂蚱的背上驮着一个小蚂蚱，附在葵花杆上，它们在交配。在某种意义上，它们和人类一样。它们一点也不比人类卑贱，人类一点也不比它们高尚。[②]

这是莫言的人生感悟，也是他对于人性问题的看法。当然，在以讲故事为主的小说中，如此直白地、理性地表达对某一个问题的认识，未必是好事。但是，莫言能够根据故事的进展，及时地总结出自己的感悟，起码说明他对这个问题确实有独立的思考和深刻的体悟。如果说，《断手》《苍蝇·门牙》《弃婴》三部小说，是莫言结合自己的人生经历与体验，对人性进行的思考，那么，《罪过》则回归到了他创作的老路上，从童年视角透视和反思了人性。《罪过》写的是人性恶的故事，而且是本性恶的故事，将人性逼到了人生的死角上。7岁的“我”为了惩罚父母的偏心，冷静而残忍地引诱着5岁的弟弟走入了翻滚着旋涡的河水，让河水残酷地吞噬了弟弟的生命。而面对弟弟的死亡，“我”竟然是那样的无动于衷。本是同根生，相煎何太急，为了一点点儿利益，亲人们之间争夺得不可开交，甚至可以相互敌视乃至杀戮，在这个冷酷的故事中，人性的丑恶暴露得纤毫毕现。读完《罪过》，会使人马上联想到几乎同时期出现的余华的《现实一种》，它们在对于人性恶的问题上，有显著的相通之处。

第二节　“原欲”理论与《怀抱鲜花的女人》《红耳朵》《模式与原型》

莫言关于人性的思考与艺术表现，在20世纪90年代前期达到了

① 莫言：《弃婴》，《莫言作品系列·白狗秋千架》，上海文艺出版社2005年版，第312页。

② 莫言：《弃婴》，《莫言作品系列·白狗秋千架》，上海文艺出版社2005年版，第321页。

高潮。其突出表现在于他不再单纯介意人性的美与丑、善与恶，而是继续向深处开掘，执意探索人性的本真状态及其产生的深刻背景，从西方现代心理学原理入手，对人性、人生和人类存在进行形象的思考和解读。这个时期写的一些作品，如《怀抱鲜花的女人》《模式与原型》《红耳朵》《幽默与趣味》《战友重逢》《梦境与杂种》等，虽然不好理解，但可以看到他在这方面所作的努力。这些小说与其说讲述了一个个有趣的故事，倒不如说他利用弗洛伊德的"原欲"理论和马斯洛的人生需要层次理论，对人生的各种古怪行为和人性的各种复杂表现，作了一次又一次的艺术阐释。

"原欲"，即"里比多"，拉丁文作 Libido，是精神分析学说创始人弗洛伊德在其著作《性学三论》中提出的一个心理学概念，意指无意识层面里的原始冲动，它与社会文明约定相抵触，是一种发自性的本能冲动。弗洛伊德认为，作为一种性的原始驱动力，"原欲"可以直接进行发泄和满足，也可以升华转化为创造文化与文明的源泉动力。然而，"原欲"所积累的能量，并不一定都能够得到满足和升华，如果遇到阻力，就会出现畸形发展或倒错现象，导致发生错乱心理和变态行为。人类之所以存在精神疾病，就与"原欲"受阻有关。弗洛伊德的"原欲"理论，虽然是出自病态的研究对象，但对于解释人类众多不可理解的行为，深化人类对自我、对人性的认识，无疑开启了一扇有效的窗口。自从弗洛伊德的精神分析学说盛行于世后，西方出现了众多以弗氏理论来解析人生的文学作品，从而使得西方文学创作开始超越单纯的现实主义的描摹与反映，进入到复杂的心理揭示层次。在西方，以精神分析学说为理论指导的文学创作是现代派文学创作的重要内容。"五四"时期，精神分析学说开始传入我国，但除了鲁迅、郁达夫、周作人等极少数文学精英接受过影响外，整体影响并不大。20 世纪三四十年代，施蛰存、张爱玲在上海写了许多具有弗氏心理风格的小说，轰动一时，成为现代文学史上一道永恒的靓丽的风景。新中国成立后，由于在很长一段时间里精神分析学说被归于主观唯心主义的思想意识范畴，遭到无情取缔，致使当代文学远离了"原欲"所存在的无意识领域，退回到了浅层次的简单描摹阶段。新时期，随着“西风”二次东渐，精神分析学说才以其无与伦比的对人类精神现象的深刻剖析，重新引起国人重视，成为中国作家们解剖人性、透视人生的笔下利器。莫言前期创作中经常使用的童年视角，就是精神分析学说在他的创作中的具体表现，而且是很成功的表现。现在，他将兴趣转向了“原欲”，希望在“原欲”理论支撑下，将一些古怪的人生行为和人性表现阐释得合情合理。换句话说，作为读者，面对莫言本阶段写的那些匪夷所思的故事，也唯有从“原欲”的角度进入作品，才能够真正读懂故事，否则，只能是隔靴搔痒，不知所云。

首先是《怀抱鲜花的女人》。表面上看，《怀抱鲜花的女人》讲了一个现实生活中根本不可能发生的稀奇古怪的故事，但实际上，隐喻着一个由“原欲”引发的人性分裂的故事。王四是一个海军上尉，在回家结婚的路上，因为躲雨，无意中在桥洞下遇到了一个怀抱鲜花的女人。由于抵不过女人怀抱中的鲜花的诱惑，尤其是抗拒不了女人神秘的微笑，他鬼使神差地吻了女人一下，没有想到，从此就让该女人粘上了。他走到哪里，女人就跟到哪里，如影随形，形影不离。无论他使出什么样的伎俩、手段，威逼恫吓还是好言相劝，都无济于事，总也摆脱不了女人的跟踪，这让他不胜其烦。这次回家，他是准备与邻村在县城卖钟表的姑娘结婚的，但由于该女人的出现，不但婚没有结成，还闹得家庭鸡犬不宁、父子不和。父母被气得发疯一般，甚至打了他，钟表姑娘带着娘家人搬走了所有的陪嫁，哭着离开了他，在派出所当副所长的表弟也羞辱了他。然而，尽管如此，都没有使他摆脱这个女人。最后，被折腾得精疲力竭的王四抱着女人闪闪发光的裸体，与她一起死掉了。

> 第二天，村人们发现上尉和女人紧紧搂在一起死去了。为了分开尸体，人们不得不十分残忍地弄坏了他们的口舌，折断了他们的手指。①

这是故事的基本情节流程。当然，基本情节之外，还有很多需要关注的内容。比如，怀抱鲜花的女人为什么始终一言不发？那条总在关

① 莫言：《怀抱鲜花的女人》，《莫言文集·卷4·鲜女人》，作家出版社1995年版，第495页。

键时刻做出关键行动让王四感慨不已的黑狗到底意味着什么？即便是基本的故事情节，也让人们发懵、发愣，人世间怎么会发生如此有悖情理的事情？王四作为军人，又怎么会有如此卑劣下作的心理和行为？总之，发生在王四和女人之间的一切荒唐行为，是那样不可理喻，但它确实又实实在在地发生了。如果对这一切不能进行合理的解释，就很难弄清楚小说实际要表达什么。那么，莫言到底讲了一个什么样的故事？或者说，他到底要表达什么？王四、女人和黑狗，到底象征、隐喻着什么？可以肯定地说，莫言讲述这样一个在现实生活中根本不可能发生的故事，绝不是故弄玄虚，而是有着深刻的创作心理背景。当我们把这一切都放在“原欲”的显微镜下进行观察、解剖的时候，就会发现，莫言所讲的，完全是一场乌托邦式的灵魂搏斗，而博弈的双方只有一个，那就是王四本人，或者说，是由王四一个人在“原欲”和“理智”的驱使下分裂而成的两个王四。这两个王四，一个由“原欲”控制，受性本能驱动，可称为“本我”；一个由“原欲”的对头“理智”控制，受文明制约，可称为“自我”或“超我”。它们不时地发生冲突，最后，“本我”战胜了“自我”。而“自我”死亡之时，就是王四的生命终结之日。小说中，“自我”的王四有着多个方面的表现。第一，表现在他清醒的军人身份的自我认识上。

> “你有什么困难需要我帮助吗？”王四说，“你不要怕，我是解放军。”①

> 在水里，他头脑清醒，四肢灵活，俨然一个英雄。他再次感到了军人的骄傲和光荣。②

第二，表现在他时刻想起自己是一个快要走进婚姻殿堂的人身上。他反复对女人说：

① 莫言：《怀抱鲜花的女人》，《莫言文集·卷4·鲜女人》，作家出版社1995年版，第460页。

② 莫言：《怀抱鲜花的女人》，《莫言文集·卷4·鲜女人》，作家出版社1995年版，第482页。

小妹妹，你不要跟着我啦，我后天就要结婚，你这样跟着我，将给我带来无法收拾的后果，你听明白我的意思了吗？①

我知道，你也许是个好人，但你知道，我后天就要结婚，如果我把你这样一个身份不明的女人带回家中，结果会怎样？求求你，一千遍地求你，带着你的狗，回去吧！②

行啦，姑娘，咱俩相识，算是冤家聚头。咱们的关系到此为止。我后天就要结婚，今晚上你就到马庄镇饭店住宿，明天该回哪里就回哪里吧。③

你都看到了，为了你我已经狼狈透顶，你再不走就没有道理了。④

第三，表现在他想方设法摆脱女人的追踪上。例如，他拿出一百元钱赔偿女人：

你打算干什么？告诉你，你这种女人我见过，就算“打你一炮”，也不过五十元钱，你高贵，一百元总可以了。⑤

例如，他这样恫吓女人：

你不要以为我是吓唬你！现在我喊数，当我数到三时，你如果还不转身，我就用刀子先捅了你，然后再把你沉到池塘里去。⑥

---

① 莫言：《怀抱鲜花的女人》，《莫言文集·卷4·鲜女人》，作家出版社1995年版，第473页。

② 莫言：《怀抱鲜花的女人》，《莫言文集·卷4·鲜女人》，作家出版社1995年版，第485页。

③ 莫言：《怀抱鲜花的女人》，《莫言文集·卷4·鲜女人》，作家出版社1995年版，第486页。

④ 莫言：《怀抱鲜花的女人》，《莫言文集·卷4·鲜女人》，作家出版社1995年版，第492页。

⑤ 莫言：《怀抱鲜花的女人》，《莫言文集·卷4·鲜女人》，作家出版社1995年版，第465页。

⑥ 莫言：《怀抱鲜花的女人》，《莫言文集·卷4·鲜女人》，作家出版社1995年版，第466页。

“我警告你，你如果继续跟踪我，我真要杀死你了！你不要以为我是吓唬你，”他指着左右前后，继续说，“这里前不靠村，后不靠店，打死你，然后把你扔到河里，没有人会知道！”①

例如，他在汽车站买票、进男厕所等一系列想摆脱女人的举动，等等。第四，表现在他时不时地对自己的不道德行为进行自我批判。

“我真诚地向您道歉，”他对着女人鞠了一躬，“请您不要跟我这种下作的人一般见识，高抬贵手，放我一马。”②

小姐，求求你，饶了我吧！我从今之后保证改过，无论在何时何地，再也不敢占便宜了……③

小姐，你已经差不多把我搞得家破人亡，对一个男人最重的惩罚也不过如此了，你应该走了，带着你这条可恶的狗！④

如果说，“自我”的王四只是出现在他意识到自己的社会地位、社会责任而应该有所担当时，那么，“本我”的王四则无处不在，犹如形影相随，每每在“自我”的王四刚露头时，它便出现，同时将“自我”的王四扼杀在欲望的摇篮里。“本我”的王四最早出现在女人的鲜花与微笑中，随着王四闻到女人的嘴里散发出一种他儿时熟悉的味道，他的原始欲望被彻底激发了，从此一发而不可收拾，引导他滑向了万劫不复的深渊。注意下面的文字：

在打火机微弱光芒的照耀下，最先映入王四眼帘并使他感到

① 莫言：《怀抱鲜花的女人》，《莫言文集·卷4·鲜女人》，作家出版社1995年版，第477页。
② 莫言：《怀抱鲜花的女人》，《莫言文集·卷4·鲜女人》，作家出版社1995年版，第465页。
③ 莫言：《怀抱鲜花的女人》，《莫言文集·卷4·鲜女人》，作家出版社1995年版，第467页。
④ 莫言：《怀抱鲜花的女人》，《莫言文集·卷4·鲜女人》，作家出版社1995年版，第493页。

突然袭来了莫名兴奋的，是女人怀里抱着的那束鲜花。[①]

在他手中光明的照耀下，女人又绽开了迷人的微笑。王四觉得自己的整个精神都被那花朵中的笑容俘虏了。他再也不愿熄灭手中的火焰，好像打火机一熄灭，自己就要从美梦中惊醒一样。[②]

一股热烘烘的、类似骡马在阴雨天气里发出的那种浓稠的腐草味儿扑进了他的鼻道和口腔，而这种味道，竟是从那怀抱鲜花的女人身上发散出来。尽管他也嗅到了从阴暗地沟中滚滚流过的雨水的腥味和那束鲜花清冷的植物气味，但都压不住女人身上的味道。王四的老爹曾当过生产队的饲养员，饲养棚里有一铺热炕，王四考进高中前一直跟着爹在这铺热炕上睡。每逢阴雨天气，牲口身上的腐草味道像一只温暖的摇篮、像一首甜蜜的催眠曲使他沉沉大睡。现在他闻到这味道，感到这个陌生女人与自己之间建立了一种亲密的联系，他产生了与她对话的欲望。[③]

弗洛伊德认为，受本能和社会环境的影响，同一个人可有三种人格构成，即“本我”“自我”和“超我”。“本我”处在最低层，属于潜意识范围，不受理智、道德、法律和社会习惯约束，如果任其泛滥，可对社会和个人造成严重后果。“自我”处在人格结构的表层，属意识范畴，受现实制约，它可以调控“本我”，但也可以被“本我”压制。一旦出现被“本我”压制现象，就有可能导致冲动或犯罪。“超我”处在人格的最高层次，是道德化的“自我”，人们常想却不常在，属于理想化的人格。人们的童年时代多显现为“本我”状态，当长大后，“自我”便成为一种常态。然而，这并不是说，“本我”从此消隐了，它只不过在“自我”和“超我”的干预调节下，暂时处在了蛰伏状态，伺机而动，时机一旦成熟，便会

① 莫言:《怀抱鲜花的女人》,《莫言文集·卷4·鲜女人》，作家出版社1995年版，第458页。

② 莫言:《怀抱鲜花的女人》,《莫言文集·卷4·鲜女人》，作家出版社1995年版，第459页。

③ 莫言:《怀抱鲜花的女人》,《莫言文集·卷4·鲜女人》，作家出版社1995年版，第460页。

跳将出来。现在，随着王四走出军营，暂时摆脱了“自我”的诸多限制，尤其是随着婚期临近，原始的性的欲望越来越强烈，那个一直潜伏在潜意识里的“本我”的王四便冲了出来，将“自我”的王四推入了一个怎么也摆脱不了的原始欲望控制的尴尬的境地。首先，他不顾一切地吻了女人，从此让女人跟上了他。

> 他不知道自己是迈着什么样的步伐扑到了她的身边，并且用灼热的嘴吻了她光滑的肩头和那软软的腋窝。她的皮肤凉森森的，有一股淡淡的青草味道，使他的嘴唇和鼻子都感到极其舒适。他吻她肩膀时，她笑得浑身颤抖，仿佛那儿就是她身上最敏感的部位。“你还笑？我让你笑！”王四得寸进尺地把嘴印到她的脖子上。……她的嘴唇厚墩墩的，弹性很好。从她嘴里喷出来的那股热烘烘的类似谷草与焦豆混合成的骡马草料的味道几乎毫无泄露地注入他的身体并主宰了他的全部感官。……他们的吻应该持续了相当长的时间……[①]

其次，当他好不容易使用厕所计谋找到了脱身的良机，但终于还是放心不下女人，又跑了回来，解救出了被几个男人按在手下的女人。而这样做的动机，当然不是出自道德戒律，而是完全出自头脑中抹不去的女人印象，或者说是“本我”的冲动。

> 他急匆匆跑了几步，但难以忍受的巨大痛楚使他再也挪不动半步，女人灿烂的微笑、洁白的肩膀、柔软的长嘴、丰满的乳房，还有绿色长裙、夺目鲜花、修长双腿以及那醉人的气味突然涌进他的脑海。[②]

---

① 莫言:《怀抱鲜花的女人》,《莫言文集·卷4·鲜女人》，作家出版社1995年版，第462—463页。

② 莫言:《怀抱鲜花的女人》,《莫言文集·卷4·鲜女人》，作家出版社1995年版，第472页。

再次，当他妄想依靠潜泳摆脱女人，而女人追随着他也跳入河流，眼见被湍急的河水吞没时，他还是凭着本能冲动救起了她。

> 王四又一次流了泪，他知道自己的潜伏已经没有了意义。……女人呻唤几声，睁开了眼睛。她的那几乎永恒的迷人（有时也是可怕的）微笑绽开了，王四感到很温暖。[①]

还有，当王四终于踏上通往家乡的小石桥，害怕影响自己的婚姻，反复央求女人不要再跟着她，决绝地与女人告别后，还没有走几步，他的心便因为女人痛楚了起来，使他不得不又停下了脚步。

> 他每前进一步就感到莫名的痛苦加重了一分。走到桥头上，他无法控制自己，回过头去。她站在桥的那头，身旁是那片瘦弱发黄的高粱，好像一片鹅黄的云。上尉心中的温情又恶性膨胀了，女人那无法言表的妙处又一次涌上他的心头。他感到自己是个卑鄙无耻的小人，不是一个敢爱敢恨的男人。……上尉仅仅走了两步，那条静静地蹲着的黑狗就蹦跳着欢呼起来。狗为先导，女人紧跟着，飞上了黑色的小石桥。……她张着双臂，高擎着鲜花，朝上尉飞来。一瞬间上尉热血澎湃，把功名利禄抛在脑后，竟然也张开双臂，扑向飞来的女人。他与她在桥中央那块摇摇晃晃的桥石上相遇，四臂交叉，嘴唇相接。他感到女人的身体无处不跳动，好像她身上生着一百颗心脏……[②]

最终，王四还是没有抵御过本能欲望的诱惑，与女人拥抱在了一起。总之，有了一次比一次更加强烈的本能冲动以及由冲动带来的美妙的快感，王

① 莫言：《怀抱鲜花的女人》，《莫言文集·卷4·鲜女人》，作家出版社1995年版，第481—483页。

② 莫言：《怀抱鲜花的女人》，《莫言文集·卷4·鲜女人》，作家出版社1995年版，第485—486页。

四彻底地失去了理智。最后，他只能深陷在欲望的旋涡里不能自拔，走向自我毁灭了。王四的悲惨遭遇，实际上形象地阐释了一个人在“原欲”的诱惑下灵魂分裂的痛苦体验，理解了这一点，也就理解了王四这个人物形象的深刻含义和莫言写作这篇小说的真正目的。可以肯定地说，在这儿“王四”是一个具有符号化意义的名字，标志着“原欲”意识的大众化和普遍性存在，他的思想行为放在任何人身上都可以行得通。

理解了王四，再回过头来理解王四、女人和黑狗的关系，也就好理解了。如果说，王四的军人身份隐喻着“理智”，那么，怀抱鲜花的女人就隐喻着“原欲”，而在他们中间起掮客作用的黑狗则隐喻着“原欲”对“理智”的诱惑。作为军人，严格的纪律约束和行为规范平时牢牢地控制着王四，把“原欲”压抑在极度狭小的空间里，使他不敢有任何非分之想。但结婚之旅却为他打开了欲望之门。俗话说，压制得越厉害，反弹得就越猛烈。欲望大门一旦打开，就像潘多拉盒子一样，再也关不上了。“原欲”就像那个怀抱鲜花的女人，不断地诱惑着他。每当王四凭借“理智”的力量将要战胜“原欲”的时候，担负诱惑力量的黑狗就会不期而至，再瞬间瓦解掉王四的意志，让他重新陷入“原欲”的泥淖，不能自拔。小说最后，王四发现不见了黑狗的踪影，无可奈何而又意味深长地说：

> 我们被它给玩弄了。①

“它”是谁？从字面看，“它”是那条黑狗，但实际上，“它”是“原欲”所产生的强烈的诱惑力量。在女人和黑狗的合谋下，王四悲哀地做了“原欲”的牺牲品。小说中，莫言借助一个荒诞的故事，形象地阐释了“原欲”在人的生命中的重要意义，说明莫言对人性的复杂有了更深刻的认识。

对于《怀抱鲜花的女人》，我们也可以做这样的阐释：它是莫言替小说的主人公王四做的一个“白日梦”，或者直接说是莫言的“白日梦”，任何一个男人的“白日梦”。王四回家结婚，但结婚的对象又不是他钟

---

① 莫言：《怀抱鲜花的女人》，《莫言文集·卷4·鲜女人》，作家出版社1995年版，第495页。

爱的女人，于是他在心中造了一个心爱的女人的幻影，这个幻影让他神魂颠倒，不能自持，最终，在她的魅惑下，王四原来的婚姻瓦解了，并且为此付出了生命的代价。做这样的阐释未尝不可，但即便如此，仍然可以看出弗洛伊德心理学的影响。

其次是《红耳朵》。《红耳朵》写了一个受"原欲"蛊惑而不能自控的人生状态，突出了性本能在人的行为意识上所起的重要作用。王十千是一个富家子弟，本该过着养尊处优的幸福生活，但由于天生长着一副超出常态的大耳朵，所以命运多舛。先是被父亲王百万视作怪物，打入冷宫，后又在相面先生的眼中成为奇相贵人，得到父亲垂爱，被送去学堂接受教育。如果说，在上学之前，王十千的命运波折是由外界造成的，那么，当他进入学堂后，他的一切所作所为则完全被本能冲动所控制。在学校里，由于美女教师姚先生对他的耳朵格外感兴趣，冥冥之中无意启动了王十千此前处于潜意识状态的性意识，从此使他一发而不可收，走上了一条受本能冲动牵制的人生道路。王十千背叛家庭出身，走上所谓的革命道路，是因为本能冲动；王十千不顾父亲打骂关押，偷出钱财支持革命行动，是因为本能冲动；王十千不顾人们嘲笑，把耳朵染成红颜色，是因为本能冲动；王十千在姚先生死后，出现疯癫状态，赌尽父亲的钱财，沦为乞丐，最后被国军枪杀在姚先生曾经住过的房子里，还是因为本能冲动。总之，王十千一生的古怪行为，都离不开本能冲动的摆布。他的的确确是"原欲"意识的牺牲品。下面，我们不妨看一看王十千在遇到姚先生以后各个时期的心理感受，从中体味一下"原欲"的强大影响力。王十千第一次得到姚先生的关爱，就产生了这样的感受：

> 姚先生打来一盆水，用自己的手巾沾着水擦十千脸上的泥。其实十千已经清醒，脸上感觉到极端的舒适温柔，从眼缝里看到姚先生那张月宫仙子般的美丽脸庞，幸福得直想哭泣。待到姚先生为他擦洗耳朵时，仿佛天翻地覆，死去活来，热泪滚滚而出。[①]

① 莫言：《红耳朵》，《莫言文集·卷1·红高粱》，作家出版社1995年版，第555页。

王十千看到姚先生为了组织军乐队缺钱受难为的样子，心中这样感慨：

> 姚先生啊姚先生……姚先生……至亲的姚先生……无法言表的姚先生……为了你，十千什么也不顾了……爹不给钱，我就偷！①

在游行过程中，姚先生为了表示对王十千捐钱的感谢，情不自禁地捂住了他的那两只被冻得通红的大耳朵，王十千的幸福感一下子达到了顶点：

> 两股热流冲击，十千全身的骨头都像雪一样化了。他瞳孔放大、口出怪声、一股热乎乎的东西，从那个初生羽毛的小东西中滑出来。②

当姚先生演讲时，王十千激动得如傻了一般：

> 姚先生是上台演讲的唯一女性，仪态端庄，举止大方，言辞流畅，台下傻了一片人，最傻了的当属十千。每逢太阳露脸，台上的姚先生便皎洁如冰雕玉琢。于是十千便暗暗祈求太阳不要被云团遮住，云团不要遮住太阳。③

而当姚先生被枪毙后，王十千的精神支柱垮了，于是他变成了一个满脑子只有姚先生的疯子、傻子，一个觉得不散尽家产不足以对得起姚先生的变态的革命者。弗洛伊德在他的科学研究和理论阐述中，曾为“原欲”指出了三条转化路径，一是克制，二是升华成艺术创造，三是指向主体之外的其他对象。如果转化不成功，就会导致错乱行为或悲剧发生。显然，王十千无法克制“原欲”的发生，也没有能力升华成艺术创造，于

① 莫言：《红耳朵》，《莫言文集 · 卷 1 · 红高粱》，作家出版社 1995 年版，第 562 页。

② 莫言：《红耳朵》，《莫言文集 · 卷 1 · 红高粱》，作家出版社 1995 年版，第 565 页。

③ 莫言：《红耳朵》，《莫言文集 · 卷 1 · 红高粱》，作家出版社 1995 年版，第 569 页。

是便指向了诱发他“原欲”爆发的美丽的姚先生。姚先生的一举一动无不吸引着王十千，让他神魂颠倒。然而，姚先生最后被枪毙了。王十千从此失去了转移“原欲”的目标，于是变得疯癫起来，不仅气死了父亲，也赌掉了全部家业。因此，从这个角度说，王十千的行为，是典型的变态行为。王十千的形象，是少见的变态形象。而《红耳朵》，则是一篇地地道道的用精神分析学说做原型分析的小说。

最后是《模式与原型》。小说题目本身就很耐人寻味。“模式”是什么，而“原型”又是什么？仿佛莫言在用一种理论模式建构一种故事原型，或者说，在用一种故事原型阐释一种理论模式。实际上，正是如此。莫言用一种孽子弑母的故事原型，阐释了弗洛伊德的“原欲”理论。农村青年狗在被周五启蒙了性意识之后，性意识便恶性膨胀起来，为了满足自己娶媳妇的愿望，他残忍地烧死了被他视作障碍的母亲，从而触犯了刑律。也许，从道德角度来看，狗犯下的是天理不容的罪行，但是仅从道德或经济的角度，是无论如何也阐释不清狗的行为和动机的，只有用“原欲”理论，才能够阐释清楚。在狗没有接触周五之前，狗的性本能意识处在潜伏状态，无欲无望，所以他也活得无忧无虑。但是，当他从周五那儿知道了男女之事之后，他的性意识便被猛烈地启动了，从此释放“原欲”成了他唯一的追求。如果稍有阻碍，便变得暴躁不安，不可理喻。可悲的是，母亲成了他眼中的障碍物，成了他释放“原欲”道路上的牺牲品。

莫言曾经说过：“文学的魅力就在于它能够不断地被误读。”[①] 也许，我的上述解读，便是一种误读。莫言还说过：“好的作品是形象大于思想，唯如此，作品才能超越时间、地域、阶级的限制，才可以走向世界。”[②] “作家理性思维能力越强大，其小说越缺乏感染力。”[③] 如果用莫言自己的话

① 莫言：《写作时要调动全部感受——2004年12月在阿寒湖畔与记者对话》，《莫言对话新录》，文化艺术出版社2010年版，第343页。

② 莫言：《写作时要调动全部感受——2004年12月在阿寒湖畔与记者对话》，《莫言对话新录》，文化艺术出版社2010年版，第343页。

③ 莫言：《写作时要调动全部感受——2004年12月在阿寒湖畔与记者对话》，《莫言对话新录》，文化艺术出版社2010年版，第344页。

来衡量上述作品，应该说，它们并不成功，因为它们普遍存在着用理论来图解文学创作的印痕。

第三节 人生需要层次理论与《梦境与杂种》《幽默与趣味》《战友重逢》

也许是因为自己学历不高，填表时底气不硬，又遇上了一个讲究学历的年代。也许是出自内心需求，感觉到理论不足，需要充电。总之，在1986年由解放军艺术学院文学系干部专修班毕业后，莫言又于1988年9月，进入北京师范大学和鲁迅文学院合办的“创作研究生班”学习。经过两年断断续续的学习，于1990年毕业，获得文学硕士学位。这段经历，莫言自己这样说：“从军艺毕业后，过了两年，我又混进北京师范大学和鲁迅文学院合办的作家研究生班。当时是想去学点英语，学点理论，争取做一个‘学者’型的作家。但到了那里之后，才发现学英语和学理论都不容易，正好赶上了学生运动，就心安理得地不去上课了。”[①]从这段话中，我们可以捕捉到两个基本信息，一是莫言的学习过程并不顺利，因为受到了运动的影响；二是学习目的比较明确，那就是做一个“学者”型的作家。学习过程并不重要，学习目的才是应该值得注意的。莫言在1990年以后的创作，之所以掺杂进大量的理性思维，或者说试图用某一种理论来图解文学创作、阐释艺术形象，就是想做一个“学者”型的作家。殊不知，真正的“学者”型的作家是把理论像盐溶入水般地天衣无缝地融入到文学创作中，不露丝毫马迹，而非东拉西扯，生搬硬套。显然，在这些创作中，莫言还没有做到这一点。故事讲得很乖巧，但情节缺乏生活逻辑。莫言曾经做到过，如《透明的红萝卜》中的童年视角，《红高粱》中的生命意识，但那都是无意而为。而当他有意为之的时候，反而做不到了，个中原因自然让人深思。在这一时期的创作中，莫言还有一些作品套用了马斯洛的人生需要层次理论，对人性、人生、人类行为

① 莫言：《我的大学》，《莫言文集 · 小说的气味》，当代世界出版社2004年版，第36页。

进行了艺术性阐释,同样存在上述问题。如《梦境与杂种》《幽默与趣味》《战友重逢》等几部作品。

亚伯拉罕・马斯洛是20世纪中叶美国出现的著名的社会心理学家、人格理论家和人本主义心理学的主要发起者。他毕生致力于心理学研究,促生和发展了人本主义心理学。如果说,弗洛伊德的精神分析学说主要以病态的人为研究对象,那么,马斯洛的人本主义心理学则是以健康的人为研究对象。如果说,弗洛伊德为人类提供了心理学病态的一半,那么,马斯洛则将健康的另一半补充完整。正是由于马斯洛及其理论的存在,做人才被看成是一件美好的、有希望的事情,人类才有了继续生存下去的理由,人类个体才有可能培育出健康、积极、全面的人性。他在代表作《动机和人格》中认为,个体成长发展的内在力量是动机,而动机是由多种不同性质的需要组成的。各种需要之间,有先后顺序与高低层次之分。每一层次的需要与满足,将决定个体人格发展的境界或程度。处在最低层次的需要是与生俱来的生理需要,依次是安全需要、社会需要、尊重需要和自我实现需要。其中,生理需要是人类个体最基本的需要,属于本能需要,而从安全需要开始,社会因素越来越突出,自我实现是人生需要的最高境界。人生需要层次越高,越难以实现,从而带给人们的体验也就越深刻。至自我实现层次,当人们沉浸在创造性过程中不能自拔的时候,还会体验到一种所谓的"高峰体验"的情感,这是一种最高、最完美、最和谐、最激动人心的峰值体验,会产生一种令人欣喜若狂、如醉如痴的销魂感觉。由于有如此美好的情感体验,所以人们总会不遗余力地去追求自我最高价值的实现,这是人类社会不断向前发展的根本动力。总之,马斯洛的人本主义心理学说超越了弗洛伊德的精神分析学说,从人类个体出发,研究整个人类社会现象,具有更强的包容性,为人们更加全面地认识人性和人类行为,提供了新的理论视角。

《梦境与杂种》是莫言关于人类生存所作的思考之一,表现了人与生俱来的生理需要和这种需要不能实现的矛盾以及由此而来的人生悲哀。悠悠万事,何以为大?显然是生存。在生存面前,任何其他需要都是微不足道的。人只有生存下来,才能够谈得上发展及其他一切需要。

所以，生存是人类最基本的生理需要，生存权是人类最基本的人权。但是，在大饥馑、大动荡的年代，有时生存也是非常艰难的。为了生存，人们不得不做出许多有违道德、伦理、法律、尊严、秩序的事情。在生存面前，任何美好的事情都会土崩瓦解。就像小说中莫洛亚牧师对“我”的父亲所说的那样：

> 爱情只能存在于我们的梦境中，一切将拉回到真实的领域的东西，一切使人的官能得到满足的东西，都使爱情毁灭。[①]

《梦境与杂种》就通过“我”在前后两个困难时期的具体感受，形象地反映了生存对于人生的重要意义。在“我”的人生经历中，上学是虚的，放羊才是实的，亲情是虚的，饥饿才是实的。狭隘自私的祖父母不仅可以诋毁、辱骂让“我”上学的莫洛亚牧师，还可以诅咒“我”的母亲，不准“我”吃祖父捕来的虾子。祖父与“我”关系紧张主要是因为吃的原因，多一张嘴就意味着多了一个消费粮食的对手，祖孙之间完全没有了隔辈亲的天伦之乐。在肚腹面前，亲情变得比纸还要薄。因为饥饿，因为要生存，更因为对美好的事物充满了幻想，所以“我”自小就有一副超强的做梦的本领，经常是想到什么便梦到什么，梦到什么便实现什么，具有了巫术般的能耐。尤其让“我”惊奇的是，不仅“我”做梦本领强大，莫洛亚牧师与回民女人生的杂种女儿树叶做梦的本领也非常强大。由于我们经常做相同的梦，又是在一个家庭中长大，从小相依为命，所以非常亲近。最后，树叶为了能够让“我”吃上饱饭，安心上学，不顾安危去河里捞虾子，不慎失足掉到河里淹死了。这篇小说，尽管充满着对于饥饿、动乱年代的憎恨，有着丰富的社会历史内涵，被赋予了强烈的现实批判精神，但是，给人印象最深的，无疑还是饥饿年代的人们对于吃的强烈的生理渴望。莫洛亚是一个传教士，在常人看来有上帝的灵光附体，不会在乎吃喝，但他所做的一切，无非也是为了满足饥肠辘辘。

---

① 莫言：《梦境与杂种》，《莫言文集·卷2·酩酊国》，作家出版社1995年版，第348页。

他用冠冕堂皇的话开导完“我”的父亲让“我”上学后，顺手带走了“我母亲烙出的十几张大饼和一捆大葱”，[①] 招惹了“我”的祖母的一阵埋怨；祖母丢了五个馍馍，把满腔怒火撒到母亲身上，以为被母亲偷了。“我”为了给母亲洗冤，施展做梦的本领，帮助母亲找回了馍馍，但祖母依然不依不饶，继续辱骂母亲是贼；祖父为了维护“吃”的最高享受，完全不顾人伦亲情，硬是把原本血浓于水的血脉关系变成了赤裸裸的交易关系；母亲为了让家庭渡过饥饿难关，不顾廉耻，在裤子里藏粮食；树叶为了能够担当起母亲不能到生产队里磨面带来的损失，让“我”吃饱肚子，同时也是为了报复偏心眼的王麻子，发明了一种先吞后吐的反刍式的盗粮方法。总之，在严酷的生存面前，一切神圣的事物都被打回了原形，变得粗俗不堪起来。应该说，来自于饥饿的生理需要也是一种“原欲”，但它是一种超越了原始的性本能冲动而拥有了无比丰富内涵的“原欲”，是一种更加普遍更有代表性的“原欲”，所以，莫言在小说中关于饥饿的思考与描写，就超越了弗洛伊德的性本能的“原欲”理论，升华到了马斯洛的人生需要层次学说。同时，在对各式各样的人生陋行的精心描画中，再一次凸显了莫言关于人性恶的认识。

如果说，《梦境与杂种》只是聚焦于生理需要，那么，《幽默与趣味》则纠结着较高层次的安全需要、社交需要和尊重需要，表现出了比《梦境与杂种》更为复杂的现实内涵。马斯洛认为，如果按照价值体系划分，人生需要可以分成两类不同性质的需要，一类是沿生物谱系上升方向逐渐变弱的低级需要或生理需要，如本能冲动；一类是随生物进化而逐渐显现的潜能或高级需要，如尊重和自我实现。在这两类不同性质的人生需要中，处在中间阶段的安全需要、社交需要、尊重需要承担着桥梁过渡作用。如果用弗洛伊德的人格结构层次理论来对应的话，生理需要则可以视为“本我”，安全需要、社交需要、尊重需要可以视为“自我”，自我实现的需要可以视为“超我”。“本我”受“快乐原则”制约，“自我”受“现实原则”制约，“超我”受“道德原则”制约。同时，三种

① 莫言：《梦境与杂种》，《莫言文集 · 卷 2 · 酩酊国》，作家出版社 1995 年版，第 348 页。

人格结构又相互制约。在这三种人格结构中，“自我”与现实社会关系最为密切。也就是说，当人满足了生理需要后，与人的存在、发展密切相关的安全需要、社交需要、尊重需要，就成了最为迫切的需要。如果得不到这些需要，那么人生将是孤独的，也是非常悲哀的。从社会发展的角度看，人类社会自从进入现代大工业化时期，无论是安全需要、社交需要还是尊重需要，都受到了严重威胁。西方的现代派文学就形象地揭示出了在各种需要遭到威胁后，人类表现出的孤独、恐惧、荒诞、异化等各种世纪末情绪。如卡夫卡的《变形记》，通过推销员格里高尔·萨姆沙一觉醒来变成甲虫的荒诞故事，反映了人在经济社会中因为竞争激化、感情淡化、关系恶化而出现的异化现象，表现了人与人之间的孤独感和陌生感。也许是受到卡夫卡的影响，也许是受到愈演愈烈的市场经济的刺激，抑或是受到马斯洛人生需要层次理论的启示，莫言在《幽默与趣味》中，也写了一个人在环境的制约下变为动物的有趣故事。不过，与《变形记》明显不同的是，它表现的不是人被金钱社会的异化，而是人在现实社会中因为得不到安全需要、社交需要、尊重需要而出现的异化。王三是一个大学中文系教师，本应有一定的社会地位，但是长期以来社会对知识分子的偏见，已使王三颜面丢尽，丧失了全部尊严。既然尊严已失，那么对于王三来说，处在较低层次的社交需要和安全需要，也就变得毫无意义。因此，无论在家庭中还是在社会中，王三都是一个弱者。排球运动员出身的妻子、耀武扬威的警察、霸道的出租车司机、态度恶劣的雀斑脸售货员、自觉神圣的治保老太太，乃至马路上来来往往的一切，都像一座座大山，横亘在王三面前，使他不能逾越一步。长期的心灵挤压，终于让王三在一次买拖把的经历中彻底崩溃，变成了一只早就渴望变成的猴子。王三变成猴子和格里高尔变成甲虫，虽然结果如出一辙，但是性质却完全不一样。格里高尔是被动变虫，一觉醒来不知不觉变成了甲虫，反映了周围世界强大的异化力量对他的挤压，而王三是主动变猴，从心底里想变成猴，反映了事物主体在长期得不到安全需要、社交需要、尊重需要后产生的荒诞的心理欲求。小说第一章《幽默》主要写了王三变猴的过程，从中可以清晰地看到王三在经历了上述诸人的心灵压迫后想变成猴的强烈欲望。

> 是啊，他向着那广告牌跑着想，我为什么不变成一只猴子呢？为什么不呢？这个念头执拗地纠缠着他，使他感到一种麻醉的安全。他现在轻车熟路地往自己的家奔去，他几乎不怕那些追捕者了，……我不怕你们，我一回到家立即变成一只猴子，让你们永远再也无法找到我。他已经体验到一种类似猿猴的快乐，他感到腿脚空前的灵活，每次跳跃都富有弹性，……就这样他飘飘欲猴地跳完六十级台阶、跑完幽暗而深邃的走廊，然后努力撞开自家的那扇唯一的门。……大学教师王三在一分钟内，变成了一只瑟瑟发抖的绿毛青脸的雄性猿猴。①

小说最后还有一段耐人寻味的描写，写王三的妻子汪小梅带着王三变成的猴子到处流浪，在一个车站广场遇到了一个似曾相识的耍猴男人。让人惊奇不已的是，耍猴男人的猴子与王三变成的猴子，没有发生常见的撕咬，而是像老朋友重逢一样深情对视，相互抚摸，其情其景甚是让人感动。莫言为什么这样写？其中又寓意着什么？显然是有所指的。在莫言看来，虽然王三变成了猴子，但他依然渴望安全，需要社交与尊重，这说明在满足了基本的生理需要之后，安全需要、社交需要、尊重需要对于人类是多么的重要！因此，莫言写道：

> 两只猴子没有撕咬，而是像它们的主人一样，两张猴脸正对，四只猴眼相接，猴脸上的表情生动如画。后来，汪小梅的猴子主动地伸出一只手去摸了摸男人的猴子的脑袋，男人的猴子也伸出手回摸汪小梅的猴子。它们的动作极像幼儿园里的两个小朋友，但它们不是幼儿园的小朋友，所以便产生了幽默、产生了趣味，围观的人们都陶醉在这幽默趣味之中，暂时忘却了各自的烦心事。②

---

① 莫言：《幽默与趣味》，《莫言文集·卷2·酩酊国》，作家出版社1995年版，第460页。

② 莫言：《幽默与趣味》，《莫言文集·卷2·酩酊国》，作家出版社1995年版，第495页。

莫言创作《幽默与趣味》，肯定受到了卡夫卡《变形记》的影响，小说中写王三作为大学中文系教师正在写一篇研究《变形记》的论文，就是证明，但是如果说王三和格里高尔是相同寓意的人物形象，那就牵强附会了。格里高尔是冷酷无情的金钱社会的产物，而王三则是马斯洛的人生需要层次理论的产物。格里高尔的遭遇反映了物质社会对人的影响，王三的遭遇反映了人生需要对人的影响。物质社会固然可以异化人，人生需要同样可以异化人。

在马斯洛的人生需要层次理论中，自我实现需要是人生的最高层次。所谓自我实现，就是发挥出个人最大的潜能，达到理想的彼岸，实现自己的人生梦想。就终极意义而言，自我实现是人生的最高理想，一个人一生只能有一次，而人与人的追求又不同，所以自我实现有个体差异性特征。而就实践过程而言，由于通向自我实现的道路是漫长的，可以分解成不同的阶段，所以它又有阶段性特征。人们在通向自我实现的道路上所走的每一步，如果能够体验到欣喜、愉悦等高峰情感，那都是阶段性人生自我实现的具体体现。当自我实现能够成为现实时，人们就会产生巨大的成就感、愉悦感，相反，如果实现不了，就会产生强烈的自卑感、失落感。反差越大，失落越大。在《战友重逢》这部小说里，莫言就通过魔幻现实主义手法精心描画的一个人鬼相通的艺术世界，阐述了这个道理，展现了阴阳两界围绕着自我实现展开的心灵对话。众所周知，军人的价值体现在战场上。拿破仑也曾经说过，不想当将军的士兵不是好士兵。然而，这一切对于一直憧憬着在部队干出一番事业的钱英豪来说，无疑是注定实现不了的。他怎么也想不到，战场上战友的一个无谓的小失误，不仅断送了他的美好前程，还让他付出了生命，做了一个彻头彻尾的冤死鬼、屈死鬼，从人生高峰一下子跌落到价值失落的巨大阴影里。当时，钱英豪和战友们埋伏在无名高地下边的树丛中，时刻准备冲锋。上边是对方的一个加强连，配备着各种火力武器。钱英豪的头脑中不断闪现出董存瑞、黄继光、邱少云等英雄形象，暗下决心也要做他们那样的英雄。谁知，身边的罗二虎的屁股不知为什么翘了起来，被敌人发现，一梭子高射机枪子弹打过来，不仅打死了罗二虎，也打死了钱英豪，致使“军事技术好身体素质好头脑清醒具备英雄素质”，“背着十八颗手榴弹一支冲锋枪一百八十发子弹”[①]的钱英豪，还没有投入真正的战斗，就“无声无息地死了”。于是，他不服，利用死而复生的灵魂，开始了艰难而漫长的“我是英雄”的求证之路。在树上，他的灵魂对战友赵金喋喋不休的倾诉，实际上就是对自己是一个英雄的求证和自我价值的认定。小说中，莫言借助对钱英豪、郭金库、张思国、魏大宝、赵金五位战友人生轨迹的探寻，表达了对自我实现的思考与认识。人生的最高价值在哪儿？其实就在每个人的脚下。人只要准确地认识自己，定位自己，并且在此基础上，努力追求自己的理想，就是实现了人生的最高价值。就像小说中的张思国，尽管任何时候都要求不高，地位也非常低微，但他诚实自信，始终能够清醒地把握自己，因而相比起那四位或在阴间或在阳间仍苦苦求索的战友，活得最为洒脱。所以钱英豪感叹：“其实，我们谁也比不上张思国”。[②]这篇小说，莫言以出色的想象力，打通了阴阳两界，看似描写了部队事，表达了战友情，实际上探讨了自我实现的种种可能性和现实性。小说中的人物和故事“出生入死”，一会儿阴间，一会儿阳间，虽然难以理解，但是当剥去了怪诞的故事外壳后，故事中蕴含的探讨自我实现的主题，便清晰地显现了出来。当然，怪诞的故事自然蕴含着荒诞的人生。钱英豪一直想成为英雄，并且为此做了精心的准备，但谁又能想到战友的一次微不足道的失误，让这一切瞬间化为了泡影呢？想做英雄的做不成，不想做英雄的反而因为某个机缘成了英雄，人生的吊诡有时真的难以说清楚！

从《怀抱鲜花的女人》到《战友重逢》，从弗洛伊德的“原欲”理论到马斯洛的人生层次需要学说，莫言在短短的两3年的时间里，进行了一次理论和实践的艺术对接。虽然存在不够圆滑、不够成熟的缺陷，但可以感受到莫言试图深度描绘人性、人生、人类存在所作的真诚努力。莫言曾经自谦这些作品是他在“消沉”时期写的一些“游戏的文字”，但不可否认，里面仍然强烈地涌动着他对于文学事业的火热的激情，跳

① 莫言：《战友重逢》，《莫言文集·卷1·红高粱》，作家出版社1995年版，第455页。

② 莫言：《战友重逢》，《莫言文集·卷1·红高粱》，作家出版社1995年版，第537页。

动着一个思想者不甘寂寞的思想的精灵。我们完全可以把这些创作看作是莫言突破重围的一次表演，或者是他再一次腾飞前的试飞。

第五章　先锋·新写实·志人志怪与莫言20世纪90年代前期的创作

第一节　先锋小说的代表作:《酒国》

20世纪90年代前期，莫言在深化自己对于人性认识的同时，还沿着创作惯性，完成了一部具有先锋性质的长篇小说《酒国》。先锋小说此时已处于没落状态，绝大部分的先锋小说作家已转向新写实小说，少数作家搁笔不写。在先锋小说风光不再的情况下，莫言拿出《酒国》，确实显得不合时宜。因此，这部小说写完后，光是发表、出版，就颇费了一些周折。出版后，在很长一段时间里也没有引起任何反响，这让莫言感到很是遗憾。说起这段经历，莫言记忆犹新："这部小说发表时也颇费周折，先是让北京几家刊物看，不能发表，后来让余华背到浙江去，也不能发表。1993年湖南文艺出版社出了一套'当代著名青年作家长篇系列'丛书,《酒国》混在其中面世。出版以后，一直无声无息，很多评论家都不知道我写过这么个长篇。"[①]其实，作为先锋小说,《酒国》要比《十三步》优秀很多。如果说《十三步》是莫言在先锋小说探索中留下的败笔，那么《酒国》就是莫言在摸索到先锋小说的艺术真谛后，写出的一部不仅能够代表莫言本人水平，也能够代表先锋小说整体创作成就及特征的小说，"是一部真正意义上的先锋小说"。[②]

① 莫言:《在文学种种现象的背后——2002年12月与王尧长谈》,《莫言对话新录》，文化艺术出版社2010年版，第91页。

② 莫言:《在文学种种现象的背后——2002年12月与王尧长谈》,《莫言对话新录》，文化艺术出版社2010年版，第86页。

《酒国》是一部有着强烈的社会批判精神、浓郁的魔幻现实主义色彩、鲜明的先锋特征的小说。它开始写于1989年下半年，小说的主要故事情节是，高级检察院的特别侦察员丁钩儿，奉命去酒国市调查一起地方官员烹食婴儿的腐败犯罪案件，去前信誓旦旦，决心不辱使命，但等到真正踏上征途，却发现不是一件容易的事儿，不仅迷失了办案方向，而且迷失了自己。丁钩儿在侦办案件过程中，先是被卡车女司机勾引，与她发生感情纠葛，使他久久不能释怀；后是刚到酒国市，就被人洞悉身份，带到烹食婴儿的重大嫌疑犯、现任酒国市委宣传部副部长金钢钻年轻时工作过的煤矿为他特设的酒宴上，喝得酩酊大醉，不分南北。直到醉眼朦胧中亲眼看见服务员端上一盘形状清晰可辨的婴孩大菜时，才猛然记起自己的使命，不分青红皂白，拔枪猛射，将婴孩脑袋击得粉碎。待清醒过来，才知道遭了戏弄。原来，婴孩是用莲藕、银白瓜、猪肉和火腿肠等原料制成的，不是传说中的婴孩。他在众人的劝说下战战兢兢地尝了一口，发现滋味美不胜收，于是便不自觉地加入了这场"食人"盛宴，也多少地打消了他心中酒国市有烹食婴儿案件的嫌疑以及对金刚钻的怀疑。然而，就在这天晚上，他躺在金刚钻精心为他安排的豪华房间的大床上，醉意阑珊地看到一个浑身长着鳞片的小男孩偷走了他随身携带的物品、除去手枪以外的包括一切能证明自己身份的东西时，他才知道上当了，但根本无法制止，因为他的神经已经麻木了；再是在他失去一切之后，又再度遇见女司机，禁不起挑逗，跟她回了家并与她上了床。但没有想到，女司机是金刚钻的女人。他被金刚钻当场捉奸，并遭到羞辱。羞辱使他幡然醒悟，想起了自己的职责并坚定了信念，发誓一定要将案件查个水落石出。于是，他在被自己说服的女司机的帮助下去拜访"一尺酒店"的经理余一尺，准备向他打听酒国市烹食婴儿的情况。然而，余一尺并没有向他透露任何有关案件的消息，而是喋喋不休地炫耀自己的淫荡史，包括与女司机的交往，这使得丁钩儿羞愧难当，落荒而逃。在他无目的的游荡中，他遇到了一个老革命。老革命对于腐败的痛恨和铿锵有力的话语，再一次激起了丁钩儿的斗志。他返回酒店杀死了正在缠绵媾和的女司机和余一尺，一念之间成了受通缉的在逃杀人犯；最后，身为逃犯的丁钩儿在神情恍惚之中，看见所有的人包括金刚钻、女司机、余一尺、王局长、李书记……甚至他自己，都在一条精美的大画舫中大吃特吃婴儿宴，不由得大惊并极力反抗，于仓皇逃跑之中，不慎跌进一个露天的大茅坑淹死了。就这样，曾经战功卓著的特别侦察员丁钩儿经不住环境的迷惑，在终究无法实现铲除邪恶的巨大悲哀中，走上了穷途末路。显然，这个故事缺乏真实依据，是莫言艺术想象的产物，就像小说中反复声明的"纯属虚构"那样，经不起推敲，但是，依然可以从中看到莫言对于腐败的痛恨以及由此激发的强烈的社会责任感。有人把《酒国》看作是一则"当代中国吃人的寓言"，"你对现实的批判，超越了当下一般的简单道德化，变成了一种寓言"，[①] 认为莫言继承了鲁迅笔法和鲁迅精神，沿着鲁迅的道路继续前进，对当代中国社会现实进行了新的艺术归纳，确实有一定的道理。小说中，莫言对红衣小妖精的塑造，就明显地带有鲁迅遗风。当然，红衣小妖精率众造反，反对嗜食婴儿，固然可贺可赞，但他大搞一言堂，实行酷刑教育，又难免使人想起鲁迅笔下经常出现的麻木的看客。今天的看客，保不齐就是明天的被杀者，同样，今天的造反者，说不定就是明天的维护者。

然而，莫言不是鲁迅。如果说，鲁迅是用一种残酷、惨烈的自审意识，来拷问每一个中国人的灵魂，达到探讨国民性灵魂的目的，那么莫言就是用一种癫狂加自虐的戏谑精神，来讥刺我们所处的这个时代，达到入木三分地揭示腐败已经到了何等严重程度的目的。莫言身上，融入了更多的新时代的文学内涵。莫言如果按照上述故事情节的流程来行文写作，充其量不过是一部严肃的反腐题材的批判现实主义小说，但是由于使用了魔幻现实主义写作方法，吸纳并融入了想象、幻想、变形、夸张、虚设、通感、作秀、矫饰、拧巴、荒诞、寓言、戏仿等元素，在语言、结构、风格等方面做了大胆的探索，从而使得《酒国》成了先锋小说叙事学方面的代表作之一。《莫言传》的作者叶开说："那个时期，我们对小说的叙事学有很深的迷恋，而莫言精雕细琢的叙事教科书式的长篇小说

---

① 莫言：《说不尽的鲁迅——2006年12月与孙郁对话》，《莫言对话新录》，文化艺术出版社2010年版，第211页。

《酒国》正适合我们的口味。我们一度对这本书推崇备至，言必谈之。”[①] 香港学者周英雄说：“《酒国》既写实又寓言，难度因此大大增加。表面上，作者与读者似有共识，接受小说指涉的这么一个世界，可是写实一经过寓言加工，作者与读者的认知空间可就不一定全然契合，二者之间往往不免产生张力，甚至矛盾。我们甚至可以说，虽然虚实互用的写法，传统小说早已广加采用，而小说评论也都通常认为，要有虚实相辅，才能烘托出小说的情境。不过在此莫言却将两种笔法加以二极化：实则极实（故事写到一半甚至停止叙述，介绍饮食的专业知识，情形不逊于梅尔维尔《白鲸记》中有关捕鲸行业的论述），虚则极虚（故事地点只有北京是实的，酒国的建筑物建在地下，搭电梯宛如进入冥界，而李一斗写的天方夜谭的故事，说它荒诞无稽也不妨）。而更独特的是，莫言用千变万化的手法，将二者合并，并以崭新的编织方式推出，令读者阅读之际不得不打足精神，注目于章节之间的魔术。”因此，周英雄感叹：“有幸先睹为快，对《酒国》的读后感是：恐怖、过瘾。”[②] 上述引文中，无论是叶开说的“精雕细琢的叙事教科书”，还是周英雄赞叹的“章节之间的魔术”，实际上说的都是《酒国》的先锋艺术探索。

对于《酒国》的先锋写作，莫言也颇为自负。他谈到《酒国》的构思时说：“……一旦确定这个想法之后，真实的事情、魔幻的传说都来了。写着写着，《酒国》就变成了语言的狂欢节，进行了各种文体实验，有‘文革’大字报那种文体，也有当时的所谓新写实小说，也有对鲁迅早期小说的模仿。我让小说中的人物李一斗始终处于一种半醉的状态，思维不太正常，醉话连篇，用他的嘴把我不便于说的话说出来。小说中的李一斗不断地和作家莫言通信，并把自己的习作寄来，李一斗所有的通信和他的小说，都是醉话连篇，醉意朦胧，似真似假，然后把对社会强烈的批判，毫不留情的批判就放到了李一斗身上和他的小说里，这是一种技术措施。”[③] 谈到它的艺术成就时，又说：“这个小说应该有一些

① 叶开：《野性的红高粱——莫言传》，二十一世纪出版社 2013 年版，第 281 页。

② 周英雄：《酒国的虚实——试看莫言叙述的策略》，《当代作家评论》1993 年第 2 期。

③ 莫言：《在文学种种现象的背后——2002 年 12 月与王尧长谈》，《莫言对话新录》，文化艺术出版社 2010 年版，第 87 页。

话题可以探讨，文体方面的实验，酒神精神，狂欢精神，再有社会批判意义以及对酒文化本身的一种探索。”[①]“我想,《酒国》可以从多个角度供读者来想象、再创造，如果新时期真有一个先锋派，那我就是第一先锋。可惜那些先锋的爱好者，多半是叶公好龙。”[②]

既然读者、批评者和作家本人，都如此推崇、肯定《酒国》的先锋艺术探索，那么，我们就不妨来看一看《酒国》的先锋艺术特征，究竟表现在哪些地方。

第一，虚构了一个欲望无度的“酒国”生活。众所周知，先锋小说异常崇拜想象力，把想象和虚构看作是小说的本质。吴义勤在《中国当代新潮小说论》中总结这一现象时说：“新潮作家热衷的不是现实生活本来是什么形态，而是生活在他们的想象中的可能形态。换句话说，他们不在乎生活的必然性，而是生活的无限可能性。他们的小说不是再现生活的本来面貌，而是尽可能地凭想象去‘创造’生活。因此，对于新潮小说来说他们文本中的‘生活’形态我们不能从真实的逻辑而要从想象的逻辑去把握和阐释……他们认为小说的本质在于虚构，小说中呈现出来的‘生活’是一种艺术想象和虚构的结晶，不是现实生活的反映和折射，而是一种完全自足的、独立的与现实生活平行的‘生活’，因此它有自己的逻辑、自己的原则。”[③]《酒国》的“生活”就是莫言虚构出来的一种缺乏生活必然性的“生活”形态，是他的想象中可能存在的一种“生活”形态，而不是现实生活的反映和折射。因此，我们在解读它时，就必须超越真实的逻辑层面而从想象的角度去把握和阐释，否则就会读不懂，甚至流于看热闹。在当代现实生活中，无论冠之以什么样的美名，比如制造美食抑或拉动经济，“吃婴儿”都是根本不可能发生的事情，但是，谁也不能否认，类似吃婴儿的腐败行为乃至比它更严峻

① 莫言:《在文学种种现象的背后——2002 年 12 月与王尧长谈》,《莫言对话新录》，文化艺术出版社 2010 年版，第 88 页。

② 莫言:《在文学种种现象的背后——2002 年 12 月与王尧长谈》,《莫言对话新录》，文化艺术出版社 2010 年版，第 90 页。

③ 吴义勤:《中国当代新潮小说论》，江苏文艺出版社 1997 年版，第 25—26 页。

的社会现象比比皆是，触目惊心，已经到了不计后果、不顾子孙、不知羞耻的地步。例如，环境污染，资源掠夺，利益索取，等等。因此，莫言用吃婴儿来象征这个欲望横流的社会，可谓用心良苦。也许在莫言看来，唯有用吃婴儿来警示世人，才能唤醒沉浸在欲望的沟壑中不能自拔的人们。但可怕的是，在酒国市，从上层到下层，从官府到民间，从吃人者到被吃者，都已经习惯了吃，而且为了吃，想尽了一切办法，用尽了一切伎俩。所以，无论政府和民间怎样抵制、反抗，都无济于事。如果说，丁钩儿肩负着去酒国市铲除“食婴者”的使命，象征的是政府层面的反腐的话，那么，骑着小黑驴飞檐走壁如履平地的鱼鳞皮小男孩和烹饪学院里领头造反的红衣小妖精，则是民间反腐的象征，但遗憾的是，在强大的利益集团面前，他们无一不以失败而告终。丁钩儿最终迷失了方向，掉到粪坑里淹死了，红衣小妖精蜕变成了“食婴者”的帮凶，成了“一尺酒店”的引领员，而鱼鳞皮小男孩则不知所终。一百年前，鲁迅在《狂人日记》中用“吃人”来象征封建社会的腐朽与残暴，一百年后，莫言用“吃婴儿”来象征现代社会的腐败与糜烂，虽然表现手法不一样，但精神主旨却如出一辙。由此可见，一百年来，人们的物质生活虽然发生了巨大变化，但精神境界却原始如初，这个现象不得不让人深思。

第二，创造了一个多重文本重复叙述的迷宫化的叙事艺术结构。如同注重想象力，先锋小说也异常注重小说的艺术结构与存在形态，即叙述方式。吴义勤说：“新潮小说所确立的美学原则使新潮作家对小说的理解迥异于主潮作家，即小说的关键在于其形式而不在于内容和意义。因此，他们关注的不是小说写什么而是小说怎么写。在这个问题上，新潮小说特别地在语言、结构、意象和文本生成过程等方面充分施展了他们的才能。……不同作家小说的区别不在于他们故事本身的不同上，而在于故事叙述方式的不同上。不同的叙述方式决定了不同的故事形态及魅力，不同的表达形式决定了不同小说的风貌。……在新潮作家的词典里，文学之为文学其根本标志就是它的审美形式的独特性。因此他们从来就不会放弃一切可能的机会去玩弄小说的组装和拆解游戏。所有这一切的形式实验和操作表演都在使人眼花缭乱的同时获得一种全新的阅读感受和审美体验。”[①]《酒国》就在叙述方式上表现出了这样的追求与特征。《酒国》的先锋结构表现在由多重文本重复叙述所形成的迷宫化的叙事艺术结构方面。《酒国》共由十章构成，每一章中，又分布着三条故事线索，一条是侦察员丁钩儿在酒国市的活动，一条是作家莫言与酒国市酿造学博士李一斗的通信，还有一条是李一斗作为业余作者写的九篇小说。这三条故事线索相互交叉、纠缠、补充，形成了一个多重文本重复叙述的迷宫化的立体结构。多重文本的第一层由小说的作者莫言完成，他居高临下俯瞰一切，既讲述丁钩儿的故事，又讲述小说中的作家莫言和李一斗的故事，还讲述李一斗写的小说的故事。他全知全能，属于关照全局式的顶层叙述；第二层由小说中的作家莫言与李一斗之间的通信构成，通过他们之间的书信往来，不仅让小说中的作家莫言了解了酒国市的一些基本情况，而且让李一斗了解了一些当下的文坛情况，扩展了故事内涵。尤其是李一斗信中所反映的各种信息，填补了顶层叙述中在讲到丁钩儿的故事时无法叙述的空缺，保证了故事的完整性和可信度。在这层文本中，小说中的作家莫言和李一斗虽然处在平等叙述、相互倾听的位置上，但归根结底是顶层叙述者莫言使的一种分身术；第三层是李一斗写的九篇小说，独立成为一个叙述层次，虽然显在的意义是求教于小说中的作家莫言，但实际上是通过李一斗的创作来反映酒国市的腐败问题，而唯有通过李一斗的小说，读者才能够真正看到酒国市的腐败程度，这又弥补了侦察员丁钩儿发现不了的情况和小说中的作家莫言看不到的盲区。而只有了解了酒国市的腐败程度，才能够认识到小说中的作家莫言为什么经不住李一斗的一再邀请、劝说，到了酒国市，与真正的“食婴者”金刚钻、余一尺坐在一起，大口吃肉、大碗喝酒、沆瀣一气、同流合污的现实，才能够了解特别侦察员丁钩儿为什么一到酒国市就迷失了自己，最终狼狈地淹死在大茅坑里。因为从人性的角度说，贪婪是人的本性，克服不了来自欲望的诱惑，就很难真正做到独善其身、清正廉洁。这层文本，深化了小说的主题，将一、二层文本中众多无法

① 吴义勤：《中国当代新潮小说论》，江苏文艺出版社 1997 年版，第 31—32 页。

解释的现象，找到了合理阐释的理由。当然，这层文本中的李一斗，依然是小说的作者莫言的化身。总之，三层文本既环环相扣，又相互补充，典型地体现出了先锋小说对于艺术形式的不厌追求，同时给读者带来了一种解谜式的全新的阅读感受和审美体验。莫言在谈到《酒国》的结构时曾说："《酒国》更多地考虑到故事叙述者与作家之间的关系，分几层叙述，最高一层叙述者是作为作家的我在叙述，当这个我变成了'莫言'出现在这个小说里，他就成了我的分身，他既是小说中的小说叙述者，又是小说里的人物，他和小说中的另一个重要人物酒博士李一斗是平级的。最高叙述者是拿着笔的我，我的分身变成了小说里的人物，由我写'我'，由'我'观我，这会产生一种几分调侃、几分荒诞、几分深刻的独特效果。"[①]那么，莫言为什么会选择这样一种结构方式呢？除了有意探索之外，还有一种无奈在里面，"从某种意义上讲，这是逼出来的。对社会极端黑暗和丑恶的现象，如果不用这种方式来处理的话，写出来也难以发表。这实际上是一种戴着镣铐的舞蹈，反而逼出了一种新的结构方式，从这个意义上看，结构也是一种政治"。[②]这种无奈，有着特定的时代意义。

第三，有着显著的反讽风格。吴义勤说："'反讽'是新潮小说最先凸显出来的一个共同风格，在新潮小说中对于人、对于历史、对于现实、对于文化、对于传统、对于文学和小说本身等等的'反讽'可谓举目皆是。正是扛着这面反讽的大旗，新潮小说才完成了对传统小说写作和体验方式的最初颠覆，也由此初步标示了自己的文学品格。"[③]《酒国》的反讽风格主要表现在五个方面，即故事反讽、人物反讽、语言反讽、现实反讽和文本反讽。《酒国》所讲的故事，应该是非常严肃的故事。面对愈演愈烈的腐败之风，功勋卓著的高级检察院特别侦察员丁钩儿抱着为国

---

① 莫言：《在文学种种现象的背后——2002年12月与王尧长谈》，《莫言对话新录》，文化艺术出版社2010年版，第89—90页。

② 莫言：《在文学种种现象的背后——2002年12月与王尧长谈》，《莫言对话新录》，文化艺术出版社2010年版，第90页。

③ 吴义勤：《中国当代新潮小说论》，江苏文艺出版社1997年版，第130页。

家、为人民高度负责的态度，毅然踏上了侦破之路，但让人感到可笑的是，丁钩儿一踏上酒国市的土地，就被醉倒了，从此，变得浑浑噩噩起来。虽然他时刻提醒自己肩负着重大使命，不能得意忘形，每到关键时候就想起自己随身携带的手枪，只要感觉硬硬的还在，就会理直气壮，他在酒国市的一系列遭遇也时刻告诉他自己的对手非同寻常，必须百般警惕，但他最终还是在酒精的作用下越来越失去理智，以至于在成为杀人犯后慌不择路，跌入茅坑淹死了。以肩负神圣的使命隆重登场，以可怜的悲剧黯然收场，开头和结尾因为严重错位而产生的巨大荒诞感，使故事的反讽效果油然而生。另外，整个酒国市打着发展经济、挖掘传统美食的幌子，却从事着烹食婴儿的勾当，不仅毫无罪恶感，而且津津乐道。吃人者有理有据，被吃者心甘情愿，即便有一两个像老革命那样的意志坚定者，最终也逃不脱被除掉的命运。发生在酒国市的这些故事，本身也具有强烈的反讽意义。人物反讽体现在小说所有人物的言行中，尤以丁钩儿、李一斗、余一尺、小说中的作家莫言为甚。丁钩儿前边已有分析，不再多言，单说李一斗等人。李一斗在与小说中的作家莫言通信时，表现得慷慨激昂、疾恶如仇，恨不能亲手杀死那些烹食婴儿的罪犯，留给作家莫言的印象是一个看破官场黑暗、以酒作胆、一心献身艺术的勇敢的"酒博士"，但当作家莫言真正见到他时，却发现他不过是一个善于巴结领导、利欲熏心的势利小人。印象中的李一斗与现实中的李一斗形成了鲜明的反差，好似舞台上的川剧变脸，给人以强烈的滑稽感。余一尺是一个侏儒，有着常人没有的宏大理想和宏伟业绩，不仅拥有"一尺酒店"，财产丰厚，而且是酒国市有名的企业家、劳动模范、个体户协会主席。他的理想是"肏遍酒国美女"，在外人看来像是天方夜谭，但对他而言却是轻而易举。他与酒国市的 29 名美女发生过关系，其中不乏名女人、官女人。就是这样一个经常被人遮蔽在阴影里而看不到的侏儒，却像一个巨无霸，掌控着酒国市庞大的饮食业，其中的隐喻不言而喻。小说中的作家莫言看起来比较清高，但实际上也是俗人一个。他最终没有经受住李一斗的反复邀请，到酒国市做客。而一到酒国市，就立刻和那里的腐败官员们同流合污，打成一片，沉浸在酒香和美食中不能自拔。

总之，酒国市就像一个欲望的大坑，谁去谁就会陷在里面，永远也爬不出来。人物的最后结局总是与最初的愿望背道而驰，小说以反讽的方式赋予了人物更多的内涵。语言反讽表现在莫言善于运用一些超出读者阅读心理的闲话、废话、笑话、余话来叙述比较正统、严肃的故事或人物，以一种戏仿的方式制造出一种语言本身和实际意义之间的强烈的不谐和感。这方面的例子比比皆是。比如小说一开头，莫言就用一种类似侦探小说的语言，首先把读者先入为主地带入到一个严肃的情境之中：

> 高级检察院的特别侦察员丁钩儿搭乘一辆解放牌卡车到市郊的罗山煤矿进行一项特别调查。①

然后，就在读者迫不及待地想知道丁钩儿是如何破案的时候，却发现已被小说的语言领着不由自主地进入到了另一个荒诞的境地，从此开始了一系列与破案、调查几乎毫不相干的荒诞行为。再如，当丁钩儿行走在去罗山煤矿党委书记和矿长精心设计的酒宴的路上，感受到的气氛和看到的景色是那样的阳光明媚，毫无罪恶之感，但实际上，明亮的外表之下却掩藏着不可告人的勾当，那里恰是金刚钻之流烹食婴儿的地方。

> 又绕过一垛清一色的白桦圆木，便看到前方有一片向日葵森林。葵花朵朵向太阳，一片金黄浮在毛茸茸的深绿里。他嗅着桦木特有的、甜丝丝的醉人气息，心里荡漾着丘陵上的秋色。雪白的桦树皮还没有完全丧失生命，皮肤光洁滋润。破绽处露出更新更嫩的肌肤，好像说明着原木依然在生长。②

还有，李一斗的小说《酒精》，在介绍金刚钻的成长道路时，运用了一

---

① 莫言：《酒国》（原名为《酩酊国》），《莫言文集·卷2·酩酊国》，作家出版社1995年版，第1页。

② 莫言：《酒国》（原名为《酩酊国》），《莫言文集·卷2·酩酊国》，作家出版社1995年版，第18页。

系列昂扬向上的、颂词般的语句来描述，给人一种高大伟岸的感觉，殊不知，金刚钻恰恰是丁钩儿要侦破的食婴案的重大嫌疑犯。

> 那里的一山一水一草一木都将唤起我们对金副部长的敬仰，一种多么亲切的感情啊。想想吧，就是从这穷困破败的村庄里，冉冉升起了一颗照耀酒国的酒星，他的光芒刺着我们的眼睛，使我们热泪盈眶，心潮澎湃……[①]

还有，《肉孩》中对金元宝和妻子准备出售肉孩的描写，不仅丝毫让人感受不到至亲骨肉分离时的撕心裂肺的悲痛，相反，看到的尽是卖不出去或者卖不上等级的担忧。

> 女人想了想，说："多烧一瓢吧，洗得干净一点招人喜。"[②]

> 女人不高兴地说："你手下轻点，打出青紫来又要降低等级。"[③]

> ……"他爹，这水是太热了，烫红了怕又要降级。"[④]

而当小宝被验为特级时，夫妻俩又是多么的激动，兴奋的情绪溢于言表。

---

① 莫言：《酒国》（原名为《酩酊国》），《莫言文集·卷2·酩酊国》，作家出版社1995年版，第31页。

② 莫言：《酒国》（原名为《酩酊国》），《莫言文集·卷2·酩酊国》，作家出版社1995年版，第60页。

③ 莫言：《酒国》（原名为《酩酊国》），《莫言文集·卷2·酩酊国》，作家出版社1995年版，第62页。

④ 莫言：《酒国》（原名为《酩酊国》），《莫言文集·卷2·酩酊国》，作家出版社1995年版，第62页。

元宝激动万分，眼泪差点流出眶外。①

元宝手指哆嗦，捞过钱来，胡乱数了一下，脑子里一团模糊，他紧紧地攥住钱，带着哭腔问："这些钱归俺了？"②

还有小说中对"全驴宴"、对"龙凤呈祥"菜品的描写……总之，语言本身和实际意义之间的严重错位，不仅解构了语言的本来意义，而且造成了鲜明的反讽性效果。现实反讽主要体现在小说中的作家莫言和李一斗的通信上。在信中，他们上天入地，无所不谈，于坦诚、率真的交流中，一览无余地表达了对现实、对社会、对文学的看法，在佯作的无知中透露出了某些真理倾向，隐含着改变不了现实或被现实左右的无奈与悲哀。例如，关于文学，他们这样说：

现在的时代搞文学似乎不是聪明之举，我们行里的人都自叹别无他能，才不得不搞文学。有一位叫李七的人写了一部《别把人当狗》的小说，那里边写了几个地痞流氓，在坑蒙拐骗偷什么勾当都干不了的情况下，才说：咱他妈的当作家去吧！言外之意我不想多说，你不妨找来这部小说看看。③

阁下的"龙凤呈祥"竟然用公驴和母驴的外生殖器为基本原料，不知何人敢下筷子？我担心这道菜因为其赤裸裸的资产阶级自由化倾向将不被文艺批评家们所接受。④

我搞的是绝对的高尔基和鲁迅式的严肃文学，严格恪守着"革命现实主义和革命浪漫主义相结合"的不二法门，从不敢偷越

---

① 莫言：《酒国》（原名为《酩酊国》），《莫言文集·卷2·酩酊国》，作家出版社1995年版，第74页。

② 莫言：《酒国》（原名为《酩酊国》），《莫言文集·卷2·酩酊国》，作家出版社1995年版，第74页。

③ 莫言：《酒国》（原名为《酩酊国》），《莫言文集·卷2·酩酊国》，作家出版社1995年版，第24页。

④ 莫言：《酒国》（原名为《酩酊国》），《莫言文集·卷2·酩酊国》，作家出版社1995年版，第134页。

雷池半步，为了取悦读者而牺牲原则的事咱宁死也不干。①

老师，我忽然觉得，这盘驴街名菜的加工制作过程与我们的文学艺术的创作过程何其相似乃尔。都是源于生活高于生活嘛！都是改造自然造福人类嘛！都是化流氓为高尚、化肉欲为艺术、化粮食为酒精、化悲痛为力量嘛！②

大作《一尺英豪》，委实不敢恭维。……太天马行空了，太漫无节制了。几年前人们就批评我的不节制，但与你的不节制比较起来，我太节制了。现在是一个严守规范的时代，写小说也是如此。③

我自己对我前一段的创作进行了总结，我觉得我的小说之所以难以发表，可能与干预社会有关。于是在《采燕》里进行了矫正，这是一篇远离政治、远离首都的小说。④

对于社会现实，他们又这样说：

这年头，什么都是七颠八倒的……⑤

---

① 莫言：《酒国》（原名为《酩酊国》），《莫言文集 · 卷 2 · 酩酊国》，作家出版社 1995 年版，第 160 页。

② 莫言：《酒国》（原名为《酩酊国》），《莫言文集 · 卷 2 · 酩酊国》，作家出版社 1995 年版，第 161 页。

③ 莫言：《酒国》（原名为《酩酊国》），《莫言文集 · 卷 2 · 酩酊国》，作家出版社 1995 年版，第 178 页。

④ 莫言：《酒国》（原名为《酩酊国》），《莫言文集 · 卷 2 · 酩酊国》，作家出版社 1995 年版，第 252 页。

⑤ 莫言：《酒国》（原名为《酩酊国》），《莫言文集 · 卷 2 · 酩酊国》，作家出版社 1995 年版，第 176 页。

没想到药里也能掺假，药里都敢掺假，还有什么是真的呢？①

我发现中国人在吃上真是挖空了心思，当然有条件吃奇食异味的人，大多数不必掏自己的腰包……这种事大家都司空见惯，前几年还有人在报刊上写几篇不痛不痒的豆腐块文章或画幅漫画讽刺一下，现在连这些也没有了。②

……社会变成这个样子，每个人都有责任……③

小说中的作家莫言和李一斗都是揣着明白装糊涂，反讽之意不言自明。文本反讽主要体现在李一斗写的九篇小说上。那九篇小说从内容上揭露了酒国市存在的腐败现象，但是在写作手法上，却戏仿了20世纪中国文学中出现的各类小说文本，不仅有向中国文学审视与致敬的意义，而且还有后人面对丰厚的文学遗产时无所适从的惶惑。其中，有大而无当的“文革”话语方式的《酒精》，有冷酷到骨子里的鲁迅笔法的《肉孩》，有带有魔幻色彩的《神童》，有具有“元叙事”性质的《驴街》，有颇显《聊斋志异》风采的《一尺英豪》，有“新写实主义”的《烹饪课》，有所谓远离现实、注重传奇的《采燕》，有走向深山老林的“寻根小说”《猿酒》，有报告文学和小说联姻的《酒城》。总之，莫言借助李一斗的笔，将各类小说文本戏仿了一遍，一方面反映了中国现代小说文体的丰富，另一方面也是更重要的一方面，反映了当时的写作者们面对丰富的文学遗产时生发出的尴尬与无奈，在一定程度上揭示了莫言的彷徨矛盾心态。20世纪90年代前期，社会在发生重大转折，文学在裂变。今后的中国将走向何方？文学又将以何种形式存在？不仅是莫言关注的事情，也是当

① 莫言：《酒国》（原名为《酩酊国》），《莫言文集·卷2·酩酊国》，作家出版社1995年版，第272页。

② 莫言：《酒国》（原名为《酩酊国》），《莫言文集·卷2·酩酊国》，作家出版社1995年版，第273页。

③ 莫言：《酒国》（原名为《酩酊国》），《莫言文集·卷2·酩酊国》，作家出版社1995年版，第274页。

时文坛共同关注的事情。

第四，有着典型的“元小说”叙事策略。所谓“元小说”，即故意暴露叙述行为的小说，又称自觉小说或自我意识小说。吴义勤说：“看新潮小说，我们就仿佛在观看新潮作家的叙事表演，感觉化、幻觉化、意象化、结构化……各种各样的叙事绝活可谓层出不穷。而其中最引人注目之处则莫过于新潮作家对他们叙述行为本身的暴露。……他们总是在其文本中不断暴露叙述行为与写作活动的虚构本质，不断地由叙述人自己来揭自己的老底，自己来解构自己的故事，明白地告诉你：我讲的故事是假的。这就像一个玩魔术的人，在不断地引诱你上当的同时，又不断地告诉你诱你上当的诀窍。”①《酒国》便是如此。莫言不仅在小说行文中反复提到正在写作的《酒国》，而且还不断地为《酒国》中的人物设计命运走向。如对李一斗：

> 李一斗，这个稀奇古怪的人，究竟是什么模样？我不得不承认，他一篇接一篇的小说，彻底改变了我的小说模样，我的丁钩儿本来应该是个像神探亨特一样光彩照人的角色，但却变成了一个彻头彻尾的酒鬼窝囊废。我已经无法把丁钩儿的故事写下去，因此，我来到酒国，寻找灵感，为我的特级侦察员寻找一个比掉进厕所里淹死好一点的结局。②

尤其是在前九章中，莫言煞有介事地讲述了丁钩儿侦破腐败案件的故事，写到了每个人的性格特征和命运归宿，让人们感觉小说会就此收场，然而紧接着到了第十章中，却又将此前的一切叙述当作虚构都戳破了。在这一章中，我们看到余一尺并没有被丁钩儿打死，李一斗也不是什么反腐斗士，金刚钻更不是“食婴者”。他们一起来热情接待作家莫言，全然没有此前所描写的样子。尤其是对于小说中作家莫言的描写，用了一

---

① 吴义勤：《中国当代新潮小说论》，江苏文艺出版社1997年版，第94—95页。

② 莫言：《酒国》（原名为《酩酊国》），《莫言文集·卷2·酩酊国》，作家出版社1995年版，第331页。

段类似马原的《虚构》一开始那种调侃式的语言，将小说中的作家莫言和小说的最高叙述者莫言合二为一，更是实实在在地戳破了《酒国》的虚构本质。

> 我知道我与这个莫言有着很多同一性，也有着很多矛盾。我像一只寄居蟹，而莫言是我寄居的外壳。莫言是我顶着遮挡风雨的一具斗笠，是我披着抵御寒风的一张狗皮，是我戴着欺骗良家妇女的一副假面具。有时我的确感到这莫言是我的一个大累赘，但我却很难抛弃它，就像寄居蟹难以抛弃甲壳一样。在黑暗中我可以暂时抛弃它。我看到它软绵绵地铺满了狭窄的中铺，肥大的头颅在低矮的枕头上不安地转动着，长期的写作生涯使它的颈椎增生了骨质，僵冷酸麻，转动困难，这个莫言实在让我感到厌恶。……“酒国到了，酒国到了”……我飞快地与莫言合为一体，莫言从中铺上坐起来也就等于我从中铺上坐起来。……我看到他从那件穿了好多年的灰布夹克衫里掏出牌子，换了车票，……便踉踉跄跄地朝车门走去。①

这一章中，作者还发表了一些如何写作才能使丁钩儿的经历更丰富、更生动的议论，也是“元小说”特有的艺术表现。

> 丁钩儿在酒国的经历，必须与这条铁路隧道联系在一起。这儿应该是一个秘密的肉孩交易场所，这里应该活动着醉鬼、妓女、叫花子，还有一些半疯的狗，他在这里获得了重要的线索……场景的独特性是小说成功的一个重要因素，高明的小说家总是让他的人物活动在不断变换的场景中，这既掩盖了小说家的贫乏，又调动了

① 莫言:《酒国》(原名为《酩酊国》),《莫言文集·卷2·酩酊国》，作家出版社1995年版，第329页。

读者阅读的积极性。[①]

……应该让丁钩儿泡在倒了“绿蚁重叠”的澡盆里，然后再让一个女人进来，这是惊险小说中细节……[②]

第五，还使用了鲜明的魔幻写作手法，进一步丰富了《酒国》的先锋性艺术特质。或者说，魔幻写作手法与“元小说”叙事策略相辅相成，共同构成了《酒国》斑斓多彩的艺术征象。《酒国》的魔幻色彩主要体现在以酒为媒、借助酒意醉态产生的各种变形、夸张与幻象描写上，既真实自然又酣畅超然。例如，丁钩儿一到酒国市，就被煤矿矿长和党委书记以各种名目一顿豪灌，在九杯酒下肚后，开始感到自己的身体与意识剥离，进入了一种亦真亦幻、飘飘欲仙的神秘境界。这种境界既是幻象，又是现实，是对丁钩儿的绝妙讽刺。

现在他有劝必饮，一杯接一杯，仿佛倒进无底深渊，连半点回音也没有。在他们豪饮的过程中，一道道热气腾腾、色彩鲜艳的大菜车轮一般滚进来，三位红色服务小姐，像三团燃烧的火苗，像三个球状闪电忽喇喇滚来滚去。……他满嘴香腻甜酸苦辣咸，心里百感交集，脸上的眼光在袅袅的香雾中漂游，悬在空中的眼睛，却看到各种颜色、各种形状的气味分子，在有限的空间里无限运动，混浊成一个与餐厅空间同样形状的立体，当然有一些不可避免地附着在贴壁纸上，附着在窗帘布上，附着在沙发套上，附着在灯具上，附着在红色姑娘们的睫毛上，附着在党委书记和矿长油光可鉴的额头上，附着在那一道道本来没有形状现在却有了形状的弯弯曲曲摇摇摆摆的光线上……后来他马马虎虎地感到一只生着很多指头

① 莫言：《酒国》（原名为《酩酊国》），《莫言文集·卷2·酩酊国》，作家出版社1995年版，第331页。

② 莫言：《酒国》（原名为《酩酊国》），《莫言文集·卷2·酩酊国》，作家出版社1995年版，第338页。

的手把一杯鲜红的葡萄酒递给他。残存在躯壳内的意识的残渣余孽竭尽最后的力量艰苦工作，使分离了的他看到那只手团团旋转，像一朵花瓣层叠的粉荷花。而那杯酒，也层层叠叠，宛若用特技搞出的照片，在那较为稳定，较为深重的一淀鲜红周围，漫漶开一团轻薄的红雾。这不是一杯酒而是一轮初升的太阳，一团冷艳的火，一颗情人的心——一会儿他还会觉得那杯啤酒像原来挂在天空中现在钻进餐厅的棕黄色的浑圆月亮，一个无限膨胀的柚子，一只生着无数根柔软刺须的黄球，一只毛茸茸的狐狸精——悬在天花板上的意识在冷笑，空调器里放出的凉爽气体冲破重重障碍上达天顶，渐渐冷却着、成形着它的翅膀，那上边的花纹的确美丽无比。……他的意识脱离了躯壳舒展开翅膀在餐厅里飞翔。……它钻进了一位体态丰满的红色姑娘的裙子里，像凉风一样地抚摸着她的双腿……最后它钻进她的鼻孔，用触须拨弄她的鼻毛。红姑娘打了一个响亮的喷嚏，把它像子弹一样发射出去，正碰在餐桌第三层那盆仙人掌上。反作用力使它好像挨了仙人掌一巴掌，带刺的巴掌。①

还有第九章，在描写丁钩儿于逃跑过程中，跑进一座酒楼，抢了一瓶酒喝个底朝天后，出现的幻觉，也颇具魔幻色彩和先锋特质：

更后来他漫游神逛，见水中繁星点点，一个大红月亮像一个金发婴儿跳出水面，水上乐声愈加响亮。循着乐声望去，一艘巨大画舫，正从上游缓缓驶来，舱里灯火通明，一大群古装女子，在甲板上轻歌曼舞，鼓瑟吹笙。舱里十几位衣冠楚楚的男女，围定一张桌子，猜拳行令，大喝琼浆玉液，大嚼山珍美味。那些人吃相贪婪，男女都一样，时代不同了。张着血盆大口的女人吃个老母猪不抬头，丁钩儿看得眼都花了。画舫逼近，舫上人物，鼻眼可辨，口臭可闻。丁钩儿从中看到了许多熟悉的面孔，有金刚钻、女司机、

---

① 莫言：《酒国》（原名为《酩酊国》），《莫言文集·卷2·酩酊国》，作家出版社1995年版，第43—45页。

余一尺、王局长、李书记……有一张甚至酷肖他自己。他的亲朋好友、情侣仇敌似乎都参加了这吃人的宴席。为什么说是吃人的宴席？因为那最后一盘菜依然是一位端坐在镀金的大盘子里、流着油喷着香、脸上挂着迷人微笑的丰满男孩。[①]

总之，《酒国》是一部典型而成熟的先锋小说，绝不是什么“扯淡的荒诞”。[②]当然，想读懂它，就必须撩开遮挡在它身上的先锋艺术的层层外衣，透过艺术的外相去触摸它的真实的灵魂。我们不能苛求莫言写出张平那样的反腐小说，如同不能苛求张平写出莫言这样的反腐小说，每个人都有自己感兴趣的创作路数。但遗憾的是，莫言虽然找到了先锋小说的命门所在，却没有乘胜继续下去，而是一转身，旋即投入到了新写实和新历史小说的创作中去。几年后，拿出了沉甸甸的《丰乳肥臀》。对未知领域的探索，是莫言永恒的写作课题，也是他永远面向未来的性格所决定的。莫言从来不愿意吃别人吃过的馍，也不愿意嚼自己嚼过的馍，他最大的心愿是发出自己的“独特的声音”。[③]20世纪90年代前期对《酒国》的写作，可以看作是他对先锋小说艺术未了心愿的一次成功补偿。当他完成了这次心愿之旅，写出了一部自己比较满意的先锋小说之后，他就可以心无旁骛地去开辟新的艺术世界了。

第二节　在写实的道路上初露锋芒

莫言的性格与追求决定了他不是一个追风的人，但是，当他在迷茫中不辨前路的时候，有时也难免和时风撞个满怀。就像急病乱投医，这是有可能发生在任何人身上的事情。1990年前后，在不断的摸索中，莫言实践了一回把文坛闹腾得风生水起的新写实主义写作。当时，尽管他并没有写出耀眼之作，却由此找到了一条通向皇皇巨著的必由之路，

① 莫言：《酒国》（原名为《酩酊国》），《莫言文集·卷2·酩酊国》，作家出版社1995年版，第326页。

② 杨光祖：《〈酒国〉：扯淡的荒诞》，《文学报》2014年10月9日9版。

③ 莫言：《独特的声音》，《莫言文集·小说的气味》，当代世界出版社2004年版，第294页。

这条路就是由新写实主义而走向的新历史小说写作。

在新时期文学史上，新写实主义又被称为“新写实”，萌发于 20 世纪 80 年代中后期。刘恒的《狗日的粮食》、池莉的《烦恼人生》，一向被看作是这股写作潮流的发轫之作。作为一股小说创作潮流，它有五个基本特征：其一，从创作方法来看，以写实为主，特别注重对现实生活原生态的还原描写，强调作品中呈现的现实生活应该有一种毛茸茸的活的质感；其二，从描写的内容和塑造的人物形象看，所描写的人物形象多是一些现实生活中的各类“小人物”，主要揭示他们在日常生活中的生存困境和各种物质性、精神性的烦恼，表现现实社会中“人”的尴尬处境，作品中充满了荒诞、丑恶、灰暗以及无奈之举；其三，从作品的主题意蕴看，基本上是从生命欲望的角度来阐释生存的意义，从存在的角度思考人的生命价值，侧重表现人的本能冲动和行为；其四，从作家的写作态度看，提倡作家“退出小说”，或者以“零度感情的态度”介入生活，不对生活作任何主观的价值判断。作家对生活的叙述，是一种隐匿式或缺席式的叙述；其五，从作品的结构和语言看，多采用生活流式的艺术结构和世俗化、生活化的语言，作品通俗易懂。其中，作家零度感情的写作态度和对生活的原生态描写，又是最突出的特征。1989 年，《钟山》杂志第 3 期开辟“新写实小说大联展”专栏，专门提倡新写实小说时，曾在“卷首语”中这样概括“新写实小说”:“所谓新写实小说，简单地说，就是不同于历史上已有的现实主义，也不同于现代主义‘先锋派’文学，而是近几年小说创作低谷中出现的一种新的文学倾向。这些新写实小说的创作方法仍以写实为主要特征，但特别注重现实生活原生形态的还原，真诚直面现实，直面人生。虽然从总体的文学精神来看，新写实小说仍划归为现实主义的大范畴，但无疑具有了一种新的开放性和包容性，善于吸收、借鉴现代主义各种流派在艺术上的长处。”的确，新写实小说既不同于传统的现实主义小说，也不同于现代主义先锋小说。如果说，传统的现实主义小说注重“典型化”“英雄化”“故事化”“本质化”“主观化”，那么“新写实小说”则注重“生活化”“庸俗化”“生命化”“自然化”“客观化”；如果说，先锋小说注重“形式”和“语言”

探索,那么“新写实小说”则注重对生活的自然描摹,不大关注艺术形式。但是，它又与传统的现实主义小说和先锋小说有着某种天然的联系。譬如，它仍然关注生活，注重塑造人物形象，认为生活中蕴含着无比丰富的创作素材。诚如作家方方感叹：“我们生活复杂丰富离奇的程度常常超出你的想象，最美最奇妙的构思其实也没有生活本身的事来得漂亮和巧妙，为此，想写小说，不必做什么刻意的观察乃至处心积虑地收集什么素材，闭上眼睛，你的经历便如潮涌般自动涌来，只需拈来一些，组成文字,加上姓氏,集中一起,便是人们所说的‘现实主义’小说了。”[①] 但它抛弃了传统的现实主义文学认为文学来源于生活但又高于生活的观念，抛弃了塑造典型环境中的典型人物的传统做法，积极地从西方现代主义文学中吸取思想观念和表现手法，将先锋小说的一些创作观念和艺术手法，诸如生命意识、生存境遇、荒诞、虚无观念和反讽、隐喻、滑稽、模仿、黑色幽默等手法运用到了实际创作中去，从而形成了一种中西合璧的小说创作方法和创作潮流。从新写实小说的生成机制看，它是社会文化思潮、先锋小说写作技术和现实主义小说写实手法互相妥协、“合谋”的结果。一方面，社会发展到20世纪80年代中后期，市场化经济在整个国民经济体系中占的比重越来越大，世俗化、庸俗化的社会现象越来越严重，这种社会思潮不仅解构了先前弥漫于整个社会的浓郁的政治热情，而且加剧了传统的现实主义文学终极理想的消失和大写的“人”的解体，使得社会变得越来越多元化、丰富化和戏剧性。另一方面，先锋小说在昙花一现后，遭到了前所未有的冷遇，文学暂时出现了一个真空地带。如何填补这个真空地带，与先锋小说背道而行的现实主义小说自然首当其冲。然而，经过20世纪80年代的文学反思，人们又极其反感传统的现实主义小说那种居高临下的思想指导和精神灌输，所以特意追求作家零度感情的介入和对生活原生态的真实摹写。同时，一些先锋小说作家放下了“怎么看不懂就怎么写”的高傲姿态，积极投身于新写实小说创作，无形中又为新写实小说带来了许多现代主义的写作理念和技

① 方方:《其实都是身边事》,《中篇小说选刊》1990年第3期。

巧，使得它成为了20世纪八九十年代之交最具风采和最有影响力的小说创作潮流。

莫言此时写的《爱情故事》《父亲在民伕连里》《猫事荟萃》《养猫专业户》《革命浪漫主义》《遥远的亲人》《凌乱战争印象》等作品，就具有新写实小说的艺术品格。在这些小说里，莫言将笔触聚焦于各类“小人物”和他们日常生活的细微琐事，侧重于表现人的生命欲望和本能冲动，隐藏起了作家的道德说教和好恶评判习惯，对生活的原生态进行了还原式描摹，反映出了生活的本真状态。例如《爱情故事》，先不说小说的内容所具有的新写实小说的特征，单说小说的题目就具有新写实小说的风格。新写实小说的题目一般都采用口语化、生活化的表达方式，通俗、易懂，而不像传统小说那样采取高度凝练、概括甚至是哲理化的表达方式。比如池莉的《冷也好热也好活着就好》、王朔的《我是你爸爸》、刘恒的《贫嘴张大民的幸福生活》、刘震云的《一地鸡毛》等。《爱情故事》纯粹讲的是爱情故事，没有掺杂上传统的现实主义小说中那些看似高傲、实则庸俗的理想、人生、革命的内容，而是单纯描摹了一段发生在“文革”时期男欢女爱的故事。故事的女主人公何丽萍是一个知识青年，身材很高，曾是国家少年武术队的队员，跟随武术队到欧洲表演过。适逢“文革”下乡年代，她来到农村插队落户。但是，由于出身不好，多年过去后，与她一起下乡的知青，上学的上学，就工的就工，回城的回城，唯有她仍然留在乡下。多年的苦难生活，消磨了她对未来的期盼，唯一的愿望就是好好活着。没有人想到她未来的事情，更没有人想到她年龄已大，该不该找对象，该不该结婚。故事的男主人公小弟只有15岁，无论是年龄还是身材，都与何丽萍有天壤之别。他跟随村里的大人们一起劳动，耳濡目染，初省了男女之事。一年秋天，他被生产队长派去和何丽萍、郭三老汉一起补小麦，在郭三老汉的撺掇下，他和何丽萍发生了性关系。

> 第二年，何丽萍一胎生了两个小孩。这件事轰动了整个高密县。①

① 莫言：《爱情故事》，《莫言作品系列·白狗秋千架》，上海文艺出版社2005年版，第430页。

小说采用的是生活流式的艺术结构，紧紧围绕小弟和何丽萍发生性关系叙述故事，没有任何宏大叙事的倾向。小说的语言也极其朴实，都是一些生活化、世俗化的语言，没有豪言壮语、山盟海誓，更没有哲理隐喻。小说这样写：

> 小弟感到浑身发冷，他感到嘴唇僵硬，喉咙好像被人扼住了似的。他困难地说："……郭三跟李高发的老婆干那种事儿，……每天都去……"何丽萍眯着眼，脸上的微笑闪闪发光。"……郭三骂你咧……他说你……"何丽萍眯着眼，身体摆成一个大字。小弟往前挪了一步，说："……郭三说你也想那种事……"何丽萍望着小弟微笑。小弟蹲在何丽萍身边，说："郭三要我大着胆子摸你……"何丽萍微笑着。小弟呜呜地哭起来，他哭着说："……姐姐，姐姐，我要摸你了……我想摸你了……"小弟的手刚刚放在何丽萍的胸膛上，整个人就被她的两条长腿和两只长胳膊给紧紧地盘住了……①

一切都是那样自然、真实，毫无矫饰、造作之感。《父亲在民伕连里》，原本是莫言准备用在第一部长篇小说《红高粱》中的内容，写土匪余占鳌的儿子豆官解放战争时期支前的故事，但是，由于行文风格和故事内容与《红高粱》的整体风格、内容不甚搭调，于是被莫言抽出来单独成篇，形成了现在的小说。新写实小说的主将之一方方有一篇小说，叫《祖父在父亲心中》，写的是父亲心目中的祖父，以父亲的视角透视了祖父的一生，其情其境如生活再现，鲜活醒目。在《父亲在民伕连里》，莫言也以晚辈的视角透视了父亲的一段生活，其心路历程也如亲历一般。小说的写实风格极其浓厚，显然与《红高粱》的魔幻风格不一样。

《猫事荟萃》和《养猫专业户》是两篇颇具特色的新写实小说，尤其是《猫事荟萃》，写实到了如同写散文的地步。因此，不妨说《猫事

① 莫言：《爱情故事》，《莫言作品系列·白狗秋千架》，上海文艺出版社2005年版，第430页。

荟萃》是一篇极具散文化的写实小说。散文化小说的特征是信马由缰，从容写来，想到哪儿写到哪儿，但又不乏人物和故事，寄寓着一些人生道理。这篇小说从夜读鲁迅的《狗·猫·鼠》写起，引出 1964 年“四清”运动时，发生在“我”家里的一个“四清”工作队员陈同志来“我”家吃派饭的故事，中间或叙或议，穿插了九个民间故事，从而组成了一部饶有趣味的“猫事荟萃”。第一个故事是鲁迅在《狗 · 鼠 · 猫》里讲的、也是在民间广为流传的猫教老虎本领的故事，所有的本领都教了，唯独没有教如何上树，所以猫才躲过了老虎的忘恩负义；第二个故事是《三侠五义》里描写的“狸猫换太子”的故事，虽然残酷、血腥，但却充满象征意义；第三个故事是从李六如的《六十年的变迁》中看到的源于广州的“龙虎凤大斗”的地方名菜，让人既惊悚又浮想联翩；第四个故事是祖母在招待陈同志吃饭时讲的“闲汉养猫成精”的故事，有影射人心不足蛇吞象的含义；第五个故事还是祖母讲的“八斤猫可降千斤鼠”的故事，里面套着古代“装窑”的故事，满含着忠君孝父的意思；第六个故事是鲁迅在《狗·猫·鼠》中所引用的外国人讲的童话“狗猫如何为敌”的故事，狗是怎样代虎受过的；第七个故事是祖母讲的“猫狗成仇”的故事，觉得比外国人阐释得更有道理；第八个故事是“猫转胎而生”的故事，寓意着因果相报；第九个故事是从报纸上看到的有关一只“日本猫”的故事，它创下了离家 575 日、跋涉 370 公里、横穿整个日本，又返回家乡的前所未有的纪录，真是让人感到天外有天、猫外有猫！这九个故事穿插在小说的不同地方，或由故事情节发展引起，或由作者感想而发，既能自如地放出去，又能自如地收回来，写得相当随心所欲。当然，小说的中心故事，还是围绕着陈同志来“我”家吃派饭引出的关于“四清”、关于“我”家的猫的故事，写出了当时农村、农民的困顿状况。从内容看，小说的确是一篇关于猫的“猫事荟萃”，从风格看，的确又具有散文化的写实特征。《养猫专业户》是从《猫事荟萃》中引申出来的一篇小说，其中写了在《猫事荟萃》中提到的一个人物“大响”，在改革开放后成为养猫专业户的故事。在写实性很强的故事里，开始融入了神秘特征。比如大响驱使众猫进行巫术般的表演和众鼠们在大猫的驱赶下，纷纷投水自杀的行为，就很令人感到神秘莫测。神秘，本身就是现实生活中不可分割的有机组成部分，能把神秘写实性地描述出来，更增强了生活的神秘感。

《革命浪漫主义》《遥远的亲人》《凌乱战争印象》等小说，从大的方面来说，它们是新写实小说，但是，如果从新时期文学发展的基本过程和更细致的文学形态划分来说，它们更是新历史小说。新写实小说和新历史小说有相同之处，也有不同之处。其最大的不同在于新写实小说的内涵更广，在某种程度上涵盖新历史小说，而新历史小说则更单纯。新历史小说用的是写实笔法，很多特征与新写实小说如出一辙，或者说新写实小说的基本特征就是它的特征，但是，它关注的是历史而不是现实，历史是它唯一的钟情之处。在莫言的创作历程中，虽然他的新历史小说创作此时已经起步，甚至有人把他更早的《红高粱》，也归为"新历史小说"，① 但是由于《红高粱》更多的是具有魔幻现实主义的现代派风格，他创作的新历史小说的集大成者《丰乳肥臀》又出现于1995年，所以在此我不想讨论这些小说，想把它们留到下一章节中去集中讨论。总之，莫言在1990年前后写的新写实小说，为他后来转变文风，实现创作瓶颈上的突破，起到了至关重要的作用。从此以后，写实成了他小说创作的一种主要风格。

第三节　中国古代传统小说的影响和莫言的奇人奇事小说

20世纪90年代前期，莫言还创作了一大批形式短小、类似中国古代的志人志怪小说、带有浓郁的神秘传奇色彩的小说，在当时虽然没有产生多大反响，但毫无疑问，它们是莫言这个时期最重要的收获之一，在他的创作中占有十分重要的地位。关于这批小说，莫言曾说："1990年这个暑假50天，陷入一种创作的困惑，脑子里似乎什么也没有了。找不到文学的语言了，我想我真是完了，我的创作能力已经彻底没有了……到了1991年春天，我去了一趟新加坡，又去了马来西亚。在新

① 张清华:《１０年新历史主义文学思潮回顾》,《钟山》1998年第4期。

加坡，碰到了台湾作家张大春、朱天心，大家在饭店里讲故事。张大春就向我约稿，你说的故事能不能写成每篇四五千字的小说寄给我，我在台湾帮你发表。我说好啊，回去试试……在这个暑假里，我写了 16 个短篇，《神嫖》《地道》《鱼市》《翱翔》《夜渔》《麻风的儿子》《屠户的女儿》《姑妈的宝刀》《粮食》《初恋》等……这组短篇写完以后，我感觉到恢复了写作能力，我突然感觉到又有了讲故事的兴趣和能力……我感到自己又可以写作了。”① 的确，这批小说不仅让莫言重新找回了写作的自信，丰富了他的创作类型，而且作为一种风格特异的短篇小说，其艺术上的创新，为他后来“大踏步撤退”，② 回归民间，与中国传统文学重新对接，起到了探路的作用。这批小说共有 16 篇，除去莫言上面明确提到的 10 篇之外，经过考证，还包括《辫子》《飞鸟》《地震》《铁孩》《良医》《灵药》6 篇。其中，《夜渔》《神嫖》《飞鸟》《翱翔》《地震》《铁孩》《灵药》《鱼市》《良医》，发表于马来西亚的《南洋商报》《星洲日报》，台湾的《中国时报》《联合文学》，其余篇什发表在国内刊物上。不无夸张地说，它们是当代作家莫言写的志人志怪小说，或曰奇人奇事小说。

志人志怪小说是魏晋南北朝时出现的一种小说形态。它秉承上古时代的神话与传说的神韵，承接汉代班固所定义的“街谈巷议，道听途说”之含义，将古代小说引向了成熟。其人物刻画的传神，细节描绘的精致，叙事语言的精妙，体例结构的精当，尤其是各种神乎其神、匪夷所思的人物和事件，无不为后代小说写作提供了丰富的想象经验。唐传奇就是按照这一路子发展下来的小说。到了明清时期，小说创作日臻完善，不仅出现了四大古典名著，还出现了《聊斋志异》这样一部志人志怪小说的集大成者。志人志怪小说实为两种，其一是志人小说，其二是志怪小说，二者虽然侧重点不一样，志人小说以记述人物的言谈趣事为主，重在勾勒奇人形象，志怪小说以记述怪异灵异之事为主，重在突出事件的怪诞和神秘，但由于都偏重于记述现实社会中不常见的人和事，

① 莫言：《在文学种种现象的背后——2002 年 12 月与王尧长谈》，《莫言对话新录》，第 85—86 页。

② 莫言：《檀香刑 · 后记》，作家出版社 2001 年版，第 518 页。

况且人和事又不能截然分离，所以其本质又是一样的，志人也即志怪，志怪也即志人，二者有着天然的相似之处，都带有强烈的传奇色彩和超现实的艺术表现。这一特征，在《聊斋志异》中得到了鲜明的体现。蒲松龄借助鬼狐花妖，或讥讽现实，或揭露人性，将志人志怪小说的灵异叙事推向了巅峰。莫言异常崇拜蒲松龄，他曾不止一次地表达过对蒲松龄和《聊斋志异》的熟稔和崇敬："因为职业的关系，我也算看了不少文学作品，让我难忘的女性形象，不是貂蝉也不是西施，而是我们山东老乡蒲松龄先生笔下的那些狐狸精。她们有的爱笑，有的爱闹，各个个性鲜明，超凡脱俗，不虚伪，不做作，不受繁文缛节束缚，不食人间烟火，有一股妖精气在飘洒洋溢。"[①]"从我家西行三百里，有一个地方叫淄川。300年前，在淄川蒲家庄的一棵大柳树下，坐着一个白胡子老头。他的面前摆着一张小方桌，桌上放着茶壶茶碗、烟笸箩烟袋锅。来来往往的人如果口渴了或是走累了，都可以坐在小桌前，喝一杯茶或是抽一袋烟。在你抽着烟或是喝着茶的时候，白胡子老人就说：'请讲个故事给我听吧。随便讲什么都行，奇人奇事，牛鬼蛇神……随便讲什么都行……求您啦……'他虽然白发苍苍，满脸皱纹，但眼睛却像3岁孩童的眼睛一样清澈，让人无法拒绝他的要求，何况还喝了他的茶水抽了他的烟。于是，一个个道听途说的、胡编乱造的故事，就这样变成了《聊斋》的素材。这个白胡子老头当然只能是蒲松龄，一个右胸乳下生着一块铜钱大黑痣的天才。"[②]从艺术源泉上看是受到蒲松龄《聊斋志异》的启发，从直接动机上说是因为不能爽朋友之约，莫言写了上述类似古代志人志怪小说的奇人奇事小说。

当然，莫言能够写出上述小说，也与他长期浸染的齐文化有关。齐文化是一种"尊贤尚功""崇利善变"的"实用主义的文化"，"以广收博采、融会贯通、自由奔放、积极进取为特征"。[③]追根溯源，可以追溯到远

① 莫言：《杂感十二题》，《莫言文集·小说的气味》，当代世界出版社2004版，第249页。

② 莫言：《学习蒲松龄》，《与大师约会》，上海文艺出版社2005年版，第295页。

③ 颜炳罡、孟德凯：《齐文化的特征、旨归与本质——兼伦齐、鲁、秦文化之异同》，《管子学刊》2003年第1期。

古时期的东夷文化。而无论是东夷文化还是齐文化，都充满了变革开放、多元并蓄的神秘与灵性。表现在文学创作上，就是使文学创作既追求“挥汗如雨”“摩肩接踵”的市民气息，又追求土著宗教道教羽化登仙的神秘经术。在艺术风格上，保持了东夷文化中礼教意识淡薄、喜欢虚荣夸诞、崇尚魔幻色彩的自由反叛与灵异想象。长期流传在齐文化区域的“精卫填海”“少昊鸟国”“八仙过海”等众多令人神往的民间神话传说，就是齐文化或东夷文化影响的结果。至今，在莫言的故乡高密一带，仍然流传着“秃尾巴老李”“皮狐子娘”等多姿多彩的民间故事和民间“说古”习俗。高密古属齐国，是齐文化传播的核心区域之一，自然在地域文化和民间文化中有着显著的齐文化特征。诚如莫言同时代的作家阿城所说：“莫言也是山东人，说和写鬼怪，当代中国一绝，在他的家乡高密，鬼怪就是当地的世俗构成……我听莫言讲鬼怪，格调情怀是唐以前的，语言却是现在的，心里喜欢，明白他是大才。”① 莫言在谈及他的家乡和蒲松龄以及《聊斋志异》时，也曾这样说：“我的故乡离蒲松龄的故乡300里，我们那儿妖魔鬼怪的故事也特别发达。许多故事与《聊斋》的故事大同小异。我不知道是人们先看了《聊斋》后讲故事，还是先有了这些故事而后有《聊斋》。我宁愿先有了鬼怪妖狐而后有《聊斋》。我想当年蒲留仙在他的家门口大树下摆下茶水请过往行人讲故事时，我的某一位老乡曾饮过他的茶水，并为他提供了素材。”② 也就是说，蒲松龄写作《聊斋志异》，也受到了齐文化的影响。总之，莫言能够写出充满灵异叙事色彩的小说，从文化传承的角度来说，与齐文化有关，也是自然的事情。

《夜渔》等16篇小说，颇得志人志怪小说和《聊斋志异》的神韵，无论是写人还是叙事，都写得来无踪、去无影，灵异莫测，鬼神难辨。只不过与《聊斋志异》相比，还是有一些不同的。蒲松龄写《聊斋志异》，或褒扬或贬斥，或劝慰或讥刺，主题都异常鲜明，也极具针对性，每一篇小说最后作者发表主观意见的“异史氏曰”，便是明证。而莫言无论是写人还是叙事，一般都不介绍前因后果、来龙去脉，他更讲究将所写

① 阿城：《闲话闲说——中国世俗与中国小说·39》，作家出版社1998年版，第92—93页。

② 莫言：《超越故乡》，《莫言文集·小说的气味》，当代世界出版社2004年版，第375页。

之人和所写之事播弄得更为洒脱与虚无缥缈，更注重渲染人和事的传奇性、神秘性。因此，就艺术气质来说，莫言所写的人和事，更接近古代的志人志怪小说。之所以存在这样的差别，是因为蒲松龄写《聊斋志异》，是从自己多年科举不第，有满腹牢骚要发的初衷出发的，先确定一个主题，然后再虚构一个个鬼狐花妖的故事。而莫言写奇人奇事小说，则完全是从文化熏陶和艺术探新的角度出发的，久埋在记忆深处的文化积淀，激发了他的创作灵感，于是让他有了这样一次艺术探新之旅。换句话说，蒲松龄是有的放矢，有感而发，莫言是无的放矢，为写而写。可以说，这 16 篇小说，篇篇都有神奇所在。

《夜渔》是以“我”的口吻讲述的童年时代有过的一次夜里捕捉螃蟹的神奇经历，多少年过去了，仍然记忆犹新，而且当年的一句莫名其妙的预言，竟在 25 年后变成了现实。中秋时节，蟹肥草黄。一天晚饭过后，九叔带“我”去捉螃蟹。然而，“我”与九叔等了好久，却始终未见螃蟹的影子。在焦急等待中，九叔吹起了树叶，“唧唧啾啾的怪声”，让“我”感到身上很冷。想起娘说的“黑夜吹哨招鬼”的话，“我”愈发感到害怕。就在“我”不想让九叔吹哨的时候，却发现九叔像换了一个人似的，让“我”不认识了。

> 他对我的叫唤毫无反应，依然吹着树叶，唧唧啾啾吱吱，响声愈发怪异了……伸出手去戳了一下九叔的脊背，竟然凉得刺骨。[①]

九叔的冷漠景况，以致让“我”怀疑，“这个吹着树叶的冰凉男人也许早已不是九叔了，而是一个鳖精鱼怪什么的。想到此，我吓得头皮发炸，我想今夜肯定是活不回去了”。正当“我”胡思乱想、惶恐不安时，“突然嗅到一股淡淡的幽香……我看到水面上挺出一枝洁白的荷花。……荷花的出现使我忘记了恐惧，使我沉浸在一种从未体验过的洁白清凉的情绪中。”“我”不知不觉地向荷花走去。就在“我”愈走愈陷于深水时，

① 莫言：《夜渔》，《莫言作品系列·与大师约会》，上海文艺出版社 2005 年版，第 29 页。

突然，“一只有力的大手抓住我的脖颈把我提出水面”。“我”以为是九叔把“我”从河中提上来，“但定睛一看，九叔端坐在堰上，依然那么专注痴迷地吹着树叶，没有一丝一毫移动过的迹象”。原来，是一个“面若银盆的年轻女人”救了“我”。这个女人，“头发很长，很多，鬓角上别着一朵鸡蛋那么大的白色花朵……身穿一袭又宽又大的白色长袍，在月光中亭亭玉立，十分好看，跟传说中的神仙一模一样”。这个女人不但救了“我”，还用一种神奇的方法，帮“我”捉了两麻袋螃蟹。“我”怀疑她是“神仙”或是“狐狸”，但她坚决否认，说自己是“人”。“我”用民间摸屁股看看是否有尾巴的方法验证她是不是狐狸，也没有摸到尾巴，但“我”仍怀疑：“你怎么会是人呢？哪有这么干净，这么香，这么有本事的人呢？”她说：“小东西，告诉你你也不明白。25 年后，在东南方向的一个大海岛上，你我还有一面之交，那时你就明白了。”又说：“你是个有灵气的孩子，我送你四句话，你要牢牢记住，日后自有用处：镰刀斧头枪。葱蒜萝卜姜。得断肠时即断肠。榴莲树上结槟榔。”[①]她在告诉了“我”四句没头没脑的话以后，“我”就睡眼蒙眬了。果不其然，25 年后，在新加坡的一家大商场里，“我”又依稀看到了这个女人。

> 我怔怔地望着她。她对着我妩媚一笑，转身消失在熙熙攘攘的人流里。……回到旅馆后，我突然想起了那个帮我捉螃蟹的女人，掐指一算，时间正是25年，而新加坡也正是一个东南方向的大海岛。[②]

故事发展到现在，本已十分惊奇，但更让人想象不到的是，莫言随后又用一段写实的文字，解构了这个故事，从而让故事奇上加奇。原来，捉螃蟹故事发生的第二天早上，包括九叔在内的一家人已经找了“我”一晚上，一直到黎明时分才找到了“我”。

---

① 莫言：《夜渔》，《莫言作品系列 · 与大师约会》，上海文艺出版社2005年版，第29—33页。

② 莫言：《夜渔》，《莫言作品系列 · 与大师约会》，上海文艺出版社 2005 年版，第 34 页。

据九叔说，我跟随着他出了村庄，进了高粱地，他摔了一跤爬起来就找不到我了，马灯也不见了。他大声喊叫，没有回音，他跑回家找我，家里自然也找不到，全家人都被惊动了，打着灯笼，找了我整整一夜……①

如果果真像九叔所言，那么，那个吹树叶的男人又是谁呢？总之，故事匪夷所思，根本说不清楚是梦境还是现实。也许，在一个少不更事的儿童的眼里，现实就是梦境，梦境就是现实。

如果说《夜渔》写的是奇事，那么《良医》《神嫖》写的就是奇人。《良医》中写了两个民间郎中，一个是“野先生”陈抱缺，一个是“大咬人”狗子。尤其是陈抱缺，可谓集中了中国民间良医的所有的高风亮节。不仅医术高超精湛，通仙达神，而且医德高尚，名誉乡邻。连莫言也不得不赞叹：

像陈抱缺这样的医生，其实是做宰相的材料，只因为各种各样的原因牵扯着，做不成宰相，便改道习了医。这种人都是圣人，参透了天地万物变化的道理，读遍了古今圣贤文章，几百年间也出不了几个。这样的人最后都像功德圆满的大和尚一样，无疾而终，看起来是死了，其实是成了仙。②

所以，陈抱缺那样的医生，是得了道的神仙，是吕洞宾、铁拐李一类的。③

那么，陈抱缺到底有着怎样高明的医术呢？莫言在小说中讲述了一个陈抱缺医治疑难杂病的故事。一年秋天，农民王大成由于赤着脚种麦子，不知被什么东西扎了一下，晚上又和老婆亲热，谁知到了第二天早上，

① 莫言：《夜渔》，《莫言作品系列·与大师约会》，上海文艺出版社2005年版，第33页。

② 莫言：《良医》，《莫言作品系列·与大师约会》，上海文艺出版社2005年版，第72页。

③ 莫言：《良医》，《莫言作品系列·与大师约会》，上海文艺出版社2005年版，第75页。

腿肿得水桶般粗，明光光的，几近透明，只好去求助陈抱缺。陈抱缺看了王大成的腿后，又号了号脉，便说："家去吧，让你老婆弄点好吃的给你吃，把送老的衣裳也准备准备。"王大成很是惊讶："先生的意思是说我不中了？"陈抱缺说："活不过三天了。"王大成听后，万念俱灰，回家的路上就想，与其等死，还不如早死，于是就走入了路边的一片水汪子地里。然而，刚进去不久，就感到受伤的那只脚踩到了什么东西，腿上麻酥酥一阵，低头一看，原来踩中了两只正在交尾的刺猬。腿上被刺破的地方，流出一股股黄水来。王大成顿时感到轻松了许多。他不想死了，他把腿泡在水汪子里，眼瞅着黄水流尽。三天后，他健康如初。想到当初陈抱缺的一番话，很不服气，于是就想羞辱一下陈抱缺。他再去见陈抱缺，陈抱缺很是纳闷，问："你怎么还没死？"王大成说："我回到家就等着死，等了三天也不死，特意来找先生问问。"陈抱缺听了后，感叹地说："天下真有这么巧的事？"大成问："什么事？"于是，陈抱缺解释道：

> 你的脚是被正在交尾的刺猬咬死的那条雄蛇的刺扎了，夜里你又沾了女人，一股淫毒攻进了心肾；治这病除非能找到一对正交尾的刺猬，用雄刺猬的刺扎出你腿上的黄水，然后再把腿放在浮萍水荇里泡半个时辰，这才有效。①

王大成听后，不禁愕然，说"先生真是神医，便把那天下午的遭遇说了一遍"。没想到陈抱缺说出的话更让人惊奇："这是你命不该绝，要知道刺猬都是春天交尾啊。"②一个故事，几句话，就把一个神医的形象栩栩如生地勾勒了出来。《神嫖》写的是民国初年高密东北乡出现的一个具有仙风道骨式的潇洒人物，名叫王季范。身为大户户主，却不拘小节，不重钱财，过着随心所欲的日子。他养着四个裁缝，却经常没有衣穿，因为他总是把衣服赏赐给叫花子，以至于高密县城里穿得最光鲜的是叫

① 莫言：《良医》，《莫言作品系列·与大师约会》，上海文艺出版社 2005 年版，第 72 页。

② 莫言：《良医》，《莫言作品系列·与大师约会》，上海文艺出版社 2005 年版，第 72 页。

花子；他好赌，但从不关注输赢之事，任钱到处散落；他有良田万顷，但从不过问田地里的事，任凭长工偷盗；他家里有一个正妻六个姨太太，但长期以来都是自己单屋睡。姨太太们偷了汉子，生了孩子，他也不管不问。私孩子叫他爹，他光笑不答应。尤其让人惊奇的是，有一年春节，他要嫖，不是嫖某一个女人，而是让人叫来了全高密县城所有的妓女，共发给风格化我特意个妓女。就在大家瞠目结舌地等着看他如何嫖这些女人的时候，他却让这些女人脱光了衣服到毯子上躺着，自己赤着脚在二十八个妓女的肚皮上走了一个来回，然后每人赏给一百块大洋，叫车子送她们回去，算是嫖完了，从此后给人们留下了一个永远也道不尽、说不完的话题。王季范为什么有这样稀奇古怪的性格和行为，也许大爷爷的一番话道出了真谛："季范先生是从书堆里钻出来的人，把宇宙间的道理都想透彻了。什么叫圣贤？季范先生就是圣贤。"[①] 中国传统文化把王季范造化成了一个奇人、高人，一个圣贤！

如果说《夜渔》《神嫖》是实写奇人奇事，那么，《姑妈的宝刀》《屠户的女儿》就是虚写奇人奇事。所谓"虚写"，就是笔墨所到之处，并非直面奇人奇事，而是往往讲一些似乎与人物和事件毫不搭界的鸡毛蒜皮的零碎故事，通过字里行间影影绰绰透露出来的些许意思，和整体氛围渲染出神神叨叨的气氛，再通过读者的二度想象创作，完成对奇人奇事的讲述。由于"虚写"，由于需要读者的参与解读，所以故事更加虚幻，更加引人深思。《姑妈的宝刀》，写了少年时代的"我"与孙家姑妈家的三个孙女的交往关系，写了麻风病人的儿子张大力的故事，写了三个铁匠在村子里打铁和村人们看打铁的情景，花费了大量笔墨，但是这一些却都与奇人奇事没有直接关系。与奇人奇事有关联的是开头的民歌歌谣，前半部分的对孙家姑妈的三个孙女的介绍，和最后部分的让铁匠打宝刀的情节。在这三段似乎并不经意的描写中，实际上隐藏着一个久远的关于孙家姑妈年轻时的风流韵事。民歌是这样唱的：

① 莫言：《神嫖》，《莫言作品系列·与大师约会》，上海文艺出版社2005年版，第82页。

娘啊娘，娘/把我嫁给什么人都行/千万别把我嫁给铁匠/他的指甲缝里有灰/他的眼里泪汪汪。①

对孙家姑妈的孙女是这样介绍的：

我没见过她的丈夫。但她毫无疑问是有过丈夫的，因为她有两个儿子。我没见过她的两个儿子，我只见过她大儿子的两个女儿和小儿子的一个女儿。这三个女儿年龄差不多，都是我与二姐姐的伙伴。②

孙家姑妈让铁匠打宝刀的情节，更是充满了传奇：

孙家姑妈弓着腰来了……走到炉前，铁匠们都停了手中活，没风鼓动的煤火上，火苗子软了，黑烟多了，好像要拆炉散伙的样子。孙家姑妈冷冷地问："师傅，能打把刀吗？"老韩问："您要打什么刀？"孙家姑妈从怀里摸出一条四棱的银灰色铁，递过去。老韩接了，翻来覆去地端详着，脸色阴沉着又问："您要打一把什么刀？"孙家姑妈从腰里抽出一柄银亮的刀，像抽出一束丝棉，递给老韩。老韩不敢接刀，用双手捧了那块银色灰铁，恭恭敬敬地送到孙家姑妈面前，弯腰点首地说："老人家，俺是些粗拉铁匠，打打铁镢二齿钩子，混几口窝窝头吃罢了，请您老高抬贵手。"孙家姑妈把刀弯起，缠到腰里，又伸手接了铁，揣回怀里，说："好铁匠都死净了吗？"说完话，便转身走了，三个兰跟着……铁匠们当

① 莫言：《姑妈的宝刀》，《莫言作品系列·与大师约会》，上海文艺出版社 2005 年版，第 132 页。

② 莫言：《姑妈的宝刀》，《莫言作品系列·与大师约会》，上海文艺出版社 2005 年版，第 133 页。

天晚上便卷铺盖走了，再也没有回来过。[①]

我们沿着这三段文字描述的内容往前延伸，想象一下，是不是可以复原一个孙家姑妈年轻时候充满浪漫和传奇色彩的故事？在这个故事中，是不是也有一个打铁匠，而且这个打铁匠和孙家姑妈之间曾经有过让她一辈子也忘不掉的恩怨情仇？《屠户的女儿》有异曲同工之妙。它通过一个没有脚的畸形孩子"我"的独特遭遇和感受，暗示出了一个父女乱伦导致的人生悲剧。"我"实际上是妈妈和外公生的孩子！然而，在小说中，我们始终没有看到作者对这种不伦关系的细致描写，看到的尽是妈妈如何保护"我"成长以及"我"如何遭人嘲笑、戏弄，和妈妈由此而流下的痛苦的泪水。使人想到，正是奇特的男女关系才造成了如此奇特的人生境况。

当然，莫言写作奇人奇事小说，并不完全取材于民间传说和他本人的神奇想象。有一些小说，依托时代，生发联想，或隐或现地暴露出了一定的时代背景和社会氛围，不免让人对那个时代和氛围产生了窥视的欲望。如《粮食》《灵药》《铁孩》《翱翔》等。《粮食》写的是20世纪60年代初期农村发生粮荒的事情。女主人公"伊"为了养活一家人，发明了牛羊反刍式的偷盗粮食的奇特方法。这说明，人的创造力是永远也没有尽头的，它是一切人类奇迹的源头。《灵药》写的是父亲为给奶奶治眼病，去盗割死人苦胆的故事，在搜寻苦胆这一"灵药"的过程中，隐藏着作者对于土改时期无情镇压地主那一段残酷历史的深刻反思。《铁孩》写的是大炼钢铁年代，因为父母太忙了，不能照顾孩子，得不到父母关爱的儿童发生异化的故事。通过"我"在另一个儿童铁孩的教导下学会吃铁的变异，控诉了那一段荒诞的历史。《翱翔》写的是在换亲成风的年代里，一个新娘突然会飞的故事。通过燕燕变身为鸟，飞跃到树梢上的怪异举动，反映了青年一代对旧的风俗习惯表现出来的强烈的叛逆精神。这些小说都写到了奇人奇事，但奇人奇事都有一个促发的根据、

① 莫言：《姑妈的宝刀》，《莫言作品系列·与大师约会》，上海文艺出版社2005年版，第141—142页。

原因，不能不让人深思。

总之，莫言20世纪90年代前期的创作，是斑驳陆离、丰富多彩的，一方面说明莫言对文学仍然具有高度的热情和强大的创造力，另一方面也说明莫言当时确实存在着没有找准写作方向的模糊意识。但无论如何，在那样一个文学大起大落、作家面临着是坚守还是退出的两难选择的年代，莫言能够坚持下来，并在多个方向进行不懈的艺术探索，写出风格多样的文学作品，是非常难能可贵的，也是非常有意义的。他的执著坚守与顽强探索，不仅让他继续了自己的文学梦，而且让他找到了一条通向伟大的道路。当他找到新历史主义小说创作这条道路并进行艺术实践时，迎来了以《丰乳肥臀》为代表的20世纪90年代中后期的又一次小说创作高潮。

第六章　新历史小说与莫言20世纪90年代中后期的第二次创作高潮

第一节　新历史小说的源流与莫言早期的新历史小说

新历史小说创作之所以能在新时期蔚然成风，除了受到新史学观的影响外，还是新时期文学自身发展演变的结果。它是理论和实践相互作用结成的硕果。从理论方面说，新历史主义学说诞生的时间并不早，被译介到我国并在文化学术领域产生影响的时间更晚，大体在20世纪90年代初。但是，一经引入、传播，便深入人心，立刻成为指导新历史小说创作的理论纲领。譬如，“新历史小说”作为一个文学术语用来概括这一小说创作现象，就是出现在这一时期。1993年，王彪编选的《新历史小说选》，较早地使用了“新历史小说”一词。[①] 新历史主义学说诞生于1982年，是美国加州大学伯克利分校教授斯蒂芬·格林布莱特，在《文类》杂志上撰写了一篇集体宣言，打出了“新历史主义”的旗号，标志着这一学说正式成立。其后，经过海登·怀特、蒙特洛斯等人的拥趸，逐渐趋向成熟并走向实用。就理论流派和知识谱系的生成体系而言，二战后西方盛行的结构主义和后结构主义是它诞生的理论基础，它们让人们认识到了“事物的真正本质不在于事物本身，而在于各种事物间的构造”，[②] “结构主义在本质上只是一种通过文本重新构建客体的精神活

① 王彪：《新历史小说选》，浙江文艺出版社1993年版，封面。

② [英]特伦斯·霍克斯：《结构主义和符号学》，瞿铁鹏译，上海译文出版社1987年版，第8页。

动”。[1]这些关注并强调事物内部结构的精彩论述，颠覆了传统历史主义学说在人们心目中至高无上的地位，开始让人思考起历史客体与历史文本之间的结构关系，从而奠定了新的史学理论基础。由此，人们不得不感叹：“新历史主义出自后结构主义，出自福柯的历史编纂学。”[2]从实践方面说，新历史小说创作早就存在了，要早于新历史主义学说在我国的传播。甚至有人认为，新历史小说作为一种文学艺术形式，早在中国古代文学、现代文学中就存在了。它的“源”在中国而非在西方，只不过在“流”的过程中，偶遇了西方的新历史主义学说而已。“在中国的文学史和文化史中，文学与历史很早便结下了不解之缘，最初，人们往往运用文学的叙述来表达对历史现象的认知和感悟，先秦时代堪称繁盛的‘史传文学’就是这种文学形态的胚芽。……在江湖民间，始终流淌着一股从民间立场上衍化生演而成的‘野史’‘稗史’‘家族史’的潜流，……在这里，历史终于放下了僵硬的面孔，换置上了轻松自如、随心所欲的表情，还是在这里，历史也从位居中心的庙堂之高，降迁入了江湖之远的寻常百姓家。鲁迅认为宋代的‘讲史’小说是后来历史小说的源头，而游国恩先生认定历史戏曲大抵兴盛于宋元，并渐渐演化成日后的历史文学的雏形。因此，以历史小说和历史戏曲为文体样式的民间历史文学，都是一份值得珍视的文学遗产。这时的文学，才开始显露出它的真性情来，无论是古代的六朝的志怪，还是唐宋传奇，宋元话本，特别是明清小说，如《水浒传》《三国演义》《西游记》，甚至《红楼梦》《金瓶梅》以及近代小说《孽海花》（曾朴）、现代的《故事新编》（鲁迅）、《屈原》（郭沫若）、《大泽乡》（茅盾）、《边城》（沈从文）以及‘十七年文学’中的《林海雪原》等，都是这条暗河中涌起的浪花，人数众多的有名的和无名的‘作者’，在处理历史与文学、历史与现实、客体的史实与主体的情思、史料的择取改造与历史人物风貌与心灵的重塑、历史过程动

① ［法］罗朗·巴尔特：《结构主义——一种活动》，伍蠡甫、胡经之：《西方文艺理论名著选编》（下卷），北京大学出版社 1987 年版，第 466 页。

② ［美］朱迪斯·劳德·牛顿：《历史一如既往·女性主义和新历史主义》，张京媛主编：《新历史主义与文学批评》，北京大学出版社 1997 年版，第 202 页。

态的描述与历史细部风俗真实刻画等复杂关系时，积累了丰富的经验，具备一些新历史主义文学的萌芽，而在它们身上，早已开始流淌我国当代新历史主义文学思潮的血液。”[①]论者的观点不无道理。的确，历史的长河中一直存在“野史”“稗史”“家族史”等非主流历史形态，上述所引作品也确实刻有民间化的烙印，但是，做出我国当代新历史主义文学思潮的源头在如此悠久的文学史中的论断，总让人感到有些生拉硬拽的荒诞。如果真要寻找新历史主义文学思潮的源头，可以找到新写实小说，往前追溯，还可以找到寻根文学、反思文学。总之一句话，新时期一路走来的改革开放的文学思潮，是促生新历史小说创作潮流的真正源头。改革开放带来了思想解放，思想解放诞生了反思文学。此后，改革文学、寻根文学、中国式的现代派文学、先锋文学、新写实小说，浩浩荡荡，在“写什么”和“怎么写”的艺术抉择中，不断地腾挪闪躲，四面出击，从而创造了文学的一个辉煌时代。现在文学界认可的新历史小说的代表作，最早出现的时候，有许多是被当作历史题材的新写实小说对待的，可见新写实小说和新历史小说在艺术特征上有怎样的相通之处。这种情形，直到有了“新历史小说”的称呼，才改变过来。譬如，有的文学史教材就这样评述：“除了现实生活而外，历史题材也为新写实小说所青睐，如叶兆言的‘夜泊秦淮’系列（《状元镜》《十字铺》《追月楼》《半边营》），苏童的‘妇女生活’系列（《红粉》《妻妾成群》等），刘恒的《苍河白日梦》，刘震云的《故乡天下黄花》《故乡相处流传》《故乡面和花朵》，等等。……它们除了具备新写实主义的一般特点之外，还突出历史叙述的虚构性，以历史的荒诞性、偶然性来改写‘正史’中所讲述的历史。这是又一代人所感受和理解的‘历史’，也表现出他们对传统的历史真实性和历史价值观的怀疑。这些具有‘写实’倾向的创作汇成了80年代后期至90年代的‘新’的现实主义创作潮流。”[②]

谈到新历史小说的源头，还有必要谈一谈曾经盛行于20世纪50年代至70年代的革命历史小说。如果没有革命历史小说衬托，新历史小

---

① 刘东方：《新历史主义文学思潮的“源”与“流”》，《文艺争鸣》2008年第10期。

② 王庆生：《中国当代文学》（下卷），华中师范大学出版社1999年版，第96页。

说的“新”也就无从谈起。革命历史小说是所谓的旧的传统的历史小说的一种，还有一种是记录已经过去的“正史”的小说。二者尽管表现形态不一样，但本质是一样的，它们都追求对历史本相的揭示与还原，“真实性”是它们唯一的创作原则，只不过革命历史小说，是对一段特定历史时期的社会生活的艺术反映。洪子诚曾说：“在 50 至 70 年代，说到现代中国的‘历史’，指的大致是‘革命历史’；而‘革命’，在大多数情况下是指中共领导的革命斗争。鉴于这种情形，80 年代有的研究者提出了‘革命历史小说’的概念。……它主要讲述‘革命’的起源的故事，讲述革命在经历了曲折的过程之后，如何最终走向胜利。”① 革命历史小说如果真能反映出历史的沧桑风貌、革命的艰难曲折，也不失为一种优秀的文学艺术形态，但是，由于受到大行其道的庸俗的阶级论和简单的二元对立思维模式的影响，历史本身丰厚的文化内涵被“左”倾意识形态过滤得干干净净，使得革命历史小说成了一种“在既定的意识形态的规限内，讲述既定的历史题材，以达成既定的意识形态目的”② 的功利性文学。如此一来，“真实性”的原则就在其中大打了折扣，甚至有的作品，直接被修饰成了歌功颂德的廉价的宣传品或装饰品。难道中国革命就真的像革命历史小说描写的那样一帆风顺吗？难道革命从来没有过反复、曲折吗？难道敌人就真的那样不堪一击吗？难道他们就没有一点人性吗？难道革命者总是那样完美吗？难道他们就没有一丁点儿人格缺陷？历史的原貌究竟是怎样的？历史的拐点到底是如何完成的？归根结底，历史上到底发生了什么？随着人们的思想不断得到解放，随着文学创作越来越向纵深跃进，尤其是随着西方的文化人类学、文化历史学、魔幻现实主义、精神分析学等新的方法论和科学史观的陆续引进，人们开始对上述一系列问题，展开了认真的思考。而思考的结果，就是对原先主流意识形态宣扬的那些符合历史规律的“历史”产生了怀疑。体现在文学创作上，先是出现了反思具体历史事件的反思文学创作潮流，继而出现了追寻历史根源的寻根文学创作潮流，再又出现了专注历史的虚

① 洪子诚：《中国当代文学史》，北京大学出版社 1999 年版，第 106 页。

② 黄子平：《革命·历史·小说》，牛津大学出版社（香港）1996 年版，第 2 页。

构性、荒诞性、偶然性的历史题材的新写实小说创作。至20世纪90年代前期，经过历史学界和文学界的双向跃进，新历史小说诞生需要的基本条件、文学氛围也就出现了。因此，从某种程度上说，新历史小说也是新时期文学发展到这个阶段对革命历史小说所做的一次全方位的艺术反拨。

王彪编选的《新历史小说选》和张清华写作的《１０年新历史主义文学思潮回顾》文章，都把莫言的《红高粱家族》看作是“新历史小说”或“新历史主义文学思潮”滥觞的直接触发点之一,有一定的道理。因为《红高粱家族》确实表现出了新历史小说的某些基本特征。首先，它实现了对革命历史小说内容上的“反动”。革命历史小说往往从肯定革命历史发展的必然趋势入手，描写革命的必然性和正确性，以革命者不容置疑的胜利来反衬反革命者必然灭亡的命运，从而达到歌颂革命领袖和革命政党的目的,但《红高粱家族》不是这样。它从生命角度入手，描写生命的自由澎湃，以生命活力受到外来势力压制或毁灭为前提，掀起驱除外侮、除暴安良的斗争，对抗战历史进行了一次颠覆式的改写，弥补和矫正了革命历史小说的偏漏，带有重新叙述历史或填补历史空白的企图。其次，它改变了小说主人公的塑造模式。革命历史小说的主人公，一般是共产党领导的革命队伍中的英雄人物，或是其他战线上的先锋、模范人物，他们思想纯洁，境界高尚，对党忠诚，对人民负责，对敌斗争坚决,具有先知先觉的政治敏锐性,但《红高粱家族》中的主人公，却是一个土匪出身的草莽英雄，一个至死都没有接受革命政党领导的草根农民。再次，它移转了反映革命历史的常规视角。革命历史小说在反映革命历史时，常用的视角是主流意识形态视角，作者站在胜利者、统治者的角度，对革命历史做符合主流意识形态的选择性讲述，符合意识形态的大讲特讲，甚至不惜改写、美化，不符合意识形态的则进行屏蔽或丢弃。而《红高粱家族》则站在广阔的民间的立场上，从人类社会学的视野宏观观照革命历史，从而照亮了一些被主流意识形态屏蔽掉的历史的“碎片”，如野史、稗史、家族史、民间史等。在这种视角中，一切历史场景都被还原成了人类为生存而进行的斗争，于是人性的一切包括性爱、生殖、死亡、妒忌、仇杀、战争、异化等，都堂而皇之地进入了作品，成为作者隆重描写的对象。然而，尽管《红高粱家族》有明显的新历史小说的特征，但莫言的确不是有意为之。莫言曾经讲过，他写作《红高粱》，就是为了证明给一些人看，没有经历过战争的人同样能够写出战争小说，以此来证明艺术想象在文学创作中的重要性。《红高粱家族》出版十多年后，他在台湾台北图书馆的一次演讲中，还说过这样的话："其实，在写作《红高粱家族》时，我一天到晚都处在迷迷糊糊的状态，写完了连能不能发表自己都拿不准，做梦也没有想到这样一部小说竟然成了'新历史主义'文学思潮的滥觞。如果早知道这篇小说日后能弄出这样大的动静，怎么着也应该把它弄得更漂亮一点。……不相信正史，不相信御用文人的话，宁肯相信野史，宁肯相信伟人的仆人的话，这是'新历史主义文学思潮'的一个重要特征，对此我不能否认它的正确性，但如果说在创作之初就非常明确地认识到这个问题那也是自己拔高自己。"① 在《红高粱》及其《红高粱家族》中，莫言有意识地注意到的问题，是艺术想象在文学创作中的重要性、酒神般蓬勃旺盛的生命力、与传统战争小说不一样的题材选取以及变现实为幻象而又不失其真的魔幻现实主义艺术表现手法，至于新历史主义写作，不仅是莫言，恐怕当时所有的作家都没有意识到这个问题。因为无论是"新历史小说"，还是"新历史主义文学思潮"，都是20世纪90年代以后出现的新名词、新概念。莫言的《红高粱家族》，就时间而言，充其量能够对应上文化寻根创作潮流。但是，这并不妨碍后来的人们对它进行评价、梳理、归类。就像莫言在同一次演讲中无奈告白的那样："小说家是创作的，思潮是批评家发明的。批评家发明思潮的过程就是编织袋子的过程。他们手里提着贴有各种标签的思潮袋子，把符合自己需要的作家或是作品装进去，根本不征求作家的意见，这叫作'装你没商量'。我经常给装进不同评论家的贴着不同标签的袋子里。"②

① 莫言：《我与新历史主义文学思潮——1998年10月18日在台北图书馆的演讲》，《小说的气味》，当代世界出版社2004年版，第201页。

② 莫言：《我与新历史主义文学思潮——1998年10月18日在台北图书馆的演讲》，《小说的气味》，当代世界出版社2004年版，第199页。

莫言写于20世纪80年代后期的《凌乱战争印象》《革命浪漫主义》《遥远的亲人》三部短篇小说，也带有讲述历史的民间性、偶然性、边缘性、主观性等特征，与《红高粱家族》一样，与其说是新历史小说，倒不如说是反思革命历史小说、消解崇高、回归人性的新写实小说。当然，硬把它们归类为新历史小说，甚至定性为早期的新历史小说，也没有什么不可，因为任何事物都有一个萌芽、潜伏、渐变、乍现的过程。20世纪90年代异军突起的新历史小说，在80年代中后期渐露曙光，也能够说得过去。《凌乱战争印象》对于历史叙述的“新”的特点，主要表现在以下几个方面。第一，站在民间的角度来讲述历史，解构了革命历史小说的宏大主题叙事。以往，即便是革命历史短篇小说，在讲述革命历史时，也往往有一个宏大的主题，一条鲜明的故事主线，所有的人物和故事，都是为了阐述这个主题、沿着这条故事主线而存在的。如《黎明的河边》中的革命英雄主义精神和小陈的英雄事迹，《百合花》中的军民鱼水之情和新媳妇对小通讯员的深厚情谊，《七根火柴》中的自我牺牲精神和无名战士的高尚举动，《普通劳动者》中的官兵平等和小李与林将军的劳动结合，等等。但《凌乱战争印象》却非如此。《凌乱战争印象》没有故事主线，没有宏大主题，就像小说题目本身一样，讲述了一些战争年代留给一位老人的杂乱印象。“三老爷”是当年麻湾战役的旁观者，也是小说故事的讲述者，作为当年游击队司令部的房东，他自然耳闻目睹了一些事情，但对那些事情又肯定了解得不是很清楚，更不可能知道一些关键事情的来龙去脉，所以他在讲述的时候，只能是支离破碎，挂一漏万，想起什么说什么，前一个事情和后一个事情之间没有什么必然的联系。于是，在不长的篇幅里，我们先后看到了这样一些故事：天真活泼的勤务兵小宁据说是因为偷卖子弹被枪毙；游击队姜司令有文化，讲卫生，喜欢骑高头大马，讲排场，威风凛凛；游击队中养着一位美国飞行员，飞行员也喜欢骑马；二月二，打麻湾，打了一整天，没有打下来，损失五百多人；至于怎么打的，“三老爷”说没有亲见，不敢乱说，只说：“前街上许聋子去抬担架了，回来后，痴痴巴巴了好几年。”[①]

① 莫言：《凌乱战争印象》，《莫言作品系列·白狗秋千架》，上海文艺出版社2005年版，第343页。

这样的讲述，就像生活中的边角料，根本凑不齐事物的全貌，更不用说故事的主线和宏大的主题了。它们只能算是流传在民间的闲言碎语。但是不可否认，这样的事情肯定发生过、存在过，只是因为不符合传统的革命历史小说的主题需要，被革命历史小说无情地筛选掉了。莫言站在历史的边缘，将它们找寻并还原出来，填补起了革命历史留下的空白，从而也消解了革命历史小说的宏大主题。第二，站在民间的角度观察人物，评判是非，解构了革命历史小说的英雄情结。革命历史小说描写的对象是中国现代革命史，抑或叫新民主主义革命斗争史，在长达几十的革命斗争中，中国共产党领导革命的队伍发扬大无畏的英雄主义精神，与国民党反动派、日本帝国主义进行殊死的斗争，最后取得了民族解放、人民解放的伟大胜利。这当然是一件值得大书特书的事情。但是，由于长期受庸俗的阶级论观点和二元对立模式的影响，革命历史小说在反映这一伟大的革命斗争时，有意无意地陷入了一个误区，那就是把人完全阶级化、对立化了，将一个纷纭多变的世界变成了一个阵线分明的世界，将原本说不清、道不明的复杂的人性，直接简化成了对立的革命性和反动性，而且为了展示出打倒穷凶极恶的反动派的不容易，又对革命派的英雄精神进行了人为的美化与拔高，于是久而久之，就在革命历史小说中形成了一个挥之不去的英雄情结。只要是反映革命历史的小说，其中必然有英雄模范人物，而英雄模范人物必然高大、完美。但《凌乱战争印象》不是这样。《凌乱战争印象》中，除了游击队与日本鬼子是阵线分明的两个阵营，游击队的政治身份并不清楚。它们是共产党领导的游击队，还是国民党领导的游击队，抑或是自发的抗日游击队？作者没有交代，读者也不好揣测，但能肯定一点，它们是中国人组成的抗日游击队。其实，有这一点就足够了。这样，小说就在一个更加广阔的时空背景上，将中国人民同仇敌忾的抗日情绪，淋漓尽致地反映了出来。莫言故意淡化人物的政治色彩，既是对革命历史小说机械地反映革命斗争历史习惯做法的一种修正，也是对革命斗争历史的真实面貌的一种还原。实际上，在强敌入侵、民族存亡的抗战时期，站在抗日斗争最前沿的，不仅有中国共产党领导的革命军队，也有国民党领导的政府军队，还有各式各样的民众团体，他们都是中华民族的优秀儿女。另外，作者在写到抗日游击队的时候，也不像革命历史小说那样，经常把游击队的官兵写得像地痞、流氓、土匪，非改造不足以成为一支抗日队伍，而是把游击队写得像模像样，不仅纪律严明，而且训练有素。即便是具体到每个人，也都有不凡的出身和经历。就像小说中“三老爷”的感叹：

> 你别觉得游击队里净是些大字不识一筐的乡巴佬，错了，你把游击队看低了，你爷爷那种游击队是一种游击队，姜司令的游击队又是一种游击队。
>
> 姜司令……进过矿业学院，还在报社里当过记者。姜司令写得一手好毛笔字，画一手好牡丹花……姜司令会说英语吗？说得挺溜，他叽里咕噜地和美国飞行员说着洋文，美国飞行员擎着颗孩子般的大头，傻不愣登地听着。
>
> 参谋长吕颂华，留学东洋，一口日本话说得可是好。
>
> 电台台长栾山风，北京清华大学毕业，后来听说当了青岛广播电台台长。
>
> 军法处长刁光旦，北京朝阳大学毕业，下一手好棋。
>
> 秘书处长丁芸础，北京中国大学毕业。
>
> 军医处长张法鲁，留学美国，能开膛破肚为人治病。①

这样的队伍和人员素质，根本不是革命历史小说中的队伍和人员所能比拟的。第三，不溢美，不隐恶，写出了人的真性情和革命斗争的残酷性。革命历史小说中，人性只有阶级性，没有普遍性，所以正面人物总是高大完美，没有缺点，反面人物总是卑琐龌龊，没有优点。革命队伍只能打胜仗，不能打败仗。革命军人即使牺牲，也是慷慨激昂地赴死，不能窝窝囊囊地冤死。其实，这是极其不符合人性和战争规律的。《凌乱战争印象》中，莫言对其进行了改写与还原。在“三老爷”的口中，姜司

---

① 莫言：《凌乱战争印象》，《莫言作品系列·白狗秋千架》，上海文艺出版社2005年版，第341页。

令的形象还算比较正派，他疾恶如仇，治军严明，自己的一母同胞兄弟犯错，也决不轻饶。但是，他又有着男性惯有的通病，对女人比较感兴趣，住在“三老爷”家时，与三老妈私通，生下了一个非常像他的孩子。强攻麻湾，打了一天一夜，也没有打下来，让队伍损失了五百多人，这说明他的军事领导才能也不突出。总之，《凌乱战争印象》改变了对革命历史的书写习惯，符合新历史小说的基本特征。

如果说《凌乱战争印象》写了一个风烛残年的老人对战争的记忆，颠覆了革命历史小说对战争的描写，那么，《革命浪漫主义》就是通过一个当代的新兵蛋子与一个从战争年代走过来的老红军战士亲密无间的对话，探讨了战争的真正含义。从亲历者的角度，驳斥了以前的文学作品对战争的虚假描写。就像作者在作品中写道的：

> 我要用亲身经历的铁的事实，粉碎你头脑中的虚假革命浪漫主义观念，帮你树立真正的革命浪漫主义观念。[①]
>
> 革命浪漫主义与虚假革命浪漫主义的根本区别在于：前者把人当人看，后者把人当神看；前者描画了出生的婴儿，不忘记不省略婴儿身体上的血污和母亲破裂的生殖器官；后者描画洗得干干净净的婴儿躺在母亲温暖的怀抱里，母与子脸上都沐浴着天国的光辉。[②]

在作者看来，真正的革命浪漫主义就是要写出战争的原始本真状态，不忽视、不遗漏任何微小的生活细节。也许，战争中偶然发生的一件微不足道的事情，就会改变一个人的命运，或者一段历史的进程。譬如，新兵蛋子刚上战场，就踩上了越军的地雷，被炸掉半个屁股，丧失了大展宏图的机会；老红军身经百战，战功卓著，但因被子弹打掉了传宗接代

---

① 莫言：《革命浪漫主义》，《莫言作品系列·白狗秋千架》，上海文艺出版社 1995 年版，第 353 页。

② 莫言：《革命浪漫主义》，《莫言作品系列·白狗秋千架》，上海文艺出版社 1995 年版，第 357 页。

的工具，一辈子只能憋屈地活着；老红军的连长因为水性好，勇敢地担负起探路的重任，却不料被湍急的河流瞬间吞没了；老红军的班长因为举着火把上茅坑，不小心燃着了老乡的茅草棚，被严明的军纪处死了。所有这一切，都是突发和偶然的，但是它们对于个人来说，影响却是深远的。小说如此来探讨战争，实际上是突出了偶然性在历史中的作用，说明历史不仅仅是书本上写着的历史，还有许多没有进入历史的历史。没有进入历史的历史，在历史的进程中，也许有着比进入历史的历史更突出的作用，更丰富的内涵，更值得探讨、挖掘，更具有进入文艺作品的潜在资质。

准确地说，《遥远的亲人》更像一篇新写实小说，但因为它又有历史的内涵，所以称作"历史题材的新写实小说"更为确切一些。在这部作品中，莫言借由历史造成的人生悲剧说事，反映了人和人之间不同的价值观、爱情观以及由价值观、爱情观引发的不同的人生境况。四十多年前，八叔一去不返，留下了新婚不久的八婶。在漫漫的人生长路中，八婶不仅备受失去夫婿的煎熬，还要承受来自婆母和姑嫂们的奚落，尤其是在最困难时期，为了渡过难关，养活儿子盼儿，不得已接受了一个外姓男子的接济，养了一个私生子熬儿，这在婆母看来，更是大逆不道。所以，尽管八婶想方设法为公婆尽孝，但仍然一直不被婆母和姑嫂们接受。八婶之所以委曲求全、受尽刁难，也不与婆家脱离关系，除了要给孩子找一个"家"的归宿外，还有一个重要原因，就是她一直相信八叔仍然活在人间，她要坚守自己的爱情。果不其然，几十过去后，八叔从遥远的台湾来信了。八婶听说后，连夜冒着大雪来讨看信件，但遭到了婆家大姑、小姑的拒绝。最后，在保证不要八叔一分钱的前提下，她才看到了信笺和照片。当她看到簇拥在八叔身边的是妻子、儿女齐全的一个幸福的家庭时，她深深地失望了，看了好久，才把照片还给小姑，然后对盼儿说："走吧，回家去，熬儿呢？"[①] 这最后一句"回家去"，道出了八婶的满腔心酸！多少年来，她一直把婆家看作是自己的"家"，

① 莫言：《遥远的亲人》，《莫言作品系列·白狗秋千架》，上海文艺出版社 2005 年版，第 407 页。

受尽冤屈也不愿离开这个“家”。然而，她没有想到，苦苦等待的竟然是这样一个结果。因此，她在婆家喊出了“回家去”的声音。显然，这个“家”,已不是婆家,而是以前那个她一直居住着却被当作驿站的住地，现在她终于意识到，那才是属于自己的真正的“家”。“家”的意义的前后变化，蕴含着多少历史的沧桑巨变啊！

进入20世纪90年代，莫言忙于重新寻找人生的坐标体系，重新定位写作方向，左冲右突，没有在刚刚开启的新历史小说领域继续掘进，使得自己在新历史小说创作上耽搁了一段时间。直到1995年《丰乳肥臀》问世，才回归此路。要知道，20世纪90年代前期，正是新历史小说创作如火如荼的时候，陈忠实的《白鹿原》、王安忆的《长恨歌》、高建群的《最后一个匈奴》等长篇巨著，都出现在这个时期。但是，由于莫言已经有了这方面的写作经验，尤其是随着西方新历史主义学说的传播和莫言对于“历史是什么”的认识越来越深刻，所以，他一出手写作《丰乳肥臀》,就立刻同上述作家、作品一起，站在了新历史小说的制高点上。

第二节　新历史小说的扛鼎之作:《丰乳肥臀》

《丰乳肥臀》写作于1994年，发表、出版于1995年，是莫言20世纪90年代最重要的作品。张清华在《叙述的极限》一文中评价说，这是一部“通向伟大的汉语小说”,“一部真正具备了‘诗’和‘史’的品格，一部富有思想和美学含量的磅礴和宏伟的作品”，并且坚定地认为，“它是新文学诞生以来迄今出现的最伟大的汉语小说之一——至少它已经具备了某些这样的品质。就思想的深度和艺术的容量而言，不管是在当代，还是在整个20世纪的新文学中，能够和它媲美的作品可以说寥寥无几”。[①] 莫言也一直非常看重这部作品，不止一次地说过这样的话:“在我20年的创作过程中，写下了将近四百万字的作品，《丰乳肥臀》集中地表达了我对历史、乡土、生命等古老问题的看法。……毫无疑问,《丰

① 张清华:《叙述的极限》,《当代作家评论》2003年第2期。

乳肥臀》是我的文学殿堂里的一块最沉重的基石，一旦抽掉这块基石，整座殿堂就会倒塌。”[①]“我认为《丰乳肥臀》是我迄今为止最沉重的一本书，也是感情包含最丰富的一本书。不管这本书遭受过什么样的命运，如果要说代表作的话，这本书就是我的代表作。”[②]“我坚信将来的读者会发现《丰乳肥臀》的艺术价值，……最近我把《丰乳肥臀》润色了一下，……在修改的过程中，我更加明确地意识到，《丰乳肥臀》是我的最为沉重的作品，还是那句老话，你可以不看我所有的作品，但你如果要了解我，应该看《丰乳肥臀》。”[③]这些话，虽然绝大多数说于上世纪末或本世纪初，距现在已有十多年的时间，在这十多年的时间里莫言又有多部长篇巨著问世，但不可否认的是，如果考察莫言的创作，不难发现，《丰乳肥臀》仍然是他的一部有代表性的重头作品。

《丰乳肥臀》的直接写作机缘是莫言母亲去世，间接写作机缘是莫言多年前看过的一尊女性雕像和偶遇的一个生活场景。“1994 年我的母亲去世后，我就想写一部书献给她。我好几次拿起笔来，但心中总是感到千头万绪，不知道该从哪里动笔。这时候我想起了几年前在地铁出口看到的那个母亲和她的两个孩子，我知道了我该从哪里写起。”[④]这里，莫言提到的那个母亲和她的两个孩子，是莫言 1990 年偶遇的一个场景。“1990 年秋天的一个下午，我从北京的一个地铁口出来，当我踏着台阶一步步往上攀登时，猛然地一抬头，我看到，在地铁的出口那里，坐着一个显然是从农村来的妇女。她正在给她的孩子喂奶。是两个孩子，不是一个孩子。这两个又黑又瘦的孩子坐在她的左右两个膝盖上，每人叼着一个奶头，一边吃奶一边抓挠着她的胸脯。我看到她的苦瘦的脸被夕

① 莫言：《我的离经叛道——1999 年 7 月与〈丰乳肥臀〉日文译者吉田夫妇对话》，《莫言对话新录》，文化艺术出版社 2010 年版，第 240 页。

② 石一龙、莫言：《故乡 · 梦幻 · 传说 · 现实——著名作家莫言访谈录》，《小说的气味》，春风文艺出版社 2003 年版，第 158 页。

③ 莫言：《在文学种种现象的背后——2002 年 12 月与王尧长谈》，《莫言对话新录》，文化艺术出版社 2010 年版，第 106 页。

④ 莫言：《我的〈丰乳肥臀〉——2000 年 3 月在哥伦比亚大学的演讲》，莫言文集《小说的气味》，当代世界出版社 2004 年版，第 185—186 页。

阳照耀着，好像一件古老的青铜器一样闪闪发光。我感到她的脸像受难的圣母一样庄严神圣。我的心顿时涌动起一股热潮，眼泪不可遏止地流了出来。我站在台阶上，久久地注视着那个女人和她的两个孩子。许多人在我的身边像影子一样滑过去,我知道他们都在用好奇的目光看着我，我知道他们心里会把我当成一个神经有毛病的人。后来，有人拉了一下我的衣袖，才把我从精神恍惚的状态中唤醒。拉我衣袖的人是我的一个朋友，她问我为什么站在这里哭泣？我告诉她，我想起了母亲与童年。她问我：是你自己的母亲和你自己的童年吗？我说，不是，不仅仅是我的母亲和我的童年。我想起了我们的母亲和我们的童年。”① 实际上，莫言对母亲、母爱的感受、感恩由来已久。当年在解放军艺术学院学习时，就经受过一次感情上的猛烈冲击，给了他写作上的强烈冲动。“十几年前，我在解放军艺术学院文学院读书时，在一节美术欣赏课上，观看了前来授课的中央工艺美术学院孙教授携来的一部幻灯片。……几年过后，那部幻灯片里展示过的那么多华美亮丽的人体都变得模模糊糊犹如一团雾,但唯一一张照片却难以忘记。这是那部幻灯片展示的第一张照片——一个据说是很古老的人类不知用什么器具弄出来的石雕像。乍一看这石雕像又粗糙又丑陋：两只硕大的乳房宛如两只水罐，还有丰肥的腹与臀，雕像的面部模糊不清。但她立在那儿简直是稳如泰山。……每当我回忆起这尊雕像，就感到莫名的激动，就感到跃跃欲试的创作的冲动，就仿佛捏住了艺术创作的根本。……可以说《丰乳肥臀》的创作从那堂美术欣赏课后就开始了，尽管要写什么、怎么写，我是很久后才清楚的。那尊女性雕像，其实是我们共同的母亲，是母亲的最物质化、最形象性的表现。……我终于明白想起那雕像就激动就冲动就充满自信是因为母亲的力量，是母亲生养我哺育我和我建立了血肉联系才会产生的一种血亲的力量。”② 当然，毋庸讳言，对母亲、母爱最刻骨铭心的感受，还是来自他自己的母亲。莫言的母亲是一个受了一辈子苦的传统乡村妇女。幼

① 莫言：《我的〈丰乳肥臀〉——2000 年 3 月在哥伦比亚大学的演讲》,《小说的气味》，当代世界出版社 2004 年版，第 185 页。

② 莫言：《〈丰乳肥臀〉解》,《光明日报》1995 年 11 月 22 日。

年失怙，15岁出嫁，一生经历了生育、饥饿、病痛、战争、灾难等带来的各种痛苦。到了晚年快要享上福了，却因肺心综合征不治去世。生儿育女八人，却只存活了四个，莫言作为最小的孩子，吃奶吃到上小学。每当想到这些，莫言都自责、痛悔不已，“我想起母亲挺着大肚子（那次她怀着双胞胎）头顶烈日在打麦场上操劳的情景。……我想起背着脚生毒疮的我去卫生所换药的情景。……我想起年老体弱的母亲背着我的女儿、牵着二哥的儿子站在河堤上盼望着孩子们的母亲从地里回来为孩子哺乳的情景，……我想起了我上小学2年级了还要吃奶的情景，我是母亲沉重的累赘，我童年时给她老人家闯了多少祸呀”。[①] 有感于自己的母亲和普天下所有的母亲对人类的馈赠与奉献，在母亲去世之后，莫言决定写篇纪念文章，来告慰母亲的在天之灵。他说：“我决定不写那种零打碎敲的小文章分散和稀释我的感情，我决定写一篇大文章献给母亲，写一部长篇小说告慰母亲在天之灵。”[②] 当他按照创作习惯，先要给小说命名一个题目时，那个远古时期的母亲雕像突然出现在他面前，于是就有了《丰乳肥臀》这个书名。至此，《丰乳肥臀》水到渠成。

《丰乳肥臀》是一部经典的新历史小说，具备新历史小说的所有特征。第一，是叙事立场的民间化。何为民间？无外乎两种解释，一指民众之间，二指非官方的，综合起来，就是指国家、政府、阶级、军队、政党、团体等集体形象之外的广阔的社会领域。非专指乡土乡民，也包括市井庶民；非专指民主精华，也包括封建糟粕，甚至是藏污纳垢。在民间，国家权力控制相对薄弱，人民生活自由自在，维系社会秩序正常存在的是千百年来约定俗成的传统文化礼仪，任何现代社会的政治规范和道德说教都于事无补，人们凭借着原始的生命力迸发出对生活的热爱与憎恶，到处洋溢着一种本能欲望驱使的蓬勃生命力。那么，什么又是叙事立场的民间化？即站在民间的立场上来叙事说人的民间写作。在莫言看来，不受任何约束的自由自在的个人写作就是民间写作。“我的作品是为了表现我自己的观点，我不管你是什么旋律，我就按照我的想法

① 莫言：《〈丰乳肥臀〉解》，《光明日报》1995年11月22日。

② 莫言：《〈丰乳肥臀〉解》，《光明日报》1995年11月22日。

来写，这就是比较纯粹的民间写作了。”[①] “民间写作，我认为实际上就是一种强调个性化的写作，谁的写作张扬鲜明的个性，谁就是真正的民间写作。”[②] 相反，如果“一个作家为了受到某种嘉奖，来讨好某些人、某个团体，牺牲自己的东西，当然就不是一种民间写作”。[③] 因此，莫言觉得民间写作的意义就在于启发“每个作家都该有他人格的觉醒，作家自我个性的觉醒”。[④] 唯有如此，作家才能写出真正优秀的作品来。为此，他还将自己的认识上升到理论的高度，提出了“作为老百姓的写作”的概念。“我认为，所谓的‘为老百姓的写作’其实不能算作‘民间写作’，还是一种准庙堂的写作。当作家站起来要用自己的作品为老百姓说话时，其实已经把自己放在了比老百姓高明的位置上。我认为真正的民间写作就是‘作为老百姓的写作’。”[⑤] 因为在莫言看来，“为老百姓写作”好似“很谦虚很卑微”，“听起来有为人民做马牛的意思，但深究起来，这其实还是一种居高临下的态度。其骨子里的东西，还是作家是‘人类灵魂工程师’‘人民代言人’‘时代良心’这种狂妄自大的、自以为是的玩意儿在作怪”。[⑥] 如果继续用这种心态写作，即便是写出民间，那也是“粉刷过的民间，就是伪民间”。[⑦] 而作为老百姓写作，就会用老百姓的眼光来打量评判一切，“在写作的时候，没有想到要用小说来揭露什么，

① 莫言：《在文学种种现象的背后——2002 年 12 月与王尧长谈》，《莫言对话新录》，文化艺术出版社 2010 年版，第 128 页。

② 莫言：《在文学种种现象的背后——2002 年 12 月与王尧长谈》，《莫言对话新录》，文化艺术出版社 2010 年版，第 129 页。

③ 莫言：《在文学种种现象的背后——2002 年 12 月与王尧长谈》，《莫言对话新录》，文化艺术出版社 2010 年版，第 129 页。

④ 莫言：《在文学种种现象的背后——2002 年 12 月与王尧长谈》，《莫言对话新录》，文化艺术出版社 2010 年版，第 129 页。

⑤ 莫言：《作为老百姓写作——2001 年 10 月 24 日下午在苏州大学演讲》，《小说的气味》，当代世界出版社 2004 年版，第 123 页。

⑥ 莫言：《作为老百姓写作——2001 年 10 月 24 日下午在苏州大学演讲》，《小说的气味》，当代世界出版社 2004 年版，第 123 页。

⑦ 莫言：《作为老百姓写作——2001 年 10 月 24 日下午在苏州大学演讲》，《小说的气味》，当代世界出版社 2004 年版，第 127 页。

来鞭挞什么，来提倡什么，来教化什么，因此他在写作的时候，就可以用一种平等的心态来对待小说中的人物。他不但不认为自己比读者高明，他也不认为自己比自己作品中的人物高明”。[①] 作家“最好不要担当道德的评判者”，“对与错，是时间的也是历史的观念决定的”。[②] 显然，“作为老百姓的写作”，强调了作家的民间写作立场。

《丰乳肥臀》的民间写作立场主要体现在对历史的还原性描写上。小说通过精心塑造的母亲这一形象，体现出了这一点。可以说，上官鲁氏不仅是历史的亲历者、见证者，还是历史的感受者、评判者，她的一言一行、一举一动，无疑是来自民间的最有说服力的历史诠释。在你方唱罢我登场的乱世中，上官鲁氏本身就是苦难的承载者，历史的化身。由于丈夫不能生育，而婆家又受制于“不孝有三，无后为大”的传统思想，使得她不得不跳出传统妇教的制约，接受来自方方面面的野汉子的恩泽雨露，在连续生了八个女儿之后，终于得到了一个宝贝儿子上官金童。如果说，有了儿子只是完成了人生目标的第一步，是一个普通农村妇女人生夙愿的初步达成，标志着民间生存观念在广阔的乡村有着顽强的生命力，那么在面对儿女们的婚姻大事时，尤其是面对不同党派、不同阶级、不同群体的纷纭争斗时，上官鲁氏总是用一个乡村妇女、一个母亲的态度来对待一切，更加表现出了鲜明的民间立场。沙月亮、司马库、鲁立人、鸟儿韩、孙不言、巴比特，是上官鲁氏的六个女婿，他们来自不同的阵营，有着不同的性格特征和命运归宿。但不管是谁，不管他们在传统的价值体系里是革命的、反革命的，还是不革命的，上官鲁氏在看待、评价他们的时候，总是站在一个丈母娘对待女婿的立场上，丝毫不受时局和政治的影响。在她的眼中，沙月亮是奸诈的，司马库是豪爽的，鲁立人是背信弃义的，鸟儿韩是耿直的，孙不言是粗鲁的，巴比特是神秘的。她认为沙月亮斗不过鲁立人，司马库也斗不过鲁立人，而事实也

---

① 莫言：《作为老百姓写作——2001 年 10 月 24 日下午在苏州大学演讲》，《小说的气味》，当代世界出版社 2004 年版，第 123—124 页。

② 莫言：《作为老百姓写作——2001 年 10 月 24 日下午在苏州大学演讲》，《小说的气味》，当代世界出版社 2004 年版，第 126 页。

正是如此。不是因为他们没有智慧，没有勇气，而是因为他们不如鲁立人那样冷酷无情。将无情、冷酷安在一个共产党人身上，显然不是革命历史小说所为，已经带有了重新解构历史传统的企图。所以，在上官鲁氏看来，谁坐天下无所谓，只要不折腾老百姓就行。小说中，当鲁立人的爆炸大队解决了司马库的队伍，抓住了司马库，鲁立人的老婆上官盼弟洋洋得意地对她说："我们把天下夺回来了！"她也只是望着乱云奔腾的天空，呢喃自语："主啊，你睁开眼睛看看吧，看看这个世界吧……"[①]并且央求鲁立人，放了司马库：

> 他五姐夫，你们这样折腾过来折腾过去，啥时候算个头呢？……我一个妇道人家，本不该多嘴，你能不能放了他们？怎么着他们也是你的姐夫妹夫小姨子。[②]

上官鲁氏对历史的朴素认识，还体现在一视同仁地对待所有的外甥们身上。不论是谁的种，哪个阶级政党的后代，她都把他们看作是自己的至亲骨肉，从不厚此薄彼。对历史的还原性描写，还体现在上官家的女儿们对爱情的追求上。无论是上官来弟与沙月亮，上官招弟与司马库，上官领弟与鸟儿韩，上官盼弟与鲁立人，上官念弟与巴比特，还是上官来弟后来与鸟儿韩，上官领弟后来与孙不言，她们每一个人与男人的结合，最初无一不是情欲的产物。即便是结合后受到了男人们所在政党的思想的影响，也是首先受到了自家男人的影响，然后才多多少少地受到了某个政党的影响，颇有点嫁鸡随鸡、嫁狗随狗的传统味道。例如，大姐上官来弟的表现就很有代表性。在鲁立人声讨沙月亮不该投降日寇时，她只是说："这是老爷们的事，别跟我一个妇道人家说。"[③]这一点，完全不同于传统的革命历史小说经常出现的志同道合的描写。在传统的革命历史小说里，由于有相同的人生目标，青年人才能最终走到一起，成为

---

① 莫言：《丰乳肥臀》，当代世界出版社 2004 年版，第 216 页。

② 莫言：《丰乳肥臀》，当代世界出版社 2004 年版，第 225 页。

③ 莫言：《丰乳肥臀》，当代世界出版社 2004 年版，第 144 页。

革命的伴侣或者反革命的伴侣。《丰乳肥臀》中的女儿们与不同的男人结合，完全是因为疯狂的、非理性的爱，丝毫没有政治的、阶级的因素作祟。

第二，是历史视角的个人化。历史的天空里到底发生了什么？而后人又应该如何叙述历史？前面，已经通过对传统史学观和新历史主义史学观的叙述，做了较为详细的说明。显然，莫言是赞同新历史主义史学观的。他在很多文章和谈话中，反复陈述过类似的观点。“作家与现实的关系是难以摆脱的，任何一个作家的创作都不可能不受到时代的局限或者影响，即便是写远古的生活，你写远古生活也是作为一个现代人写，现代生活中的所有气息，势必都要反映到你所描写的远古生活中去，如果写历史那就更是这样。任何历史小说都浸透了作家的现代性，完全是原汁原味地复制历史，第一，没有意义；第二，也不可能。”[①]“从教科书上看到的历史，泾渭是很分明的，但一旦具体化之后，一旦个体化之后，就会发现与教科书上大不一样。究竟哪个历史才是符合历史真相的呢？是‘红色经典’符合历史的真相呢还是我们这批作家的作品更符合历史真相？我觉得是我们的作品更符合历史的真相。”[②]“小说家并不负责再现历史也不可能再现历史，所谓的历史事件只不过是小说家把历史寓言化和预言化的材料。历史学家是根据历史事件来思想，小说家是用思想来选择和改造历史事件，如果没有这样的历史事件，他就会虚构出这样的历史事件。所以，把小说中的历史与真实的历史进行比较的批评，是类似于堂·吉诃德对着风车作战的行为，批评者自以为神圣无比，旁观者却在一边窃笑。”[③]“我认为小说家笔下的历史是来自民间的传奇化了的历史，这是象征的历史而不是真实的历史，这是打上了我的个性

① 莫言：《在文学种种现象的背后——2002年12月与王尧长谈》，《莫言对话新录》，文化艺术出版社2010年版，第168页。

② 莫言：《在文学种种现象的背后——2002年12月与王尧长谈》，《莫言对话新录》，文化艺术出版社2010年版，第174页。

③ 莫言：《我的〈丰乳肥臀〉——2000年3月在哥伦比亚大学的演讲》，《莫言文集·小说的气味》，当代世界出版社2004年版，第189—190页。

烙印的历史而不是教科书中的历史。但我认为这样的历史才更加逼近历史的真实。因为我站在了超越阶级的高度，用同情和悲悯的眼光来关注历史进程中的人和人的命运。……时至21世纪，一个有良心有抱负的作家，他应该站得更高一些，看得更远一些。他应该站在人类的立场上进行他的写作，他应该为人类的前途焦虑或是担忧，他苦苦思索的应该是人类的命运，他应该把自己的创作提升到哲学的高度，只有这样的写作才是有价值的。”[①] 由于莫言信服新历史主义史学观，所以他在《丰乳肥臀》中，才把一部波澜壮阔的近现代史缩微或者还原成了一部家族史，通过一个家庭中诸位成员的经历和命运变迁，将个人的命运、家族的命运和国家民族的命运紧紧地联系了起来，以鲜明的个人化视角，实现了对百年中国历史的解构与重构，表达了自己的历史观念。“通过对这个家族的命运和对高密东北乡这个我虚构的地方的描写，我传达了我的历史观念。”[②]

在《丰乳肥臀》中，莫言的个人化写作视角主要表现在对一些历史事件或一些革命历史小说中经常出现的经典场面的颠覆与改写上。比如说土改。在人们的印象中，土改是共产党取得政权后进行的第一场伟大的斗争，目的是将原先集中在少数人手里的土地拿出来，分给没有土地的人们，实现耕者有其田的主张。应该说，这是一场造福于人民大众的伟大改革，是新民主主义革命转向社会主义革命的必由之路，许多地区的土改运动搞得相当成功。以前有许多作品反反复复地歌颂了它的伟大，如丁玲的《太阳照在桑干河上》、周立波的《暴风骤雨》等。然而，不能否认的是，在相当多的地方，由于执行政策过了头，出现了一些打、砸、抢、烧、杀的极“左”现象，严重破坏了土改运动的正义性、积极性。例如当年的“湖西”地区，《丰乳肥臀》所描写的潍北解放区和胶东解放区，就曾出现过过火的极“左”现象。这些极“左”现象，在以前的

① 莫言：《我的〈丰乳肥臀〉——2000年3月在哥伦比亚大学的演讲》，《莫言文集·小说的气味》，当代世界出版社2004年版，第189页。

② 莫言：《我的〈丰乳肥臀〉——2000年3月在哥伦比亚大学的演讲》，《莫言文集·小说的气味》，当代世界出版社2004年版，第189页。

小说中是不能写的，只有到了新时期，才在文学创作中有所反映。张炜的《古船》是较早描写这类现象的作品之一。莫言汲取了前人的创作经验，本着还原历史的态度，也写了土改中出现的各种丑恶现象，让人们认识到了一个更真实、更全面、更触目惊心的土改运动。其中，塑造了一个大人物、所谓的土改专家张生的形象。他打着“打死一个富农，胜过打死一只野兔”[①]的口号，领导了高密东北乡的土改运动，除了斗地主、分土地、分浮财之外，还变换着理由，残酷地杀害靠各种手段勤劳致富的人们，连他们的孩子都不放过，实在太过分了。对于这段描写，莫言曾从史料的角度分析说：“山东昌潍地区还乡团如此猖獗，报复得那么惨烈，一星期之内杀了两千三百多位共产党员基层干部和土改积极分子，就是因为在土改过程中，执行了康生的极‘左’政策，把地主富农打死了很多，而且斗争了中农，每人都有份，每人都要来砸一下，号称‘抹血政策’，……我小说里写了一个张生，实际上就是写康生。紧接着国民党 1947 年重点进攻山东，还乡团跟着回来了，回来肯定要报仇，你杀了我的爹，我能不报仇？人之常情嘛。一报仇肯定要变本加厉。还乡团的疯狂屠杀，与土地改革极‘左’政策有直接关系。”[②]再比如说还乡团的暴行。还乡团进行疯狂的报复是历史事实，上述引文也说明了这一点。对于还乡团的暴行，以前的革命历史小说没有少写，以至于每当提到还乡团，人们的脑海里马上就会浮现出众多惨无人道的血腥场面。然而问题是，所有的还乡团都是那样惨无人道吗？所有的人都是那样冷酷无情、没有一丁点儿人性吗？莫言在小说中也尝试着做了一些改写，体现出了莫言的一贯追求，即“把人当人写”，反映出了莫言的个人化写作历史的欲求。还有抗日与军民关系。小说中直接写到的两次抗日战斗，一次是沙月亮伏击日军，司马库火烧村头石桥，一次是司马库破坏铁路桥梁，招致日本人的疯狂报复。而这两次战斗，直接缘起都不是革命历史小说中宣扬的家国仇恨，而是利益抗争。日军的到来，给土匪沙月亮

---

① 莫言：《丰乳肥臀》，当代世界出版社 2004 年版，第 234 页。

② 莫言：《在文学种种现象的背后——2002 年 12 月与王尧长谈》，《莫言对话新录》，文化艺术出版社 2010 年版，第 103 页。

的生存空间造成了极大的压迫，他不得不反抗；同样，使得司马库也感受到了来自外面的力量对家族势力的挑战，他不得不抗争。于是，一场民族的国家的抗战，在小说中就被还原成了一场来自不同人、不同利益诉求的抗战。它们混合在一起，反过来又构成了一场声势浩大的民族抗战，这似乎更符合民间抗战最初的原始状态。当然，后来有了正确政党和理论的指导，抗战的目的性才更明确了。莫言曾说："抗日战争开始以后，我们高密东北乡很多人揭竿而起，过去的土匪打出一个旗号，就成了抗日队伍。……当时有冷部、高营、姜部三支队伍。……各种各样的队伍，八路军、游击队、黄皮子、杂牌队伍，……姜部一会儿给八路军收编了，过了两天他又叛变，投降日本人，过几天又反正回来，一会儿又被国民党收编了，翻来覆去，有奶就是娘，没多少立场。"① 这段话，可以说是对源自利益诉求的民间抗战的最好注解。关于军民关系。以前的革命历史小说总是泾渭分明，共产党领导的人民军队与驻地的老百姓是鱼水关系，他们同甘共苦，共同开创美好的明天。人民军队是为老百姓打天下的，老百姓一心一意支持军队。而国民党的部队或土匪武装，却与老百姓水火不容，势不两立。他们闯到老百姓家，不是抢掠财物，就是侮辱妇女。在老百姓的心目中，谁好谁坏一目了然。然而《丰乳肥臀》中，传统的军民鱼水情却有了变化，与老百姓关系更密切的是司马库的部队，他们给老百姓放电影，表演飞天，虽然不无炫耀的成分，却实实在在地为老百姓办了几件实事。而鲁立人的爆炸大队，除了被子叠得方方正正，队列站得整整齐齐，对老百姓客客气气，到处宣讲军民鱼水情外，却没有为老百姓做多少实事。老百姓挨饿的时候，他们却在吃白面馒头、野鸡野兔，所以惹得上官鲁氏感慨地说："旱不死的大葱，饿不着的大兵。"② 当然，上官鲁氏一家因为错综复杂的社会关系，有被利用的机会，他们没有像其他老百姓那样继续挨饿。爆炸大队的作风也不是很好，孙不言奸污了"鸟仙"上官领弟，马童盗卖子弹被枪毙。总之，在莫言的

① 莫言：《在文学种种现象的背后——2002 年 12 月与王尧长谈》，《莫言对话新录》，第 22—23 页。

② 莫言：《丰乳肥臀》，当代世界出版社 2004 年版，第 133 页。

个人化视角中，历史呈现出了另一番迷人的风景。

第三，是历史进程的偶然化。历史是按照既定的脉络向前发展，还是杂乱无章地向前滚动？是客观规律的必然性决定了历史的发展方向，还是突然萌发的偶然因素左右了历史的方向盘？就传统的史学观来说，历史学家们探讨的就是从纷纭复杂的历史事件中总结出一条客观规律，然后从这条规律出发，再反过来解释一切历史现象。受这种史学观的影响，先前的革命历史小说所要做的一件事情，就是反复阐释革命的起源、革命的正义性以及革命必然胜利的原因与来龙去脉，印证规律的正确性。因为在众多的小说家看来，革命是符合社会发展规律的。然而，新历史主义史学观却不这么认为。它们认为历史不过是一堆由种种偶然性因素构成的生活碎片，原本毫无秩序，只是为了叙述方便，人们才把它们结构起来，成为“历史的文本”或“文本的历史”。但无论是“历史的文本”还是“文本的历史”，它们都与历史的真相相距甚远。而要寻找历史的真相，只有从偶然性因素入手，才有可能到达理想的彼岸。所以海登·怀特指出，新历史主义“尤其表现出对历史记载中的零散插曲、逸闻趣事、偶然事件、异乎寻常的外来事物、卑微甚至简直是不可思议的情形等许多方面的特别兴趣”。[①]既然把偶然性作为推动历史前进的一种力量，那么新历史小说就常常将人物的命运遭际、历史的风云变幻，置于偶然性的控制之下，以一个偶然性出现的因素或事件来决定并改变人物的命运和历史的方向，凸显人生的无常和历史的不确定性。

偶然、突发、陡转，也许在形式较短的新历史小说中，使用的频率更高一些，而到了长篇小说中，“零散插曲、逸闻趣事、偶然事件、异乎寻常的外来事物、卑微甚至简直是不可思议的情形”，出现得会更多一些。可以说，《丰乳肥臀》所展现的中国近百年的乡村变迁史，就是通过一些乡村野史、稗史、逸闻趣事乃至种种不可思议的事情表现出来的。小说一开头，就将抗战这一宏大的历史事件放置在了上官鲁氏生孩子这一生活细节里，显得滑稽而又真实。上官鲁氏已经生了七个孩子，

① ［美］海登·怀特：《评新历史主义》，张京媛主编：《新历史主义与文学批评》，北京大学出版社1993年版，第108页。

但是仍然没有得到她想得到的家庭地位，因为七个孩子都是女儿，缺少一个传宗接代的男孩。因此，当生第八胎的时候，上官一家已经不再当回事儿，公婆、丈夫忙里忙外地都在为同时生产的黑驴服务，她只能听天由命。就在上官鲁氏受尽磨难终于诞下一对龙凤胎的时候，日本鬼子闯进了家门。可怜的盼孙子、盼儿子、盼了近20年的公公和丈夫，都还没有来得及看上一眼，就被日本鬼子杀死了。由于有了儿子，上官鲁氏终于挺直了腰杆，像正常人那样生活了，就像婆婆告诫她的那样：

> 看你这肚子，大得出奇，花纹也特别，像个男胎。这是你的福气，我的福气，上官家的福气。菩萨显灵，天主保佑，没有儿子，你一辈子都是奴；有了儿子，你立马就是主。我说的话你信不信？信不信由你，其实也由不得你……[①]

上官鲁氏的儿子来得真是不容易！在旧中国乡村，无论是什么原因，一个女人生不出儿子，过错总是在女人身上。没有儿子，女人也就没有任何的家庭和社会地位，挨打受骂是家常便饭。由于上官寿喜没有生育能力，健壮的鲁璇儿嫁过来后，就遭遇了这道门槛。上官吕氏骂她是“光吃食不下蛋的废物”，[②]即便是后来生了女孩，也不行，刚刚生完孩子，就被赶到打麦场上去劳作。因此，上官鲁氏为了改变命运，不惜冒着偷野汉子的骂名，与姑姑、姑父合谋，想出了借种的办法。上官来弟、上官招弟是姑父的“野种”，上官领弟是赊小鸭的“野种”，上官想弟是江湖郎中的“野种”，上官盼弟是杀狗人光棍汉高大膘子的“野种”，上官念弟是智通和尚的“野种”，上官求弟是四个败兵轮奸后的“野种”，上官玉女和宝贝儿子上官金童是马洛亚牧师的“野种”，总之，八个女儿和一个儿子都不是地道的上官家的后代，这无疑是对乡村妇女苦难生活的真实写照，和对千百年来“不孝有三，无后为大”的封建伦理思想的绝妙讽刺。上官鲁氏的风流生育史，形象地概括了农村现实状况和农村

① 莫言：《丰乳肥臀》，当代世界出版社2004年版，第8页。

② “莫言：《丰乳肥臀》，当代世界出版社2004年版，第539页。”

妇女的悲惨命运。更有意思的是，莫言将上官家的儿女们和中国现当代历史捆绑在一起，用个人的命运变迁来透视国家民族的兴衰起伏，获得了革命历史小说不曾有过的生命感悟和历史感悟，让人们深刻认识到，其实历史从来都不是干巴巴的梳理、说教、辨析，它是由一个个鲜活的生命构成的，在生命的生根、发芽、开花、结果、成长、壮大、凋零的过程中，历史完成了它既生动又形象的演绎，从而给人们这样一种启示，叙述历史，应该从鲜活的生命开始。上官家的儿女们贯穿起了整个20世纪中国历史，一些重大历史事件都能在他们的身上找到时代的踪影。

第四，是还原历史的欲望化。人类从落后野蛮的洪荒时代，进化到先进文明的现代社会，自有一股巨大的力量在推动着历史滚滚向前。那么，到底是一种什么力量在推动着历史不断进步呢？站在不同的角度，会有不同的答案。英雄史观说，英雄是推动社会历史进步的动力。群众史观说，只有人民才是历史前进的真正动力。生产力史观说，生产力发展是历史前进的动力。科技史观说，科技是第一生产力。改革史观说，改革是推动历史前进的动力。其实，这都是从社会层面上就一些社会现象做出的判断，虽然不无深刻的道理，但不一定切中要害。从个体的人的层面上来说，人类的本能欲望才是推动社会发展的最大动力。人类社会之初，面对残酷的自然环境，人类首先需要做的就是保护好自己，不被其他凶猛的动物吃掉。在满足基本的生存需要的基础上，再来满足发展等其他更高级别的需要，如安全需要、归属需要、尊重需要、自我实现的需要。但无论哪种需要，都是人的本能欲望的具体体现。只不过越到更高层次的需要，社会因素就会越浓重一些。而社会因素越多，就标志着人类群体共同的愿望越多，所以人类才有了超越动物本能的社会意义，有了为社会发展建功立业的高级欲望，有了对于大同世界、普世价值的共同追求。然而，由于人与人之间的个体追求存在差异，欲望表达五花八门，又导致了人类在追求大同世界、普世价值的过程中，出现了千变万化的区别，即对于大同世界、普世价值的认识理念不一样。但无论如何不一样，快乐的幸福生活总是人类在解决了生存问题之后共同追求的愿景。譬如，当步行满足不了人们对于速度的要求时，人们制造了马车；当马车又满足不了时，人们制造了汽车；后来，又有了火车、飞机。同样，其他事物也是如此不断更替着向前发展。这一切，从现象上来说，似乎是英雄辈出的结果，生产力发展的结果，改革创新的结果，但从根本上说，却是人类对于美好幸福生活的欲望追求的结果。两千多年前，孔夫子说过："富与贵，人之所欲也。"汉代的司马迁也说过："天下熙熙，皆为利来；天下攘攘，皆为利往。"欲，即欲望也；利，利益，扩而大之，也即欲望也。也就是说，欲望才是人类前进的最根本的动力。人类的欲望无穷无尽，历史前进的动力也就无穷无尽，这也就是人类社会不断向前发展的根本原因。实际上，现象层面上的各种动力也来自于本能欲望，是本能欲望在不同的社会层次领域的外在化、具象化。比如英雄说，无非是领袖欲、权力欲的概括与表现；生产力说，无非是生存欲、发展欲的概括与表现。所以，在新历史主义史学观看来，"一切历史都是欲望的历史"。[①] 既然人类的一切历史都是欲望泛滥的结果，那么新历史小说在探究历史发展的动因、解析人物的命运变迁时，就多从人物的本能欲望的角度进行描绘，生存欲、情欲、权力欲、金钱欲等人类的基本欲望，自然就成了新历史小说解读历史、还原本相的重要通道。如周梅森的"战争与人"系列小说，将生存欲展现得淋漓尽致；刘恒的《伏羲伏羲》、格非的《迷舟》、贾平凹的《废都》、莫言的《红高粱》等，将情欲描写得惊心动魄；刘震云的"故乡"系列、"官场"系列，将权力欲挖掘得入木三分；"新生代"作家邱华栋、何顿、朱文的创作，将金钱欲反映得真实可信。它们都在推动人物性格发展、决定历史前进方向的过程中，起到了重要的作用。当然，在人性的各种欲望中，生存欲、情欲、权力欲、金钱欲又往往纠缠在一起，不分彼此，共同演绎着历史的天空与多彩的人生。

《丰乳肥臀》所反映的近百年的历史，就是一部欲望化的历史，多舛的人生和精彩的故事，无一不是种种欲望结成的果实。上官鲁氏活了95岁，几乎贯穿整个20世纪。而20世纪的中国历史，云诡波谲，风

---

① 曹文轩：《二十世纪末中国文学现象研究》，北京大学出版社2002年版，第220页。

云变幻，充满了战争、动荡、不安与变革，可谓生也不易死也不易。莫言在再现这段历史时，就将人性的各种欲望与历史的变迁紧紧地捆绑在了一起，通过对各种人性欲望的深入挖掘，艺术地再现了中国20世纪多灾多难而又充满希望的历史。对上官鲁氏的描写，主要集中在她的生存欲望上。活着，无论多么艰难也要活着，是支撑她生命延续的最强有力的支柱。的确，对于每一个人来说，活着是最大的生存前提。如果一个人连生命都没有了，其他欲望也就无从谈起了。在上官鲁氏的前半生，她是为生养一个儿子而活着，为此，不惜忍受来自婆母的讥讽、打骂和各种男人的侮辱。在她的后半生，是为养育不争气的儿子和各个外甥而活着，尽管活得痛苦，但仍然不屈不挠。最后，以95岁高龄，无疾而终。上官家的女儿们，无疑都是情欲的俘虏，支撑她们命运的，是源自生命本能的冲动。她们的恩恩怨怨、情情仇仇、悲悲切切、生生死死，都是情欲冲动的结果。大姐上官来弟与几个男人的感情纠葛，除却与孙不言是父母之命、政府指派，不得不接受外，她与沙月亮、鸟儿韩、司马库的结合或媾和，都离不开情欲冲动。此外，上官招弟与司马库，上官领弟与鸟儿韩，上官盼弟与鲁立人，上官念弟与巴比特，也都是因为压抑不住情欲冲动，主动委身于男人，品尝到了性欲满足的欢欣，后来才跟着男人们义无反顾地走上了不同的人生道路，从而有了不同的命运归宿。尤其是上官领弟，她在失去了鸟儿韩后，竟然变成了花痴、“鸟仙”，整日疯疯癫癫，后来因为孙不言的奸污，才使她又重新回归人的状态，并且与孙不言生了两个儿子，过了一段正常人的日子。小说中，莫言写到孙不言因强奸民女触犯纪律要被枪毙时，用了这样一段文字，来写上官领弟得到性的欢愉后所发生的巨大变化。

子弹即将出膛时，穿着一身白衣的上官领弟翩翩而来。她的步态轻盈，飘飘欲仙。鸟仙来了！有人说。鸟仙的传奇经历和神奇的事迹立即被人们回忆起来，大家都忘了哑巴。那时刻是鸟仙一生中最美丽的时刻，她在众人面前舞蹈着，像沼泽地里的仙鹤。她的脸鲜艳极了，像红荷花，像白莲花。她身材匀称，肿胀的嘴唇十分诱人。她舞蹈着靠近哑巴，突然停住脚步，歪着脑袋，看着哑巴的脸，哑巴咧嘴傻笑。她伸出手，摸摸哑巴毡片般的卷发，捏捏他蒜头般的鼻子。最后，她竟然伸出手，握住了哑巴双腿间那个造了孽的家伙，歪回头，对着众人咻咻地笑起来。女人们慌忙歪头避开，男人们却痴迷地看着，脸上挂着鬼鬼祟祟的笑容。……鸟仙的手始终握着他的家伙，厚唇上浮着贪婪的、但极其自然健康的欲望。没有人愿意执行政委的命令。……"给他松绑吧！"政委有气无力地说一句，转身走了。[①]

上官领弟对性的痴迷，最终救了孙不言一命。

如果说，上官家的女人们的命运变迁，更多地充斥着生存欲、性欲、情欲，那么，与上官家的女人们有关联的男人们，其生命中则更多地洋溢着权力欲、征服欲、统治欲。他们活跃在历史的天空里，翻手为云、覆手为雨，无不是权力欲、征服欲、统治欲的生动体现。他们都想当高密东北乡的主人。土匪出身的沙月亮奋起抗战，无非是因为日本人的到来侵犯了他的利益，使他称霸高密东北乡的梦想受到了挑战。当他真正认识到自己的力量还不足以与日本人抗衡时，便摇身一变当了汉奸，希望借助日本人的势力实现自己的梦想。司马库的抗战带有自发、游戏的意味，但当他的家庭遭到日本人的血腥报复时，他由自发转向了自觉。尤其是当他加入了国军，成了一团之长后，他也把高密东北乡看成了自己的根据地，当作了自己的势力范围，绝不允许其他势力染指一步。所以，他回到家乡的第一件事，便是将鲁立人的爆炸大队礼送出境。在驻扎高密东北乡的那段日子里，他耀武扬威，颐指气使，简直是高密东北乡的最高统帅。鲁立人虽然打着为民族解放而抗战的大旗，但他的所作所为，无非也是想当高密东北乡这块土地的主人，所以当他率领队伍，忍羞含辱离开大栏镇时，他忍不住怒吼道：

司马库，司马库，你等着瞧吧，早晚有一天老子要杀回来！

---

① 莫言：《丰乳肥臀》，当代世界出版社 2004 年版，第 139—140 页，

> 高密东北乡是我们的，不是你们的！现在暂时是你们的，但将来归根结底是我们的！[①]

即便是早早退出高密东北乡历史舞台的牧师马洛亚，也是为了征服高密东北乡而来的，只不过他手中拿的不是武器，而是《圣经》。他不遗余力地传播基督教，就是为了在精神上统治高密东北乡，希望高密东北乡的人们匍匐在神的脚下，甘心情愿充当神的奴隶。实际上，精神上的征服与统治比拿武器的征服与统治，更长久、更可怕，更不容易消除。小说最后，一生玩世不恭的上官金童皈依基督教，就充分说明了这一点。总之，高密东北乡的历史，就是一部被权力欲、征服欲、统治欲驱动着的充满血腥与暴力、野蛮与欺骗、反复无常的历史。

对历史的金钱欲的表现，主要体现在小说后半部对改革开放的社会生活的描写上。在向市场经济转型的过程中，传统的道德文化靠边站了，占据社会主流位置的是经济文化。一切向钱看，成了这个时代的标志性风向标。无论是鹦鹉韩创办"东方鸟类中心"，还是司马粮创办"独角兽乳罩大世界"，无论是鲁胜利违规发放贷款谋取回扣，还是上官金童被当作玩偶屈辱地生活在别人给他安排的世界里，一切都围绕着经济、金钱在旋转。在这种近乎疯狂的社会氛围里，道德沦丧了，亲情淹没了，理性缺失了，秩序混乱了，人类在金钱欲望的驱使下，表现出了可怕的人性沉沦的现象，历史无可奈何地沾染上了铜臭的气息。

第五，是主题表达的隐喻化。小说总是要表达主题思想的，或显或隐，而无主题无思想的小说是根本不存在的。由于新历史主义史学观解构了所谓的正史的"真实性"，把历史看成是同文学和神话一样的具有"虚构性"的话语形式，所以，以此为理论根基创作的新历史小说，就不再纠结历史的正与误、对与错、主观与客观，主题思想是否鲜明，是歌颂还是批判，而是追求个人化视域中的历史，是否解读得让人信服、是否阐释得符合作者个人认识中的那个历史的真相。而历史的真相又是断然

① 莫言：《丰乳肥臀》，当代世界出版社 2004 年版，第 164 页。

不能复原的，所以新历史小说只能更多地倾向于从隐喻的、象征的角度抵近历史的深处，完成对主题思想的表达。苏童的《我的帝王生涯》可谓是对历史进行虚构的极限作品。其中，苏童将中国几千年的封建历史进行了浓缩与重塑，把他对客观历史的主观认识，通过小说的形式艺术地反映了出来，从而象征性地表达了这样一个主题：无论中国的封建社会多么漫长，无论经历了什么朝代，朝代存在的时间是长是短，基本上都是以同样的面目存在的。其中必然有兄弟阋墙，争权夺利；有阴谋诡计，杀伐挞掳；有垂帘听政，隔空指挥；有远交近攻，平叛制暴；有宫廷宦乱，红颜祸水；有忠臣奸臣，争斗不息；有内焦外困，矛盾重重；有盛有衰，朝代变迁……总之，中国古代封建社会的所有存在形态，都能够从中找到清晰的印迹。尽管大燮国和端白不是中国历史上哪朝哪代的具体的国家和国王，但又有谁能说它们不是中国古代的封建王国和君主呢？作为两个具有鲜明的隐喻性意义的“符号”，它们太有代表性、象征性了！

莫言的《丰乳肥臀》在主题表达上也极具隐喻化特征，这主要表现在两个人物形象塑造上，其一是母亲，其二是上官金童。母亲是莫言解构与重述历史的重要媒介。在莫言看来，20世纪前半叶的中国历史，绝对不像革命历史小说叙述得那样泾渭分明，也不像教科书写得那样是非清白，而是善恶交互、美丑混杂、良莠不分，卑鄙与崇高、胜利与失败、阴谋与阳谋、生殖与死亡紧紧地纠缠在一起，让人不能分辨清楚。面对如此复杂的历史，唯有站在民间，立足大地，从人类学、人性学、社会学、伦理学、精神学、文化学、哲学等各种科学的角度，多方位透视它，才能无限接近历史的真谛。上官鲁氏作为那段历史的亲历者和见证人，她经历了多灾多难的童年和少女时代，经历了被侮辱被损害的青春时代，经历了养儿育女的艰辛时代，目睹了时代的变迁，尤其是通过她生养的众多的儿女，与各种政治势力发生了千丝万缕的联系，被迫无奈地挟裹进了历史的舞台。命运的起伏和历史的无常，让她认清了一个道理，那就是活着才是人生最大的硬道理。为了活着，她可以面对一切苦难；为了活着，她可以承受一切凌辱；为了活着，她可以突破道德约束；为了活着，她可以包容一切恩怨。因此，在小说中，上官鲁氏不仅是母爱的象征，更是人间大爱的布施者；不仅是个体的受难者，更是国家、民族苦难的化身；不仅是生活的被动接受者，更是生活的主动挑战者；不仅是力量、和平、人伦、正义、勇气的源泉，更是创造生命的永远生机勃勃的民间大地。上官鲁氏的生命存在，无疑形象地诠释了“历史”所蕴含的丰富的意味。

与母亲相比，“杂种”儿子上官金童的隐喻意义更为鲜明、突出，更像一个寓言。莫言对他的描写，实际上构成了小说的另一个主题，或曰副主题。如果说，对母亲，对女儿，对沙月亮、司马库、鲁立人，对战争，对改革开放的社会生活的描写，主要表现了莫言的新历史主义史学观，为小说重新解释历史，提供了一种新的可能的话，那么，对上官金童的描写，则表现了莫言对于民族文化心理的深刻反思与批判。上官金童的出生本身就是一个隐喻，他是上官鲁氏和基督教牧师马洛亚私生的孩子，一个地道的混血“杂种”。想当初，上官鲁氏急于生出儿子，万般无奈之下，去求助神的佑护。可是中国神已经不管用了，冥冥之中，她听到了来自教堂的钟声。听到那撼人心魄的钟声，似乎听到了上帝传来的福音，于是她拖着被丈夫毒打成伤的身躯，身不由己地来到了教堂。马洛亚对于她的到来，欣喜万分，因为在他并未成功的传教生涯中，又多了一个信徒。也许是上官鲁氏的遭遇打动了马洛亚，也许是马洛亚的人道主义精神感动了上官鲁氏，总之，在马洛亚治好了上官鲁氏的陈伤旧疴之后，他们发生了关系。这一违背传统道德行为的直接后果，就是使上官鲁氏诞下了一对龙凤胎，拥有了一个金疙瘩般的宝贝儿子上官金童。因此，上官金童的血液里流着两种文化基因，一种是中国式的，一种是西方式的，他是中西文化孕育的一个产儿。尽管上官金童从小并没有受到马洛亚的抚养，因为马洛亚在他百日那天就去世了，也没有受到基督教的影响，因为马洛亚去世之后高密东北乡再也没有传教士了，但他的出身本身就决定了他不仅是一个血缘“杂种”，还是一个文化“杂种”。因为在他的成长过程中，他不时地受到周围人的另眼相看和另类对待，这种特殊的待遇让他很早就意识到，自己是一个异类，一个不同于家人、村人的“他者”。对自我身份的怀疑和求证，决定了他背负着比别人更为沉重的精神文化负担。

然而，上官金童从小到大，接受的是纯粹的中国传统文化的教育和熏陶,他归根结底是中国传统文化教育培养的结果。他对母乳的迷恋，实际上就是对中国传统文化的迷恋。首先,他的出生与传统的孝道文化、男权文化、传宗接代观念和农耕文化密切相关。古人早就说过："不孝有三,无后为大。"那么,在中国古人的意识里,谁能称为后代呢？显然，女儿是不行的。"女儿是泼出去的水"，别人家传宗接代的工具，唯有儿子才是自家正宗的后代。有了儿子，才可能有孙子，血脉才能延续。有了儿子，才能适应农耕社会残酷的竞争。这种传宗接代的观念在农耕文化环境里愈演愈烈，从而形成了一种以男人为中心地位的男权文化。说到底，在原始、落后、漫长的古代社会里，一个家庭中没有男人是不行的，没有儿子更是不行的。如果一个女人结婚后生不出儿子，处境是很可悲的。所以，上官鲁氏无论如何，也要生出一个儿子，哪怕僭越伦理道德，做传统礼教的反叛者。其次，他成长的环境、接受的观念，纯粹是中国式的环境和观念。上官金童出生以后，虽然仍处乱世，家境贫寒，但对他而言，一切都是微不足道的。他始终处在养尊处优之中。母亲把他当作宝贝疙瘩，让他吃奶一直吃到 7 岁，以至于养成了终生戒不掉的"恋乳症"、厌食症。为了满足他的嗜奶欲望，母亲狠心地让与他孪生的八姐上官玉女从出生就喝羊奶、吃粥。他的另外七个姐姐也把他当成宝贝，不让他受一丝一毫的委屈。在这样一个处处以他为中心的环境里，他很自然地接受并养成了自私自利、唯我独尊的观念。这种观念，实际上就是男权文化中心地位的具体体现。再次,他的人生经历和最终结局，决定了他是中国传统文化教育培养出来的一个失败者。如果说，在翻手为云、覆手为雨的战争年代，在司马库、沙月亮、鲁立人叱咤风云的年代，他还小，不足以翻起波浪，那么，在 20 世纪后半叶，在凭能力吃饭的改革开放年代，从年龄上来说，他理应如鱼得水，从时代的浪潮中分得一杯羹，但他仍然不能自立，就非常能说明问题了。他少年时代不如司马粮、沙枣花，处处需要他们保护；他成年时代不如鹦鹉韩、鲁胜利、司马粮，时时受到他们施舍。尽管他是舅舅辈分的人，但生活能力远不如他的外甥们。最后，他穷愁潦倒，一事无成，在母亲离开人世后不久，走向了教堂，找到了一个可以代替母亲照料他的替代品。但上官金童皈依基督教，绝对不是出于自愿，而是出于无奈。因为他离开别人的照料，就无法生存。这一点，上官金童在处处碰壁之后，自己也意识到了。他被外甥媳妇耿莲莲赶出“东方鸟类中心”时，一连串的自责自悔，就很形象地反映出了这种心态。他边哭边唠叨：

> 娘呀，你为什么生我呀！你养我这块废料干什么呀，你当初为什么不把我按到尿罐里溺死呀，娘呀，我这辈子活得人不像人鬼不像鬼呀，大人欺负我，小孩也欺负我，男人欺负我，女人更欺负我，活人欺负我，死人也欺负我……娘啊，儿活不下去了，儿要先走一步了。天老爷，睁睁眼吧，打一个沉雷劈了我吧！地老妈，裂一道深沟跌死我吧，娘啊，我受够了呀，我被人指着鼻子骂呀……①

但就是如此痛悔，他也没有勇气自杀，像沙枣花、司马粮那样，干脆利落地跳楼。总之，上官金童可悲可叹的一生充分说明，传统文化的长期熏染，使他成了一个“出窝儿老”，一个尴尬的社会“多余人”，一个永远也长不大的“恋乳症”患者，一个生活在家庭中心却总也找不到社会位置的“佯疯者”，一个只能靠精神胜利法排解千愁万绪的废物。上官金童就像一个多棱镜，通过他，莫言实现了对民族文化心理劣根性的烛照与透视、反思与批判。

第六，是人物塑造的人性化。新历史小说还有一个重要特征，就是在塑造人物形象时，摒弃了革命历史小说惯用的将人物社会化、阶级化、组织化、政党化、类型化的手法，突破了将正面人物形象崇高化、美化，将反面人物形象贬低化、丑化的倾向，把人真正当做人来看待，从人性

① 莫言：《丰乳肥臀》，当代世界出版社 2004 年版，第 468 页。

的角度来写人，打破了简单的二元对立模式，写出了人的多面性、丰富性、复杂性。人性的崇高与伟大、猥琐与卑劣，与所在阶级、政党无关。《丰乳肥臀》也是如此。譬如，对上官鲁氏的描写，主要集中在她博大无私的母爱上。母爱，是女人的天性。然而母爱又的确是一把双刃剑，没有不行，过度给予也不行！上官鲁氏的悲哀就在于施爱过度。对于经过千辛万苦才终于得子的上官鲁氏来说，上官金童无疑是她的命根子，她百般疼爱，以至于让上官金童养成了怎么也戒不掉的“恋乳症”，一个终生吊在女人奶头上的废物。当她在晚年意识到是自己的溺爱害了儿子时，只能痛悔、自责。面对不成器的儿子，她恨铁不成钢地说：

> 几十年了，我一直犯糊涂，现在我明白了，与其养活一个一辈子吊在女人奶头上的窝囊废，还不如让他死了！①

上官鲁氏的母爱，还体现在对待女儿们的爱情和外甥们的感情上。无论女儿找了什么样的男人做女婿，她总是从母亲的角度告诫她们需要注意什么，而不管女婿处于什么阵营。对于女婿，她只是要求他们疼爱自己的女儿，而不管女婿是什么身份。对于外甥们，无论是谁的孩子，她都一视同仁，不分彼此，尽心抚养。因此，上官鲁氏就像一块广袤的大地，虽然历经劫难，但却生生不息，用自己全部的养分支撑着破碎的家。上官鲁氏的人性魅力还体现在对于封建礼教的蔑视与反叛上。她借种生子，虽然说实出无奈，但却行为坚决，表现出了一种破釜沉舟的勇气。她第二次借种姑父时，面对姑父仍然沉溺在第一次被姑姑欺骗的痛苦中不能自拔，她说出的一番石破天惊的话，可谓向封建妇道思想宣战的豪言，她说：

> 你们听吧！你们笑吧！姑父，人活一世就是这么回事，我要做贞节烈妇，就要挨打、受骂、被休回家；我要偷人借种，反倒成

① 莫言：《丰乳肥臀》，当代世界出版社 2004 年版，第 442 页。

了正人君子。姑父，我这船，迟早要翻，不是翻在张家沟里，就是翻在李家河里。姑父，……不是说“肥水不落外人田”嘛？！[①]

看到这段话，似乎使我们再一次想起了《红高粱》中“我奶奶”弥留之际的坦荡心声。上官鲁氏与“我奶奶”一脉相承,都是反封建的急先锋。她们身上洋溢着的人性魅力，让她们永久地站在了中国文学的人物画廊里。

如果说，对上官鲁氏的描写只是站在民间的立场，还原了一个农村妇女朴素面貌的话，那么对沙月亮、司马库、鲁立人的描写，则突破了阶级、政党的局限,写出了人性的多维。莫言曾说:“我认为一个好的作家,是超阶级的，因之也应该是超越了狭隘的党派政治的。他应该站在人类的高度，而不是站在党派的立场上来写作。”[②] 还说 :“我觉得好的战争文学应该站在比较超阶级的观点上，应该站在人类的高度上来写。”[③] 因为在莫言看来，“战争根本不是写作的目的，作家是要通过各种各样的手段来描写他的人物”。[④]“中国‘文革’以及此前十七年的战争小说之所以没有生命力，读起来感到虚假，就是因为只从概念出发，没有把战争具体到每个家庭，每个个体，写不出命运感，不像俄罗斯战争小说，大气中有丰富鲜活的个体。……战争不仅是血与血的抗衡，还有人与动物、人与自然的碰撞交融。”[⑤] 那么，莫言怎样才能实现超越，写出“丰富鲜活的个体”呢？他是采取了一些策略的。他曾说 :“我的小说跟中国过去的文学作品不一样，是在于我把好人当作坏人来写，坏人当好人写。中国的文学在很长一段时间内把好人写得跟神仙一样完美无缺，没

---

① 莫言:《丰乳肥臀》，当代世界出版社 2004 年版，第 555 页。

② 莫言:《饥饿者的自然反应——2003 年 10 月与法国〈新观察报〉记者对话》,《莫言对话新录》，文化艺术出版社 2010 年版，第 281 页。

③ 莫言:《在文学种种现象的背后——2002 年 12 月与王尧长谈》,《莫言对话新录》，第 173 页。

④ 莫言:《作家应该爱他小说里的人物——与马丁·瓦尔泽对话》,《莫言对话新录》，文化艺术出版社 2010 年版，第 380 页。

⑤ 莫言:《谈谈战争》,《莫言对话新录》，文化艺术出版社 2010 年版，第 374 页。

有任何缺点；坏人写成一点好处都没有。但是我想大家都是人，于是我试着站在超越阶级利益的高度上，把所有人都当人来写。下一步就是把自己当罪人写。”[①] 的确，在《丰乳肥臀》中，莫言写出了沙月亮的匪气中带着的邪气，司马库的邪气中带着的正气，鲁立人的正气中带着的阴气，将人性作了最有深度的挖掘。沙月亮本是土匪出身，占山为王，但当抵不住日寇的进攻和诱惑时，便认贼作父，当了汉奸。他的所作所为，完全是“有奶便是娘”的做派；司马库本是大家出身，又当过国民党正规军的团长，似乎在人们的意识里，应与人民为敌，但他却体恤民情，善待百姓。遭到日寇侵略时，本能地进行抵抗。遭到土改镇压时，同样是本能地进行报复。他的所作所为，完全是出于本能；鲁立人本是革命队伍的领导人，表面上堂堂正正，但私底下却有一己私利之心。为了追求个人完善，他六亲不认，竟然违心下令处决司马库尚未成年的三个孩子。他的所作所为，充满了功利心。总之，莫言对《丰乳肥臀》中的每一个人物，都进行了人性化描绘，从而写出了一个血肉丰满、个性鲜明的上官大家庭。

然而，正是因为《丰乳肥臀》具有鲜明的新历史小说的特征，对20世纪的中国历史作了新的阐释，对人性作了多维度、多向度的探索，表现出了和传统的革命历史小说不一样的艺术追求，所以它在公开发表后不久，尤其是在获得《大家》杂志颁发的“红河文学奖”巨额奖金、成为1995年文坛十大新闻之后，它受到了来自文坛内外的热评和质疑，构成了一个轰动一时的“《丰乳肥臀》事件”。当时，质疑者多从这样几个方面来发难。其一，是小说的题目。单看题目，“丰乳肥臀”自然很扎眼，容易引起误解，这也就是人们为什么说“首先被批评的是书名”。[②] 但是对于书名，莫言已作《〈丰乳肥臀〉解》予以说明，歧义应该能够消除。但如果还有偏见，显然不是作者的问题，而是读者自己的问题。鲁迅当年评点《红楼梦》时曾说：“《红楼梦》是中国许多人所知道，至少，是

---

① 莫言：《作家应该爱他小说里的人物——与马丁·瓦尔泽对话》，《莫言对话新录》，文化艺术出版社2010年版，第379页。

② 唐韧：《百年屈辱，百年荒唐——〈丰乳肥臀〉的文学史价值质疑》，《文艺争鸣》1996年第3期。

知道这名目的书。谁是作者和续者姑且勿论，单是命意，就因读者的眼光而有种种：经学家看见《易》，道学家看见淫，才子看见缠绵，革命家看见排满，流言家看见宫闱秘事……”[①]鲁迅的话至今仍有现实意义。其二，是小说的内容。尤其是对革命斗争历史的新解、对土改的重新叙述、对各方政治势力的价值判断，不被人们接受，反而被看作是污蔑和丑化。其三，是小说的人物。无论是母亲上官鲁氏、儿子上官金童，还是上官家的女儿们、女婿们，都不是有代表性的文学典型，而是莫言根深蒂固的“审丑”意识的外化，是荒唐和苍白的文学理念的展露。其四，是写作动机。莫言究竟抱着什么样的动机、站在什么立场上写《丰乳肥臀》，是善良的还是恶意的，是有意为之还是无意为之，究竟歌颂什么批判什么？这一些都值得怀疑。一时间，关于《丰乳肥臀》引发的批判，沸沸扬扬，不亦乐乎。更有甚者，不断给莫言所在单位或上级单位写信，上纲上线地批判莫言，弄得莫言焦头烂额，内外交困。莫言于1997年转业到地方工作，莫不与此有直接关系。现在看来，虽然所有的非艺术性的批评，都已成了过眼烟云，甚至是笑话，但是从历史的角度看，围绕《丰乳肥臀》生发的故事，绝不是可以轻松一笑带过的，它是沉重的、耐人寻味的，其中蕴含着激烈的文学观念、历史观念、价值观念、政治观念等方面的冲突。这样的冲突，以前有，以后也不会杜绝。当年，出现的较有代表性的批判文章有，彭荆风的《莫言的枪投向哪里？——评〈丰乳肥臀〉》，[②]唐韧的《百年屈辱，百年荒唐——〈丰乳肥臀〉的文学史价值质疑》[③]等。关注者亦可参见张丽波整理的讨论综述《〈丰乳肥臀〉是一本什么样的书》，[④]或许能够从中窥一斑而见全豹。

那么，《丰乳肥臀》究竟有没有缺陷？当然有缺陷，而且有的缺陷

---

① 鲁迅：《集外集拾遗补编·〈绛洞花主〉小引》，《鲁迅全集》第8卷，人民文学出版社2005年版，第179页。

② 彭荆风：《莫言的枪投向哪里？——评〈丰乳肥臀〉》，《云南当代文学》1996年第31期。

③ 唐韧：《百年屈辱，百年荒唐——〈丰乳肥臀〉的文学史价值质疑》，《文艺争鸣》1996年第3期。

④ 张丽波：《〈丰乳肥臀〉是一本什么样的书》，《求是》杂志社主办《内部文稿》1996年第23期。

不是《丰乳肥臀》独有的，而是整个新历史小说共有的。譬如，对革命历史小说的颠覆与反叛。新历史小说是以革命历史小说的对立面出现在文坛上的。革命历史小说虽然有时代赋予的不容忽视的各种问题，但作为受传统的史学观影响而出现的一种文学创作，自然有它存在的道理。尤其是一些影响深远的经典作品，更有其存在的合理性。如果不顾及这些，硬是采取“反着写”的策略，势必会导致出现一些新的模式化写作，影响人们的阅读与接受。例如，对穷人、富人的描写，对阶级出身的描写等。穷人中有没有恶棍？富人中有没有圣徒？阶级出身对个人的政治选择、政治立场有没有影响？答案是肯定的，而这也正是人性复杂的原因。但革命历史小说对此却写得过于阵线分明。写到穷人，不吝溢美之词，“为仁不富”，一好百好；写到富人，尽是挖苦之言，“为富不仁”，百无一好。二者孰是孰非，一目了然。阶级出身不仅决定了他们的政治立场，而且还左右着他们的道德面貌。这是革命历史小说的偏颇。但新历史小说如果不是对这种偏颇有原则地进行修正，而是一味地反其道而行之，从一个极端走向另一个极端，也是不对的。《丰乳肥臀》就存在这种倾向。司马库、司马亭虽然出身大家贵族，但心系百姓，心地善良，而鲁立人、孙不言等虽然出身穷苦人家，却心胸狭窄，狡黠凶残。由于人物身处不同的政治阵营，这样描写就有可能影响到人们对不同政治阵营的态度，最终会引发一场有关传统价值观念和评判尺度的失衡或紊乱现象。上述人们对《丰乳肥臀》的质疑，根源就在于此。任何文学创作都不能建立在对已有的文学现象的肯定或否定上，而是应该建立在独立的艺术追求和价值判断上，唯有如此，才能凸显出文学的真正价值。《丰乳肥臀》还有一个明显缺陷，那就是作者前后用力不平均。前半部紧凑，后半部拖拉。前半部立体、多元，信息包容量大，后半部流于交代故事情节和人物结局，缺少节制。好在后面设计了一个《第七卷》，系统地补足了上官鲁氏的人生经历，使得小说的结构与人物的性格，才丰满、圆润起来。但同样是补缺，《卷外卷：拾遗补阙》是败笔，写到这儿，莫言显然忘记了适当地留空置白，也是小说的一种艺术。他太想将故事情节、人物命运交代完整了，殊不知，却跌入了中国文学一味追求大团圆的俗套里去了。

第七章　寓言化写作与莫言20世纪90年代后期的其他创作

第一节　对莫言寓言化小说的个人解读

由于受到“《丰乳肥臀》事件”的影响，此后莫言在近两年的时间里几乎没有创作，但也没有闲着，主要干了两件事情，一是修订《丰乳肥臀》。尽管莫言对一些人的人身攻击很反感，但他还是认真地吸取了一些有价值的意见，对《丰乳肥臀》存在的一些技术问题，如语言不够精练、行文拖泥带水等，进行了认真的修改。现在人们看到的版本，都是经过修订重版的。二是联系转业事宜。从1976年到1996年，莫言在部队生活了20年，把最好的年华献给了部队。部队培养了他，也成全了他，因此要说对部队没有感情，无论如何莫言是不同意的。但是，经历了“《丰乳肥臀》事件”，莫言也感到确实应该换一个地方、换一种生活方式了，否则，于己于部队都未必有益。他曾这样剖析这个阶段的心路历程：“1996年这一年没有写作，当然和转业有关系，我觉得不应该再待在部队了，给部队的领导添很多麻烦，手下有这么一个作家他们也是提心吊胆。还有就是我感到我的人身自由也受到了很多限制，我要去海南岛开个会，他们也不批，出国更不行。重要的是一种精神上的禁锢，也没人批评你什么，但你知道这样一写很可能就被批评了，那样一写又很可能被批评了。我觉得我确实不适合在部队干了。……所以我想得赶快走，这样对自己也好，对部队也好。”① 于是，经过一番折腾，莫言于1997年10月转业到了中国检察日报社工作。脱下戎装的莫言，就像摘

① 莫言：《在文学种种现象的背后——2002年12月与王尧长谈》，《莫言对话新录》，文化艺术出版社2010年版，第105—106页。

了笼头的骏马，立刻焕发出了新的艺术青春，写出了一批颇有分量的寓言化小说，在自己的文学世界中又开垦出了一块新颖别致的园地。

寓言化小说，也称小说的寓言化，是利用寓言的表达方式写成的小说，或利用小说的方式来达到寓意其中的目的，是寓言和小说两种艺术形式融会贯通的结果。小说自不必说，单说寓言。汉语中“寓言”一词，最早见于《庄子·杂篇·寓言》，其中说：“寓言十九，重言十七，卮言日出，和以天倪。寓言十九，藉外论之。”意思是：“寄寓的言论十句有九句让人相信，引用前辈圣哲的言论十句有七句让人相信，随心表达、无有成见的言论天天变化更新，跟自然的区分相吻合。寄寓之言十句有九句让人相信，是因为借助于客观事物的实际来进行论述。”由此可见，“寓言”的本意即是“寄寓的言论”。但如何来寄寓言论，达到阐述道理的目的呢？《庄子》一书用众多或深奥、或浅显、或高雅、或通俗的故事，形象地作了阐明。如《庄子·秋水》《庄子·列御寇》《庄子·让王》《庄子·养生主》《庄子·至乐》《庄子·徐无鬼》《庄子·逍遥游》《庄子·天运》等篇，即是出色的寓言故事。里面有人物，有故事，更有深刻的社会、人生道理。寓言不仅中国有，外国也有。如古希腊的《伊索寓言》《利比亚寓言》、俄罗斯的《克雷洛夫寓言》，而且所讲的道理也与中国的如出一辙。如中国的《东郭先生和狼》与古希腊的《农夫与蛇》，讲的都是恩将仇报的故事。寓言虽然和小说有相通之处，但实际上仍有一定的差别，寓言充其量与神话传说一样，是一种“前小说文本”。作为小说正式出现前的一种讲道理的修辞方式，寓言有三个突出的特征，一是篇幅短小，语言精练，故事生动，富有表现力；二是故事情节有明显的虚构性，想象的成分大于写实的成分；三是指东说西，微言大义，功夫在诗外，思想主题有强烈的讽喻性和说理性意义。尤其是第三个特征，格外突出，古今中外没有一个寓言能脱离此倾向。自古以来，寓言以一种讲道理的特殊的艺术形式，在民间广泛地存在着，深刻地影响着人们的生活。但作为“前小说文本”，它又与小说有着天然的联系，这就为后来它们之间联姻，出现寓言化的小说打下了基础。明代小说家冯梦龙有一段话，可以看作是古人对寓言化小说最到位的理解。他在讨论小说作为“野史”的“真”与“赝”的问题时指出：“野史尽真乎？曰：不必也。尽赝乎？曰：不必也。然则去其赝而存其真乎？曰：不必也。……人不必有其事，事不必丽其人。其真者可以补石之遗，而赝者也必有一番激扬劝诱，悲歌感慨之意。事真而理不赝，即事赝而理亦真，不害于风化，不谬于圣贤，不戾于诗书经史。若此者，岂可废乎？”[①] 其中的“事真而理不赝，即事赝而理亦真”，就是对寓言化小说最恰切的解释。“事赝”是指小说可以虚构，“理不赝”是指道理一定要讲实在，令人信服。西方文艺复兴时期，薄伽丘创作了《十日谈》，他在《绪言》里说：“这部书里讲了一百个故事——或者是讲了一百个‘寓言’，一百篇‘醒世小说’，一百部‘野史’，你们怎么说都成。”[②] 其中，也把寓言和小说联系了起来，希望通过讲故事，来达到劝诫人们的目的。自此，寓言和小说实现了无缝对接。

中国古代很多小说有寓言化倾向。譬如，魏晋南北朝的志人志怪小说，唐宋传奇小说，尤其是明清时期的《西游记》《聊斋志异》、冯梦龙的“三言”、凌蒙初的“二拍”，无不寄寓着深刻的劝世喻人的教育意义。鲁迅先生开创了现代寓言化小说写作的先河，他的《故事新编》无疑是现代寓言化小说的先驱。在西方，自从现代派小说出现以后，寓言化也一直是一个醒目的存在。它取代了批判现实主义小说、浪漫主义小说的写实与抒情，使得隐喻和象征成为了小说最突出的特征。现代派小说中的代表作，如卡夫卡的《变形记》《城堡》、乔伊斯的《尤利西斯》、海勒的《第二十二条军规》、马尔克斯的《百年孤独》、米兰·昆德拉的《生命中不能承受之轻》等，无不具有鲜明的寓言性质。可以说，现代派小说的哲理性、思辨性以及它的无穷阐释性，就来源于它的寓言性质。西方现代派小说对中国新时期的小说创作影响巨大，从一开始，新时期的小说就闪烁着寓言化的烙印。早期的“怪诞小说”如宗璞的《泥淖中的头颅》，后来的“寻根小说”如韩少功的《爸爸爸》、王安忆的《小鲍庄》，“中国式的现代派小说”如谌容的《减去１０岁》，都表现出了显著的寓言

① 冯梦龙：《警世通言序》，人民文学出版社 1981 年版。

② [意]乔万尼·薄伽丘：《十日谈·绪言》，方平等译，上海译文出版社 1985 年版。

化特征。直至具有艺术革命性质的“先锋小说”,寓言化特征达到了高潮。无论是余华、苏童、叶兆言等善于讲故事的作家，还是孙甘露、残雪等善于制造神秘气氛的作家，都把寓言化当成了自觉的艺术追求。在此之前，莫言也有一些小说颇具寓言化风采，如 20 世纪 90 年代初创作的一批《聊斋志异》式的志人志怪小说，长篇小说《酒国》等，其中就蕴含着丰富的思想性、说理性意义。但莫言把寓言化小说当作一种自觉的艺术追求，还是在 90 年代后期。在几年的时间里，他先后写下了《马语》《拇指铐》《长安大道上的骑驴美人》《白杨林里的战斗》《一匹倒挂在杏树上的狼》《蝗虫奇谈》《沈园》《与大师约会》《天花乱坠》《倒立》《祖母的门牙》《冰雪美人》《枣木凳子摩托车》等短篇小说，彰显了自己对国家、民族、社会、改革和生活与人生的独特思考。

从写作落款时间上看,《马语》很可能是这批寓言化小说中最早写成的一篇，因为它的落款时间是 1997 年，而且篇幅又极其短小，契合莫言此时颇不稳定的生活与写作状态。《马语》是一篇典型的寓言化小说。思想在“诗”外, 需要人们去顿悟, 是它最突出的特征。小说前半部分,写“我”对瞎马的印象以及对“我”所知道的瞎马的故事的叙述，可以看作是铺垫, 是作者故意营造的艺术氛围, 小说后半部分写瞎马的讲述,才是真正的寓意所在。对于“我”所念念不忘的瞎马致瞎的原因，瞎马和“我”有过这样一段对话 :

马说：“几十前，我的确是一匹军马，我屁股上的烙印就是证明。用烧红的烙铁打印记时的痛苦至今还记忆犹新。我的主人是一个英武的军官。他不仅相貌出众，而且还满腹韬略。我对他一往情深，如同恋人。有一天，他竟然让一个散发着刺鼻脂粉气息的女人骑在我的背上。我心中恼怒，精力分散，穿越树林时，撞在了树上，把那个女人折了下来。军官用皮鞭抽打着我，骂我你这匹瞎马！……从此我决定再也不睁开我的眼睛……”

“原来你是装瞎！”我从麦草垛前一跃而起。

“不，我瞎了……”马说着，调转身，向着那漫漫无尽的黑暗的道路，义无反顾地走去。[①]

看到这段文字，再联想到莫言刚刚经历的一段遭遇，一切都应该知晓明了了。实际上，这段文字中对瞎马的描写，就是对莫言当时状态的真实流露。莫言借助军马遭到女人侮辱而引发的无可奈何的痛苦，表达了自己久埋在心底的声音。莫言好比那匹军马，曾经对军队一往情深，而他也因为表现比较出色，得到了军队的高度认可。但是，因为创作了《丰乳肥臀》，引起了巨大的争议，招致了军内外一顿不分青红皂白的猛批。这顿猛批，就像军马遭到了女人的侮辱，招致莫言对生存环境产生了厌倦情绪，于是决定转业，宛如军马装瞎，以无声的行动来反抗自己的遭遇。其中，“军马”“英武的军官”“散发着刺鼻脂粉气息的女人骑在我的背上”“军官用皮鞭抽打着我”“从此我决定再也不睁开我的眼睛”“装瞎”，都是有着无限意味的象征性的词和句子，寄寓着莫言说不尽的酸甜苦辣。尤其是最后，当“我”戳穿军马是装瞎时，“马……调转身，向着那漫漫无尽的黑暗的道路，义无反顾地走去”，更是隐喻了莫言心中不服的决绝态度。当然，超越莫言本人的遭遇，也可看作是对于社会人生的一个巨大隐喻。骏马怀才不遇，所以才闭上了自己的眼睛，成为瞎马，表达了一种不与社会同流合污的鲜明态度。这一切，正如小说中瞎马所讲的日本琴女春琴的徒弟和古希腊俄狄浦斯王的故事，他们为了某个原因或某种目的，心甘情愿地把自己的眼睛弄瞎了。在这里，“瞎”实际上是一种高贵的清醒。

《拇指铐》也是一篇典型的寓言化文本，而且是一篇颇具鲁迅小说故事、语言风格的文本。阅读这篇小说，鲁迅小说中的人物、故事、思想以及启迪民智的追求，恍如就在眼前。显然，《拇指铐》讲述的故事是虚构的，生活中不会发生，就像鲁迅《铸剑》中所讲的故事，三颗人头无论如何在现实生活中也不会打架。但是，越过这个荒诞故事的表层，我们似乎看到了另一个更真实的存在，一个有着无比丰富内容的经验世

① 莫言:《马语》,《莫言作品系列·与大师约会》，上海文艺出版社2005年版，第168页。

界。按理说，寓言是不需要解读的，因为它短小精悍，浅显易懂。然而，寓言化小说是必须要解读的，因为它往往有一个故事的外壳。在这个虚构的故事的外壳的包裹中，通常又寄寓着丰富的深奥的意蕴。《拇指铐》确实需要解读，否则就会不明就里。为了更好地解读《拇指铐》，我们应该先复述一下它讲的故事。一个叫阿义的 8 岁男孩黎明时分去给母亲买药，返回时，被一对男女用拇指铐锁在了翰林墓地的松树上。想到生病的母亲，阿义返家心切，痛苦万分。但叫天天不应，叫地地不灵，所有路过的人都无动于衷。后来，一辆拖拉机载来了四个人。他们想解救阿义，但想尽了一切办法，也没有成功。再后来，又来了一个背孩子的女人，尽管她给予了阿义诸多同情，但也没有办法解开拇指铐。就这样，阿义从早晨一直被铐到傍晚，经历了酷热、干渴、狂风暴雨、冰雹的打击，昏死过去几次。晚上，月亮升起来了，空旷的原野上，传来了一阵苍凉高亢的男人的歌唱。阿义被这歌声鼓舞着站了起来，他毫不客气地咬掉了自己的两个拇指，从拇指铐中挣脱了出来。解放了的阿义，浑身轻松，一路飞跑，回到了家中。母亲张开双臂，迎接了他。在母亲的怀抱里，他感觉到了从未有过的温暖与安全。这是《拇指铐》大致的故事情节。从字面看，故事很古怪，也很单纯，似乎看不出有什么深刻寓意所在，但是，如果结合小说中的人物语言、叙述语言以及小说写作的时代背景看，它的深刻寓意立马就显现出来了。往大里说，这是一篇社会寓言化小说，寄寓着莫言对当时社会的洞察与希冀。往小里说，它仍然是莫言对于自己 1995 年以后遭遇的艺术写照。这一点，与紧接着写作的《长安大道上的骑驴美人》《白杨林里的战斗》有相似之处。它们都既是关于社会的寓言化小说，又是关乎莫言个人心灵变化的寓言化小说。但在这儿，我宁愿把它们作为社会寓言化小说来解读，也不愿把它们作为个人寓言化小说来阐释。因为就作家个人而言，谁也不愿意人们将他的作品仅仅看作是抒写个人恩怨情仇的出气筒，尽管它们有着出气筒的嫌疑。如果仅仅是从出气筒的角度来理解这些作品，无论是对于作家还是对于读者，未免都太小气了一些。我们还是站在社会、时代的高度来看待这些作品吧！《拇指铐》写于 1997 年，“1997 年开始写短篇，写《拇指铐》，写一个孩子给母亲抓药，莫名其妙地被一个老头用拇指铐铐起来”。[①] 而1997年，正是社会主义市场经济改革进行到攻坚阶段，社会中出现了工人下岗、工厂倒闭、犯罪率上升、改革徘徊不前、引来诸多非议等严峻问题。中国向何处去，又会以一种什么样的态度、勇气和手段来面对并解决出现的这些问题，是当时中国面临的最大的问题。在小说中，莫言通过稀奇古怪的人物形象、似真似幻的故事情节和耐人寻味的语言含义，将自己的思考反映了出来，并最大限度地体现了人民对于改革的意志。这一切，都是通过象征手段表现出来的。母亲病入膏肓，象征中国已经到了非改革不可的地步了；阿义去买药，象征改革已经开始了；母亲让阿义拿上次用过的药方买药，象征改革思路不彻底，有换汤不换药的嫌疑；阿义路过翰林墓地时，奔跑的步子慢了下来，象征改革是不容易的；返回时再次路过翰林墓地，被一男一女喊住，象征改革遇到了障碍；男人问他父亲的名字，阿义说没有父亲，象征改革没有先例可循，是摸着石头过河；男人把阿义铐住，并警告说：“小鬼，我要让你知道，走路时左顾右盼，应该受到什么样的惩罚。”[②] 象征改革因为没有找到适合自己的正确的道路，导致出现了左右徘徊的现象；男人铐住了阿义，但又亲切地拍拍他的头颅，说：“乖，这样对你有好处。”[③] 象征改革到底朝哪个方向走，真的需要认真地思考了；尽管阿义拼命喊叫，但路过的人无动于衷，不屑一顾，象征社会中还有很多人对改革麻木不仁，事不关己高高挂起；拖拉机载来的四个人曾想尽办法解救阿义，但没有成功，象征有人曾努力改变过现状，但失败了；善良的妇女同情阿义，象征改革虽然带来了阵痛，但博得了人民的关爱；阿义经受风吹雨打，奄奄一息，象征改革受到了来自方方面面的沉重打击；突然，旷野中传来了“麦子啊麦子——我们的麦子——香香的麦子——甜甜的麦

① 莫言：《在文学种种现象的背后——2002年12月与王尧长谈》，《莫言对话新录》，文化艺术出版社2010年版，第107页。

② 莫言：《拇指铐》，《莫言作品系列・与大师约会》，上海文艺出版社2005年版，第174页。

③ 莫言：《拇指铐》，《莫言作品系列・与大师约会》，上海文艺出版社2005年版，第174页。

子——亲亲的麦子——麦子啊麦子——我们的麦子——"[①]的歌声，让阿义获得了力量，象征改革在总结自身的经验中寻找到了灵感，获得了新的举措。阿义坚决地咬掉双指，使自己终获解脱，"他看到有一个小小的赭红色的孩子，从自己的身体里钻出来，就像小鸡从蛋壳里钻出来一样。那小孩身体光滑、动作灵活，宛如一条在月光中游泳的小黑鱼。……他挥舞双臂，如同飞鸟展翅，飞向铺满鲜花月光的大道"。[②]象征痛定思痛，改革终于放下了沉重的包袱，开始轻盈地重新起步；最后，"母亲推开房门，张开双臂。他扑进母亲的怀抱，感觉到从未体验过的温暖与安全。"[③]象征改革必须走中国自己特色的道路，不要盲目学习别人、模仿别人，只有这样，才能改得坚实，走得坚定，符合人民大众的利益，有一种安全感。从逻辑的角度说，上述解读应该符合小说的寓意。如果再结合小说中出现的鲁迅小说中那样的人物和事物名字，其象征意义就更为显著了。"阿义""母亲""老Q""大P""小D""药""翰林墓地""月光""鲜花""大道"，等等，每一个都不是随随便便命名的，应该都具有鲜明的隐喻意义。有人把《拇指铐》看作是"莫言写的小说中最好的一部"，但立论点却是莫言在其中写了一个叫"我"的孩子，而"'我'有时是莫言，——一切作者，有时是'我'，——一切读者，或者'我'，这个第一人称的称谓，就是读着写着活着的人，——是以各自文本方式完成心灵成长生命经历的人。'我'既是人物又是作者又是读者，'我'即作者人物读者，三位一体，只不过有两个隐身于一个后面，顶着一个形象完成着三者必须同时在场完成的故事"。并且说："最好的莫言在这部短篇里，是那个被拇指铐铐住的有血有肉的精灵，这里，人物与叙述者融为一体，他们彼此相知，共着一条命，莫言将自己铐在与阿义被缚的同一棵树上，阿义咬掉指头的地方淌着的是莫言自己的血，阿义就是莫言，就是眼见这故事的每一个人，阿义就是'我'。"而且这个"我"又与莫言其他作品中的"孩子"相通，于是"孩子"成了莫言小说中"写

① 莫言：《拇指铐》，《莫言作品系列·与大师约会》，上海文艺出版社2005年版，第185页。

② 莫言：《拇指铐》，《莫言作品系列·与大师约会》，上海文艺出版社2005年版，第186页。

③ 莫言：《拇指铐》，《莫言作品系列·与大师约会》，上海文艺出版社2005年版，第186页。

得最好的主人公”。虽然论者也指出：“如果必须说的话，只是有一种蕴藉在里面。”[①] 但是，却没有明确地指出小说到底蕴藉的是什么，只是指出了叫“我”的“孩子”的身上，包含着作者心灵成长的秘密，没有论及其他，所以，难免有隔靴搔痒之感。我对《拇指铐》作上述解读，指出它的寓言化倾向和象征性意义，就是想让这部故事奇特、语义含混的小说，有一个明确的意义指向和归宿。莫言曾经说：“一部好小说，就应该让仁者见仁智者见智。”[②] 对一部作品有多种解读，也许正是这部作品的可贵之处。

与《拇指铐》一样，《长安大道上的骑驴美人》《白杨林里的战斗》，也都是关于国家、民族、社会、改革等宏大内容的寓言化小说。或者说，也只有从寓言的角度，才能理解小说讲述的故事。譬如，《长安大道上的骑驴美人》，如果单看故事，荒诞不经、匪夷所思。但是，如果结合着改革看，结合着其中的一些关键字词看，也许就能看出一点儿门道。在这个现实生活根本不可能发生的故事中，寄寓着莫言对于改革的深沉思考。小说写了这样一个故事：侯七下午下班骑车回家，沿着长安街由西往东走。突然，他遇见了一对骑驴骑马的男女，也是由西往东走。女人身穿鲜艳的红裙，骑着小黑驴，像个高傲的公主，走在前面。男人手拿木杆长矛，身披银灰色盔甲，像个凛然不可侵犯的卫士，走在后面。由于装束和行为太奇特了，不一会儿就尾随了一大群人，跟在后面看热闹。侯七也跟了上去。他们旁若无人地行走在长安街上，身后跟了一群浩浩荡荡的旁观者。他们闯红灯，众人也闯红灯。他们不怕交通警察，众人也不怕交通警察。在行进的过程中，侯七看到一摊鸟屎落在了卫士的头盔上，一个很德国的啤酒瓶子砸在了少妇的头上。这一系列尴尬遭遇，虽然引起过他们暂时的驻足和众人的纷纷议论，但由于警察的疏解，他们很快又继续前行了。他们依然气质高贵、不紧不慢地行走在长安街上，众人依然跟行。但单调乏味的跟行，渐渐地让众人失去了兴趣，等

---

① 何向阳：《一个叫“我”的孩子》，《莽原》2002 年第 3 期。

② 莫言：《每个人有自由选择态度与权利——2006 年 3 月与加拿大汉网栏目主持人川沙对话》，《莫言对话新录》，文化艺术出版社 2010 年版，第 289 页。

过了天安门、王府井、东单、国贸大厦，看热闹的人就只剩下了侯七一人。这时，白马停住了脚步，黑驴也停住了脚步。见此情景，侯七心中一阵狂喜，以为他期待已久的那个他也说不上具体是什么的令人兴奋的情况就要出现了，但是，没有想到，“白马翘起尾巴，拉出了十几个粪蛋子。黑驴翘起尾巴，拉出了十几个粪蛋子。然后马和驴像电一样往前跑去”。[①] 侯七等来等去，竟然等到的是两堆粪蛋子。此情此景，让侯七哑口难言，好像吞了一个苍蝇，不知如何是好。至此，故事戛然而止。这个故事，莫言讲得头头是道，煞有介事，但阅读者却一头雾水，不知所然。而莫言讲得越是一本正经，郑重其事，就越让人感到荒诞不堪，不可思议。谁都知道长安街上不可能发生这样的事情，但莫言却偏偏把故事的发生地安排在长安街上。或者说，这个故事在现实层面上发生的可信度等于零，它只能存在于莫言的想象层面上。可是，就是这样一个只能出现在作家想象层面上的故事，却堂而皇之地出现在了万众瞩目的长安街上，有何寓意？如果不从象征的层面上或寓言的角度去解读的话，是根本不可能了解其中蕴含的深刻而丰富的寓意的。可以说，某种程度上，了解了骑驴美人、骑马卫士、侯七、长安街、警察、众人围观、粪蛋子等几个关键词或曰小说意象，也就了解了这篇小说的真实寓意。首先说长安街。长安街是中国第一街，是中国的图腾或象征。发生在长安街上的故事，自然就是中国正在发生的故事。其次说骑驴美人、骑马卫士。他们装束奇特，出现在长安街上，意味着一种新生事物在中国出现了。联系到改革，可以把这种新生事物看作是改革本身。他们以西方人的打扮，由西向东而来，可以看作是中国的改革吸取了西方国家的发展经验，或者说采取了西方模式。骑马卫士一步不离地守护着骑驴美人，还可以看作是西化改革在中国有了坚定的维护者、支持者。再次说警察。在现实社会中，警察是秩序、法度的维护者、保证者。凡是有警察出现的地方，一般都不会发生混乱。然而小说中，警察面对骑驴美人引起的混乱，要么无能为力，任其发展，要么被迫地顺从大众，成为混乱现状的妥协者，这说

① 莫言：《长安大道上的骑驴美人》，《莫言作品系列·与大师约会》，上海文艺出版社 2005 年版，第 199 页。

明在强大的改革面前,原有的秩序和法度已经不起作用了。但何去何从,它们也没有找到正确的方向。最后说众人围观、侯七和粪蛋子。面对改革，众人无所适从，但眼花缭乱的改革和由改革刺激而起的各种强烈的欲望，又使众人不忍放下，于是就只好尾随着骑驴美人一路前行。但过了很长时间，没有见到什么成效，众人的兴趣也就渐渐地散淡了。众人围观颇有鲁迅小说“旁观者”的意味。旁观者面对新生事物，总是不明就里，盲目跟从。众人即是如此。侯七算是一个坚定的跟随者、支持者,他有决心、有毅力跟下去，虽然他也不知道改革这一新生事物最终会结出一个什么样的果。但让他没有想到的是，他满怀希望、苦心等待的那个美丽的事物，却是一堆令人恶心的粪蛋子。粪蛋子的出现，绝对不是莫言要故意制造一种让人意想不到的艺术效果，而是别有用心。在此，粪蛋子象征的是并不美妙的改革结果，或者说改革成效并不像人们想象和期待的那样理想，抑或说，改革过程看起来挺美，但最后结果却比较糟糕。总之，期望与现实之间造成的巨大落差，给人留下了一种种下大象收获跳蚤的不伦不类的感觉。在这篇小说中,莫言采用一种荒诞加“黑色幽默”的艺术表现方式，对中国的改革行为及其现状，作了独具特色的表达，从而阐明了这样一个道理，改革是大势所趋，人们对改革也寄予了厚望，但如果改革的具体措施不符合国情，与人们的愿望相悖，也许改革就会像那堆粪蛋子，留给人们无尽的失望。阅读这篇小说时，如果能够和当时中国正在经历的下岗潮、倒闭潮、转制潮结合起来，也许就会更好地理解莫言的创作苦衷和深刻用意了。

《白杨林里的战斗》与《长安大道上的骑驴美人》如出一辙，也通过一个不可思议的故事，对改革中的中国作了形象的比喻。如果说《长安大道上的骑驴美人》是对中国改革现状写下的寓言，那么《白杨林的战斗》就是对中国未来如何改革写下的寓言，其中寄寓着莫言独立的思考和判断。小说讲述的故事，可做如下阐释。“白杨林里的战斗”，寓意着中国正在进行的如火如荼的改革；棍子队和菜刀队打得不可开交，寓意着改革中持不同观点的双方正在角力博弈；一袭黑衣打扮、指挥着孩子们上树决斗，并给了“我”许多人生箴言的神秘人，寓意着混沌中的清醒；开始躲在背后观看孩子们打架，后来接受黑衣人忠告，并为了解脱孩子们的困境坚决地去替黑衣人买烟、受到卖烟人的刁难，最后义无反顾地拿起香烟大摇大摆地扬长而去的“我”，喻意着改革就应该按照既定的方向勇敢地走下去，不能有丝毫的动摇。否则，就有可能再次回到两帮孩子混战的状态中去的结果。小说除了故事有明显的整体性寓言色彩外，其中的一些话语也有颇为深刻的寓意。例如，“想到此处，我感觉到今天这场战斗，不是一般的顽童打架，而是一场阶级斗争”。[①]用“阶级斗争”来形容孩子之间打架，大词小用，反映出了改革中各阶层利益之争的激烈程度。“就这样过了很久很久，杨树的叶子由绿变黄，胶河里的水由黄变绿，秋风从河对岸吹来，一行大雁从天空飞过，雁声嘹呖，我打了一个寒颤。”[②]小孩打架打了如此长的时间，寓意着利益之争由来已久，不可调和。

> 事情总是在无聊到极点的时候发生有趣的转机：一个浑身黑色的人仿佛从地下冒出来似的，凸出在菜刀队和棍子队之间的沙地上。[③]
>
> 黑衣人一挥令旗，把树上的孩子全都定住了。[④]

黑衣人的出现，寓意着各方利益之争在无法得到根本解决、改革已经进行不下去的时候，应该重新梳理一下改革思路了。黑衣人对“我”说了很多话，其中一些话，尤其耐人寻味。例如：

---

① 莫言：《白杨林里的战斗》，《莫言作品系列·与大师约会》，上海文艺出版社 2005 年版，第 201 页。

② 莫言：《白杨林里的战斗》，《莫言作品系列·与大师约会》，上海文艺出版社 2005 年版，第 205 页。

③ 莫言：《白杨林里的战斗》，《莫言作品系列·与大师约会》，上海文艺出版社 2005 年版，第 204 页。

④ 莫言：《白杨林里的战斗》，《莫言作品系列·与大师约会》，上海文艺出版社 2005 年版，第 206 页。

我们中国有几句俗话，一句叫做“开弓没有回头箭”，还有一句叫做“君子一言，驷马难追”。[①]

几十来我听了许多慷慨激昂的话，但事到临头，总是要大打折扣，所以我宁愿相信低调的无奈诉说，而不愿再听高亢的誓言。[②]

我想让你明白，这个世界上，最可怕的就是“话语”，如果你不是一个货真价实的流氓，你就不要轻易说话，你实在要说话，最好说一些模棱两可的废话，你千万别想借说话的机会来表现你的所谓个人风格或是雄心壮志，古往今来，有多少英雄豪杰像你一样被自己的话逼上了不归之路。[③]

你已经基本上完成了英雄壮举，社会只看结果，不看目的。[④]

这个世界上，问心无愧的永远是流氓和强盗，而不是良民和圣徒。也就是说，问心无愧的人无论做了什么，他都是问心无愧的；问心有愧的人无论做了什么，他都是问心有愧的。[⑤]

这些话，看起来深奥精粹，其实可以理解为是黑衣人关于如何改革的寓

---

① 莫言：《白杨林里的战斗》，《莫言作品系列·与大师约会》，上海文艺出版社2005年版，第206页。

② 莫言：《白杨林里的战斗》，《莫言作品系列·与大师约会》，上海文艺出版社2005年版，第206页。

③ 莫言：《白杨林里的战斗》，《莫言作品系列·与大师约会》，上海文艺出版社2005年版，第208页。

④ 莫言：《白杨林里的战斗》，《莫言作品系列·与大师约会》，上海文艺出版社2005年版，第209页。

⑤ 莫言：《白杨林里的战斗》，《莫言作品系列·与大师约会》，上海文艺出版社2005年版，第210页。

言言说。另外,“我”的一些话语和举动,如果结合中国的实际情况来看,也分明是关于国家、社会的寓言。“我”曾经对黑衣人如此剖白：

> 你也许不知道，六十年代时，我与许多少年一样，因为得不到足够的营养，把大脑饿坏了。尽管到了八十年代，我吃了许多鸡鸭鱼肉，进行了恶补，但我的大脑已经停止了发育，鸡鸭鱼肉只是让我的体内积存了大量的脂肪，一丝一毫也没有增添我的智慧……①

在这里，“六十年代”“把大脑饿坏了”，喻意着极“左”封闭、僵化政策，对中国产生的不良影响实在是太严重了。而“八十年代”“进行了恶补”,以至于“体内存了大量脂肪”,没有增添一丝一毫的“智慧”,喻意着 80 年代虽然进行了重大改革，但由于积存着许多弊病，致使改革没有取得理想的效果，反而出现了许多不尽如人意的地方。“我”去买烟的时候，遭到卖烟的售货员的刁难和腐蚀，最后“我”战胜了一切掣肘，拿起烟就走，喻意着改革就应该排除一切干扰和掣肘，坚定不移地朝着一个既定方向走下去。唯有如此，也许才能到达理想的彼岸。小说最后一段话，可谓是这种心得体会的形象写照：

> 我一连喝了三杯茶，便义无反顾地站起来，顺手从货架上拿起那盒香烟，大摇大摆地走出店门。我沿着长满荆棘的小路向前走，把河滩上那群打糊涂仗的孩子抛到脑后，把那个神神鬼鬼的黑衣人抛到脑后，把那嘴角上挂着泡沫的女人抛到脑后，把一切的一切抛在了脑后。我只要向前走，我只为向前走，我只是向前走，我只想向前走，哪怕前面是地雷阵，或是万丈深渊。②

---

① 莫言:《白杨林里的战斗》,《莫言作品系列·与大师约会》,上海文艺出版社 2005 年版,第 208 页。

② 莫言:《白杨林里的战斗》,《莫言作品系列·与大师约会》,上海文艺出版社 2005 年版,第 213 页。

最后两句话，仿佛让人想起了时任共和国总理的朱镕基在一次人大会上的铿锵誓言。与此一联想，小说的寓言性质就更加突出了。

除却关于国家、民族、社会、改革的寓言小说，此时莫言还写了许多有关人生、爱情、官场、传统的寓言小说，都十分耐人寻味。《一匹倒挂在杏树上的狼》，通过一匹狼千里迢迢奔赴关内寻思报仇的故事，道出了“出来混总是要还的”道理。当年在东北深山老林，章古巴打伤了一匹狼，后来他迁回了关内，自以为十多年过去了，又相隔千里，一切都太平了，但是没想到，狼还是找到了这里。狼的到来以及围绕着狼生发出的众人围观的事情，又进一步揭示出了他和许宝娘之间的私情。他们之间的私情，章古巴以为掩盖得很深，无人知晓，但狼却坚定地找到了许宝家，将许宝娘咬伤了。难道是误伤吗？不是！因为狼的鼻子很灵，它能嗅出人的气味。之所以咬伤了许宝娘，是因为许宝娘身上沾染上了章古巴的浓郁的气味。至于怎么沾染上的，每一个人都明白。《蝗虫奇谈》，通过遮天蔽日的蝗虫，瞬间就可以给农民带来重大灾难的事实，阐明了团结起来力量大的道理。

> 蝗虫，这种小小的节肢动物，一脚就能捻死一堆的小东西，一旦结成团体，竟能产生如此巨大而可怕的力量，有摧枯拉朽、毁灭一切之势，号称万物灵长的人类，在它们面前，竟然束手无策，这里隐藏着发人深省的道理。①

《天花乱坠》，通过两个麻子的故事，阐述了“人不可貌相，海水不可斗量”和“百闻不如一见”的道理。在幕后伴唱的女演员虽然脸上长满麻子，但却有一副天籁般的嗓子。而同样有着如天籁般嗓子的小皮匠，却是一个听声音可以让美女倾心，但如果见面却让人伤心的大麻子。《与大师约会》通过人们迫切想见大师的心理愿望和两个“伪大师”的丑恶表演，反映出了盛名之下、其实难副的社会现象。告诫人们，想象与实

① 莫言：《蝗虫奇谈》，《莫言作品系列·与大师约会》，上海文艺出版社2005年版，第244页。

际总有一定的距离。《茂腔与戏迷》《冰雪美人》，分别通过女戏迷与男戏子之间的混乱故事，和孟喜喜外表与内心判若两人的表现，揭示出了知人知面不知心或一定要辩证地、全面地、立体地认识人、评价人的深刻道理。总之，经过了巨大的世事变迁之后，莫言对人生的认识更深刻、更辩证了。

《沈园》是一篇关于爱情箴言的寓言小说。通过“他”与“她”的感情出轨，“他”的醒悟和“她”的执迷不悟，反映了建筑在不道德的基础上的一切爱情，无论曾经多么炽热，都一定不能够长久的现实境遇。就像“她”要一直寻找的象征爱情永恒的“沈园”,到头来只不过是“他”糊弄“她”的圆明园。而圆明园中的废墟，恰好象征了他们爱情的最终结局，从而形象地说明，一切乌托邦的不现实的爱情，到头来终归是一场空。《枣木凳子摩托车》和《普通话》，是关于传统的寓言小说。随着时代的不断发展，传统势必要受到挑战。面对新生事物，它要么被挑落马下，成为时代的殉葬品，要么固执己见，表现出顽强的生命力。《枣木凳子摩托车》通过传统木匠手艺面临失传的尴尬处境，反映了它无可奈何花落去的命运。高密东北乡的人们，谁也不愿意再枕枣木做成的方枕头，从而使得“父亲”的细木匠手艺有失传的危险。而“我”也时刻想着像大哥、二哥那样出走，不愿去继承这门手艺，说明传统的木匠手艺将注定后继无人。舅舅的四个儿子忠、孝、仁、义，都是枕着枣木方枕头长大的，但后来分别以不同的方式暴死，也说明传统走上了穷途末路。《普通话》通过受过现代文明教育的解小扁在贫穷落后的小山村被逼发疯的故事，反映了传统势力的强大与蛮横。在偏僻落后的小山村，普通话象征着文明，解小扁坚持说普通话，象征着对文明的不懈追求，而高大有等人对解小扁不断予以讽刺、打击，则象征着文明遭到了抵制。最后，围绕着勘探队长小丘和解小扁因为都会说普通话招致相互爱慕但却影响了解小扁与宝田的家庭包办爱情出现的流言蜚语，同村女青年小青因为追求小丘但不会说普通话，遭到拒绝羞愧自杀的故事以及在这种环境中解小扁被逼发疯的结局，从更深刻、更世俗的层面上展现了传统势力的强大与传统思想的根深蒂固。传统的确是一柄双刃剑，处理不好继承与革新的关系，必然会造成两败俱伤。《祖母的门牙》《倒立》，是关于权威、官场的寓言小说。中国是一个官本位思想非常严重的国度，历来崇拜权力。自古至今，到处弥漫着浓郁的官场文化。《倒立》通过对几个人物之间的关系和行为的描写，形象地阐释了这种官场文化。“我”与孙大盛、肖茂方、董良庆、张发展、桑子澜以及肖茂方的老婆谢兰英是中小学同学，知根知底，结交甚好。但没承想，二十多年过去后，“我”成了下岗工人，每天蹲在街头给人修理自行车，而其他人都混上了一官半职。肖茂方是县里新华书店的副经理，董良庆是粮食局局长，张发展是交通局副局长，桑子澜是政法委副书记，谢兰英是新华书店的售货员。其中，混得最好的是当年最不被人看好、尿床尿到16岁、翻墙头偷樱桃掉到猪圈里的孙大盛，现在是省委组织部副部长。孙大盛出差回到故里，“我”等一干人被他邀请到豪华气派的市政府宾馆做客。由于孙大盛掌握着全省干部的生杀大权，有着至高无上的权威，所以每个人见了后都毕恭毕敬，全然没有了同学时代不分彼此的热情。而孙大盛自然也是盛气凌人，连“我”这个自以为有骨气的人也不知不觉软了下来。面对官气十足的孙大盛，“我”等一干人上演了一版现实版的官场现形记。

> 孙大盛人没到笑声先到了。听到他的好像上气不接下气的笑声，我们慌忙站了起来——不对不对，除了我之外，他们本来就是站着的。听到孙大盛的笑声他们松散的身体突然地紧张起来，所以感觉就好像是从沙发上突然地站了起来一样。连看起来平静如水的谢兰英的腰身也微微地挺了起来，扶在椅背上的两只手也挪下来，交叉着放在肚子上。真正慌忙站起来的其实是我，我原本是不想站起来的，但我的身体自己站了起来。①

> 我本来想喊他一声“弼马温”——这是上小学时我亲自给他起的外号——但话到嘴边又咽了下去。他的肥胖的小手大老远就伸

① 莫言：《倒立》，《莫言作品系列·与大师约会》，上海文艺出版社2005年版，第357页。

> 了过来，我的手迫不及待地就迎了过去。我的手感到他的那只小胖手像一只刚刚孵出的小鸡，又软乎又温暖。[①]

“我”等一干人的表演，让“我”目瞪口呆。更让“我”想不到的是，当年对孙大盛不屑一顾的谢兰英，在孙大盛让她再像20年前做一个倒立动作时，她竟不顾徐娘半老、体态臃肿，冒着露出鲜红的短裤的尴尬，当众半推半就地拿了一个大顶。而且这个举动，竟然得到了她丈夫肖茂方的公开支持。官场有官场文化，马虎不得。而在没有官场的民间，同样有官场文化衍生出的权威文化。《祖母的门牙》通过一场发生在家庭中的关于门牙的闹剧，揭示出了民间无所不在的权威文化。祖母的门牙也许在别人看来只是一对普通的门牙，但在她的眼里，却是至高无上的家族权威的象征。门牙在，权威就在，门牙不在，权威也就荡然无存。为了维护自己的权威，她不惜要拔掉刚刚出生的孙子的门牙。然而，她的权威，受到了母亲强有力的挑战。因此，这篇小说也有着反对家庭强权的寓意。

一般而言，寓言化小说要表达的主题，总是要通过一定的结构、叙述来完成。这种结构、叙述就是故事。因此，在寓言化小说中，故事外壳和寓言含意呈现出一种因果关系。韦勒克·沃伦曾说：“寓言是时间和因果的顺序连续，不管它如何被讲述，其顺序连续即是故事或故事的材料。”[②] 莫言的寓言化小说都有一个或几个故事，只是在不同的小说中，有的故事浅显易懂，不需要作深度阐释，有的故事荒诞莫测，不作一番解读很难明白其中深意。比喻、象征、隐喻、局部的写实和整体的虚构、细节的荒诞和氛围的真实，是莫言的寓言化小说经常使用的艺术表现手段，揭开它们背后的意义或弄清楚它们之间的暧昧关系，是洞彻这些小说内涵的关键所在。但无论如何，莫言的寓言化创作坚持了关注现实、直面人生、批判丑陋的现实主义精神，突出了现代理性思考，实

---

① 莫言：《倒立》，《莫言作品系列·与大师约会》，上海文艺出版社2005年版，第359页。

② [美]勒内·韦勒克、奥斯汀·沃伦：《文学理论》，刘象愚译，生活·读书·新知三联书店1984年版，第244页。

现了外在的寓言化故事和内里的深刻的人生思考、深邃的社会审视、痛苦的经验总结和让人警醒的告诫寓意的有机统一，体现了别一种艺术追求。2012 年 12 月 7 日，莫言前往斯德哥尔摩领取诺贝尔文学奖期间，他在瑞典文学院发表了主题是“讲故事的人”的演讲，把自己喻作一个讲故事的人，而且在演讲的最后，又讲了三个故事。其一是小时候参观苦难展览有人哭、有人不哭、有人假装哭的故事，其二是当兵后一位长官目中无人的故事，其三是小时候听爷爷讲过的八个泥瓦匠的故事。这三个故事就是典型的寓言故事，也可以说是三篇微型的寓言化小说。其中，有的就浅显易懂，有的就需要借助时代、社会等各种因素进行解读。但不管怎样，故事是形象的，寓意是深刻的，有一种天然趣成的妙意所在。从莫言的这些寓言化小说看，莫言开始了一种“汝果欲学诗，功夫在诗外”的化外创作境界。这种恬淡、超然的创作境界和此前的孜孜以求的功利性创作，显然是不一样的，它是一个作家的艺术经验、艺术感悟积累到一定程度后，自然而然表现出来的一种创作行为上的升华。

第二节　新历史小说、新写实小说的再出发及其他创作

20 世纪 90 年代中后期，莫言还写过一些写实性的现实小说，如《儿子的敌人》《三十年前的一次长跑比赛》《牛》《师傅越来越幽默》《我们的七叔》《野骡子》《藏宝图》《司令的女人》等。它们有的偏向于新历史，有的偏向于新写实，有的合二为一，将莫言写实性的小说创作提高到了一个新的层次。在这些写实性小说中，莫言表现出了一种超然于物外的神闲气定与从容不迫的创作姿态以及从具体的现实的事件出发阐释历史与现实之间的复杂关系的创作愿望。

短篇《儿子的敌人》是一篇新历史小说。它通过一个母亲对待战争的态度，反映了一种新的、在以前的小说中几乎见不到的、来自于民间的、真正的老百姓的战争观。战争是什么？什么又是正义的战争或者非正义的战争？这些概念对于尚未受到启蒙的广大普通百姓来说，无疑

是模糊的、难以理解的。在他们朴素的认识中，战争就是残酷，就是死人，就是罪恶，就是对美好人性的戕害。就像莫言所说："战争把生的世界变成了死的世界，战争毁灭了人类的家园，践踏了人类的美好感情，……战争是人性和兽性的绞杀。战争使人类灵魂深处潜藏着的兽性奔突而出。战争是人类发展史上的最大的歧途。"[①] 然而，这种最本质的战争观却在以前的革命历史小说中没有得到有力的体现，相反经过"红色经典"有意无意地遮蔽，被无情地漠视和过滤掉了。革命历史小说或"红色经典"宣扬的战争观，是一种国家的、民族的战争观，阶级的、胜利者的战争观，正义必胜和非正义必败的战争观。说白了，就是一种带有很强的功利性目的的战争观。从这种战争观出发写就的小说，往往站在国家、民族、大义的立场上，以胜利者的姿态，重述革命历史，表达一种敌负我胜的骄傲感、自豪感和伟大感，从而达到验证一个政党、一种思想的正确性的辉煌目的。这类小说虽然也描画出了惊心动魄的战争过程，写出了战争的残酷性，让人们体验到了美好的事物被无情摧毁的悲壮美，但归根结底，它们表现的是一种早就预设好的战争观，或者是根据这种战争观设计好的故事情节，而对于真正的老百姓的战争观和老百姓眼中的战争，从来都没有涉及和表现过。因此，在莫言看来，以往的战争文学是片面的、功利性的，这种"比较功利性的文学，显然不太符合文学的根本的意义"，"如果不能尽快地摆脱强烈的功利性的羁绊，很难获得超越性"。而"比较高层次的战争文学，应该是比较非功利性的"。"应该充满对生命的歌颂，应该唤起人们日渐淡漠的同情和怜悯之心。"[②]《儿子的敌人》就是一篇超越了功利性、展现了老百姓的最朴素的战争观的新战争小说。母亲孙马氏的大儿子大林已经牺牲，小儿子小林又要当兵打仗。孙马氏拗不过小林，只好让他随部队上了战场。在攻打县城的战斗中，小林也不幸牺牲了。但因为战场状况太混乱，甄别烈士身份时又太急匆，致使

① 莫言：《战争文学断想》，《莫言文集 · 小说的气味》，当代世界出版社 2004 年版，第 157—158 页。

② 莫言：《战争文学断想》，《莫言文集 · 小说的气味》，当代世界出版社 2004 年版，第 156—157 页。

烈士遗体被送回家乡的时候，小林的遗体被弄错了，担架队抬来了一具敌人的遗体。面对眉眼口鼻与儿子相似但又绝对不是小林的遗体，孙马氏出于一种母亲对儿子的爱怜，在周围人争论不休的情况下，默默地认可他就是自己的儿子，从而避免了让敌人曝尸野外的可能。后来孙小林的真遗体又被送来了，但那是后话。单就孙马氏对待儿子的敌人的态度看，就充分地展现出了一个母亲朴素的战争观。的确，无论说得怎么动听、怎么伟大，在一个母亲眼里面，战争都是对美好事物的无情摧残，对生命的莫大伤害。在莫言的笔下，一场原本充满是非感的战争，一次无比惨烈的战斗，化作了一场对于生命、对于原始美好人性展览的场域，凸显了战争背景下的原始的、民间的价值观。可以说，孙马氏的所作所为，是很有代表性的，因为毕竟在战争年代，具有先知先觉素质的民众是少数的，绝大多数的民众是被糊里糊涂、茫然被动地推到战争跟前来的，他们面对血与火、生与死的事实，既无奈又无助，只能凭着原始的、素朴的感情来应对一切世事变迁，表现出一种源于大地的、民间的朴素态度。

《三十年前的一次长跑比赛》也是一篇新历史小说，同样透视出了游离于国家主流意识形态之外的鲜明的民间的历史观、价值观和浓郁的民间情绪。“右派”是什么？什么样的人才能成为“右派”？“右派”究竟以什么样的姿态和形象存在于当时的社会？民间对待“右派”的态度究竟是怎样的？这些问题，如果不进行多角度思考，不从民间进行考察，很容易被主流意识形态所控制，形成一种形而上的理念上的固化印象。实际上，经过主流意识形态长时间的宣传、沉淀，这种印象已经形成。当然，应该首先需要说明的是，在此讨论的“右派”，是专指中国1957年开展的反右派运动中被划成“右派分子”的人，不是指政治组织阵营中“左、中、右”中的“右派”，更不是指法国大革命时期坐在议会右侧拥护君主制和贵族特权制度的人士以及今天用来比喻的自由、保守、僵化的人士。1957年，鉴于当时的国内外、党内外局势，中国共产党开展了一场整风运动，号召党内外有识之士，向党提意见和建议，帮助整党。众多知识分子本着“知无不言，言无不尽，言者无罪，闻者足戒”

的原则，向党提出了许多真知灼见。但是，由于错误地估计了形势，致使整风运动最终演变成了一场声势浩大的反右派运动。在近一年的运动中，全国揪出了55万多“右派分子”，犯了严重的扩大化错误。1978年，我们党在总结历史经验、教训的基础上，决定对反右派运动进行复查，承认犯了极端扩大化错误，决定把错划为“右派分子”的同志的错误结论改正过来，并摘掉了他们“右派分子”的帽子，为他们恢复名誉，平反昭雪。由于当年被错化成“右派分子”的人绝大多数是知识分子和民主人士，而且被错划后绝大多数又被扫地出门，到边远贫穷之地接受劳动改造，经历了近20年的底层生活磨砺和从庙堂到江湖的屈辱，每一个人都有说不尽、道不完的心酸悲凉。所以，当他们重新回到社会的正常位置，重新拥有了话语权后，就开始把他们的故事讲给人们听。一些有文学才华的人，也开始在文学作品中重塑“右派分子”形象，重述那段历史，以期让人们了解那段历史，了解他们不平凡的经历和遭受的打击，并进而促使人们思考那段历史，于是在新时期文学初创阶段，出现了一大批以“右派分子”为主人公的文学作品。这些作品联袂出现，形成了一股汹涌澎湃的创作潮流，史称“伤痕文学”或“反思文学”。在伤痕和反思文学作品中，“右派分子”给人们留下了这样的印象。首先，他们是一些敢想、敢说、敢做的有骨气的知识分子，忧国忧民，不畏权贵，敢于和一切不合理的现象做彻底的斗争，哪怕粉身碎骨，坠入深渊，也在所不惜；其次，即便是被打入底层，远在江湖，环境险恶，但仍不改初衷，胸怀祖国，心忧天下，浑身洋溢着“我不下地狱谁下地狱”的慷慨悲歌之气，继续顽强地探索真理和正义；再次，在底层，他们经受了常人没有经受的苦难，要么孑然一身，踽踽独行，要么家破人亡，倒霉透顶，但无论如何，都没有摧垮他们坚强的意志。他们的悲惨遭遇和凛然骨气，引起了老百姓的极大同情，他们和老百姓打成一片，同甘苦，共命运，最终成了老百姓的主心骨或代言人；最后，被平反昭雪后，没有人一阔脸就变，仍然和老百姓保持着亲密的友谊，也没有怨声载道，像祥林嫂那样对自己的苦难喋喋不休，向社会讨回报，而是以时不我待的紧迫感，迅速地投入到了社会主义现代化建设中去。如果遇到超出自己理想范围的巨大诱惑，他们又总是以国家、民族大义为重，表现出了高尚的爱国情怀。这是伤痕文学和反思文学作品中反复刻画并歌咏的“右派分子”的标准形象。如张贤亮的《灵与肉》中的许灵均,《绿化树》中的章永璘，王蒙的《布礼》中的钟亦诚,《蝴蝶》中的张思远,《杂色》中的曹千里，鲁彦周的《天云山传奇》中的罗群，从维熙的《大墙下的红玉兰》中的葛翎、路威、高欣,《远去的白帆》中的叶涛，李国文的《月食》中的伊汝，陆文夫的《美食家》中的朱自冶，谌容的《人到中年》中的陆文婷、傅家杰，古华的《芙蓉镇》中的秦书田……都是这样的形象。经过上述文学作品和当时主流媒体的反复传播，人们的心目中从此就有了这样固化的印象。那么，现实中的“右派分子”真的全是这样的吗？答案是未必如此！不能否认，当时被错化成“右派分子”的人中，的确有众多的铮铮铁骨，尤其是早期被打成“右派分子”的人。但是，由于后来采取了“定比例、分名额”的荒唐办法，被打出的“右派分子”就开始带有一些荒唐、荒诞性质了。当然,即便是早期被打成“右派分子”的人，他们在现实生活中的形象与表现，也是多姿多彩的，并非都像伤痕文学和反思文学作品描写得那样神圣、高尚、古板。他们也是有血、有肉、有七情六欲的人，他们也可以开同老百姓一样粗俗不堪的玩笑，甚至与老百姓说笑打骂。他们虽然在底层摸爬滚打，但凭着智慧，同样可以活得潇洒自在、无忧无虑。在淳朴的老百姓们的眼中，他们都是一些无所不能的可爱的“大能人”。这是“右派分子”在民间给人留下的另一种印象，寄寓着来自老百姓的纯粹的民间态度。在《三十年前的一次长跑比赛》中，莫言就用这种民间态度，用一种近乎狂欢化的书写，还原了“右派分子”在乡村改造的真实情景，让人们认识到了主流意识形态宣传之外的另一种“右派分子”形象。

从很早到现在，“右派”，在我们那儿，就是大能人的同义词。我们认为，天下的难事，只要找到右派，就能得到圆满的解决。牛不吃草可以找右派，鸡不下蛋可以找右派，女人不生孩子也可以找右派。让我们产生这种看法的主要原因，是因为离我们大羊栏村三里的胶河农场里，曾经集合过四百多名几乎个个身怀绝技的右派。……总而言之吧，那时候小小的胶河农场里真可谓人才荟萃，全省的本事人基本上都到这里来了。①

这些右派，看样子是欢天喜地的，不像别的地方的右派，平反之后，就诉苦，一把鼻涕两把眼泪，把右派生活描写得暗无天日。也许别地方的右派六十年代时就哭天抹泪，反正那时候我们那地方的右派欢天喜地，充满了乐观主义精神。每到晚上他们就吹拉弹唱，尽管有人讽刺他们是叫花子唱歌穷欢乐。②

在这样一群乐天派中，大羊栏小学的代课老师朱总人，可以说是一枝奇葩。他长相奇特，乐观豁达，能写会画，能跑善跳，会武术气功，让地痞二流子都佩服得五体投地，会打“怪式”乒乓球，愣是把牛气哄哄的县冠军打得找不着北。朱总人最擅长的是潜水和长跑。他潜水能潜一小时，长跑能跑一万米。当然，在他所有惹人注目的本事里，是挖地道！他在自家与寡妇皮秀英家的院子中间，挖了一条幽会的通道。这在那个大讲特讲生活作风的年代，不啻为一个人间奇迹！就这样，在这篇小说中，莫言以嬉笑怒骂的方式，以神出鬼没的姿态，以跌宕多变的语言，重新审视并再现了那段几乎被僵化的“右派分子”的生活，给人们留下了一个全新的记忆。的确，“右派”的命运已无法改变，但生活可以依旧，而生活就是由一系列酸甜苦辣的人生片断组成的，掏空了生活的细枝末叶，只剩下筋条骨骼，充其量不过是一副框架而已。早先描写“右派分子”的小说，就是一些艺术的框架，缺少应有的血沫肉屑。莫言的《三十年前的一次长跑比赛》，用血肉丰满的生活细节，填充起了这些框架，从而使得反映“右派分子”生活的作品，从此变得充实起来，也真实起来。

判断一部作品是新历史小说还是新写实小说，无外乎有两个标准，

① 莫言：《三十年前的一次长跑比赛》，《莫言作品系列·师傅越来越幽默》，上海文艺出版社2012年版，第117页。

② 莫言：《三十年前的一次长跑比赛》，《莫言作品系列·师傅越来越幽默》，上海文艺出版社2012年版，第118页。

一个是看小说的故事内容，另一个是看作者的写作态度。从故事内容来说，写历史的必然倾向于新历史，写现实的必然倾向于新写实。虽然历史无非是过去的现实，现实不过是未来的历史，界限并非那么鲜明，但二者总是有区别的。从写作态度来看，新历史小说中必然闪烁着新历史主义史学观的民间写作态度，这种态度和传统的历史小说透视出来的史学观有着显著的区别。而且作者深入其中，有着鲜明的民间言说姿态。新写实小说采取的是零度感情介入的写作态度，作者不对生活作任何主观价值的判断，只对生活作原生态的还原性描写，是一种作者隐匿式或缺席式的叙述。如果从这两个角度来衡量《牛》《师傅越来越幽默》《我们的七叔》《野骡子》《藏宝图》《司令的女人》等作品，显而易见，它们偏向于新写实小说。这些新写实小说，较之于 20 世纪 90 年代前期写的那些新写实小说，水平上更高了一个层次。它们是莫言最优秀、最有代表性、最有特点的新写实小说。

《牛》被莫言的大哥也是莫言文学道路的引领者之一、莫言小说最忠实的读者和最诚恳的批评者管谟贤，看作是莫言最好的中篇。他曾说：“在莫言众多的中篇小说中，我很喜欢《牛》。我之所以喜欢它，有以下几个原因。一是好读。……二是这篇小说写的故事是以当年发生在我们的故乡的一件真实事件为基础的，故事中的人物可以在生活中找到原型，小说真实深刻地反映了那个荒唐年代的现实，读来倍感亲切。”接下来，管谟贤介绍了发生在故乡的那个真实事件，在生活中可以找到的人物原型以及 20 世纪 70 年代中国乡村的荒诞现实，认为“这揭示是真实的、深刻的，堪称栩栩如生，入木三分。”最后归结到莫言曾经反复提到过的两个创作命题上，这就是“饥饿和孤独是我创作的财富”和“作为老百姓写作”。管谟贤说：“总之，以上分析，再一次说明了这么一个真理：生活是创作的源泉；苦难和孤寂的童年生活，是作家的一笔财富。反之，我们通过对《牛》的解读，就会发现，莫言所有的小说都有一个一以贯之的东西，那就是一个被饿怕了的孩子对美好生活的向往。莫言是一个真正的‘作为老百姓写作’的作家，是普通农民的代言人。”[①]管

① 管谟贤：《莫言笔下的牛》，《大哥说莫言》，山东人民出版社 2013 年版，第 38—42 页。

谟贤对《牛》的解读和分析是非常到位的，这对于人们深入理解这篇小说提供了一条捷径。但是，管谟贤也只是局限于为人们提供了一些背景资料，而对于小说的艺术表现，并没有提及。《牛》在艺术上最成功的地方，是忠实地实践了新写实小说零度感情的写作态度，将荒唐年代的农村的荒诞现实生活作了彻底的还原。大集体时代，牛是重要的生产资料，也是农民的命根子，稍有不慎，就会上升到阶级斗争的高度，来对待围绕着牛发生的一切。那时，为了保持牛的生产力，所有公牛都要阉割。但由于机械地执行了上级命令，违背了牛的自然生长规律，硬是将正处于发情期的一头健壮的公牛“双脊”阉割了，导致它伤口发炎，最后不治而亡。牛死后，农民们非但不伤悲，反而想方设法掩盖真相，目的是弄回去吃牛肉。然而，公社的领导也想吃牛肉，于是他们就展开了智斗。最后还是公社领导权力大，一言九鼎，让死牛留在了公社。也许牛死后变质了，也许牛本身就带有细菌，反正公社驻地的公家人吃了牛肉后，有三百多人中毒，引起了上级的高度重视。起初，事故被定性为阶级敌人搞破坏，后来又怀疑是台湾特务搞破坏，待弄清事情原委后，才变成了责任事故。最后，只处理了公社屠宰组的组长，其他人都安然无恙。中毒的人中，除了一个当场撑死的，其余的都经过人民解放军的救治，脱离了危险。这件事，被看作是战无不胜的毛泽东思想和无产阶级“文化大革命”的伟大胜利。小说语言流畅，细节精彩，人物真实感强，一看就知道作者有深厚的生活底蕴。小说中，作者化身为“我”，目睹并参与了整个事件发展过程，更增强了故事的毛茸茸的生活质感。

《师傅越来越幽默》是一篇时代感、现实感很强的写实小说，属于20世纪90年代中后期出现的“现实主义冲击波”作品。90年代中后期，随着社会主义市场经济的崛起，中国经济遭遇到了前所未有的巨大困难，也出现了一些新中国成立以来从未有过的现象，如工厂倒闭、企业转产、工人下岗、自谋出路等。这些改革阵痛，引起了作家们的广泛关注，出现了一批描写此类现象的小说。如河北“三驾马车”谈歌的《大厂》，关仁山的《大雪无乡》《九月还乡》，何申的《信访办主任》以及刘醒龙的《分享艰难》，张宏森的《车间主任》，范小青的《百日阳光》等。评论界认为这些作品散发着浓郁的时代感和强烈的当下生活气息，塑造了一系列具有当下感和典型性的人物形象，是一股久违的“现实主义小说冲击波”，完成了对此前称霸文坛已久的新写实小说的全面超越，标志着“现实主义的大潮再起”。[①]但实际上，它们和传统的现实主义文学还是有很大的差别的，在文学的血缘关系上，它们和新写实小说更有渊源。固然，这些作品关注了社会现实，塑造了典型形象，有着某些“主旋律”特征，但是，它们缺少传统的现实主义小说普遍具有的理想化倾向，写作视角普遍向下，在惟妙惟肖地描摹生活本色的同时，更多地关注了人类个体的生存困境，表现出了对于人的生存本质的执著追求。在写作笔法上，也总是努力消除主观叙述的技术痕迹，追求无技巧的自然呈现，与新写实小说如出一辙。《师傅越来越幽默》即是如此。小说写了离国家规定的退休年龄还差一个月的市农机修造厂的丁十口下岗自谋生路的一段故事。丁十口工龄 43 年，省级劳模，按说无论如何也不能下岗，但事实就是这样残酷，只能从头再来。他无意中发现农机厂后面的小山包上，有一辆废弃的公共汽车，有一对青年男女在里面成就了好事，觉得有商机可寻。可是，刚开始碍于面子，他也只是说说而已。后来经不住徒弟吕小胡的怂恿，他将公共汽车整修一新，开了一个“休闲小屋”，为野鸳鸯提供幽会场地。尽管提心吊胆，但看到到手的票子，也算没有白白地担惊受怕。然而，让他焦头烂额的事情还是来了，一对男女进去后再也没有出来。他唯恐出事，便求爷爷告奶奶似的让人帮忙通融。然而，就在吕小胡的警察表弟强行打开“休闲小屋”的门后，却发现里面什么也没有。面对如此尴尬的结局，他感到如释重负，一身轻松，而吕小胡却只能嘲笑说：“师傅，您越来越幽默了。”[②]小说以略带黑色幽默的笔法，揭示了下岗工人的无奈与悲酸，个中滋味，只有身在其中才能体会到。丁师傅之所以开了这样一个让人啼笑皆非的玩笑，并不是视觉出了问题，没有看到那对男女从小屋中出来，而是思想出了问题，头脑中出现了幻

① 雷达：《现实主义冲击波及其局限》，《文艺理论研究》1996 年第 4 期。

② 莫言：《师傅越来越幽默》，《莫言作品系列·师傅越来越幽默》，上海文艺出版社 2012 年版，第 197 页。

觉。因为堂堂正正了一辈子的丁师傅，总感觉自己做的事情不是那么光明正大。久而久之，心中的鬼胎化作了幻觉。这说明，并不是“师傅越来越幽默”，而是生活越来越幽默。《师傅越来越幽默》发表在1999年第2期《收获》杂志上，如果转换一下角度来看这篇小说，完全可以看作是新世纪才出现的“底层叙事”小说创作的先河。以曹征路的《那儿》为代表的“底层叙事”，是新世纪第一个10年才出现的创作现象。在这之前，莫言已经写出了类似的小说作品。

如果说《牛》《师傅越来越幽默》，是以事带人、重在说事的写实小说，那么，《我们的七叔》《野骡子》，就是以人带事、重在写人的写实小说。莫言通过对现实生活中各色人等的细心揣摩，写出了人的丰富性。《我们的七叔》中的七叔，是一个无论在什么时候都与时代与他人满拧、真诚中透露着狡黠、严肃中蕴含着荒谬的人。有时候说话一本正经，行为却荒诞不经；有时候行为一本正经，说话却滑稽可笑；有时候认死理，倔强得八头牛也拉不回来；有时候又善变通，说下句时已经忘了上句说的是什么，总是闹矛盾，让人抓住反击的把柄。他满脑子想的都是光明正大的事情，但遇到的却又是一些让他十分不满的人和事。他普普通通，掉在人堆里找不出来，但又经历奇特，总让人感到神神秘秘。他心地善良，爱憎分明，但总是好心得不到好报，让人产生误会。他好吹牛，到处炫耀那些自以为是的所谓的人生资本，但吹牛的结果却往往是被人家当场揭穿，弄得尴尬异常，下不来台。最后，他窝窝囊囊地死在一次车祸中。死后，也没有得到应得的赔偿。总之，“七叔”是一个说不清、道不明的稀奇古怪的人，是一个说话、做事不过脑子，有点“二”的人。虽然在这篇小说中，莫言变换了一下讲故事的方式，在一头一尾和中间等多个地方穿插了一些讲故事的人“我”，和已经死去的“七叔”对话的情节，搞得神神秘秘，但这丝毫不影响小说整体上的写实风格。莫言的目的在于写人，他故弄玄虚，也是为了更好地写出“七叔”这个人。应该说，在新时期文学的人物画廊中，“七叔”这样性格的人物形象，还不多见。《野骡子》中的“野骡子”是一个女人的外号，真名叫什么，无从知晓。光听外号，就可以大致揣度出是一个什么样的女人。但“野骡子”作为一个人物形象，自始至终没有出现在小说中，也就是说作者根本没有对她进行具体的言行描写，她的所作所为都是通过小通的父母亲的矛盾纠葛反映出来的。然而，她虽然没有正面出现，却又无处不在，就像曹禺《日出》中的金八爷，深刻地影响着小说中“在场”的人们。她是引发小通父母矛盾的导火索，是父亲罗通和村长老兰都倾慕进而发生情斗的对象，是满足小通食肉欲望的“好姑姑”，是生了一个和她“一模一样的小狐狸精”的女儿从而引起小通母亲醋性大发的“坏女人”。莫言通过一系列引而不发、多方堆砌的烘托手法，勾勒出了一个风流无边，也是令人遐想无边的女人形象。与“野骡子”相比，小通的父亲罗通和母亲杨玉珍是小说着力塑造的两个人物形象，他们截然不同的生活观念和生活方式，昭示了变革中的农村、农民必然存在的巨大矛盾。罗通是一个不务正业的二流子，吃喝玩乐样样精通，却不干活，唯一被人信任的事情是当牛经济，为人“估牛”。无论什么样的牛，只要他说出等级和价格，买卖双方就不再争执，接下来的事情自然是成交。但就是这样一个一招鲜、吃遍天的大能人，却入不了杨玉珍的法眼。杨玉珍是一个能干、节俭、吃苦的女人，像一个苦行僧，只会劳作，不会享受。也许是罗通天性放荡，也许是受不了杨玉珍的呆板和清苦，他勾搭上了风流成性的“野骡子”，偷偷私奔了。杨玉珍自尊心很强，在他走后，发誓要活出一个人样来，于是带领小通开始了更加原始、更加艰苦的资本积累。5年间，母子俩靠捡拾破烂和省吃俭用，盖起了一座引以为豪的高大瓦房，并且建了一座气派的大门。然而就在这时，罗通回来了，并且领回了他和“野骡子”生的女儿。原来，罗通和“野骡子”私奔后，过得并不如意。后来“野骡子”不幸病死，父女俩走投无路，只得回来。罗通一改先前看不起杨玉珍的态度，低三下四地乞求她原谅，小通也替父亲求情，但杨玉珍并不宽宥他，而是不断地冷嘲热讽，这让罗通伤透了心。杨玉珍虽然痛恨罗通，却也同情他们的遭遇，就在她气呼呼地夺门而出，拎回一个猪头准备招待父女俩时，罗通已经背起女儿早先一步离开了家。小通觉得，父亲这次回来，像变了一个人似的，不仅有了忏悔之心，而且也比以前通情达理了。小说是以小通的视角来讲述的，而小通又是一个没有理性分辨能力的小孩，只是凭借个人的亲身感受来讲述发生在他父母之间的故事，所以感觉格外真实。无论是罗通、杨玉珍，还是没有直接写到的“野骡子”，宛如现实生活中的人们，活生生地站在我们的周围，是芸芸众生中的一分子。小说通过小通淳朴、自然、感性的童年视角，展示了时代变革浪潮中两种生活观念及其生活方式的激烈冲突，反映了人性善恶交替、美丑混杂、良莠互现的复杂。也许是意犹未尽，也许是又有了新的艺术发现与感悟，进入新世纪后，莫言以这个故事为根基，扩展成了一部长篇小说《四十一炮》。

《司令的女人》是一篇从历史和现实的双重角度写人的写实小说，在重述历史和写人两个层面上，都有所突破。《司令的女人》反映的历史，是被“知青小说”反复描述过的历史，只不过它将那段历史和改革开放以后的现实有机地联系了起来，在一个更加广阔的时空环境里，完成了对人的命运的诉说。在一般的“知青小说”中，知青生活是艰苦的，知青命运是悲惨的，知青历史是不堪回首的，知青记忆整个是黑色的。但在莫言笔下，知青生活却有了别一番色彩。在小说中，莫言不写物质贫乏带来的苦难，不写出身偏见造成的伤害，不写思想蒙昧造成的精神困惑，而以一种散点透视的方法，聚焦知识青年的情感地带，专写知青感情上的各种遭遇以及人在生存环境发生变化后，感情上出现的新的问题，在一个较广阔的时空维度和较新的层面上，探讨并反映了知青历史和知青命运。唐丽娟是一个来自大城市的知识青年，由于长得漂亮，被村里人起外号叫“茶壶盖子”。同时来的还有一个男青年叫宋河，由于长着一头卷毛，人称“宋鬼子”。他们原以为下乡是暂时的事情，说不定哪天就走了。但没想到，一待就是好几年。眼看着身边的知青一个个离开了，唐丽娟和宋河还没有机会，于是就产生了破罐子破摔的念头。为了共度时光，排遣寂寞，他们谈起了恋爱。然而，就在唐丽娟和宋河逾越了道德底线后不久，宋河也走了，怀了孕的唐丽娟一下子掉到了深渊里，叫天天不灵、叫地地不应，连死的想法都有了。就在唐丽娟走投无路的时候，善良的“司令”娘想出了一个办法，让自己的儿子冒着被逮捕的危险，认下了那件不光彩的事情和尚未出世的孩子。“司令”娘的大度和机智，救了唐丽娟，使得唐丽娟感恩戴德，义无反顾地嫁给了“司令”。然而，一个新的时代到来了。唐丽娟考上了大学，离开了农村，与同样已到省城的宋河重逢。尽管唐丽娟在“司令”娘临死前，向她发誓不离开“司令”，尽管她留在省城后又将“司令”的户口迁到了省城，但毕竟二人没有共同语言，在勉勉强强地共同生活了几年之后，在友好协议离婚没有谈成之后，执意离婚的唐丽娟还是被“司令”杀死了，而“司令”本人也被判了死刑。小说以一种残酷的方式，将荒谬年代的荒谬爱情作了真实的交代，反映了一代人无法把握自己命运的残酷悲剧。为了表现出荒谬年代的荒谬事情，莫言采用了一种谐谑、滑稽的语言风格来讲述故事，使得语言与故事相得益彰，格外有趣。语言方面的突出特征，表现在时不时地加入一些看似规范实则硬凑的“四言句”，让整体肃穆的叙事环境平添了许多意想不到的笑料。譬如：

司令同学，请你上前；抬起你脸，擦擦黑板；小心灰尘，迷了你眼！

司令司令，你这懒种；日上三竿，太阳晒腚。东洼放牛，南洼割草；沟里摸鱼，河里洗澡；你去不去，不去拉倒。

“茶壶盖子”，味道真妙；好像馒头，刚刚发酵；好像鲜花，刚开放了；闻到她味，没酒也醉；闻到她味，三天不睡。

大家举盅，一齐祝贺。祝我新婚，幸福快乐。然后仰脖，把酒干了。烈酒入肠，肚子发热，吃点小菜，压压邪火。没啥好吃，各位凑合。一碟虾皮，小葱拌了；一碟花生，用油炸了；一碟萝卜，用醋熘了；一碟黄豆，盐水煮了。一盅一盅，紧着忙活。景芝白干，当时名酒，六十二度，性情猛烈，非大喜事，舍不得喝。三瓶小酒，眼见干了。我们六个，舌头发硬，耳朵发热，酒遮着脸，信口胡说。我们六人，全都成婚，唯有司令，还是光棍。他的条件，其实很好：浓眉大眼，面相不错；虎背熊腰，身板不错；

沉默寡言，性格不错；干活卖力，品质不错；出身贫农，阶级不错；……[1]

人物的名字也起得颇有意思，无形中又为小说增添了许多幽默感。吴巴、范小鬼子、“茶壶盖子”“宋鬼子”，都很有特色。尤其是“司令”，其实就是一个憨厚的农村小伙子，与军队毫不沾边，但因为父亲的外号叫“旅长”，出于一代更比一代强的初衷，人们称他“司令”。总之，读了这部小说，人们会对知青和知青生活产生新的认识。知青不仅仅是苦难的承受者，也是苦难的制造者；知青生活不仅仅是冷酷的、压抑的，也是温馨的、张扬的。知识青年到农村插队落户，为农村、为农民尤其为正处在青春期的农村小伙们带来了多少变化，制造了多少欢乐，恐怕连他们自己也想不到。新的切入视角，为“知青小说”注入了新的内涵，带来了新的活力。

1999 年发表的中篇小说《藏宝图》和同年出版的长篇小说《红树林》，是莫言 20 世纪 90 年代中后期创作中的两篇异类，与同时期创作的新历史小说、寓言化小说、写实类小说都不一样。《藏宝图》是一篇看似抨击黑暗现实的谴责小说，实则是一部实验性很强的作品。莫言在其中化身为一个听故事的人，听自己多年不见的小学同学马可痛击时弊。从环保到医德，从官场到下岗，从传说到现实，从眼见到耳闻，上天入地，进山出水，马可讲得不亦乐乎，“我”也听得大开眼界。但这篇小说恰如莫言开头所言“这个故事从头到尾只有一句真话——这个故事从头到尾没有一句真话”[2]一样，莫言好像并不在意要写什么，而是在意如何将众多看似毫不相关的事情，通过奇妙的想象和出色的语言组织能力，将它们连缀成篇，形成一个艺术整体。正像莫言所说：“主要是想验证一下，一种有着巨大冲击力的语言，能不能自己产生出故事。我在

---

① 莫言：《司令的女人》，《莫言作品系列·师傅越来越幽默》，上海文艺出版社 2012 年版，第 244—275 页。

② 莫言：《藏宝图》，《莫言作品系列·师傅越来越幽默》，上海文艺出版社 2012 年版，第 291 页。

动笔之初，根本没有想到我要在这篇小说中写个什么故事，一切都跟着语言走，就像一个人，骑在一匹发疯的烈马上，不加控制，随着马自己奔跑一样。”①如此一来，小说的意义就变了，由“言说”变成了“说言”，由旨意变成了“梦呓”，让小说变成了纯粹的无根想象和语言狂欢。本来，莫言众多小说中存在的想象过度和语言泡沫化现象，已经为人们所诟病，而在这篇小说中，莫言又将其发挥到了极致。可想而知，这是一篇怎样的小说！当一个作家任由自己的性子，在创作上突破所有的界限、为所欲为地撒野的时候，人们就可以完全有理由拒绝他和他的作品。《藏宝图》给莫言带来了这样的危险。《藏宝图》中关于虎须灵验的传说，可与后来的长篇小说《檀香刑》作互文性阅读，因为在《檀香刑》中，赵小甲就通过虎须看到了众多人的原型。莫言小说中，有许多情节可作互文性阅读，例如关于饥饿的描写、人物反刍粮食的描写、小孩挨打的情节、人物被汽车撞死的情节等。作互文性阅读，可以加深对作家和作品的了解。《红树林》是一篇典型的命题作文，是莫言转业到中国检察日报以后为了完成工作任务而写的一部作品，并且是一部典型的由电视文学剧本改编而成的小说文本。由于莫言此前并不熟悉检察人员的工作性质，也不了解国家工作人员是如何渎职犯罪的，所以明显感觉到他写此类题材小说不如写其他题材的小说成熟，情节上有借鉴同类题材作品的模式化、概念化现象。由剧本改编而来，也带有机械的情节堆砌的现象。对这部作品，莫言自己也认为不太成功。“……这中间也写过一个长篇，叫《红树林》，写现代生活的，写反腐题材的，这个时候我已经转业到检察系统去了，让我写个电视剧，出版社对电视剧作了投资，然后出了条件，就是让莫言把电视剧改成长篇，看起来《红树林》是不太成功的。”②后来，当莫言因为工作的便利条件接触了众多的腐败案件，了解了腐败官员的犯罪心理之后，对如何写好反腐题材的小说，才有了深刻的认识，

① 莫言：《饥饿者的自然反应——2003年10月与法国〈新观察报〉记者对话》，《莫言对话新录》，文化艺术出版社2010年版，第281页。

② 莫言：《在文学种种现象的背后——2002年12月与王尧长谈》，《莫言对话新录》，第108页。

“……我认为写这样的题材应该把贪官污吏当成人来写，从人的角度考虑，从自我的内心考虑，或者说，要把贪官污吏当成‘我’自己来写。在当前的社会机制和法律状况下，假如我变成了某一个部门或者某一个级别的官员时，能不能保持清廉？会不会也跟那些贪官一样变成了人民的罪人？并由此对我们的社会制度进行反思，这是如果我要创作所谓的‘反腐败小说’的出发点，这里边应该包含着对社会的批判和对于自我的批判，涉及人的根本弱点，和一个存在诸多问题的社会对人的弱点的纵容，否则就不是好的文学……”①可惜，莫言没有把这种理念化作现实文本，只是在与日本作家大江健三郎的一次对话中讲述过这种艺术构思。一个省级高官被押赴刑场，突然一阵大风把囚车掀翻了，他得以逃脱，从此开始了自己的人生追寻之旅。他如何从一个放牛娃爬到了省级高干的位子，又如何结识了那么多的男人和女人，最后被一个曾经爱得死去活来的女人出卖，身陷囹圄，30 年的生活经历活灵活现。他此次逃跑的一个终极目的，是为了回到故乡看望母亲。但他经过千辛万苦终于回到母亲身边时，母亲却摸着他的头说：你这一辈子算是白过了。听闻此言，他猛然惊醒，发现自己根本没有逃跑，只是做了一个白日梦。执刑的法官对他说：你可以选择站着，或者跪着，我要枪决你了。他说让我跪着吧。②此篇充满了虚幻色彩的小说，被莫言命题为《灵魂出窍》，显然更多的是从人的角度来描写贪官，如果能够写完、出版，必将是一部别具一格的反腐小说。但遗憾的是，它终究没有成型。

进入新世纪后，莫言另辟蹊径，开始专心致力于其他题材的长篇创作，连续出版了《檀香刑》《四十一炮》《生死疲劳》《蛙》等多部作品，在长篇小说领域达到了一个新的高度。

---

① 莫言：《作为老百姓写作——2002 年与大江健三郎、张艺谋对话》，《莫言对话新录》，文化艺术出版社 2010 年版，第 496 页。

② 莫言：《作为老百姓写作——2002 年与大江健三郎、张艺谋对话》，《莫言对话新录》，文化艺术出版社 2010 年版，第 498 页。

第八章　新世纪以来的长篇小说创作：《檀香刑》与《四十一炮》

第一节　《檀香刑》：文化的盛宴

《檀香刑》出版于2001年，是莫言受到正面赞誉最多的一部长篇小说。2005年角逐第六届“茅盾文学奖”时，“初评是满票”，终评意外落选。落选原因，无外乎描写了众多血淋淋的酷刑场面，“觉得揭露了中国的阴暗面”，[①]引起较大争议。实际上，对自古以来中国酷刑文化的反思与描写，正是《檀香刑》的精华所在。当然，《檀香刑》的文化意蕴还远不止这些，它在许多个方面都有所涉及，并有独到表现。它是一部文化包蕴异常丰厚的长篇小说，不啻为一场令人目不暇接的文化展览、演出、碰撞、交流、联姻、融合的饕餮盛宴。

首先，《檀香刑》是一座陈列酷刑文化和暴政文化的展览室。这是最为人们所津津乐道的，也是饱受诟病的。酷刑，是指对一个人故意施加的不人道或有辱人格的任何使他在肉体上或精神上极度痛苦的处罚。酷刑自古就有。愈往人类社会的历史深处追溯，酷刑的程度愈烈。每一个国家、每一个民族都施行过酷刑，中国也不例外。也许是因为历史更悠久、更动荡、更反复无常，中国较世界上其他的国家和民族在使用酷刑方面更甚，更骇人听闻。鲁迅先生曾说过：“自有历史以来，中国人是一向被同族和异族屠戮，奴隶，敲掠，刑辱，压迫下来的，非人类所

---

① 莫言：《说不尽的鲁迅——2006年12月与孙郁对话》，《莫言对话新录》，文化艺术出版社2010年版，第201页。

能忍受的楚毒，也都身受过，每一考查，真教人觉得不像活在人间。”[①]中国历史上有名的酷刑很多，其中最严酷的莫过于凌迟、梳洗、剥皮、烹煮、车裂、刖刑、宫刑、幽闭、腰斩、缢首、灌铅、抽肠、活埋、杖杀、骑木驴、俱五刑、劓鼻、株连等。中国历史上也有许多著名的酷刑事件，听起来都匪夷所思，如秦始皇坑儒、李斯遭腰斩、商鞅被五马分尸、孙膑遭刖刑、司马迁受宫刑，等等。虽然越到后世，随着文明程度越高，酷刑的实施越来越受到了严格的限制，直至被驱逐出现代刑罚的范畴，但是，几千年的历史积淀，已在人们的心目中或历史典籍中，形成了一部厚厚的酷刑文化，它长久地盘桓在国家、民族或个人的心灵史上，无时无刻不对国家、民族和个人产生重大影响。虽然《檀香刑》不是文学史上第一部描写酷刑的长篇小说，但它绝对是第一部将酷刑上升到文化的高度进行艺术观照的长篇小说。《檀香刑》所迸射出来的酷刑文化内涵与特质是无与伦比的。小说总共写了六次酷刑行刑过程，其中讲述了五种不同的酷刑刑术，应该说它们在历史上的名酷刑中占有很重要的位置。当然，有些酷刑是莫言通过想象虚构出来的，如“阎王闩”“檀香刑”，但这更符合历史的本真状态和酷刑的本质特征，因为酷刑本来就是创造出来的。就酷刑本身而言，只有想象不到的，没有做不到的。这六次行刑过程、五种刑术，分别是：刽子手处决赵甲舅舅使用的“斩首”，余姥姥惩处银库库丁使用的“腰斩”，余姥姥和赵甲联手处死小虫子使用的“阎王闩”，赵甲给“戊戌六君子”执刑使用的“斩首”，赵甲给钱雄飞使用的“凌迟五百刀”，赵甲告老还乡后给孙丙上的“檀香刑”。其中“阎王闩”和“檀香刑”，史书上未见记载，显然是莫言依据酷刑的本质想象出来的。当然，作为酷刑文化的陈列展览室，《檀香刑》的意义绝不仅仅在于酣畅淋漓地讲述了几种酷刑刑术的执行过程，还在于赵甲以当事人的口吻，深有感触地讲述了行刑人的隐秘的心路历程和实施酷刑在他们这一类人心目中的崇高地位，从一个更高的层面上对酷刑文化进行了全面的审视。在赵甲看来，他精心研究、发明、实施任何一种酷刑，

① 鲁迅：《且介亭杂文·病后杂谈之余》，《鲁迅全集》第6卷，人民文学出版社1981年版，第180—181页。

绝不只是用来结束一个人的自然生命，博得众生喝彩，更重要的是通过这样一种神圣的仪式，来宣示皇家政权至高无上、不得冒犯的威仪以及自己在维护皇权统治方面不可替代的重要性。在某种程度上，他俨然成了国家法律和权威的象征。正如刑部主事刘光第对他所言：

> 其实，你干的活儿，跟我干的活儿，本质上是一样的。都是为国家办事，替皇上效力。但你比我更重要。
>
> 刑部少几个主事，刑部还是刑部；可少了你赵姥姥，刑部就不叫刑部了。因为国家纵有千条律法，最终还要落实在你那一刀上。[①]

正是因为赵甲身处重要地位，所以才自视甚高，根本不把人人敬畏的袁世凯放在眼里，起码从心底里不打怵他。他在袁世凯面前曾骄傲地说：

> 但小人斗胆认为，小的下贱，但小的从事的工作不下贱。小的是国家权威的象征，国家纵有千条律令，但最终还要靠小的落实。……小的认为，只要有国家存在，就不能缺了刽子手这一行。[②]

由于赵甲深刻地看到了酷刑的重要性，所以他才疯狂地爱上了刽子手这门职业，而且将其发展到了极致。腰斩、斩首的精细程度自不必说，单是传统的凌迟，他就能发挥到使用五百刀才将犯人处死的本事，更不用说他独创的“檀香刑”了。在恩师余姥姥三十多年前发明“阎王闩”处决小虫子，博得慈禧太后、光绪皇帝一片欢心的启发下，赵甲从此沉浸在了对于酷刑的研制与实施上。在如何处决抗德忤逆的孙丙事情上，他的聪明才智达到了顶点。他用一根浸透了香油的檀木橛子，从孙丙的谷道插入，再由肩头斜出，贯通身体但又不伤及其他脏器，让他足

① 莫言：《檀香刑》，当代世界出版社 2004 年版，第 187 页。

② 莫言：《檀香刑》，当代世界出版社 2004 年版，第 266 页。

足活够了规定的五天时间，可谓登峰造极。由于有着崇高的事业感、责任感，所以在他眼里，刽子手是神圣的，杀人是一门高超的技艺，犹如他的狂言：

> 别人瞧不起我们这一行，可一旦干上了这一行，就瞧不起了任何人，跟你瞧不起任何猪狗没两样。[①]

为此，他力劝自己的傻儿子赵小甲改行：

> 我的儿子，你就准备着改行吧，同样是个杀字，杀猪下三滥，杀人上九流。[②]

从杀人的角度来看人，人再也不是有感情、道德、意志和价值判断力的生命个体，不是常言所谓的大自然的精灵和万物之灵长，而纯粹是由一堆堆血肉和筋骨组合而成的与动物毫无二致的物质的人。因此，赵甲始终记得余姥姥告诫他的话：

> 一个优秀的刽子手，站在执行台前，眼睛里就不应该再有活人；在他眼睛里，只有一条条的肌肉、一件件的脏器和一根根的骨头。[③]

并且将其作为自己的执业信条，信奉终生。总之，在《檀香刑》里，莫言将自己对酷刑文化的理解注入赵甲的一言一行里，将人类历史上曾经出现过的那些残酷的非人道的酷刑作了深入的、全面的、形象的展示，让人们看到了酷刑的渊薮。

其实，在酷刑文化背后起支撑作用的是暴政文化。如果没有暴政，

① 莫言：《檀香刑》，当代世界出版社 2004 年版，第 33 页。

② 莫言：《檀香刑》，当代世界出版社 2004 年版，第 63 页。

③ 莫言：《檀香刑》，当代世界出版社 2004 年版，第 166 页。

酷刑也就无从谈起。所以，酷刑与暴政是一母双胎，相伴而生。或者说，它们是一枚硬币的两面，根本无法分离。酷刑是表，暴政是里，酷刑是为暴政服务的。从两种文化产生的先因后果来说，必定先有暴政文化，而后才有酷刑文化。中国几千年的古代社会，从根本上说，是一种集权暴政社会。因为自有文字记载以来，历朝历代的统治者们都认为他们的权力是上天赋予的，神圣而不可侵犯。如果有谁胆敢冒天下之大不韪，触犯了皇权，那是必然要受到严厉的惩处的。所以，为了向臣民们不断地重申皇权的神圣性，皇权的维护者们就创造了一系列的酷刑来施加天下。也许一开始，酷刑的数量是很少的，也不那么惨无人道，但是随着不断有人挑战皇权，酷刑的数量就越来越多，也越来越残酷，于是就有了名目繁多、千奇百怪的酷刑刑术。也许一开始，人们面对酷刑实施过程，是毛骨悚然、不寒而栗的，但后来见得多了，就习以为常、见怪不怪了，或许还把观看酷刑当成了一种艺术欣赏，就像小说中写到的光绪帝和嫔妃们观赏小虫子领受“阎王闩”一样，别有一番情趣。因此，在中国古代，酷刑是与暴政紧密相连的。酷刑的核心，正是专制的铁血暴政。这一点，连德国总督克罗德也看到了。他对袁世凯说：

> 中国什么都落后，但是刑罚是最先进的，中国人在这方面有特别的天才。让人忍受了最大的痛苦才死去，这是中国的艺术，是中国政治的精髓……①

其次，《檀香刑》是一部东西方文化激烈碰撞的演绎史。袁世凯、克罗德、赵甲为什么要给孙丙上檀香刑？还不是因为孙丙领头闹事，反抗德国鬼子在高密东北乡修铁路。当然，其中也有孙丙的妻子和孩子惨遭德国鬼子的侮辱、杀害，他要复仇的原因，归根结底是因为修铁路。修铁路势必要破坏农田，而自古以来中国的农民是把土地当作命根子的。对于触及命根子的事情，他们当然要拼命保护。所以，当德国鬼子真要

① 莫言：《檀香刑》，当代世界出版社 2004 年版，第 83 页。

修铁路时，就必然地遭到了老百姓的百般阻挠，乃至疯狂的破坏。在真实的高密东北乡的历史画卷上，就有关于抗击德国人修建胶济铁路的记载。所以，莫言写作《檀香刑》，并不完全是凭空想象，是有一定的历史根据的。现在看来，修铁路无疑是一件好事，“火车一响，黄金万两”，多少地方都在想方设法地争取上铁路项目，但在一百多年前，高密东北乡的人民是无论如何也认识不到它的好处的，他们的思想视域中只有祖宗留下来的那一亩三分地以及对祖宗心怀的虔诚，根本没有一丝一毫的现代经济头脑和现代化意识。然而，把当时条件下的人们抗击修铁路的事件上升到民族大义来认识，解释为一场自觉反抗殖民主义者侵略的爱国运动，说实在的也没有多大意义，因为它充其量不过是农民为了保护自己的命根子自发开展的一场护地运动，而且还不乏浓厚的风水迷信掺杂其中，似乎与爱不爱国不很搭界。比如担心火车的振动，会不会惊动埋葬在铁路两边的老祖宗不得安宁，为修铁路要迁移祖宗的坟茔，是不是做了不肖子孙？现在，抛开这些形而上的意识形态的东西暂且不论，单说孙丙的抗德行为和悲惨结局，实际上反映出的是一段东西方文化剧烈碰撞的历史，或曰西方现代文明与中国古老传统猝然相逢而生发出的一些灼目火花。在人类发展史上，蒸汽机、火车、铁路的出现，无疑是一次划时代的伟大革命，它们标志着人类社会从此告别了胼手砥足的原始农耕时代，进入了机器隆隆的工业文明时代。但遗憾的是，由于中国明清两代封建王朝采取了一系列闭关锁国的政策，致使西方社会进入现代文明已经二百多年了，中国还依然徘徊在封建蒙昧时代，远远地落在了西方后面。当然落后并不可怕，只要认识到了差距，奋起直追、迎头赶上就行。但可怕的是，封建王朝的统治者们和它的子民们远远没有认识到这一点，中国还仍然沉浸在汉、唐、宋、明造就的辉煌的阴影里，自以为是天下的中心所在，继续做着自大自强、荒唐可笑的美梦。如此一来，就真不知道铁路、火车到底为何物，更谈不上如何利用铁路、火车造福于民、造福于国了。所以，当德国人真要在高密东北乡修铁路时，不足为奇地遭到了民众的强烈抵制。那么，当西方列强早已飞黄腾达、今非昔比、步入现代文明的时候，高密东北乡的人们在干什么？他们仍然固守在自己的土地里，过着老婆孩子热炕头的生活，做着与世隔绝、听天由命的土财主梦。小说用一系列滑稽可笑的传说、臆想和情节，为当时高密东北乡的愚蠢的人们画了标准像。例如，他们认为德国人是尚未开化的蛮族，腿僵硬得不会打弯，摔倒了自己爬不起来；认为德国人来修铁路，不仅要占用他们的土地，还会破坏风水，让祖宗和后代永世不得安宁；面对火枪火炮、训练有素的现代士兵，他们仍然相信鬼神的力量，妄想靠画符、占卜、欺世盗名来迷惑民众，结果是造成重大伤亡；尤其是对于一些道听途说的事情，没法用现代科学来解释，只能用迷信揣测来糊弄人，从而造成了更严重的惶恐。比如流传在高密东北乡的关于铁路和灵魂的传说，就荒诞得让人啼笑皆非：

> 下面的话，千万别去乱传——德国人把中国人的辫子，压在了铁路下面。一根铁轨下，压一条辫子。一根辫子就是一个灵魂，一个灵魂就是一个身强力壮的男人。你们想，那火车，是一块纯然的生铁造成，有千万斤的重量，一不喝水，二不吃草，如何能在地上跑？不但跑，而且还跑得飞快？这么大的力量是从哪里来的？你们自己想想吧！①

……看到这些愚蠢至极的可悲可叹的想法、做法，试想一下，难道这仅仅是高密东北乡人的观念专利？显然不是！莫言早就说过，“高密东北乡”不是一个纯粹的地理概念，而是一个精神的故乡。它如同鲁迅笔下的鲁镇、未庄，沈从文笔下的湘西，早已超出了地理学的意义，具有了国家、民族的某些象征意味。因此，《檀香刑》与其说是为高密东北乡人画像，不如说是为当时的中国人画像。

再次，《檀香刑》洋溢着浓郁的侠义文化。侠义文化是中国的传统文化，虽然不像儒、释、道文化那样正统，影响巨大，但自古就有，一直弥漫在历史的长河中，魂魄不散。中国最早的侠义故事出在何时、什

---

① 莫言：《檀香刑》，当代世界出版社 2004 年版，第 139 页。

么内容已不确考，但西周早期伯夷、叔齐义不食周粟的故事，就颇见侠义精神。到了春秋战国时期，由于侠义之士频频出现，如聂政、聂嫈、荆轲、高渐离等人，他们以明知其不可为而为之的勇气，以“壮士一去兮不复还”的豪气，杀身成仁，舍生取义，终将个体的侠义精神发展成了群体的侠义文化。至于后来的历朝历代，侠义文化早已浸淫到了中国人的骨子里，化作了灵魂的一部分，所以侠义之士层出不穷。古代文学作品中，有众多是描写侠义之士的，如《隋唐演义》《三侠五义》《三国演义》《水浒传》等。“桃园三结义”“梁山泊聚义”更是家喻户晓的侠义故事。《西游记》中的孙悟空，也有明显的侠义性格和侠义精神，他打出的“替天行道”的旗号，就是古代侠士们最著名的招牌。根据古代侠士们的所作所为、所感所想，完全可以总结出他们普遍具有这样的基本特征，即重然诺，讲义气，轻生死，薄名利，性格果断豪爽，行事干脆利落。如果以此为标准来衡量《檀香刑》中的人和事，便不难发现，其中也弥漫着侠义文化，有侠义之士。其中一个是孙丙。孙丙领头抗击德国人修铁路，固然有为妻儿报仇的原因，但更重要的是出自侠义文化养育而成的天性使然。他不愿意看到异族在自己的土地上横行霸道，更不许他们为非作歹，所以才振臂一挥，竖起反抗大旗。他后来有逃出牢笼的机会，但他宁可慷慨赴死，也不愿意苟且偷生，更显侠义精神；其二是朱八和小山子。作为丐帮领袖和子弟，原本是混吃骗喝、得过且过的，不仅地位低下，而且名声不好。但他们终被孙丙的英雄气节所感动，于是合谋上演了一出荡气回肠的现代版的“狸猫换太子”的大戏。但可惜的是，孙丙拒绝了他们的好意，没有配合演出，致使二人惨遭杀害，为侠义精神画上了浓彩重抹的一笔；其三是钱雄飞。钱雄飞是小说为了交代赵甲高超的刽子手本事而牵扯出的一个人物，毕业于日本士官学校，本来有不可限量的辉煌的前途，但为了伸张正义，给“戊戌六君子”报仇，为国家除害，他挺身而出，刺杀袁世凯。但遗憾的是，天不灭袁，他的两把手枪都没有打响，致使自己被俘，最终被赵甲凌迟五百刀而死。面对酷刑，他至死都没有吭一声，表现得如此顽强与高贵，让见多识广的赵甲都感到不可思议，赧然满面；其四是高密东北乡的众乡亲。他们虽然愚昧盲从，生活困难，但不乏侠义精神。在本能驱使和侠义文化的熏陶下，他们勇敢地高举起了铁锨、二钩子等农业生产工具，同武装到牙齿的德国鬼子拼命。现代武侠小说大师金庸在《神雕侠侣》中曾借郭靖之口说："侠之大者，为国为民。"就是说，当一个侠士的英雄行为超出了个人利益的时候，他就是在为国家、为民族做事情。因此，从这个角度说，孙丙、钱雄飞、朱八、小山子以及高密东北乡的众乡亲，他们的侠义行为，无论是自发的还是自觉的，无不闪耀着素朴而崇高的爱国主义精神。

渐次，《檀香刑》是一座丰富的民间文化宝库。民间文化，与官府文化、庙堂文化相对应，是久而久之约定俗成的。如果说代表官府的庙堂文化是严肃的、单调的，那么代表社会的民间文化就是活泼的、多彩的。《檀香刑》中的民间文化虽然不是包罗万象，应有尽有，但涉及的方面还是比较多的，表现也比较细致。

其一是民间戏曲茂腔。茂腔，小说中叫猫腔，是流传在高密东北乡一带的地方小戏。它曲调质朴自然，唱腔委婉幽怨，唱词通俗易懂，深受人民喜爱。茂腔中的女腔尤为发达，给人以悲凉哀怨之感，最能引起妇女们的共鸣。莫言自小受到茂腔的熏陶，曾说："我小时候经常跟随着村里的大孩子追逐着闪闪烁烁的鬼火去邻村听戏，……听戏多了，许多戏文都能背诵，背不过的地方就随口添词加句。""这个小戏唱腔悲凉，尤其是旦角的唱腔，简直就是受压迫妇女的泣血哭诉。高密东北乡无论是大人还是孩子，都能够哼唱猫腔，那婉转凄切的旋律，几乎可以说是通过遗传而不是通过学习让一辈辈的高密东北乡人掌握的。"[①] 后来，因为工作繁忙，莫言对茂腔的爱好虽然被压抑住了，但它作为故乡的一种记忆却永远地留在了他的脑海中。他感慨说："猫腔是渗透在我血液里的一种声音，假如故乡有声音，那就是猫腔。"[②] 茂腔不仅促成了《檀香刑》的写作，启发了莫言的写作灵感，"最初的一闪念是地方戏。我当兵第

---

① 莫言：《檀香刑·后记》，当代世界出版社 2004 年版，第 378 页。

② 莫言：《发明着故乡的莫言——2002 年 3 月与〈羊城晚报〉记者陈桥生对话》，《莫言对话新录》，文化艺术出版社 2010 年版，第 262 页。

3年，头一次回家。大约早上六七点钟，我一下火车，从车站广场一个破破烂烂的卖油条的小铺子里传出茂腔的声音，我的眼泪哗哗地就下来了——如果故乡有声音的话，茂腔就是它的声音。单纯地写茂腔也不能构成一部小说，又跟胶济铁路的历史、民间抗殖民侵略的英雄故事、义和团、神话传说等嫁接起来。先是有一些具体的细节，然后再慢慢地扩展，扩展到人物，再扩展到人物周围的人物，脉络就慢慢形成了”。[①] 而且，茂腔本身也在《檀香刑》中得到了形象的展示，成了小说必不可少的一种艺术构成。在小说的《凤头部》《豹尾部》几章，莫言开头就引用了民间流传的猫腔《檀香刑》中的几个人物的唱词，风趣又生动，一下子就将读者引入到了作者精心设计的艺术境界中。如《第一章·眉娘浪语》：

> 太阳一出红彤彤，（好似大火烧天东）胶州湾发来了德国的兵。（都是红毛绿眼睛）庄稼地里修铁道，扒了俺祖先的老坟茔。（真真把人气煞也！）俺亲爹领人去抗德，咕咚咚的大炮放连声。（震得耳朵聋）但只见，仇人相见眼睛红，刀砍斧劈叉子捅。血仗打了一天整，遍地的死人数不清。（吓煞奴家也！）到后来，俺亲爹被抓进南牢，俺公爹给他上了檀香刑。（俺的个亲爹呀！）[②]

据《檀香刑·后记》，莫言年轻的时候曾和邻居们根据孙丙抗德的民间传说编写过猫腔《檀香刑》，而小说中引用的戏文，也是后来县里编剧加工整理过的剧本。由此可见，小说中写到的猫腔很真实，也很有地方特色。对于一些读者来说，也许难以接受《檀香刑》不同寻常的艺术风格，但是只要接受了猫腔，再来阅读理解《檀香刑》，那就容易多了。人生如戏，戏如人生。猫腔戏班班主孙丙由于演了一辈子戏，戏中人物的精神已经深深地浸入到他的骨子里面，所以他把现实生活乃至后来所受的檀香刑

① 莫言：《写作时要调动全部感受——2004年12月在阿寒湖畔与记者对话》，《莫言对话新录》，文化艺术出版社2010年版，第350页。

② 莫言：《檀香刑》，当代世界出版社2004年版，第3页。

也就当成了要演出的一场大戏，并且希望自己的表演能够出彩，观众越多越好。其实，从聚众抗德开始，他就已经提前进入了角色，化名大宋元帅岳鹏举，开始了在现实生活中的演出。只不过到了承受檀香刑，演出才真正达到了高潮。

其二是面子文化。爱面子是中国人的传统。一百多年前，美国传教士史密斯在《中国人的气质》一书中就指出，了解中国，熟悉中国文化、中国人的习性和中国的风土人情，可从中国人的“面子观”出发。他认为中国人重体面、重形式而轻事实，爱说漂亮话，讲排场，颇有些“做戏”的味道。对此，鲁迅十分赞同。鲁迅在《说“面子”》一文中，借外国人热衷于谈论中国人爱面子的问题，把爱面子又进一步上升到中国国民性的高度来认识，说只要抓住了中国人爱面子的特点，就抓住了中国人的精神总纲，说面子“这一件事情，很不容易懂，然而是中国精神的总纲，只要抓住这个，就像2 4年前的拔住了辫子一样，全身都跟着走动了”。由此，鲁迅还分析了“面子”与“丢脸”的关系，“但‘面子’究竟是怎么一回事呢？不想还好，一想可就觉得糊涂。它像是有好几种的，每一种身价，就有一种‘面子’，也就是所谓‘脸’。这‘脸’有一条界线，如果落到这线的下面去了，即失了面子，也叫作‘丢脸’。不怕‘丢脸’，便是‘不要脸’。但倘使做了超出这线以上的事，就‘有面子’，或曰‘露脸’。而‘丢脸’之道，则因人而不同，例如车夫坐在路边赤膊捉虱子，并不算什么，富家姑爷坐在路边赤膊捉虱子，才成为‘丢脸’。但车夫也并非没有‘脸’，不过这时不算‘丢’，要给老婆踢了一脚，就躺倒哭起来，这才成为他的‘丢脸’。这一条‘丢脸’律，是也适用于上等人的。这样看来，‘丢脸’的机会，似乎上等人比较多……。”[①] 说到底，爱面子，就是怕丢脸，图虚荣，讲表面工夫、场面工夫，就是俗话说的“打肿脸充胖子”“到死也不认那壶酒钱”“死要面子活受罪”。由于对面子文化有深刻的认识，所以鲁迅升华出了阿Q式的自欺欺人的“精神胜利法”，刻画出了孔乙己的“读书人窃书不算偷”的穷酸相。老舍在早期小说《二

① 鲁迅：《且介亭杂文·说“面子”》，《鲁迅全集》第6卷，人民文学出版社1981年版，第126—127页。

马》中，也塑造了一个爱面子、讲排场的人物马则仁，他把中国人的劣根性展览到了英国。如出一辙，《檀香刑》中也闪烁着中国人爱面子的文化习性，它的存在，把赵甲的刽子手手艺推向了巅峰，把孙丙的生命推向了深渊。赵甲之所以能够成为京城刑部大堂里的首席刽子手、大清朝的第一快刀、砍人的高手，成为精通历代刑罚，并且有所发明、有所创造的酷刑专家，固然得益于余姥姥的嫡传，自己一辈子的精心研磨，但也与面子有关。他一直认为自己是大清朝的法律所在，是国家权威的象征，有着至高无上的地位和荣誉。所以每当行刑时，他心中总是默念着这样的信条：

> “自己是至高无上的，我不是我，我是皇上皇太后的代表，我是大清朝的法律之手！”①

所以，为了迎合专制君主的欢心，配合他们对臣民的统治，他唯一要做的就是把杀人这活做得漂亮。如果做得不漂亮，就有可能毁掉他一世的英名。因此，为了至高无上的荣誉和抹不掉的面子，他做得无比精心、细心、耐心，有时甚至充满了爱心，生怕他的施刑对象不合作，坏了他的名声。比如他在行刑钱雄飞时，就经常出现这样的担心：

> 赵甲担心那颗心撞断肋骨飞出来，如果那样，这次策划日久的凌迟大刑就等于彻底失败了。那样不但丢了刑部大堂的面子，连袁世凯大人的脸上也不光彩。他当然不希望出现这样的场面。②

> 他的眼前金星飞迸，他感到头晕目眩，胃里的一股酸臭液体直冲咽喉，他紧咬牙关，暗暗地提醒自己，无论如何，不能呕吐，否则，刑部大堂刽子手的赫赫威名就葬送在自己手里了。③

---

① 莫言：《檀香刑》，当代世界出版社 2004 年版，第 170 页。

② 莫言：《檀香刑》，当代世界出版社 2004 年版，第 177 页。

③ 莫言：《檀香刑》，当代世界出版社 2004 年版，第 178 页。

为此，他不时地提醒自己，要精心操作，不留遗憾：

> 赵甲，你要仔细啊！人过留名，雁过留声，只有圆满地完成了这次檀香刑，你才能成为名副其实的刽子手状元。如果完不成这次檀香刑，你的一世英名就完了。①

给孙丙上檀香刑，已经赋闲在家的赵甲认为是自己最后露脸的机会，所以他鼓励儿子赵小甲说：

> "儿子，别害怕，按照着爹教你的，大胆地干，咱爷们露脸的时候到了！"②

当看到檀木橛子按照自己的设计，均匀地贯穿到了孙丙的身体内，他的脸上才洋溢出了满意而自得的神情。赵甲杀了一辈子人，最让他露脸的事情是得到了太后和皇帝赏赐的檀香木佛珠和太师椅子，这成了他人生最值得炫耀的资本。有了这两件宝物，从此他就可以不把任何人放在眼里了，包括人人敬畏、不可一世的袁世凯。孙丙最后走上祭台，被施以檀香刑，也是面子作祟。他本可以有逃脱的机会，但为了维护住戏班班主、抗德英雄的美名，硬是走上了行刑台，接受非人的折磨。小说中写到当朱八营救不成、要掐死他，让他免受酷刑时，孙丙作了拼死挣扎。他当时的内心独白，道出的全是名节、面子问题：

> 俺生是英雄，死也要强梁。朱八哥哥，孙丙知道你的意思，你怕俺被檀木橛子钉，你怕俺受刑不过哭爹喊娘。你怕到时候，俺想死死不了，想活活不成，因此你想把俺扼死，让德国鬼子的阴谋败亡。朱八哥哥，松手啊，你把我扌弁死就等于毁了我名节，你不知道，俺举旗抗德大功刚刚成一半，如果俺中途逃脱，就是那虎头

① 莫言：《檀香刑》，当代世界出版社 2004 年版，第 275 页。

② 莫言：《檀香刑》，当代世界出版社 2004 年版，第 334 页。

> 蛇尾、有始无终。俺盼望着走马长街唱猫腔，活要活得铁金刚，死也死得悲且壮。俺盼望着五丈高台上显威风，俺要让父老乡亲全觉醒，俺要让洋鬼子胆战心又惊。①

面子问题还体现在孙丙改行上。孙丙原是唱戏的，但由于在与县太爷钱丁斗须中败下阵来，自感威风大减，再也没有勇气登台演出，所以才改行做茶水生意。但好景不长，德国人的到来，粉碎了他的田园美梦，逼迫他走上了反抗之路。

其三是饮食文化和性文化。孔子曰："饮食男女，人之大欲存焉。"告子曰："食色，性也。"就是说，男女之性与日常生活，都是人之自然属性，是一种客观存在。所以，既然人类避免不了，自古以来就一直是文学创作永恒的主题。"十七年文学"把人写成不食人间烟火的苦行僧，显然是不对的，有悖天赋人性，但当今一些作品过于突出、注重生活的世俗化和性描写，也是值得忧虑的，有剑走偏锋之感。那么，究竟怎样做才符合情理，不被人们诟病？一个重要的原则是顺其自然，按照小说思想内容的实际需要和人物性格的刻画要求来描写，该突出时则突出，不该突出时则退隐，发挥出应有的艺术能量，就足够了。这一点，《檀香刑》做到了。《檀香刑》中写到了一种美食狗肉，从屠狗到烹煮再到出售，每一个细节都写得很详细。傻子丈夫赵小甲负责买与屠，有"狗肉西施"之美誉的妩媚少妇孙眉娘负责煮与卖，夫妻俩联手妙作，遂将狗肉做成了高密县第一等的美食。然而，莫言写得如此细致，绝不仅仅是单纯为了表现这一美食，而是为了把它当作感情交流的媒介，将孙眉娘和高密县令钱丁之间的男女私情揭示出来。钱丁嗜食狗肉，图慕美女，长着一副动人心魄的美髯，而孙眉娘又恰好风流标致，擅做狗肉，内心里掩藏不住对赵小甲的厌恶和对倜傥男子的遐想，二人互相仰慕，终于成就了好事。自从钱、孙二人有了肉体关系，他们的心理就起了变化。尤其是当钱丁知道率众抗德被施以檀香刑的孙丙是孙眉娘的亲爹时，他

① 莫言：《檀香刑》，当代世界出版社 2004 年版，第 305—306 页。

原本潜伏在心底的为民请命的愿望终于浮现了出来，并且变得越发坚决和彻底。最后，他成了政府的反叛者，在升天台上刺杀了赵家父子和受苦受难的孙丙，完成了由一个唯唯诺诺的朝廷命官向一个大义大勇的英雄侠客的嬗变。小说中突出的饮食文化只有狗肉，而描写到的性文化却有多种。斗须、比脚、单相思、争风吃醋等皆是。从生理愉悦的角度说，胡子和脚的确不如相貌、身材以及乳房等性器官那样容易引起异性关注，但是从文化的角度说，很早以来就有关于男人的胡子和女人的脚的文化，即“美髯公”和“三寸金莲”之说。在女人眼中，一个男人如果长有一副美髯，就会显出与众不同的精神气质，同样，在男人眼中，如果一个女人拥有一双无与伦比的小脚，也会被视为至宝。只不过，钱丁吸引眉娘的，是一副美髯，而眉娘吸引钱丁的，却是一双大脚。在以小脚为美的时代，钱丁欣赏大脚，一方面说明钱丁有着一种怪癖的、与众不同的性取向，另一方面也说明他的骨子里潜藏着一种天生的反叛精神。俗话说，男想女隔座山，女想男隔层纸，但当山还没有翻过去、窗户纸还没有被捅破的时候，男女之间的感情就是一种单相思。其实，在讲究门当户对的清代，和钱丁不是同一个阶层的孙眉娘，其单相思的程度比翻越一座山，还要难上加难。因此，她患的相思病格外厉害，以至于到了以钱丁粪便入药都不治的地步。最后，实在抵挡不住钱丁的魅力诱惑和相思病的折磨，她才勇敢地做出了独闯钱府的行为。当钱丁迷上孙眉娘后，出身高贵的钱夫人的心中自然是酸楚楚的，不得不使出自己的杀手锏与孙眉娘争风吃醋。然而没有效果，只好认命。最后，她冒着生命危险掩护孙眉娘脱身，与其说是为了孙眉娘肚中钱丁的孩子，还不如说是她认命古代三妻四妾传统习俗的结果。针对钱夫人的挤压，孙眉娘也使出了浑身解数，与钱夫人斗法。

其四是孝文化。仁爱孝悌，是中华民族的传统美德，属于伦理道德范畴。千百年来，它作为维系人与人之间关系的一根纽带，发挥了重大作用。对于长辈而言，孝敬与否是衡量一个晚辈最重要的价值尺度。《檀香刑》对孝文化也多有触及。孙眉娘虽然是一介女流，对传统妇道又多有僭越之行，但她心中却永存孝道。她面对父亲孙丙和情人钱丁斗须落败时对父亲的哂怪，面对凶恶追兵对父亲的机智掩藏，明知根本不可能解救出父亲但偏要冒着风险尝试的行为，尤其是最后她帮着钱丁刺杀了赵甲，这一系列举动，无一不显示出她是一个有孝心的女儿。孙丙走上抗德道路，也与心中秉承的孝文化有关。古人说，“不孝有三，无后为大”，但是，他好不容易养大的一双儿女，却惨死在德国鬼子手下，为此，他义无反顾地走上了抗德之路。在家国一体、家国同构的古代社会，孝在家庭、民间方为孝，而在官场、朝廷，孝则转化成了忠。但是，由于封建统治者不允许个人有一丝一毫的自由意志，所以个人对国家、对朝廷的忠，实际上是一种愚忠。这种愚忠思想，无论在县令钱丁身上，还是在刽子手赵甲身上，都体现得淋漓尽致。赵甲已经纯然成为朝廷机械的杀人工具，让干什么就干什么，自得其乐，绝不会去想为什么这样干。而钱丁虽然有时有独立思考，但往往最终又屈服于长官意志，变成朝廷的走狗。所以，他总是唉声叹气，彷徨于正义与邪恶之间，不能自拔。他的痛苦、矛盾，连袁世凯也感受到了，所以不禁对他叹道：

> 高密县啊，你是一个坦率的人，一个正派的人，一个不趋炎附势的人，一个有情有意的人，……但也是一个不识时务的人。①

常人有孝心，傻子也有孝心。即便是赵小甲，在知道了赵甲是自己的亲爹之后，也表现出了一片孝心，这让冷酷了一辈子的赵甲得到了些许人间温情。

其五是广场文化与看客文化。广场文化由来已久，历史源远流长。古代人祭天祀鬼的仪式就是一种广场文化。广场文化在大庭广众面前演出，必有看客，久而久之，又演绎出了看客文化。因此，广场文化与看客文化是相伴而生的，或缺其中一个都不成系统。《檀香刑》中，孙丙把人生当成了演戏，把生活当成了广阔的舞台，从而演出了一幕猫腔大戏。面对孙丙的决绝行为，孙眉娘感慨说：

① 莫言：《檀香刑》，当代世界出版社 2004 年版，第 85 页。

爹呀爹，……您一个草民百姓，走街串巷混口吃的臭戏子，闹腾到了这个份上，倒也不枉活了这一世。就像那戏里唱的，“窝窝囊囊活千年，不如轰轰烈烈活三天”。爹，你唱了半辈子戏，扮演的都是别人的故事，这一次，您笃定了自己要进戏，演戏演戏，演到最后自己也成了戏。[①]

为此，冷酷的赵甲也献上了颂词：

孙丙，亲家，你也算是高密东北乡轰轰烈烈的人物，尽管俺不喜欢你，但俺知道你也是人中的龙凤，你这样的人物如果不死出点花样来天地不容。只有这样的檀香刑，只有这样的升天台才能配得上你。孙丙啊，你是前世修来的福气，落到咱家的手里，该着你千秋壮烈，万古留名。[②]

而这出大戏的主角孙丙，最后的戏词是：

“戏……演完了……”[③]

看客文化的一大心理特征是盲目从众。鲁迅曾经说过：“群众，——尤其是中国的，——永远是戏剧的看客。牺牲上场，如果显得慷慨，他们就看了悲壮剧；如果显得觳觫，他们就看了滑稽剧。北京的羊肉铺前常有几个人张着嘴看剥羊，仿佛颇愉快，人的牺牲能给予他们的益处，也不过如此。而况事后走不几步，他们的这一点愉快也就忘却了。”[④]又说：“假使有一个人，在路旁吐一口唾沫，自己蹲下去，看着，不久准可以围满一堆人；又假使又有一个人，无端大叫一声，拔步便跑，同时

---

① 莫言：《檀香刑》，当代世界出版社2004年版，第9页。

② 莫言：《檀香刑》，当代世界出版社2004年版，第262页。

③ 莫言：《檀香刑》，当代世界出版社2004年版，第375页。

④ 鲁迅：《娘拉走后怎样》，《鲁迅全集》第1卷，人民文学出版社1981年版，第167页。

准可以大家都逃散。真不知是‘何所闻而来，何所见而去’。”[①] 鲁迅从批判国民劣根性的角度对看客文化进行了否定，而且在自己的小说中，多次描画了看客的场面，塑造了看客的形象。《檀香刑》中，莫言继承了鲁迅的遗风，也写到了看客，但不仅仅是盲目的看客，还有众多开始觉醒的看客，那些始终伴随着孙丙承受檀香刑并发出“咪呜咪呜”声音的看客，就是一些不畏淫威、敢于抗争的看客。他们汇成了一种民间强大的声音，抗争着这个不公的世界。钱丁之所以最后觉醒，就是受到了这种声音的启迪。对觉醒看客的塑造，是莫言独特的发现和艺术创造。

《檀香刑》体现了莫言对长篇小说艺术形式的新的探索与变革。小说，是文化的重要载体，同时本身也是一种文化现象。班固在《汉书·艺文志》中说：“小说家者流，盖出于稗官，街谈巷议、道听途说者之所造也。”文学形式中从此有了小说这一艺术形式。后来，随着小说艺术的不断发展，又衍化出了短篇、长篇、中篇等多种具体形式。“五四”新文化运动后，西学盛行，来自西方的现代小说体式开始流行起来，使得中国传统的小说形式受到了严重抑制。尤其是改革开放以后掀起的第二次西方热潮，使得中国的各种传统文化在很长的一段时间里更加相形见绌，难觅踪影。在长篇小说领域，传统的说唱体、章回体形同古董，早被人们遗忘到爪哇国去了。视野所及，尽是一些带有现代派风格的长篇小说。有一段时间，似乎谁不写现代派样式的小说，谁就没有资格进入文学的殿堂。与新时期文学一同成长的莫言，深受这股风潮影响，也曾经痴迷于先锋文学创作，写了大量颇具现代派性质的小说作品，包括长篇小说，如《十三步》《酒国》等。因为风格鲜明，竟然一时间成了新时期学习、模仿、实验、再造现代派小说的领航者与示范者之一。然而，莫言毕竟是一个有着强烈的创造精神的作家，逾距越轨似乎是他的天性，而且多年的写作经验和阅读经历，也使他深刻地认识到了当下文学创作存在的弊病，所以当他写作《檀香刑》时，就有了重打锣鼓另起炉灶的预设。为此，他在《檀香刑·后记》中说：“《檀香刑》是我创作过程中的一次

① 鲁迅：《花边文学·一思而行》，《鲁迅全集》第5卷，人民文学出版社1981年版，第484页。

有意识地大踏步撤退。”[①] 那么，什么是“有意识地大踏步撤退”呢？莫言曾经明确地解释说：“我说的这种撤退是针对目前写作界的状况而言。20 世纪 90 年代中期开始，文坛弥漫着伪中产阶级的写法，准贵族化的写法，我作为一个经过了训练的作者，有意识地与其划清界限，才不致沿着时尚的东西往下滑。其次，是对 80 年代以来流行的文学语言的反抗。翻译腔对当代作家影响巨大，翻开杂志，看看那些文章，发现使用的语言都非常纯熟，非常华丽、流畅，似是而非的比喻充斥其中，但实质性的东西特别差，都是没有生命力的语言，像是在水面上漂，像鹅毛一样，轻飘飘的，太像丝绸，但这是时尚，人们愿意模仿。一方面与伪中产阶级的态度对抗，一方面在书写语言上营造自己强悍的风格，然后有了《檀香刑》。”[②] 当然，莫言这种撤退，针对的不仅仅是写作界，也包括他自己。因为经过反思，他认识到了自己在先锋创作中的假模式样，“我在《檀香刑》后记所谓的‘大踏步撤退’，……是我对那些假先锋的反感，假民间的反感”。[③] 那么，莫言的“大踏步撤退”又表现在哪些方面呢？

其一在于文体。文体是小说重要的存在形式。有什么样的文体，就决定了有什么样的小说。莫言对文体有着高度的自觉意识，曾说：“毫无疑问，好的作家，能够青史留名的作家肯定都是文体家……”[④]《檀香刑》的文体既不同于莫言先前的文体，也不同于时下流行的文体，它有自己突出的特色。它是一部戏剧化的小说，或者说是一部小说化的戏剧。不仅艺术结构符合戏剧的发生、发展、高潮、结束的一般规律，即便是人物形象，也是高度脸谱化的。“凤头部”是故事的开始，引出各色人物，“猪肚部”是故事的发展，渲染事情经过，“豹尾部”是故事的高潮和结束，交代故事的走向和结局，完全符合戏剧的发展规律。尤其是孙丙的最后一句

① 莫言：《檀香刑 · 后记》，当代世界出版社 2004 年版，第 380 页。

② 莫言：《发明着故乡的莫言——2002 年 3 月与〈羊城晚报〉记者陈桥生对话》，《莫言对话新录》，文化艺术出版社 2010 年版，第 261 页。

③ 莫言：《写小说就是过大年——2003 年 1 月与〈中国教育报〉记者齐林泉对话》，《莫言对话新录》，文化艺术出版社 2010 年版，第 272 页。

④ 莫言：《在文学种种现象的背后——2002 年 12 月与王尧长谈》，《莫言对话新录》，第 112 页。

话，也是小说的最后一句话“戏……演完了……”，让故事在高潮中戛然而止，真产生了余音绕梁、意犹未尽的戏剧感觉。就人物来说，如果说被杀的孙丙有黑头的风范，刽子手赵甲应该就是二花脸。高密知县钱丁是老生，妩媚的孙眉娘是花旦，赵小甲是小丑，那么，凛然就义的钱雄飞则是英俊的小生，老奸巨猾的袁世凯就是纯粹的白脸了。各色人物性格鲜明突出，具有明显的戏剧化特征。虽然在故事的讲述过程中，穿插了一些闪回、倒叙、插叙甚至是魔幻的东西，但基本上不影响它的戏剧效果。应该说，这是一种符合中国传统审美习惯的文体。其二在于语言。语言是故事的载体，也是文体的具体表现形式，二者相辅相成，相互附丽。正如莫言所说：“语言本身也是一个调子，一开始起调就是一个花腔、高音，那你只能唱歌剧；一开始起的调就是江南的采茶调，那就只能唱采茶戏。”[①]《檀香刑》是一种戏剧化文体，那么就必须用一种戏剧化的语言来写作才能对路。莫言还说过：“作家应该有自己的腔调，应该发出自己独特的声音。”[②]同时，他还借用当年在军艺学习时徐怀中经常讲的一句话“语言是作家的一种内分泌”，[③]不时勉励自己，要创建自己的语言系统。他认为，虽然一个作家的语言风格“可以通过后天的努力来获得一些新质，但语言基本的风貌是一个作家天然就有的，或者说与一个作家的遗传因素以及他童年时期生活的环境、所接触的社会层面、所受的各种各样的教育”[④]分不开。所以，他在写《檀香刑》时，就戏仿了已经顽固地烙印在头脑中的家乡小戏茂腔的戏词风格，成就了现在的小说。可以说，让一种民间戏剧语言完全占据了小说的表达空间，这在新时期文学史上是不多见的。其三在于风格。文体搭就框架，语言讲述

① 莫言：《在文学种种现象的背后——2002年12月与王尧长谈》，《莫言对话新录》，第112页。

② 莫言：《故乡·梦幻·传说·现实——2008年8月与石一龙对话》，《莫言对话新录》，文化艺术出版社2010年版，第417页。

③ 莫言：《故乡·梦幻·传说·现实——2008年8月与石一龙对话》，《莫言对话新录》，文化艺术出版社2010年版，第414页。

④ 莫言：《故乡·梦幻·传说·现实——2008年8月与石一龙对话》，《莫言对话新录》，文化艺术出版社2010年版，第414页。

故事，文体和语言是小说艺术风格的表现窗口。《檀香刑》戏剧化的文体和戏剧化的语言，构成了小说强烈的带有显著的民俗化特征和仿古色彩的戏剧化风格，让《檀香刑》无论在莫言的创作中，还是在新时期文学的整体格局中，都独树一帜。

总之，《檀香刑》不仅描写了酷刑文化，还容纳了暴政文化、侠义文化、民间戏曲文化、面子文化、饮食文化、性文化、孝文化、广场文化、看客文化等众多文化内涵，对中西方文化碰撞进行了艺术反映，对小说文化进行了新的探索，可谓是一座文化荟萃的大观园。因此，把审视它的艺术焦点仅仅局限在酷刑文化上，是远远不够的。当然，对酷刑文化的挖掘和艺术描绘，是它最引人注目的地方。也正是因为如此，它出版后才招致了种种非议。然而，这不足为奇。这恰恰说明了莫言发现问题的准确、发掘素材的深刻、表现问题的有力，同时也印证了莫言一系列关于想象力的论述的重要性。一个作家写酷刑，并不代表他赞美酷刑；一个作家写刽子手，也并不意味着他真要杀人。他在小说中所做的一切，都是在艺术想象的层面上完成的。如果把一个作家在作品中所写的和他的现实人生对应起来，混作一处，要么是无知，要么是别有用心。

第二节　《四十一炮》：对欲望的诉说与反思

《四十一炮》出版于 2003 年，是在中篇小说《野骡子》的基础上发展起来的一部长篇小说。《野骡子》是一篇具有写实性质的小说，写了一个爱吃肉但又吃不到肉的少年罗小通眼中的世界。通过他淳朴、自然、感性的视野，展示了变革年代因为不同的生活观念和生活方式导致的父母间以及周围人之间的感情矛盾与利益纠纷。尤其是通过母亲杨玉珍苦行僧式的艰苦劳作和她对丈夫罗通的爱恨情仇，揭示了人性的复杂与美好。基本主题仍然局限在传统的道德冲突和人性揭示上。但艺术上有两点值得重视，一是对野骡子的塑造，采取了只闻其声不见其人的隐藏式写法，没有直接诉诸笔墨，只是通过他人的介绍和反衬，将一个轻佻、风流、野性、敢说敢做、煮得一手好猪肉的女性形象跃然纸上，给读者留下了广阔的遐想空间；二是童年叙述视角，一切故事都由整日处在饥寒交迫中的罗小通观察、感受并讲述出来，具有刻骨铭心的痛感体验。可以说，《四十一炮》承续了《野骡子》的童年叙述视角，赋予了更广阔的社会时代内容，增强了反思批判精神，思想内容比《野骡子》膨胀了许多。但是，由于是在中篇基础上发酵而来的，并非浑然天成，所以也就注定了它在许多个方面存在先天不足。总之，有突破，有创新，也有缺憾，是《四十一炮》留下的整体艺术印象。

从结构看，“四十一炮”，即四十一章，前十一章与《野骡子》的全部章节基本一致。除了内容上增加了故事的叙述主人公“我”，也就是罗小通对五通神庙里的大和尚倾诉的话语外，其他都是从《野骡子》横移过来的，故事、人物、语言、风格没有任何变动。从第十二章开始，是续写下来的。在续写的内容中，作者将时代背景拉长，放在新旧世纪嬗变前后近 10 年的时间里，让故事情节向前推进了一大步，人物性格更加厚实，艺术想象、语言风格也有了更加令人眼花缭乱的表现，尤其是通过罗小通忏悔式的述说，将对社会现实的批判力度与反思精神毫无保留地展示了出来，反映了当代中国社会步入市场经济以来农村变革的成与败、罪与罚、光荣与梦想、贪婪与无耻，实现了对《野骡子》仅仅局限于传统道德冲突和人性揭示的全面超越，完成了由现实意义的形而下的“吃肉”向象征层面的形而上的“吃肉”的升华。

小说的故事情节有三条线索，一是罗小通坐在五通神庙里对大和尚的倾诉，以回忆的方式讲述了 1 0 年前发生在自己身上和家庭中的故事，可谓罗小通的成长史和觉悟史；二是通过罗小通尘缘未了的慧眼，发现的双城市正在发生、上演的一切，可谓罗小通的反思史、批判史；还有一条是罗小通想象中的老兰的三叔兰大官疯狂的性爱史，是对人类社会永不满足的欲望心理的形象隐喻。这三条线索交叉叙述，构成了一个庞大多维、内蕴丰富的叙事网络。当然三条线索中，罗小通的成长史、觉悟史最为主要。通过这条线索，把一个历史时期中国农村改革发展的现状，形象地还原了出来。毫无疑问，改革给中国农村带来了翻天覆地的利好变化，同样毋庸置疑，改革也带来了一些令人狐疑的副产品。物质的极大丰富和由此带来的满足感，刺激起了人们久埋于心底的各种不健康的欲望。这些变化和欲望，互为表里，彼此为由，相辅相成，像滚雪球一样越滚越大。当然，欲望如果控制得好，控制在美好愿望的层面上，自然会使改革继续造福于人们。然而一旦控制得不好，让邪恶的病态的欲望绑架了善良的愿望，那么其结果就会给正常的社会秩序带来致命的危害。小说中，罗小通遭遇的一切，就说明了这一点。罗小通是一个对吃肉有着强烈欲望的孩子，但是，因为家庭的缘故，又成年累月地吃不着肉，所以异常痛苦。他把对吃肉的欲望转嫁到对周围人的感情态度上，以感性的眼光打量这个欲望横流的世界。小通的父亲罗通是一个好吃懒做的农民，除了有一手估牛的好本事外，其他的都上不了台面。然而，就是这唯一拿得出手的本事，还被财大气粗的村长老兰剥夺了使用的权利，因此，无论在家里还是在村里，他都成了一个实实在在的无用之人，谁也瞧不起他，最后只好与老相好"野骡子"私奔了。父亲走后，母亲杨玉珍把年幼的小通当作成人使用，帮着她贩卖破烂，使小通过早地体验到了人生的酸甜苦辣。杨玉珍是一个十分能干却又格外节俭的农村妇女，只知劳作，不懂享受，更体会不到小通吃不到肉的痛苦，所以招致了小通满腹的怨言，甚至是恶毒的腹骂。小通把母亲称作"破烂女王"，说自己是"破烂女王"的奴隶，恨不能被母亲打死，不惜以自己的死亡来惩罚母亲：

如果摇把子把我打死，首先打死的就是她的儿子，然后死的才是我。[①]

小通还把对母亲的强烈不满化作对父亲的深情怀念，认为父亲先前在家时带他到野骡子家吃过的几次肉，是他平生最幸福的时光。杨玉珍之所以拼命地积累财富，有她的想法。她不愿意让村里人看不起她，也不愿意村里人把丈夫离开她的原因归咎于她，她要活出个人样来！所

① 莫言：《四十一炮》，作家出版社 2012 年版，第 51 页。

以，为了这个目的，她不惜牺牲一切，包括儿子正在成长的身体。然而，就在她完成了原始积累，盖起了五间外贴瓷砖的高大的瓦房，觉得终于可以直起腰来与他人平起平坐时，罗通回来了，并且带回了他与野骡子所生的女儿娇娇。原来，在流亡过程中，野骡子不幸染上了时疫，一病不起，而罗通又实在没有其他路途可走，只好灰溜溜地回来了。面对狼狈不堪的罗通，杨玉珍先是詈骂他无情无义，然后又佯装赶他带着私生女走。然而，就在她满怀内心的激动，破天荒地从集市上买回了一个猪头，准备全家吃一顿团圆饭时，罗通却心怀愧疚地带着娇娇离开了家。这是小说前十一章讲述的故事，也是中篇《野骡子》讲述的故事。在这些故事中，几乎看不到罗小通的成长史，也看不到他的觉悟史，看到的只是一个少年对于肉的强烈渴望和吃不到肉的深刻痛苦，父母亲因为不同的生活观念而导致的悲欢离合以及处在生活变革中的人们原始素朴的美好人性。罗小通的成长史、觉悟史，是在续写的内容中体现出来的，其人生经历前后经过了10年时间。在续写的篇幅里，罗通自然没有走成，他被杨玉珍追了回来，并且受邀加入了老兰的企业团队。从此，全家进入了一个合着时代节拍，疯狂地追名逐利和满足欲望的时代，同时也是罗小通在经历了一系列血的教训之后开始醒悟的时代。

马克思在《资本论》中形容原始资本积累时曾说："一有适当的利润，资本就会非常胆壮起来。只要有10%的利润，它就会到处被人使用；有20%，就会活泼起来；有50%，就会引起积极的冒险；有100%，就会使人不顾一切法律；有300%，就会使人不怕犯罪，甚至不怕绞首的危险。"① 可以说，《四十一炮》中的屠宰专业村，就是一个为了利润而不择手段的村庄。在这个暴发户式的村庄里，村长老兰当然是说一不二的人物。他一言九鼎，集权力、财富于一身，有着数不清的女人。老兰的祖上曾经是大户人家，但是经过了土改和一系列阶级斗争以后，兰家没落了。然而，谁也不曾想到，改革开放为老兰带来了翻身的契机。在以富为荣的时代里，老兰摇身一变，成了远近闻名的搞活农村经济的

① ［德］马克思：《资本论》第1卷，人民出版社1958年版，第839页。

领头人。老兰的致富手段是搞注水肉，也就是往猪肉里面注入生水，以提高猪肉的分量。有了他的示范和引领，村里搞屠宰的人也都学会了注水技术，从而使得村庄成了一个名副其实的注水肉村。然而，虽然都是注水，老兰总是高人一筹，别人家经过注水的肉，保鲜不了多长时间，但老兰的注水肉却能保鲜很长时间，所以老兰威信很高。无论是上级领导还是村里的普通人家，都把老兰看作是一个既能干又有魄力，还有一般人不可比拟的智慧的神秘人物。当年，如果不是他的蛮横和霸道，硬生生地剥夺了罗通赖以生存的估牛技艺，让罗通变得一无是处，也许罗通不会铤而走险，与"野骡子"私奔。但是现在，当罗通毫无颜面地回来之后，面对罗通的落魄与无助，他竟然产生了惺惺相惜的怜悯情绪。因此，当杨玉珍让小通去邀请他来家吃顿饭以缓和两家的关系时，一向高傲的他竟然痛快地答应了。这既让杨玉珍感到惊讶，也让罗通感到无地自容。然而，老兰来吃饭，并不仅仅是为了缓和关系，他有长远打算。老兰知道，尽管自己的注水技术高超，只有被模仿，从没被超越，但是，经过几年的摸爬滚打，他觉得自己的视野还是太狭窄，目光太短浅，挣钱太辛苦，也太提心吊胆，跟不上形势了。然而，他要维护自己的威信，就必须扩大生产经营，提高利润收入，摆脱一家一户的作坊制生产，办乡村企业，搞联合经营，在事业上来一个大翻身、大发展、大突破。而要办企业，就必须有人帮忙。可以说，罗通和杨玉珍早就进入他的法眼了。在老兰看来，罗通虽然有点自视甚高，但向来是个不平凡的人物。他浑身充满了智慧，只要将心气用在该用的地方，不出几年就能混出人样来。杨玉珍也不是等闲之辈，一个女人拉扯着一个孩子，靠捡拾破烂，没用几年工夫，就盖起了一座令人羡慕的大瓦房。杨玉珍的勤劳几年前就引起了他的注意，在罗通出走的那些时日里，他无私地帮助她，贱卖给她拖拉机，批给她宅基地，已经被这样一个既能吃苦又能干的女人深深折服。至于罗小通，虽然还只是一个孩子，却也让老兰印象深刻。小通无所畏惧、大模大样的大人气魄，让老兰感到他迟早是一个不能小觑的人物。杨玉珍对老兰的邀请喜不胜收，但罗通却因为先前和老兰的隔阂犹豫不决。后来在杨玉珍和老兰的反复说服下，罗通决定加盟老兰的联合肉类加工厂。于是，一个以罗通任厂长，杨玉珍任会计，老兰任肉类加工厂的上属公司华昌总公司的董事长兼总经理的农村企业，就成立了。同时，一个欲望的无底洞也豁然打开了。老兰在劝说罗通出山时，曾这样说：

> 我们必须好好赚钱，现在这个时代，有钱就是爷，没钱就是孙子。有了钱腰杆子就硬，没钱腰杆子就软。这个小小的村长，我老兰根本就没看在眼里，翻翻我们兰家的家谱，只要是当官的，最小也是个道台。我是不服这口气，我要领着大家富起来。我不但要大家富起来，我还要让村子里富起来……①

作为一村之长，老兰要让村子富起来，是他的美好愿望，也是村长的职责所在。但是，如何才能使村子富起来，走一条什么样的致富道路，也是他应该考虑的事情。遗憾的是，在强烈的致富欲望的驱使下，他选择了一条歪门邪道。他对罗通说：

> 罗通，我知道你对大伙往肉里注水有意见，但你要睁开眼睛去四乡里看看，不光是我们村往肉里注水，全县、全省甚至全国，哪里去找不注水的肉？大家都注水，如果我们不注水，我们不但赚不到钱，甚至还要赔本。如果大家都不注水，我们自然也不注水。现在就是这么个时代，用他们有学问的人的话说就是“原始积累”，什么叫“原始积累”？“原始积累”就是大家都不择手段地赚钱，每个人的钱上都沾着别人的血。等这个阶段过去，大家都规矩了，我们自然也就规矩了。但如果在大家都不规矩的时候，我们自己规矩，那我们只好饿死。老罗，还有很多事，哪天我们坐在一起认真地聊……”②

① 莫言：《四十一炮》，作家出版社 2012 年版，第 184 页。

② 莫言：《四十一炮》，作家出版社 2012 年版，第 184—185 页。

经过了一系列的谋划，肉联厂披着华丽的外衣，轰轰烈烈地开张了。罗通虽然接受了老兰委任的厂长职务，一开始兢兢业业，但随着亲眼目睹了比比皆是的丑恶现象，他的良心渐渐地复苏了，最终走上了一条决绝的不合作的道路。他在超生台上连坐七天，为自己的罪恶赎罪，下来后辞去厂长职务，向自己的过去告别。最后，在老兰老婆的葬礼上，挥刀劈了曾经带给过他温暖、希望同时也给他带来屈辱的杨玉珍，为自己一度被激起的欲望，画上了一个诀别的句号。总之，这个时代不是罗通的时代，是老兰的时代，尽管他想违背自己的意愿跟上这个时代，但终被这个时代抛弃了，连同自己的良心和传统的道德价值体系，一起被这个疯狂的时代绞杀了。

欲望是人的本性，人人都有，但追求欲望的途径、结果却各不相同。对罗通来说，欲望是一场不胜唏嘘的人生大戏，而对杨玉珍来说，欲望则是一条没有回头路的单行道。当杨玉珍还是一个普通的农村妇女时，她满心的愿望就是盖一座气派的大瓦房。然而，当她听说老兰要邀请她出任加工厂的会计时，她潜藏在心底多年的出人头地的欲望，终于猛烈地爆发了出来，从此不惜以牺牲人格作资本，对老兰言听计从。乃至真正做了会计，则成了老兰彻头彻尾的走狗和制假售假的帮凶。原来那个还有点志气的杨玉珍从此不见了。杨玉珍之所以发生如此巨大的变化，是因为她从老兰的施舍中体会到了权力和金钱的魔力。在他们家和老兰还没有任何关系时，他们是村子里有名的“狗不理”人家，而当有了关系后，他们在村子里的地位就不一样了。借债多年不还的人主动还钱了，往日绕着门口走路的电工主动进门布线了，即便是多年不说话的冤家对头，也开始主动和她搭讪起来。权力和金钱，让杨玉珍体会到了从未有过的优越感。从此，她由一个人变成了一个病态欲望驾驭的奴隶，并且最后为此付出了生命的代价。

如果说，老兰是欲壑难填的时代欲望的象征，杨玉珍是那个时代培育出来的代表性人物，罗通的表现反映了一个良心未泯的人在欲望炼狱中的挣扎，那么，罗小通就隐喻了人类欲望的本质化特征以及在经历了凤凰浴火般的痛苦之后，走向醒悟的一个象征性形象。在《野骡子》中，罗小通只是一个酷爱吃肉的小孩，然而，到了《四十一炮》中，罗小通就不是一个单纯到只知道吃肉的小孩了，他成了人类欲望的本质化特征的隐喻与象征。虽然前十一章，还是原来那个罗小通，但他后来的所作所为、所思所想，说明他已经被作者赋予了更多的内涵，承担起了更多的社会责任。尤其是当他在五通神庙里对大和尚喋喋不休地讲述自己的童年往事时，显然已具有了批判与反思的意味。罗小通压抑不住的对肉的渴望，实际上表达了人类自身对本能欲望的无法掌控。应该说，兰、罗两家和好后，罗小通的父母担任了肉类加工厂的厂长和会计，老兰又格外看好他，允许他不受约束地任意吃肉，完全满足了他对于肉的饥渴，他不会再因为吃不到肉而生发遗憾，但事实并非如此。罗小通的心灵深处，依然有着一种对于肉的强烈渴望。并且受这种渴望驱使，他拒绝了人们让他上学的好意，以 12 岁小小的年纪进入了加工厂，成了一名年龄与智慧很不般配的出色的员工。不仅如此，他还凭借着对于肉的特殊灵感，发明了新式注水法，即所谓的“洗肉”，让见多识广的老兰也佩服得五体投地。在此，罗小通表现出来的对于肉的亲近感与急迫感，显然寄寓着人类对本能欲望的无能为力。然而，一旦本能欲望的阀门被打开，就可能再也难以关闭，除非遇到连本能欲望都难以承受的巨大的压力。所以一时间，罗小通如鱼得水，尤其是赢得吃肉比赛冠军后，更是如明星般辉煌耀眼，其欲望和野心膨胀到了极点。然而，物极必反。先是父亲对泛滥的欲望产生了疑虑，于极度压抑中砍杀了母亲，导致自己被捕。继而是视如亲妹妹的娇娇，因为吃肉过多而被活活撑死。罗小通在内忧外患中，逐渐醒悟，认识到造成这一切后果的不仅仅是老兰，还有人类无休无止的欲望。因此，娇娇死后，他发誓说：

> 我再也不吃肉了，我宁愿到街上去吃土我也不吃肉了，我宁愿到马圈里去吃马粪我也不吃肉了，我宁愿饿死也不吃肉了……[①]

① 莫言：《四十一炮》，作家出版社 2012 年版，第 353 页。

在这儿，“肉”显然具有了超出其本义的深刻而丰富的意蕴。然而，人类真能摆脱欲望的诱惑吗？罗小通后来的遭遇，就颇耐人寻味。罗小通一共发射了四十一发炮弹，才将老兰拦腰炸成两截。为什么会如此艰难？这段滑稽的描写，起码蕴含着两个方面的深刻寓意。一是老兰象征的欲望太强大了，弥漫整个时代，具有广泛的社会存在基础和强大的生命力，不是轻而易举就能够消除的；二是罗小通潜意识里仍然残留着根深蒂固的本能欲望，烙印着对老兰的好感，使他不忍心除掉老兰。生存还是毁灭？哈姆雷特的烦恼变成了让他生存还是毁灭，在这儿困扰着罗小通。最后，如果不是老太太帮忙，恐怕四十一发炮弹都打完了，也不会伤到老兰半根毫毛。然而，老兰真的死了吗？显然没有！在小说的第二条故事线索里，我们依然看到老兰活蹦乱跳、颐指气使、耀武扬威，即使被自己的土炮炸伤了眼睛，仍然威风八面，让人不得不佩服老兰生命力的强大，怀疑罗小通真是一个谎话连篇的“炮孩子”。对于罗小通和老兰的关系，莫言在一次访谈中说得很明白：“实际上从父亲私奔之后，他就渐渐地对老兰产生了崇拜心理，尤其是父亲归来后，他对父亲的不满、对老兰的崇拜更是明显。他最后的复仇，其实是缺少心理动机的。他是做给那些认为他应该复仇的人看的。他的炮始终打不准目标，其实就是他心中并没有充足的理由把老兰当成敌人的表现。至于他的逃亡，与其说是他要逃脱老兰的报复，其实不如说他要逃离这个让他感到尴尬的环境。”[①] 对老兰的崇拜，实际上是对欲望的臣服，有这样一种心理意识在作怪，罗小通的炮能打准才真见鬼了。欲望意识深深地扎入了罗小通的心灵，以至于让他在10年之后，怀着虔诚的态度皈依五通庙，要拜大和尚为师了，还没有彻底戒绝凡心。每当五通庙里来一个女人，他都会涌起一股莫名的激动情绪，产生拥抱她、亲吻她的强烈冲动。最后，他到底没有经受住诱惑，幻化出了另一个自己，如一副蝉蜕，紧紧地扑在了那个像野骡子的女人的乳房上。除此之外，在他拜师修炼的日子里，每当庙门外面有什么热闹场景，总要忍不住偷看几眼。这一系列有悖修

① 莫言：《追忆与青春——与〈中国教育报〉记者齐林泉对话》，《莫言对话新录》，文化艺术出版社2010年版，第324页。

行的表现，说明罗小通尽管进了清静之地，但依然六根不净，虽然开始了觉醒，但觉悟之路又何其艰难！一个被欲望紧紧捆缚住了的人，要想彻底摆脱欲望，是多么的不容易！弗洛伊德的精神分析学说指出，人的本能欲望受到遏制时，要么发生倒错，要么出现升华，要么转向别的兴趣。对罗小通而言，这三种情况都出现了。10 年后，当“主人公罗小通在那座五通神庙里对兰大和尚诉说他的童年往事时，身体已经长得很大，但他的精神还没有长大”，① 即是倒错现象。罗小通以一个精神侏儒的形象，自动到五通神庙里修行，即是升华。而他对兰大和尚滔滔不绝的诉说，即是将欲望转向了别处。这一点，正如莫言《后记》《诉说就是一切》中所说：“《四十一炮》所展示的故事，就没有太大的意义。在这本书中，诉说就是目的，诉说就是主题，诉说就是思想。诉说的目的就是诉说。如果非要给这部小说确定一个故事，那么，这个故事就是一个少年滔滔不绝地讲故事。”还说：“罗小通是一个满口谎言的孩子，一个信口开河的孩子，一个在诉说中得到了满足的孩子。诉说就是他的最终目的。”“罗小通讲述的故事，刚开始还有几分‘真实’，但越到后来，越成为一种亦真亦幻的随机创作。诉说一旦开始，就获得了一种惯性，自己推动着自己前进。在这个过程中，诉说者逐渐变成诉说的工具。与其说是他在讲故事，不如说故事在讲他。”② 罗小通从诉说中得到的满足，补偿了他在本能欲望方面长期的缺失。

小说的第二条故事线索写的是 10 年后的罗小通在五通神庙里向兰大和尚讲述 10 年前的人生经历时，双城市正在发生、上演的一切。通过罗小通的观察、判断，他发现当下的情形并不比 10 年前美好，而是更让人忧愁。如果说，10 年前，无论是罗通、罗小通还是杨玉珍、老兰，表现出的只是个体欲望泛滥的某些征象的话，那么，10 年后，双城市正在举办的肉食节，表明欲望已经泛滥成一种集体有意识的狂欢节了，甚至演变成了一种人人津津乐道的文化现象。

① 莫言：《诉说就是一切——后记》，《四十一炮》，春风文艺出版社 2012 年版，第 350 页。

② 莫言：《诉说就是一切——后记》，《四十一炮》，春风文艺出版社 2012 年版，第 351 页。

肉食节要延续三天，在这三天里，各种肉食，琳琅满目；各种屠宰机器和肉类加工机械的生产厂家，在市中心的广场上摆开了装饰华丽的展台；各种关于牲畜饲养、肉类加工、肉类营养的讨论会，在城市的各大饭店召开；同时，各种把人类食肉的想象力发展到极限的肉食大赛，也在全城的大小饭店排开。这三天真的是肉山肉林，你放开肚皮吃吧，能吃多少就吃多少。还有七月在广场举行的吃肉大赛，吸引了五湖四海的食肉高手。冠军获得者，可以得到三百六十张代肉券，每张代肉券，都可以让你在本城的任何一家饭馆，放开肚皮吃一顿肉。当然，你也可以用这三百六十张代肉券，一次换取三千六百斤肉。在肉食节期间，吃肉比赛是一大景，但最热闹的还是谢肉大游行。就像任何节日的节目都是慢慢地丰富多彩起来一样，我们的肉食节也不例外……①

"肉食节"上，除了有令人瞠目结舌的食肉大赛，还有各种冠冕堂皇的演出，如威风凛凛的摩托车队开道，奇形怪状的彩车巡游，震撼人心的威风锣鼓，花枝招展的秧歌表演，独出心裁的动物游行，眼花缭乱的广告游说，粉饰太平的艺术烟火，藏污纳垢的夜市买卖。在罗小通目睹的第十届肉食节上，还有一个重头项目，那就是为肉神庙举行隆重的奠基仪式。在此，莫言通过艺术想象，将欲望的无底洞以无比夸张的形式表现了出来。虽然看似荒诞，却比真相更真实。莫言曾经说："我是一个写小说的，说得好听点是一个小说家。在小说家的眼里，喧嚣与真实都是文学的内容，我们可以写喧嚣。但是我认为，应该把更多的笔墨用到描写真实上。当然了，小说家笔下的真实，跟我们生活中的真实是有区别的，是不一样的，它也可能是夸张的，也可能是变形的，也可能是魔幻的，但是我想夸张变形和魔幻实际上是为了更加突出真实的存在和真实的力度。总而言之……我们要冷静地观察，要透过现象看本质……然后我们要运用我们的逻辑来进行分析……通过分析得到判断，最后在这

① 莫言：《四十一炮》，作家出版社2012年版，第92页。

样的观察分析判断的基础上，展开我们的描写，然后给读者一个丰富的文学世界。”[①]《四十一炮》中，莫言关于双城“肉食节”的描写，就是他在观察、总结了现实生活中众多喧嚣的节日之后，以浮夸的手法描写出来的。当然，说是浮夸，其实比现实还要现实。小说中，有一个副省长为“肉神庙”题字的情节，其情其境，不是可以在现实生活中找到很多精彩的模板吗？在这条线索中，老兰依旧耀武扬威，神气活现，不仅仅是屠宰村的村长，有名的乡镇企业家，而且还荣升了市政协委员，比以前更骄横跋扈，这充分说明罗小通当初并没有把他炸死。他在老太太放的最后一炮中被炸成两截，只不过是罗小通的一厢情愿罢了，或者说是罗小通的强烈的心理意愿导致出现的一个幻景。老兰的生命力如此强大，再一次证明邪恶欲望在现实社会中有着怎样强大的影响和势力。面对形形色色的丑恶现象，罗小通只能忿忿地说：

> 大和尚，这个社会，勤劳的人，只能发点小财，有的连小财也发不了，只能勉强解决温饱，只有那些胆大心黑的无耻之徒才能发大财成大款。像老兰这种坏蛋，要钱有钱，要名誉有名誉，要地位有地位，你说还有公道在人间吗？[②]

尤其让人感到滑稽的是，虽然罗小通对欲望社会开始了觉醒并进行了反思批判，但他本人却因为早年无与伦比的吃肉表现被当地人视为神灵，用木头塑成了“肉神”像，供奉起来。此种现实与理想的严重错位，真是意味深长。

小说的第三条故事线索写的是老兰的三叔兰大官疯狂的性爱史，它穿插在前两条线索中间，起到了进一步渲染欲望的作用。兰大官是一个归国华侨，当年出国，是形势所迫，现今归国，也是形势使然。他打着回国投资的旗号，摇身一变成了双城市有名的爱国华侨。然而，相比起所从事的投资来，他的风流韵事更惹人瞩目。他与众多女人有染，而且

---

① 莫言：《喧嚣与真实》，《文学报》2014 年 10 月 30 日 21 版。

② 莫言：《四十一炮》，作家出版社 2012 年版，第 131 页。

毫无顾忌。与他交往的女人中，有仇人的女儿，有著名电影演员，有乱七八糟的女人。他可以在一天之内和四十一个女人交合，也可以同时和三个女人“练功”，他是名副其实的“五通神”。“五通神”者，在当地人的心目中，淫神也。他和出家为尼的沈瑶瑶生的孩子，可谓是又一个“肉神”，其嗜肉的程度，让自视甚高的罗小通，也感到惊讶：

> 这个孩子是个吃肉的天才，比当年的我还要厉害。我能吃肉，但还是需要把肉在口腔里简单地咀嚼一会儿才能咽下去，可是这个看上去也就是5岁左右的孩子，竟然一点也不咀嚼。他简直是在往嘴巴里填肉啊。两大盘烤肉，眼见着就进了他的肚腹。我心中暗暗佩服，真是强中更有强中手啊！[①]

可惜的是，这个小孩过早夭折，暗示了欲望控制不住带来的后果。对于兰大官的所作所为，莫言是用一种典型的魔幻手法描写的，伴随着罗小通的心理活动，倏忽而来，倏忽而去，并时常产生前后呼应，一方面为老兰的疯狂行为找到了遗传基因，另一方面也更加突出了整个时代的特征。欲望无边，苦海无边，看似每一个人都得到了满足，其实又有哪一个人不是生活在痛苦的深渊中？《四十一炮》中，几乎每一个人都有一个不妙的结局。杨玉珍被砍死了，罗通被捕了，娇娇被撑死了，老兰的老婆抑郁死了，沈瑶瑶出家为尼了，罗小通进庙当了和尚。兰大官和沈瑶瑶生的儿子虽然是在锦衣玉食中酣睡死去，没有痛苦，没有烦恼，但毕竟没有善终。老兰比较顽强，但身体被自己打伤了，最后面临妻亡女离的结果，也并不是什么好事。至于生命力异常旺盛的兰大官，更不用说了。他在完成了最后一次壮举，与四十一个女人交媾之后，被一个洋人用左轮手枪暴毙了。而随着他的倒下，被人们视为淫威无边的五通神像，也随之坍塌了。由罗小通看来，兰大官是五通神在民间社会的化身，而在小说的叙述者莫言看来，五通神是民间社会对于欲望顶礼膜拜的象

① 莫言：《四十一炮》，作家出版社2012年版，第196—197页。

征。

总之，现实的、虚幻的、以往的、当下的，三条故事线索交相呼应，浓墨重彩地描绘出了一个欲望泛滥的民间社会，而这个社会，恰恰是改革开放以后尤其是进入市场经济以后某一段时间、某些领域、某些地方的形象写照。应该说，改革开放以来，中国的整体形象是健康向上的，主流是好的，取得的成就是有目共睹的，为人类社会发展做出的重大贡献也众所周知。但不能否认，在某些领域、某些地方、某一个时间段里，出现了一些乌烟瘴气的东西。它们打着各种名目的旗号，披着各种华丽的外衣，粉墨登场，大行其道，不仅严重干扰了正常的社会发展秩序，而且使得人们传统的人生观、世界观、价值观，发生了扭曲与变态。究其原因，莫不是源自本能的遏制不住的欲望在作祟。莫言敏锐地观察到了这一现象，并且运用自己擅长的艺术手段，表现了出来，体现了一个作家"铁肩担道义"的高度的责任感和使命感。因此，小说的故事虽然有些荒诞，但主题绝对庄严、神圣。莫言曾经说："作家应该为良心而不是为市场写作。我觉得在市场经济条件下依然可以产生杰出的文学作品，……我不是为了市场而写作，而是为了良心在写作，……市场对我们当然有影响，……不过我们有一个底线，……假如这个细节是真正文学的，真正能够表现出我内心深处对文学的追求和我的理念，哪怕读者会不喜欢这些细节我也要保留它。相反，假如有些细节或者故事情节是能够吸引读者的，但是与我心中严肃的文学作品不相一致，或者说这些东西保留了以后会影响我的小说或者作品的文学品味，那我会毫不犹豫地把它删掉，这是我写作的基本底线，这个底线永远不会越过。"① 这一点，莫言在《四十一炮》中基本上做到了。

然而，《四十一炮》毕竟是在一部中篇小说的基础上发展起来的，并非浑然天成，所以这就注定了它存在一些先天不足，在某些方面存有缺陷。其一，诉说淹没了一切。虽然莫言自认为："这部小说中的部分情节，曾经作为一部中篇小说发表过。但这丝毫不影响这部小说的'新'，因

---

① 莫言：《喧嚣与真实》，《文学报》2014 年 10 月 30 日 21 版。

为那三万字，相对于这三十多万字，也是一块酵母。当我准备了足够的‘面粉’‘水分’，提供了合适的‘温度’之后，它便猛烈地膨胀开来。”①但是，由于太注重诉说了，把诉说当成了本体，把小说原本应该注重的人物、故事、情节当成了末体，所以出现了本末倒置的现象。在罗小通滔滔不绝的诉说中，人物、故事、情节都变得模糊不堪。纵然有魔幻现实主义手法支撑，理论上还能说得过去，但实际上阅读起来是相当困难的，稍不留意，阅读者的思维就会滑出正常的轨道，让人感觉不知所云。尤其是罗小通在五通神庙里向兰大和尚讲述自己的过去时，又同时讲述双城市正在发生的一切和兰大官的风流史，几条线索交叉叙述，跳来跳去，更是让人感觉云山雾罩。也许，兰大官的故事线索起到了渲染欲望泛滥的作用，但是由于闪回得过于突兀，缺乏必要的对于前因后果的描述，所以让人感觉兰大官不是按照自己的性格逻辑来行事，而是按照莫言的需要在表演。这样写作，显然对于整部小说的艺术建构并无裨益。当一部小说艺术上的探索超越了它的思想光芒，导致人们只关注它的艺术技巧而不关注思想内容时，那么这部小说无论如何也不是一部优秀的小说。《四十一炮》出版后的遭遇就证明了这一点。关注它的只是少量吃文学饭的人，它在普通读者中几乎没有市场。其二，人物形象有明显的符号化、理念化倾向。所谓符号化、理念化，就是作者有意将人物形象作为某种思想观念的载体，从一开始就浓墨重彩地描绘，一直到最后，性格都没有发展变化，人物成了思想观念的化身。或者说，人物形象所承载的思想意识，不是根据人物的性格发展逻辑自然而然形成的，而是作者从外部直接塞给人物的，人物成了某种理念的传声筒。这一点，《四十一炮》和《野骡子》相比，简直不可同日而语。《野骡子》是一篇相当圆熟的中篇小说，不仅艺术表现颇显技巧，而且人物形象性格鲜明。它通过罗小通的童年视角和童言无忌的讲述，很好地塑造了罗通、杨玉珍、老兰、野骡子以及他本人的艺术形象。在罗小通刻骨铭心的感受中，罗通活得潇洒而又窝囊，杨玉珍活得艰辛而又舒畅，罗小通活得痛苦而

① 莫言：《诉说就是一切——后记》，《四十一炮》，春风文艺出版社 2012 年版，第 351 页。

又率真，老兰活得痛快而又霸道，尤其是野骡子，虽然只出现在别人的言语中，但仍然刻画得栩栩如生，宛如就在眼前。然而，到了《四十一炮》中，几乎所有的人物都成了理念的化身。罗通是一个跟不上时代变迁的保守落后的农民形象，虽然身上残留着一些传统美德，但其固执、狭隘的性格，注定了被无情淘汰的命运。杨玉珍是一个盲目跟风的农村妇女形象，没有独立思想，没有个人意志，没有是非曲直的评判标准，只会向钱看，在时代风潮的影响下，凭借着本能欲望，追逐个人的满足，全然不管满足的手段正当与否。老兰是欲望时代强人的象征，他有钱有权有势，呼风唤雨，不可一世，而每一个耀眼的光芒背后，都有着不可告人的肮脏与卑鄙。而这样的农村强人形象，在当时的社会中，比比皆是。如果说，罗通传达出的是道义的正能量，那么他和杨玉珍传达出的就是道义的负能量。他和杨玉珍，象征了民间恶的欲望所在。这种恶的欲望的无限扩张，不仅玷污了农村纯洁、质朴的生活状态，也亵渎了传统的道德伦理观念。罗小通是本能欲望的隐喻，他对于肉的不可遏制的亲近感，说明欲望的诱惑是多么的强烈，而他后来对肉的拒绝，炮轰老兰，又意在说明莫言是多么深刻地认识到了欲望泛滥的罪恶。他想借罗小通之手，铲除罪恶的源泉。因此，当罗小通架起大炮轰击老兰时，罗小通就由一个原本活生生的艺术形象，硬生生地变成了莫言主观意识的“大炮”。兰大官是欲望泛滥的终极表现，莫言把他描写成一个超现实的、具有永不满足的性欲望和无与伦比的性能力的艺术形象，显然有着特殊的意义。至于沈瑶瑶、兰大官与沈瑶瑶的儿子、黄虎、黄豹等人，他们要么是欲望的觉醒者，要么是欲望的执迷者，要么是欲望的维护者，在小说中，他们也都贴着一个又一个理念的标签，招摇过市。人物形象的符号化、理念化，割裂了生活的实际意义，造成了《野骡子》和《四十一炮》人物形象的不一致感，也造成了《四十一炮》人物形象的前后不统一感。其三，语言水分过多，想象过于奇特，超出了现实生活的固有逻辑，影响了小说的现实主义思想厚度。应该说，莫言捕捉到了一个极好的题材，也提炼出了深刻的主题，但是由于过分信服自己的想象力，太纵容语言无边界的驰骋，让语言的泡沫稀释了严肃的主题，从而让人看到的更像是一部充满了杂耍般意味的小说，而不是一部思想主旨鲜明集中的小说。例如，罗小通的迫击炮和炮弹的来源以及轰击老兰的举动，就缺乏现实依据。其四，《后记》有些画蛇添足。看起来，《后记》是向读者解释为什么将小说写成这样而不是那样，有阐释写作技法和帮助人们阅读的作用，但其实完全没有必要。一部作品写完了，作家的任务也就完成了，剩下的要靠读者去解读。而读者解读成什么样，完全取决于读者的学识、能力以及解读的视角与方法，如此，才有了“一千个读者有一千个哈姆雷特”的说法和接受美学的理论。至于莫言说“思想就说不上了，我向来以没有思想为荣”，① 更是一种矫情。如果一部小说没有思想来充实，那么艺术的框架是无论如何也搭建不起来的。所以，《后记》多多少少有炫技的意味。但不管怎样，应该看到，《四十一炮》的写作技法，的确和其他小说不一样，它重诉说而轻描写，所有的一切都是通过罗小通讲述出来的。罗小通佯装“白痴”的畅所欲言，无所顾忌的讲述，冲决了一切理性的堤坝，对于帮助人们清晰地认识欲望社会的方方面面，抑或是一种不错的艺术抉择。

① 莫言：《诉说就是一切》，《四十一炮·后记》，春风文艺出版社 2012 年版，第 351 页。

第九章　新世纪以来的长篇小说创作：《生死疲劳》与《蛙》

第一节　《生死疲劳》："轮回"中的写史情怀与土地情结

莫言是一个扎根乡土的作家，对农村、农民命运的思索与表现，一直是他文学创作的中心内容。因此，《四十一炮》后，他又创作了《生死疲劳》。《生死疲劳》出版于2006年，是一部深刻反映当代中国农村和农民命运变迁的长篇力作。它从1950年1月1日写起，一直写到新千禧年的到来，在长达50年的时间跨度上，全面展现了几代农民的恩与怨、情与仇、善与恶、美与丑、痛苦与欢乐、梦想与追求、执著与背叛、动摇与坚守的人生命运轨迹，在描写农民命运的基础上，再现了当代中国农村云谲波诡的断崖式嬗变，用文学艺术独有的方式，为当代中国农村和农民书写了一部不朽的历史大书。同时，也从纯粹的农民的情感出发，对当代中国农村政治生态进行了全方位的考察与评判。

中国作家一直有一种浓重的写史情怀，这从孔子编《春秋》、左丘明撰《左传》、司马迁著《史记》、司马光编《资治通鉴》中可以看到，因此，自古以来就有"文史不分家"的说法。到了后来，尽管文史逐渐分野，文以虚构见长，史以纪实著称，但毋庸置疑，写史情怀已在作家心目中扎下了不可磨灭的根基。作家无论创作何种体裁、何种题材的文学作品，其中都或明或暗、或隐或显地流淌着一股历史情绪，都有为历史作传的企图。譬如，罗贯中的《三国演义》、施耐庵的《水浒传》、吴敬梓的《儒林外史》等，即便是写世俗生活、芸芸众生的《红楼梦》《金瓶梅》，也不乏浓郁的历史情愫。因此，后代人往往把它们看作是认识历史的一面镜子。其实，这种现象在西方文学中也广泛存在。在西方文学的漫漫长河中，一直有一种“史诗性”的文学作品，它们将作者的历史意识和人文情怀紧密地结合起来，抒写了某一历史时期对人类生活产生深刻影响的某一重大事件或某一重要的思想潮流，具有崇高美、悲壮美的美学意义。譬如，古希腊的荷马史诗《伊利亚特》《奥德赛》，中世纪的《圣经》，文艺复兴时期塞万提斯的《堂·吉诃德》、莎士比亚戏剧，19 世纪雨果的《悲惨世界》、巴尔扎克的《人间喜剧》，沙俄时期托尔斯泰的《战争与和平》，苏联文学中肖洛霍夫的《静静的顿河》等，它们都是彪炳史册的“史诗性”巨著。“五四文学革命”以后，虽然中国文学发生了现代化转型，中国作家的写作方式发生了翻天覆地的变化，但他们的写史情怀并没有受到任何影响，反而因为对西方文化满腔热情的学习和借鉴，让西方文学中的“史诗性”追求，从此走进了中国作家的艺术视野，与中国作家固有的写史情怀融为一体，成为现代中国作家孜孜不舍的一种艺术追求。这种追求，在鲁迅笔下出现过，在郭沫若笔下出现过，在茅盾、老舍、曹禺、巴金、丁玲、钱钟书、路翎等众多现代作家笔下都出现过，贯穿了整个现代文学 30 年。新中国成立后，出于为革命斗争历史作传、为社会主义建设作传的目的,对文学的“史诗性”追求,一直是作家崇高的创作目标。成为“红色经典”的《红日》《红岩》《红旗谱》《青春之歌》《保卫延安》自不必说，单是描写当时农村现实生活的《三里湾》《创业史》《艳阳天》等作品,也完全具备了较高的“史诗性”艺术价值。新时期以来,年轻一代的作家更是擎着“铁肩担道义，妙手著文章”的宏伟抱负，接过了担当的大旗，以火热的激情投入到了为时代、为生活、为民族、为国家作传的文学创作中，写出了一批具有“史诗性”的宏大的叙事类作品。譬如,张炜的《古船》、贾平凹的《浮躁》、陈忠实的《白鹿原》,莫言在新时期也写出了《红高粱家族》《丰乳肥臀》《檀香刑》等具有史诗性质的小说作品。

中国作家的写史情怀有着多方面的艺术表现，其中聚焦农村和农民是非常重要的一个方面。中国是一个农业大国,农民占人口的绝大多数，无论在古代还是现代，农村、农业和农民“三农”问题，都是中国最迫切需要解决的问题。谁解决了这个问题，谁就能够赢得劳动大众，同时也赢得了中国的未来。早在1926年，毛泽东就说：“农民问题乃国民革命的中心问题；农民不起来参加并拥护革命，国民革命不会成功。”[①]1940年，当中国革命进行到关键时刻，他又说：“中国有百分之八十的人口是农民，这是小学生的常识。因此，农民问题就成了中国革命的基本问题，农民的力量，是中国革命的主要力量。”[②]农民问题，最关键、最主要的是农民与土地的关系问题。那么，农民和土地究竟是一种什么样的关系呢？或者说，土地对于农民来说到底意味着什么呢？这是一个既简单又复杂的问题。说简单，是因为它们之间的关系很单纯，土地是农民的命根子，付出就有回报；说复杂，是因为这种关系蕴含了相当丰富的内容，真要回答清楚这个问题，恐怕还要从中华民族的起源和历史说起。中华民族起源于中原大地，而中原大地的皇天后土，无疑为原始先民们提供了一块繁衍生息的理想之地。在生产力极不发达的古代，谁占有了土地，谁就占有了财富，也就拥有了生存与发展的基本条件。同样，谁失去了土地，谁就意味着失去了一切。所以在古代，土地是最不可缺少的生产资料，是最宝贵的财富。无论是朝代的更迭，还是内部纷争，都与土地有关。因此，一部中国古代史，实际上就是一部中国农民和土地的关系史。当农民最朴素的愿望“耕者有其田”得以实现的时候，天下就会太平，社会就会发展，人民就会安居乐业，统治者就会长治久安。一旦农民的理想遭到破坏，农民因统治者的贪婪或残暴失去土地的时候，社会就会动荡不安，世风就会日下，人心不古，甚至会出现改朝换代的局面。历史上的农民起义，无一不是打着“均其田”“均贫富”“均田免粮”“有田同耕，有饭同食”等口号，摇旗呐喊，呼风唤雨，发展壮大起来的。农民与土地的关系，不仅是古代历史表述的重要内容，也是古典小说重点描写的内容之一。《三国演义》里群雄逐鹿、三国抗衡，莫不是因为领土纷争。《水浒传》里一百单八将被逼上梁山，又有几个不是因为无

① 毛泽东：《国民革命与农民运动》，《毛泽东文集》第1卷，人民出版社1993年版，第37页。

② 毛泽东：《新民主主义论》，《毛泽东选集》第2卷，人民出版社1991年版，第692页。

立锥之地、家破人亡？总之，古代农民与土地的关系，充满了阴谋、残暴、血腥与温暖、和谐、平安的辩证关系。历史进入近、现代以后，农民与土地的关系更是被提高到了无以复加的地步，如何处理好这个关系，已经成了政治团体革命成功与否的前提条件。1905 年，孙中山、黄兴等人组织中国历史上第一个资产阶级革命政党同盟会，提出了“驱除鞑虏、恢复中华、创立民国、平均地权”的革命纲领，把“平均地权”当作了唤醒民众、争取民众的重要手段。1927 年大革命失败后，中国共产党人担负起了独立领导中国革命的历史重任，也首先把焦点聚集到了广大农民身上，把农民看作是革命的生力军，把“打土豪，分田地”看作是革命的中心任务，从而领导起了一场轰轰烈烈的土地革命运动，实践并总结出了一条“农村包围城市，武装夺取政权”的正确革命道路。自从土地成为革命和阶级划分的重要因素，现代文学史上就出现了众多关于农民与土地的描写。其中，以鲁迅、王鲁彦、彭家煌、许钦文等为代表的“乡土文学”，是较早出现的此类创作。他们的作品以描写农村生活见长，以塑造农民形象和表现农民疾苦为中心内容，虽然缺少对农民与土地关系的直接描写，但通过对农民劣根性的描绘，依然透露出了缺少土地依靠是导致他们生存窘状的直接根源。1933 年，王统照出版的《山雨》，可谓是一部直接触及农民与土地关系的长篇小说。它在较长的时间跨度里，细致描写了农民奚大有因为兵祸、匪患、水灾、旱灾、虫灾、病灾以及反动政府的苛捐杂税，由小康到破产的命运变迁。虽然指向的是反动政府和黑暗时代，但客观上揭示了土地才是农民安身立命的终极根本的大道理。奚大有从祖上继承了几十亩薄田，如果是正常年景，他完全可以凭力气养活一家人。然而，天灾人祸不断地降临到他的头上，致使他不断地变卖财产，消灾驱祸。几年下来，变卖了所有的土地和家产，仍然填补不了巨大的债务亏空，只好一走了之，进了城市，成了一个地地道道的无产者，成了那个时代农民与土地关系的形象的诠释者。进入 20 世纪 40 年代，中国共产党创建了自己的根据地，从而也就有了全面处理土地问题的施政舞台。从解放区开始实施的土地改革运动，一直持续到 20 世纪 50 年代中后期，历经土改、互助组、初级社、高级社、人民公社各阶段，土地收了分，分了收，反反复复，给农民的生活带来了深刻的影响。与此同时，一些作家身处其中，忠实地记录下了农民与土地的恩怨情仇、喜怒哀乐。在赵树理、丁玲、周立波等解放区作家的笔下，一方面感受到了地主阶级失去土地的痛苦，另一方面又感受到了劳动人民获得土地的欢欣。在李準、柳青、浩然等20世纪五六十年代作家的笔下，一方面看到了中国传统农民走上集体化道路时的彷徨、矛盾，另一方面又看到了农村新生力量在走这条道路时表现出来的义无反顾。而当历史画了一个圆圈，重新回到它的原点，人们才深刻地感受到，走得太快未必是一件好事。于是，在对历史进行反思、总结的基础上，围绕着土地，又开始了新一轮的改革。从包产到组到分田到户，再到搞联产承包责任制、租赁制，人民公社时期的僵化的大一统体制被彻底摒弃，农民赢得了新的出路。新的农村生活为新时期的作家们提供了丰富的创作素材，因此，在何士光、贾平凹、高晓声等人的笔下，又看到了改革开放年代的农民们打破精神枷锁以后龙腾虎跃的身影。总之，农民和土地之间因为时代变迁和政策变化而演绎出的剪不断、理还乱的错综复杂的关系，已郁积成一种怎么也化不开的土地情结，深深地嵌进了作家心中，成为了他们抒写历史情怀的突破口和宣泄地。

莫言继承了中国作家的优良传统，在拥有深沉的写史情怀的同时，又心怀坚实的土地情结。如果说，对宏大叙事类作品的不懈追求，是他写史情怀的具体表现，那么对“高密东北乡”的执著表现，就是他土地情结的真情流露。他曾说：“宏大叙事确实是每个作家内心深处的情结。所有的作家都梦想写一部史诗性的皇皇巨著。”[①] 由于一直心存如此宏伟的创作目标，所以他在相继推出了《红高粱家族》《丰乳肥臀》《檀香刑》之后，又写出了《生死疲劳》。《生死疲劳》是一部真正的关于农民与土地的小说，所有的故事和人物都围绕着土地萌发出来。尤其是人物的悲欢离合、生生死死，无不与土地的拥有或失去密切相关。这一点，与此前提到的现当代文学史上的众多作品显然不一样。那些作品虽然也写到

① 莫言：《重建宏大叙事——与李敬泽对话》，《莫言对话新录》，文化艺术出版社2010年版，第308页。

了农民与土地的关系，但是它们仅仅是把这种关系当作一种表现其他主题的媒介来对待，有意无意中忽视了农民与土地之间的血肉关系的本质所在。譬如，鲁迅等的“乡土文学”作品，主要表现的是古老的土地上广泛存在的各种愚昧、丑陋的现实，以此来达到揭露和批判国民劣根性的目的；解放区的文学作品，主要表现的是农民获得政治、经济与精神上的前所未有的解放，以此来歌颂带给农民变迁的中国共产党和根据地人民政府；20 世纪 50 年代的作品，主要表现的是农民在党的领导下如何逐渐摆脱小农经济思想的深刻影响，走上社会主义集体康庄大道的艰难历程，以此来描绘社会主义的宏伟蓝图；改革开放以后的作品，主要表现的是农民在重新获得土地的经营权、支配权之后焕发出的新的生命活力，以此来歌颂党的好政策。即便是直接描写因为土地的不断流失而使农民从小康走向赤贫的《山雨》，作者的着眼点也不在农民与土地本身的关系上，而是聚焦在致使奚大有不断变卖土地的各种社会原因上，以此来达到对黑暗社会和反动政府的批判。《生死疲劳》虽然也写到了经济、政治等问题，但莫言是把它们当作故事展开和人物命运变迁的背景来写的，浓墨重彩描绘的是人与土地的情感和命运。关于这些，莫言有着清醒的认识和准确的把握。他在介绍如何创作《生死疲劳》时，曾说：“几千年以来中国改朝换代，农民起义，围绕的核心问题就是土地。土地兼并再均分，反反复复。1949 年之后，农村的变迁实际上还是土地的问题。《金光大道》和《艳阳天》说的都是土地的问题。写农村改革的小说大多写党的政策好呀，联产承包呀，但并未涉及根本，根本问题就是农民与土地的关系。”① “农民与土地的关系问题，是个经济问题，更是个政治问题。在小说里，这样的关系比较难以表现。我想大多数读者也并不希望通过我的小说来了解中国的农村经济问题。真正属于文学的，真正让读者能够感动的，还是小说里所描写的人的命运。人的命运，也可以说是人的情感的历程。同样，我作为一个作者，所真正关心的，

---

① 莫言：《重建宏大叙事——与李敬泽对话》，《莫言对话新录》，文化艺术出版社 2010 年版，第 305 页。

也是人的命运和人的情感。”[①] 也就是说，在《生死疲劳》中，莫言更关心的是人的命运和情感，而非像其他小说那样首先关注的是控制与操纵人的命运和情感的政治、经济等上层建筑，这是《生死疲劳》和先前类似题材的小说写作重心选择上的最大区别。

《生死疲劳》中的人物，无不为土地生，为土地死，为土地而“生死疲劳”。其中，给人印象最深的是“单干户”蓝脸。蓝脸在小说中被称为是新中国成立后“唯一的单干户”。从土改分得土地一直到改革开放土地重新回归个人，无论时局多么险恶，生存多么艰难，他都不改初衷，坚持单干，做了一个地地道道的社会局外人。蓝脸原本是一个遭遗弃的孤儿，被地主西门闹收养后，从此成了西门家最忠实、最卖力的长工。他青年时代唯一的想法，就是好好干活，以此来报答西门闹的收养之恩。然而，世事难料。1948 年，西门闹被政府镇压，蓝脸成了被解放的对象。他不仅住进了西门闹原先的宅子，娶了西门闹的二老婆迎春，还分得了八亩土地。应该说，开头几年，他好事连连，生子添驴，日子过得红红火火，真正体会到了土地主人的幸福感。但好景不长，农村开始了农业合作化运动。合作化运动最基本的要求就是入社，即各家各户把土改时分得的土地和生产资料一应交给合作社，进行集体生产，不再允许单干。面对巨大变迁，蓝脸不以为然。他反复与劝说他入社的洪泰岳争辩说：

> 亲兄弟都要分家，一群杂姓人，混在一起，一个锅里摸勺子，哪里去找好？[②]

从此，仅凭着这一简单而固执的信条，蓝脸在众乡亲们欢天喜地争相入社的情况下，成了“高密东北乡”唯一一家单干户。尽管党的政策是“入社自愿，退社自由”，陈区长也答应他可以暂时不入社，让他和合作社展开生产竞赛，但单干户的日子委实不好过。集体挤兑他，乡亲们讥讽他，

---

① 莫言：《我写小说，小说也写我——与〈中国空港〉记者赵学美对话》，《莫言对话新录》，文化艺术出版社 2010 年版，第 186 页。

② 莫言：《生死疲劳》，作家出版社 2006 年版，第 22 页。

连自己的老婆和儿女也都满腹怨言。西门金龙和西门宝凤是迎春和西门闹的子女，西门闹死后，随着母亲入了蓝脸的门户，改名蓝金龙和蓝宝凤。他们在那个以阶级成分论英雄的年代，迫切要求和地主家庭划清界限，追求进步，自然不愿意继父单干。迎春在儿女的影响下，也不愿意蓝脸固执己见。一时间，蓝脸内外交困，焦头烂额。出于为儿女、家人的前途着想，同时也是报恩于西门闹，蓝脸同意他们分出去入社，只留下尚不明事理的迎春和他生的儿子蓝解放，跟着他单干。然而，蓝解放也没有坚持到底，“文化大革命”一爆发，他就再也承受不住“全国山河一片红”的巨大压力，带着自己名下的土地入了社。从此，唯有蓝脸一人坚持单干了。他在自己的一亩六分地上，踽踽独行，尽量不与集体照面。白天不能干活，那就晚上干，黑夜成了他最熟悉的环境，月亮成了他最亲密的朋友和倾诉的对象。这种尴尬、荒唐的局面，一直持续到改革开放以后。然而，谁也没有想到，历史和人们开了一个天大的玩笑，当人民公社解体，生产大队土崩瓦解，农村改革进入分田到户阶段的时候，原本跑在最后一名的蓝脸，却摇身一变，成了跑在改革时代最前面的人。面对如此巨大的社情反转，集体生产队的领导人洪泰岳不服气地说：

> 我不服，老蓝，闹腾了三十多年，反倒是你，成了正确的，而我们，这些忠心耿耿的，这些辛辛苦苦的，这些流血流汗的，反倒成了错误的……你老蓝脸，明明是块历史的绊脚石，明明是被抛在最后头的，怎么反倒成了先锋？你得意着吧？整个高密东北乡，整个高密县，都在夸你是先知先觉呢！[①]

对自己是否是“先知先觉”，蓝脸并不在意，他在意的是自己终于可以挺直腰杆做人了，终于可以在太阳底下种庄稼了！因此，面对巨变，他跪在地上，举头望月，悲喜交集地说：

---

① 莫言：《生死疲劳》，作家出版社 2006 年版，第 337 页。

老伙计，你看到了，我熬出来了。从今之后，我也可以在太阳底下种地啦。

……①

蓝脸当然不是先知先觉，他没有那么高的觉悟，也没有那么大的能耐，支撑他单干的，就是他认准了的那个“死理”和他倔强的脾性。在中国当代文学史上，有许多背负着沉重的小农经济思想，因袭着传统的个人发家致富梦想的艺术形象，例如李凖的《不能走那条路》中的宋老定，赵树理的《三里湾》中的“马家大院”的人们，柳青的《创业史》中的梁三老汉和“蛤蟆滩三大能人”等。他们一开始，无不像蓝脸一样固守着一家一户的农耕自然经济，希望走一条不受外界干扰的自食其力的生活道路，但最后又有哪一个坚持到底了呢？一个都没有！他们要么被集体致富的道路说服了，同化了，要么被集体的力量打倒了，绑架过去了，总之他们和蓝脸不一样。蓝脸的可贵之处，就在于他以自己的坚持，证明了一个道理，那就是在还不具备集约化生产的年代，硬要走一条集体致富的道路，是多么的不合时宜啊！同时也说明，农民对土地的热爱是多么的深沉！因此，在某种意义上，蓝脸是当代文学史上独一无二的农民形象，是极具“这一个”特征的艺术典型。也许有人会说，李凖、柳青等人的创作是在农业合作化运动正搞得轰轰烈烈的时代，那时走集体化道路是大势所趋，别无选择，而莫言的创作是在几十后合作化运动被证明失败了的时候，他有从容的时间来反思当年的人和事，刻画出蓝脸这样的性格不足为奇，确实有一定的道理。但无论如何，莫言通过对农民与土地关系的仔细考察，写出了农民对土地的依恋、寄托，反映了农民质朴、纯粹的情感，折射了几十来党的土地政策变迁给农村、农民带来的深刻影响，仍然是难能可贵的。据莫言说，他塑造这个人物形象，是有生活依据的，原型就是他家附近村庄里的一个单干户。“我上小学的时候，我们学校就在路边上。1965 年的时候，我们每天上完第二节课，

① 莫言：《生死疲劳》，作家出版社 2006 年版，第 338 页。

做广播体操的时候，这个单干户和他老婆推着一辆木轮车，吱吱咯咯地从我们面前经过。那个时候，到处都是人民公社。他赶了一头瘸驴，拉了一个木轮车，发出刺耳的声音，在乡间的土路上，压出深深的辙印。在'文革'期间，他活活被打死，因为他坚持单干，他的儿子、女儿全部与他决裂，就剩下他一个人，因为在'文革'中，一个单干户的儿子的名声比一个地主的儿子还要臭，当时大家用了一个比喻形容他'他就是茅坑里的石头，又臭又硬'。批斗也好，游街也罢，但他就是不入合作社，道理很朴素：亲兄弟还要分家，你们闹到一块没有道理。他这样的单干户在高密县是唯一的。后来，大家说一定要消灭这个黑点。他的土地只有窄窄的一条，在人民公社土地的包围下，奄奄一息，他种庄稼的时候，人家种高秆的农作物，遮挡他地里的阳光；他没有农药，人家都用好的农药，害虫都往他的地里跑，他活得很艰苦，但他就像汪洋大海中的一道堤坝。到了20世纪80年代一分地，大家回头一想，还是那个单干户明智。"[①] 可惜的是，现实中的单干户没有莫言笔下的单干户命好，现实中的单干户早死了，而蓝脸活到了他盼望的那个时代。莫言通过艺术想象，让蓝脸这个"单干户"获得了更加丰满的性格和长久的艺术生命力。

《生死疲劳》中另一个凝结着土地情结、给人们留下深刻印象的人物是西门闹。他在作品中虽然以鬼魅的形象出现，但驴、牛、猪、狗、猴的眼睛里，无不透视出的是人的复杂感情。西门闹是西门屯的地主，但不是人们传统印象中的恶霸地主，而是一个口碑不错的地主，正像他向阎王爷诉冤时说的那样：

> 想我西门闹，在人世间三十年，热爱劳动，勤俭持家，修桥补路，乐善好施。高密东北乡的每座庙里，都有我捐钱重塑的神像；高密东北乡的每个穷人，都吃过我施舍的善粮；我家粮囤里的每粒粮食上，都沾着我的汗水；我家钱柜里的每个铜板上，都浸透

① 莫言：《重建宏大叙事——与李敬泽对话》，《莫言对话新录》，文化艺术出版社2010年版，第304页。

了我的心血。我是靠劳动致富，用智慧发家。我自信平生没有干过亏心事……①

但就是这样一个地主，却被五花大绑推到桥头上，枪毙了。因此，他不服，他在阴曹地府里向阎王爷喊冤：

……我不服，我冤枉，我请求你们放我回去，让我去当面问问那些人，我到底犯了什么罪？②

西门闹到底犯了什么罪？用当时的定罪标准来说，是阶级敌人罪。虽然在现今的刑法里，已经找不到这一词条，但结合时代背景，可以用"原罪"来解释或理解。"原罪"一词，来自基督教的教义，指人类生而俱来的、洗脱不掉的"罪行"。基督教认为，创世纪时，人类的祖先亚当、夏娃违背了上帝的意志，偷吃了"禁果"，"亏欠了上帝的荣耀"，从此成了整个人类的原始罪过。这罪过遗传给后世子孙，成为人类一切罪恶、灾难、痛苦和死亡的根源。所以人一生下来，在上帝面前就是一个"罪人"。他要不断地忏悔，其罪过才能被上帝原谅，救赎自己的灵魂。西门闹的罪过虽然与"原罪"本意相差甚远，但在阶级斗争如火如荼、一切唯阶级成分而论的年代，出身于剥削阶级家庭的人，就像偷吃了"禁果"的亚当、夏娃的后代一样，一出生就背上了沉重的"原罪"的包袱。无论他如何挣脱，如何救赎，也避免不了被打成另类的命运。这一点，也像新中国前30年的知识分子，无论怎样要求进步，也改变不了被改造的命运。所以，从"原罪"的角度说，西门闹注定摆脱不了悲惨的结局。然而，西门闹的确不理解为什么会有如此悲惨的下场，于是不断地向阎王爷抗争，终于争取到了灵魂不断轮回的结果。他先是轮回成了一头驴，继而是牛、猪、狗、猴和"世纪婴儿"蓝千岁，分别以动物、婴儿的身份和视角，对新中国成立后50年的农村历史、农民命运，进行

① 莫言：《生死疲劳》，作家出版社2006年版，第4页。

② 莫言：《生死疲劳》，作家出版社2006年版，第4页。

了深刻的体验和细致的观察，从一个新颖别致的角度，对农民和土地的关系，作了深刻的反映。西门闹生生不息的灵魂，看起来是动物，实际上是人，反映出的是一个农民对于土地和生活的挚爱与眷恋。第一部"驴折腾"，以驴的经历感受了从农业合作化运动到 3 年自然灾害时期的农村生活，揭示了农民在入社、大跃进、大炼钢铁、大饥馑时的心路历程，为农民和土地渐行渐远的现状，唱了一曲挽歌：

> 我本来只想穿着这只新蹄子，为主人再卖几年力气，但随之而来的大饥馑，使人变成了凶残的野兽。他们吃光了树皮、草根后，便一群饿狼般地冲进了西门家的大院子。……面对着这群饥民，我浑身颤栗，知道小命休矣，驴的一生即将画上句号。①

第二部"牛犟劲"，面对越加复杂的政治形势，学会了和他的主人蓝脸一样冷眼看世界。但尽管如此，"文革"之火还是烧到了他，先是和主人一起被游街批斗，后又被疯狂的蓝金龙活活烧死。"西门牛"最后的悲壮行为，象征了农民对于土地的恋恋不舍：

> 牛，一步步地向我爹走去。牛走出了人民公社的土地，走进全中国唯一的单干户蓝脸那一亩六分地，然后，像一堵墙壁，沉重地倒下了。②

第三部"猪撒欢"，以 1976 年为界，分为前后两个阶段。前一个阶段描写"猪十六"在猪场单调而乏味的生活，活脱脱地表现了农民被集体计划经济紧紧束缚住的枯燥以及苦中作乐的悲哀。后一个阶段描写"猪十六"在沙洲自由自在的生活，象征了土地回归农民之后农民的巨大欢欣。第四部"狗精神"，西门闹以狗的眼光透视了改革开放年代农民与土地的关系。在这个年代，农民已不再是传统的农民，土地也不再是原

① 莫言：《生死疲劳》，作家出版社 2006 年版，第 87 页。

② 莫言：《生死疲劳》，作家出版社 2006 年版，第 186 页。

来的土地，二者身上，已经被绑架上了过去不曾有过的丰富内涵，诸如权力、欲望、贪婪、犯罪等，致使千百年来一成不变的农业社会开始发生裂变。“狗小四”由农村到县城的身份转变，实际上完成了西门闹由乡村到城镇的视角转换。第五部“结局与开端”，在经历了短短两年的“猴”的生涯之后，西门闹轮回成了一个世纪婴儿“蓝千岁”。这时，历史正处在商品经济全面取代计划经济的时代，也处在新旧世纪更替的门槛上，在旧的价值坐标体系已经崩溃而新的又尚未确立的十字路口，农民与土地的关系到底向何方发展，这不是传统农民西门闹所能回答的。所以，这个婴儿从一出生就患有先天性血友病。尽管黄互助的头发能暂时治疗他的病，而且黄互助的头发越拔越多，不必担心他迅速夭亡，但是，已届知天命之年的黄互助又能存活多长时间呢？也许，最后的结局就像小说中的莫言为“狗小四”、蓝脸以及早先逝去的芸芸众生撰写的碑文那样：

> 一切来自土地的都将回归土地。①

土地，依然是农民最终的价值取向和归宿。西门闹以六道轮回的眼光，以超越时空、俯瞰一切的穿越形式，反反复复地审视了农民和土地的关系，不啻为当代中国农村的巨大变迁和农民的心灵悸动，书写了一部充满感性色彩的历史。

《生死疲劳》中，还有一位农民极具典型化意义，他就是洪泰岳。洪泰岳和土地的关系，不是传统农民和土地的关系，而是一种新型农民和土地的关系。这种新型农民，是在党领导的农村革命道路上萌芽的，在党指引的互助合作的集体化道路上成熟的，同时，又是在党的农村政策改弦更张之后变得冥顽不化的，因此，在某种程度上，他是党的农村政策的化身、坚定的执行者和后来的陌路人。洪泰岳出身于赤贫阶级，以要饭谋生，但就是这样的农民，在革命战争年代才容易被党团结，成为党的坚强柱石。所以，夺取政权后，他摇身一变成了西门屯的村长、

① 莫言：《生死疲劳》，作家出版社 2006 年版，第 513 页。

合作社的社长和村党支部书记。他带领农民处决了地主西门闹，领导农民一心一意走集体化道路。洪泰岳的个人品质还是值得称道的。他刚正不阿，大公无私，有着全心全意为人民服务的思想和能力，还有宏伟的革命目标和为革命培养年轻人的长远打算。尽管“文革”初期被造反派打倒，饱受磨难，但他坚持原则，不改初衷，在相当长的时间里，表现出了共产党人应有的道德情操和高风亮节。他是西门屯的一盏明灯，在以阶级斗争为纲的年代，时刻指引着农民前进的方向。但遗憾的是，时代是会发生变化的，历史是无情的。有时认为是正确的东西，实践证明也许是错误的，有时认为是错误的东西，时间又证明也许存在合理性。所以，当党认识到了过去路线、政策的局限与错误，把土地再次分到农民的手中时，他没有转过弯来，固执地认为历史在开倒车。从此，不仅没有了革命的积极性，而且整天的阴阳怪气，打击和压制新生事物。譬如，对农村实行“联产承包责任制”，他发牢骚说：

> 这不是复辟资本主义吗？你说，这不是物质刺激吗？[①]

对实行“包产到户责任制”时，他跳着脚骂：

> 他妈的，人民公社，三级所有，队为基础，各尽所能，按劳分配，这些，统统不要了吗？[②]

当改革进行到“大包干责任制”时，他更是痛不欲生，把蓝脸骂了个狗血喷头，好像蓝脸是这一系列变化的决策人：

> 操你活妈蓝脸，真让你这混蛋说中了，什么“大包干责任制”？不就是单干吗？“辛辛苦苦三十年，一觉回到解放前”啊，我不服，……我要告你们，铁打的江山啊，红色的江山啊，就这样

① 莫言：《生死疲劳》，作家出版社 2006 年版，第 336 页。

② 莫言：《生死疲劳》，作家出版社 2006 年版，第 337 页。

改变了颜色了啊……[①]

最后，他抱着炸药包，和打着改革的名义、以土地换取不义之财的西门金龙同归于尽，以决绝的方式为自己终生的信仰殉了情。应该说，洪泰岳是透明的，纯粹的，是合作化时代先进农民的代表。同时，他又是僵化的、顽固的，是改革开放时代冥顽不化的农民的典型。他和蓝脸有着相同的个性，是那个时代农村基层干部的化身，同样有着极高的认识价值。对于他，莫言给予了深深的同情和崇高的敬意。

如果说，蓝脸是执拗的，西门闹是冤屈的，洪泰岳是故步自封的，那么，西门金龙就是投机的。他平生所做的一切，就是如何在时代的大风大浪中攫取最大的利益。为此，他可以改名，可以背叛自己的养父，背叛自己的革命指路人，甚至在需要的时候，不惜伤害那些曾经对他有恩的人。“文革”开始，他卖身求荣，造反起家。“文革”后期，他大养其猪，卖乖取巧。改革年代，他以集体的土地作资本，大发不义之财，最终走上了一条不归路。西门金龙与土地的关系，实际上揭示出了经济社会中农民与土地关系的畸变与异化。而这种变异，已经被活生生的现实生活所证明，绝对不是个别现象，而是一种广泛存在。小说中写到的庞抗美、蓝解放，也是这种变异关系的制造者和受害者。庞抗美打着改革开放的旗号，疯狂敛财，完全背离了农民的本性，是新生腐败阶层的典型。蓝解放顶着满头高粱花子，上演了一幕如泣如诉的婚外恋悲歌，以不管不顾的偏执行为，将人们心目中的瞻前顾后的传统农民形象，给予了彻底的颠覆。农民是土地的主人，土地是农民的精神家园。在农民还游走在寻找精神家园的道路上，没有找到正确归宿时，他们难免会做出各种不合常理的举动。农民与土地的关系，还能回到原来的位置吗？他们的乡愁又寄托在何处？这是需要全社会共同面对和回答的一个严峻问题。

相对于思想内容，也许人们对《生死疲劳》“六道轮回”式的表达

① 莫言：《生死疲劳》，作家出版社 2006 年版，第 337 页。

方式更感兴趣。一个关于农民和土地的世俗故事，用这样一种极富想象力的方式讲述出来，的确具有天才般的创造。不过，这正体现了莫言的艺术追求。莫言既不愿意吃别人吃过的馍，也不愿意嚼自己嚼过的馍，他永远走在创新的路上。回顾一下莫言此前创作的9部长篇小说，不难发现，除却早期的《红高粱家族》和《食草家族》叙事风格有些相似外，其他部部都有创新。不像有些作家，总是沿着一种思路、一种模式进行创作，他几乎是“打一枪换一个地方”，写一部换一种方式，不仅在内容上让人惊讶，在叙事上也让人佩服不已。鲁迅研究专家孙郁曾称赞说：“你的每一部长篇小说都是不重复的，……我觉得你每一部长篇小说在结构上总是在试图寻觅新的样式，《酒国》《十三步》《天堂蒜薹之歌》的结构都不一样，这是煞费苦心的。”[①]“六道轮回”式的叙事方式，是莫言在《生死疲劳》中的又一次成功创新。“六道轮回”，本是佛教语词。佛说：“一切众生，沉沦三界之内，由其所造作之罪业不同，因而轮回六道之中。”“六道”是指天道、人道、阿修罗道、畜生道、饿鬼道、地狱道，每一道对应一种境界。它们与佛、菩萨、缘觉、声闻“四圣”相对，又称“六凡”。佛家将“四圣”“六凡”统称“十法界”。“四圣”是圣者的悟界，“六道”是凡夫俗子的迷界。“六道轮回”的意思是指凡夫俗子在灵魂升天后，根据前世的造化转世的去向。佛家讲究因果报应，重视前世修行，因而佛理中又有了“善念生三善道，恶念生三恶道”的说法。“六道轮回”中，天道、人道、阿修罗道是三善道，畜生道、饿鬼道、地狱道是三恶道，佛家规劝人们现世一定要行善，否则，来世将轮回入恶道之中，有受不尽的痛苦磨难。应该说，《生死疲劳》中的“六道轮回”，并没有佛家的“善有善报、恶有恶报”的佛理教义，小说中的人物也没有哪一个有这样明确的追求和必然的结局。当然如果说有的话，也只是暗合了现实社会中人们总结出的“多行不义必自毙”的人生规律。莫言采用“六道轮回”讲述故事，主要是看中了它可以让人死而复生的神奇魔力，让他在一个更长、更广、更宏伟的时空结构里，自由、

① 莫言：《说不尽的鲁迅——2006年12月与孙郁对话》，《莫言对话新录》，文化艺术出版社2010年版，第209页。

从容地讲述他要讲的故事。为什么使用“六道轮回”而不是别的形式？莫言曾说：“每一个作家都不希望重复自己，《生死疲劳》是我的一次探索。一次在承德参观庙宇时，偶然看到有关‘六道轮回’的文字，我突然意识到，这是一个很好的突破点。”[①]“我还是希望小说有一种独特的表现方式，这个问题一直难以解决，后来去承德看到庙里铸造的‘六道轮回’，心境豁然开朗，突然明白了应该怎样去做，应该用一种怪诞的写法，这要借助六道轮回。”[②]这就是说，莫言选择“六道轮回”，绝不是像众多论述者说的那样，是从佛教的角度来阐释人生，而是将着眼点依然放在了形式创新上。这一点，也许很多人被莫言写在小说扉页上的那句话欺骗了：

佛说：生死疲劳，从贪欲起。少欲无为，身心自在。[③]

其实，莫言是不信佛的，对佛教也没有专门研究。他和中国的一般人一样，心中没有任何宗教信仰。谁能指望一个不信佛的人写出充满佛教义理的文学作品呢？因此，在莫言看来，“六道轮回”只是一种结构，一种对时间的延伸方式。在这种由驴、牛、猪、狗、猴和大头婴儿“六道轮回”构成的时间长河里，可以尽情地展现历史的风云变幻和生命的悲欢离合。再者，西门闹的“六道轮回”，完全没有“因果报应”的佛教意蕴。无论西门闹如何行善，他总是在“畜生道”里打转，而且现世一次比一次死得壮烈，这也不符合佛教教义。譬如，为人时，他勤俭持家却被打碎脑袋而死；为驴时，他任劳任怨却被饥民残杀分尸；为牛时，他忠心耿耿却被西门金龙活活烧死；为猪时，他活得潇洒却为救儿童献身；为狗时，他已成众狗领袖却甘愿与蓝脸一起终老；为猴时，他为人带来欢乐

① 陈佳：《向佛经求源泉，莫言创作〈生死疲劳〉》，《东方早报》2005年12月14日。

② 张清华：《小说的伦理与要素——访问莫言》，张清华、曹霞编：《看莫言》，华中科技大学出版社2013年版，第130页。

③ 莫言：《生死疲劳》扉页，作家出版社2006年版。

却被蓝解放一枪打死。只有当时间过去了50年之后，他才轮回成了一个人，然而还是一个永远也长不大的大头婴儿。莫言用此手法塑造西门闹这个阴魂不散的冤魂形象，目的是透过他一次次轮回成动物的纯粹的视角，来呈现半个世纪里农民与土地的复杂关系以及人所拥有的丰富而鲜明的个性。

当然，万事万物都是相通的，用佛教“轮回”的观念来阐释《生死疲劳》，也不是不可以。因为，人世间到处都充满了轮回。人的生生死死，是一种轮回；事物的反反复复，也是一种轮回；人类社会由低级向高级发展，是一种不断向上的螺旋式轮回。从这个角度说，《生死疲劳》中无疑存在着许许多多、形形色色的轮回现象。首先，农村土地从分到收再到分，然后到现在的土地确权，就是一种轮回，只不过这种轮回包含了丰富的政治、历史的含义，蕴含着农民的酸甜苦辣，体现了政策的对与错、正与误。其次，从蓝脸到洪泰岳，从洪泰岳到西门金龙，又是一种轮回。蓝脸从入社的痛苦到再次分得土地的喜悦，恰是洪泰岳从入社的喜悦到土地承包的痛苦，而洪泰岳从盛气凌人到萎靡不振的变化，又恰是西门金龙从唯唯诺诺到不可一世的转变，这种轮回折射出了时代变迁给农民的性格和心态带来的巨大变化。再次，从蓝脸到蓝解放再到蓝开放，还是一种轮回。蓝脸一辈子忠诚于土地，老老实实做人，认认真真做事，但没想到他的儿子蓝解放却成了一个不忠不孝的人，为了所谓的纯真的爱情，抛妻别子，给周围人带来了深沉的痛苦。而蓝解放的儿子蓝开放却又是那样执著、勤奋、坚韧，这种轮回反映了人性的坚守或异化铸就的各色人生。最后，作者在小说形式的选择上，也是一种轮回。中国古代的长篇小说几乎都是章回体，后来这种形式基本上死掉了，现在《生死疲劳》又恢复了它的尊严。当然，不是亦步亦趋地模仿它，而是赋予了它新的生命。这种轮回是一种更高级别的轮回。总之，形形色色的轮回，反映出了历史荒诞的本质，同时也揭示出了祸福同源的朴素而辩证的价值观念。

有人说：“《生死疲劳》是一部向我们伟大的古典小说传统致敬的

作品。”[①] 其实，只说对了一半。从整部小说的构思看，它确实吸取了中国古典文学的优良传统和丰富博大的民间文化资源，如章回体结构和轮回转世观念，让读者产生了久别重逢的喜悦感。章回体结构是中国传统小说的主体结构，为读者喜闻乐见，但在西方小说文体的冲击下，阔别文坛久已。轮回转世观念是一种东方想象，这种想象曾为中国小说创作提供了宝贵的精神资源，但在西方文学观念的笼罩下，已风光不再。《生死疲劳》使这种古老的文体和观念重新获得了力量。但在具体内容的写作上，《生死疲劳》却又是一部充满了魔幻色彩的小说。西方的魔幻手法和东方的神奇想象巧妙地结合在一起，构成了这部小说的独有的魅力。小说中的魔幻描写随处可见，如第六章“柔情缱绻成佳偶，智勇双全斗恶狼”，第七章“花花畏难背誓约，闹闹发威咬猎户”，第十七章“雁落人亡牛疯狂，狂言妄语即文章”，第二十九章“猪十六大战刁小三，草帽歌伴奏忠字舞”，第四十三章“黄合作烙饼泄愤怒，狗小四饮酒抒惆怅”等章节，更是魔幻描写的集大成者，它们打通了人、神、鬼的界限，人即是鬼，鬼也是人，真作假时假亦真，用超乎神奇的想象和狂欢化的笔法，深刻地揭示了现实的荒谬和历史的怪诞。第七章描写“文革”中斗“走资派”，人的声音经高音喇叭扩大，变成了声音的灾难，一群正在飞翔的大雁，受到恐吓，像石头一样噼里啪啦掉了下来。为了争夺大雁，人们开始了混战。这段亦真亦幻、亦实亦虚的描写，形象地隐喻了“文革”的奇诡、混乱和无序。

在《檀香刑·后记》中，莫言表示要“有意识地大踏步撤退”，[②] 即向传统回归，《生死疲劳》表现出了这方面的努力。但实践证明，在文学全球化的今天，完全回到过去是不可能的，也是不现实的，充其量是一种螺旋般的轮回。这种轮回，因为整合了东西方文化深厚、博大的资源，从而使得今天的小说创作，更具有了一种强劲的上升的艺术力量。

---

① 莫言：《重建宏大叙事——与李敬泽对话》，《莫言对话新录》，文化艺术出版社 2010 年版，第 311 页。

② 莫言：《檀香刑・后记》，作家出版社 2001 年版，第 380 页。

第二节　《蛙》：生命伦理的个人记忆与国家言说

在《蛙》获得“茅盾文学奖”之前，莫言的《檀香刑》和《四十一炮》都曾提名“茅盾文学奖”，而且《檀香刑》还在第六届“茅盾文学奖”的初评中获得满票，但由于种种原因，它们最终都与“茅盾文学奖”无缘。直到2011年第八届“茅盾文学奖”评选，《蛙》才让莫言了了心愿。虽然说“茅盾文学奖”自诞生以来，评出的获奖作品并不都是经受得住历史检验的经典，但作为根据文学大家茅盾先生遗言设立的、旨在鼓励和奖励优秀长篇小说创作的官方最高奖项，它在中国当代文坛所起的风向标作用仍然是不能低估的。某种程度上说，能不能获得“茅盾文学奖”，不仅是对一部作品的肯定与否，同时也是对一个作家创作能力和创作水平的肯定与否。因此，《蛙》获得第八届“茅盾文学奖”，对莫言而言，是一件可喜可贺的事情，也是截至2012年获得“诺贝尔文学奖”之前，莫言获得的最有分量的奖项。第八届“茅盾文学奖”给予《蛙》的颁奖词是：“在二十多年的写作生涯中，莫言保持着旺盛的创造激情。他的《蛙》以一个乡村医生别无选择的命运，折射着我们民族伟大生存斗争中经历的困难和考验。小说以多端的视角呈现历史和现实的复杂苍茫，表达了对生命伦理的深切思考。书信、叙述和戏剧多文本的结构方式建构了宽阔的对话空间，从容自由、机智幽默，在平实中尽显生命的创痛和坚韧、心灵的隐忍和闪光，体现了作者强大的叙事能力和执著的创新精神。”[①] 这段评语无论是对文还是对人，都评价甚高。“茅盾文学奖”终于还了莫言一个人情。

其实，无论怎样衡量，《蛙》都不能算是莫言最优秀的长篇小说，它厚重比不过《丰乳肥臀》《天堂蒜薹之歌》，灵动比不过《酒国》《檀香刑》，即便是被众人津津乐道的形式探索，虽然有新的尝试，其力度也较《十三步》《生死疲劳》逊色不少。但《蛙》的确是莫言所有的长篇小说中酝

① 第八届“茅盾文学奖”颁奖词，《文艺报》2011年9月19日。

酿时间最长、写作最为艰难的一部。它出版于2009年，初版本的封面勒口上，就印有“酝酿十余年，笔耕四载，三易其稿”[①]的字样。另外，关于它的写作过程，莫言本人在“山东文化学者莫言茅盾文学奖获奖作品《蛙》研讨会”上，也如是说：“这部小说严格地说也不是专门要写计划生育。作家跟社会问题跟政治问题的关系多少年来都是困扰中国作家的重大问题，如何把这二者和谐地解决好，有时候非常为难，分寸感极难把握。所以我为什么把这个题材思考了十几年，直到2005年才拿起笔来写，主要是受这个问题的困扰。毫无疑问，这是文学的一块富矿。小说里的姑姑，是现实生活中姑姑的艺术的提高。现实生活中做了一辈子妇产科医生的姑姑，在我个人的生活里占有一个非常重要的位置。我开始拿起笔来写作的时候就知道总有一天要把她写成作品，要让她变成我小说里的一个人物，但是一直没有写就是因为处理不好这个关系，文学、小说和计划生育这个敏感问题的关系。后来就想还是按照沈从文先生讲的，‘小说要贴着人写’。……有了这种明确的追求之后，小说就写得比较顺利。但是这个小说还是拖了很长时间。2005年写了大概有13万字的初稿就感觉写不下去了，写不下去就放下。写完《生死疲劳》过了几年之后，到了2008年的春天又拿起来开始写。这个时候发现当年写的初稿不能用了，要另起炉灶。我想当时之所以创作受挫，主要是没有解决好小说的结构问题。第一稿用了一个非常繁复的结构，就是一个剧作家坐在剧场下面的座位上观看舞台上根据自己的剧本扮演的话剧，一会儿腾出笔来写演员，写演员说出来的台词，又要写观众席上的左邻右舍，然后又要写幕间休息，然后又要加上联想，就写得非常乱，我自己最后就感觉忘掉了头绪，然后我就想这样的作品对读者的阅读是很大的折磨。第二稿的时候用了非常简洁非常传统的书信体，书信体第一可以使读者获得极大的自由，第二可以使作者的自我随意进出。……用书信体的话可以切破时空、打乱时空的结构，可以上一句写50年前，下一句到了当下，非常的自由，剪裁上得心应手。最后再加上一部话剧，

① 莫言：《蛙》，上海文艺出版社2009年版，封面勒口。

这部话剧是我写完前四章之后感觉言犹未尽，感觉到有很多话没有说出来，或者说没法说出来，那么就想到第一稿的时候有一个话剧在里面。那我想索性写个话剧，然后放在小说的最后一章……为什么要设置话剧里的很多的情节细节和小说部分里的矛盾或冲突或悖谬，我想就是为了拓展小说的空间，把在小说的前半部分不能说出的话在后半部分里面用荒诞的或是戏谑的手法写出来，然后是小说的两部分形成一种对照、一种互补，由此用这样一种镜像式的结构来让读者自己想象这个社会事件的以及这个人物传奇的真相。"①为什么一部普普通通的长篇小说，竟然让才华出众、想象力斐然的莫言这样颇费心血和周折，其中除了艺术上的考量，还有没有别的原因？答案当然是有！凡是读过这部小说的人都知道，小说触及了一个无论在现实中还是在历史中都没有定论，估计在未来相当漫长的时日里仍然无法定论，而且是异常复杂、敏感的重大社会问题，这就是影响了中国几代人并且仍在继续影响着的计划生育——一项关于人的生命伦理的重大决策及其实施。这一点，在上述引文中已经表露出来。

顾名思义，计划生育就是有计划地生育并控制人口过快或过慢增长。对于人口基数较大的中国来说，主要是控制过快增长，以减轻人口暴增带来的经济压力和家庭、社会的各种负担。计划生育的理论溯源是英国牧师托马斯·罗伯特·马尔萨斯于 1798 年发表的《人口学原理》。他在书中预言，如果人口增长超越了食物供应，就会导致人均占有食物的减少，从而引发一系列的社会矛盾和社会问题。中国的计划生育是从 20 世纪 50 年代开始的。在此之前，主要靠生老病死的自然规律、自然灾害或战争来调节。1953 年第一次全国人口普查结果显示，我国每年人口增长超过千万人，如果不加以控制，将会影响到经济和社会的全面发展。因此，1957 年 7 月，时任北京大学校长的马寅初针对当时的基本国情，在《人民日报》发表《新人口论》，首先提出节制生育政策。但是，由于受到苏联人口政策和人多力量大、多子多福等传统观念

① 莫言:《在山东文化学者莫言茅盾文学奖获奖作品〈蛙〉研讨会上的发言》,《莫言研究》（内部印刷）总第七期，高密莫言研究会 2011 年，第 27—28 页。

的影响，尤其是受到不久后开展的“大跃进”运动的影响，他的思想并没有受到应有的重视，反而引火上身，导致自己被打成“右派”。20世纪60年代初期，3年自然灾害过去后，我国迎来了新一轮的生育高潮，人口总量大幅增加。受制于人口迅猛增长和经济严重受挫带来的双重压力，党和政府重新认识到了人口问题的重要性，开始在全国部分市县实行限制生育政策。70年代，鉴于人口与社会经济发展比例日益严重失调，党和政府将计划生育工作提上了重要的议事日程，在组织机构设置上，国务院成立了计划生育领导小组，各地区也相应地建立了计划生育工作机构，制定了“晚、稀、少”的生育方针，全面推行计划生育政策。其间，虽然发生了“文化大革命”，但党和政府控制人口和实施计划生育的态度并没有多少改变。应该说，直到此时，党和政府的计划生育政策仍然是宽松的、温柔的，以号召、动员为主，以采取措施为辅，个别老百姓虽有认知上的不足，但硬顶的行为却不常见。时光进入80年代，新中国成立后诞生的一代人开始进入生育高峰，在实现“四个现代化”的大背景下，计划生育政策开始趋向紧张。1980年9月25日，中共中央向全国的共产党员、共青团员发出一封关于控制我国人口增长问题的公开信，倡导一对夫妇只生育一个孩子，实行独生子女政策。1982年，在党的十二大上，又把计划生育明确为我国必须长期坚持的一项基本国策，并且写入新修订的国家《宪法》，规定“夫妻双方有实行计划生育的义务”，进一步将计划生育工作推向了高潮。从此，计划生育被当作一项基本国策，贯彻、推行了下来，在很长的一段时间内，成了党和政府的一项重要工作，直至现在，仍然在人们的生活中占有重要地位。据有关部门统计，计划生育几十，我国少生了近四亿人，不仅有效地解决了人口与资源关系紧张、就业形势严峻等一系列具体的现实问题，而且为国家经济与社会的可持续性全面发展、提高人口质量、建设有中国特色的社会主义、实现国家富强和民族振兴、为全人类共同繁荣，做出了重大贡献。但不可讳言，计划生育政策也给中国带来了很多社会问题。其一是人口老龄化问题。长期的计划生育导致生育率持续下降，其结果是年轻人在总人口中所占比例下降，老年人比例上升，社会进入老龄化社会。而老龄化社会则意味着养老金、医疗金增多，经济发展面临着重大压力。其二是劳动年龄人口下降问题。年轻人比例下降必然会导致劳动年龄人口下降，造成劳动力短缺，或为社会创造财富的人数锐减。没有人去劳动、去创造财富了，何来财富积累与消费？这势必会影响到经济发展。这一现象在农村尤为突出。其三是独生子女和男女比例失调问题。一对夫妇只生育一个孩子，久而久之，会出现“一二四”式的金字塔家庭模式。在这样的家庭中，独生子女娇生惯养，备受重视，他们和多子女家庭出身的人相比，不仅丢掉了家庭和社会的担当精神、集体团队的合作意识和奉献、牺牲等传统观念，而且出现了信仰危机、价值观扭曲等现象，养成了只求索取、不求回报、唯我独尊的“小皇帝”习惯。面对这样一种失调的人口结构，无论是传承传统文化，还是保证国家安全，都令人担忧。另外，由于中国人向来重男轻女，想方设法地生男孩不生女孩，久而久之会导致男女比例失衡，这又会引发家庭、婚姻、爱情、就业、犯罪等一系列社会问题，埋藏着巨大的社会隐患。其四是各地基层政府和工作人员在推行计划生育工作中，采取了很多不人道的做法，影响了党和政府在人民群众心目中的形象，给一些人造成了肉体或心灵上的伤害。应该说，为了有计划地控制人口，党和政府推行计划生育政策的决心是坚定不移的，是正确的，也明确指出了计划生育工作的主要内容和方法策略，即提倡晚婚、晚育，少生、优生。但是，各地基层政府却为了突出政绩，当然也是为了更好地做好计划生育工作，在推行和实施计划生育工作中，制定了相当严格的人口考核指标，采取了严厉的惩罚措施，喊出了一些很不人道的口号，使得计划生育工作在某些地方、某些领域走向了极端。对于前三个问题，国家现在已经有所认识，并采取了一些措施进行弥补。例如，1986 年，开始在农村放开头胎女孩“二孩”政策，即农村家庭第一个孩子如果是女孩，可相隔几年再生二胎，一定程度上解决了农村家庭劳动力缺乏的担忧。2001 年，国家又在正式出台的《计划生育法》中规定，凡是符合法律、法规相关条件的，可以要求安排生育第二个子女，具体措施由各省、市、自治区人民政府负责组织实施，于是出现了夫妻都是独生子女的家庭可以生第二胎的情况。

2014 年，陆续在全国实行“单独”家庭“二孩”政策，即夫妻二人如果有一人是独生子女，可以申请二胎。2015 年 10 月，国家决定全面实行“二孩”政策，即一对夫妻可以生育两个孩子，这样在缓解了人们对独生子女带来的种种问题的疑虑的同时，又增加了一些对第二个孩子出生后可能会引发的新的问题的担忧。但不管怎么说，人口政策是越来越宽松。然而，对于第四个问题，无论是个人还是国家，都不好妄加评论。因为站在个人的层面上来透视计划生育，估计每个经历过的人心中都有一些冤屈或不堪回首的灰色记忆。生育是一种最自然不过的生理现象，可是到了 20 世纪后半叶的中国，却硬生生地变成了计划生育，这让很多人不能理解和接受，尤其是第一个孩子是女儿的公职人员。虽然说道理上男女都一样，但在传统观念和现实生活的夹击下，道理却又显得那样没有分量。原本热热闹闹的大家庭，自从实行了计划生育，却成了没有舅、姑、姨、叔叔、大爷、哥哥、姐姐、弟弟、妹妹等血缘关系的单细胞家庭。人们在是要工作、前途，还是要孩子的两难选择中，必须做出只有一个答案的痛苦的选择。因为在基层推行的计划生育政策中，有公职人员如果违反计划生育将被开除公职和党籍，农村户口者违反计划生育，则被剥夺宅基地和土地承包权的硬性规定。站在国家的层面上来反观计划生育，那的确是一件很不容易的工作。面临着生命伦理、自然现象、传统的道德观、价值观、人生观、生育观的围追堵截与挑战，确实需要一批敢想敢干、勇于冲破传统观念束缚的计划生育工作人员，为计划生育工作冲锋陷阵。否则，控制人口增长，就成了一句空话。因此，基层政府和计划生育工作人员在工作中采取一些比较极端的手段，也是可以理解的。因为他们的出发点是好的。但是，这又势必会引发各种冲突，如计划生育工作人员与当事者的冲突，政府与民众的冲突，生命伦理与国家政策的冲突，传统观念与现实状况的冲突，当事者个人、家庭与社会的冲突，当事者个人内心的冲突等。所以，作为一项仍在执行的基本国策，计划生育的利与弊，还远远地没有体现出来，估计在今后相当长的一段时间里也不会有定论。计划生育工作中虽然充满了故事，但的确不好进行艺术反映。

然而，这样一个时间跨度长、责任重大、问题复杂、社会敏感度高、不好进行艺术处理的社会问题，莫言却一而再再而三地触及。在前后二十多年的时间里，先是在 1985 年，发表中篇小说《爆炸》，后又在 1987 年和 1991 年，创作短篇小说《弃婴》和《地道》，现在又出版了集大成式的长篇小说《蛙》。那么，究竟是什么原因让莫言如此执著于这个题材？从创作学原理说，肯定是这个题材给他留下了不可磨灭的深刻的印象，或者说，这个题材背后的故事在他生命的记忆中烙印下了难以消除的痕迹。考察一下莫言的生命轨迹，不难发现，计划生育在他个人的生命中留下了一段永远也抹不去的灰色记忆。1981 年，莫言的第一个孩子出生，是个女儿，按照传统和常理，他可以有第二个、第三个孩子，然而，计划生育政策却不允许。他在要孩子还是要前途的两难选择中，最终选择了前途，让第二次怀孕的妻子去做了人流手术。虽然他和当时绝大多数遇到同类问题的人一样，牺牲了小家，顾全了大家，但是没有了更多的孩子围绕在膝下嬉戏打闹，从此成了他心中永远的痛。2010 年 5 月 23 日，他在回答凤凰卫视《名人面对面》主持人关于“您在写这部小说的时候，您自己内心深处到底对计划生育这个国策是怎么样的一种解读，怎么样的一种看待方式啊？”问题时，这样说：“那么从我个人这个，站到我个人的立场上，那我觉得这个政策不好，不是一个好政策，因为如果没有这个独生子女政策的话，那我起码也是两个孩子，甚至三个孩子的父亲是吧。那么在年轻的时候，我还没有意识到这个问题。”在回答“怎么罚”这个问题时，又这样说：“处罚是非常严峻的”，“有的战友就是说，他本来是个连级干部了，那么他超生了，生了第二胎，那就是一撸到底呀，变成士兵了，士兵回去种地去了，复员回家了。那我们就是为了离开农村，不种地，费了多大的周折。你想我为了当兵就是连续 4 年，每年体检、每年体检，到了最后 21 岁了，临界线上才好不容易混进了革命队伍是吧，然后那些当了兵的人有成千上万，能提拔成军官的人量很少嘛，是吧。所以这个得来不容易，就是很珍惜这个奋斗得来的这个结果。那如果你生了二胎的话，那么这一切都要，他是个连级都一下子降到了战士，我当时才是个排级，就没得降了是吧。所以这是个现实考虑”。[①] 从莫言的回答中，我们看到了个人在面对强大的国家政策时，是怎样渺小！由于有如此深刻的生命体验，所以他才不断地描写计划生育，将个人的记忆和国家民族在走向现代化过程中经历的一段困难和考验，书写了出来，呈现在了世人的面前。《爆炸》写的是如同自己亲身经历的一个故事。在外工作的“我”得知妻子怀了第二胎，当即赶回家逼迫妻子打胎。虽然遭到了父母和妻子的强烈反对，但“我”晓之以理，动之以情，以超生“我”就要被赶回家相威胁，最终让妻子做了人流手术。“我”的行为和话语里，处处闪耀着莫言本人的影子。《弃婴》写的是农村计划生育工作中由于重男轻女等封建思想的存在导致出现的遗弃女婴的不良社会现象。“我”探亲回家，在临近家乡的葵花地里，捡拾到了一名女婴。没想到，这名女婴从此成了烫手的山芋。收养吧，家庭不同意，政策也不允许；送出去吧，因为是女婴，又没人肯接手；交给政府吧，政府管不过来。最后，“我”只好抱着女婴又走进了葵花地。但结果如何，作者没有交代，读者也不好揣测，但这件事情无疑反映出了计划生育在农村遇到的一个大难题。《地道》依旧写的是农村重男轻女的故事，反映了农村计划生育工作面临的艰难困境。方山已经生了三个女儿，还要生儿子。在老婆怀孕之后，他就开始在自家院里挖地道，以躲避计划生育工作人员上门做工作。在老婆临产的时候，地道挖成了。最终，老婆在地道里为他生了一个儿子。为此，他付出了房屋被推倒的代价。以上三篇小说都写到了计划生育，可见计划生育给莫言留下了怎样深刻的记忆与印象。

尽管莫言站在个人的角度对计划生育政策颇有微词，但当他把这一事物放在文学的平台上呈现在公共视野中去时，却采用了国家言说的态度，即站在国家的高度来阐释计划生育，让读者看到了一个后发展现代国家在实现现代化的道路上，实行计划生育政策的合法性与必要性以及个人在这一事物中的矛盾性、分裂性。譬如，《爆炸》中，“我”在劝说父亲放弃再要一个孩子的念头时，这样说：

① 莫言：《如果不是计划生育，我起码有两个孩子》，凤凰卫视《名人面对面》，见网页：http://phtv.ifeng.com/program/mrmdm/detail_2010_05/24/1548686_0.shtml。

你以为我不想生个儿子吗？可我已经生了一个女儿，已经领了独生子女证。我是国家的干部，能不带头响应国家的号召吗？①

在回答父亲"女儿不是儿，女人不算人"的重男轻女的思想时，"我"又这样辩解：

印度总理、英国首相、丹麦女王、田副县长，不都是女人吗？你见了田副县长连头都不敢抬！②

还有，"我"在做妻子的思想工作时，这样说：

玉兰，你是我的好妻子，你一向是听我的话的，你想，中国十亿人，要是都生两个，全中国怎么办？③

《弃婴》中，作者在写到"弃婴"现象时，写了这样一段话为计划生育政策开脱：

……进入八十年代之后，弃婴现象又开始出现，而且情况倍加复杂。这类弃婴绝对无男婴。从表面上看，是计划生育政策把一些父母逼成了野兽，但深入考察，我明白，重男轻女的传统观念，是杀害这些婴儿的罪魁祸首。我知道我不能对新时代的弃婴者实行严厉的批判，我知道我如果是个农民，很可能也是一个抛弃亲生女儿的父亲。④

小说最后，当"我"无所适从地抱着弃婴再次走进葵花地，把所有的希

---

① 莫言：《爆炸》，《莫言文集·卷3·再爆炸》，作家出版社1995年版，第443页。

② 莫言：《爆炸》，《莫言文集·卷3·再爆炸》，作家出版社1995年版，第445页。

③ 莫言：《爆炸》，《莫言文集·卷3·再爆炸》，作家出版社1995年版，第460页。

④ 莫言：《弃婴》，《莫言作品系列·白狗秋千架》，上海文艺出版社2005年版，第312页。

望都寄托在未来尽快消除重男轻女的思想上时，又不得不感叹，这谈何容易啊！

> 医生和乡政府配合，可以把育龄男女抓到手术床上强行结扎，但谁有妙方，能结扎掉深深植根于故乡人大脑中的十头老牛也拉不转的思想呢？[①]

《地道》中，当郭主任领着大队人马、开着拖拉机到村子里执行强硬措施时，他这样吆喝、宣传计划生育政策：

> 村民们听着，那些屡教不改的超生专业户听着，上级有了新指示："宁要家破，不要国亡"，"上吊不解绳，喝毒药不夺瓶"，今日本主任要做出个样子给你们看。[②]

虽然十几年过去后，莫言对计划生育有了更深、更全面的认识，在题材把握上有了更独到的艺术处理，但在《蛙》中，他依然保留着一贯的国家言说的面目，站在国家的层面上来看待计划生育。而且，将言说的对象设置成了一个世界听众，表现出了为在世界上饱受非议的中国的计划生育政策辩解的初衷。这一点，主要体现在小说中戏剧家蝌蚪写给日本友人杉谷义人的第三封信以及蝌蚪寄给杉谷义人的文字材料中的姑姑等人的豪言壮语中。2004年元旦，蝌蚪给杉谷义人写了第三封信，其中结合着自己的妻子因做引产手术失败不幸去世的事件，他这样写道：

> 我不抱怨姑姑，我觉得她没有错，尽管她老人家近年来经常忏悔，说自己手上沾着鲜血。但那是历史，历史是只看结果而忽略手段的，就像人们只看到中国的万里长城、埃及的金字塔等许多伟大建筑，而看不到这些建筑下面的累累白骨。在过去的二十多年

① 莫言：《弃婴》，《莫言作品系列·白狗秋千架》，上海文艺出版社2005年版，第322页。

② 莫言：《地道》，《莫言作品系列·与大师约会》，上海文艺出版社2005年版，第48页。

里，中国人用一种极端的方式终于控制了人口暴增的局面。实事求是地说，这不仅仅是为了中国自身的发展，也是为全人类做出贡献。毕竟，我们都生活在这个小小的星球上。地球上的资源就这么一点点，耗费了不可再生。从这点来说，西方人对中国计划生育的批评，是有失公允的。①

这段话，完全是一副国家计划生育部门发言人的口吻。针对蝌蚪的妻子王仁美逃避计划生育，姑姑这样说：

计划生育不搞不行，如果放开了生，一年就是三千万，10年就是三个亿，再过五十年，地球都要被中国人给压扁啦。所以，必须不惜一切代价把出生率降低，这也是中国人为全人类做贡献！②

对于在计划生育工作中不得不搞株连政策，姑姑又这样解释：

我知道这没道理，但小道理要服从大道理，什么是大道理？计划生育，把人口控制住就是大道理。我不怕做恶人，总是要有人做恶人。我知道你们咒我死后下地狱！共产党人不信这个，彻底的唯物主义者是无所畏惧的！即便是真有地狱我也不怕！我不下地狱，谁下地狱！③

而当王仁美不幸去世后，公社书记仍然高声宣布：

计划生育是根本国策，绝不能因为发生了一起偶然事件就改变政策。那些非法怀孕的人，还是要自动地去做人流；那些妄图非

① 莫言：《蛙》，作家出版社 2012 年版，第 151 页。

② 莫言：《蛙》，作家出版社 2012 年版，第 126 页。

③ 莫言：《蛙》，作家出版社 2012 年版，第 133—134 页。

法怀孕的人，那些破坏计划生育的，都将受到严厉的惩罚。[①]

总之，从早年的《爆炸》到晚近的《蛙》，莫言一脉相承，保持了国家言说的姿态与腔调。

当然，如果《蛙》仅仅是将《爆炸》《弃婴》《地道》中曾经写到的人和事集合起来，站在国家的高度重新言说一遍，那么，《蛙》无论如何也不会获得“茅盾文学奖”。《蛙》的成功，更多地在于从历史的角度、人性的角度切入计划生育领域，表达了对生命伦理的深切思考，在一个更加开阔、更高层次的平台上，反映了中华民族的一段生存与发展的艰难历史。正如前面引文所说，莫言之所以思考十几年、三易其稿才将《蛙》写完，就是因为一直处理不好文学、小说和计划生育这个敏感问题的关系。而后来之所以写顺利了，就是因为他找到了恰当的切入点，即沈从文先生讲过的“小说要贴着人写”。[②]不过，莫言把它改成了“要盯着人写”。他说：“我最近反复说小说要盯着人写，小说还是要塑造人物。要把塑造人物当作我小说的最终极的一个目的，其他的问题都会变弱，因为小说不是报告文学，我不去关注这个事件的过程，也不关注事件背后的秘密，我只关注在人物身上，人物生活在这个环境里面。所以我想这样的话计划生育问题就会变成我塑造人物的需要，我想读者被吸引的应该首先就是小说里的人物形象。有了这种明确的追求之后，小说就写得比较顺利。”[③]人是一切生产关系的总和，是一切矛盾问题症结的所在，只要从人出发，一切文学的或非文学的问题都会迎刃而解，实际上这又回到了“文学是人学”的根本命题。由于莫言写出了具体的人、活生生的人，在计划生育中的炼狱般的真切感受，所以《蛙》超越了《爆炸》等中短篇小说单纯聚焦事件和现象的低层次写作，上升到了一种抵达灵魂的高层次的艺术境界。这种追求，很突出地表现在对姑姑和蝌蚪

① 莫言：《蛙》，作家出版社 2012 年版，第 147 页。

② 汪曾祺：《沈从文先生在西南联大》，《人民文学》1986 年第 5 期。

③ 莫言：《在山东文化学者莫言茅盾文学奖获奖作品〈蛙〉研讨会上的发言》，《莫言研究》（内部印刷）总第 7 期，高密莫言研究会 2011 年，第 27—28 页。

二人的塑造上。据莫言自述，姑姑的形象来源于现实生活中当了一辈子乡村医生的姑姑。现实生活中的姑姑，有过从事妇产科医生和计划生育工作的经历，但是，小说中的姑姑绝对不是现实中的姑姑。如果说，在《爆炸》《弃婴》和《蛙》的前半部分出现的姑姑的形象，还有些类似生活中的姑姑的话，那么，《蛙》的后半部分出现的姑姑形象，就与现实中的姑姑相距较远，只能像莫言所言“是现实生活中的姑姑的艺术的提高”。[①] 因为《爆炸》《弃婴》和《蛙》的前半部分的姑姑形象，就是一个乡村女医生，肩负的或是“送子观音”或是“催命判官”的责任，与现实生活中的姑姑的工作基本一致，而《蛙》的后半部分的姑姑形象，却是一个忏悔者的形象。同一个人物形象出现翻牌式的前后裂变，是莫言将自己的一些心理感受投射到姑姑身上造出的幻影，还是姑姑形象性格发展使然？在这儿暂且不论，只看小说中姑姑的行为和晚年对自己和计划生育工作的反思，无论怎么说都是令人震撼的。年轻时候的姑姑，人见人爱。她奔波于乡村间，为农村妇女接生，不仅迎来了近万名新生婴儿，而且从根本上取缔了横行于高密东北乡几千年的土法接生，改变了农村传统的生育观念，提高了生命质量。中年姑姑，恰逢计划生育年代。她责无旁贷，充当起了计划生育工作的急先锋，经她之手，终止了两千八百多个尚在妊娠中的胎儿。虽然遭到了胎儿父母的嫉恨、詈骂甚至痛打，但她无怨无悔，认为自己从事的工作是高尚的、神圣的，是在为国家、民族尽义务。尤其是在计划生育政策最严厉的时候，她仍然心存崇高的生命意识，为早产的王胆接生，体现了一个医生、一个女人对生命的尊重。晚年的姑姑，随着计划生育政策的调整和全社会对计划生育工作的进一步思考，姑姑也开始对自己先前的行为进行反思并忏悔，具体表现在她与丈夫郝大手一起做泥娃娃，复原那些被自己流产掉的孩子，以求心灵的慰藉。姑姑的忏悔是真诚的，是发自内心的，如同当年为人接生和做计划生育手术时的心态一样，认准了的事情绝不回头。因此，从这点上来说，姑姑的性格是一脉相承的，是一种表面上的固执、

---

① 莫言：《在山东文化学者莫言茅盾文学奖获奖作品〈蛙〉研讨会上的发言》，《莫言研究》（内部印刷）总第七期，高密莫言研究会 2011 年，第 27 页。

倔强、刚强与心灵深处的仁爱之心纠结在一起的复合性格。她由往日的无所畏惧的无神论者，转变为一个饱受失眠折磨、内心惶惶不安的忏悔者，是处在某种特定的历史情境中，有着不可避免的局限性的渺小个体的普遍命运。她身不由己地被挟裹进历史的洪流中，只能与历史的节拍一起律动。当历史强大到不允许个人有一丝一毫的情感时，姑姑只好别无选择地做革命的螺丝钉，而一旦环境有所松弛，她潜藏在心底的那部分柔软的人性就会猛烈地爆发出来，形成与先前的形象鲜明的反差。也就是说，从历史和性格的角度看，姑姑既可以是一个心硬如铁、不徇私情的计划生育工作的优秀基层干部，又可以是一个自己认为的终止别人生命的罪大恶极、不可救赎的罪人，这本来风马牛不相及的两极，统一在姑姑身上，竟是那样贴切，那样合情合理！所以，理解了这一点，也就不难理解姑姑为什么最后竟然帮着小狮子作伪证，硬说小狮子才是蝌蚪儿子的亲生母亲。因为姑姑在赎罪的道路上，自认为还远远没有赎完，就像她自己所言：

> 一个有罪的人不能也没有权利去死，她必须活着，经受折磨，煎熬，像煎鱼一样翻来覆去地煎，像熬药一样咕嘟咕嘟地熬，用这样的方式来赎自己的罪，罪赎完了，才能一身轻松地去死。[①]

只是殊不知，姑姑晚年赎罪道路上的偏执狂行为，无意中又戕害了另一个生命。总之，姑姑是一个被历史和现实紧紧缠绕的人，是一个矛盾的复合体。在她身上，不仅映现着生命伦理和国家伦理在一个历史时期的激烈冲突，而且闪烁着人的自然属性与社会属性在具体的个体心灵和行动上的矛盾冲突。至于她做过的那些事，是不是“恶事”，她是不是一个“罪人”，也许就像蝌蚪开导她的那样，很难有定论，即便是“恶事”，责任也不能由她来承担。因此，无论是放在中国当代社会生活中，还是放在中国当代文学史上，姑姑都是一个有着极高的认识价值和审美价值的艺

---

① 莫言：《蛙》，作家出版社 2012 年版，第 346 页。

术形象。

《蛙》中的蝌蚪不是莫言，但无疑有着莫言的人生感悟。莫言曾经说：下一步就是把自己当罪人写。每个作家最后面对的肯定是自我，所谓一个作家的反思、文学的反思，最终都是要体现在作家对自己灵魂的剖析上。如果一个作家能剖析自己灵魂的恶，那么他看待社会、看待他人的眼光都会有很大的改变……”[①]可以说，《蛙》就是莫言“把自己当作罪人写”的一次艺术实践。当然，这个“罪人”，是包括莫言在内的所有的人。对这个“罪人”，莫言从两个层面上进行了挖掘。一个是个人层面，主要表现在对王人美的流产及其态度上。王人美流产致死，蝌蚪有不可推卸的责任。虽然他可以用很多冠冕堂皇的理由来为自己开脱，诸如怕被剥夺军官的社会地位，怕被赶回老家务农，坚持独生子女政策可以让老婆、女儿将来随军，但一个活生生的人毕竟是在自己的软硬兼施下走进手术室的，最后连同腹中的胎儿一起躺在了冰冷的手术台上，从此这成了他心中永远的痛。直到晚年，这种沉重的负罪感都不能使他逃脱灵魂的审判，所以他不断地反省，不断地忏悔。现实生活中，莫言也曾有让妻子流产的经历，虽然没出人命，但失子的痛楚一定让他记忆犹新。所以，他在谈到蝌蚪这个形象时，这样说：“蝌蚪身上是不是有我个人的影子呢？我毫不犹豫地说确确实实有我的影子。第一，我也是从农村出来的，我参加了军队，在军队里受到了教育，在军队里被提升了干部。我这些经历跟小说里的蝌蚪都是相似的。”[②]另一个是社会层面，主要体现在让毁容女陈眉代孕生子上。虽然小狮子采精，用人工授精的方式让陈眉怀孕，蝌蚪被蒙在鼓里，但从伦理的角度说，这是有违传统伦理道德的，因为陈眉是蝌蚪侄女辈的人。因此，当蝌蚪知道了事情的原委后，立即陷入了不知如何是好的尴尬境地。一方面，他为自己年近花甲老来得子欣喜若狂，另一方面又为自己有悖人伦传统焦虑烦恼；一方面为终于偿

① 莫言：《作家应该爱他小说里的人物——与马丁·瓦尔泽对话》，《莫言对话新录》，文化艺术出版社 2010 年版，第 379 页。

② 莫言：《作家要写出灵魂深处的痛——莫言访谈录》，《莫言研究》（内部印刷）总第 7 期，高密莫言研究会 2011 年，第 182 页。

还积年夙愿心花怒放，另一方面又为剥夺他人抚养孩子的权利惶恐不安；一方面为自己曾经受到的伤害终得补偿而兴奋，另一方面又为不得不伤害他人而痛苦。到底是谁之错？是自己出了问题，还是社会出了问题？显然，在这个问题上，莫言将矛头指向了社会，或者说，以个体的具体问题反映了群体的普遍问题。在扁头阐释的“有钱的罚着生”“没钱的偷着生”“当官的让二奶生”[①]的计划生育新形势里，在李手开导的“你跟陈眉毫无血缘关系，乱的哪门子伦？”“八１０岁老翁娶十８岁少女，不是成了美谈被万人称颂吗”[②]的话语里，在蝌蚪亲自给计生委、公安局、市长热线反映问题而遭到的冷漠里，在“个个都是话剧演员、电影演员、电视剧演员、戏曲演员、相声演员、小品演员，人人都在演戏”[③]的社会氛围里，蝌蚪终于放下了忐忑不安的心，开始满腔热情地迎接这个虽然合法但不合情的宁馨儿。蝌蚪由不知所措到心安理得的转变，深刻地揭示出了莫言对当代社会乱象的强烈的问责和批判意识。实际上，在制造这个是非颠倒、人妖不分、价值失衡、人性扭曲的社会环境中，每个人都是罪人！为此，莫言在小说的第五部分，专门附加了一部话剧，更加深入地探讨了这个问题。面对陈眉对孩子的穷追不舍，每个人都说出了一大堆冠冕堂皇的话来证明孩子是小狮子的，因为在他们的心中，早已有了种种心理预设。保安和领班的心理预设是陈眉是一个破坏秩序的可疑分子，派出所所长的心理预设是陈眉是一个神志不清的火灾受害者，女记者的心理预设是蝌蚪和小狮子的基因出类拔萃，年过半百生孩子不是问题，姑姑的心理预设是赎罪，蝌蚪的心理预设是一个神志失常、生活不能自理的母亲带给孩子的爱可能是害，自己是孩子生物学上的父亲，孩子由父亲抚养天经地义，即便到了最高人民法院，也会这样裁判，而李耳、袁腮等人根本不需要预设，他们本来就是这一事件的合谋者、制造者。最有意思的是陈眉的父亲陈鼻和电视戏剧片《高梦九》中的民国县长高梦九，一个拿到了补偿陈眉十万元的巨款后，从此不再主张孩子

① 莫言：《蛙》，作家出版社 2012 年版，第 235 页。

② 莫言：《蛙》，作家出版社 2012 年版，第 258 页。

③ 莫言：《蛙》，作家出版社 2012 年版，第 258 页。

是女儿的，一个葫芦僧判断葫芦案，以一种看似公允、实则偏心的荒谬方式，将孩子判给了小狮子，当然背后起作用的依然是金钱。在这个众声合一的氛围里，陈眉无疑是一个弱者，她根本没有力量和强大的社会现实抗争，因此只能眼睁睁地看着孩子被小狮子抱走。谁是剥夺陈眉母亲权利的人？当然是每一个在场者，是这个金钱至上、价值失衡的社会。至此，莫言借由计划生育说事，终又恢复了对社会、对历史的反思与批判，而这正是他一贯的创作追求。

《蛙》的艺术特色，主要表现在它的艺术结构上。它采取了将书信体和话剧体合二为一的独特方式，体现了莫言在长篇艺术上的新探索。莫言对艺术有着不懈的追求，但任何一种形式都是围绕着主题而创造的，与内容相得益彰，《蛙》也不例外。书信体可以让作者自由自在地出入文本，随时随地表达自己的观点，话剧体可以延展故事的内涵，激发读者的想象。二者还能构成互文关系，拓展小说的思维空间。尤其是书信体的运用，在深刻地展现个人记忆的同时，又鲜明地传达了国家立场的言说，让全世界范围内的读者，都明白了中国的计划生育到底是怎么一回事儿，可谓一举两得。

第十章　莫言的散文、戏剧与打油诗创作

第一节　散文：作家的真诚与散文的真实

散文是一种既古老又现代的文体。说它古老，是因为自有文学就有散文了。中国古代以诗文著称，其中的“文”多指散文。说它现代，是因为在中国文学的现代化转型时期，它才与诗歌、小说、戏剧一起，被定义为四大文学体裁。但无论在古代还是现代，散文都是一种宽泛的、包容性很强的文体，存在多种多样的具体形态。然而，尽管散文是一种内涵丰富、形式多样的文体，但其艺术功能无非有三，一是写人叙事，二是借物抒情，三是铭心咏志。而实现这三种艺术功能的基本手段，都建筑在作者的真情实感上。正如当代散文理论家刘锡庆所言：散文是“创作‘主体’以第一人称的‘独白’写法，真实、自由的‘个性’笔墨，用来抒发感情、裸露心灵、表现生命体验的艺术性散体篇章”。[①] 莫言自20世纪80年代初期开始写散文，虽然不像写小说那般勤奋、投入，但林林总总，也写了不少篇什，先后出版了多部散文集，是小说家中在散文领域较有成绩的一位作家。莫言涉猎的散文文体很多，有叙事散文、抒情散文、随笔、杂感、游记、小品文、对话录、演讲稿、序、跋、创作谈、书信、札记等，但无论哪种散文，都是他生活历程、生命体验、人生感悟的真实写照。

莫言来自高密东北乡，沐浴着原野的晨露长大，是大自然的精灵和赤子。父母或慈祥或严厉的教导与训斥，周围人或友善或虚伪的关爱

① 刘锡庆：《艺术散文：当代散文走向的审美规范——为〈美文〉月刊而作》，《美文》1994年第11、12期。

与同情，高密东北乡的花鸟鱼虫、鸡狗马羊，孩童时代的欢欣、饥饿与苦难，故乡的风俗人情，成长的困惑烦恼，都在他的笔下娓娓道来，成为他散文创作的主要资源。

众所周知，高密东北乡是他小说创作的精神故乡。在小说中，高密东北乡是地球上最美丽最丑陋、最超脱最世俗、最圣洁最龌龊、最英雄好汉最王八蛋、最能喝酒最能爱的地方，这里高粱高密辉煌，凄婉可人，在无边无际的高粱红成汪洋的血海里，上演着一幕幕或杀人越货或爱情激荡的生存大戏。在这些大戏中，莫言扮演着一个冲决传统的伦理道德、打破陈规陋习的勇敢角色，似乎让人感觉到他是一个冷酷、粗砺、不守规矩的家伙。其实不然。在现实生活中，莫言是一个既传统又质朴，既满怀心酸又热爱生活，情感还非常细腻真挚，同时又有着强烈的自卑心理的普通人形象。这种形象，在他的《童年读书》《从照相说起》《我的中学时代》《第一次去青岛》《洗热水澡》《讲话》《我的大学》《吃事三篇》《我的老师》《陪考一日》《北京秋天下午的我》等散文中，可窥见一斑。这些散文，基本上构成了莫言从童年时代到成名成家以后的完整图像，是他性格、心理、情感展开并日趋成熟的大致路径。《童年读书》写的是他童年时代读书的故事，从中可以看到一个在文化沙漠时代，想方设法汲取精神营养的少年的影子。为了读《封神演义》，莫言替书主人拉了一上午石磨；为了读《青春之歌》，莫言冒着被蚂蚁、蚊虫叮咬和父母责骂的代价，躲在草垛里静静地读了一下午；为了找二哥藏在猪圈里的书，被马蜂蜇得头肿得像柳斗，眼睛只剩下一条缝。他还替书中人物担忧，为保尔·柯察金和冬妮娅的爱情悲剧感到遗憾。而莫言也就在不断地阅读中，慢慢地成熟了。俗话说，从小看大，在莫言千方百计的阅读中，我们似乎看到了他未来的影像。《从照相说起》写的是他 20 岁以前唯一的一次照相，在满含辛酸的叙述中，道出了乡村生活的艰辛。人性本来是美好的，但有时受迫于生活压力，它又是那样的让人望而生畏。《我的中学时代》以一种略带黑色幽默的笔法，叙述了一段生命中的灰色记忆。因为家庭出身不好，莫言被剥夺了上中学的权利，因此他的学生生涯到小学 5 年级时就终结了。尽管“文革”时的中学已乱成一锅粥，学生根本学不到什么，但他一直对上学情有独钟，每当放牛或割草路过学校时，心里总会浮起一种难言的滋味。这种心痛困扰了他很长时间，直到后来从军艺文学院毕业，才终于释怀。《第一次去青岛》写了自己的一次窝囊而狼狈的经历，从中可以看到城乡的巨大差别和落后愚昧的农村给农村青年带来的消极影响。那是莫言第一次到大城市，送大哥和侄子从青岛返回上海，但没想到，兴冲冲而去却败兴而归，因为他一到青岛就迷失了方向，留给他的唯一印象就是青岛到处是木头。《洗热水澡》写的是入伍以后洗澡的故事，看似平淡，却蕴含着莫言深刻的生命体验。莫言当兵以前，从来没有洗过热水澡，而当兵以后，有两件事让他终生难忘。一是终于吃饱了，二是洗上了热水澡。这两件事，现在看来稀松平常，但对当年的莫言而言，却有着非凡的意义。因此，莫言每当写到它们，都一往情深。那种被热水包围着大腿好像有一万根针在扎的神奇感觉，除非有亲身体验，是写不出来的。《讲话》写的是他在新兵连干的一件“糗事”。代表新兵讲话，不知天高地厚地竟然和首长一样坐着发言，被班长好一顿奚落，他自己也为此失落了很长一段时间。在不谙世事的做派中，我们依稀看到了莫言质朴、真诚、坦率的性格。《我的大学》写的是他的大学梦和梦想终于实现的经历，从中可以看到莫言的勇敢和执著。“文革”后期，他模仿张铁生，给当时的教育部长写信，诉说衷肠，虽然没能如愿，并且受到众人的讽刺，但他的天真和精神苍天可鉴。这种不知天高地厚的精神，一定程度上成全了后来的莫言。当兵后，凭着出色的写作才华，他终于如愿以偿，成了军艺文学系的一名大专生。再后来，他又参加了北京师范大学和鲁迅文学院合办的作家研究生班，取得了国家正式的研究生学位证书。虽然从此填表时不再因为学历低而惶恐了，但莫言自己心里清楚，他并没有真正地上过大学。人贵有自知之明，这是莫言的可爱、可贵之处，也是他所向披靡的利剑之一。《吃事三篇》包含着莫言的辛酸与苦难，是了解莫言及其小说创作的一个很好的窗口。莫言的小说中为什么有那么多有关吃的情节，而且为什么写得那样细致、深刻？莫不是因为莫言有着关于吃的刻骨铭心的记忆！通过阅读这三篇有关吃的散文，我们不仅看到了饥饿年代的国家的现实景象，个人的悲惨遭遇，而且领略了莫言从吃事升华总结出来的对于人性、社会、苦难的深刻认识。没有吃的东西并不可怕，高密东北乡有的是可以果腹的动植物，实在不行，吃煤块也可以顶一阵子，可怕的是因为吃而丢失了人格，更可怕的是因为怕丢失人格而虚伪、做作。散文中，莫言以一种自嘲的文笔，为自己画了一幅丑陋的图像，同时也折射出了他者和社会的丑陋。《我的老师》是一篇回忆性质的文章，对自己的三位老师进行了描画，在亦庄亦谐的笔墨中，刻画出了三位老师质朴、本真而又美好的人性。同时，依旧不忘写自己童年的“糗事”，通过老师帮助自己解决“糗事”，进一步反衬出了老师的伟大。莫言因为看了电影《农奴》，模仿着电影里的人物的话说“学校像监狱，老师像奴隶主，学生像奴隶”，遭到了别的同学告发，受到了警告处分。从此，他就成了学校里有名的坏学生，校园里只要有什么坏事发生，第一个怀疑对象就是他。为此他十分苦恼，想了很多办法来挽回声誉，但收效甚微。后来一次偶然的事情被王老师发现，并被提到学校的办公会上，从此才改变了人们对他的看法。这件事情就是莫言在同学们午休的时候，为了怕打扰同学，他在离教室很远的地方，就把木拖鞋脱下来，提在手里，光着脚轻轻地走进了教室。王老师的发现对于改变人们对莫言的传统印象发挥了重要作用，为此他感慨说：

> 当所有的老师认为我坏得不可救药时，王老师通过一件小事，发现了我内心深处的善良，并且在学校的会议上为我说话，这件事，我什么时候想起来什么时候感动不已。[①]

自从有了老师这一职业，歌颂老师的文章就层出不穷，莫言的文章从自己受损的心灵得到矫正这一角度来歌颂老师，可谓新颖别致，独出心裁。《陪考一日》写的是作为父亲的莫言陪女儿高考的经历，在他一天的提心吊胆中，不仅传达出了“可怜天下父母心”的社会共鸣，而且传达出

① 莫言：《我的老师》，《莫言文集·会唱歌的墙》，作家出版社 2012 年版，第 370 页。

了他对中国式高考的独特思考。中国的高考，在某种程度上考的是家长而非学生，考的是家长的活动能力、办事能力以及经济能力，对此莫言深有感触。《北京秋天下午的我》是莫言所有的写“我”的散文中最悠闲的文字，也是最像散文的散文。在无所事事的氛围里，我们感受到了一个功成名就的作家慵懒、惬意的心境。想干什么就干什么，也可以什么也不干；想想什么就想什么，也可以什么也不想。总之，这个秋天的下午属于“我”，“我”是时间的主人。一个人能活到如此潇洒的程度，拥有如此平静的心境，也就算活得值了！

在上述莫言众多的写“我”的散文中，我们不仅看到了一个人从小到大、从苦难到幸福、从急急匆匆到心静如水的成长过程，而且强烈地感受到了时代的变迁、民族的进步和国家的发展。他的这些写“我”的散文勾画出的“我”的面影以及散发出的辛酸、苦难、幸福的种种表情，依稀在他的小说中可以感受到。因此，这些散文完全可以当作他的小说的补充进行互文式阅读。在莫言建造的小说的国度里，他是不折不扣的“王”，而在他营造的散文的世界里，莫言就是一个人。

莫言小说中的高密东北乡是粗犷的、强悍的，充满了生命活力的，甚至是带有匪气的，但他的散文中的高密东北乡却是婉约的、神秘的，虽然仍然不乏生命活力，却没有了匪气，有的尽是对于故乡对于苦难的记忆和诗意描绘。

《会唱歌的墙》就是莫言对故乡的一次诗意描绘。他从故乡的风景写起，写到了故乡美丽的传说，再从虚幻的传说写到现实的传奇人生，由传奇人生转入介绍故乡的风俗人情，最后归结到由几十万只瓶子垒成的会唱歌的墙上，对故乡进行了一次全方位的艺术巡礼。在莫言笔下，故乡是“高密东北乡东南边隅上那个小村”，村里有一座“完全中国化了的天主教堂”。沿着大道往村外走，景色次第展开，美不胜收。春天绿草如毡，繁花点点，刚出壳的幼鸟，蹒跚学步，幼稚得可爱；夏天黑泥如油，“用力一攥，你就会明白了这泥土是多么的珍贵”；秋天树影婆娑，“无数金黄的树叶纷纷落地”，使得“在街上穿行的鸡犬，仓皇逃窜，仿佛怕被打破头颅”；冬天“大雪遮盖了原野，让野兔子无法疾跑”。但这还不算神奇，神奇的是一个并不起眼的池塘，竟然蕴藏着一个美丽的传说。一个放牛的孩子，无意中听到了两个男人的说话，抢先一步把祖先的骨灰投入到了晚上池塘中盛开的莲花中，赢得了两个南方美女做老婆。后来，两个美女生了两个孩子，一个被南方人带走，一个留给了放牛娃。十几年过去后，两个孩子都进京赶考，一个考上了状元，一个屈居榜眼。从此，放牛娃的命运大变。放牛娃究竟听到了什么？大意是：

> 这个池塘是一穴风水宝地，半夜三更时会有一朵奇大的白莲花苞从池塘中升起。如果趁着这莲花开放时，把祖先的骨灰罐儿投进去，注定了后代儿孙会高中状元。[①]

两个南方蛮子看出了天机，却晚了一步，只好把两个美女送给了放牛娃。他们原打算在两个美女怀孕后都带走的，只是放牛娃不允，招呼众乡亲追赶，才留下了一个。传说中有冲突，但结局皆大欢喜，道出了故乡人的美好心愿。然而传说毕竟是传说，不如现实更让人信服。在故乡的土地上，也有传奇人生，至今大草甸子里还流传着土匪许大巴掌与八路军司令许世友比武的故事。故乡的景美，故乡的人奇，故乡的传说引人入胜，同样，故乡的风俗也不一般。在故乡，传承着一种古老的习俗“雪集”，即冬天下雪时节的农村集市。它可不是一般的农村集市，它已经成了雪地上的人们的神圣的庆典或仪式。在“雪集”上，只可贸易，不可开口说话，谁说话谁就要遭受天谴。所以赶集的人们彼此心照不宣，严格遵守着这古老的约定，显得滑稽而又古怪。不知这一古老的习俗现在改变了没有，因为高密东北乡的冬天已经很少下雪。村庄的西南方向有大片的沼泽地，东北方向是大河入海口，遍布东北乡版图上的大小村镇有厚重的历史，但这些都不足为奇，最让人们感到惊奇的是一个拾荒老人用几十万只酒瓶垒成的墙，每到刮北风，几十万只瓶子就会发出奇异的呼啸，组成一种亘古未有的音乐，响彻在高密东北乡的上空。这是大自然

① 莫言：《会唱歌的墙》，《莫言文集·会唱歌的墙》，作家出版社2012年版，第77页。

的声音，是鬼与神的合唱，其中寄寓着对祖先的崇拜，对历史的敬畏，对未来的憧憬。但可惜的是，这道会唱歌的墙在凄风苦雨中坍塌了。然而又可喜的是，那声音已经渗透到了故乡人的灵魂里，而且一定会世世代代地传唱下去。这篇散文是莫言最优秀的散文之一，难怪莫言将它题为好几版散文集子的名称。《草木虫鱼》是有关故乡四季风光的扩展描写，只不过放在大饥馑年代的平台上，多了些幽默中的苦涩。春天吃蚂蚱，夏天吃鱼虾，秋天吃螃蟹，冬天吃树皮饼，就像莫言所写：

> 我们像传说中的神农一样，几乎尝遍了田野中的百草百虫，为丰富人类的食物做出了贡献。①

这种遍地找食的凄苦生活，因为有了找的乐趣，或曰创造的收获感，而又别有一番情趣。也就是在这种苦中有乐的生活中，莫言度过了自己的少年时代。当然，莫言之所以能够在这种凄苦的生活中长大成人，并有所成就，自然离不开慈母的教诲。母亲从小教育他诚实做人，让他牢记了一辈子。《卖白菜》就记叙了莫言小时候发生的一件事情，在渲染出深厚的母爱的同时，揭示了母亲诚实、善良的品质。出于对自己劳动的珍惜，出于对贫苦生活的畏惧，出于对买白菜老人不怜悯他人劳动成果的行为的厌恶，莫言在算账的时候多算了一毛钱，没想到引起了母亲深深的忧虑。母亲因为他不成器而流下的两行泪水，让莫言至今想起，都不免心中隐隐作痛。母亲的勤劳、善良给莫言留下了深刻的印象，以至于每当看到妻子在厨房里劳作时，他这个“厨房里的看客”都会想起母亲，眼前不时闪现出母亲的影子。其实，上述众多有关“我”的散文中，多有对母亲的描述。由于对母亲感情深厚，所以莫言在《丰乳肥臀》的扉页上，深情地写上了一句话“谨以此书献给母亲在天之灵”。

也许，在外乡人眼里，高密东北乡的生活是凄苦的，高密东北乡的人是愚昧的，但是在莫言眼里，高密东北乡却是个性鲜明的，有着独

① 莫言：《草木虫鱼》，《莫言文集·会唱歌的墙》，作家出版社 2012 年版，第 131 页。

特的风俗人情。这里，人人都会唱茂腔，个个都是戏迷，其痴迷程度一点也不亚于民国时期人们对京剧的喜爱。在《茂腔与戏迷》里，莫言用两个或风趣或辛酸的小故事，详细描画了“文革”时代人们对茂腔的钟爱，在讥刺时代产生的文化荒漠的同时，也反映了茂腔深厚的群众基础和强大的生命力。《过去的年》和《谈过年》两篇散文，既谈民间风俗，又谈童年童趣，二者相映成趣，表达了莫言对故乡的深切情感。当然，莫言写故乡的散文，并不仅仅是赞美，也有批判和反思，表现出了强烈的忧患意识。《美丽的自杀》通过对表妹自杀事件的追问和反思，批判了故乡至今仍存在的不尊重女性的社会现象，希望故乡的人从今以后能够活得更好一点，活得更像人一点。《我与税》从小时候对税的模糊认识写起，一直写到当作家后缴版税和出国旅行缴过境税，在阐明缴税是每个公民的义务的同时，也写到了农村中普遍存在的征缴税款的不文明现象，对一些公职人员的粗暴行径和农民的各种抗税行为表示了深切的担忧。当然，现今那些现象已不复存在，因为国家已经取消了农业税，取缔了市场管理费，农民可以自由地进行贸易，但莫言写到的那些现象毕竟存在过、发生过，由此及彼，是不是仍然可以引起人们的深思呢？

虽然莫言对故乡情有独钟，对自己的苦难记忆犹新，但那些仅仅是他散文世界的一部分。在他的散文创作中，还有更多的作品将笔触伸向了社会，伸向了世界，伸向了浩渺的宇宙和复杂的人性，展示了一个有头脑、有见地、有思想、有魄力的作家对社会、人生的深刻感悟和勇敢的言说态度。《酒后絮语》《狗文三篇》《望星空》《虚伪的教育》《杂感十二篇》《郁达夫的遗骨》《上下五千年》《国外演讲与名牌内裤》《看〈卖花姑娘〉》《学书漫谈》《从鞭炮到佛道》等，即是这方面的代表作。

《酒后絮语》是长篇小说《酒国》的创作谈，读过了这篇文章，也就理解了莫言为什么要写那样一部充满了讽刺和批判意味的小说。从某种意义上说，中国五千年的历史，就是一部酒的历史。酒可以成就好事，也可以铸造坏事。在当代，它还是假货泛滥的重灾区，官员腐败的助推剂。从酒入手，可以直抵种种社会问题的核心。《狗文三篇》看似写狗，实则写人，狗的各种表情和行为，人人都有。之所以狗为狗，人是人，是造物主所为，但其本质是一样的。《望星空》表现出了作者博大的人类意识。莫言站在超阶级、超国界的高度上，对人类历史和当今世界进行阐述，证明地球是全人类的。面对浩渺的宇宙，他呼吁：

> 人类实在是应该大度一点。多一点豁达大度，少一点鸡肠小肚；多一点襟怀坦白，少一点阴谋诡计；多一点堂堂正正，少一点蝇营狗苟。[①]

《虚伪的教育》直面现实，从教材的选取、教学目的的设定、教学方法的使用、中高考制度现状、教师队伍存在的问题等方面，由浅入深，一一辨析了当今教育界存在的种种问题，毫不客气地指出“语文变成了政治的工具”，孩子说假话是因为长期的虚伪的教育已训练得他们不会说真话、不敢说真话，揭示了症结所在，并且提出了解决问题的办法。莫言的分析情理交融，环环相扣，没有强词夺理，没有装狐弄鬼，却颇有说服力，说明莫言对当前的教育现状，的确有深刻的认识。《杂感十二篇》是莫言人生感悟的集大成者，他从吃、穿、住、行、睡、笑、骂、饮等生活的基本层面谈起，论述了什么是真正的潇洒，什么又是真正的潇洒之人，字里行间，通透着莫言潇洒的人生态度。《郁达夫的遗骨》从寻找郁达夫的遗骨的社会活动谈起，谈到了一个国家、民族应该怎样对待历史、灾难、战争等问题，表现了一个作家的博大胸怀。正如他在《我的〈丰乳肥臀〉》中所言：作家“应该站在人类的立场上进行他的写作，他应该为人类的前途焦虑或者担忧，他苦苦思索的应该是人类的命运。他应该把自己的创作提升到哲学的高度，只有这样的写作才是有价值的”。[②]《上下五千年》也是对人类进行思考的文章。莫言站在新千年的门槛上，往前看五千年，不仅看到了人类的伟大，也感到了人类的渺小。面对短暂的人生，莫言提出了如何使自己的人生过得更有意义的严

---

① 莫言：《望星空》，《莫言文集·会唱歌的墙》，作家出版社 2012 年版，第 91 页。

② 莫言：《我的〈丰乳肥臀〉——在哥伦比亚大学的演讲》，杨扬编：《莫言研究资料》，天津人民出版社 2005 年版，第 59 页。

肃命题。《国外演讲与名牌内裤》是一篇写人情世故的文章，这篇文章的长处并不在于文字多么精彩，思想多么深奥，而在于莫言敢以自嘲的口吻，勇敢地揭露自己的短处。或许，这正是他的聪明过人之处。《看〈卖花姑娘〉》是一篇具有反思性质的文章，通过当年《卖花姑娘》在中国的热播，反思了造成中国人情感空白的原因，悟出了文艺作品如何才能成功的真谛。《学书漫谈》写的是自己学书法的经历，实际上表达的是如何做人、做事的道理。早年，莫言的父亲曾经多次教育他们兄弟：

> 一定要把字写好！人生来相貌丑陋，命运不济，出身贫困，那是没有办法的事。但字写不好，则完全是个人的原因。[①]

从此，莫言记住了父亲的话，并认真练字。文如其人、字如其人这一古老的箴言，在莫言身上得到了应验，他不仅文笔好，而且钢笔字也写得漂亮。当代作家手稿写得如莫言手稿那样美观的，估计没有几人，绝大多数是龙飞凤舞、神迹莫辨。或许，莫言的早期作品能够得以顺利发表，一定程度上得益于他工整、娟秀的书写吧。《从鞭炮到佛道》，由人写到佛，由世俗写到宗教，阐释了人佛一理的道理。“心可为天堂，亦可谓地狱”，“六道轮回”的佛教观念在世俗社会中比比皆是，莫言用自己的经历和见识对此作了验证。莫言之所以能够写出众多优秀的小说作品，恐怕与他对社会、人生的深刻认识不无关系吧。

莫言还有许多阅读笔记类的散文，从文体上看，属于随笔、杂感、札记等，即由阅读别人的书而生发出来的一些感想、感慨、感悟。或者说，是他与不同时代、不同空间的作家进行的精神对话。其中，有对历史问题的认识，有对艺术问题的探讨，还有对作家本人的品评。由于莫言本身是一个作家，有对各种问题的独特见解，所以他的这类散文独树一帜，开启了一扇又一扇极富认识价值和启迪意义的窗口。当然，更重要的是，他从中悟出了一些为文的道理。《读书杂感三篇》中的前两篇，

---

① 莫言：《学书漫谈》，《莫言文集·会唱歌的墙》，作家出版社 2012 年版，第 350 页。

是对司马迁的《史记》进行附议的文章。在《楚霸王与战争》中，他这样评价项羽、楚汉相争、《史记》和司马迁。对项羽，他说：

读了项羽的本纪，我感到这家伙从没用心打过仗。他打仗如同做游戏。这是一个童心活泼、童趣盎然的英雄。[①]

对楚汉相争和《史记》，他说：

从政治的角度看，刘邦胜利了，项羽失败了。从人生的角度看，这哥俩都是成功者。他们都做了自己想做的事，而且都做得很好。刘邦成功在结果，项羽成功在过程。太史公此文，首先是杰出的文学，然后才是历史，是充满客观精神的文学，是洋溢着主观色彩的历史。[②]

对司马迁，他说：

司马迁在《项羽本纪》里对项羽给予了深深的同情，而对汉王朝的开国皇帝多有讥刺，这肯定与身受酷刑有关。这样，问题就出来了：司马迁笔下的项羽，是不是历史生活中真正的项羽，同样，历史生活里的刘邦是不是就像司马迁写的那样？[③]

由此，莫言得出了两点认识，一是战争文学必须写人，只有写出了人在战争中的活动过程和鲜明的性格，才是好的战争文学；二是历史有可能是虚构的，对所谓的客观的历史表示出了怀疑的态度。在《搜尽奇峰打草稿》中，莫言进一步议论历史和司马迁本人。在他看来：

---

① 莫言：《读书杂感三篇》，《莫言文集·会唱歌的墙》，作家出版社 2012 年版，第 28 页。

② 莫言：《读书杂感三篇》，《莫言文集·会唱歌的墙》，作家出版社 2012 年版，第 29 页。

③ 莫言：《读书杂感三篇》，《莫言文集·会唱歌的墙》，作家出版社 2012 年版，第 30 页。

> 历史在某种意义上就是传奇。这是我读史的感想，也是我从个人经验中得出的结论。
>
> 司马迁一生最大的特点是好奇。
>
> 好奇是司马迁浪漫精神的核心。
>
> 一部《史记》，正是太史公抱满腹奇学，负一世奇气，郁一腔奇冤，写一世奇人之一生奇事，发为万古千秋之奇文。[①]

由此，他又得出了“只有奇思妙想，才会有异想天开，只有异想天开才会有艺术的创新”的感想。第三篇《月光如水照缁衣》，评价的是鲁迅的《铸剑》，他认为：

> 《铸剑》是鲁迅最好的小说，也许是中国最好的小说。
>
> 那黑衣人就是鲁迅的化身。鲁迅的风格与黑衣人是那么的相像。
>
> 黑衣人复仇的行动过程，体现了鲁迅与敌人战斗的方法。[②]

并且从小说美学的角度，认为《铸剑》虽然取材于古代传奇，但是吸取了武侠的笔法，是一种全新的创造。由此，促使了莫言对严肃小说如何向武侠小说学习、提高读者的阅读兴趣等问题的深入思考。《清醒的说梦者》是对同代作家余华的解读，文章的题目已说明了一切。只不过在文章中，莫言进一步把余华定义为是“中国当代文坛上的第一个说梦者”，“残酷的天才”，把余华描写的人生说成是永远陷在无休止的荒谬的追求中，从而形成了连环套式的残酷的梦魇。《三岛由纪夫猜想》对日本作家三岛由纪夫的性格、行为和自杀结局作了一系列猜想，从而得出了如下结论：

> 三岛是为了文学生，为了文学死。他是个彻头彻尾的文人。

① 莫言：《读书杂感三篇》，《莫言文集·会唱歌的墙》，作家出版社2012年版，第30—32页。

② 莫言：《读书杂感三篇》，《莫言文集·会唱歌的墙》，作家出版社2012年版，第35—36页。

> 他的政治活动骨子里是文学的和为了文学的。研究三岛必须从文学出发，用文学的观点和文学的方法，任何非文学的方法都会曲解三岛。三岛是个具有七情六欲的人，但那最后的一刀却使他成了神。[①]

也许有很多人不知道三岛是谁，他写了什么，但读了此文，估计没有人不会为莫言的大胆猜想而拍案叫绝。《一个人的“圣经”》议论的是以色列作家奥兹及其作品《爱与黑暗的故事》，但其内涵明显超越了作家本人和小说文本，上升到了民族苦难和国家未来的高度，展示了莫言爱的博大情怀。《读鲁迅杂感》记述的是自己阅读鲁迅的过程，不同的年龄阶段、不同的阅读背景，有不同的感受。年少时只是识字，长大成人后是吸取艺术营养，而真正成了作家，则是悟出了一些人生道理。人在某些时候，的确需要一些阿Q精神或落水狗精神，惟有如此，才能渡过难关。正如他在《丰乳肥臀》受到批判后写的一首打油诗：

> 俺本落水一狂犬，遍体鳞伤爬上岸。抖抖尾巴松松毛，污泥浊水一大片。各位英雄快来打，打下水去也舒坦。不打俺就走狗去，写小文章赚大钱。[②]

作家评论作家，难得真知灼见，而莫言是有什么写什么，表现得是那样真诚。《人一上网就变得厚颜无耻》是对网络时代文风的感慨。在莫言看来，人一上网，就像戴上了一副厚厚的面具，假话、谎话连篇，而这一现象，其实并不是在有了网络以后才有的，它早就存在了！于是，莫言从历史上的散文谈起，结合作家的心态和自己曾经写过的散文，一一进行剖析，得出了如下的结论：

> 小说是虚构的作品，开宗明义就告诉读者：这是编的。散

① 莫言：《三岛由纪夫猜想》，《莫言文集·会唱歌的墙》，作家出版社2012年版，第104页。

② 莫言：《读鲁迅杂感》，《莫言文集·会唱歌的墙》，作家出版社2012年版，第121页。

文、随笔是虚伪的作品，开宗明义告诉读者：这是我的亲身经历！这是真实的历史！这是真实的感情！——其实也是编的。[①]

在此，我们先不讨论他的观点是否正确、恰当，只看他的胸襟，就可以看到莫言是多么的赤诚、坦荡！说真话、抒真情，是散文的真谛，莫言做到了！

散文到底应该怎么写，可以说站在不同的立场有不同的阐释。莫言的“小说是虚构的”“散文是虚伪的”“散文可以大胆地虚构”等观点，不知为他带来了多少诟病。其实，那都是对他的表述的曲解。莫言是追求真实的，但他追求的不是表面的真实，而是心灵的真实、精神的真实、情感的真实。在莫言看来，精神不真实，感情不真实，表面再真实也不是真正的真实，而只有精神真实了，感情真实了，表面再不真实也能到达真实的彼岸。其路径，惟有真诚。做人真诚，说话发自内心，即便是说假话也是真假话；做人不老实，说话虚伪，即便是说真话也是假真话。就像当今中国，除了真假货，一切都是假的。莫言说“散文是虚伪的”“散文可以虚构”，是针对长期以来散文领域存在的虚情假意、过多地承载了道德的内容而言的，其中蕴含着浓浓的讽刺、批判意味。“我们的散文载道的太多，每一篇散文都想讲出一种哲理，这种五六十年代留下的散文病毒一直延续到现在。……肯定有大量的虚构在里面，基本上是用散文笔法写的小说。”[②]为此，他还模仿着那些散文样式写了几篇虚构的散文，以证其言，如《俄罗斯散记》《我和羊》等。或许，1981年写《我和羊》时，莫言对当代散文弊病还没有上升到理性认识，从构思到行文，都是有意无意模仿杨朔散文留下的痕迹，而到了1997年他写《俄罗斯散记》时，就是故意虚构了。所以，莫言说“散文是虚伪的”，恰是一句真话，直指当代散文弊端，反映出的是对真诚散文的强烈呼吁。只有

① 莫言：《人一上网就变得厚颜无耻》，《莫言文集·会唱歌的墙》，作家出版社2012年版，第247页。

② 莫言：《在文学种种现象的背后——2002年12月与王尧长谈》，《莫言对话新录》，文化艺术出版社2010年版，第113页。

作家的创作态度真诚了，散文才能走向心灵的真实、精神的真实、感情的真实，而那才是真正的真实。

第二节　戏剧："把自己当罪人写"与说今借古

或许得益于故乡传统戏曲茂腔潜移默化的影响，莫言一直对戏剧情有独钟。他曾说："你也许不相信，我的真正的'处女作'不是小说，而是一部名为《离婚》的六幕话剧。那还是1978年，我在黄县当兵的时候。当时，宗福先的话剧《于无声处》红遍全国，随后不久又有《丹心谱》《陈毅出山》等一批话剧上演，一时蔚为大观。看多了自然就跃跃欲试，于是就托战友的朋友从县图书馆里借来了曹禺、郭沫若的剧本集，一通狂读，然后就生吞活剥地写出了《离婚》。"①《离婚》是莫言写完后邮寄出去的第一部作品，对它寄予了厚望。但是，结果并没有如愿。手稿被莫言收藏了4年之后，于1982年付之一炬。那时，莫言已开始发表小说，从此将全部的精力，都投入到了能够给他带来丰厚回报的小说创作中去了。小说给莫言赢得了巨大的声誉，而声誉又将莫言推向了戏剧。1987年，莫言参与了电影《红高粱》的改编，第一次与影视结缘。后来，或改编自己的小说，或另起炉灶，他又参与了众多的影视剧本的创作，或独立或与他人合作，完成了《英雄浪漫曲》《大水》《哥哥们的青春往事》《梦断情楼》《太阳有耳》《红树林》《幸福时光》《暖》《良心作证》等作品。尽管这些作品背后都闪烁着莫言的影子，字里行间流淌着莫言的汗水，但要把它们全部归入莫言名下，说什么也不应该，因为影视剧毕竟是一门综合艺术，况且除了《红树林》是他单独编剧之外，其他都是集体智慧的结晶。后来，莫言将《红树林》改写成了小说，是一部画面感很强的反腐题材的小说。能够归入莫言名下的戏剧作品，主要是《我们的荆轲》《霸王别姬》《锅炉工的妻子》等几部话剧。因此，下面将要讨论并展开论述的，主要是这几部话剧作品。

---

① 莫言：《我与话剧》，《莫言文集·会唱歌的墙》，作家出版社2012年版，第291页。

莫言多次说，写作的终极境界是“把自己当罪人写”，[①] 唯有如此，才能抵达人性的彼岸，写出多姿多彩的人生。然而，让莫言感到别扭的是，小说这种体裁，自有它写作的规律，作家一旦进入写作状态，就不由自主地跟着小说中的人物的情感历程和故事的发展过程前行，不受作家主观意志的控制，使得作家的好多想法根本无法完美地展现出来。因此，莫言感叹：“我写小说，小说也写我”，“一旦进入创作过程后，我的笔只能跟着人物的命运和感情走了”。[②] 但写话剧就不如此。话剧是一种以对话为主的戏剧形式，虽然也是一门综合艺术，但体现在剧本阶段，主要还是语言艺术。这种语言艺术，看起来是剧中人物的语言，实际上是作者的语言。作者让什么人说什么话，可以通过语言来控制人物的性格和剧情的发展。所以，在话剧创作中，作家的主观意志会得到淋漓尽致的体现。正如莫言所说：“历史事件上，悬挂的是剧作家的思想。”[③] 莫言还说，他“写戏的动力，一是兴趣，二是内心深处有话要说”。[④] 既然有话要说，那必定是属于莫言自己的话。《我们的荆轲》和《霸王别姬》是历史剧，《锅炉工的妻子》是现代剧，在话剧这个创作者可以为所欲为的艺术世界里，莫言的话语权得到了尽情的挥洒。那么，莫言到底要说什么？不同的话剧自然有不同的内涵。《我们的荆轲》是说今借古，站在今人的视点高度，对历史人物、历史故事进行解构性重新解读，通过对“荆轲刺秦”这一古老故事的别开生面的阐释，揭示了当代人急于成名的浮躁心态。《霸王别姬》是重评历史人物和历史事件，通过对历史上的一段典型案例的个人化解读，赋予了历史新的含义。《锅炉工的妻子》写人性的美好与歹毒、无私与贪婪、高尚与卑鄙，在这一出短小的话剧里，通过三个人之间的矛盾纠葛，深刻地揭示出了人性的

---

① 莫言：《作家应该爱他小说里的人物——与马丁·瓦尔泽对话》，文化艺术出版社 2010 年版，第 379 页。

② 莫言：《我写小说，小说也写我——与〈中国空港〉记者赵学美对话》，文化艺术出版社 2010 年版，第 185、186 页。

③ 莫言：《我与话剧》，《莫言文集·会唱歌的墙》，作家出版社 2012 年版，第 292 页。

④ 莫言：《我们的荆轲·莫言采访之一——解密〈我们的荆轲〉》，《我们的荆轲》，新世界出版社 2012 年版，第 188 页。

复杂。但三部剧又万变不离其宗,归根结底是写人。正像《我们的荆轲》排演之后，莫言回答记者的那样:“此戏到底是写什么?我说:写人。”[①] 只不过侧重点不一样,《我们的荆轲》写“我”“我们”,《霸王别姬》写历史人物，而《锅炉工的妻子》则写现实生活中的小人物。

《我们的荆轲》完成于2012年，是莫言“把自己当罪人写”的一次艺术实践，而且是一次成功的艺术实践。在这部剧作中，莫言将当今社会哗众取宠的浮躁心态，借助历史人物和历史故事的“旧瓶”，别出心裁地呈现了出来，让观众认清了自己，并进而认清了整个社会。新世纪以来，随着浮躁之风越刮越盛，人们的成名成家心理也越来越强烈，甚至为了出名，不惜出卖人格、操守，触碰道德底线。君不见近年各大电视台陆续推出的各式各样的选秀节目，火爆到了极点，莫不是此种心态蛊惑、作祟的结果。在这个全民疯狂的时代，有的人沉迷其中，不能自拔；有的人逐渐觉醒，回到岸上。莫言作为较早的觉醒者，他看到了这个现象,于是将它反映了出来。“荆轲刺秦”可谓是一个家喻户晓的故事,想到这个故事，马上就会让人想起“风萧萧兮易水寒，壮士一去兮不复还”的壮烈诗句,而一旦想起这句诗，一个为国家不惜牺牲生命的壮士,也就会出现在人们的眼前。这是司马迁的《史记》留给我们的印象，也是自小接受的教育留下的深刻烙印。然而在《我们的荆轲》中，莫言却没有简单地重复这个故事,而是把现实生活注入其中,利用历史的外壳,演绎了当今社会的众生相。在剧中，无论是荆轲，还是高渐离、秦舞阳、狗屠、田光等人，凡是侠士剑客，无不是为名而来，为名而去。他们就像整日忙碌的市侩商人，皆为利来，皆为利往。即便是荆轲去刺秦王这等惊天动地的大事，最初也都是为了成全侠客的名声，而非为了国家大义。在燕国，到处流行着成名成家的歪理邪说，撒谎成性，溜须成风,弄虚作假，沽名钓誉，傍大佬，拜干爹，组圈子，捧臭脚，只要能出名,什么下作手段都能使得出来。第一节《成义》中，秦舞阳介绍荆轲的一段话，简直是燕国的形象写照。

① 莫言:《盯着人写》,《我们的荆轲·序》，新世界出版社2012年版。

他总是这样，每到一地，就提着小磨香油和绿豆粉丝去拜访名人。哪里有名人，哪里就有他的身影。我看他这失眠症啊，多半是想出名想出来的……[①]

只不过在这场追名逐利的纷争中，荆轲最先醒悟了过来，他把刺杀秦王看作是一场不得不演的戏，把对“高人”的追求看作是超凡脱俗的境界，从而完成了精神的彻底升华。在第九节《壮别》中，荆轲的一段深情独白，可谓是他看透一切的象征。他说：

……高人啊，我心中的神，理智的象征，智慧的化身，自从你走后，我食不甘味，寝不安席，回首来路，污泥浊水，遥望前程，遍布榛荆。茫茫人世，芸芸众生，或为营利，或为谋名。难道这就是人生的意义吗？难道这就是生活的真谛吗？是的，如果我将这场戏演完——我会将这场戏演完的，我必须将这场戏演完，为了你们这些可敬的看客！——我知道史官会让我名垂青史，后人会将我奉为英雄。但名垂青史又怎么样？奉为英雄又有什么用？可怕的是在这场戏尚未开演之前，我已经厌恶了我扮演的角色，可怕的是我为之奋斗半生的东西，突然间变得比鸿毛还轻。高人啊高人，你为何要将我从梦中唤醒？……[②]

鲁迅曾经说：“人生最苦痛的是梦醒了无路可以走”，[③] 荆轲此时的状态大概如此。荆轲明白，刺秦不会有好的结果，但是他又不得不去刺秦，因为自从他成名成家的心理，被燕太子利用之后，他就走上了一条不归路。试想一下，当一个有追求的人在接受了别人的大量馈赠，享受了美食华屋，特别是燕太子又把自己的美妾当作礼物送给他享用，周围的人

① 莫言：《我们的荆轲》，新世界出版社 2012 年版，第 8 页。

② 莫言：《我们的荆轲》，新世界出版社 2012 年版，第 87—88 页。

③ 鲁迅：《坟·娜拉走后怎样》，《鲁迅全集》第 1 卷，人民文学出版社 2005 年版，第 166 页。

早已把他当作天下第一侠客看待后，荆轲又有什么理由打退堂鼓呢？他只能铤而走险，把刺秦当作一次危险的表演来完成。而当一个人把一件神圣的事情当作表演时，其结局就可想而知了，所以荆轲刺秦必然以失败告终。名声的累赘，最终将荆轲推向了万劫不复的深渊。由于成名迫切，剧中其他的侠客也没有好的结局。狗屠妄图刺杀燕太子以成名，被扔进河里喂了王八。秦舞阳虽然争得了荆轲副使的地位，但在真正需要他的时候，却早已吓死，尽失侠客风度。最可怜的当属高渐离，因为知道的太多，被燕太子剜去了双眼。5年后，又去刺秦，同样以失败告终。就这样，一部传颂了两千年的历史正剧，被莫言改写成了一部讽刺剧，通过它，是不是能够从中看到活生生的“我”或“我们”呢？莫言在解释为什么将《我们的荆轲》写成这样时，曾说：“我们是现代人，我们要对舞台上所扮演的一切再进行思考，而不要过分沉溺在历史情节里。一部历史戏必须让观众看得到自己，看到身边的人，这才是有意义的，观众也才会往下看。这部戏最终引发的肯定是对当下社会的思考和对自我的思考，尤其是对自我的思考。我们忙忙碌碌，奋斗努力，可到底要实现什么目标？目标的终极意义是什么？什么是完美的人？人怎样走向完美？这是每个人都要思考的终极问题。我希望观众通过舞台上展示的小圈子来考虑现实中自己置身其中的小圈子……文坛就是‘侠坛’。这部戏里我的很多理解都是由我所处的文坛触发的……我自己的灵魂深处也藏着一个荆轲……当年初入文坛，我也想要出名，表现自己，后来我慢慢地认识到有更高的更有价值的东西等待着我去追求。”① 这段话，完全可以当作理解此剧的切入点。作为历史剧，《我们的荆轲》没有走借古喻今、借古讽今的艺术老路，如郭沫若、曹禺、田汉等人的历史剧创作套路，而是反其道而行之，说今偏由借古来完成，不能不说是一次成功的艺术尝试和艺术创新。

《霸王别姬》是莫言和作家王树增合作完成的一部话剧，写于1999

① 莫言：《我们的荆轲·莫言采访之四——文学没有“真理”，没有过时之说》，《我们的荆轲》，新世界出版社2012年版，第202页。

年，是他的第一部话剧。此部话剧闪烁着浓厚的新历史主义文学思潮的印记，是莫言对那一段人人皆知的历史公案的个人化解读。故事原型同样出自《史记》,但同样不是对《史记》的话剧版改写。剧中只有四个人物，除范增与《史记》记载基本一致之外，剧作对项羽、虞姬、吕雉三人的描写，则完全抛开了历史框架和故事层面的约束，深入到了人物的心理意识层面，写出了每个人内心的巨涛波澜，活画出了命运即将发生大转折时人的本性，将历史人物和历史事件作了全新的阐释。历史上，项羽是一个失败了的盖世英雄形象。世人对他的基本评价是，力大无比，功败垂成，屡发恻隐之心，屡逞个人英雄。连毛泽东都感叹："宜将剩勇追穷寇，不可沽名学霸王。"那么，这一切又是如何形成的？难道仅仅是因为他四肢发达、头脑简单吗？在莫言看来，情形并非完全如此。固然，项羽的失败与他的固执、单纯、不成熟、缺少宏图大略有关，但其根本的原因是他童心未泯，担当争霸大业了，仍然有一颗顽皮的孩童之心。在他孩子般的视角里，他所从事的一切都是游戏，而非你死我活的残酷斗争。即便是虞姬以自刎来唤醒他，吕雉以情欲来讥刺他，他都没有醒悟，依然沉迷在他幻想的世界里，走上了一条生命的不归路。1998年，莫言在写作《霸王别姬》之前，曾写过一篇读书杂感《楚霸王与战争》。在这篇文章中，他如此评价项羽：

> 读了项羽的本纪，我感到这家伙从没用心打过仗。他打仗如同做游戏。这是一个童心活泼、童趣盎然的英雄。他破釜沉舟，烧房子，坑降卒，表现出典型的儿童破坏欲。每逢交战，他必身先士卒，不像个大元帅，就是个急先锋。不冲不杀不呐喊他就不痛快。他斗勇斗力不斗智，让他搞点阴谋什么的他就头痛、心烦。到了最后的时刻，他还对着美人和骏马唱歌。惨败到只剩下二十八骑时还跟部下打赌，证明自己的神力。最后他孤身一人到了乌江边上，还把名马送给好汉，将头颅赠给旧友。他不过江东，并不是不敢去见江东父老，这家伙是打够了，打烦了，他不愿打了。不愿打了，就用刀抹了脖子，够干脆，够利索。他其实从没认真地考虑过夺江

山、做皇帝的事，那都是范增等人逼着他干的。他的兴趣不在这里。如果真让他做了皇帝，那才是真正的“沐猴而冠”，他分封诸王，自封西楚霸王时其实也就是皇帝了，但他做得一塌糊涂。听听他为自己起的封号吧，西楚霸王，孩子气十足，像一个用拳头打出了威风的好斗少年的心态。①

这段论述，足可以看出莫言对他的认识。《霸王别姬》中的项羽，就是以此为根据来刻画的。面对这段文字，想象一下，项羽该是一个怎样生动活泼的艺术形象呢？对于虞姬和吕雉的刻画，剧作也完全超出了人们的想象。虞姬不再纯然是一个被动、无助的美女形象，而是一个不断觉醒的人的形象。尽管她的自杀没有唤醒项羽，她却由此摆脱了男人的玩物的尴尬地位，将历史中的“死”的虞姬变成了一个活的女人。吕雉也不再是一个纯粹的诡计多端的毒妇形象，幽怨自责中多了些许情爱的成分。莫言曾经说：“话剧的终极目的和小说一致，是写人，挖掘人的精神世界，内心矛盾，最终还是对人的认识。”② 现在看来，这个终极目的无论在《我们的荆轲》中，还是在《霸王别姬》中，都实现了。如果说《我们的荆轲》是说今借古，重点写当代人，展现当代人的心态，那么《霸王别姬》就是借古说古，焦点在古代人，挖掘古代人的内心。

现代剧《锅炉工的妻子》是直击人性的，围绕锅炉工的遭遇，展现了人性的美好与残酷。尤其耐人寻味的是，它们有时会统一在一个人身上，而且会因时因地发生反转变化。通过人性的矛盾存在，深刻地揭示了人性的奥妙与复杂。钢琴教师阿静当年插队时，与同是知青、后来进城、成了作曲家的建国相恋。他们偷吃了禁果，致使阿静未婚先孕。然而就在阿静对他们的未来满怀憧憬时，建国先期回城，抛弃了阿静。阿静走投无路，被当年还是农村青年的锅炉工阿三相认。阿静产下了一

① 莫言：《楚霸王与战争》，《莫言文集・小说的气味・读书杂感》，当代世界出版社 2004 年版，第 44 页。

② 莫言：《我们的荆轲・莫言采访之四——文学没有“真理”，没有过时之说》，《我们的荆轲》，新世界出版社 2012 年版，第 204 页。

个死婴，并大出血，又是阿三献血挽救了她。出于报恩，也是出于寻找一块生存之地，她嫁给了阿三。10年后，阿静回到了城市，并成了一个钢琴教师。阿三也随着她进入了一个新的环境,并成了锅炉工。然而，在城市里，阿静的优越感越来越强，阿三的自卑感越来越突出，他们之间的裂痕越来越大。更可怕的是，阿静又重逢建国。尽管建国不同意与阿静重归于好，因为他不想把自己的幸福建立在他人的痛苦之上，但阿静却不管不顾，仍然疯狂地爱上了他。为了逼迫阿三离开，阿静百般地羞辱阿三。阿三忍无可忍，走上了盗抢之路。因为在阿三看来，阿静之所以看不起他，是因为他没有能耐，赚不来钱，而他又没有别的能力赚钱，只好去干非法的事情。结果可想而知，阿三锒铛入狱，并被绳之以法。尽管后来阿静良心发现，但为时已晚。这部剧作讲述的故事，莫言曾经在中篇小说《司令的女人》中讲过，但小说的主题显然不如剧作这般鲜明，寥寥几节话剧，就形象地揭示出了他人既是天使又是魔鬼的人性裂变。

小说家写话剧，应该是本色行当，尤其是对于莫言，并不是难事。因为话剧是语言艺术，而莫言的长处之一，就是语言方面具有出众的才华。我们衷心地期待着莫言的下一部话剧作品，能够尽早面世。

第三节　打油诗：不加修饰的真知灼见

莫言除了小说、散文、戏剧，还写有大量的打油诗。尽管打油诗登不上大雅之堂，也没有给莫言带来声誉，甚至绝大多数都没有公开面世，但它们的确是莫言的心血，凝聚着莫言的心智，是莫言一时一地灵感的瞬间爆发，反映着莫言关于大千世界、芸芸众生、社会百态、文学艺术的真知灼见。它们同样是了解莫言、研究莫言的第一手重要资料。莫言曾不无自豪地说：“如果说我有什么长项的话，就是喜欢写打油诗。”①

莫言的打油诗创作，可以追溯到少年时代。小时候看了电影《列

① 莫言：《我的长项，是喜欢写打油诗》，《文学报》2012年10月18日。

宁在一九一八》，便模仿着剧情，编出了顺口溜：

列宁同志很焦急，城里的粮食有问题。马上去找瓦西里，让他下乡搞粮食。[①]

为了推广新的小麦品种，他接受老师的任务，编出了快板：

贫下中农听我吼，今年不种“和尚头”，“鲁麦一号”新品种，蒸出饽饽冒香油。

“文革”前批“三家村”，老师让他写快板，他就写：

三家村，四家店，都是一些大坏蛋。邓拓吴晗廖沫沙，三人合伙去偷瓜。

那时，莫言虽然对自己写的内容还不怎么了解，现在看起来也很幼稚，但是，他的语言天赋却得到了锻炼和施展的机会。

后来，莫言写打油诗，要么是触景生情，要么是有感而发，再要么是为了完成应酬、赠答等任务，他往往一挥而就，多年下来，已积累了许多。从内容来说，莫言的打油诗可以分为以下几类：

一是描写故乡的。故乡的景，故乡的情，故乡的风俗习惯，在他的打油诗中常露端倪。例如：

少时辍学牧牛羊，老家大栏平安庄。荒草连天无人迹，野兔飞奔鸟儿忙。

韭菜炉包肥肉丁，白面烙饼卷大葱。再加一碟豆瓣酱，想不

① 作者注：莫言的“打油诗”均未正式单独发表或出版，散见于高密莫言文学馆、莫言博客或一些文章中。

快乐都不中。

开出荒地种桑麻，东北乡里有我家。天高地僻皇帝远，荷锄归来有野花。

歌声直上九重天，百鸟翔集白羊山。胶河碧波锦鳞见，高搭彩棚迎客船。

当兵两年还故乡，车站广场听茂腔。此曲只应高密有，使我潸然泪两行。

二是称颂亲朋好友的。这类打油诗，往往于顽皮中蕴藏着浓浓的亲情。例如：

春雨梨花夜梦香，乳燕呢喃绕旧梁。慈母早起烙大饼，美味透过碧纱窗。

我家伯祖老中医，治疗伤寒有绝技。桂枝麻黄生石膏，再加一把地骨皮。

各位朋友，好久不见。如说想念，那是谎言。如说不想，也是扯淡。该见就见，不见不散。我回高密，浇麦抗旱。一片白霜，水里含碱。我爹保证，亩产过千。不由感叹，忆起当年。亩产二百，已算丰产。上周大雨，雷霆电闪。旱情解除，打马回转。今年口粮，不会犯难。新麦蒸馍，味道香甜。石磨火烧，高密特产。怀揣两个，临危不乱。回京无事，写字消闲。左手书法，打油诗篇。贴上几张，供您批评。

三是回忆过往生活的，尤其是辛酸而又自由自在的童年生活，莫言总是念念不忘。例如：

少时辍学牧牛羊，蓝天如海鸟飞翔。天南地北大地书，胶河滔滔向东方。

少小辍学业，放牧在荒原。蓝天如碧海，牛眼似深潭。河底摸螃蟹，枝头掏鸟卵。最爱狐狸精，至今未曾见。

一柄大镰四面挥，眼前高草立纷披。莫言干活不偷懒，受人表扬第一回。

不才生在平安庄，从小吃草与秕糠。忽然一日吃鸡蛋，犹如打开一扇窗。

四是感叹生活、酬唱应答的，于闲言碎语中颇见哲理色彩。例如：

天下之事见不尽，天下之书读不尽。天下之理参不尽，此话吹兄信不信?

翰林院里汗淋淋，惭愧将来住房人。一斗阁改大吹阁，吹开百花是阳春。

装修细密活，全凭兄督促。无事即闲坐，有酒可读书。

中国人民之最恨，即是无良建筑商。赵总语言多客气，吹兄周旋费思量。高密终是仁义地，洪洞到底奸邪多。一斗阁主暂名我，百年之后谁称王。

居高望自远，傍水人称王。一条赤水河，千里美酒香。俊杰宴上乐，骚客林下狂。至今思李白，何故贬夜郎。

京居平安里，老家平安村。辉煌平安夜，车过平安屯。越过平安岭，望见平安门。进门报平安，可慰父老心。

修理地球二十年，深知一饭百牛鞭。农夫挥汗如飞瀑，粮食多了不值钱。

五是见景即题的，有诗意难掩之状。这类打油诗更似传统诗歌。例如：

豹眼虬髯大红袍，打鬼钟馗声气高。貌丑却能招人喜，正义在胸剑在腰。

高级云鬓时样妆，疑是江南杜韦娘。倚栏读书因寂寞，心系天涯薄情郎。

上海滩上好风光，丽娃河畔柳丝长。师大因有大师在，诸多粉丝跳粉墙。

六是抒发个人情怀的。此类打油诗颇显莫言狂放不羁的创作心态。例如：

读书从不求甚解，得理更愿让别人。谓我狂者不知我，俺本老实厚道人。

我本野狐禅，无奈入校门。痴人多美梦，孝子出忠臣。学诗明人欲，读易见天心。无师可自通，何必耻下问。

不摹古碑不临帖，左右开弓涂且抹。随心所欲真快哉，逍遥法外我是爷。

二十九省属我狂，栽罢萝卜种高粱。下笔千言倚马待，离题万里又何妨。

少时听人说聊斋，妖风迷雾扑面来。长大方知人即鬼，蒲公深意我能解。

因嫌腹中文化少，蘸着墨汁吃香蕉。古今多少英雄汉，上阵一个汉堡包。

左手书法右手诗，莫言之才世无匹。狂语皆因文胆壮，天下因我知高密。

三家互补儒道佛，万象欢腾四时春。案上青山架铁笔，床头古书记真言。低头不见抬头见，说嘴容易实践难。忠诚交友能长久，热心助人天地宽。

莫言不仅随手能写打油诗，即便是在文章中，如果需要，他也不忘来上一首，于嬉笑怒骂中尽吐胸中块垒。例如散文《读鲁迅杂感》，他结合自己因《丰乳肥臀》遭到围攻一事，自嘲说：

俺本落水一狂犬，遍体鳞伤爬上岸。抖抖尾巴耸耸毛，污泥浊水一大片。各位英雄快来打，打下水去也舒坦。不打俺就走狗去，写小文章赚大钱。

在中篇小说《司令的女人》中，莫言经常使用四字一句的语言格式来叙述故事、描绘人物，严格说来，其实就是打油诗。打油诗入小说，用来讲故事、写人物，也只有莫言敢为。2012 年 10 月，他获得“诺贝尔文学奖”之后，又写了一首打油诗来为自己画像，并同时勉励自己。这是莫言所有的打油诗中少有的有题目的一首，叫《写给自己》：

> 莫言已经五十七，心中无悲也无喜。经常静坐想往事，眼前云朵乱纷披。人生虽说如梦幻，革命还是要到底。革命就是写小说，写好才能对得起自己。①

总之，莫言的打油诗虽然传播不广，影响不大，但它是莫言真实心声的自然流露。它不仅锻炼了莫言的语言表达能力，而且锻炼了他的思维概括能力。从他的打油诗中，我们不难发现，其中包含有许多他小说中的因素，这对于我们深化了解莫言及其小说创作，开启了一扇极有价值的窗口。

---

① 见《文学报》2012年10月18日1版。

附 录

从齐文化的角度看莫言的小说创作[①]

任何一个作家的创作，莫不刻有作家文化人格的鲜明印记。莫言是古代齐国属地的现代子民，身上流淌着齐文化的血脉，其小说创作中，自然浸淫着深刻的齐文化印痕。某种程度上说，齐文化是莫言小说创作的潜在精神向导。

齐文化是一种“尊贤尚功”、崇利善变的“实用主义的文化”，“以广收博采、融会贯通、自由奔放、积极进取为特征”。[②]这一点，在莫言三十多年的小说创作中，得到了淋漓尽致的体现。莫言的小说创作是从广收博采的模仿开始的，不仅模仿中国作家，还模仿世界其他国家的作家，呈现出了一种“拿来主义”的开放姿态。早期的《春夜雨霏霏》《民间音乐》等作品，就流露着“荷花淀”的风格特色。对此，孙犁曾评价“有点艺术至上的味道”。[③]对于模仿，莫言并不讳言，曾公开说：“几乎没有人是一下子就会写出很成熟的作品，大多数作家刚开始时都是模仿，包括我们伟大的鲁迅，他的好几部作品都可以找到模仿的原本。”[④]并且公开承认《售棉大路》就是模仿阿根廷作家胡里奥·科塔萨尔的《南方高速公路》写出来的。他在《独特的声音》文章里说：“胡里奥·科塔萨尔的《南方高速公路》与我的早期小说《售棉大路》有着亲密的血缘关系……阅读它时，我的心情激动不已，第一次感觉到叙述的激情和语言的惯性，接下来我就模仿着它的腔调写了《售棉大路》。这次模仿，在我的创作道路上意义重大，它使我明白了，找到叙述的腔调，就像乐

① 作者注，原文发表于《潍坊学院学报》2011年第5期，有改动。

② 颜炳罡、孟德凯：《齐文化的特征、旨归与本质——兼论齐、鲁、秦文化之异同》，《管子学刊》2003年第1期。

③ 朱向前：《深情于那方小小的“邮票”——莫言小说漫评》，《人民日报》1986年12月8日。

④ 莫言、杨庆祥：《先锋·民间·底层》，《南方文坛》2007年第2期。

师演奏前的定弦一样重要，腔调找到之后，小说就是流出来的，找不到腔调，小说只能是挤出来的。”[①] 然而，尽管模仿、借鉴，是大多数初入文坛的作家必然经过的道路，但莫言早就清醒地意识到，一个有出息的作家，绝不应该仅仅停留在模仿与借鉴上，他必须千方百计地发现自己的个性，形成自己的风格，从不成熟走向成熟。他说：“我想一个作家的成熟，应该是指一个作家形成了自己的风格，而所谓风格，应该是一个作家具有了自己的独特的、不混淆于他人的叙述腔调。这个独特的腔调，并不仅仅指语言，而是指他习惯选择的故事类型、他处理这个故事的方式、他叙述这个故事时运用的形式等全部因素所营造出的那样一种独特的氛围。”[②] 当莫言有了这样的认识后，他就开始艺术突围了。1984年秋天，莫言进入解放军艺术学院文学系学习，迎来了突围的契机。当时，改革开放搞得如火如荼，西方各种文学思潮蜂拥而至，而军艺又采取了八面来风式的教学，这就使得莫言的文学思想和艺术视野获得了极大的解放。回顾20世纪80年代的创作历程，莫言不无感慨地说：“整个八十年代的创作是一个解放头脑，唤醒自我，寻找自我，唤起自己的乡村和童年记忆的一个过程。我反复说过，与其说在‘军艺’这两年是学习，不如说是在寻找自我。找到了自我就是一种成功，找不到自我就做不出太大的成绩。那么为什么我们能发现自我、找到自我，这也借助于外来的力量，一方面我们阅读了许多的西方作家的作品，这些外部来的成功的作品产生了一种摧枯拉朽的作用。另一种也来自于很多大学的老师们对我们的教育，因为他们带来了大量的信息。这些外来的力量，最后导致了我们内心的剧变。”[③] 阅读莫言这个时期的作品，不难发现，《白狗秋千架》中，闪烁着川端康成的影子；《红高粱》《透明的红萝卜》中，有着感觉主义的印记；《金发婴儿》《球状闪电》《爆炸》中，马尔克斯的《百年孤独》和拉美爆炸文学的影响无处不在；《怀抱鲜花的女人》《模式与原型》《红耳朵》《战友重逢》《梦境与杂种》《幽默与趣味》中，涌

① 莫言：《独特的声音》，《莫言文集·小说的气味》，当代世界出版社2004年版，第296页。

② 莫言：《独特的声音》，《莫言文集·小说的气味》，当代世界出版社2004年版，第294页。

③ 莫言、杨庆祥：《先锋·民间·底层》，《南方文坛》2007年第2期。

动着弗洛伊德的精神分析学说和马斯洛的人生需要层次理论的精髓。此时的莫言开始由先前机械地仿作，进入一个在借鉴的基础上不断创新的新阶段。

莫言的小说创作从广收博采阶段进入融会贯通阶段，是在20世纪90年代中期以后，具体标志是他将西方现代主义的创作手法和以《聊斋志异》为代表的“灵异”叙事方法巧妙地融为一体，创作了大批中西合璧、风格鲜明的中、短、长篇小说。这里面，既有鬼神难辨、神秘莫测的《拇指铐》《长安大道上的骑驴美人》《白杨林里的战斗》，又有融历史传奇与写实为一体的《丰乳肥臀》;既有被称作“叙述的极限”的《欢乐》《酒国》《十三步》，又有被称作“莫言叙述”的《四十一炮》；既有向传统致敬、艺术上进行“大踏步地撤退”的复调小说《檀香刑》，又有吸取佛教轮回思想、为共和国农民作传的《生死疲劳》；还有近年出版的极具象征和隐喻色彩的《蛙》。总之，每一部作品都不是一种小说艺术的简单呈现，而是多种小说艺术的高度融合。

自由奔放与积极进取的齐文化特征，在莫言的小说创作中有多个方面的表现。首先，表现在文学观念的从不墨守成规上。20世纪80年代初，莫言初登文坛，所持观念是当时比较流行、正统的观念，受“工具论”文学观影响较深,认为文学是歌颂真善美、鞭挞假恶丑的工具。“认为‘善’能改造人类，‘善’是‘美’的灵魂，”“‘美’的火花”能“照耀”“小说中人物圣婴般纯洁的脸庞”。[①]但是，到了1984年，接受了新的艺术巡礼之后，他的文学观念发生了巨大嬗变，开始由原来重视现实生活，转向看重艺术想象，认为“只有有想象力的人才能写作，只有想象力丰富的人才可能成为优秀作家”，“一个文学家的天才和灵气，集中地表现在他的想象力上”，并且断言，“没有想象就没有文学”，“一篇真正意义上的作品应该是一种灵气的凝结”。[②]而正是因为有了充沛的想象力，才有了此后天马行空般的创作。然而，对福克纳、马尔克斯的

① 莫言:《我的墓》,《莫言文集·小说的气味》，当代世界出版社2004年版，277页。

② 莫言:《旧“创作谈”批判》,《莫言文集·小说的气味》，当代世界出版社2004年版，第285—286页。

崇拜，并没有束缚住莫言探索的脚步。他开始由技术层面的简单模仿，向思想层面的创新升华，提炼出了对于文学的独特而深刻的认识。他说："伟大作品给予我们的真正财富，我认为不是坐着床单升天之类诡奇的细节，也不是长达一千字的句子，这些好像都是雕虫小技。伟大作品毫无疑问是伟大灵魂独特的、陌生的运动轨迹的记录，由于轨迹的奇异，作家灵魂的烛光就照亮了没被别的烛光照亮过的黑暗。"[①]"我觉得小说越来越变为人类情绪的容器，故事、语言、人物都是制造这容器的材料。所以，衡量小说的终极标准，应该是小说包容着的人类的——当然是打上了时代烙印、富有民族特色、普遍性与特殊性矛盾统一的——情绪。"[②]将小说看作是人类情绪的容器，将故事、语言、人物看作是制造容器的材料，将打上了时代烙印、富有民族特色、普遍性与特殊性矛盾统一的人类情绪看作是文学表现的中心内容，可以说无限地抵近了文学的本质。由此，他写出了一系列影响巨大的关于人的小说。但是，莫言并不满足。在积极进取的齐文化精神的影响下，他总想不同凡响。因此，当 80 年代中后期"寻根文学"思潮、"先锋文学"思潮、"新历史主义文学"思潮蜂拥迭现的时候，他提出了一个惊世骇俗的观点，"往'上帝'的金杯里撒尿吧——这就是文学！"[③]一时间，不仅搅翻了文坛，也把自己推上了风口浪尖。在这种文学观念的推动下，他写了大量充溢着"审丑"意识的作品，通过"种的退化"的主题，表达了对人类社会发展历程中出现的种种危机的担忧。莫言之所以萌发出这样一种形似"渎神"的文学观，与他长期以来对人类的尴尬存在、人性的善恶难辨进行的深刻思考有关。他认为，"多少年来，人类造了形形色色的神压在自己头上，"[④]

① 莫言：《旧"创作谈"批判》，《莫言文集·小说的气味》，当代世界出版社 2004 年版，第 288 页。

② 莫言：《旧"创作谈"批判》，莫言文集·小说的气味》，当代世界出版社 2004 年版，第 288—289 页。

③ 莫言：《旧"创作谈"批判》，莫言文集·小说的气味》，当代世界出版社 2004 年版，第 291 页。

④ 莫言：《我痛恨所有的神灵——为张志忠著〈莫言论〉写的跋》，《莫言文集·小说的气味》，当代世界出版社 2004 年版，第 121 页。

使人类自己不敢说不敢动，既消弭了人类应该有的自我主体精神，又培育了强烈的奴性意识，让原本活生生的高贵的人，从此匍匐在了神灵的膝下。所以，他喊出了“我痛恨所有的神灵”[①]这一振聋发聩的声音。莫言对这一文学观念的表达，虽然有些粗俗，有些大逆不道，但绝对发人深省，在相当程度上推动了新时期文学向人性深度和历史深度的发展，揭示出了人性的复杂、神性的荒谬和历史的偶然性在必然性中的重要位置。90年代中期以降，莫言的文学观又发生了重大变化。他开始由先锋立场转向民间立场，提出了“作为老百姓写作”的新观点，并且对传统的“为老百姓写作”的观点进行了质疑与批判。他说：“‘为老百姓写作’听起来是一个很谦虚、很卑微的口号，听起来有为人民做马牛的意思，但深究起来，这其实还是一种居高临下的态度。其骨子里的东西，还是作家是‘人类灵魂的工程师’‘人民代言人’‘时代良心’这种狂妄自大的、自以为是的玩意儿在作怪。”而“作为老百姓写作”，“就可以用一种平等的心态来对待小说中的人物”。[②]后来，他又拿自己做例子分析说：“我本身就是老百姓，我感受的生活，我灵魂的痛苦是跟老百姓一样的。我写了我个人的痛苦，写了我在社会生活中的遭遇，写出我一个人的感受，很可能具有普遍的意义，代表了很多人的感受。”[③]正是有了向民间转移的态度，所以在2000年前后，他写出了《檀香刑》《生死疲劳》等艺术上所谓“大踏步后退”的作品。总之，文学观念的变化不居，使莫言的创作充满了鲜活感。然而，变化中也有永恒的东西，那就是如何“把小说写好看”。他说：“我心目中好看的小说，第一要有好的语言；第二要有好的故事；第三要充满趣味和悬念，让读者满怀期待；第四要让读者能够从书里看到作者的态度，看到作者的情绪变化，也就是说，要让读

① 莫言：《我痛恨所有的神灵——为张志忠著〈莫言论〉写的跋》，《莫言文集·小说的气味》，当代世界出版社2004年版，第118页。

② 莫言：《作为老百姓的写作——在苏州大学演讲》，《莫言文集·小说的气味》，当代世界出版社2004年版，第123页。

③ 毛丹青：《文学应该给人光明——大江健三郎与莫言对话录》，《南方周末》2002年2月28日。

者感到自己与作者处在平等甚至更高明的地位上。"[①] 唯此，是莫言永恒不变的追求。他所有的文学观念，无不是围绕这一中心原点生发出来的。

其次，表现在艺术创作手法的多姿多彩与文体形式的不断花样翻新上。这是莫言小说的魅力所在。阅读莫言小说的人，无不为他灵活多变的艺术创作手法和出神入化的形式所震撼。莫言早期的作品，较多运用写实手法，善于白描和设置故事情节，表现出的是一种抒情现实主义的艺术形式。及至描写"高密东北乡"，通过一块"邮票"大小的地方透视社会人生，其艺术视角多采用儿童视角，在儿童纯粹、质朴的感觉世界里，展现斑斓多彩的人生境况和深奥复杂的社会百相。后来随着对魔幻现实主义的接触，莫言迎来了自己创作的"爆炸"时代，同时也创造了一种"爆炸式"文体。这种文体"浮想联翩，类似精神错乱，把风马牛不相及的若干事物联系在一起，熔为一炉，烩为一锅，糅成一团，剪不断，撕不烂，扯着尾巴头动弹"，[②] 打破了重重规范标准，往来于多重时空，将自己编故事的天赋演绎得淋漓尽致，玄而又玄。小说具体的叙事结构，有《红高粱》的把小说人物作为自己的家族长辈来写的"世代视角交叉时空"叙事结构，有《天堂蒜薹之歌》的歌谣与故事交相呼应的复调式叙述结构，有《十三步》的人称视角频换结构，有《欢乐》的不分行、不分段、一泻千里的狂欢化结构，有《酒国》的小说中的小说结构等，五花八门，不一而足。1995 年《丰乳肥臀》的问世，更是将以个人主观意识参悟历史为主要特征的新历史主义小说文体发展到了巅峰，以至于有人评价它是"伟大的汉语小说"。[③] 进入民间写作阶段，莫言虽然高扬回归传统的旗帜，着意使用民间表达形式写作小说，但无论是运用民间戏曲与说唱艺术相结合的形式写的《檀香刑》，还是借用古典章回体小说的形式写的《生死疲劳》，实际上都与真正的古典小说、

① 陈年:《我想做一个谦虚的人——采访莫言》,《中国图书商报·图书周刊》1999 年 3 月 16 日。

② 莫言:《旧"创作谈"批判》,《莫言文集·小说的气味》，当代世界出版社 2004 年版，第 285 页。

③ 张清华:《叙述的极限——论莫言》,《当代作家评论》2003 年第 2 期。

民间传统相距甚远。它们是一种巧妙地融合了现代西方小说艺术与中国古典小说艺术锤炼出的新的小说形式。因此，面对莫言的小说，人们着实有些无法归类的感觉。

最后，表现在语言的汪洋恣肆、无拘无束上。这也是莫言小说的魅力所在，同时也是他饱受诟病的原因所在。语言上，除却早期小说语言颇显清新、简约之外，绝大多数小说的语言，浩浩荡荡，泥沙俱下，善于把古典的、现代的、传统的、外来的、书面的、口语的、华丽的、粗鄙的、优美的、丑陋的语言，统统拿来，为我所用，形成了气势磅礴、神奇瑰丽的语言特点。这种语言，伴随着超强的艺术想象力，与大量违背常规的比喻、通感一起，不受约束地自由飞驰，在让小说焕发出波澜壮阔、生机盎然、自然流畅、强劲质朴的美感的同时，也招致了感觉泛滥、想象怪异、语言欠锤炼之嫌。

总之，齐文化是一种集开放性、创新性、变革性、功用性于一体的文化，这种讲究实效、与时俱进的文化，让齐国在春秋时期各诸侯国的群雄逐鹿中，“九合诸侯，一匡天下”，成为五霸之首。莫言秉承了齐文化的优良传统，身上充盈着强劲、旺盛的创造活力，也使他在文学创作上不断创新、超越。

参考文献

贺立华、杨守森：《莫言研究资料》，山东大学出版社 1992 年版。

杨扬：《莫言研究资料》，天津人民出版社 2005 年版。

莫言：《莫言对话新录》，文化艺术出版社 2010 年版。

叶开：《莫言评传》，河南文艺出版社 2008 年版。

叶开：《野性的红高粱·莫言传》，21 世纪出版社 2013 年版。

叶开：《莫言的文学共和国》，北京大学出版社 2013 年版。

莫言、王尧：《莫言王尧对话录》，苏州大学出版社 2003 年版。

张志忠：《莫言论》，中国社会科学出版社 1990 年版。

管谟贤：《大哥说莫言》，山东人民出版社 2013 年版。

贺立华、杨守森：《怪才莫言》，花山文艺出版社 1992 年版。

孔范今、施战军、路晓冰：《莫言研究资料》，山东文艺出版社 2006 年版。

莫言研究会：《莫言与高密》，中国青年出版社 2011 年版。

林建法：《说莫言》，辽宁人民出版社 2013 年版。

张文颖：《来自边缘的声音——莫言与大江健三郎的文学》，中国传媒出版社 2007 年版。

李斌、程桂婷：《莫言批判》，北京理工大学出版社 2013 年版。

邵纯生、张毅：《莫言与他的民间乡土》，青岛出版社 2013 年版。

付艳霞：《莫言的小说世界》，中国文史出版社 2011 年版。

李津、钟宇等：《莫言小说语言专题研究》，湖北人民出版社 2014 年版。

宁明：《海外莫言研究》，山东大学出版社 2013 年版。

齐林泉、兰传斌等：《莫言弟子说莫言》，山东大学出版社 2013 年版。

张书群：《莫言创作的经典化问题研究》，山东大学出版社 2014 年版。

胡沛萍 :《“狂欢化”写作 : 莫言小说的艺术特征与叛逆精神》，山东大学出版社 2014 年版。
刘再复 :《莫言了不起》，东方出版社 2013 年版。
杨守森、贺立华 :《莫言研究三十年》（上、中、下），山东大学出版社 2013 年版。
程春梅、于红珍 :《莫言研究硕博论文选编》，山东大学出版社 2013 年版。
高密莫言研究会 :《莫言研究》（1—10 期），内部交流资料。
徐怀中、马瑞芳、杨守森、贺立华等:《乡亲好友说莫言》，山东大学出版社 2013 年版。
王俊菊 :《莫言与世界 : 跨文化视角下的解读》，山东大学出版社 2014 年版。
杨守森 :《读莫言，游高密》，山东文艺出版社 2012 年版。
吴义勤 :《中国当代新潮小说论》，江苏文艺出版社 1997 年版。
宋耀良 :《１０年文学主潮》，上海文艺出版社 1988 年版。
格非 :《小说叙事学研究》，清华大学出版社 2002 年版。
陈思和 :《中国当代文学史教程》，复旦大学出版社 1999 年版。
朱栋霖、丁帆、朱晓进 :《中国现代文学史》（上、下），高等教育出版社 1999 年版。
西格蒙德・弗洛伊德 :《精神分析引论》，商务印书馆 1986 年版。
高行健 :《现代小说技巧初探》，花城出版社 1981 年版。
唐德刚 :《史学与文学》，华东师范大学出版社 1999 年版。
阿城 :《闲话闲说——中国世俗与中国小说》，作家出版社 1998 年版。
海登・怀特 :《后现代历史叙事学》，中国社会科学出版社 2003 年版。
福柯 :《知识考古学》，三联书店出版社 1998 年版。
张京媛 :《新历史主义与文学批评》，北京大学出版社 1997 年版。
王庆生 :《中国当代文学》，华中师范大学出版社 1999 年版。
洪子诚 :《中国当代文学史》，北京大学出版社 1999 年版。
黄子平 :《革命・历史・小说》，牛津大学出版社（香港）1996 年版。
曹文轩 :《二十世纪末中国文学现象研究》，北京大学出版社 2002 年版。
陈思和 :《中国当代文学关键词十讲》，复旦大学出版社 2002 年版。
王铁仙等 :《新时期文学二十年》，上海教育出版社 2001 年版。
张清华 :《中国当代先锋文学思潮论》，江苏文艺出版社 1997 年版。

后　记

写完一本书，总要在后面补缀上几句话，才算真正完结。依循惯例，我也写上几句闲话，说一说写作本书的初衷与缘由。

第一个缘由，是想通过本书向莫言致敬，向莫言同时代的作家致敬，向孕育了这一代作家的伟大时代致敬。莫言获得2012年诺贝尔文学奖，不仅是莫言本人的荣光，也是同时代作家值得骄傲的事情，更是新时期文学获得的巨大荣耀。作为第一个获得此项殊荣的中国籍作家，莫言有理由值得关注、研究。同时，也应该看到，莫言的成功绝对不仅仅是他一个人的成功，而是一个时代一批作家的成功，是新时期因为改革开放而出现的多彩多姿的文学事业的成功。在新时期文学思潮层出不穷、文学创作百花争艳、作家星光灿烂的年代里，莫言只不过成了众多优秀的作家中的一个幸运儿，一个突出的代表。莫言走过的道路，正是新时期文学走过的道路。

第二个缘由，是想通过本书表露一下自己对莫言所创造的文学世界的真实阅读感受，并借此表达一下自己对文学的一些看法。当然，对文学的看法是建构在对莫言具体作品的认识与理解之上的。我开始关注莫言及其创作，是在2005年。在这之前近20年的高校教学生涯中，我一直对新时期文学思潮和创作现象情有独钟，曾经追逐过无数作家的创作，并乐此不疲于阅读他们最新的作品。虽然也知道莫言，并且为满足教学需要读过他的一些代表作，但也是仅此而已。2005年，出于精力分散和赶不上文学变化之快速的烦恼，也是出于对新世纪以来文学日益缺乏理想精神、人文精神而变得越来越物质化、世俗化、欲望化的厌恶，就想改变一下自己的阅读策略，将先前面上的泛读变为重要作家作品的精读。当时圈定了几个作家作为阅读和研究对象，其中就有莫言。2009

年3月，莫言应邀来潍坊参加“尧舜禹研究会”成立大会，会场安排在我们潍坊学院，学校领导高瞻远瞩，顺势邀请莫言担任文学与新闻传播学院的名誉院长，莫言欣然应允。在我们的心中，莫言似乎与贾平凹、陈忠实、王安忆、余华等当代著名作家一样距离我们很遥远，但没想到，短短几十分钟的师生见面活动，一下子拉近了莫言与我们的距离。从此，莫言较其他几位作家，更进一步走进了我的阅读与研究视野中。的确，莫言是潍坊这块土地上走出去的著名作家，现在又担任自己从教的文学与新闻传播学院的名誉院长，有什么理由不去关注他呢？所以从那以后，更加集中聚焦于莫言。然而，在我阅读莫言尤其是阅读围绕他而产生的数量巨大的研究成果时，却发现莫言研究虽然一直是新时期文学研究的一个重点，尤其在他获得诺贝尔文学奖之后更是火热得出奇，却也感到不无遗憾与遗漏之处。最大的遗憾是莫言研究看似火热，实则并不系统、全面，对莫言的研究仅仅是集中在几个耳熟能详的现象上，比如他对魔幻现实主义的借鉴、学习、吸纳、消化，对中国传统文学的继承、创新，小说中的地域、民间文化特色和乡土气息，形式上的独创，语言上的特色，反传统，审丑意识，高密东北乡的神奇等，在这些方面出现了大量文章，可谓达到了“片面的深刻”。而对莫言究竟是怎样成为莫言的？他从哪里来，到哪里去？怎么来的，又是怎么发生变化的？这中间经过了怎样的思考、探索、成功、失败、再成功的磨难，他到底走过了一条什么样的创作道路？这一切都还缺乏科学的有说服力的分析、研究。仅有的几部专著与评传，也因为这样那样的问题，难如人意。第二个遗憾是在连篇累牍的研究文章中缺少精到的文本研究。精准、独到的文本研究是一切文学研究的基础。只有弄清楚了文本，才能对创作现象、整体风格做出准确的判断。但是，综观莫言研究，却不得不承认存在这样一个奇怪现象，那就是很多研究只关注现象，不重视文本，说起现象头头是道，神乎其神，谈到文本语无伦次，谬误迭出，以至于人云亦云，千篇一律，缺乏起码的科学研究精神和个人独立创见。这种现象不仅在莫言研究中存在，在其他作家研究中也存在，已成为一种亟须改正的不良学术风气。第三个遗憾是在现有的莫言研究中存在过多的溢美之词，缺少批评的声音，对某些作品缺乏实事求是的分析、判断。总的来看，莫言的创作是成功的。他在三十多年的创作历程中，一直保持着旺盛的创造精神，饱满的创作激情，超然的想象力，强大的叙事能力，坚定执著的艺术追求。无论在哪一个阶段，都能写出不同凡响的文学作品，引起文学界的高度关注。但莫言所有的作品也不都是出类拔萃的，有的作品并不成熟，还有的作品存在明显的瑕疵。但是对于其中的不足，人们要么没有发现，要么是发现了而不愿去正视它、触碰它，导致评论界沸腾着一片轻浮的叫好之声，即便有个把批评的声音，也被淹没在众声喧哗之中。出现这种现象，固然有爱屋及乌的心理作祟，但批评界、研究界缺乏实事求是的批评精神也是不容忽视的。基于上述原因，我想把我自己多年的阅读感受表达出来，以期还原一个接地气的莫言和一个发展脉络清晰可辨的莫言的文学世界。然而，鉴于心力、智力、才力、能力不逮，加之视野狭窄，虽然穷尽全力，也难以将事先设定的写作追求完美地呈现出来，致使书中定然存在不少贻笑大方之处。对于书中的纰漏、错讹，还请方家不吝赐教！

本书还是山东省社科规划课题“多维视野中的莫言创作研究”的结题成果。俗话说，人在江湖，债总是要还的。书出版了，也就了了这个心理负担了。

在本书的写作过程中，得到了来自方方面面的问候和关怀。有上级领导的，有学校层面的，有教研室同行的，有比较文学与世界文学重点学科的，特别是我妻子郭金娥，给予了我深刻的理解和宽厚的包容，使我以此为理由逃脱了许多家务劳动。在此，一并致以深深的谢意！

最后，还要感谢在新时期文学研究、莫言研究中一路前行的同行们、朋友们，你们的学术成果，为我提供了强大的智力支撑。感谢人民出版社的李惠编审，您的辛勤劳动，让本书锦上添花。

友谊天长地久！

王恒升
2015年12月于潍坊学院